ARDEN GRANT

DAS FUZIDON
EIN ORT VERBORGENER GEHEIMNISSE

ARDEN GRANT

DAS FUZIDON
EIN ORT VERBORGENER GEHEIMNISSE

Roman

Aus dem amerikanischen Englisch
von Eleonora Aurora Badinelli

IWD

Die Originalausgabe erschien unter dem Titel
THE FUZIDON | A VOID OF HIDDEN SECRETS
bei IWD

*Dieses Buch ist auch als eBook erhältlich.
Sollte diese Publikation Links auf Webseiten Dritter enthalten,
so übernehmen wir für deren Inhalte keine Haftung,
da uns wir uns diese nicht zu eigen machen, sondern lediglich auf deren
Stand zum Zeitpunkt der Erstveröffentlichung verweisen.*

Copyright © 2020 by IWD
Copyright © 2022 der deutschsprachigen Ausgabe by IWD
Redaktion: Ing. Miroslava Svrckova
Umschlaggestaltung und Satz: Miguel Kilantang Jr.
Umschlagmotiv: Thea Magerand
Druck und Bindung: Print Group Sp. z o.o.
Printed in the EU
ISBN: 978-3-9825151-9-9

www.ardengrant.com
www.fuzidon.com

Für Miroslava Svrckova, meine treue Unterstützung …
deine Brillanz führte diese verflochtene
Geschichte zur Verwirklichung

Das Gleichgewicht des Lebens
Licht & Dunkelheit

I
MONACO

In den frühen Morgenstunden, gegen drei Uhr, war Red bereit zu töten. Die SMS von den Spotters auf dem Hügel war eindeutig: *Die zwvei Zielpersonen haben das Casino verlassen.* Er platzierte sein Gewehr auf das strategisch auf der Gebäudekante positionierte Dreibein und zielte auf die größte Yacht im Hafen – *The Temptress*.

Einen Augenblick später erschienen die Scheinwerfer eines Bentleys oben auf der Klippenstraße. Red veränderte die Schussrichtung seiner Waffe. Seine Ziele, die Pradnarskis – CEOs der privaten Monaco Bank, waren auf dem Weg. Durch das Visier beobachtete er, wie der Wagen auf den bogenförmigen Hafen hinab steuerte, und das Paar lachte, scherzte und liebkoste sich diskret auf dem Rücksitz. Sie konnten nicht wissen, dass sie nach diesem teuren und glanzvollen Abend, unter den Reichen und Berühmten in Casino de Monte-Carlo, nie wieder Geld gewinnen oder verspielen würden.

Hoch oben auf dem Dach wartete Red auf ihre Ankunft. Sein Atem wurde schwer und wieder einmal holten ihn die Erinnerungen seiner Vergangenheit ein. Der Tag lag nahezu einundzwanzig Jahre zurück, in der Jade, Reds Frau, vor

Fatso's Restaurant in Downtown New York gepackt und auf die Rückbank einer weißen Stretchlimousine gezerrt wurde. Es kam ihm vor, als wäre er erst gewesen, ihr erster Hochzeitstag, den er tausendmal aufs Neue durchlebte. Er kann den Schmerz noch heute fühlen, als er damals hilflos der Limousine nachblickte, die im New Yorker Straßenverkehr verschwand. Das Bild des Auspuffqualms bei der Flucht des Wagens ist in seinem Gedächtnis eingraviert. Obwohl er sich geschworen hatte, die Verantwortlichen ausfindig zu machen, fehlt bis heute jede Spur. Sich einen letzten Moment erlaubend, bevor er sich wieder seinem Auftrag widmete, schaute Red zu den Sternen und fragte sich für einen kurzen Zeitschimmer, ob einer dieser Sterne Jade gehörte.

Der flaschengrüne Bentley wurde langsamer und hielt nahe *The Temptress*. Ralph, der vertraute Bodyguard von den Pradnarskis, öffnete die Fahrertür und stieg aus, um den glamourösen Paar zu assistieren. Parallel dazu scannten seine wachsamen Augen die Umgebung. Er war stets alarmbereit, immerzu bewusst, dass Gefahr in der Nähe lauern könnte. Die Pradnarskis waren das Ebenbild eines erfolgreichen Geschäftspaares. Doch die Realität war eine andere. Obwohl von außen die Immobiliengeschäfte ihrer Bank einen ehrlichen Eindruck vermittelten, hatten sie unerklärbare Verbindungen zu einem unverfolgbaren, schnell wachsenden Kartell. Das Paar neigte zu extremer Vorsicht. Jedes Mal als das FBI ihnen dicht auf den Fersen war, führte die Spur ins Leere. Das milliardenschwere Duo hatte die Mittel, ihre internationalen Verbindungen zu hegen und ihre illegalen Machenschaften im Dunkeln zu lassen. Obwohl sie zweifelsohne schuldig waren, gab es keine eindeutigen Beweise gegen sie, und Red wurde eingeschaltet.

Ralph öffnete die hintere Beifahrertür. Die Innenbeleuchtung betonte das luxuriöse cremefarbene Leder mitsamt dem in die Kopfstützen eingenähten Bentley-Logo – ein Zeichen, das stellvertretend für den teuren Lebensstil des Paares stand. Die atemberaubend schöne Joanna Pradnarski trat ins Blickfeld. Der Schlitz in ihrem Abendkleid gab einen Blick auf ihre edle Reizwäsche frei und ließ die dahinter steckende Lust auf wilde Leidenschaften erahnen, welche bis zum Sonnenaufgang andauern würden. Das zweite Ziel, Mr. Pradnarski folgte dicht dahinter. Er trug Smoking-Anzug und war gutaussehend, mit seinem dunklen kurz-geschnittenen Haaren und einem breiten Grinsen, das jedem verriet, dass sie ihm gehörte. Das Paar war eingebildet, überaus überzeugt von sich selbst und gerade deshalb passten sie vollkommen zueinander. Normalerweise wäre es undenkbar, die Welt von solcher makellosen Perfektion zu befreien, aber im Inneren waren sie durch und durch böse. Selten trog der äußere Schein so sehr, wie bei diesem Paar.

Plötzlich stoppte Red die Beobachtung durch das Visier. Sein scharfes Auge fürs Detail wies ihn darauf hin, dass etwas nicht stimmte. Er zögerte für einen Augenblick und überprüfte Joanna Pradnarskis Profil auf seinem Handy. Es fehlte das Muttermal, das dem Profil zu Folge auf ihrem rechten Arm sein sollte. Unter Zeitdruck stehend, als sich das Paar Hand in Hand ihrer Yacht näherte, ignorierte Red das fehlende Muttermal, weil der Rest der Beschreibung übereinstimmte.

Red passte schnell wieder die Schussrichtung an, als das Paar an Bord stieg. Ihr zartes Gelächter war von erregender Konversation begleitet. Sie zu sich ziehend, presste sich Mr. Pradnarski an ihren schlanken Körper, glitt mit seiner Hand durch den Schlitz in ihrem Kleid und entlockte ihr ein leises Stöhnen. Red hielt den Abzug. Plötzlich unterbrach das Hupgeräusch eines Autos am Landungssteg ihre Zweisamkeit. Joanna Pradnarski löste sich aus den Armen ihres Mannes und winkte den Gästen zu.

„Was zur Hölle!" Red blickte hastig auf.

Ein Porsche mit verdunkelten Scheiben fuhr heran. Ralph eilte zum Heck des Bentley und signalisierte dem Fahrer dicht aufzufahren. Die Autotüren öffneten sich und drei Edelprostituierte stiegen aus, zwinkerten Ralph zu und winkten Joanna. Peppige Musik vertrieb die Stille, in gemeinsamen Rhythmus mit dem Klacken der High-Heels der Frauen.

Unbeeindruckt von den Neuankömmlingen, überdachte Red kurz die Chancen, den Auftrag zu Ende zu bringen. Er widmete seine Aufmerksamkeit erneut auf die Zielobjekte. Keiner der beiden durfte ihm entkommen und so dirigierte er, für sich, im Flüsterton das Paar in eine gemeinsame Richtung.

„Los jetzt... Küss ihn! Lass uns diese Sache hier fertigbringen."

Wachsam hielt Red den Atem an. Die Pradnarskis machten dort weiter, wo sie vorhin aufgehört hatten, und freuten sich auf die vor ihnen liegende sinnliche Unterhaltung. Red zog den Abzug.

Peng! Der Knall der ersten Kugel hallte in die frühen Morgenstunden. Mr. Pradnarski ging zu Boden. Sein Blut bespritzte seine Frau. Ihr Schrei schallte durch den Hafen, aber nur für den kurzen Moment, bis der nächste Schuss sie selbst traf. Mit zwei präzisen Schüssen, ihm durch den Kopf und ihr ins Herz, waren die Köpfe der privaten Monaco Bank – Teil der unantastbaren DWIB Korporation – tot.

Ralph geriet in Panik. Es war zu spät, um seine Klienten zu beschützen. Um sein Leben bangend, versteckte er sich hinter dem Bentley und hielt über die Dächer Ausschau nach dem Scharfschützen. Der Porschefahrer sprang in sein Auto, raste von der unerwarteten Attacke davon und ließ die Prostituierten zurück.

„Lauft!", schrie Ralph. Sein Aufruf benötigte keine Erklärung.

Die Edelnutten warfen ihre Schuhe weg und rannten um ihr Leben, wobei sich Ralph, der Gefahr bewusst, verdeckt hielt.

Red erlaubte sich einen flüchtigen Blick über die Dachkante auf den Ort des Geschehens, als der Hafen erleuchtete, nachdem Anwohner und Bootsbesitzer geweckt wurden.

„Du hast sie erwischt, Kumpel", sagte Frank durch das Walkie-Talkie.

„Ja, beide."

„Wir kommen hoch. Schau, dass du von hier wegkommst und ich seh' dich dann."

Red packte sein Zeug zusammen und bewegte sich zur Rückseite des Gebäudes, das Equipment hinter sich lassend. Es würde sowieso nichts ändern. Es würde keine Spur geben, keine Suchtruppen oder Ermittlungen. Frank und sein Team hatten alles vom Apartment darunter beobachtet und würden in zehn Minuten den Fall aufnehmen.

Eines der berüchtigten Underworld-Duos, durch ein seriöses Institut gedeckt – die Development World Investment Bank, hatten sich immer in Sicherheit geglaubt. Aber innerhalb weniger Sekunden, mit zwei präzisen Schüssen, war ihre Zeit vorbei. Ein Milliarden-Dollar-Imperium hatte einen schweren Schlag erlitten. Hoffentlich war dies die richtige Aufrüttelung, die das FBI herbeiführen wollte – eine Aufrüttelung, um ihnen die Möglichkeit zu geben, das Verbrechersyndikat auszuheben.

Auf der Rückseite des Gebäudes sicherte sich Red mit einem Karabiner und seilte sich zu seinem Auto ab. Noch ein Auftrag und er ist raus. Er würde es alles hinter sich lassen. Sein Deckmantel als Ghostwriter von europäischen Geschichten für den japanischen Schriftsteller Ling Su verhalf Red zu einem guten Leben auf den Bahamas. Es brachte ihm Menschen außerhalb seines Berufes näher. Er schloss neue Freundschaften; Freunde, welche ein unkompliziertes Leben führten und ihm dabei halfen, seine traumatische Vergangenheit, welche er seit Jahren mit sich herum trug, ein Stück weit zu vergessen. Red hatte den Menschen lange genug gedient und es war an der Zeit, einen Schlussstrich zu ziehen und ein neues Kapitel aufzuschlagen.

2
EIN HILFESCHREI

Es war ein merkwürdiger Morgen. Lediglich sieben Tage waren seit den Geschehnissen in Monaco vergangen und Red fand keine Ruhe. Während er zwanghaft versuchte einzuschlafen, schlugen die Fensterläden gegen den Holzrahmen und kündigten den aufkommenden Sturm an. Red warf die Bettdecke zur Seite, rieb sich die Augen, ging ans Fenster hinüber und blickte auf das Meer. Auf beiden Seiten seines Hauses wurden die Palmen von Wind umher gerissen und die sonst so ruhigen Wellen krachten mit voller Wucht gegen das Küstenufer. Red war versucht, wieder ins Bett zu kriechen. Das laute Hämmern der Fensterläden erweckte in ihm ein seltsames Gefühl von Bedrohung, etwas, das er seit langer Zeit nicht mehr gespürt hatte. Ein ungewöhnlich kalter und stürmischer Tag auf den Bahamas begann.

Er nahm das Handtuch vom Bettpfosten und bewegte sich ins Bad. Er ließ das Wasser laufen, während er in den Spiegel starrte. In seinem Spiegelbild entdeckte er einige graue Haare auf seinem Kopf. Er fragte sich, wo die Zeit geblieben war. Die Zahl vierundvierzig stimmte nicht mit seiner Lebenslust und seiner athletischen Statur überein. Schon bald aber wollte

Red die verlorene Zeit aufholen, um sich in jene Aktivitäten zu stürzen, für die er früher keine Zeit hatte. Eine Beschäftigung, die ihm helfen würde – die tausend Gewalttaten zu vergessen – die er im Laufe der Jahre gesehen hatte. Dinge, welche Albträume wie Kindermärchen wirken ließen.

Red öffnete die Schiebetür zur Holzterrasse und ging hinaus. Aus der Ferne vernahm er das Bellen von Bill und Ben. Die beiden Streuner, mit denen er sich angefreundet hatte, lebten fünfzig Meter entfernt auf einem verlassenen Motorboot. Mit einem lauten Pfeifen rief er sie zum Frühstück und stellte, ohne eine Reaktion zu erhalten, zwei Schüsseln mit Hundefutter auf den Boden.

Für eine kurze Weile lehnte er sich über das Geländer der Terrasse und beobachte das wilde Treiben der Natur. Der Ozean und der Himmel, die für gewöhnlich zwei unterschiedliche Wesen bildeten, verschmolzen an diesem Tag zu einer gigantischen, dunklen Masse. Und nur ein letzter Auftrag trennte ihn von einem neuen Lebensabschnitt.

In kurzen Hosen und Hoodie trat er barfuß auf den nasskalten Strand. Er steckte seine Kopfhörer in die Ohren und lief los für seine tägliche halbstündige Joggingrunde entlang der Küste. Nach nur wenigen Minuten unterbrach ein eingehender Anruf die Musik.

„Hey Red, was geht?", fragte Frank.

„Morgen, Frank. Oh, dasselbe wie jeden Tag."

„Habe ich dich beim Joggen erwischt, was? Dachte ich mir schon. Hältst du dich fit für den Ruhestand?"

„Ja, ja", murmelte Red. „Was kann ich für dich tun, Frank?"

„Ich versteh dich schlecht, Red. Kannst du lauter reden?"

„Hier herrscht ein halber Orkan, mein Freund. Gib mir einen Moment, ok?" Red drehte sich mit dem Rücken zum Wind. Er trennte die Verbindung seiner Kopfhörer, zog sich die Kapuze über, hielt sein Handy ans Ohr und sprach direkt ins Mikrofon. „Ich glaube, du hast uns eurer Bergwetter geschickt, Frank", sagte Red. „Ist es jetzt besser?"

„Ja, deutlich. Wie auch immer, ich dachte ich sage es dir sofort. Es gibt einen neuen Job."

„Wirklich? Sag bloß …"

„Kannst du dich noch an Monaco erinnern?"

„Ich habe es noch genau vor Augen."

„Naja, es hat für viel Aufsehen auf dieser Seite des Planeten gesorgt."

„Frank, bist du immer noch in Monaco?"

„Länger als gedacht. Du hast viel Trubel ausgelöst, als du die Pradnarskis erschossen hast. Und zwar so viel, dass wir uns dieses Mal mit der CIA verbündet haben."

„Das überrascht mich, wenn man bedenkt, dass sie davor kein starkes Interesse hatten. Also worum geht es?"

„Nachdem sich die Nachricht verbreitete, dass die Pradnarskis tot waren, haben wir einige unserer Leute auf die Flughäfen verteilt und beauftragt, nach hochrangigen Zielen mit Verbindungen zur DWIB Ausschau zu halten, welche kamen, um den Pradnarskis Respekt zu zollen. Sie ließen nicht lange auf sich warten. Als sie durch die Sicherheitskontrolle mussten, kamen wir ins Spiel. Du weißt, wie es von das aus weitergeht."

„Klar, du verfolgst sie und guckst, wohin sie dich führen. Vielleicht hast du Glück. Ein Kinderspiel."

„Ganz genau. Aber wir waren alle überrascht, wie am dritten Tag Kumar am Charles De Gaulle Airport auftaucht und sich ein Mietauto nach Monaco nimmt."

„Kumar – der Waffenhändler aus Asien?"

„Genau der. Er war nicht der Einzige, der sich auf unserem Radar blicken ließ. Es gab noch fünf andere. Alles Mafiabosse im Ruhestand. Die Namen dürften dir bekannt sein."

„Ich verstehe ... interessant. Sind sie zur selben Zeit angekommen?"

„Ne, sie kamen innerhalb von zwölf Stunden an. Zwei von ihnen aus Deutschland, einer aus der Schweiz und einer aus Litauen. Der Italiener fuhr direkt hierher."

„Hmm ..." Red überlegte.

„Rate mal, wo sie sich alle getroffen haben ..."

„Ganz ehrlich Frank, es ist ein bisschen früh für irgendwelche Ratespiele, ich hab' keine Ahnung."

„Auf der Pradnarskis' Yacht, der Temptress natürlich."

„Du willst mich verarschen!"

„Kaum zu glauben, oder? Es ist komisch ... Was nicht alles passiert, wenn man einen Verbrecher fangen will, was?"

„Ich schätze mal, ihr habt nichts Festes gegen sie in der Hand?"

„Eine Menge Parkscheine ..."

„Aha", grunzte Red. „Immerhin habe ich die Dinge für euch ganz schön aufgewühlt."

„Das würde ich auch sagen. Aber das Beste kommt noch, Red." Frank wurde still und wagte einen Blick auf die streng vertraulichen Dokumente auf dem Computer seines Chefs.

„Frank?"

„Ja, ich bin noch da, Red. Ich lese nur gerade etwas sehr Interessantes. Wenn es wahr ist, was hier steht, hat unser Agent, der für Autovermietung am De Gaulle Airport zuständig war, es geschafft, eine Wanze auf Kumars Kleidung zu platzieren. Wenn ich das hier richtig verstehe ... Heilige Scheiße! Kumar hat den US-Präsidenten angerufen ..."

„Den Was?"

„Dem hier zu folge, ja, mit einem Prepaid-Handy. Hier steht irgendetwas von Helikoptern und Jets auf Alarmbereitschaft bei ihrem Treffen. Allerdings bin ich nicht so gut im Kurzschrift lesen. Ich könnte mich irren."

„Ist das alles, was da steht?"

„Es ist kein ausführlicher Bericht; es ist der Jargon der Sekretärin. Ich lese nur zwischen den Zeilen. Aber hier steht auf jeden Fall, dass die CIA dem Ganzen auf der Spur ist. Lass mich mal sehen ..." Frank durchsuchte das Dokument nach weiteren Details. „Ok, soweit ich das entziffern kann, steht da ... dass nachdem wir das Weiße Haus kontaktierten, erhielten wir ein höfliches ‚*Kein Kommentar – Mischen Sie sich nicht ein*‘, sowohl vom Stabchefs, als auch vom Innenministerium. Aber hier steht auch, dass sich der Präsident höchstpersönlich um diese Angelegenheit kümmert. Ihre Lippen sind versiegelt, Red." Nachdem er gehört hatte, dass es eine Verbindung zwischen Kumar und den Präsidenten gab, stieg Reds Neugier aufs Höchste. Er verabscheute Kumar, ein Pädophiler der schlimmsten Art. „Es geht noch weiter, Red."

„Da ist noch mehr?", fragte Red und wunderte sich, wann Frank zu dem eigentlichen Grund des Anrufs zurückkommen würde – dem neuen Auftrag.

„Nachdem du aus Monaco abgezogen bist, haben wir's ins Innere der Bank geschafft."

„Echt jetzt?", kommentierte Red überrascht.

„Ja, alles war bereits durchgeplant. Ich wollte es dir schon früher sagen, aber da du dich ja um die Pradnarskis kümmern musstest ... Egal, auf jeden Fall nutzten wir deine erfolgreiche Mission und das Chaos auf der Bank, um währenddessen die Lüftungsanlage der Bank herunterzufahren. Die Nachtwache kontaktierte den Manager und dieser rief den Wartungsdienst zu Stelle. Wir fingen den Anruf ab. Wir schickten unser Team hinein, und bevor die Bank um acht Uhr öffnete, waren wir im System drin."

„Clever."

„Haben wir uns auch gedacht, denn normalerweise kommt niemand in die DWIB hinein, auch nicht um eine Glühbirne zu wechseln. Jedenfalls haben wir, um die Operation durchführen zu können, ein verheiratetes Paar als ‚Fachleute fürs Tagesgeschäft' in die Bank eingeschleust – Claudette und Louis."

„Spitzel …"

„Das dachten wir. Mit den Pradnarskis aus dem Bild und den versteckten Kameras auf Position, das sage ich dir, war die Observation in den darauffolgenden Tagen eine nervtötende Angelegenheit in dem stickigen Van. An Tag drei änderte sich das, als sich Kumar vor der Bank blicken ließ. Er öffnete den Kofferraum, nahm einen Baseballschläger heraus und ging hinein. An diesem Punkt schlugen unsere Alarmglocken. Die Eingangstüren schließen sich abrupt hinter ihm und wurden verriegelt. Im Inneren der Bank verstummte das Personal. Wie ein sich spaltendes Meer wich das Personal vor Kumar zur Seite; sein Gesicht glich das einer tollwütigen Hyäne. Am anderen Ende des Foyers betrat Kumar den Sitzungssaal. Drinnen wurde Kumar zur Bestie. Als erstes schlich er hinter dem Rücken der Leute einmal um den gesamten Tisch. Dann … *Bam!* Er schlug wie aus dem Nichts Claudettes Kopf ein und brach ihren Schädel. Vor den Augen des gesamten Managements! Er ging weiter, Louis zeigte Schwäche, wir wussten, dass es jetzt unseren Kerl treffen würde. Und wie! Man konnte nicht zusehen Red! Uns wurde kotzübel."

„Ich … ich weiß nicht was ich sagen soll, Frank?", stotterte Red, als er die Folgen seiner Tat realisierte. Er sollte nur einen Impuls setzen und brachte damit zwei unschuldigen Menschen den Tod.

„Kumar wusste, was er zu sagen hatte", fuhr Frank fort. „Er

schlug mit seinem Baseballschläger auf den Konferenztisch und rief: ‚Hier gibt es keinen Platz für Verräter, ihr Bastarde. Nicht in unserem Geschäft!' Direkt im Anschluss steuerte er auf unsere versteckte Kamera zu und grinste in die Linse, als hätte er gewusst, dass wir sie die ganze Zeit beobachteten. Und dann, ganz plötzlich – Baseball-Time – war die Show zu Ende. Kurze Zeit später öffnete die Bank wieder, als wäre nichts gewesen. Zwanzig Minuten später sind wir mit einem Dursuchungsbefehl rein gegangen, mit den gesammelten Einsatzkräften der lokalen Polizei. Kumar grinste uns schmierig in der Lobby entgegen; neben ihm Claudette und Louis, auf alles eingestellt. Sie wurden gar nicht getötet. Im Gegenteil, sie übergaben eine Schachtel voll mit unseren Überwachungskameras."

„Claudette und Louis haben was gemacht? Ich check's nicht, Frank."

„Die Aufnahme, die wir sahen, war nur ein vorgefertigter Computertrick, eine visuelle Täuschung. Sie haben uns reingelegt, Red, jeder einzelne von ihnen. Das verheiratete Paar ... sie waren von Anfang mit im Boot. Sie haben uns verarscht, aber richtig, in aller Öffentlichkeit. Sie haben uns wie die größten Idioten aussehen lassen – schon wieder!", betonte Frank. „Ich brauche nicht zu erwähnen, wie angepisst die Zentrale von der ganzen Sache war. Wir sind über etwas Großes gestolpert, Red. Die DWIB Korporation ist zwar auf der Forbes 500-Liste, aber wenn Kumar an der Sache beteiligt ist, dann müssen die Banken von unten bis oben schmutzig sein."

Es fühlte sich für Red ein wenig danach an, dass Franks Chef wollte, dass Frank ihn zurück ins Boot holen sollte. Red hatte die Nase voll. Genau wegen solchen Angelegenheiten wollte er aus diesem ganzen Spiel raus. Würde er zustimmen, der Zentrale bei den Ermittlungen behilflich zu sein, dann müsste er die Sache auch bis zum Ende durchziehen. Es würde mehrere Jahre in Anspruch nehmen, Jahre, die er lieber mit anderen Dingen verbringen würde. Red hatte sich durch seine Missionen einen Namen gemacht und wenn er Frank hier und da mit ein paar Tipps unterstützen würde, wäre das doch genug. Trotz allem war Red an genau einer Sache interessiert – ein letzter Auftrag und dann ist Schluss. Wenn die Welt wegen Bürokratie und Kriminalität untergehen würde, dann war das nicht länger sein Problem. Und selbst wenn der Präsident involviert ist, dachte Red, dann wählt doch einen anderen Präsidenten. Er hatte seinen Beitrag geleistet und genug für die Allgemeinheit aufs Spiel gesetzt. Umso eher Frank und die Behörde das verstehen würden, umso besser wäre es für alle Beteiligten.

„Weißt du, Frank, es war ein wirklich interessantes Gespräch, aber du meintest, es gäbe einen Auftrag. Geht's um Kumar?"

„Ganz richtig. Er sollte heute im Laufe das Tages auf deiner Insel landen."

„Das ist nicht dein Ernst, oder? Hier? Heute?"

„Ich wünschte es wäre ein Scherz, Red, ist es aber nicht. Auf dem Tisch vom Boss liegt ein Abschussbefehl. Das Team und ich müssen gleich ins Besprechungszimmer. Wir fliegen so bald wie möglich. Wir werden in den frühen Morgenstunden da sein."

„Frank, ich kann dem ganzen nicht folgen."

„Wirst du bald. Wir haben den Anruf vor einer Stunde erhalten. Diese ist eine Top-Secret Mission. Tofi wird dich bald kontaktieren."

Red verstummte. Kopfschüttelnd fluchte er leise vor sich hin, als er die Fischerboote dabei beobachtete, wie die Strömung sie von der Küste fernhielt.

„Hör mir zu, mein Freund, wir wissen, dass du dir für die Planung gerne ein wenig Zeit nimmst. Also haben wir ein paar unserer Scharfschützen mit im Gepäck. Der Gedanke ist, dass wenn wir Kumar ausschalten, während die Pradnarskis noch in den Köpfen der Leute sind, öffnen sich uns die Tore. Und dieses Verbrechergesindel … Es wird sich wie Schaben verkriechen, Red, und mit der Angst leben, wer von ihnen als nächstes dran ist", kicherte Frank.

„Glaub mir, Frank, Gangster dieser Art lassen sich nicht von einer kleinen Schießerei in Monaco einschüchtern. Aber wenn ihr jetzt noch Kumar ausschaltet, dann werden sie neue Karten ausspielen. Sie werden in den Untergrund abtauchen. Wenn Kumar mit dem Präsidenten gemeinsame Sache tut, dann spielt sich im Verborgenen etwas viel Größeres ab. Diese DWIB …" Red zögerte kurz und fügte hinzu: „Nach allem was du mir gesagt hast, stellen sie eine ganz neue Gefahr dar."

„Ich stimme zu. Das Problem ist, dass die Zusammenarbeit von FBI und CIA ins Leere führt. Sie streichen uns langsam die Mittel. Sie wollen sich einen Teil von den Millionen zurückholen, die sie für dieses Katz- und Maus-Spiel ausgegeben haben. Besser der Spatz in der Hand als Tauben auf dem Dach, sagt man doch so. Sie werden gedemütigt, Red, von Gangstern!", bemerkte Frank. „Du aber mein Lieber hast ihnen gerade einen Rettungsring zugeworfen. Also … der Boss gibt uns eine letzte Chance, um das Gesicht zu wahren, bevor sie unsere Abteilung zu machen und Gras über die Sache wachsen lassen."

Plötzlich hörte Red eine Stimme aus der Entfernung, die um Hilfe schrie, gemischt mit dem Bellen der Hunde. Er unterbrach Frank für einen Augenblick und hörte genauer hin. Mit allen Sinnen scannte er seine Umgebung. Der Strand war menschenleer, genau wie das Meer. In dem Glauben, dass das tobende Wetter ihm einen Streich spielte, ging er weiter und hielt das Handy wieder ans Ohr.

„So, wie machen wir von hieraus weiter, Frank?"

„Wir warten noch auf Tofis aktuelle Gästeliste. Hat dir Tofi schon irgendetwas davon erzählt?"

„Noch nicht. Willst du, dass ich ihn anrufe und mich schlau mache?"

„Besser nicht, es könnte mir Probleme bereiten. Warte kurz …" Die Leitung wurde stumm. Frank klappte den Laptop zu und schlich aus dem Büro, als er bemerkte, dass sein Chef durch den Haupteingang kam. „Puh, das war knapp."

„Mein Gott, Frank! Wirst du es nie lernen? Eines Tages wird dich deine Neugier …" Red blieb auf der Stelle stehen. Noch einmal vernahm er einen deutlichen Hilfeschrei, der in der Luft vibrierte und Red veranlasste das Gespräch zu beenden. „Frank, ich muss los! Hier ist etwas passiert!", sagte Red und blickte über seine Schulter nach hinten. „Halt mich auf dem Laufenden, ja? Sobald die Besprechung vorbei ist."

„Werde ich", sagte Frank und legte auf.

Als Red die Richtung bestimmen konnte, aus der die Hilfeschreie kamen, steuerte er direkt auf die Sanddünen zu und rannte so schnell wie möglich dorthin. In Windeseile kletterte er durch den lockeren Sand den Hügel hinauf. Als er fast oben war, wurden seine Beine schwerer und die Schreie kraftlos. Mit seinen letzten Kräften stieß er sich auf die Spitze der Sanddüne. Die Hunde waren weg und er schrie laut aus:

„Wo bist du?"

Ohne eine Antwort zu erhalten, befürchtete Red, dass jemand in den Teich gefallen war – eine kleine Oase zwischen den Palmen, in welcher sich die Hunde gewöhnlich bei stechender Hitze badeten, wenn er mit ihnen Gassi ging. Dem Trampelpfad Richtung Meer folgend, stürmte er durchs Gebüsch, das die Wasserstelle von allen Seiten umringte. Als er wieder ins Freie kam, zogen die Wolken sogleich davon und eine Schar zwitschernder Vögel flog direkt auf ihn zu, wodurch er taumelte und zu Boden fiel. Merkwürdigerweise wurden die

Vögel ganz still und landeten im nahe gelegenen Unterholz. Verwirrt richtete Red sich auf und war erstaunt, als er das Teichbecken vor ihm sah – wasserlos.

„Was zum …", murmelte er, während er sich vorsichtig näherte. „Hallo? Ist da jemand?" Er sah hinunter auf urzeitlich anmutende Felsstufen, die das gesamte Becken nach unten hin ausfüllten, und auf denen undefinierbare Schriftzeichen eingraviert waren. Red versuchte sich klarzumachen, was es mit dieser Öffnung auf sich hatte, die von dem Grund des Teichbeckens unter die Erde führte. Zögernd rief er vom Rand der Grube ein weiteres Mal: „Hallo?" Ohne die Antwort der Stimme verstehen zu können, griff Red nach einem Stock zu seiner Seite und wagte sich diesem sonderbaren Einstieg hinunter. „Hallo? Kannst du mich hören?", rief er.

Beißender Gestank kam aus dem Inneren der Höhle. Aber die Verlockung, die sich hinter der untersten Felsstufe befand, war zu anziehend zu ignorieren, und Red ging hinein. Sein Puls schoss nach oben. Seine Augen passten sich sogleich der Dunkelheit an, und er sah einen Gang vor ihm mit trüben Wänden aus einem seltsamen – gelartigen Material, und es hörte sich so an, als dass dahinter Wasser krachend nach unten stürzte. Etwas weiter vor ihm war eine Person, die einem Licht am entfernten Ende des Tunnels entgegenlief.

„Hey!", rief Red. „Komm zurück!"

Es drehte sich eine Frau um, die Biker-Klamotten trug und deren Gesicht mit einem Tuch verdeckt war. „Es ist zu spät, verschwinde von hier! Du weißt nicht, was hier passiert!", rief sie angsterfüllt.

Ihre lauten Stimmen belästigten etwas hinter den Tunnelwänden. Auf einmal richtete die Frau eine Pistole gegen die trübe Wand und feuerte einen Schuss ab, wodurch Red zurückschreckte. Von ihrem Angriff aufgescheucht lief Red zurück zu den Felsstufen, während er versuchte zu verstehen, mit wem er oder was es zu tun hatte.

„Verdammt!", keuchte die Frau. „Hinter dir!", warnte sie ihn. Sie drehte sich um und lief Red entgegen. Plötzlich stießen lange, miteinander verwobene Wurzeln, die so dick wie Python-Schlangen schienen, aus dem Untergrund heraus, um den Tunneleingang zu verschließen.

„Du kannst es schaffen!", drängte Red, und spreizte seinen Stock zwischen die Wurzeln, um eine Lücke offen zu halten, als plötzlich Wasser wie ein reißender Bach das Becken flutete. In einem aussichtslosen Heldenakt und seinem Körper hüfthoch in dem schnell ansteigenden Wasser getränkt, verengte sich die Lücke zu einem schmalen Spalt. Daraufhin drehte die Frau ab, um zurückzulaufen. „Warte!", schrie Red.

Die Frau blickte zurück. „Du musst den Stein finden, es ist der einzige Weg!" Die Wurzeln schnappten zusammen und brachen den Stock, bevor Red ihren Namen erfragen konnte. Es lief ihm kalt den Rücken herunter.

„Jade?", flüsterte er, irritiert von der Vertrautheit der Stimme der Frau.

Die Hunde rannten plötzlich laut bellend aus den Büschen heraus und holten Red zurück aus seinem tranceartigen Zustand. Hastig schwamm Red ans Ufer des Beckens, als sich gleichzeitig die Grube aufhörte zu füllen. Er kletterte hinaus und blickte zurück auf den Teich. Ein goldener Schimmer durchzuckte die Wasseroberfläche. Zum ersten Mal in seinem Leben, setzte Red sich hin und war wie verzaubert von dem sich vor ihm abgespielten Spektakel. Er fühlte sich desorientiert und fragte sich, ob er sich alles eingebildet hatte. Er warf einen Stein ins Wasser. Es war doch nur ein normaler Teich.

„Was zum Teufel ist mir gerade passiert?", murmelte er.

Red war gewitzt, rational denkend und mit logischem

Verstand ausgestattet. Es gab nicht viel, das er im Laufe seiner Arbeit nicht gesehen oder getan hatte. Er hatte schon eine Menge psychiatrischer Anstalten in seiner Vergangenheit besucht aber das ... „Bin ich verrückt geworden?", fragte er sich. Immer noch verblüfft von dem übernatürlichen Ereignis, entschied er sich zu gehen und Zuhause das Geschehene zu verarbeiten. Als er aufstand, rannte Ben laut hechelnd vor ihm hin. Er hatte etwas im Maul und wollte spielen.

„Nicht jetzt, Freunde", sagte Red. „Jetzt gibt's erstmal Frühstück für euch, was?" Mit einem glänzenden, faust-großen Gegenstand im Maul sprang Ben mit seinen Vorderpfoten gegen Reds Brust. Bill sah zu, bellte und wackelte mit dem Schwanz. „Was hast du da, Junge?"

Red vermied den nassen Sand und griff mit seinen Fingern nach dem Stein. Auf den ersten Blick wirkte der Stein wie ein funkelndes Prisma, das aus einer Sequenz von geometrisch perfekten Sechsecken bestand, die sich kontinuierlich, in einem endlosen Muster nach Innen hin verschachtelten. Es war ein Stein, der eine unheimliche Kraft ausstrahlte. Ein Stein, der kantig, hart, aber glatt, und zugleich hinreißend war. Neugierig senkte Red den Stein in den Teich, um den Dreck abzuwaschen. Der Stein zeigte unverzüglich seine Macht, indem er den Prozess, des sich mit Wasser füllenden Teichbeckens, umkehrte. Wenige Momente zuvor, saß er still da und suchte Zuflucht in den irdischen Räumen seines Geistes. Red glaubte nicht an Magie und Zauberei, dennoch verschlug es ihm die Sprache, als der Goldschimmer über die Wasseroberfläche huschte und sich am Kern des Teichs sammelte, das Wasser aufs Neue verschwunden war, und damit die Felsstufen zum sonderbaren Einstieg freigelegt wurden. In dem Glauben, die Frau könnte Jade gewesen sein, stürmte er erneut die Stufen hinunter. Die Hunde schauten von oben zu. Sie rochen Gefahr, liefen hin und her und weigerten sich ihm zu folgen. Dieses Mal hörte Red von der untersten Treppenstufe undefinierbare Geräusche näherzukommen. Unbewaffnet traute er sich keinen Schritt weiter, nicht heute. Er stieg hinauf, zurück zum Rand der Grube und schaute zu, wie sich das Teichbecken wieder mit Wasser füllte. Red war nicht bereit, mehr zu erforschen. Nicht bevor er verstand, was er in seinen Händen hielt.

Mit dem sonderbaren Objekt in seinem Besitz und dem Hilfeschrei der Frau, der in seinem Kopf widerhallte, verließ Red die Oase. Er nahm die Abkürzung über den Trampelpfad und erreichte schnell die Küste. Weiterhin verblüfft von diesem surrealen Erlebnis, spielte er mit dem Stein zwischen seinen Fingern. Irgendjemand, an irgendeinem Ort musste irgendwie etwas darüber wissen … aber wo sollte man anfangen? Es gab nur eine Person, der Red ein solches Geheimnis anvertrauen konnte – seinem Cousin Marco.

Während Red nach Hause joggte, mit den Hunden dicht bei ihm, blickte von der Spitze der Sanddüne ein Mann herunter – jener Mann, der zuvor mit der Frau, die Red nicht retten konnte, in eine Rauferei verwickelt war. Derselbe Mann, den die Hunde verjagt hatten. Ein Mann namens Jack.

3
DER AKTENKOFFER

Das Telefon im Strandhaus läutete gerade, als Red nach Hause kam. Er eilte hinein und schob die Tür hinter sich zu. Er legte den glänzenden Stein auf das hüfthohe Sideboard und nahm das Haustelefon von der Ladestation.

„Guten Morgen, Red", sagte Tofi mit rauer Stimme.

„Dir auch einen Guten Morgen", antwortete Red munter, während er hindurch zur Küche ging. „Liegst du noch im Bett?"

„Pfff, schön wär's! Ich habe die letzten Tage kaum geschlafen. Ich arbeite mich noch kaputt!" Red schaltete um auf Lautsprecher und drückte einen Filter in die Kaffeemaschine. „Es geht um Club-Angelegenheiten, weißt du … das Übliche. Hier ist gerade etwas sehr Großes im Gange, auf das ich sehr gerne verzichten könnte." Tofi verstummte.

„Tofi, du hast mich angerufen. Ist es dringend, oder kann ich dich zurückrufen?"

„Ich habe gehört, ein Waffenhändler fliegt heute ein. Es ist …" Tofi strich mit seinen Fingern über den Bericht. „Es ist Mohammad Kumar, ich weiß nicht, ob er dir bekannt ist. Er landet gegen Mittag."

„Okay … und was heißt das für mich?", frage Red, ohne sein Telefonat mit Frank zu erwähnen.

Als Tofi jedoch anfiel über alle Details auszupacken, zog es Red ans Fenster, weil er jemanden am Strandufer erblickte. Er beobachtete einen Mann, der sorglos an der Wasserlinie entlangschlenderte. Er trug seine Schuhe in den Händen und seine Hose war über die Knie gekrempelt.

„Der Punkt ist der, dass der Geheimdienst dich für den Job will."

„Warum mich? Sie wissen doch, dass ich keine schnellen Sachen mache, Tofi. Neunzig Prozent aller Reinfälle passieren genau aus solchen Gründen."

Seit Monaco war eine Woche vergangen und Red war überzeugt, dass wenn Kumar kommen würde, ihm auch Andere nachkommen würden – und das würde die Sache verkomplizieren. Frank zufolge sollte es ein großes Treffen auf der Insel geben. Nun verstand Red, warum Tofi, ex-FBI Agent und Besitzer des beliebtesten Urlaubsresorts auf den Bahamas, im Zwiespalt war. Sein Hotel, Beach Club & Spa wurde von der DWIB getragen. Es war ein merkwürdiger Zufall, dachte Red.

„Ist Kumar auf deiner Gästeliste?"

„Gott sei Dank nicht, aber sein Aufenthalt gibt dir eine gute Chance, richtig? Hör zu, alles was ich dir sagen will … er ist für ein paar Tage auf der Insel. Ließ dir einfach den Vertrag durch. Wenn du dabei bist, schön. Wenn nicht, dann finden wir einen anderen Weg. Alles, was ich weiß, ist, dass du ihre erste Wahl bist, weil du Insel in- und auswendig kennst. Verdammt Red, wie lange lebst du schon auf dieser Insel?"

„Zehn, beinahe elf Jahre."

„Krass, wie die Zeit vergeht. Wie auch immer, denk darüber nach. Ich werde alle wichtigen Unterlagen bis heute Abend fertig gestellt haben. Du kommst heute schon vorbei, oder?"

„Sicher, ich werde es mir dann ansehen."

„So, dann sehen wir uns also zwischen neun und zehn?"

„Das passt gut für mich."

„Noch eine Sache, bevor du auflegst."

„Yep."

„Der Flügel wird im Laufe des Tages gestimmt und Tina probt gerade eine neue Nummer. Was hältst du von einer Jam-Session später?"

„Ähm ..." Red war von der Frage überrumpelt. „Lass uns abwarten, okay? Ich muss mich um etwas kümmern. Ich sag dir später Bescheid."

Die Männer legten auf. Stirnrunzelnd verfluchte Red diesen viel zu verrückten Tag, an dem sich die Ereignisse überstürzten. Es war eine außerordentliche Bitte, aber egal wie dringend es war, nach seinen Vorstellungen zufolge war es ein großer Fehler, eine Mission voreilig und mit leichtfertiger Planung durchzuführen. Hinzu kam, dass es die Insel sein Zuhause war und seine Tarnung auffliegen könnte. Auf der anderen Seite würde mit der Eliminierung von Kumar seinen vertraglichen Verpflichtungen ein Ende gesetzt werden, und er könnte sich seinem neu-gefundenen Projekt widmen, dachte Red, als er einen Blick auf den Stein warf.

Als Tofi auflegte, ließ er sich erschöpft in seinen hohen Bürostuhl hinter dem Schreibtisch fallen. Mit dreißig Dienstjahren auf dem Buckel, hatte sich Tofi zurückgezogen, um sich auf den Bahamas ein neues Leben aufzubauen. Kurz nachdem er sich auf der Insel eingelebt hatte, sind seine Baupläne für das jüngste Juwel auf der Insel, *De Club* – Hotel, Beach Club & Spa, genehmigt worden. Mit langen silbernen Haaren, einen gepflegten Stoppelbart und einem weißen 1956er Rolls Royce vor der Haustüre, war Tofi der Connaisseur geworden, der er immer sein wollte.

Er verwirklichte seinen Traum und jeder wollten daran teilhaben. Innerhalb weniger Monate nach der Öffnung waren bereits alle Mitgliedschaften verkauft und die Pläne für eine weitere Expansion wurden wieder mit dem Grundbesitzer verhandelt – nämlich mit der Development World Investment Bank in der Stadt, die die lokale Zweigstelle der Monaco-DWIB war. Fünfzig Luxus-Suiten und zwei Penthäuser wurden daraufhin direkt am Meer errichtet. Die Hotelauslastung stieg exponentiell und zwölf Monate später befand sich Tofi, in einer „Blase", die kurz vor dem Platzen war. *De Club* wurde bekannt und jeder mit Geld fühlte sich angezogen. Und dort wo es Geld gab, gab es Betrüger – große Betrüger.

Oben in seinem Büro, mit direktem Blick auf die Bühne, stand Tofi auf und ging hinüber zu dem Monet, der an der Wand hing. Auf Knopfdruck glitt das Gemälde zur Seite und gab einen Wandsafe frei. Tofi öffnete den Safe, schob die Bündel von Bargeld beiseite und nahm das darin liegende Mobiltelefon in die Hand. Aus Angst, gestört zu werden, bewegte er sich zügig durch das schicke Büro und schloss die Tür ab. Er nahm sich ein paar Augenblicke Zeit, um seine Nerven zu beruhigen, blickte durch die riesige, raumhohe Glaswand und beobachtete seine Arbeiter, die den Tanzsaal darunter reinigten.

Sein Magen krümmte sich innerlich. Heute war Tofi in einem Spinnennetz gefangen – noch dazu eines, in das seine Freunde verwickelt waren. Aber wenn dieser Anruf nicht getätigt wurde, würde seine Blase zusammen mit seinem Kopf platzen! Ohne lange zu überlegen, drückte er die Wahltaste. Eine tödliche Stille lag in der Luft, als der Rufton verstummte. Tofi sprach sanft, leise und präzise.

„Alles steht bereit, heute Abend, nach neun Uhr."

„Hmm", raunzte die Stimme am anderen Ende der Leitung. „Gibt es irgendwelche Komplikationen?"

„Nein, alles ist in Ordnung."

„Dann ist es heute Abend. Kümmere dich um deinen Teil der Abmachung. Ich treffe die Vorbereitungen für Kumar. Du kennst das Hotel, in das wir ihn bringen, oder?"

„Ja. Und der Junge … ihm wird doch nichts passieren, oder?"

„Nein. Ich werde dafür sorgen, dass ihm nichts passiert. Er ist nur als Köder da."

„Gut."

„Dann gib Ralph das Geld, damit er es zur Bank bringen kann. Sag ihm, er soll es nicht einzahlen, sondern es Harry geben. Ich komme später für das Geld vorbei. Ralph kann mich danach abholen. Sorg dafür, dass er einen Hotel-Minibus benutzt und nicht den üblichen Wagen. Wir wollen heute kein großes Aufsehen erregen."

Abrupt wurde die Leitung getrennt. Tofi hasste diese Anrufe. Sie machten ihn unruhig, störten sein ansonsten perfektes Leben. Er legte den Hörer auf, nahm das Geld und drückte den Knopf, um den Monet wieder in seine ursprüngliche Position zu verschieben. Während Tofi das Kickback-Geld aus den Einnahmen der Nacht bündelte und in eine braune Papiertüte steckte, schüttelte er sich nervös bei dem Gedanken an seine schmutzige Tat. In Monaco würden sie es bemerken, dachte er, sobald seine Überweisung nicht eintraf. Aber heute war das Geld für etwas anderes bestimmt, das er und der Anrufer im Sinn hatten – Sprengstoff. Es gab ein Zeitfenster von achtundvierzig Stunden, um das Konto wieder aufzufüllen, bevor jemand Verdacht schöpfen könnte. Doch die Angst erwischt zu werden war weitaus größer als eine Kugel in den Kopf zu bekommen!

Etwa eine Minute lang beobachtete Tofi wieder seine Arbeiter, die fröhlich für wenige Pfennige schufteten. Für sie war er wie ein Gott, der von oben herabschaute. Bevor De

Club eröffnete, waren die meisten verarmt und kamen kaum über die Runden. Er sah, wie Old Jessie auf die Bühne sprang, um für die anderen einen kleinen Boogie-Woogie zu spielen. Tofi musste lächeln und genoss die Tatsache, dass etwas so Kleines und Menschliches sein Herz berühren konnte, in der korrupten kapitalistischen Welt, dessen Teil er geworden war – und nicht gerade weil er es selbst werden wollte. Es war ein Vorgeschmack auf das Leben, wie es sein sollte. Heute Abend würde Tofi versuchen, einen weiteren Einblick in dieses menschliche Leben zu bekommen, wenn er mit Red und Tinas Band auf der Bühne jammte.

Doch der Druck begann ihn zu verzehren und er war hin- und hergerissen. Er war traurig und eine Träne rollte über sein Gesicht, als er Old Jessie zuwinkte. Tofi stützte seinen Kopf in die Hände und versuchte, sich zusammenzureißen. Ein Besucher war im Anmarsch und er musste am Ball bleiben!

Zurück im Strandhaus bewegte sich Red zielstrebig zu seinem Schreibtisch, hinter der gebogenen transparenten Trennwand seines Büros, das sich in der südöstlichen Ecke des Hauses befand, und ließ den Kaffee vor sich hin köcheln. Der Authentizität halber wurde auf einem Regal eine Sammlung japanischer Bücher ausgestellt – ein Geschenk des Autors Ling Su, signiert als Dankeschön für seine Hilfe als Ghostwriter. Es war das perfekte Alibi, wann immer Red geschäftlich unterwegs war. Obwohl er es verabscheute, seinen Freunde nicht die Wahrheit über seinen Beruf zu erzählen, hatte er keine andere Wahl in dieser Angelegenheit. Aber das würde sich bald ändern.

Red zog die seitliche Schublade auf und nahm eine Schlüssel aus dem kleinen Fach darin. Übermütig schwenkte er seinen Stuhl, stand auf und schloss die obere rechte Tür des Wandschranks auf. Er sah Jades Aktenkoffer, worin in der hinteren Tasche die unterschriebene Besitzurkunde für ihr Apartment in Manhattan schlummerte. Es war ihre erste Anschaffung, und sie hatten gehofft, sich damit eine gemeinsame Zukunft aufbauen zu können. Damals waren sie glücklich und bereit, es mit der Welt aufzunehmen, bis das Märchen genau ein Jahr nach ihrer Hochzeit endete. Abgesehen von dem steigenden Vermögenswert war die Wohnung nichts weiter als eine riesige Staubdecke geworden. Red nahm den Aktenkoffer, der seit dem Tag, an dem er vor mehr als einem Jahrzehnt auf die Bahamas gezogen war, ungeöffnet dalag. Er ließ sich in seinen Stuhl sinken und legte ihn auf den Schreibtisch, gierig darauf, einen Blick hineinzuwerfen. Er wischte die dünne Staubschicht von der Oberseite ab, lächelte und fuhr mit den Fingern über Jades Initialen, die in das hellbraune Leder eingeprägt waren, und drehte die Zifferblätter des Zahlenschlosses. Seine Augen funkelten in der Erinnerung. Damals war sie wahnsinnig in ihn verliebt gewesen, und er in sie. Sie hatte gesagt, die Ziffern würden an ihre gemeinsame Liebe erinnern und er sollte die Kombination erraten. Sie hatten darüber gelacht, als er richtig geraten hatte und sie durch ihre Wohnung in Manhattan jagte, um danach Liebe zu machen.

Im Inneren des Koffers befanden sich Notizen, Fotos und kleine Andenken, die Jade seit ihrer Kindheit aufbewahrt hatte. Es waren Erinnerungsstücke aus der Zeit, als Jade im Alter von sieben Jahren das neue Kind in der Klasse war. Sie wurde von der Schuldirektorin adoptiert und im Klassenzimmer neben Red gesetzt. Von da an wurden sie unzertrennlich. Red lächelte wieder bei der Erinnerung daran, wie die neue Schule – eine private Einrichtung in Europa, mit Jades Ankunft viel lehrreicher geworden war. Jade war anfangs ängstlich, öffnete sich aber bald und erzählte, wie sie hierhergebracht wurde. Charmaine – die alleinige Schirmherrin der Schule – hatte sie aus dem Garten gerettet, als Räuber die Villa in Malibu überfielen und ihre Eltern töteten. Obwohl Jade sich nur an wenige Fitzelchen von den Tagen nach der Tortur ihrer Eltern erinnern konnte, erinnerte sie sich noch genau daran, wie Charmaine ihr die goldene Halskette um den Hals legte und sagte: „*Trage immer dieses Geschenk. Du bist etwas Besonderes, vergiss das nicht. Es wird dich vor dem Bösen beschützen.*" Jade sah ihre Retterin nie wieder. Niemand tat das, nicht einmal die Schuldirektorin, die weiterhin gut dafür bezahlt wurde, Jade wie ihre eigene Tochter aufzuziehen.

Als Red begann, den Inhalt des Aktenkoffers zu durchstöbern, spürte er plötzlich eine Kälte über seine Beine streicheln. Mit dem Gefühl, beobachtet zu werden, drehte er sich um und stand auf. Flüchtig betrachtete er den Raum und bemerkte, dass er die Terrassentür nicht richtig geschlossen hatte. Er schüttelte den Kopf über seine eigene Torheit, als die Kaffeemaschine piepste und um Aufmerksamkeit bat. Er hob ein Foto von ihm und Jade auf und nahm es mit in die Küche. Er stellte es gegen die Zuckerdose, füllte seine Kaffeetasse und betrachtete das Bild von ihrer heimlichen Hochzeit, das der Priester aufgenommen hatte. Er lachte laut auf, als er Jades Brautkleid sah – einen weißen Bikini mit vollem Kopfschmuck. Er spürte noch immer ihre weiche Haut in seinen Armen und das Rauschen der Wellen, das sie beide mit dem Meer verschmelzen ließ. Der Geruch ihres salzigen Haares ist heute noch so lebendig wie damals. Ihre Freude war ansteckend, aber ihre Zweisamkeit währte weniger als einen Tag. Denn an demselben Tag, an dem Jade und Red heirateten, erhielt die Schuldirektorin unerwartet einen bösartigen Anruf – ihre Vermählung war verboten. „*Sie wissen, dass das nicht passieren sollte!*", hatte Charmaine geäußert. „*Bringen Sie es in Ordnung! Und sorgen Sie dafür, dass keine Kinder von den beiden geboren werden.*" Eine Warnung, die weder Red, noch Jade erhalten hatten.

Red nippte ein paar Mal an seinem Kaffee, nahm das Hochzeitsfoto mit und verließ die Küche. Er ging zum Fenster hinüber und schloss die Schiebetür zur Terrasse. Kurz stand er da und schaute nach draußen, um zu sehen, ob sich der Fremde noch in der Nähe aufhielt. Aber der Mann war weg, und Red kehrte an den Schreibtisch zurück. Er stellte seine Tasse zur Seite, griff unter die oberen Papiere des Aktenkoffers und holte eine kleine, schlanke Schachtel aus dem Inneren. Er öffnete das Kästchen, nahm eine goldene Halskette heraus, hob sie zu seinem Gesicht und ließ sie an seinen Fingern baumeln. Das unregelmäßig geformte Nugget hing am Scheitelpunkt der Kette. Ein seltsames Objekt mit Hieroglyphen, die sowohl ihn als auch Jade seit ihrer Schulzeit in ihren Bann zogen. Er legte den Klumpen in die linke Handfläche und studierte die Symbole mit einem Vergrößerungsglas. Eine einundzwanzig Jahre alte Erinnerung sprang ihm in den Sinn. Es war die Nacht, in der Jade sich für das Abendessen zur Feier ihres Hochzeitstages fertig gemacht hatte. Sie hatte sich zu ihm umgewandt und ihn nach seiner Meinung gefragt: *„Was meinst du, an oder aus?"* Er antwortete: *„Aus, nur dieses eine Mal."*

In dieser Nacht war Jade entführt worden, und seitdem lebte Red mit der Schuld. Aber was Red in diesem Moment interessierte, waren die Symbole auf der Kette in seiner Hand, die denen auf den Felsstufen des wasserlosen Teichbeckens ähnelten. In seinem Stuhl zurückgelehnt, warf Red einen Blick hinüber zu dem Edelstein, der neben der Ladestation für das Haustelefon lag. Wenn er vorsichtig genug war, so dachte er, konnte er noch einmal nachsehen. Er legte die Halskette auf die Schreibtischplatte und machte Fotos mit seinem Handy, um sie Marco, seinem Cousin, zu schicken. Vielleicht war es ja doch Jade, die er gesehen hatte.

Nach seinem letzten Schluck Kaffee schnappte sich Red den

Schatz von dem Sideboard und huschte nach oben ins Bad. Er drehte den Duschknopf, und aus den Düsen sprenkelte das Wasser. Doch während er duschte, zog die geheimnisvolle Anziehungskraft des Steins – der auf dem Waschbecken auf der anderen Seite des Raumes lag – immer wieder aufs Neue die Aufmerksamkeit auf sich, so dass Red sich unbehaglich fühlte.

4
UNFALL

Red machte sich auf den Weg vom Mezzanin hinunter in den offenen Wohnbereich, um zu frühstücken. Sanfter Jazz spielte leise im Hintergrund, ein scharfer Kontrast zu dem Tempo, das in seinem Kopf pochte. Das unbeständige Wetter erinnerte ihn an seinen Schottlandurlaub und veranlasste ihn, die Haferflocken aus dem Küchenschrank zu holen. Er füllte etwas davon in eine kleine Stielkasserolle und fügte Wasser und Milch hinzu, um Brei zu machen. Während er den Brei umrührte, warf er immer wieder einen Blick auf den Edelstein, den er neben den Herd abgelegt hatte, und überlegte.

Das Strandhaus war sehr ordentlich. Der dunkle Holzboden brachte Leben in den mit modernen, cremefarbenen Möbel ausgestatteten Innenraum. Rechts von den Glasschiebetüren, die nach Süden in Richtung Strand zeigten, war die Wand mit perfekt gestapelten Bücherregalen gesäumt. Gegenüber von den Bücherregalen befand sich eine Nische mit einer immer weiter wachsenden Musiksammlung.

Red ging von der offenen Küche zum Sitzbereich und löffelte den fertigen Brei direkt aus dem Topf in seinen Mund. Er schaltete den Fernseher ein, stellte ihn auf *Stumm* und schaltete auf CNN. Er las die Nachrichten, die am unteren Rand des Bildschirms vorbeizogen, und ging dann hinüber zu den Erkerfenstern, die zum Norden des Hauses zeigten. Er schüttelte den Kopf beim Blick auf die Einfahrt, wo lose Blätter und Äste durch den Wind verstreut dalagen – noch einmal zehn Dollar für den Gärtner, dachte er. Plötzlich sah er eine Bewegung auf dem gegenüberliegenden Hügel und bemerkte, wie sich jemand zwischen den Büschen hindurch von der Hauptstraße zum Haus hinunterbewegte. Vorsichtig eilte er durch den Raum. Er stellte den Topf oben auf das Schuhregal, öffnete zügig die Haustür und lachte. Es war Sandy, seine Freundin, die aus dem Gebüsch trat und sich ein paar Zweige aus dem Haar zupfte.

„Was ist das für ein Spiel, das du hier spielst?", rief Red.

„Ach, frag besser nicht", antwortete sie etwas durch den Wind, während sie die fünfundzwanzig Meter breite Einfahrt überquerte.

Ihre blauen Augen und ihr Lächeln waren hinter ihrem blonden zerzausten Haar verborgen. Das nasse grüne Poloshirt klebte an ihren Brüsten, und der Schimmer des Regens betonte die Form ihrer wohlgeformten Beine unterhalb der Linie ihres Minirocks. Nach den Ereignissen des Morgens war Sandy eine willkommene Ablenkung, um Reds verworrene Gedanken zu beruhigen. Sie war dreiunddreißig, sportlich und die VIP-Koordinatorin der Millionärs-Gästeliste des De Clubs. Nachdem sie vor einigen Jahren auf der Insel angekommen war, wurde Sandy von Tina, der Sängerin von De Club, mit Tofi bekannt gemacht. Mit ihrer „Can-Do"-Einstellung, ihrer engagierten Arbeitsmoral, ihrem Taktgefühl und ihrer Diplomatie dauerte es nicht lange, bis Sandy schnell die Karriereleiter hinaufstieg und zum Rückgrat von Tofis Geschäft wurde. Abgesehen von den gelegentlichen Feierabenden in der Nachtbar Wolf's hatte

Sandy selbst wenig Zeit für soziale Kontakte. Und gegen die ständige Flut von Männern, die ihr nachstellten und sie mit altbekannten Anmachsprüchen anbaggerten, war es Red, der ihr Herz erobert hatte. Er war anders, dachte sie. Red hörte zu.

„Nun, das ist eine wirklich unerwartete Überraschung", sagte Red und begrüßte Sandy mit einem Kuss.

„Überraschung ist das richtige Wort." Sie atmete aus. „Was für ein Morgen, erst die Geschichte mit der Bäckerei und dann mit meinem Auto. Man sagt, aller guten Dinge sind drei, also frage ich mich, was als Nächstes kommt."

„Was ist denn mit deinem Auto los? Genauer gesagt … Wo ist dein Auto eigentlich?"

„Da oben. Schau!" Red trat nach draußen und drehte seinen Kopf seitlich, um durch die Büsche zu sehen.

„Oh, ich verstehe."

„Es ist kaputt!" Red lachte über Sandys Ausdruck, den sie von seinem Cousin Marco aufgeschnappt hatte. „Ich hatte Glück, dass ich genug Geschwindigkeit hatte, um über den Bordstein auf den Rasen zu stoßen. Die letzten Meter ist das Auto nur gerollt."

„Na, dann komm. Wir bringen dich besser rein, bevor du dich noch erkältest." Sandy beugte sich vor, um ihre Sandalenriemen zu öffnen, und warf Red einen missbilligenden Blick zu, als er begann, aus dem Topf zu essen. „Was?", sagte Red und bot Sandy einen Löffel Haferbrei an, als sie ins Haus trat. „Es sind nicht mehr viele Haferflocken übrig, fürchte ich. Hast du schon gefrühstückt?"

„Ist das alles was du mir anbieten kannst?", scherzte sie neckisch.

„Ich kann dir ein Omelett zaubern, wenn du möchtest."

„Das wäre nett, danke", antwortete sie. Sie nahm ein Handtuch und rubbelte sich die Haare.

„Kaffee zum Aufwärmen?", fragte Red und holte die Eier aus dem Kühlschrank.

„Ein Kaffee oder ein Quickie", antwortete sie mit spielerischen Augen.

Red kicherte über Sandys besonderen Charme und machte in der Küche weiter, wobei er Sandy sich selbst überließ.

Sandy öffnete die Schranktür in der Diele. Sie warf einen Blick über die darin hängende Kleidung, eine Sammlung von Ersatzkleidung, die sie dort für zahlreiche Anlässe aufbewahrte. Doch dann entschied sie sich ihre nassen Sachen in den Trockner zu legen und sie wickelte sich ein Handtuch um. Plaudernd ging sie zu Red hinüber und setzte sich an die Kücheninsel.

„Red, was bedeutet EPC, wenn es auf dem Armaturenbrett angezeigt wird?"

„Ist es das, was passiert ist?", fragte Red, während er den Edelstein rasch mit einem Geschirrtuch bedeckte.

„Ja, das ist es."

„Es ist eine elektronische Störung. Das kann eines von vielen Dingen bedeuten", antwortete er und schlug die Eier in die Schüssel.

„Meinst du Ehab kann es reparieren, oder soll ich die Werkstatt anrufen?"

„Mach dir keine Sorgen um dein Auto, ich kümmere mich darum", sagte er und verquirlte die Eier. „Du gehst doch zur Arbeit, oder?"

„Ja, nachdem ich ein paar Besorgungen in der Stadt gemacht habe. Wenn du mich dort absetzen könntest, wäre das super."

„Natürlich mache ich das."

„Danke, Babe. Das ist eine große Hilfe."

Sandy rutschte vom Hocker und schlang ihre Arme um seine Taille. Sie schmiegte sich von hinten an ihn und Red lächelte.

Während er Kaffee in eine Tasse schenkte, spürte er, wie Sandys Hand nach unten glitt.

„Sei vorsichtig", sagte Red und drehte sich um.

Sandy schmunzelte, nahm ihren Drink und ging zum Sitzbereich. Sie nahm die Fernbedienung des Ambiente-Kamins in die Hand und drückte einen Knopf. Sofort loderten die Flammen auf, und an diesem nassen, trüben Morgen verbreitete sich eine angenehme Wärme im Raum. Sandy lehnte sich an die Rückenlehne der Couch und beobachtete Red in der Küche. Sie freute sich, dass es ihr gelungen war, sein gebrochenes Herz zu öffnen, und lächelte. Red hatte eine Pause im Leben verdient, und Sandy war froh, dass sie es war, die sie ihm beschert hatte.

Heute jedoch dachte sie an ihre Pläne gemeinsam zusammenzuziehen, was sie vorhatten, sobald Red seine Arbeit für Ling Su beendet hatte. Dieser Termin rückte näher und Red hatte eine Entscheidung getroffen. Er war bereit, nach vorne zu schauen, und Sandy war die Richtige. Aber was Sandy nicht wusste, war, dass jene Frist von Ling Su die Frist von dem FBI war. Da er nur noch einen Auftrag zu erfüllen hatte, war dies der Zeitplan, den Red sich selbst gesetzt hatte, um sich von seinen Verpflichtungen zu befreien, die Vergangenheit hinter sich zu lassen und mit Sandy zusammen zu sein.

„So, jetzt hast du gehört, was mein Start in den Tag zu bieten hatte, wie war dein Morgen, Red?"

„Meiner?" Red stotterte und streute Tomaten in die Pfanne. „So wie immer …"

„Selten so ein stürmisches Wetter gehabt, nicht wahr, Red? Es erinnert mich an die Zeit, als Ehab uns auf dieser abgelegenen Insel abgesetzt hat, wohin er auch seine Kunden mitnimmt. Wir haben ein Feuer angezündet, um uns warm zu halten." Sandy schwelgte in Erinnerungen.

„Ich erinnere mich, dass er fünf statt zwei Stunden brauchte, bevor er zurückkam, weil die Wellen so stark waren." Red lachte, als er mit Sandys Frühstück den Raum durchquerte.

„Ja … aber es waren denkwürdige fünf Stunden."

„Bitte sehr, greif zu."

„Mmmh, das sieht gut aus", murmelte sie und hob ihre Gabel auf, „und schmeckt auch gut. Danke."

„Gern geschehen."

Die beiden unterhielten sich noch eine Weile, aber Sandy bemerkte, wie sich Red veränderte. Er war nachdenklich geworden, ruhig und kontemplativ. Egal wie sehr Red versuchte, die Stimmen in seinem Kopf zu bekämpfen, sie wiederholten sich und zogen ihn zu den Ereignissen des Morgens zurück. Er war tief in seinen Gedanken versunken, und erst als er die Wärme von Sandys Hand auf seinem Arm spürte, und sein Name zum dritten Mal gerufen wurde, kam er wieder zu sich.

„Red, was ist los? Was beschäftigt dich?", fragte Sandy.

„Oh, es tut mir leid, ich war meilenweit weg."

„Hast du Zweifel?"

„Zweifel?" Red runzelte die Stirn. „Worüber denn … uns?"

„Ja, zusammenzuziehen, du weißt …"

Red drehte sich auf dem Sofa herum. „Natürlich nicht", sagte er fest. „Das hat nichts mit uns zu tun. Es ist nur so, dass … na ja, die Arbeit ein bisschen länger dauern könnte, als ich erwartet habe."

„Meine Güte, Red, ist es das? Ich dachte für einen Moment, unsere Beziehung stünde auf wackligen Beinen. Als hättest du deine Meinung geändert …"

„Nein, nein, sei nicht dumm."

„Du weißt doch, dass ich meine Wohnung in der Stadt behalte, also sag mir einfach Bescheid, wenn du das Gefühl hast, dass der richtige Zeitpunkt gekommen ist. Von meiner

Seite aus gibt es keinen Druck."

Red ließ Sandy in dem Glauben, dass sein kurzer Aussetzer mit den Terminen für Ling Su und den Verlag zu tun hatte. Diesmal brachte ihn seine Ausrede aus der Klemme. Es war an der Zeit weiterzumachen und Red spürte den Drang, Marco zu kontaktieren.

„Sollen wir dann losfahren?", fragte Red.

„Ja, machen wir", antwortete Sandy.

Red nahm Sandys leeren Teller und ging sofort zurück in die Küche, holte den Stein und wickelte ihn in das Geschirrtuch. Sandy holte in der Zwischenzeit ihre Kleider aus dem Trockner und Red stopfte den Edelstein in seinen Rucksack.

„Oh, die sind so schön warm", sagte Sandy, als sie ihr Handtuch auf den Boden fallen ließ und die warme Kleidung an ihren Körper drückte.

Red blickte zu ihr hinüber und Sandy lächelte zurück. Ein oder zwei Sekunden lang sah er ihr beim Anziehen zu, dann wandte er sich höflich ab, um das Haus zu verriegeln. Red schnappte sich die Schlüssel seines offenen Jeeps von dem Schlüsselbrett an der Wand und lehnte sich an den Türrahmen, während Sandy sich fertig machte und müßig über die unerwarteten Gäste bei der Arbeit plauderte. Während sie sich vor dem Spiegel in der Eingangshalle die Haare bürstete, erzählte sie Red, wie sie bis nach drei Uhr morgens aufgehalten wurde, und brachte ihren Unmut darüber zum Ausdruck, dass Tofi Mitglieder aus den Strandbungalows ausquartiert hatte, um die zwielichtigen Geschäftsleute unterzubringen, die zum Besuch der DWIB in die Stadt gekommen waren.

„Heute werden noch mehr kommen", sagte sie und erregte damit Reds Aufmerksamkeit.

Nach seinem Gespräch mit Frank und Tofi erkundigte sich Red offen bei Sandy: „Wie viele werden denn kommen?"

„Keine Ahnung … etwa fünfzehn oder so, vielleicht mehr. Ich werde es besser wissen, wenn ich heute reingehe."

„Hat Tofi erwähnt, warum er die Mitglieder hinten anstellt? Ich meine, das ist doch nicht wirklich üblich, oder?"

„Nein, das ist es nicht. Das hat mich ja überrascht. Es ist nicht einfach, Gäste zu transferieren … Ich glaube, er wurde dazu gezwungen."

„Warum glaubst du das?"

„Er sagte, die Bank habe es aufgetragen, und es musste getan werden. Du kennst Tofi, er ist bei den meisten Dingen cool, aber bei dieser Sache war er sichtlich gestresst. Für mich macht das aber keinen Sinn. Auf der Insel gibt es zu dieser Jahreszeit jede Menge Hotelzimmer. Wie auch immer, am Ende des Tages habe ich es geschafft. Gut, ich bin jetzt bereit. Und du?"

Red klapperte mit den Schlüsseln seines Jeeps. „Ich brauche nur die Schlüssel für dein Auto", erinnerte er sie.

Als Sandy in Reds Jeep stieg, entschuldigte sich Red und kehrte kurz ins Haus zurück. Er packte die Pistole und seinen Laptop und steckte sie zu dem Edelstein in seinen Rucksack. Red beschloss, in die Bibliothek zu fahren, um über Mineralien und seltene Steine zu recherchieren, sobald er Sandy abgesetzt hatte.

Der Jeep setzte sich in Bewegung. Die Luft war warm, es wehte eine leichte Brise, und die Vögel wurden plötzlich vom Lärm des V8-Motors übertönt. Schon bald begann Sandy, zu einem Song aus dem Radio mitzugrölen. Red schmunzelte vor sich hin und genoss Sandys gute Laune, auch wenn sie keinen Ton traf. Als sie die mit Schlaglöchern übersäte Schotterstraße parallel zur Hauptstraße entlangfuhren, platzte plötzlich der rechte Vorderreifen, wodurch der Jeep eine scharfe Kurve machte.

„Verdammt! Halt dich fest, Sandy!", brüllte Red.

Sandy hielt sich am Schutzbügel fest, ihr Gesicht war voller Panik, während ihre Stimme in einen ohrenbetäubenden Schrei überging. Der Jeep drehte sich nach rechts in das unbebaute Landstück und schrammte an den Stämmen der Palmen entlang. Weitere Dellen verunstalteten die Karosserie, als der Jeep außer Kontrolle geriet und weiter vorwärts raste. Während Red mit der Lenkung kämpfte, versagten die Bremsen. Er wich schnell nach links und rechts aus, vermied bestmöglich die Gräben und versuchte krampfhaft, den Jeep zum Stehen zu bringen. Aber der Jeep schien seinen eigenen Willen zu haben und steuerte auf den Hügel im Dickicht zu.

Plötzlich hob sich der Jeep vom Boden und prallte in ein sumpfiges Moor, das sie von Kopf bis Fuß mit Schlamm bespritzte. Red schlug wütend auf das Lenkrad ein und fluchte ausgiebig über sein Pech.

„Fuck! Fuck!"

„Oh ja, bitte", sagte Sandy und brach in Gelächter über die Ironie ihres Witzes aus. Red sah sie finster an. „Es tut mir leid, Red, ehrlich. Ich habe dich nur noch nie so wütend gesehen …"

Red überprüfte diskret den Inhalt des Rucksacks. Erleichtert, dass der Stein unversehrt war, drehte er sich zu Sandy um und fasste ihr Gesicht in seine Hände.

„Also, was war es, das du heute Morgen zu mir gesagt hast?", fragte Red.

„Ich bin mir nicht ganz sicher, was du meinst?" Sandy kicherte.

„Du hast gesagt: ,*Man sagt, alle guten Dinge sind drei!*' Ist das deine Art von Humor?"

Sandy zuckte mit den Schultern und lächelte unschuldig, als wollte sie sagen: *Nimm es mir nicht übel.*

Als sie über den Rücksitz ins Trockene kletterten, beschlossen Sandy und Red, sich aufzuteilen. Red blieb zurück. Sandy ging zur Hauptstraße und hielt mit einer Plakatpose und erhobenem Daumen das erste Auto an, das vorbeifuhr. Es sollte der Glückstag des Postboten werden.

Als Red die Unfallstelle beobachtete, meldete sich sein sechster Sinn, der ihn aufforderte, sich umzuschauen. In der Ferne sah Red zwischen den Büschen auf den Teich, als wolle dieser ihn zur Rückkehr locken. Das musste mehr als nur ein Zufall sein, dachte er. Er war sich sicher, dass seine Bremsen niemals versagen und der Reifen niemals hätte platzen dürfen – denn die Ausstattung war fast neu. Sein Herz raste, und er begann daran zu denken, wie kostbar jeder Augenblick sein konnte. Red beschloss, sich dem zu stellen, was auch immer auf ihn zukommen würde, und rief seinen Freund Ehab an, damit er den Abschleppwagen holte. Wenn das Problem mit seinem Unfallauto aus dem Weg geräumt war, konnte Red das tun, was er am besten konnte – ohne Unterbrechung einen Schlachtplan entwerfen.

„Morgen, Ehab."

„Hey, Red. Das war ein ziemlich wilder Abend gestern, was?"

„Ja, na ja, es war Freitag."

„Und heute ist Samstag! Hast du Bock?"

„Nicht, wenn ich meinen Jeep nicht aus diesem Drecksloch herausbekomme, in dem ich festsitze. Ich hatte einen kleinen Unfall ..."

„Brauchst du eine helfende Hand?"

„Eine Hand ist nicht stark genug. Ein Abschleppwagen wäre besser."

„Lustig, sehr lustig, wo bist du denn?"

„Ich stecke in der Nähe der Abzweigung fest. Wenn du ein Stück Richtung Strand fährst, kannst du mich nicht verfehlen. Es fehlt ein Reifen und die Bremsen sind hinüber."

„Ach du Scheiße!"

„Nein, es ist nur Schlamm, aber es stinkt wie Scheiße." Die Männer lachten.

„Ich rufe erst Svetlana an und sage ihr, sie soll das Boot vorbereiten. Ich schätze, dass ich in etwa fünfzehn, zwanzig Minuten bei dir bin."

„Gut, wir sehen uns dann."

Ehab war ein halber Ägypter. Er wuchs bei seinen Großeltern auf der griechischen Insel Mykonos auf und lernte bei seinem Großvater die Kunst des Handwerks in der Werftwerkstatt. Doch an seinem sechzehnten Geburtstag trauerte Ehab bitterlich, als er seine Großeltern, Hand in Hand, tot im Bett fand. Im Kampf gegen die Depression wandte er sich der Fitness zu und wurde im Alter von vierundzwanzig Jahren Weltmeister im Bodybuilding. Doch ein Jahr später, am Höhepunkt seiner Karriere, als er den Mr. Universe-Titel gewann, erlitt er nach einem schweren Herzinfarkt einen Herzstillstand von fast einer Minute. Seine Karriere endete abrupt. Heute war Ehab Reds Nachbar, ein enger Freund und der Besitzer von Bahamian Private Charters. Mit seiner eigenen Motoryacht mit sechs Kojen und einem verlängerbaren Fünfjahresvertrag kümmerte sich Ehab um die Betreuung des elitären Kundenkreises von De Club und war damit glücklicher als je zuvor.

Nachdem Red das Telefonat mit Ehab beendet hatte, setzte er sich auf den Rand der Ladefläche des Jeeps und stützte seine Füße auf der Stoßstange ab. In den wenigen Minuten, die er für sich hatte, nahm er den Edelstein heraus und machte Fotos mit seinem Handy. Er fügte die Fotos des Edelsteins mit denen der Halskette zusammen, packte sie in eine Zip-Datei und schickte sie an Marco. Nachdenklich hob er den Edelstein in die Hand und untersuchte ihn genau. Der Stein glitzerte in Neonlicht und versuchte Red zu zwingen, sich seinem Willen zu beugen. Red wickelte den Edelstein in das Tuch ein und verstaute ihn unten in seinem Rucksack, um nicht in den Bann des Steins gezogen zu werden. Heutige Entdeckung machte ihn zu ungeduldig, um auf Marcos Antwort zu warten, und Red rief ihn zu Hause an.

„Komm schon. Nimm ab, Marco."

Red wusste, dass Marco immer noch der geheimnisvolle Playboy war und es begrüßen würde, ein paar Tage von seinem zahmeren Leben zu Hause wegzukommen. Beruflich war Marco ein IT-ler, der beste Computerfreak in der Branche, der die meisten von Reds Aufträgen koordinierte. Sein typischer Kleidungsstil bestand aus Khakihosen, T-Shirts und den passenden Bartstoppeln. Er lebte mit seiner Frau Carmen in einem Penthouse mit Blick auf Puerto Banus in Marbella, Spanien, wo sich unzählige Millionäre tummelten.

Als das Telefon im Schlafzimmer klingelte, stützte sich Carmen auf dem Kissen ab und versuchte, den Hörer zu erreichen.

„Hola?", antwortete eine müde Carmen, die aus dem Schlaf erwachte.

„Hola, Carmen, vielleicht mit Marco sprechen, por favor? Ich bin's, Red."

„Si, hola, Red, wie geht es dir?" Sie rieb sich das Gesicht und schob sich die Haare aus den Augen.

„Mir geht's gut, danke, und dir?"

„Si, very good. Ich spreche jetzt besser Englisch als du. Willst du Marco sprechen?"

„Si, Carmen, gracias."

„Er viel getrunken … noch schlafen. Wir waren auf einer Party, mit viele, viele Leute."

Es war früher Nachmittag in Spanien und nicht die Worte, die Red hören wollte. Eine Party bedeutete einen Haufen halbnackter Homo Sapiens, die sich B52s in die Birne kippten und in den Pool sprangen.

„Kannst du ihn wecken, Carmen? Es ist dringend."

„Ok, Red, ich sehe, was ich tun kann."

Als sie Marco ansah, wurde Carmens Gesicht traurig. Wenn Red anrief, wusste sie, dass ihr Mann für Tage, Wochen oder sogar Monate weg sein konnte, ohne dass er sich meldete. Aber auch Carmen hatte ihr Gelübde abgelegt und sie würde sich an ihr Versprechen halten, dass Marcos Arbeit Vorrang haben musste, bis sie ihr eigenes Weingut besitzen würden. Im Gegensatz zu Marcos früheren Ehen klappte es dieses Mal wirklich.

Carmen versuchte, ihren Mann wachzurütteln. Sein Arm fiel auf den Boden und baumelte über die Seite des Bettes. Die Gardine wehte vom offenen Fenster, als Carmen sich vorsichtig über die Bettdecke bewegte. Insgeheim hatte sie gehofft, Red würde auflegen und morgen wieder anrufen, damit sie Zeit hatte, ihre Gefühle zu verarbeiten, bevor Marco abreiste.

„Er ist so … ähm, wie sagt man … er nicht aufwacht, Red."

Da er noch eine Weile Zugang zu den FBI-Ressourcen hatte, hatte Red den Plan gefasst, Kumar als Druckmittel einzusetzen und einen Privatjet zu bekommen, der Marco für die Mission auf die Bahamas bringen sollte. Bei einer so kurzfristigen Auftragserfüllung war das ein normaler Antrag, bei dem man nichts Verdächtiges vermuten würde.

„Carmen, hör gut zu, bitte. Hol kaltes Wasser und schütte es über ihn. Er muss aufwachen. Es ist sehr dringend!"

„Por qué, Red? Er wird loco sein."

„Carmen, tu es einfach. Er wird es verstehen."

„Si, Red, okay."

Carmen rutschte aus dem Bett, füllte ein Glas mit kaltem Wasser und schüttete es ihrem Mann ins Gesicht. Sie bemühte sich, keine Miene zu verziehen, und hielt das Telefon in Reichweite, um ihr Handeln zu rechtfertigen.

„Red! Red ist dran." Marco drehte sich im Schneckentempo um, benommen von Schlafmangel und Alkohol. Carmen wiederholte: „Red, es urgente!"

Marco erwachte zum Leben. Er packte seine Frau und zog sie ins Bett. Carmen kicherte und schrie, er solle aufhören, während Marco sein lockiges Haar wie einen nassen Hund schüttelte. Er drehte sie auf den Rücken, drückte sie auf die Matratze und fesselte ihre Hände mit seiner Krawatte, die locker um den Bettpfosten hing.

„Hey, Cousin, was ist denn los?", räusperte er sich.

„Mensch, Marco, wann kommst du endlich aus diesem Partymodus raus?"

„Das war's. Das war die letzte Party in Puerto Banus für uns. Ich habe es dir noch nicht gesagt, aber wir planen, ins Landesinnere zu ziehen."

„Der Weinberg? Endlich! Gut gemacht, ihr beiden!"

„Ja, das ist es."

Marco rollte sich von seiner Frau herunter, und Carmen gab ihm einen Tritt.

„Marco, binde mich los!", forderte sie. Marco streckte sich über das Bett und löste seine Krawatte vom Bettpfosten. Carmen deutete an, das Gästezimmer zu benutzen, während sie das Chaos beseitigte.

„Ich brauche dich für einen Job, Cousin", begann Red.

„Klar. Sag einfach, wann und wo, und ich werde da sein."

„Dann pack deine Tasche."

„Das ist aber … ganz schön bald, Red!"

„Es ist ein neuer Auftrag, Mohammad Kumar. Wir haben ein kurzes Zeitfenster, um den Job zu erledigen."

„Das ist ein enger Zeitplan, Bro."

„Ich habe mich noch nicht entschieden, aber es ist ein guter Grund, dich in ein Flugzeug zu setzen und hierher zu bringen. Ich habe noch etwas für dich. Sieh dir deine E-Mails an. Ich habe dir ein paar Bilder geschickt."

„Dann warte mal einen Moment." Marco nahm den Hörer weg. „Carmen, kannst du mir mein iPad bringen?" Neugierig schaute Carmen ihren Mann an und reichte es ihm. Marco scheuchte seine Frau weg und öffnete den Anhang. „Was ist das, Cousin?"

„Du wirst schon sehen."

„Sie sind ziemlich unscharf, Red", bemerkte Marco. „Kannst du mir ein paar bessere Bilder als diese schicken?"

„Kannst du sie erkennen?"

„Wenn ich reinzoome, geht das nicht. Ich brauche schärfere Bilder. Was sind das überhaupt für welche?"

„Ehrlich gesagt, ich habe keine Ahnung."

„Warte mal kurz! Ist das die Halskette von Jade?", fragte Marco, der eines der Bilder wiedererkannte. „Du bist doch nicht wieder auf der Suche, oder? Um Himmels willen, Red, das haben wir doch alles schon einmal durchgemacht. Würdest du bitte versuchen, mit deinem Leben weiterzumachen und das alles hinter dir zu lassen?"

„Der Job ist Kumar", flunkerte Red. „Hunderttausend … bist du dabei oder nicht?"

„Für hundert Riesen kannst du mich hochbeamen!"

„Gut. Du musst die Sache für mich prüfen. Wir besprechen es, wenn du hier bist. Aber hör zu, Marco, sag niemandem etwas davon. Hast du das verstanden? Wenn irgendjemand fragt, kommst du auf meinen Wunsch für den Kumar-Job, nichts anderes."

„Gibt es etwas, das du mir nicht sagst? Du weißt, ich hasse es, im Dunkeln zu tappen."

„Es gibt da etwas. Ich werde es dir erklären, wenn du hier auf der Insel bist. Unter uns ... Kumar ist mir im Moment nicht so wichtig, aber ich muss ihn benutzen, um dich hierher zu bekommen."

Marco wurde still und sah zu Carmen.

„Das wird mehr als nur ein paar Tage dauern, nicht wahr?"

„Vielleicht, ich weiß es nicht. Es ist wahrscheinlich am besten, den Kalender relativ offen zu halten."

„Verstehe ... dann tu mir einen Gefallen. Geh in deinen Keller und mach ein paar 3D-Fotos für mich."

„In Ordnung, das mache ich später, wenn ich nach Hause komme. In der Zwischenzeit kümmere ich mich darum, dass der Jet dich in Malaga abholt. Grüß' Carmen von mir und entschuldige mich, dass alles so kurzfristig ist."

Plötzlich ertönte eine Hupe und ein großer Abschleppwagen kam in Sicht. Red sprang vom Rand der Ladefläche des Jeeps und beendete sein Telefonat mit Marco. Während Ehab damit beschäftigt war, das Fahrzeug hin und her zu manövrieren, rief Red kurzerhand in Madrid an und bestellte den Privatjet für Marco. Mit dem Gefühl, dass endlich alles nach seinen Vorstellungen lief, ging Red auf Ehab zu, der den Abschleppwagen rückwärts in Position brachte. Als Red aufblickte, bemerkte er den Fremden, der ganz in der Nähe stand. Es war derselbe Mann, den er am Ufer in der Nähe seines Hauses waten sah. Mit einer Narbe, die von der Augenbraue bis zur Wange reichte, beobachtete der Fremde ihn neugierig. Außerhalb der Sichtweite von Ehab holte Red seine Handfeuerwaffe aus dem Rucksack, so dass der Fremde sie sehen konnte, und steckte sie in seine Hose. Der Mann reagierte, indem er sein Revers aufriss, seine Waffe zum Vorschein brachte und weiterging.

Red hielt nach Gefahren Ausschau und richtete seine Aufmerksamkeit auf Ehab, der aus der Kabine sprang und scherzhaft kommentierte, dass der Arsch des Jeeps seiner Eroberung von gestern Abend ähnelte.

„Was zum Teufel ist hier passiert?", fragte Ehab.

„Es ist ein ziemliches Durcheinander, nicht wahr?"

„Du hast großes Glück gehabt, Kumpel. Und Sandy? Du sagtest, sie war bei dir?"

„Das war sie."

„Geht es ihr gut?", fragte Ehab und löste die Winde.

„Sie hat sich schlapp gelacht, als wäre es eine Achterbahnfahrt."

„Das ist Sandy durch und durch."

Es dauerte nicht lange, bis das Seil gespannt war – der Jeep war gesichert und die beiden Männer sprangen in den Abschleppwagen.

„Übrigens, Ehab, Sandys Auto hat eine Panne."

„Ich habe es am Straßenrand gesehen. Ich habe geglaubt, sie wäre zurückgegangen, um es zu holen."

„Nein, sie hat eine Mitfahrgelegenheit in die Stadt genommen. Hättest du Zeit, einen Blick darauf zu werfen?"

Ehab schaute auf seine Uhr.

„Es ist knapp, aber ... ja, sicher. Wo soll ich den Jeep nachher abstellen? In Rays Autowerkstatt?"

„Ja, perfekt."

Es dauerte nicht lange, bis Ehab aus dem Dickicht nach links auf die Hauptstraße abbog. Als das Geräusch des Abschleppwagens an der Kreuzung zu hören war, drehte sich der Fremde, der in die entgegengesetzte Richtung ging, um. Red schaute in den großen Seitenspiegel. Der Mann deutete kurz und ging weiter. Red wusste auf der Stelle, dass er den Fremden wiedersehen würde.

5
DIE SPOOKS

Carmen stand auf dem Balkon, im dritten Stock ihres Penthouses in Puerto Banus. Während sie darauf wartete, dass Marco mit dem Packen fertig war, beobachtete sie die Menschen unten in dem Hafen. Es dauerte jedoch nicht lange, bis er seine Tasche im Wohnzimmer auf den Boden fallen ließ. Carmen warf einen Blick über ihre Schulter. Sie wusste, dass ihr Mann in ein paar Minuten abreisen würde. Mit dem dumpfen Grollen des Donners in der Ferne näherte sich Marco von hinten und legte seine Hände auf ihre Schultern.

„Ich hoffe, der Regen bleibt aus", flüsterte er Carmen ins Ohr, als er bemerkte, dass sich dunkle Wolken über dem Meer gebildet hatten.

„Du machst dir zu viele Sorgen … außerdem bist du morgen auf den Bahamas", sagte sie. Carmen sah ihren Mann an. „Hast du alles gepackt?", fragte sie und drückte ihn an sich. „Zahnbürste, Unterwäsche, Telefon, iPad, Rasierer?"

„Hör auf, ja?", reagierte er. „Noch bin ich kein alter Mann."

„Ich kümmere mich nur um dich, das ist alles. Komm, lass uns wieder reingehen." Marco ging voraus und Carmen schloss die Balkontür hinter sich. „Was soll ich wegen unseres Termins mit den Architekten tun, Marco? Soll ich ihnen absagen und warten, bis du zurückkommst?"

„Oh, ich glaube, dass es keinen Unterschied macht, ob ich da bin oder nicht. Wir sind uns doch beide einig über die von uns geplanten Änderungen, nicht wahr?"

„Nun ... ja."

„Dann sieh dir die Entwürfe an, und wenn sie gemacht haben, wonach wir gefragt haben, bezahlst du die Rechnung im Austausch gegen die Pläne. Und dann, mein hübsches Mädchen, wenn ich von meiner Reise zurückkomme, können wir uns zusammensetzen und am Computer eine virtuelle Begehung unseres neuen Zuhauses machen. Und du kannst die Farben aussuchen. Was hältst du davon?"

„Das hört sich gut an." Carmen grinste und klatschte vor Aufregung in die Hände. „Und das Grundstück meiner Eltern ... was sollen wir damit machen? Ich bin mir sicher, dass sie fragen werden, ob wir ihr Angebot annehmen oder nicht."

„Das ist eine klare Sache. Das Land wird nicht billiger als das, was sie uns anbieten. Außerdem können wir es mit dem Geld aus diesem Job direkt kaufen und es bleibt uns immer noch genug für die Instandsetzung des Weinbergs übrig. Vielleicht können wir sogar ein paar von diesen alten Gäulen kaufen, um darauf herumzureiten", stichelte Marco.

„Nenn sie nicht so, Marco, bitte. Das ist nicht sehr nett", schimpfte Carmen.

„Okay, dann sag deinen Eltern, dass wir einverstanden sind. Ich nehme an, dass du bei ihnen bleiben wirst, während ich weg bin, oder?"

„Natürlich. Gleich nach dem Termin mit den Architekten fahre ich hin. Sie werden sich so freuen, wenn sie die Nachricht hören!", sagte Carmen eifrig und küsste Marco mit einer

Umarmung.

„Aber denk daran, wir müssen erst die Baugenehmigung bekommen, bevor wir uns festlegen. Ohne die ist der ganze Deal geplatzt."

„Ich glaube nicht, dass das ein Problem sein wird." Carmen runzelte die Stirn. „Oder?"

„Vielleicht sollten vorerst nichts versprechen. Ich hasse es, gute Nachrichten zu überbringen, und am Ende falsche Hoffnungen zu wecken. Ich werde die Leute vom Planungsbüro selbst anrufen und versuchen, eine schriftliche Bestätigung zu bekommen."

„Das wirst du?"

„Ja, ich verspreche es. Also sag nichts, bis ich dich bei deinen Eltern anrufe."

„In Ordnung. Dann… ich nehme an, es ist Zeit, dass du dich auf den Weg machst."

Er lächelte. Carmen liebte ihn. Sie küssten sich und verabschiedeten sich. Marco schnappte sich seine Tasche und war zuversichtlich, dass sie sich eine gemeinsame Zukunft aufbauen würden.

Der Umzug aus Puerto Banus war eine große Entscheidung für Marco gewesen. Aber wenn er jemals seine umtriebige Art ändern wollte, die ihn immer wieder zurück zu den alten Lastern führte, dann wollte er das mit Carmen tun. Später am Tag würde Carmen die kurvenreiche Straße den Berg hinauf nach Ronda fahren, ein Dorf weit weg von allem, was er kennt. Dort, in Ronda, auf den Weinfeldern von Carmens Eltern, hatten sie sich verliebt, und dorthin wollten sie auch ziehen.

Doch Marco hatte sich erneut mit seinem Cousin auf ein Abenteuer eingelassen, und dieses Abenteuer klang besonders verlockend. Es war mit einem Geheimnis verbunden, und Marcos Gehirn kribbelte vor Interesse. Er war neugierig, was Red auf Lager hatte, und drückte den Aufzugsknopf zur Tiefgarage. Während er in dem Gang wartete, fragte er sich, ob Ivana, jene Frau, die vor Carmen sein Herz gestohlen hatte, an Bord des Jets sein würde. Sie war nach einem Undercover-Einsatz wieder zurück an der Arbeit. Allein der Gedanke an Ivana löste einen verfluchten Reiz von Aufregung aus. Und als er mit dem Aufzug zur Garage fuhr, verwandelten sich seine Gedanken von dem Ehemann, der er jetzt war, zurück zu dem frivolen Marco, der er einmal war, bevor er Carmen traf.

In der Tiefgarage eilte Marco zu seinem nagelneuen Auto – einen Audi R8 Quattro mit Sonderausstattung, welcher erst gestern geliefert wurde. Als er den Startknopf drückte, sprang der V10 mit einem schnaubenden Brummen an. Sofort glühte Marcos Gesicht, und er saß einen Moment lang still da und lauschte dem Grollen des Motors. Er griff nach dem Sicherheitsgurt und betätigte den Gashebel. Das Schnauben des Motors prallte an den Wänden ab und löste den Autoalarm des Wagens neben ihm aus, was den Wachmann dazu veranlasste, aus seiner Kabine am Ausgang zu treten.

Marco fuhr aus seinem Stellplatz nach vorne heraus. Als sich die Metalltür hob, blinkte er noch kurz mit den Scheinwerfern Joseph zu, dem Wachmann, mit dem er sich angefreundet hatte.

„Na sieh mal an, ich habe mich schon gefragt, wann du dir ein neues Auto kaufen würdest", sagte er und machte eine anerkennende Geste. „Ich nehme an, du wirst mich wecken, wenn ich Nachtschicht habe."

„Allerdings nicht mehr lange. Ich und Carmen werden bald ins Landesinnere ziehen."

„Ich hätte nie gedacht, dass das Land dein Ding ist, Marco. Ihr zwei werdet uns also verlassen?"

„Ja, es ist absehbar."

„Hmm, ich kann es dir nicht verübeln. Die Küste ist nicht mehr das, was sie mal war. Es ist nicht einmal mehr die Costa del Crime, sondern die verdammte Costa del Russia!"

„Das ist genau meine Meinung." Marco schmunzelte. „Habt ihr, du und deine Frau, früher nicht auf dem Land gelebt, Joseph?"

„Das haben wir, fast dreißig Jahre lang. Leider sind wir umgezogen, weil wir nicht mehr über die Runden gekommen sind."

„Hör mal, Joseph, ich weiß, es ist etwas verfrüht, wenn ich das sage, aber ... wir werden ein Paar wie euch, als Haushälterin und Hausmeister, brauchen. Das heißt, wenn ihr interessiert seid?"

„Ich wäre sehr daran interessiert und meine Frau bestimmt auch."

„Dann lasst uns darüber reden, wenn ich zurückkomme, ja?"

„Das werden wir, das werden wir sicher."

Marco hupte höflich und fuhr aus der ansteigenden Rampe heraus, nur um ein paar hundert Meter weiter zu fluchen, als der dahin kriechende Verkehr im Kreisverkehr zum Stillstand kam und Marco in einem Gewimmel von Verkehrsteilnehmern gefangen war. Schaulustige standen frei von ihren Fahrzeugen und plapperten Unsinn über den Unfall auf der gegenüberliegenden Seite des Kreisverkehrs, wobei sie die Motorradfahrer fälschlicherweise für die Massenkarambolage verantwortlich machten. Polizeilichter drehten sich wie Discokugeln, Sanitäter rannten durch das ungeordnete Chaos, und die Krankenwagen kämpften sich durch den Verkehr.

„Verfluchte Scheiße, das ist das letzte, was ich heute gebraucht hätte", fluchte Marco, als er Motorradfahrer sah, die verletzt auf der Straße lagen, und einen weiteren, der zwischen einem Auto und einem Lieferwagen eingeklemmt war.

Es war tragisch, aber Marco musste schnell zum Flughafen kommen, um den Learjet zu erwischen. Umgeben von Autos zu seiner Linken, einem Lastwagen vor ihm, einem Bus hinten an der Heckklappe und einem Straßenschild *Baustelle – Durchfahrt verboten* zu seiner Rechten, tippte Marco ungeduldig auf das Lenkrad, während andere Flugzeuge über ihm zum Flughafen von Malaga flogen, der eine halbestündige Fahrt entfernt war. Er schaute sich um. Im Seitenspiegel fiel ihm eine Gruppe von Menschen ins Auge. Sie hatten sich hinten versammelt und unterhielten sich mit dem Busfahrer, der sich aus dem Fenster lehnte. Die Minuten vergingen, ohne dass sich etwas rührte, und dann klopfte der plumpe Busfahrer plötzlich an die Beifahrerscheibe und hinterließ die Abdrücke seiner verschwitzten Fingerknöchel auf dem Glas. Er deutete Marco an, sein Fenster runterzufahren. Marco gehorchte schnell, um weitere Abdrücke zu vermeiden.

„Die Straße ist fertig, weißt du?", sagte der Busfahrer.

„Wirklich? Da steht *Durchfahrt verboten.*"

„Nein, vergiss es. Ich fahre diese Straßen zweimal am Tag. Ich habe gesehen, wie die Arbeiter gegen elf oder so zusammengepackt haben, als ich vorbeikam. Sie werden morgen die Straßenmarkierungen machen. Du kannst durchfahren, wenn du die Pylonen am anderen Ende wegräumst."

„Warum fährst du dann nicht?"

„Würde ich ja, aber ich fahre geradeaus, ich muss warten, bis die armen Kerle in den Krankenwagen verladen sind, bevor ich irgendwo hinfahren kann. Ich sehe das so: Wenn du es eilig hast und gleichzeitig den Stau hinter dir lassen willst, schiebe ich das Schild aus dem Weg."

„Und man kommt am anderen Ende raus, sagst du?"

„Ja, da bin ich mir ziemlich sicher." Der Busfahrer grinste. „Im schlimmsten Fall kannst du immer noch umkehren, wenn du es nicht schaffst."

„Dann wollen wir es mal versuchen."

Der Busfahrer nickte der Gruppe zu, mit der er geplaudert hatte. Prompt kehrten die Fahrer zu ihren Fahrzeugen zurück. Doch die plötzliche Kettenreaktion von zuschlagenden Türen alarmierte die Polizisten, und zwei von ihnen kamen über den Kreisverkehr gerannt und schrien auf Spanisch. Eine Vielzahl an Fahrzeugen startete ihre Motoren, während der Busfahrer das Schild mit der Straßensperre wegzerrte und den frisch gelegten Asphalt zerkratzte. Marco raste durch die Lücke, und ein Dutzend andere folgten, bevor die Polizisten den Strom der Flüchtenden abfingen und stoppten. Es war ein guter Tipp des Busfahrers. Und nachdem Marco einer zufällig mitten auf der Straße geparkten Dampfwalze ausgewichen war, fuhr er im Eiltempo nach Malaga, machte die Fenster runter und ließ den Fahrtwind in der Kabine des Audi pfeifen, um ihn nach dem Schlafmangel der letzten Nacht wach zu halten.

Doch als er sich dem abgelegenen Flugplatz näherte, war Marco nicht so aufmerksam, wie er dachte und trat plötzlich auf die Bremse. Nachdem er an der Einfahrt zu der entlegenen Landebahn vorbeigefahren war, hoben zwei bewaffnete Wachmänner sofort ihre Waffen und richteten sie auf den Audi, der etwa dreißig Meter rückwärts fuhr, mit den Fingern am Abzug.

„Ausweis und Code! Oh, du bist es!", grunzte der eine, als Marco zum Stehen kam. Der andere Wachmann stand vor dem Auto. Marco hielt sein Handy hoch. Der Wachmann scannte Marcos Zugangscode und ID und verglich sie mit denen auf seinem eigenen Handgerät. Er nickte seinem Kollegen im Inneren des Geländes zu, der daraufhin das elektrisch betriebene Gittertor öffnete. „Hangar sieben", verkündete er und zeigte in die entsprechende Richtung.

Limpy, der Aufseher der Anlage, grüßte Marco kurz, als er in den offenen Hangar fuhr. Er deutete mit seinem Einwinkstab darauf, dass Marco in der Nähe seines Büros anhalten sollte, während er den Jet im Inneren des Hangars zum Stehen brachte.

Marco beobachtete alles vom Fahrersitz aus und wartete gespannt darauf, dass sich die Türen des Flugzeugs öffneten und sich die elektronischen Stufen herabsenkten. Richard war der erste Spook, der erschien. Es folgte Tom, dessen Hemd sich eng über seinen massigen Bauch spannte. Er drehte sich beim Aussteigen vom Flugzeug zur Seite, um zu vermeiden, dass sein Hemd an der Türklinke zerriss. Aber Marco interessierte sich eher für die Kabinenbesatzung und dafür, mit wem die Flugadministratorin Sarah in der Tür sprach.

„Ivana", flüsterte Marco, als Sarah zur Seite ging.

Eifrig stieg Marco aus dem Auto und erregte damit Ivanas Aufmerksamkeit. Sie winkte ihm zu, und Marco erwiderte den Gruß. Limpy schüttelte Marco die Hand und riet ihm spaßeshalber und ernst zugleich, seinen Schwanz in der Hose zu lassen, wenn er nicht eine dritte Ehe zerstören wolle.

„Ich habe eine Frau, schon vergessen?", erwiderte Marco und zeigte seinen Ring.

„Das hast du schon mal zu mir gesagt. Aber du hast eine Vergangenheit mit dieser hier!", erinnerte ihn Limpy.

Limpy hatte nicht vergessen, wie zerrissen Marco war, als Ivana abrupt nach Moskau abreiste und Marco nur eine Voicemail hinterließ.

„Tut mir leid, Marco. Ich fliege heute Abend nach Russland. Du darfst dich nicht melden, sonst ist mein Leben in Gefahr. Ich werde dich vermissen."

Und das war's! Sie wurde mit einem Spezialeinsatz beauftragt, von dem Marco nichts wissen durfte. Gegen Ivanas Ehemann wurde zu dieser Zeit wegen Verbindungen zur Mafia ermittelt, und zwar wegen seiner Verbindungen zu einer ganz bestimmten Person – Antonio DuPont.

Die Affäre mit Ivana hatte für Marco eine größere Bedeutung, und er kam mit der plötzlichen Trennung nicht gut zurecht. Er lebte in Puerto Banus und verdrängte seine Sorgen im Trubel der Bars, bis zu dem Tag, an dem er die Straße ins Landesinnere nach Ronda nahm. In einem Moment der Besinnung hielt er an einem Weinberg an und setzte sich in die Sonne in die ruhige Umgebung. Nach drei Gläsern Wein ließ er sich im Sessel nieder und schloss die Augen. Als er sie wieder öffnete, sah er Carmen, die Tochter des Gutsbesitzers, die ihm Wasser anbot. Ohne zu überlegen, nahm Marco Kost und Logis an. Bald darauf hatten sie geheiratet. Heute war Marco glücklich verheiratet, Ivana war geschieden und ledig, und die beiden hatten sich seit drei Jahren nicht mehr gesehen.

„Sag nicht, ich hätte dich nicht gewarnt. Wie auch immer, was ist das für ein Schrottteil, das du dir gekauft hast?", stichelte Limpy.

Marco ignorierte die Frage und schnappte sich seine Ausrüstung.

„Ich weiß nicht, wie lange ich bleiben werde, Limpy. Eine Woche oder zwei, schätze ich."

„Okay. Dann parke ich ihn da drüben in der Ecke, damit er keinen Kratzer abbekommt."

„Vielen Dank, die Schlüssel sind drin. Und, ist alles startklar?", fragte Marco ungeduldig.

„Sie sind gleich so weit. Der Kapitän hat auf dem Weg von Madrid einen Zusammenstoß mit einigen Vögeln gemeldet. Die Techniker überprüfen die Maschine gerade auf Schäden. Du kannst dich auch gleich an Bord einrichten."

Marco verabschiedete sich von Limpy und ging auf Richard und Tom zu, die im Hangar herumschlenderten und über etwas Belangloses diskutierten. Die Spooks grüßten ihn flüchtig, und Tom zündete sich eine neue Zigarette an. Vor dem Eingang begrüßte ihn Ivana, elegant gekleidet in einen blauen Bleistiftrock, ein Jackett, eine weiße Bluse und hohe Absätze.

„Bordkarte, bitte", scherzte sie, griff nach ihrem Pferdeschwanz und legte ihn über ihr Jackenrevers.

„Es ist schön, dich zu sehen, Ivana", erwiderte Marco mit einem Kuss auf die Wange. Ihr Teint war makellos, ihre Lippen voll und ihr Haar lang und weiß wie Schnee. „Du hast dich kein bisschen verändert."

„Das kann ich auch von dir sagen. Du bist immer noch so schmuddelig wie eh und je." Sie lachten.

„Ihr könnt einsteigen", rief Limpy Richard und Tom zu, als die Ingenieure den Flugzeugschlepper an der Nase anbrachten.

„Gut", antwortete Tom und drückte seine Zigarette aus.

Die Männer stiegen eilig ein und der Schlepper schob das Flugzeug aus dem Hangar. Nachdem das Flugzeug gesichert war, rollte der Kapitän zur Startbahn.

In der Kabine des Jets begrüßte Marco seine Kollegen förmlich. Im Gegensatz zu ihm waren Richard und Tom eher nüchtern. Sie nahmen ihren Job ernst und hielten sich bei den meisten Dingen an die Regeln. Sarah jedoch war ein wenig anders. Sie war die perfekte James-Bond-Figur, *Miss Moneypenny*. Mit ihrem hellbraunen, schulterlangen Haar, das am Ende im Stil der siebziger Jahre gelockt war, war sie eine attraktive Fünfzigjährige, die bei Zwischenstopps lieber ruhige Nächte an der Hotelbar verbrachte und mit dem Personal plauderte, als sich nach draußen zu wagen. Sarah tat Marcos geistreichen Charme als uninteressant ab, saß auf ihrem Sitz festgeschnallt und arbeitete, um keine Zeit zu verlieren.

Der Learjet war luxuriös und mit allem modernen Schnickschnack ausgestattet. Er war groß und geräumig, hatte cremefarbene Ledersitze, Flachbildschirme mit integriertem Bordunterhaltungssystem und genug Hightech-Ausrüstung für Marco, um sich in die spanischen Banken zu hacken, Gelder zu überweisen und sie auf einem Offshore-Konto abzuheben, wenn er auf den Bahamas ankam – vorausgesetzt er hätte Lust dazu.

Während der Learjet rollte, starrte Marco aus dem Fenster und sah, wie die Regentropfen an der Scheibe herunterliefen. Ein paar Sekunden lang wettete er mit sich selbst, welcher Regentropfen gewinnen würde.

„Ready for take-off", verkündete der Kapitän und erhöhte den Schub.

In der Gewissheit, dass Carmen sicher zu Hause war und bald bei ihren Eltern sein würde, drehte sich Marco in seinem Sitz um und sah Ivana an, die ordentlich auf ihrem Platz saß. Ihre Beine waren übereinandergeschlagen, und ihr Rock bedeckte ihre Knie. Ihr Rücken war gerade und ihre Hände ruhten auf ihrem Schoß. Mit dieser Haltung sah sie wie das perfekte Bild einer Dame aus, aber im Bett war sie wild, erinnerte sich Marco zurück. Ivana erwiderte Marcos Lächeln und schien den gleichen Gedanken über ihn zu haben.

Innerhalb von zehn Minuten hatte sich der Learjet aus den Wolken erhoben und flog mit Autopiloten bis nach Miami. Dort mussten sie eine Zwischenlandung einlegen, bevor sie nach Nassau weiterfliegen konnten. Schon bald begannen sich die Leute in der Kabine zu bewegen, um sich ihren Angelegenheiten zu widmen. Für kurze Zeit kam der Kapitän auf ein Gespräch mit Marco vorbei.

„Also, mein Freund", sagte der Kapitän und legte seine Hand auf Marcos Rückenlehne, bevor er sich setzte, „wie ist das Leben zu dir?"

„Ähm, es könnte nicht besser sein. Und du?"

„Oh, es hat sich nicht viel verändert. Beständig würde ich sagen. Ich tue, was ich tun muss, und arbeite auf meine Rente hin." Er hielt inne. „Ich weihe gerade einen neuen Kopiloten ein", fuhr er fort und verlieh seinem Job einen Hauch von Flair.

„Oh, ja? Jemand, den ich kenne?"

„Das glaube ich nicht. Er ist ganz frisch von der Akademie. Du kannst vorbeikommen und ihn kennenlernen, wenn du willst?"

„Vielleicht später. Ich bin im Moment etwas müde." Ohne ein weiteres Wort zu sagen, blickte Marco wieder aus dem Fenster.

Der Kapitän schwieg noch eine Weile, dann stand er auf. „Ich denke, ich lasse dich dann mal allein. Ich sollte sowieso zurück. Ich kann „Billy-the-Kid" nicht zu lange allein da drin lassen", kicherte er. Der Kapitän klopfte Marco auf die Schulter und ging davon.

Marco wartete geduldig auf den günstigen Moment, in dem Ivana offiziell dienstfrei haben würde. Er begann, eine Zeitschrift zu lesen, aber seine Augenlider begannen sich zu schließen. Plötzlich tauchte Sarahs Kopf um die Ecke auf.

„Tut mir leid, Marco, ich habe nicht bemerkt, dass du eingenickt bist."

„Ist schon okay, ich war nur in Gedanken."

„Fantasieren, nehme ich an. Leider ist Denken für Leute wie uns Arbeit, für dich ist es ein Geschenk. Wie auch immer, ich wollte dir mitteilen, dass noch keine Informationen über den Auftrag eingetroffen sind. Wenn ich jedoch etwas erhalte, werde ich dich sofort informieren. In der Zwischenzeit solltest du dich ein wenig ausruhen, du siehst müde aus."

„Das werde ich vielleicht", gähnte Marco.

„Dann werde ich kurz das Schlafzimmer überprüfen", sagte Sarah und ging los.

Marco brannte darauf, mit Ivana zu sprechen. In drei Jahren hatten sie nur einmal miteinander telefoniert, nachdem Ivana aus Russland zurückgekehrt war. Und bei dieser Gelegenheit eröffnete Ivana das Gespräch, indem sie Marco zu seiner Hochzeit mit Carmen gratulierte. Es war ein unangenehmes Gespräch, und beide waren sich einig, dass es besser war, den Kontakt nicht aufrechtzuerhalten. Mit diesem Gedanken im Hinterkopf stand Marco auf und schlenderte zum vorderen Teil des Flugzeugs. Richard und Tom sahen ihn mit leeren Blicken an, als er an ihnen vorbeiging und am Getränkeschrank stehen blieb, während er überlegte, was er trinken sollte.

Ivana kam vorbei und bot ihre Hilfe an. Sie nahm ihm das Glas aus der Hand und mischte stattdessen zwei Sambuca und Baileys auf Eis. Die Drinks weckten schöne Erinnerungen an ihre Zeit in Italien. Ihre Hände berührten sich, und ohne einen leisen Zweifel entstand wieder eine neue Verbindung zwischen den beiden. Gefangen in einem Konflikt zwischen Liebe und Lust, stellte Marco seine Gedanken an Carmen vorübergehend ab.

„Ich bin bald fertig und dann können wir uns unterhalten", sagte Ivana. Marco beugte sich zu ihr und flüsterte ihr etwas ins Ohr, bevor er sich schnell wieder entfernte.

Auf dem Rückweg bemerkte Marco, dass die Laptops von Richard und Tom geschlossen waren. Richard holte ein Kartenspiel hervor und fragte Marco, ob er eine Runde spielen wolle. Er lehnte höflich ab, setzte sich aber trotzdem zu ihnen, jedoch mit seinen eigenen Gedanken beschäftigt. Als er sich die Bilder auf seinem Handy ansah, überlegte er, warum diese für Red wichtiger waren als Kumar – ein Ziel, das das FBI so schnell wie möglich tot sehen wollte.

Obwohl Red Marcos Cousin war, hasste Marco es, nicht zu wissen, was Red vorhatte. Es machte ihn ungeduldig, neugierig und nervös. Er grübelte über die möglichen Gründe nach, warum sein Cousin so geheimnisvoll war und warum Red betont hatte, dass er mit niemandem auf dem Flug über den Edelstein oder die Halskette sprechen sollte. In all den Jahren, in denen er mit seinem Cousin zusammengearbeitet hatte, war dies das erste Mal. Je mehr Marco darüber nachdachte, desto misstrauischer wurde er gegenüber denjenigen, die um ihn herumsaßen.

Weiter vorn trat Ivana hinter der walnussfarbigen Abtrennung hervor. Tom schaute auf und stieß Richard mit seinem Bein an, als sie auf sie zuging. Sie hielt ein Tablett mit Getränken in der Hand und bot jedem eine letzte Erfrischung an. Ihr Gesicht glühte verbrecherisch, als sie sich Marco näherte. Zweifelsohne sahen die Spooks das Offensichtliche. Doch Ivana hatte ihre eigenen Anweisungen zu befolgen. Wie Marco war auch sie eine Auftragnehmerin und nicht an das FBI gebunden. Unter ihrem kühlen äußeren Erscheinungsbild war sie eine leidenschaftliche Frau, die in Marco den Richtigen gefunden und verloren hatte. Doch zum ersten Mal seit dem Beginn ihrer Affäre war die Affäre jetzt Marcos Problem, nicht ihres.

„Ich habe jetzt Feierabend, Jungs", sagte Ivana zu den beiden Spooks. Dann wandte sie sich an Marco. „Komm." Ivana reichte ihm die Hand. „Ich denke, es ist an der Zeit, dass wir reinen Tisch machen, meinst du nicht?"

Marco entschuldigte sich und folgte Ivana in den hinteren Teil des Flugzeugs. Richard und Tom schauten mit neidischen Blicken hinterher.

„Ja, ich werde dich wecken", sagte Sarah, die Marcos Frage vorwegnahm, als er an ihr vorbeiging, während Ivana ihn zum Schlafzimmer führte.

Kaum war die Schlafzimmertür geschlossen, grinsten sich die Spooks an. Enthusiastisch griffen sie in ihre Portemonnaies.

„Hundert Dollar, dass er es tut", wettete Richard und knallte sein Geld auf den Tisch.

„Hundert, dass er es nicht tut", platzte Tom heraus und schloss die Wette ab.

„Und Zweihundert, dass ... das ist unanständig!", schimpfte Sarah barsch und nahm das Geld vom Tisch. „Schämt euch, ihr beiden!"

6
IM KELLERVERSTECK

Auf dem Hügel gegenüber Reds Zuhause, verringerte Ehab seine Geschwindigkeit und blieb an der Hauptstraße neben Sandys Nissan, der auf dem grasbedeckten Straßenrand geparkt war, stehen. Wie ein Magnet hat der zurückgelassene Sportwagen die Aufmerksamkeit der örtlichen Kinder erregt, welche mit ihren Fahrrädern, aus dem nahegelegenen Park, hergefahren sind.

„Hey, ihr alle", schrie Ehab aus dem Abschleppwagen. „Jetzt kommt, haut ab!"

Die jungen Rabauken verstreuten sich und hinterließen ihre schmutzigen Handabdrücke auf der weißen Lackierung. Red stieg auf den Fahrersitz von Sandys Auto und zog am Hebel, um die Motorhaube zu öffnen. Die Jungen im Hintergrund warteten neugierig darauf, dass sie den Motor sehen und Ehab Fragen stellen konnten, sobald er seinen Laptop an das Elektroniksystem des Nissan angesteckt hatte. Ehab deutete ihnen kurz an, damit sie näher kommen. Es erinnerte ihn daran, wie aufgeregt er selbst war, unter die Fronthaube eines Sportwagens blicken zu können. Er träumte damals oft von seiner bestandenen Führerscheinprüfung und von dem Tag, an dem er sein erstes eigenes Auto kaufen würde. Die Kinder waren für einen kurzen Moment interessierte Zuschauer, waren aber schnell wieder gelangweilt und fuhren weg, nachdem Ehab den Fehler gefunden hatte. Er tauschte die defekte Sicherung und schloss die Motorhaube.

„Na also! Versuch's jetzt." Red startete das Auto.

„Perfekt! Das ging schnell."

„Du kennst mich. Rein und raus und nicht herumalbern."

„Das stimmt, sagen die Frauen."

„Fick dich, Red", kicherte Ehab.

„Danke nochmal für alles."

„Gern geschehen", sagte Ehab während er sein Zeug zusammenpackte. „Und, wie schaut's bei dir heute Abend aus, brauchst du eine Mitfahrgelegenheit zum Club? Soll ich dich abholen, vielleicht so zwischen acht und neun?"

„Nicht nötig. Ich werde Sandys Auto nehmen. Sie braucht es am Tag nicht mehr und so kann ich es ihr am Abend vorbeibringen. Trotzdem würde ich es sehr schätzen, wenn du Ray fragen könntest, ob er für mich einen Mietwagen übrig hat, wenn du eh dort bist."

„Ich bin mir sicher, dass er etwas da haben wird. Ich ruf' dich dann an und sag' dir Bescheid."

Red erinnerte sich an die Bitte von Marco, schärfere Bilder zu schießen und verabschiedete sich von Ehab, verschloss Sandys Sportwagen und nahm eine Abkürzung über den Abhang zu seinem Haus.

Ehab fuhr mit seinem Abschleppwagen davon, der Renegade Jeep seines Kumpels im Rückspiegel. Nach einer Weile fuhr er an der Stelle vorbei, an der Sandy vom Postboten aufgegabelt wurde. Auf den Weg zu Rays Autowerkstatt versuchte Ehab seine Gedanken zu sammeln. Wenn es um die Arbeit ging, war Ehab stets pünktlich, aber seine Hilfeleistung für Red hatte ihn in Verzug gebracht. Obwohl er Svetlana gebeten hatte, die Yacht für die geplante Fahrt vorzubereiten, war er sich der Zeit bewusst und wollte nicht zu spät in See stechen.

„Hallo, Boss. Wo bist du? Wir warten auf dich für den Kaffee."

„Ich brauche ein wenig länger als gedacht. Ich bezweifle, euch Gesellschaft leisten zu können, bevor wir losfahren."

Svetlana hielt das Handy weg. „Er wird nicht zum Kaffee trinken kommen", sagte sie zu den Mädchen.

„Ich wollte nur nachfragen, ob ihr es schaffen werdet, alles fertig zu bekommen", fragte Ehab.

„Ja, wir werden alles vorbereiten. Aber du kommst schon bevor die Gäste ankommen, oder?"

„Ja, sicher. Svetlana …"

„Ja, Boss?"

„Hast du das Wasser abgeholt, das Essen und die …"

„Boss, ich halte dich auf", unterbrach Svetlana scharf. „Ich bin eine kompetente Frau. Du brauchst mir Dinge nicht zweimal zu sagen. Ich werde es machen. Ich habe die Checkliste und weiß, wie es geht. Ich habe dir das schon mal gesagt. Ich kann alles machen, bis auf dein Boot fahren."

„Ich versteh dich Svetlana, wirklich, es ist nur …"

„Boss, bitte hör auf! Wir sind ein gutes Team, oder? Vertrau mir oder ich nehme das Angebot vom verrückten Larry an und arbeite auf seinem Boot. Er sagte, er lernt mir sogar das Bootfahren." Ehab lächelte über Svetlanas Bestechungsversuch. Sie wird nirgendwo hingehen, Ehab wusste es und sie wusste es auch. „Wir vergessen nichts, Boss. Vertrau mir. Also wir sehen uns wenn du kommst, ja?"

„Natürlich, ich werde rechtzeitig da sein."

Nach dem Nieselregen am Morgen hatte sich der Himmel strahlend blau gefärbt, und es war ein weiterer sonniger Tag für eine Bootsfahrt. Ehab schaltete das Radio ein und legte den vierten, fünften und dann den sechsten Gang ein, bevor er bremsen musste, als er sich auf eine Vierzig-Grad-Kurve vor ihm zubewegte. Doch als er um die Kurve fuhr, schien ihm die Sonne hell in die Augen. Flink klappte er die Sonnenblende herunter und fluchte, als sie von den Caches in seiner Hand abriss, so dass er an den Straßenrand geriet und nur knapp einen Mann verfehlte, der nahe am Rande der Klippen lief. Ehab brachte den Abschleppwagen schnell wieder unter Kontrolle und verlangsamte das Tempo.

„Meine Güte, das war knapp", murmelte Ehab, als sein Herz einen Schlag aussetzte.

Als er in seine Seitenspiegel spähte, sah er den Mann wie er ihm verärgert hinterherblickte, als hätte er es mit Absicht getan. Für eine Sekunde zögerte Ehab anzuhalten. Nachdem er aber die Narbe im Gesicht des Mannes sah, dachte er zweimal darüber nach, ihn mitzunehmen. Stattdessen gab er Vollgas und rechtfertigte seine Fahrerflucht mit seinem verspäteten Start in den Tag.

Zuhause angekommen, ging Red direkt in sein Büro. Nach den absonderlichen Geschehnissen des Morgens, stellte er sich die Frage, wo er denn anfangen sollte. Auf einen derart einzigartigen Schatz zu stoßen, war keine alltägliche Gegebenheit. Sein Smartphone vibrierte und er blieb stehen, um die SMS von Sarah zu lesen: *Zu deiner Info Red, Marco sitzt im Flieger und wartet ungeduldig auf Informationen. Ich hoffe bei dir ist alles klar. MfG, Sarah.*

Red grinste und bewegte sich rasch zum Bücherregal. Er schob ein kleines Fach zur Seite und legte seine Hand auf das versteckte Touchpad. Der Laser scannte seine Handfläche. Der Zugang zu seinem Hightech-Kellerversteck wurde gewährt und er stieg die Metalltreppen hinunter.

Unten kam Reds wahres Leben zum Vorschein; und es war ein Leben, welches meilenweit von demjenigen entfernt war, welches er vortäuschte zu haben. Die Ausrüstung in seinem Untergeschoss hatte ihm gut gedient, und er hat es geschafft, es vor seinen Freunden versteckt zu halten. Das war der Raum, in welchem er seine Pläne für die Aufträge aufstellte. Er war gefüllt mit diversen Geräten und Vorrichtungen. Aktenkoffer waren in einer chronologischen Reihe mit verschiedenen Währungen gebunkert – Dollar, Kronen, Rubel, Yen, Euro und Sterling – alles zusammengepackt mit Kreditkarten und Reisepässen. Auf der linken Seite der Treppen hing immer noch die Mindmap über den Pradnarski Fall an der Wand, bereit, um geschreddert zu werden. Ein großer Denkzettel, über das Leben, welches er hinter sich lassen wollte.

Red nahm das glänzende Prisma aus seinem Rucksack und packte es vorsichtig aus. Er strich über sein glattes, kantiges Äußeres. Durch das Licht im Keller schien der Edelstein noch beeindruckender. Tief im Inneren, unter der klaren Oberfläche, zuckten unablässig Miniaturblitze in Rot-, Grün- und Gelbtönen wie ein eingefangener Sturm in einer Schneekugel. Eine hypnotisierende Kraft verspürend, machte Red weiter.

Mit dem Stein in der Hand, bewegte sich Red im großräumigen Untergeschoss zu den weißen Leinwänden in der Ecke des Raumes. Auf seinem Weg legte er die Schalter um und startete seine Computer. Er griff nach einem Stativ aus dem Wandschrank und platzierte es in die Mitte der abgetrennten Fotokabine, um ein paar scharfe Bilder für Marco zu schießen. Die Hochwattlampen erhellten den Bereich und ließen jederlei Schatten verschwinden, als er vorsichtig das Juwel auf die kleine Glasauflagefläche des Stativs legte. Nachdem er die vielen Kabel zwischen den Kameras und den Blitzlampen miteinander verbunden hatte, trat Red aus der Kabine hinaus. Die

Kameras, welche an schwenkbaren Roboterarmen befestigt waren, waren auf Knopfdruck startbereit. Im Stehen schaute er auf die Bildschirme über seinem Schreibtisch. Die vergrößerte Form des Steines strahlte prächtig im Vollbild.

Als Red der Fotostreifen am Rande seines Computerbildschirms ins Auge kam, fühlte er sich leicht überfordert und ließ sich in seinen Stuhl fallen. Es waren zwei von vier Schnappschüssen – genau bei der Hälfte von Jade getrennt – von dem Tag, an dem Jade entführt wurde. Jene Bilder, die sie außerhalb des Kinos in einer Fünf-Dollar-Fotobox gemacht hatten, bevor sie zum Abendessen gingen.

„Was wolltest du mir sagen, Jade?", murmelte Red, während er sich daran erinnerte, wie sie ihn den ganzen Abend lang geneckt hatte.

Es war eine Frage ohne Antwort, welche ihn bis zum heutigen Tag noch verfolgte. Alleine in seinen Gedanken, stellte sich Red die Stretchlimousine vor, welche am Restaurant vorgefahren war, als er die Rechnung bezahlte. Er hatte den strahlenden Gesichtsausdruck seiner Frau vor Augen, wie sie draußen auf ihn wartete und gespannt auf das herannahende Auto starrte. Er war sich sicher, dass sie sich einen Filmstar zu sehen erhoffte. Allerdings wurde ihre Freude säuerlich und verwandelte sich zu reinem Horror, wie ein Schütze aus dem Auto stieg, den Mann neben ihr erschoss, ein schimmerndes Objekt ergatterte – das zu Boden gefallen war, und sie letzten Endes packte und in die Limousine zerrte. Als er sich diesen Moment vorstelle, keuchte Red und sprang auf die Beine.

„Das kann nicht sein!", stoß er heraus. „Das kann wirklich nicht sein …" Red starrte auf den Stein, welcher ruhig auf der Glasplatte lag. „Unmöglich!" Er drückte den Startknopf.

Die Roboterarme gingen in Bewegung, die Kameras bewegten sich, und die Blitze piepsten kontinuierlich. Zu einer Zeit, in der er längst die Hoffnung aufgegeben hatte, nach tausenden Stunden, um dem Verschwinden seiner Frau näher zu kommen; hatte das Universum ihm gerade eine Antwort gegeben? Für kurze Augenblicke, beobachtete Red die Kameras beim Arbeiten und wandte sich dann um, um die Bilder der Pradnarskis zu entfernen, um Platz für einen neuen Auftrag zu schaffen. Während er die Dokumente schredderte, wurde er nachdenklich, und sein Bedürfnis, Kumar umzubringen, stieg an. Es würde ihn von den Verpflichtungen zum FBI befreien, und er könnte die Suche nach Jade fortsetzen, grübelte er. Doch plötzlich fing die Fotokabine an sich chaotisch zu Verhalten.

„Du willst mich doch verarschen!", rief Red wütend, als die Roboterarme durcheinander um das Objekt zischten, die Blitze doppelt piepsten, die Kamera ohne Pause klickte, und die Vergrößerungslinsen sich rein und raus bewegten – dicht an die Oberfläche des Edelsteins.

Red drückte ein halbes dutzend Mal auf den Reset-Knopf aber ohne Veränderung. Als wäre es vom Stein selbst reguliert worden, erschienen auf den Monitoren nach und nach Bilder, die dunkle, schaurige Gestalten von rätselhafter Herkunft zeigten, von zerlumpten Umhängen verhüllt. Ihre Gesichtsentstellungen wurden verborgen, aber die unzusammenhängenden körperlichen Missbildungen wurden unter den Lumpen erkennbar. Sofern Red es sehen konnte, hätten es Menschen gewesen können, oder sie waren es zumindest einmal gewesen.

Versteinert auf die Bildschirme erschien ein neueres Bild. Es zeigte jene Frau, welche hinter den Wurzeln des unterirdischen Tunnels gefangen war, und wegrannte. Ein zweites Bild tauchte auf, eins von den Hunden, Bill und Ben, wie sie den Mann mit der Narbe verfolgten. Von Ehrfurcht ergriffen, vergrößerten sich Reds Augen, als er plötzlich ein weiteres Bild sah – eins von sich selber, wie er den Stein aus dem Mund des Hundes nahm.

Red drückte auf *Speichern* ... aber nichts wurde gespeichert, und die geöffneten Bilder fingen an, Stück für Stück, zu verschwinden. Er griff nach seinem Smartphone und schaffte es gerade noch Schnappschüsse von den letzten beiden verbleibenden Bildern zu machen – die der schaurigen Gestalten in Marschhaltung. Eine Sekunde später war der Bildschirm leer.

„Nein, nein, nein!", kreischte er, haute aus Frust auf den Tisch und griff nach dem klingelnden Telefon hinter sich.

„Hallo?", sagte eine Stimme am anderen Ende der Leitung.

„Es ist unmöglich."

„Red! Was ist unmöglich?"

„Tina", antwortete Red trübsinnig. „Ähm, nichts ..."

„Ich habe mich gefragt, ob du vielleicht heute mit mir brunchen gehen möchtest."

Red beruhigte sich. „Ich würde liebend gern, aber ich hab leider ein paar Dinge zu erledigen, für die ich keine Zeit verschwenden darf."

„Geht es Sandy genau so? Vielleicht möchte sie mich ja begleiten", sondierte Tina.

„Du bist bei mir vorbeigefahren, oder? Eigentlich ist Sandy in der Arbeit. Sie hatte heute Morgen ein paar Schwierigkeiten mit ihrem Auto. Aber Ehab hat es schon repariert." Red hielt sich kurz und lieb. Er würde ganz bestimmt nichts über seinen Unfall erwähnen, ansonsten würde er Tina nicht mehr vom Telefon losbekommen.

„Okay. Aber hör zu, irgendwann wirst du ja etwas essen müssen, und außerdem hatten wir schon lange kein gutes Treffen mehr. Wieso löst du deinen Zeitplan nicht ein wenig auf und triffst mich gegen zwölf Uhr, nach meiner Probe."

„Glaub mir, Tina, es gibt nichts, das ich lieber tun würde ... vielleicht morgen, in Jean Paul's Pier Café. Machen wir es dann, heute ist echt kein guter Tag für mich."

„Okay, dann treffen wir uns morgen. Kommst du später in den Club?"

„Normalerweise schon."

„Dann sehe ich dich heute Abend. Ich könnte auch einen Pyjama mitnehmen und wir gehen direkt von dir aus ins Café", drängte Tina frech.

„Guter Gedanke. Machen wir darauf ein Versprechen für die Zukunft."

„Versprochen. Aber ich werde dich daran erinnern, Red."

Tina hat schon seit Längerem keine Zeit mehr mit Red verbracht und sie vermisste ihre unkomplizierten Nächte voller Gespräche. Sie war die Top-Künstlerin in De Club und nach ihren Auftritten ging sie oft zu Red, um sich miteinander belanglos auf der Terrasse zu unterhalten und den Sonnenaufgang zu beobachten. Tina und Red hatten in der Vergangenheit eine kleine Affäre, die sich kurz nachdem Tina im Rahmen des Zeugenschutzprogramms auf der Insel angekommen war, entwickelte. Tina wusste nicht, dass Red den Auftrag hatte, ihr nahe zu sein und sich um ihr Wohlbefinden zu kümmern. Sie wurden eng.

Irritiert davon, keine 3D-Aufnahmen für seinen Cousin zu haben, stieg Red in die Fotokabine. Mit ruhigen Händen, schoss er sechs neue Bilder des magischen Schatzes mit seinem Handy. Sie sollten vorerst reichen. Er wickelte den Stein wieder ein und ging zurück an seinen Schreibtisch, verblüfft darüber, was für eine extreme Kraft ein einfaches Mineral besitzen konnte. Unabhängig davon, woher diese Energiequelle kam, schrieb Red eine E-Mail, fügte die besten Bilder im Anhang mit ein, und sendete sie an Marco.

Eifrig darauf, sich aus dem Kellerversteck und auf den Weg in die Stadt Nassau zu machen, sammelte Red sein Zeug zusammen. Darunter auch den an seinem Computerbildschirm befestigten Fotostreifen – mit den zwei lustigen Schnappschüssen von ihm und Jade. Gefangen in einer Welt voller Mythen und Magie fühlte sich Red, als wäre er zurück an der Akademie und lernte gerade von Grund auf neue Strategien. Aber es gab kein Training, welches irgendjemanden auf die unbekannten Geheimnisse vorbereiten konnte, die dieses Objekt in sich trug!

7
MOPEDS LIEFERUNG

Die bewölkte Morgendämmerung hatte sich zu einem wunderbar sonnigen Tag entwickelt, und Tina erfreute sich an den Windstößen, die durch die geöffneten Fenster ihres Autos zischten. Sie war auf dem Weg zu De Club, um ihren neuen Song zu proben. Sie musste sich gut auf den Auftritt heute Abend vorbereiten und sicherstellen, dass die Band eine gute Performance ablieferte. Nachdem sie ein paar der Top-Charts aus dem Radio mitangehört hatte, hörte sie das unverwechselbare *Putt-Putt* Geräusch eines Zweitaktmotors in der Nähe. Sie kicherte in sich hinein, verringerte ihre Geschwindigkeit und hupte laut. Es war ihr pensionierter Freund, welchem sie den Spitznamen Moped gegeben hatte – aufgrund seines 50cc Motorrads mit selbstgebautem Beiwagen. Sie winkte ihn an den touristischen Aussichtspunkt, ein Stück der Straße hinauf.

Während Tina auf Mopeds Ankunft wartete, verwandelte sie ihren sportlichen Honda Zweisitzer in ein geöffnetes Solarium und absorbierte die Wärme der Sonne. Durch das Zeugenschutzprogramm gedeckt, genoss Tina ihr Leben auf den Bahamas. Sie dachte daran, wieviel Glück sie denn hatte, nicht von ihrem Exmann erschossen worden zu sein. Oder schlimmer noch, nicht in Stücke geschnitten und dann an die Schweine verfüttert worden zu sein. Allerdings wussten noch zwei andere Personen auf der Insel über ihre Vergangenheit Bescheid, Red und Tofi, aber Tina hatte keinen blassen Schimmer davon.

In Erinnerung an den Betrug ihres Mannes, schloss sie die Augen und lehnte sich in ihrem Sitz. Nachdem sie in ihrem Elternhaus eine schwere Zeit erlebt hatte, wollte sie aufbrechen, um ihr Glück zu finden. Schließlich wurde sie von einem schneidigen, erfolgreichen Immobilienentwickler überrumpelt – von Antonio DuPont. Innerhalb weniger Wochen hatte sie seinen Heiratsantrag angenommen, ohne von seiner wahren Natur oder seinen Verbindungen zur Mafia Bescheid zu wissen. Tinas Mann wurde aggressiv und missbrauchend, eines Tages hatte er sie fast in den Tod geschlagen. Am nächsten Tag, während sie ihre Wunden kurierte, vernahm sie Schreie aus seinem Büro im Erdgeschoss und schielte hinunter in den Eingangsbereich ihrer großen Villa. Sie sah einen rennenden, fetten Mann in der Halle, welcher ein blutgetränktes Handtuch um sein Handgelenk gewickelt hatte. Er war dicht gefolgt von seinem Handlanger, der seine abgetrennte Hand in einem Plastikbeutel hielt.

Kurze Zeit später fand Tina etliche Dokumente mit ihrer gefälschten Unterschrift, welche sie zur Komplizin der sizilianischen Mafia machte. Sie wurde zum Sündenbock, in jedem Auftrag, in welchem ihr Mann versagt hatte. Genau in diesem Moment hatte sie verstanden, dass die ganze Hochzeit nur ein Vorwand war. Mit dem Gedanken, alles könnte auf sie zurückzuführen sein, rannte sie zur Dienstbehörde und versprach Beweise, um im Gegenzug dafür Personenschutz zu bekommen. Sie waren interessiert. Sie wussten über die ganzen Handlungen von DuPont Bescheid, es mangelte ihnen jedoch an Beweisen. Zufällig war die CIA im gleichen Fall aktiv und untersuchte gerade DuPonts Partner in Russland. Um einen richtigen Deal aufzuschlagen, musste Tina ihren Mann zu einem echten Geständnis seiner Untaten verleiten. Mit einem versteckten Abhörgerät zwischen ihren Brüsten konfrontierte sie ihn gnadenlos. In einem Zornesausbruch gestand er alles. Nachdem sie zehn Jahre voller Lügen gelebt hatte und dem Tod hautnah entkommen war, hatte sie nun endlich die Möglichkeit, ein Leben nach ihren Vorstellungen zu Leben.

Das Zeugenschutzprogramm hat sehr gut funktioniert. Tina fand den Weg zurück zu ihrem wahren Dasein, hatte einen gutbezahlten Job und war glücklich und zufrieden. Sie hatte beides auf der Insel gefunden, Freiheit und Seelenfrieden. Einen neuen Mann zu finden war ihre letzte Sorge. Doch als Red damals in Jean Paul's Pier Café ein Gespräch mit ihr angefangen hatte, überfuhr sie ein leichtes Gefühl der Versuchung. Seit jeher ist das Pier Café ihr Treffpunkt geworden.

Tina öffnete ihre Augen, wie das ratternde Motorrad neben ihrem Cabriolet zum Stehen kam. Moped war gerade auf dem Weg zu De Club, um eine Ladung seines hausgemachten Likörs, welcher ihm ein reguläres Einkommen verschaffte, auszuliefern.

Moped war ein seltsamer Charakter, der vor über vierzig Jahren auf mysteriöse Weise auf die Insel kam. Die lokale Polizei versuchte ihn zu verhaften, als er damals einsam durch die Straßen zog. Da er keine Ausweisdokumente vorweisen konnte, hatte Moped riesiges Glück, als Professor Dawdry behauptete, er gehöre zu ihm. Es stimmte natürlich nicht, aber er fühlte sich dazu verpflichtet, den Gefallen zu erwidern, nachdem ihm Moped einen Tag zuvor bei einem schweren Sturz zur Hilfe kam. Durch das Angebot von Unterkunft und Verpflegung im Austausch fürs Arbeiten um das Haus, hatten sie eine Beziehung zueinander aufgebaut. Jahre später wurde der Professor krank und Moped kümmerte sich bis zuletzt um ihn. Da er keine Familie hatte, erbte Moped alles.

„Hallo, Frau Tina. Geht es dir gut heute Morgen?"

„Ja, mir geht's gut", antwortete sie mit einem Lächeln.

Tina öffnete die Fahrertür, um Moped zu grüßen und schwenkte anmutig ihre Beine unter dem Lenkrad hervor. Aufrecht stehend, strich sie ihre braunen Haare aus dem Gesicht und zeigte somit ihre Schönheit. Ihre Größe warf einen Schatten auf Moped und verhinderte somit seinen direkten Blick in die Sonne. Sie lächelte den schlankgebauten Mann auf seinem Motorrad an, bevor sie sich umdrehte, um ihre Sonnenbrille zu schnappen. Unbeirrt flog ihr leichtes Sommerkleid in die Luft und erlaubte für einen kurzen Moment einen Blick auf ihre feine Unterwäsche. Höflich wandte sich Moped ab.

„Ich sehe du bist gerade auf dem Weg das Zeug für heute Abend auszuliefern. Ich bin selbst gerade unterwegs zur Probe. Ich kann es auch für dich mitnehmen."

„Ich, ähm ... ja, das wäre natürlich toll, wenn es dir keine Umstände macht ..."

Ohne lange zu zögern, überreichte Moped Tina die kleinen Schachteln aus seinem selbstgebauten Beiwagen.

„So, alles fertig", sagte Tina während sie die Schachteln in den Kofferraum des Autos legte. „Das erspart dir die Strecke."

„Vielen Dank, meine Liebe. Das ist sehr nett von dir. Aber bitte sei vorsichtig, dass sie dir nicht brechen."

„Das Einzige was vielleicht brechen könnte, Moped, ist mein Herz ... wegen dir."

„Hmm ... du bringst mich in Verlegenheit, aber ich danke dir für dein Kompliment. Und grüße bitte alle von mir."

Tina gab ihm einen Kuss auf die Wange, sprang zurück ins Auto und fuhr vorsichtig los zu ihrer Probe.

Mit einem Scheppern und einem Knall und dem unregelmäßigen Rattern seines Motorrads folgte Moped; dahintuckernd mit fünfundvierzig Stundenkilometer. Er war auf dem Weg zum Markt, um noch ein paar Zutaten zu besorgen, um sich seinen hausgemachten Eintopf zu kochen, mit welchem er zwei Tage oder mehr auskommen würde. Aber keine hundert Meter weiter hielt Moped wieder an. Er spürte das plötzliche Gefühl der inneren Hitze, griff eilig nach einer kleinen Wasserflasche aus dem Beiwagen und wischte sich dabei die Stirn. Sein sechster Sinn meldete sich und ihn überkam ein leichtes Herzrasen. Seinem Instinkt folgend blickte er hinter sich und sah einen Mann, der gerade in einen Hotel-Minibus eingestiegen ist, welcher für ihn angehalten hatte.

Das war er, grübelte Moped. Das war Jack. Er war zurück. Ein bisschen früher, als Tofi sagte, dass er es sein würde. Der Minibus fuhr los, und kam ihm entgegen. Moped packte seinen Notizblock und Stift. Jack runzelte die Stirn, als der alte Mann rumkritzelte, und starrte ihn beim Vorbeifahren an. Misstrauisch drehte sich Jack auf dem Sitz um.

„Ist alles in Ordnung?", fragte der Fahrer.

„Ja, Ralph, mach weiter ...", erwiderte Jack und fühlte sich leicht verwirrt.

„Ich schätze der alte Mann schreibt sich gerade den Namen des Hotels auf unserem Minibus auf, vielleicht für den Fall, dass seine Familie ihn besuchen kommt."

„Hmm, ich glaube du hast Recht."

Aber Jack war anderer Meinung. Er hatte Bedenken. Dies war ein gefährlicher Besuch für ihn. Jetzt mehr denn je, nachdem er den Stein verloren hatte. Jack und Tofi hatten vor einem Monat einen Plan aufgestellt. Es war ein teuflisches Komplott zur Ermordung eines gemeinsamen Feindes. Doch um die Aufmerksamkeit nicht auf sich zu lenken, musste Jack innerhalb eines Tages nach Hause zurückkehren.

Endlich, nach über vierzig Jahren, fühlte sich Moped nun erleichtert. Es war für ihn an der Zeit, den versteckten Schleier seiner Vergangenheit fallen zu lassen und sein wahres Wesen zu offenbaren. Begeistert tuckerte er davon – aber nicht zum Markt. Anstelle dafür, machte er sich auf, um ein paar Unwissende anzuwerben.

8

DER BESUCHER

Ehabs Abschleppwagen kam in *Ray's Garage* zum Stehen. Jodie, Rays Tochter, reagierte sofort, als sie ihn von ihrem Bürofenster aus sah, und rannte nach draußen.

„Ist das nicht Reds Jeep, Ehab?", fragte sie und wies sofort ihre Leute an, das ramponierte Fahrzeug abzukoppeln.

„Ja, das ist er", antwortete er und sprang aus dem Wagen.

„Dad ist in der Werkstatt."

Die Lackier- und Karosseriewerkstatt war Rays ganzer Stolz, gefüllt mit Luxuswägen, an denen Schönheitsreparaturen vorgenommen wurden. Ray begrüßte Ehab kopfnickend aus dem Inneren, während Jodie Reds Jeep für Reparaturarbeiten registrierte.

Ehab ging durch die großen offenen Türen und achtete darauf, in der Mitte der Werkstatt zu bleiben, um Rays Rottweilern – Rotty und Bruno – auszuweichen. Die beiden Hunde liefen in einem Käfig hin und her, der sich über die gesamte Länge der Werkstatt erstreckte. Während der Öffnungszeiten war dies ihr Zuhause. Nachts liefen sie frei umher, um Gelegenheitsdiebe abzuwehren und den millionenschweren Fuhrpark zu schützen.

Rays Familienunternehmen florierte. Er war ein gewiefter

Geschäftsmann und Besitzer von Luxusautohäusern in New York und Miami. Während seine beiden Söhne die Autohäuser auf dem Festland leiteten, blieb Ray in der Werkstatt auf den Bahamas – das Herzstück seines Unternehmens und die erste Anlaufstelle für seine Anschaffungen. Mit seinem scharfen Auge für kosmetische Reparaturen verwandelte Ray beschädigte Luxusautos bald in Ausstellungsstücke mit den entsprechenden Preisschildern und Gewinnspannen. Außerdem freute sich seine Frau über das Einkommen aus der Vermietung von Supersportwägen auf der Insel. Ein Service, der denjenigen angeboten wurde, die über einen größeren Geldbeutel verfügten – Geschäftsleute, die viel Geld ausgeben würden, um ihre Dates am Wochenende zu beeindrucken, nur um sie ins Bett zu kriegen.

Ray war mittelgroß, hatte sein Haar zu einem Pferdeschwanz gebunden, und hatte über dem einen Auge weiß, über dem anderen Auge schwarz gefärbte Wimpern. Man sah ihn selten ohne einen Zigarettenstummel im Mund und ein Paar mit Farbe bespritzte Jeans. An diesem Morgen war es nicht anders.

„Ray?", rief Ehab und gab ihm einen Schubs, während Ray den Aston Martin in der Spritzkabine abdeckte.

Die schützenden Rottweiler missbilligten dies, knurrten und zeigten ihre Reißzähne. Mit einer Kopfbewegung von Ray gehorchten seine Hunde und tänzelten widerwillig davon. Ray erhob sich von den Knien.

„Ich werde langsam zu alt für diesen Quatsch", murmelte er in seinem faulen britischen Akzent, der sich mit einem amerikanischen Einschlag vermischte. „Wie geht es dir? Das Boot hat dich ganz schön auf Trab gehalten, was?"

„Klar, jeden Tag, du weißt ja, wie das ist."

„Das weiß ich, Kumpel. Ich sage meinen Jungs immer wieder, dass sie mich auf der Insel besuchen sollen, damit wir zusammen einen Familienausflug machen können. Ein bisschen Schnorcheln oder so was, vielleicht eine dieser Bootsfahrten unternehmen, die du machst."

„Kannst du eigentlich schwimmen, Ray? Ich meine, wenn du es jemals schaffst, deine Jeans auszuziehen."

„Frecher Kerl."

„Nun, wann immer du bereit bist, Kumpel, ruf mich einfach an."

„Also, was hast du heute vor? Ein, zwei Fahrten?", fragte Ray.

„Eine, es ist ein Gefallen für Tofi. Ein paar hohe Tiere sind gestern Abend aufgetaucht und wollen den Tag bestmöglich ausnutzen. Ich habe Svetlana die ganze Vorbereitung überlassen. Sie ist ein guter Fang, das Mädchen. Aber sie will eine Gehaltserhöhung und droht damit, auf Larrys Boot zu arbeiten."

„Larry? Dieser dumme Melaka?", rief Ray aus. „Nun … ist sie es wert?"

„Mein Gott, ja, hundertprozentig. Alle von ihnen."

„Dann hast du deine Antwort wohl schon gefunden, nicht wahr?"

„Ich denke, das habe ich."

„Es ist das Beste, wenn du dich um sie kümmerst. Es ist schwierig, Ersatz zu finden."

„So wie deine Jodie, hm? Hast du gesehen, was sie draußen abgeladen hat?"

Ray ging hinüber zu den offenen Garagentoren und schaute auf den Hof hinaus.

„Heilige Scheiße."

„Das hat Red auch gesagt, aber eigentlich ist es Schlamm", erwiderte Ehab und lächelte auf Rays verwirrten Blick hin.

„Und wie geht es Red? Ist er verletzt?"

„Sein Stolz vielleicht, sonst nichts. Es geht ihm gut. Er wollte wissen, ob du ein Ersatzauto hast, das er benutzen kann. Er hat keine Lust auf einen beschissenen Touristenmietwagen, wenn er es vermeiden kann."

„Na, dann wollen wir doch mal sehen, oder?" Ray bat seine Frau, die in ihrem Büro saß, ihm die Inventarliste zu geben. Sie reichte sie ihm durch das Fenster und grüßte Ehab. Ray begann mit seinem Finger über das Klemmbrett zu streichen und summte dabei. „Bitte sehr. Das wird reichen." Ehab schaute über Rays Schulter. „Ein Fiat Punto. Ein Besitzer, kanariengelb …" Ray schmunzelte.

„Blödsinn …"

„Cobra. Die blaue da vorne auf dem Vorplatz."

„Das ist doch der Wagen von Devlins Frau, oder?"

„War. Jetzt ist es meins. Sie hat ihn verkauft. Ich würde sagen, eher aus Verlegenheit", kicherte Ray.

„Was ist daran so lustig?"

„Erinnerst du dich, dass sie hinter Devlins Rücken mit dem Tennislehrer rumgemacht hat?"

„Ja …"

„Und wie er ihr verziehen hat und sie wieder zusammenkamen?"

„Ja."

„Nun, es hat sich herausgestellt, dass Rona es wieder getan hat. Diesmal hat sie Devlin tatsächlich verlassen und ist nach Europa abgehauen, soweit man weiß. Die Ironie ist … und sag es nicht Red, sonst will er den Fiat Punto mieten …" Ray grinste.

„Na los, spuck's schon aus." Ehab war gespannt.

„Ernsthaft, du hast die Geschichte noch nicht gehört?"

„Ernsthaft, nein, habe ich nicht!"

„Letzte Woche hörte Devlin zufällig, wie sich jemand in der Bar unterhielt und sagte, dass seine Frau gerne herumvögelte.

Anscheinend hatte sie die Bar zehn Minuten vor Devlins Ankunft verlassen. Also ging Devlin los, um sie zu suchen, da er glaubte, dass sie immer noch hinter seinem Rücken etwas trieb."

„Mit demselben Typen?"

„Das dachte er sich wahrscheinlich. Nun, ist ja auch egal. Der arme Dev ist also losgefahren, um sie zu finden. Stelle dir vor; es ist dunkel, er geht zu den Tennisplätzen … und da liegt sie, hinter dem Schuppen, mit vollem Körpereinsatz, auf dem Kofferraum des Autos, mit den Händen an der Kopfstütze."

„Das gibt's doch nicht!"

„Zum Glück waren die Bullen in der Nähe und haben Devlin davon abgehalten, den Kerl zu pulverisieren. Das Lustige ist; es war gar nicht der Tenniskerl. Es war unser Kumpel, Ronny."

„Larrys Ronny? Der Wasserskilehrer? Was ist denn mit der Frau los?"

„Der Punkt ist, dass das Auto einen Makel hat. Und Devlin behauptet bereits, dass die Cobra nicht seiner Frau gehörte, um sie zu verkaufen. Doch das Fahrzeugbuch sagt etwas anderes. Allerdings habe ich nur einen Autoschlüssel, Devlin hat wahrscheinlich einen zweiten Schlüssel. Er sagte mir zwar, dass er keinen hat, aber da ist doch was faul, oder? Red sollte wohl die Augen offen halten."

„Und seine Frau, Rona, sie ist in Europa, sagst du?"

„Das ist Hörensagen, aber ja, so heißt es. Jedenfalls hat das alles überhaupt gar nichts mit uns zu tun. Red kann die Cobra benutzen, bis wir seinen Jeep in Ordnung gebracht haben. Ich werde sie in nächster Zeit nicht brauchen."

Nach einem weiteren freundlichen Schlagabtausch ging Ehab zurück in die Werkstatt, um sich den Aston Martin anzuschauen, den Ray abgedeckt und für die Lackierung vorbereitet hatte und überlegte, ob er ihn kaufen sollte oder nicht. Ray ließ die Arbeit für einen kurze Zeit ruhen und zündete sich eine Zigarette an. Sekunden später fuhr Tina in den Hof. Während er den ersten Tabakqualm einatmete, beobachtete er Tina und bewunderte die Art und Weise, wie sie ihr vom Wind zerzaustes Haar zurechtmachte, bevor sie aus ihrem Cabriolet ausstieg – ein weibliches Verhalten, das ihm gefiel.

„Das ist ein Bild, nicht wahr, Ehab?", rief Ray in die Lackierwerkstatt.

„Das ist es wirklich, Ray. Wie viel willst du dafür?"

Ray schaute Ehab an. „Nicht der Aston, du Trottel, sondern Tina!" Ray schnippte mit dem Kopf und Ehab sah hinüber.

Ray war ein Fan von Tinas Bühnenshow und Tina war ein Fan von Rays Autos. Seine Familie war Stammgast in De Club und es erhellte Rays Tag, wenn sie vorbeikam, um seine ständig wechselnde Sammlung zu bestaunen. Als Tina in die Werkstatt trat, fuhr sie mit ihren Fingerspitzen die Konturen eines Ferraris von hinten nach vorne ab. Sie hatte es nicht eilig, Rays Pause zu stören. Als sie ein Bentley Cabrio in der Ecke bemerkte, änderte Tina schnell ihren Blick.

Die beiden Männer schwiegen und gaben sich schmunzelnd Handzeichen, wie Tinas Schönheit zu dem sechshundertsechsundzwanzig PS starken Biest passte. Obwohl Tina eine Leidenschaft für Autos teilte, waren solche Luxusgüter eine längst vergangene Versuchung. Rays beschädigte Schönheiten erinnerten sie an ihr eigenes knappes Entkommen. Die Autos brauchten eine Generalüberholung, genau wie sie einst. Auf dem Fahrersitz, mit den Händen am Lenkrad des Bentleys, erinnerte sie sich an eine Zeit, in der der Bentley Teil ihres sozialen Lebens war. Eine Notwendigkeit für den Job, zu dem sie von ihrem Mann gezwungen worden war.

Tina sah zu Ray hinüber und ließ ihn wissen, dass sie gleich bei ihm sein würde. Ray bestätigte Tinas Nicken.

„Lass dir Zeit, Schätzchen", rief er.

Rays Frau hörte es und klopfte an das Bürofenster, um Ray aufzufordern, sich wieder an die Arbeit zu machen. Kopfschüttelnd über seine kokette Art, setzte Laura ihren Hintern wieder hin und fuhr mit wichtigeren Dingen fort – Buchhaltung. Ray hielt seine Zigarette hoch und deutete an, dass er sie zuerst zu Ende rauchen würde und ignorierte die Bemerkung seiner Frau.

Tina, die mit Kampfhunden vertraut war, da sie in ihrem früheren Leben ihre Villa bewacht hatten, näherte sich dem Hundekäfig. „Hallo Jungs", sagte sie zu den ruhigen Rottweilern. Sie war eine der wenigen außerhalb von Rays Familie, die die Hunde in ihre Nähe ließen. Inzwischen war Ray wieder zu Ehab gegangen, der im Serviceheft des Aston blätterte.

„Warum hast du dich nie mit ihr verabredet, anstatt ständig herumzuvögeln? Sie wäre ein toller Fang, weißt du?"

„Du vögelst doch auch nicht das Mädchen deines Kumpels, oder?"

„Du Dummkopf, für diese Frau tust du's", platzte Ray heraus und gab Ehab einen sanften Klaps mit dem Handrücken. „Red ist jetzt mit Sandy zusammen, also was ist dein Problem?" Ray drehte sich um und sah Tina an. „Hallo Kleine. Bist du schon lange da?"

„Hi, Ray. Hallo, Ehab. Ich war gerade auf dem Weg zur Arbeit und dachte mir, ich schaue mal rein und sehe, was es Neues gibt. Eigentlich wurde ich dazu veranlasst, weil mich ein komischer Typ ständig anstarrte, der hinten in einem dieser Hotelautos saß, als ich an der Ampel anhielt. Du weißt schon, einer dieser schwarzen Lincolns. Er trug eine große schwarze Sonnenbrille, durch die man die Augen nicht sehen kann. Er machte mir Gänsehaut. Da habe ich Reds Jeep im Hof bemerkt. Was ist passiert? Ich habe vor kurzem noch mit Red gesprochen. Er hat kein Wort von einem Unfall erwähnt."

„Ihm geht es gut, nur ein geplatzter Reifen und ein paar Schrammen von den Bäumen", sprang Ehab ein. „Das heißt, der Jeep, nicht er! Sandy habe ich noch nicht gesehen, aber anscheinend hat Red gesagt, dass sie darüber gelacht hat."

„Sandy? Sie war bei ihm?"

„Scheinbar, aber es ist alles in Ordnung. Sie ist danach in die Stadt getrampt. Das erinnert mich daran, dass ich mich besser selbst auf den Weg machen sollte. Meine Gäste werden bald ankommen."

„Jodie", rief Ray seiner Tochter draußen zu. „Gib Ehab die Cobra-Schlüssel!", sagte Ray und ließ seinen britischen Akzent aufkommen. „Du Ehab, sag Red, dass der Wagen ein bisschen nach links zieht und ich rufe ihn an, wenn wir seinen Jeep repariert haben. Er wird so gut wie neu sein, wenn wir fertig sind."

„Super, danke nochmal, Ray." Ehab wandte sich an Tina. „Und wir sehen uns heute Abend."

„Das hoffe ich", sagte Tina und verfolgte, wie Ehab davon trollte.

„Er mag dich, weißt du das, Tina?"

„Ja, ich weiß. Er ist ein schlaues Kerlchen. Sagt man das so, da wo du herkommst?"

„Ganz richtig", kicherte Ray.

„Er ist allerdings ein bisschen ein Frauenheld. Er hat für meinen Geschmack schon zu viele Nummern geschoben."

„Du machst mich wahnsinnig, Mädchen", kicherte Ray.

„Aber Red … ich hätte ihn mir vor Sandy schnappen sollen."

„Du bist immer noch in ihn verknallt, oder?"

„Ein bisschen vielleicht, aber ich war damals noch nicht bereit für eine Beziehung. Das war er auch nicht. Aber hey, man weiß ja nie, die Dinge ändern sich im Laufe der Zeit."

Tina schwieg und Ray begann, das Auto abzuschleifen. Ungefähr eine Minute später, als Tina nach draußen starrte und träumte, machte Ray sich ein wenig Sorgen.

„Hast du etwas auf dem Herzen?"

„Ach, es ist nichts", antwortete sie und erinnerte sich an den Mann in dem schwarzen Auto an der Ampel.

„Wie auch immer, wann lässt du dich endlich auf etwas Ernstes ein? Wie lange kenne ich dich schon? Schon ein paar Jahre, nicht wahr?"

„Wenn man bedenkt, dass ich Jodie mehr als einmal an der Schule abgesetzt habe, würde ich sagen, ein bisschen länger als das."

„Erinnere mich nicht daran, die Jahre sind einfach vorbeigezogen. Jedenfalls kann ich nicht sagen, dass ich dich jemals mit einem festen Kerl gesehen habe, seit du und Red zusammen rumgemacht habt. Vielleicht solltest du es mal mit dem anderen Geschlecht versuchen ..."

„Ja klar, haha. Du meinst die Geschichte im Wolf's, nehme ich an. Das war eine einmalige Sache und das weißt du!"

Die beiden lachten und erinnerten sich an Sandys erste Nacht in Wolf's After-Hours-Bar – die Bar, in der sich die Nachtarbeiter treffen, wenn alle anderen Lokale geschlossen sind. Nach einem halben Dutzend Tequila-Shots, küssten sich Tina und Sandy schließlich um die Wette.

„Weißt du was, Tina? Ich bin in ein paar Tagen mit dem Aston fertig. Und nächste Woche muss ich dieses Auto und den Bentley, den du bewundert hast, nach Miami bringen. Wenn du ein bisschen Würze in deinem Leben haben willst, frag doch Tofi um ein paar Tage Urlaub und fahre mit einem der beiden für mich hin. Ich glaube wirklich, du leidest unter zu viel „Inseleritis". Komm schon, es wird eine lustige Abwechslung sein. Ein kleiner Ausflug auf das Festland könnte dir helfen, einen klaren Kopf zu bekommen."

„Das ist ein verlockender Gedanke. Ich werde es mir überlegen." Tina warf einen Blick auf ihre Uhr. „Scheiße ... ich muss los, ich habe noch Mopeds Likör im Kofferraum und eine Probe, zu der ich gehen muss."

Tina ging eilig weiter und winkte Laura auf dem Weg nach draußen zu.

Wenige Minuten nachdem sie Ray's Garage verlassen hatte, erreichte Tina De Club und bog links auf den ruhigen Mitarbeiterparkplatz an der Rückseite des Gebäudes ab. Ihre Augen weiteten sich, als sie den schwarzen Lincoln von vorhin sah, der in der Nähe ihres reservierten Parkplatzes parkte. Prompt winkte Tina Don herüber, einen der Türsteher von De Club, der am Geländer oben an der Treppe vor der Backstage-Tür lehnte. Er ging zur Seite und enthüllte den schlanken Sammy – Tinas Schlagzeuger, der auf dem Boden saß, seine Beine über die Seite baumeln ließ und eine Flasche Bier trank.

„Verdammt noch mal, wird er jemals zuhören?", schnauzte Tina.

Sie hob eine Schachtel mit Mopeds Likör in Dons Arme und bat ihn höflich, mit dem Rest der Ladung zu helfen, während sie sich um Sammy kümmerte. Sie stürmte los und ging an dem schwarzen Auto vorbei. Zigarrenrauch wehte aus dem Rückfenster direkt in ihr Gesicht, was Tina zum Husten brachte. Bereit, Stellung zu beziehen und ihre Meinung zu sagen, wich Tina plötzlich zurück, als der Mann seine hakenähnliche Handprothese aus dem Fenster streckte und die Asche von seiner Zigarre schnippte. Tinas Herz setzte einen Schlag aus. Nervös setzte sie ihren Weg fort, als der Mann laut lachte.

„Sammy, was machst du da?", fragte sie und öffnete die Bühnentür für Don, wobei sie versuchte, sich ihre Besorgnis nicht anmerken zu lassen, während eine entfernte Erinnerung in ihrem Kopf ablief.

„Ich gönne mir nur eine Kippe und ein Bier, Tina. Der Arzt hat gesagt, dass es mir nicht schaden wird, ehrlich."

„Als ob ich das auch nur eine Sekunde geglaubt hätte, los jetzt, kipp es aus", schimpfte sie und sah ihn an. Gezwungenermaßen kippte Sammy die Flasche und schüttete die letzten Schlucke des übrig gebliebenen Bieres auf den Boden. Tina hob die neben ihm liegende Zigarettenschachtel auf und steckte sie in ihre Tasche, um sie später zu entsorgen. „Rauch die Zigarette fertig und lass uns anfangen, ja?", fuhr sie fort und versuchte, ihre aufsteigende Angst abzulenken. „Du wartest bereits auf eine Spenderniere, um Himmels willen, du kannst so etwas nicht machen."

Als Don die letzte Ladung des Likörs aufhob, stieg der unverschämte, fettleibige Mann aus dem Lincoln und trat in die Sonne. Sein Hemd klebte schweißgebadet an seinem kräftigen Körper. Nasse Flecken füllten seine Achselhöhlen sowie die Vorderseite seines Hemdes unterhalb der Brustlinie und des Bauches aus. Aber beunruhigender als sein fleckiges Hemd war für Tina sein dreistes Starren und das ständige Klopfen seines Hakens an der Autotür.

„Komm schon, Sammy, rein mit dir!", sagte sie selbstbewusst, als Don die Treppe hinaufkam.

Der Schlagzeuger stolperte auf seine Füße und Tina hielt den beiden höflich die Tür auf, wobei sie versuchte, die Einschüchterung des dicken Mannes zu ignorieren. Sie folgte den beiden ins Innere, zog die Tür zu und beobachtete, wie der Mann langsam zur Vorderseite des Autos schritt und seine Sonnenbrille abnahm. Ausdruckslos hob er seinen Blick.

In diesem Moment erkannte Tina ihn. Er war der Mann mit der abgetrennten Hand, der schreiend aus dem Büro ihres Mannes gerannt war. Es muss ein Zufall sein, vermutete sie, aber trotzdem fühlte sie sich unwohl.

In der Zwischenzeit war der De Club im Inneren von seiner sonst hypnotischen Atmosphäre entkleidet, während Arbeiter damit beschäftigt waren, die Räume für die Festlichkeiten der Nacht vorzubereiten. Die Poliermaschine vibrierte auf der Tanzfläche und Arbeiter reinigten die enorme Menge an Messing. Jeder summte im Einklang mit der eingespielten Musik. Kisten mit Weiß-, Rot- und Roséweinen tauschten den Platz mit Leergut, während endlose Flaschen Champagner gekühlt wurden, in Vorbereitung auf den fließenden Konsum der heutigen Nacht.

Tina fühlte sich sofort wie zu Hause und verwarf schnell jede Sorge um den Mann draußen auf dem Parkplatz. Sie fühlte sich sicher in der Gewissheit, dass Hilfe im Notfall nur einen Telefonanruf entfernt war.

Nachdem sie ihr morgendliches Hallo mit der Band ausgetauscht hatte, ging Tina auf die Bühne. Sie plauderte kurz mit Old Jessie und bemerkte, dass Tofi mit jemandem in seinem Büro, hoch oben über der Tanzfläche thronte. Er hatte der Band versprochen, dass er für sie Frühstück und Liegebetten an seinem Privatstrand bereitstellen würde, wenn sie früh genug kämen, um mit ihm den neuen Gig einzuüben. Tina entschuldigte sich und ging von der Bühne zur Wendeltreppe, um Tofi nach unten zu schaffen und die Band davon abzuhalten, launisch zu werden. Als Tina nach oben schritt, bemerkte sie Sandy, die hinter der VIP-Bar hockte und die Bestände überprüfte.

„Hey, Sandy."

Sandy schaute auf und nahm den Stift aus ihrem Mund. „Hey, Mädchen, ich habe gehört, dass du heute Morgen kommst. Die Band wird eine nette Abwechslung zu der gleichen alten Hintergrundmusik sein, die ich jeden Tag höre.

Dieses blöde Zeug lässt mich die Hälfte der Zeit einschlafen."

„Meinst du nicht immer, dass dich eine ordentliche Vögelei in den Schlaf schickt?", kicherte Tina, insgeheim herausfordernd.

„Schön wär's. Wir hatten gestern Abend eine ungewöhnliche Gruppe von Spät-Eincheckern. Es war furchtbar. Ich musste die Reservierungen neu sortieren und ein paar Stammgäste in andere Hotels verlegen."

„Warum?"

„Ich weiß es nicht. Tofi wollte es nicht sagen. Er sagte nur, dass die Bank es verlangt hat. Sie haben darauf bestanden, dass ihre Gäste hier unterkommen müssten. Ich denke, es muss etwas mit der Frau da oben zu tun haben."

„Eine Frau?"

„Jep! Die wird dir gefallen", murmelte Sandy mit einem Hauch von Sarkasmus in der Stimme. Ohne weiter darauf einzugehen, wechselte Tina das Thema.

„Ich habe gehört, du hattest einen Unfall."

„Hatte ich. Ich muss zugeben, am Anfang war es beängstigend, aber am Ende", gluckste sie, „war es das alles wert." Sandy brach in Gelächter aus.

„Was meinst du? Hör auf zu lachen und sag es mir."

„Du hättest Reds Gesichtsausdruck sehen sollen, als wir in dem Sumpf gelandet sind. Er war total mit Schlamm bespritzt, von Kopf bis Fuß", übertrieb sie.

Tina gähnte zwischen ihrem Kichern. „Oh, verzeih mir, Sandy. Ich schaffe es selten, vor dem späten Mittag aus dem Bett zu kommen."

„Dann musst du sehr müde sein. Ich bin an die Wechselschichten gewöhnt, deshalb stört mich Frühaufstehen nicht so sehr."

„Um ehrlich zu sein, weiß ich nicht, wie du das schaffst."

„Es ist nicht kompliziert, wenn man in eine Routine kommt.

Es ist nicht viel anders, als den Jetlag zu überwinden. Wenn ich zur Arbeit komme, tue ich zuerst, was ich tun muss, und dann mache ich eine kleine Siesta am Strand, frische meine Bräune auf, gehe nach Hause und bin um halb acht wieder da. Nach der Arbeit bin ich immer noch frisch."

„Das klingt gut. Ich habe eigentlich das Gefühl, dass ich so viel verpasse, vor allem, wenn ich nur einen Tag in der Woche frei habe. Und dann schlafe ich immer noch bis zum späten Mittag. Dieser Morgen war eine angenehme Abwechslung für mich. Ich muss sagen, dass ich die Fahrt über die Küstenstraße wirklich genossen habe, besonders nachdem der Regen aufgehört hatte. Man konnte die Frische in der Luft riechen." Tina machte eine Pause, während Sandy weiter ihre Vorräte auffüllte. „Ja wirklich, ab morgen werde ich meine Gewohnheiten ändern." Nachdem Tina sich mit Red für morgen Mittag im Café verabredet hatte, war es der perfekte Zeitpunkt, ihren Tagesrhythmus zu ändern, dachte sie. „Ich komme später zu dir, Sandy. Zuerst muss ich Tofi von dem wegholen, was auch immer er gerade macht. Wir könnten dann etwas trinken gehen und morgen ein Treffen am Strand vereinbaren, wenn du magst …"

Sandy bejahte und wendete sich ihren Angelegenheiten zu. Tina trabte die Wendeltreppe hinauf und lauschte vor der Tür, um das Gespräch in Tofis Büro zu hören. Nachdem sie genug gehört hatte, konnte sie nicht anders, als sich zu fragen, warum ihr Chef so verlegen gegenüber der Frau war, mit der er sprach. Beim Nachdenken dachte Tina an den Mann auf dem Parkplatz, der ihr Magenkribbeln verursacht hatte. Tina bekam kalte Füße und drehte sich prompt um, um zu gehen. In ihrer Eile blieb ihr Armreif an der Türklinke hängen, und die im Büro stattfindende Diskussion wurde abrupt unterbrochen.

„Herein!", rief Tofi.

„Verdammt!", flüsterte Tina.

Zögernd trat sie ein. Tofis Besucherin bedeckte schnell ihr Gesicht mit ihrem Chiffonschal. Die Frau erhob sich von ihrem Platz, ging zur Glaswand hinüber und begann, die Band auf der Bühne zu beobachten.

„Kann ich dir helfen, Tina?", untypisch für Tofi, schnauzte er sie an.

„Oh, entschuldige Tofi, ich wollte mich nicht einmischen. Ich dachte, du würdest mit einem der Mitarbeiter plaudern, aber ich …"

Tofi hob seine Hand, um Tinas Fortsetzung zu stoppen. „Ist schon in Ordnung. Ist es dringend?"

„Alle sind heute früher gekommen, wie du sie gebeten hast. Ich wollte nur wissen, wann du zu unserer Probe dazukommen wirst, das ist alles."

Die Besucherin schritt an der Glaswand entlang und war offensichtlich entrüstet über eine so triviale Unterbrechung. Tina war scharfsinnig und schätzte die charismatische Frau im Versace-Anzug schnell ein. Ihre Piaget-Uhr funkelte, als sie ihre Hand hob und ungeduldig die Zeit überprüfte. Ihr Ring war ein großer rosafarbener Diamant, der wahrscheinlich aus den Minen in Afrika geborgen wurde und hunderten Menschen das Leben gekostet hatte. Tina hatte sich in Kreisen mit Menschen dieser Klasse herumgetrieben, bevor sie in das Schutzprogramm eingetreten war. Und sie hatte selbst ähnliche Dinge getragen. Dies war kein gewöhnlicher Besucher.

„Ich werde heute Morgen nicht zu euch hinzustoßen." Tofi begleitete Tina prompt aus seinem Büro, was er sonst nie tat. „Vielleicht finde ich später Zeit."

„Sicher, ich versteh' das. Schließlich sind deine Geschäfte deine Geschäfte", erwiderte Tina und trat sich selbst in den Hintern, weil sie so schmierig war.

Aber es war eine Warnung an ihren Chef, den sie respektierte, und es kam einfach heraus. Dennoch, wenn Tofi in Erwägung zog, mit einer Frau von solchem Vermögen ins Geschäft oder ins Bett zu gehen, ob verheiratet oder ledig, könnte er am Ende Dreck aus einer Schaufel fressen, wenn das schief ging. Mit dem Prunk, der das Ego jeden Rappers befriedigen würde, und dem Mann mit der Hakenprothese, der draußen auf dem Parkplatz wartete, war es für Tina an der Zeit, extreme Vorsicht walten zu lassen. Es gab unerledigte Angelegenheiten, die sie mit der Mafia verbanden, etwa siebenundachtzig Millionen unerledigte Angelegenheiten. Holte ihre Vergangenheit sie am Ende doch noch ein?

Die Bürotür wurde von innen geschlossen, als Tina wegging. Mit diesem Gedanken im Hinterkopf schlich sie schnell zurück, zog ihr Haar zur Seite, hielt ihr Armband fest und lauschte vor der Tür. Da keine Bewegung oder ein Geräusch im Raum war, raste Tinas Herz. Es war ein törichter Versuch. Aus Angst, erwischt zu werden, huschte Tina über den Flur, um die verlorene Zeit wieder aufzuholen. Sie hielt sich am Geländer fest und lief eilig die Wendeltreppe hinunter zu Sandy, die nun auf einem Barhocker saß und der Band beim Üben zusah. Sie spürte, dass die Augen auf sie gerichtet waren, aber sie wagte es nicht, zurückzuschauen.

„Hey, was gibt's?", fragte Sandy, die Tinas Aufgeregtheit bemerkte.

„Guckt Tofi gerade in diese Richtung?"

„Willst du, dass ich nachsehe?"

„Bitte …"

Sandy lehnte sich nach links und warf einen Blick über Tinas Schulter. „Ja, beide, und sie haben gerade gesehen, wie ich hochgeschaut habe. Stimmt etwas nicht?"

„Es ist nichts. Ich sollte mich manchmal einfach um meine

eigenen verdammten Angelegenheiten kümmern. Und überhaupt, wer ist die Frau bei Tofi?"

„Ich weiß es nicht. Sie war schon hier, als ich ankam. Ich habe ihr Gesicht nicht gesehen, aber ich vermute, sie ist von der Bank."

„Vielleicht hast du recht, aber das kommt mir alles ziemlich seltsam vor. Ich hoffe, Tofi lässt sich nicht auf etwas ein, was er nicht tun sollte ... besonders mit diesem Wichser da draußen."

„Draußen steht ein Wichser?" Sandy amüsierte sich darüber.

„Ja, tut er." Tina lächelte. „Ich hoffe nur, Tofi weiß, was er tut", sagte Tina besorgt. „Es heißt, er wurde in der Stadt mit jemandem wie ihr gesehen", fügte sie dazu.

Der Besucher oben war Tofis Sache. Tinas und Sandys einzige Sorge im Moment war es, ihre Aufgaben zu erledigen und den Rest des Tages zu genießen, bevor sie heute Abend zur Arbeit zurückkehrten.

„Alle mal herhören", sagte Tina und ging zur Bühne hinüber zu Old Jessie. „Würdest du mir die Ehre erweisen, für Tofi einzuspringen?"

„Jaja, absolut", platzte Jessie aufgeregt heraus.

„Okay!" Tina klatschte laut. „Dann lasst uns loslegen. Es ist eine große Show heute Abend und wir haben einige Bonzen zu beeindrucken!"

9
IM LEARJET

Im Schlafzimmer des Learjet saßen Ivana und Marco auf dem Bett und unterhielten sich. Ivana deutete an, wieso sie für zweieinhalb Jahre in Russland gewesen war. Ihr Mann war in einer „Ring of Fire" Ermittlung verwickelt – ein Ausdruck für eine streng geheime Mission mit verbindlicher Beteiligung. Es war eine kurze und bündige Erklärung, die keinen Platz für Fragen ließ. Marco war ein Außenseiter und alles, was in Russland in diesen Jahren passiert war, blieb ein Staatsgeheimnis.

„Also, bist du glücklich, Marco?", fragte Ivana und wechselte das Thema.

„Ja, bin ich", antwortete er unbeeinflusst und stempelte es als Fangfrage ab.

„Und du?"

„Ich komme langsam wieder in Schwung."

Marco fühlte sich komisch, stand auf und öffnete die Minibar. Er griff nach einer kleinen Tafel Schokolade und bot Ivana ein Stück davon an. Sie lehnte höflich ab, grinste ihn an und zeigte damit, wie sehr sie seinen simplen Charme vermisst hatte. Jedoch war Ivana nicht hier, um in Erinnerungen zu schwelgen. Sie war auf gerade diesem Flug, aufgrund einer stärker verschachtelten Angelegenheit.

„Und deine Frau? Carmen heißt sie, oder?"

„Ja."

„Unterstützt sie dich? Also, ich meine, wie geht sie mit deinem kurzfristigen Verschwinden für längere Zeit um?"

„Ja, sie steht mir immer bei. Muss aber gestehen, sie hatte zu Beginn Schwierigkeiten damit, aber ja, jetzt geht's."

„Du hörst dich aber nicht recht überzeugt an, Marco", kicherte Ivana, denn sie wusste ganz genau, wie schwer es ihm fiel in ihrer Gegenwart über seine Frau zu sprechen. „Wo ein Wille, da auch ein Weg, weißt du?"

„Ich glaube du richtest dich damit an mich …"

„Das stimmt, Marco. Aber deine Angewohnheiten werden sich nicht verändern."

„Das ist eine freche Aussage, gerade aus deinem Mund."

„Immerhin stimmt sie aber. Leute wie wir werden immer unvorbereitet von der Zeit eingeholt." Ivana legte ihre Hand auf Marcos Oberschenkel. „Wir sind aus demselben Holz geschnitzt", äußerte sie mit Mitgefühl. „Du und ich, wir müssen unsere Leben mit den Karten leben, die wir bekommen haben. Wir verfolgen nichtsdestotrotz ein höheres Ziel. Das macht unser Leben so aufregend. Und egal in welcher Situation wir uns wieder finden, egal mit wem wir uns abgeben müssen, egal mit wem wir interagieren, sei es in diesem Leben oder in einem Anderen, uns, dich und mich, wird es immer geben. Eines Tages wirst du es auch verstehen."

Ivana beugte sich vor, nahm ein Stück der Schokolade und setzte sich wieder hin. Nach ihrer seltsamen Äußerung erlosch jeglicher Drang, den Marco gegen sie verspürte, und die Lust des Augenblickes verblasste.

„Weißt du was, Ivana … ich glaube, es ist für mich an der

Zeit für ein wenig Schlaf."

Ivana staunte auf, überrascht über Marcos flotte Bemerkung. Sie stand auf und hob ihren Rock, enthüllte damit ihre nackte Haut an Oberschenkel und Gesäß, um Marco schnell wieder in Versuchung zu bringen. „Und ich glaubte, wir würden ein weniger herumalbern." Neben dem Bett stehend, öffnete Ivana die Blusenknöpfe und offenbarte ihr Dekolleté.

„Du hast gerade …"

„Was … hab ich dich zum Grübeln gebracht? Ich habe das gerade wortwörtlich gemeint."

„*Wird es immer geben?* Was meinst du genau damit?"

„Ich meine genau das, was ich eben gesagt habe", erwiderte sie und öffnete ihre komplette Bluse.

Auf einmal stürzte sich Marco auf sie. „Heilige Scheiße! Wo hast du das denn her?", fragte er, als er ihre Halskette sah.

„Es war ein Geschenk", antwortete sie. Marco öffnete sofort die Fotogalerie auf seinem Handy und zeigte Ivana das Bild von Red.

„Wo hast du das Foto gemacht?"

„Red hat es mir geschickt …"

„Hat er so Eins etwa?", fragte sie, im Bewusstsein über die Seltenheit.

„Es ist Jades Halskette." Marco sperrte sein Handy.

„Ich verstehe …" Ivana gab mit dem Fragen nach.

„Weißt du, was das für Zeichen auf deiner Kette sind?"

„Ich kann sie nicht wirklich deuten."

„Kannst du nicht, wirst du nicht oder weißt du nicht?"

Ivana lächelte und sagte nichts. Sie wusste es. Aber es lag nicht in ihren Händen so ein Geheimnis zu enthüllen. Spielerisch schubste sie Marco zurück aufs Bett. Sie öffnete ihren Pferdeschwanz, schüttelte ihre Haare und glitt auf ihn drauf. Die Kette schwang wie eine Glocke inmitten ihrer herabhängenden Haare und ihre Schimmer fesselte Marco, als sie ihre verloren gegangene Zeit nachholten.

Der Verbleib von Jades Halskette war eine gute Nachricht für Ivana. Jetzt würde sie es aber erstmal für sich behalten. Sobald sie gelandet sind, wird sie mit einem vollkommen geheimen Anruf einer weiteren Person diese Informationen mitteilen. Ivanas Auftrag war ein Teil einer größeren Mission und Marco war jetzt mittendrin, ohne eine leiseste Ahnung davon zu haben.

Für die nächste halbe Stunde, während der reibungslose Flug nach Miami weiterging, mussten Richard und Tom dem dauernden Gestöhne aus dem Schlafzimmer des Jets zuhören. In der Zwischenzeit war Sarah damit beschäftigt, irgendwelche Sachen von ihrem Diktiergerät zu tippen, und hatte gar nicht mitbekommen, was gerade los war. Plötzlich traf eine Nachricht für Marco ein. Sarah hörte auf mit ihrer Arbeit und ging sofort los, um Marco zu informieren. Die beiden Spooks beobachteten sie, wie sie an ihnen vorbei zum hinteren Teil des Flugzeuges ging. Sie klopfte leise an die Schlafzimmertür.

„Ist das alles, was du bieten kannst, Marco?", hörte Sarah Ivana sagen. Unwissend, was Ivana damit meinte, zögerte Sarah für einen Moment und blickte zu ihren Kollegen. Die Männer zuckten mit den Schultern. Sie klopfte noch einmal und öffnete die Tür.

„Oh, es tut mir leid, Ivana", entschuldigte sie sich, wie sie ihre Brüste erblickte. „Ich hatte versucht zu klopfen. Marco, du hast Post!" Unbeeindruckt rutsche Ivana aus dem Bett und ging mit dem Bettlacken ins Bad. Grinsend blickte sie zurück zu Sarah. Leicht erfreut, erweiterten sich Sarahs Augen. „Hier", sagte Sarah und ließ Marcos Boxershorts mit zwei Fingern aufs Bett fallen. „Beeil dich, ja? Ich möchte fertig werden mit meiner Schicht." Während sie zurück auf ihren Platz ging, schüttelte sie ihren Kopf, als sie ihre Kollegen ungeduldig auf den Sitzen warten sah.

„Ist alles in Ordnung, Sarah?", fragte Tom, als er einen ernsten Gesichtsausdruck bemerkte.

„Bei mir ist alles in Ordnung. Bei dir Tom, befürchte ich aber nicht", äußerte sie. „Ich habe ein paar enttäuschende Neuigkeiten." Toms Gesicht versank, wie er Sarah dabei zusah, in ihre Rocktasche zu greifen. „Auch wenn ich eure Wetteinsätze nicht wirklich befürwortet habe, weiß ich nun, was Ivana in Marco sieht", grinste sie. „Hier bitte Richard, du hast gewonnen", sagte sie und übergab ihm das Geld.

Nicht lange danach, saß Marco barfuß am Schreibtisch. Ivana ging vorbei und kämmte ihre nasse Haare, während Marco darauf wartete, dass sich die Dateien öffneten. Ivana drehte den Stuhl prompt um und bot ihm einen Kuss an. Aber bevor sich ihre Lippen treffen konnten, war Ivanas Aufmerksamkeit auf den Bildschirm gelenkt. Marco drehte sich in seinem Stuhl. Er erwartete Informationen bezüglich Kumar, aber stattdessen ist eine Nachricht von Reds privater E-Mail Adresse angekommen, und auf dem Bildschirm erschien das Foto eines Steines, dessen Kern strahlende Farben ausfüllten. Zügig minimierte Marco das Bild in die Fußzeile, um das Folgende zu verstecken.

„Also das ist es, was du während deiner Arbeitszeiten tust, oder wie?", alberte Ivana unbekümmert. „Na dann, werde ich dich mal lieber alleine lassen, nicht?"

„Wenn es dir nichts ausmacht …"

Nachdem sie einen kurzen Blick auf den Stein warf, eilte Ivana zum Kapitän. Sie betrat das Cockpit und forderte den Kopiloten sofort dazu auf, eine Pause einzulegen und den anderen mitzuteilen, Marco ungestört zu lassen.

Marco grübelte, wieso Red ihm die Bilder seinem FBI Account zugesandt hatte, und nicht auf seinen Privaten. Er ging zurück ins Schlafzimmer, um seinen eigenen Laptop zu holen. Zurück am Arbeitsplatz, kopierte er die Dateien auf den Laptop und löschte sie von der FBI-Datenbank. Als die Daten auf seinem Laptop bereit zu öffnen waren, warf Marco einen vorsichtigen Blick über die Trennwand des Arbeitsplatzes, um sicher zu gehen, dass er allein war, bevor er den Inhalt von Reds E-Mail las.

Marco, ich versuche mich kurz zu fassen, aus Gründen, die ich nicht erklären kann. Aber jetzt, wo du im Flieger sitzt und sicher auf den Weg zu mir bist, glaube ich, dass die beigefügten Fotos tatsächlich mit Jades Verschwinden zu tun haben. In unserem Telefongespräch vorhin habe ich dir das nicht erwähnt, weil ich dachte, du würdest nicht kommen.

„Darüber hättest du sicher sein können", fluchte Marco und dachte, dies wäre wieder eine von den sinnlosen Suchen seines Cousins.

Aber da gibt es immer noch den Vertrag bezüglich Kumar und die Möglichkeit, den Auftrag fertigzubringen. Wir müssen sehen, ob es möglich ist. In der Zwischenzeit, bezogen auf den Anhang, schau, was du ausgraben kannst. Ich sage es ganz einfach, weil ... um ehrlich zu sein, weiß ich wirklich nicht, worauf ich gestoßen bin. Ich glaube, du sollst das Archiv nach der Nacht, in der Jade entführt wurde, noch einmal durchforsten. Ich glaube, ich erinnere mich an ein glänzendes Objekt, das zu Boden gefallen war. Vielleicht ist es das hier. Wenn meine Vermutung richtig ist, dann wirst du von dem, was ich dir zu zeigen habe, überwältigt sein! Sieh zu, was du tun kannst. Du darfst kein Wort darüber sagen – solange du nicht hier bist!!!

In dem Glauben, dass dies eine erneute absurde Suche werden würde, öffnete Marco widerwillig die Bilder. Insgesamt waren es acht Fotos, sechs von dem Stein aus verschiedenen Blickwinkeln und zwei, die einer Gruppe undefinierbarer, verhüllter Gestalten ähnelten.

„Was zum Teufel soll ich mit diesen Dingen jetzt machen?", murmelte Marco.

An der Kante der Tischplatte mit seinen nackten Füßen gestützt, wippte er auf der Suche nach Inspiration in seinem Stuhl hin und her und begann, die Computermaus mit den Zehen müßig hin und her zu bewegen. Plötzlich knallten seine Füße auf den Boden, er rieb sich unglaubwürdig die Augen und schaute noch einmal genauer hin. Als er die Steuerung in die Hand nahm, veränderte das Bild die Perspektive und reagierte auf seine Bewegung.

Hastig sprang Marco auf die Beine. Er spähte noch einmal über die Trennwand seines Arbeitsbereiches. Der Jet war ruhig. Niemand interessierte sich dafür, was er vorhatte. Überwältigt von jüngsten Geschehnissen, setzte er sich wieder hin. Das Bild fing an sich zu bewegen, und mönchsähnliche Ghule marschierten im Gleichschritt vorwärts, wie eine Armee von Soldaten.

Er griff nach der Maus, um hineinzuzoomen, aber einer der Gestalten drehte seinen Kopf und starrte Marco direkt in die Augen. Marco bekam am ganzen Körper Gänsehaut und zog sofort seine Hand zurück.

„Nein ... das kann nicht sein!", stieß Marco ungläubig hervor, als eine neue Szene begann. Da war er, Red, auf den Knien, eine jüngere Version von ihm, weinend. Über ihm die Leuchtreklame des Restaurants – *Fatso's*. „Scheiße! Was ist hier los?", schrie Marco auf Deutsch, außerstande, seine Fassung zu bewahren.

Tom und Sarah sahen auf. Richard gab ein Brummen von sich und schloss wieder die Augen.

„Marco?", rief Tom und lugte aus der Küchenzeile hervor.

„Alles ist gut!", entschuldigte sich Marco und deutete hinter der Trennwand seines Arbeitsbereiches hervor.

„Was ist denn mit ihm los?", fragte Sarah.

„Er ist nur etwas schrullig." Tom zuckte mit den Schultern. „Hier ... genau wie du es magst, Sprite auf Eis, geschüttelt, nicht gerührt!", kicherte er und reichte Sarah ihr Glas.

Marco wollte unbedingt wissen, was sein Cousin herausgefunden hatte, und begann, die Archive der New York Times zu durchforsten. Und es dauerte nicht lange, bis Marco die Schlagzeile fand, nach der er gesucht hatte – *Seltenes Juwel bei Drive-by-Shooting gestohlen!*

„Entschuldige die Störung, Marco", sagte Sarah als sie sich näherte. Marco drückte auf *Schlafmodus*. „Ivana ist noch mit dem Kapitän beschäftigt und ich habe mich gefragt, ob ich noch etwas für dich tun kann, bevor ich mich ausruhen gehe." Bevor Marco antworten konnte, drehte sich Sarah um, als sich die Cockpittür öffnete und Ivana und der Kapitän hitzig miteinander diskutierten. „Oh, sieht so aus, als schwirrte Ivana etwas im Kopf herum. Ich bin weg, bevor ich in etwas hineingezogen werde. Viel Glück mit Kumar."

Tom huschte schnell aus dem Weg, als Ivana an ihm vorbeirauschte. Ivana zog Marco sofort in den Gang zwischen seinem Arbeitsplatz und dem Schlafzimmer, wo sie von den anderen nicht gesehen werden konnten.

„Was hast du getan, Marco?", fragte sie unvermittelt und versuchte, leise zu sprechen.

„Was meinst du?"

„Wir werden verfolgt. Du wirst verfolgt! Vernichte alles, alles was du da hast, vernichte es, und zwar sofort!", forderte Ivana.

„Verfolgt von wem?"

„Von jemandem mit einer Rakete!"

„Scheiße! Ist das dein Ernst?"

„Wir haben es geschafft, das Signal für den Moment zu blockieren, aber irgendwie ist es auf deinen Laptop fixiert und verfolgt, was auch immer du gerade tust. Wir haben ein paar Minuten, bis wir wieder gefunden werden!"

„Welches Signal? Wer verfolgt uns?"

„Nicht uns, dich! Du führst sie direkt zu uns."

„Das ist verrückt ..."

„Verrückt ist, eine Rakete in den Hintern zu bekommen. Tu es jetzt oder wir sind erledigt! Schalt es ab!", forderte Ivana. „Keine Wiederrede!"

Marco rannte zum Schreibtisch. Widerwillig folgte er der Anweisung und säuberte seinen Laptop und den Computer vollständig. Ivanas und Marcos aufgescheuchtes Verhalten und ihre lauten Stimmen hatten die Spooks an Bord in Aufruhr versetzt und für Unruhe in der Kabine gesorgt. Sarah kam zusammen mit Tom herbeigeeilt.

„Was ist los?", drängte Tom.

„Keine Zeit, Tom, halt dich zurück!", antwortete Ivana und hielt ihm ihre Hand vors Gesicht. „Wir brauchen eine Minute. Ich rate allen, schnallt euch an und haltet euch fest. Jetzt sofort!", sagte sie forsch.

Sie meinte es ernst, und das bedeutete, dass es ein Problem gab. Ohne zu fragen, befolgten Tom und Sarah nervös ihre Anweisung und informierten Richard, es ihnen gleich zu tun.

„Leck mich am Arsch, Ivana. Du bringst mein Herz zum Beben", beteuerte Marco. „Sag mir bitte, was los ist!"

„Bist du fertig?"

„Ja!"

„Bei dieser Sache gibt es keine Hintertür, Marco!", drängte sie.

„Fünfzig Sekunden ...", sagte der Kapitän über die Sprechanlage.

Marco blickte zu Ivana auf. Sie sah, wie Marcos Bein zuckte. „Ist die Verbindung weg? Du hast es nicht... Verdammt noch mal!", fluchte Ivana und setzte einen Würgegriff an.

Wie ein Krake mit acht Armen tippte Marco den selbstzerstörerischen Code ein, der sofort die Festplatte zerstörte und den Laptop in die Luft jagte. Mit Hilfe der Spionagekamera, die über den Tisch installiert war, beobachtete der Kapitän das Geschehen besorgt aus dem Cockpit. Ivana nickte ihm eilig zu, und der Kapitän drehte den Jet rasch zur Seite. Mit einem Luftstoß schwebte das Flugzeug kurzzeitig so, dass die Rakete vorbeifliegen und auf den Ozean stürzen konnte. Als sich der Jet wieder aufrichtete, taumelte Ivana auf die Beine und reichte Marco, der ihren Sturz abgefangen hatte, die Hand.

„Ich entschuldige mich für die kleine Störung. Bitte nehmen Sie Ihre Plätze wieder ein und genießen Sie die Weiterreise", verkündete der Kapitän gelassen.

„Was zum Teufel sollte das denn, Ivana?"

„Sag du es mir, Marco."

„Du wolltest mich erwürgen!"

„Du wolltest uns umbringen!"

Verwirrt über den ganzen Vorfall beschloss Marco, nichts weiter zu tun als zu schlafen, bis er sich mit seinem Cousin bei einem Bier unterhalten würde.

„Hier, nimm das. Das wird dich beruhigen." Ivana reichte ihm eine Schlaftablette und winkte Sarah zu sich. „Geh jetzt. Wir werden dieses Chaos schon in Ordnung bringen."

Sarah hob die Scherben seines Laptops auf. „Ich werde einen Ersatz für dich bereithalten, wenn wir landen, Marco."

„Ich schätze, wir sehen uns dann später." Marco öffnete die Schlafzimmertür. „Nur noch eine Sache, wir erwarten doch keine weiteren Zwischenfälle, oder?"

„Gute Nacht, Marco", sagte Ivana, schob ihn hinein und schloss die Tür hinter ihm.

Im Schlafzimmer warf Marco schnell seine Hose über den

Stuhl, nahm sein Handy vom Bett und zog die zusammengerollte Decke über sich. Er stützte sich auf die Kissen und ließ sich nachdenklich nieder, um die E-Mail zu lesen, die er kurz zuvor auf sein Handy geschickt hatte, bevor er alles vernichtet hatte. Es war ein Artikel aus *The New York Times*.

Seltenes Juwel bei Drive-by-Shooting gestohlen!

Marcus Mortimer, der gewiefte Immobilienentwickler aus Manhattan, dessen Vermögen vor zehn Jahren rapide anstieg, wurde gestern Abend in den Straßen von New York erschossen.

Das unbezahlbare Juwel, das das New Yorker Museum nach einem fünfjährigen Rechtsstreit wieder in seinen Besitz gebracht hatte, soll ihm zum Verhängnis geworden sein. Amateuraufnahmen am Ort der Schießerei – vor dem berühmten Restaurant Fatso's in Manhattan – zeigen einen Mann, der das unbezahlbare Stück ergreift, als es aus nächster Nähe auf den Bürgersteig fällt. Kriminalhauptkommissar Paul Howarth, der leitende Ermittler am Tatort, hat keine Beweise gefunden, die ihm zu einer schnellen Verhaftung verhelfen würden oder zum Verbleib von Jade Attlee – der Frau von Redmond Attlee, einer unschuldigen Passantin, die zu dieser Zeit entführt wurde – führen würden. Das Paar hatte sein einjähriges Ehejubiläum in Fatso's Restaurant gefeiert, als sich der Vorfall ereignete.

Marco vergrößerte die Aufnahmen in dem Artikel und lächelte bei dem Gedanken, dass sich das Schmuckstück im Besitz seines Cousins befand. Er legte sein Telefon auf den Nachttisch und nahm die Schlaftablette ein. Gleichzeitig bemerkte er, dass eine, zum Artikel gehörende, Nachricht auf dem Display des Smartphones erschien. Er sah sich neugierig um und strich dann mit dem Finger über den Bildschirm, um sich die Meldung durchzulesen, welche ihm, bevor sich die Verbindung aufgrund des Vorfalls getrennt hatte, angezeigt wurde. Es war ein Blog. Marco wünschte sich, er hätte die

Schlaftablette etwas später eingenommen und begann zu lesen.

Sarkophag, Antiker Mythos

Als ich vor einigen Jahren auf einer Expedition in Ägypten war, zerbröckelte der Boden eines Handwerksbetriebs unter meinen Füßen. Beim Blick nach unten entdeckte ich einen leeren, deckellosen Sarkophag. Ich ließ mich in den Hohlraum hinab und untersuchte das Exemplar genau. Im Gegensatz zu anderen, die ich gesehen hatte, war dieses Exemplar größer und prächtiger. Auf der Innenseite des Gusses war ein Name eingraviert. Donahkhamoun lautete er. Aus anderen Hinweisen, die mit diesem Fund übereinstimmen, geht hervor, dass der Name Donahkhamoun einen beängstigenden Mythos mit sich bringt – einen Mythos, der darauf hindeutet, dass Donahkhamoun heute noch am Leben sein könnte.

Unter dem Inhalt meines Fundes lag ein Papyrus. Darauf wurde eine Geschichte erzählt – eine Botschaft, die, durch die Zeit, in die Zukunft geschickt wurde. Diese Botschaft war den jungen Brüdern Donahkhamouns von der Hohepriesterin, ihrer Mutter, diktiert worden. Während ich sie übersetzte, kam eine düstere Vorhersage zum Vorschein, die besagte, dass ein verheerendes Ereignis das Ende der Menschheit bedeuten würde. Es wurde ein Datum genannt, das schnell auf unsere Zeit zugeht – ein Datum, das ich anderen nicht aufbürden möchte.

Kurz nach meiner Entdeckung wurde der Sarkophag unter das NSP (Nationales Sicherheitsprotokoll) gestellt. Die Nachricht von meiner Ausgrabung hatte sich herumgesprochen. Den Wissenschaftlern zufolge war der Sarkophag aus einer außerirdischen Substanz gefertigt. Bis heute habe ich auf meine vielen Briefe über den Verbleib des Sarkophags noch keine Antwort erhalten. Im Folgenden finden Sie die Übersetzung der diktierten Nachricht der Priesterin. Nach meiner Interpretation wurde sie mit der Absicht weitergegeben, eine bestimmte Spezies zu erreichen.

– Anfang der Übersetzung –

Es ist das Jahr 1348 v. Chr. König Akhenaton, der ägyptische Führer, hat die Ermordung aller Menschen angeordnet, die einen anderen Gott als den Sonnengott verehren. Das ist nicht unser Weg. Die Zeiten haben sich geändert, und die Welt ist in Aufruhr. Die Gier ist fruchtbar geworden, das Begehren profitabel, und der Böse hat das Gleichgewicht gestört und einen Domino-Effekt in den Welten der Vergangenheit, der Gegenwart und der Zukunft verursacht. Meine Untertanen, ich bitte euch, jeglicher Nötigung durch den Sarakoma – den Stein der Finsternis, um euren Kurs des Guten zu ändern, zu widerstehen. Denn an dem hier niedergeschriebenen Datum wird der Tag der Abrechnung für unseren Feind und all diejenigen sein, die sich ihren Pflichten entziehen. Beschützt das Hauptelement und kehrt bis Mitternacht, des angegebenen Tages, zum Fuzidon zurück. Denn an diesem Tag wird das Böse in seinem Versuch, euch für sich einzunehmen, gelöst werden. Es wird euch umzingeln, doch es wird vernichtet werden. Das Gleichgewicht wird wiederhergestellt, und unsere Lebenslinie wird anderweitig gesichert sein. Meine Botschaft ist vage, doch ihr, meine Untertanen, werdet meine kryptischen Aussagen verstehen.

Viele von uns wurden gezwungen, dem Weg des Bösen zu folgen, indem sie den betrügerischen Lügen von König Akhenaton glaubten, der verkündete, er habe den Torwächter getötet. Unser Sohn Donahkhamoun wurde jedoch gesalbt, um zukünftiges Leben zu schützen, damit unsere Vorstellung einer perfekten Welt am Ende triumphieren kann. Seit dem Tag, an dem Donahkhamoun floh, um den Amokaras – den Stein des Lichts und unsere Existenz zu schützen, hat sich im Fuzidon ein dunkler Zorn entwickelt, der durch die Einmischung der Menschen verursacht wurde. Akhenaton folgte mir von seiner Welt in unsere und betrat das Roggbiv im Tempel unserer Geisterwelt. Dort schändete er meine Reinheit. Seitdem habe ich Kinder zur Welt gebracht, Zwillinge, einen Jungen und ein Mädchen. Das Mädchen wurde rein geboren, der Junge böse. Die Bösartigkeit des Jungen verursachte Unruhe im Fuzidon und so wurde der Junge eingekerkert. Doch inzwischen ist der Amokaras in die Hände eines Menschen gefallen und der Junge wurde freigelassen. Heute ist das Fuzidon ein Ort der Verzweiflung, und der Sarakoma weint um den Amokaras. Ohne ihn, kann das Gleichgewicht nicht wieder hergestellt werden.

Welcher meiner Untertanen auch immer den Sarkophag gefunden hat, sollte meinen Sohn auffinden, noch bevor der Zyklus vergeht.

– Ende der Übersetzung –

Da ich derjenige bin, der den Sarkophag gefunden hat, nehme ich an, dass ich derjenige bin, dem dieses Unglück zuerst zuteil geworden ist. Allerdings bin ich nicht näher daran, eine Million Euro in einem Sack unter der Treppe zu finden, als an Donahkhamoun. Bin ich nervös, weil der Tag immer näher rückt? Ein bisschen vielleicht, ich muss es sein, ich bin Ägyptologe, ein Glaubender und ein Mythenjäger. Vielleicht schlafe ich ruhiger, wenn dieses Datum vorbei ist und hinter mir liegt. Faszinierendes Zeug, finden Sie nicht auch?

Also, liebe Blogger, da ich in meinen späten Jahren nichts Besseres zu tun habe, kontaktieren Sie mich, wenn Ihnen ein Gedanke kommt.

Dr. G. Hermanow

Nur mit Gewalt schaffte es Marco, seine Augenlider offen zu halten. Er dachte, es wäre ein Versuch wert, zu antworten.

Es wäre ein großer Zufall, und es war weit hergeholt, aber was soll's. Er tippte eine Nachricht als Antwort auf den Blog. Da er sich nicht traute, eine weitere Signalstörung zu riskieren, würde er sie erst nachdem der Jet landet, absenden. Dann drehte er sich um und schlief ein. Etwa eine Minute später öffnete Ivana vorsichtig die Tür und schlich sich leise hinein.

„Marco?", flüsterte sie und rüttelte ihn. „Marco?"

Sie lächelte ihn an und griff nach seinem Handy auf dem Nachttisch. Sie las seine Antwort und ging zu seinem Arbeitsbereich. Sie nickte in die Spionagekamera und wartete darauf, dass der Kapitän eine sichere Verbindung herstellte, um Marcos Telefonsignal zu aktivieren. Einen Moment später drückte sie auf *Senden*, kehrte dann ins Schlafzimmer zurück und legte Marcos Telefon genau dort ab, wo sie es weggenommen hatte. Als sie den Flugzeuggang entlang zurückkehrte, erschien der Kapitän, um sie mit zwei Getränken in der Hand zu begrüßen. Sie setzten sich zusammen hin.

„Ist es dir gelungen, Marcos Aufnahmen zu sichern, bevor er sie zerstört hat?", fragte Ivana diskret.

„Das habe ich. Aber jetzt brauchen wir eine Planänderung", schlug der Kapitän vor. „Sie sind nah dran, sie hätten uns fast erwischt."

„Das hätte schlecht für uns ausgehen können. Wir dürfen bei dieser Mission nicht versagen." Ivana küsste ihre Halskette. „Danke."

„Dein Schutzengel?", kicherte der Kapitän.

„Das stimmt, und ich würde sie gerne wiedersehen." Sie nahm einen Schluck von ihrem Getränk. „Du weißt, dass wir noch eine Menge Vorbereitungen treffen müssen, bevor wir Nassau erreichen, nicht wahr?"

„Das weiß ich", antwortete der Kapitän. „Also, möchtest du ihm die Ehre erweisen oder soll ich es tun?"

„Einen Tropfen verabreichen?", riet Ivana.

„Ja", lachte der Kapitän, „es sei denn, du willst, dass dein Freund aufwacht und sich fragt, was wir vorhaben."

„Ich glaube, er sollte verschlafen. Er darf nichts mitbekommen. Ich trinke zuerst meinen Drink aus und warte, bis er ganz tief schläft. Wir wollen doch nicht, dass er die Nadel spürt, oder?" Ivana warf einen Blick aus dem Fenster. „Hmm, nur klarer Himmel um uns."

„Es wird seltsam sein, Gareths Reaktion auf Marcos Nachricht zu sehen, besonders nach all den Jahren, die vergangen sind", sagte der Kapitän.

„Das wird es bestimmt." Die beiden saßen noch eine Weile da und unterhielten sich.

Eine Stunde später küsste Ivana Marco auf die Stirn. „Gute Nacht, Marco", sagte sie, schloss die Tür hinter sich und ließ Marco am Tropf hängen, während das Geräusch des Jets über den Atlantik summte.

10
DER TAG NAHM SEINEN LAUF

Zurück auf der Insel nahm der Tag seinen gewohnten Verlauf, und jeder ging seinen alltäglichen Aufgaben nach. Ehab hatte Red auf dem Weg zum Hafen angerufen, um ihm mitzuteilen, dass er ihm später am Abend die Schlüssel für den Leihwagen geben würde.

Svetlana und ihr Team bereiteten Ehabs Boot für den Auslauf vor und warteten darauf, dass die späten Check-Ins von De Club eintrafen.

Nervöse Gedanken aus ihrer fernen Vergangenheit kochten immer wieder in Tina auf. Schließlich beendete sie die Probe ohne Tofi und ging mit Sandy weg, um ein wenig Zeit mit ihrer Freundin zu verbringen.

Tofi hatte sich in seinem Büro eingeschlossen, und setzte seine Unterschriften unter die von seiner Besucherin ausgehändigten Dokumente.

Bevor er vom Minibus abgeholt wurde, hatte Jack – der Fremde – eine junge Frau in Prag angerufen und ihr gesagt, sie solle so schnell wie möglich auf die Bahamas kommen.

Nachdem Moped einen Mann erblickte, der seiner Meinung nach Jack war, verwarf Moped seine Pläne für diesen Tag. Nach über vierzig Jahren war es an der Zeit, sein Geheimnis zu lüften. Mit großer Dringlichkeit im Hinterkopf, suchte Moped seine noch ahnungslosen Verbündeten auf.

Marco befand sich im Flieger im Tiefschlaf. Während er an einen Tropf angeschlossen war, besprachen Ivana und der Kapitän das weitere Vorgehen.

Red hielt auf der Schotterstraße in der Nähe seines Unfallortes. Aus dem Fahrersitz von Sandys Auto beobachtete er die Spur der Verwüstung, die er hinterlassen hatte. Als er über die heutigen Erlebnisse nachdachte und den Rucksack neben ihm nach dem mystischen Stein abtastete, vermutete er, dass die seltsamen Ereignisse mit dem Verbleib von Jade zusammenhingen. Doch bis Marco in den frühen Morgenstunden eintreffen sollte, beschloss Red, seine paranormale Erfahrung ruhen zu lassen. Mit Ausnahme eines kurzen Besuchs in der Bibliothek würde er sich darauf konzentrieren, einen Plan auszuarbeiten, um Kumar zu töten.

II
DIE SKIZZE

Nachdem er sein Motorrad mit Beiwagen in der Nähe des Cafés am Pier geparkt hatte, erreichte Moped endlich den Hafen. Eifrig eilte er den Steg entlang und schlängelte sich zwischen den Touristen hindurch, die an den Yachten posierten. Bekleidet mit Sandalen, dreiviertellangen Hosen und einem einfachen, knielangen Hemd, das an den Ärmeln hochgekrempelt war, spürte er sein Alter in den Knochen, als er versuchte, zu Ehabs Boot zu laufen, das gerade dabei war, auf eine vierstündigen Fahrt abzulegen.

„Ehab", rief Moped, in der Hoffnung, über das quellende Wasser des Schiffspropellers, hinweg gehört zu werden, an.

Svetlana schaute auf und sah, wie Moped sich auf den Anlegepfosten stützte und nach Luft schnappte. Sie hörte auf, das Seil um die Bootsspule zu binden und pfiff ihrem Boss am Steuerrad zu.

„Es ist Moped", rief sie und deutete hinüber zum Steg.

Sofort nahm Ehab das Gas weg, und das Boot sank zurück in die Schwimmlage.

„Hey, gibt es ein Problem?", fragte ein Gast, der zu Svetlana hinüberging.

„Kein Problem. Wir legen in einer Minute ab."

„Das sollten wir verdammt nochmal auch!", brummte der Mann und ging davon.

„Ich bitte um Verzeihung!", äußerte Svetlana.

Der Mann grinste, als er weiterging. Svetlana war sofort verärgert über die unausstehliche Haltung des Mannes und wies ihre Mädchen – die Crew mit dem Spitznamen Russhells – an, die anderen vier Männer aufzusammeln, die frei auf dem Schiff herumliefen, als ob es ihnen gehören würde.

„Moped, ich wollte gerade ablegen", brüllte Ehab in einiger Entfernung vom Ufer.

„Ich … ich muss mit dir reden, es ist dringend."

„Wie dringend?"

„Nun, ähm, ziemlich dringend", antwortete er, wedelte mit einem eingerollten Blatt Papier in der Hand und zögerte.

„Ich habe Kunden."

„Ja, ich … das sehe ich", antwortete Moped unglücklich.

„He, Kumpel, worauf wartest du noch? Los geht's!", schrie der unausstehliche Mann Ehab an, als die Russhells die fünfköpfige Männergruppe in den sprudelnden Whirlpool auf dem Achterdeck im hinteren Teil des Schiffes führten.

„Ja, verpiss dich", rief ein Zweiter und fuchtelte abschätzig mit dem Arm, um Moped zu verscheuchen. „Komm zurück, wenn du dran bist."

„Hey, ihr da. Haltet die Klappe oder die Reise ist hier und jetzt zu Ende!", brüllte Ehab die fünfköpfige Gruppe an.

Der Leiter der Gruppe, der sich bis jetzt ruhig verhielt, würdigte Ehab mit einer Handbewegung und zerrte seine Männer an den Badeshorts zurück auf ihre Plätze. „Setzt euch verdammt nochmal hin und haltet das Maul", schimpfte er.

Trotz des frevelhaften Verhaltens der Gäste erkannte Ehab, dass Zeit Geld war, ihr Geld. Ehab hatte eine hohe Summe dafür bekommen, dass er Tofi in letzter Minute einen Gefallen getan hatte. Für die Bootstour opferte die ganze Crew ihren freien Tag. Der alte Mann war nicht ihr Problem, aber die Zeit war es. Die Männer hatten noch vier Stunden Zeit, bevor sie zurückkehren mussten, um die Anderen zu treffen, die auf die Insel zum DWIB-Treffen hergeflogen sind.

„Moped, du wirst noch warten müssen. Ich rufe dich an, okay?"

„Bitte, vergiss das nicht. Es ist sehr wichtig, dass ich mit dir spreche."

„Wie ich schon sagte, ich rufe dich an."

Ehab hat den Hebel nach vorne geschoben und hielt sich an die Geschwindigkeitsbegrenzung im Hafen. Er bemerkte, dass der verrückte Larry mit seinem Katamaran längsseits gefahren war und versuchte, seine Mädchen abzuwerben. Ein Grinsen wanderte über Ehabs Gesicht und er lenkte das Boot so weit nach rechts, dass Larry abdrehen musste.

„Du Arschloch!", schrie Larry auf.

„Wir sehen uns auf dem Meer, Lazz." Ehab lachte, und die Gäste stimmten in das Lachen ein.

„Was machst du da?", schimpfte Svetlana und ging ans Steuer. „Ihr seid fast zusammengestoßen."

„Nee, das ist nur eine kleine Rivalität unter zwei Gentleman. Außerdem ist das alles nur wegen dir."

„Wegen mir?"

„Natürlich, du drohst ja ständig damit, für diesen Typen zu arbeiten."

„Das war doch nur ein Scherz, Ehab. Aber du musst aufhören, mich zu bemuttern – sonst gehe ich vielleicht doch für Larry arbeiten."

„Das glaube ich nicht. Dafür magst du mich zu sehr", sagte Ehab mit einem selbstbewussten Lächeln.

„Was ist eigentlich mit diesen Leuten auf dem Boot los? Sie verhalten sich wie diese Verbrechertypen."

„Hier, lies selbst." Ehab reichte Svetlana das Klemmbrett mit dem Buchungsformular – *DWIB, Gruppe von fünf Personen*. „Das ist alles, was ich von der Reservierung habe", sagte er, ohne sein Gespräch mit Tofi zu erwähnen.

Svetlana ließ ihren Blick über das Buchungsformular schweifen und begann, die zusätzlichen Anmerkungen zu beäugen.

„Also, was hat es mit der übermäßigen Menge an Champagner und diesen Outfits der Mädchen über den Bikinis auf sich? Du weißt doch, dass wir so etwas normalerweise nicht machen", fragte sie nach, während sie die Männer beobachtete, die rüde Gesten machten, als die Russhells ihnen den Rücken zuwandten und den Draht von den Champagnerflaschenkorken entfernten.

„Ich habe diese Typen gestern Abend beim Einchecken gesehen. Sie machten Sandy und Tofi das Leben schwer, kurz bevor ich De Club verließ. Tofi wollte sie heute aus dem Weg haben. Er sagte, er hätte etwas Wichtiges zu tun und wenn sie hier mit uns herumhängen, beanspruchen sie nicht seine persönliche Aufmerksamkeit und bringen nicht alles durcheinander." Ehab hielt inne. „Ich weiß, dass sie nicht die Norm sind, aber Tofi konnte sie keinem anderen anvertrauen. Zudem hat er gesagt, dass sie Geld zum Verheizen haben, und das ist die Art von Dingen, die sie gerne tun."

„Die Mädchen mit Champagner übergießen?"

„Anscheinend … bringt es sie in gute Stimmung." Er atmete kurz ein. „So wie ich das sehe, ist das eine Möglichkeit für euch alle, gutes Geld zu verdienen."

„Kann sein … aber die Mädels waren nicht gerade begeistert von der Anfrage." Svetlana steckte das Klemmbrett zurück in die Halterung, als sich das Boot dem Ende der Sperrzone des

Hafens näherte. „Und das Tanzen? War das auch Tofis Idee?"

„Das war meine. Sie müssen sich nur ein bisschen bewegen, so …" Humorvoll wackelte Ehab mit den Hüften, was Svetlana zum Lachen brachte. „Hör zu, diese Typen haben es geschafft, dass die Millers und andere gestern Abend aus ihren Zimmern geworfen wurden. Sie wollten die Strandbungalows für sich haben."

„Die Millers? Die gehören zu unseren besten Kunden."

„Genau, also warum sollen wir diese Typen nicht tief in ihre Tasche greifen lassen."

„Ich hoffe ernsthaft, dass sie nichts anderes erwarten", bekräftigte Svetlana.

„Wenn doch, dann haben sie Pech gehabt, oder?" Ehab blickte zurück zu den Russhells mit den Gästen. „Es scheint so, als ob die Mädels da hinten die Sache bisher ganz gut im Griff haben."

„Und was glaubst du, was Moped wollte, Ehab? Er schien mir ziemlich besorgt zu sein."

„Das war er, nicht wahr? Ich habe ihn noch nie so beunruhigt gesehen. Aber ich vermute, wenn man in sein Alter kommt, scheint alles dringlicher zu sein, als es wirklich ist. Wie auch immer, vergiss ihn und lass uns über dich und die Mädchengruppe reden. Ich habe über das Geschäft nachgedacht." Svetlanas Gesicht senkte sich. „Deinem Gesichtsausdruck nach zu urteilen, denke ich, dass du schlechte Nachrichten erwartest."

„Sollte ich das?"

„Nein, um ehrlich zu sein, ist alles gut. Heute Morgen war ich angenehm überrascht, wie gut ihr alle, trotz der kurzfristigen Nachricht, funktioniert habt. Darum und wegen ein paar anderer Dinge, die mir einfielen, habe ich eine schnelle Konferenz mit dem Vorstand einberufen."

„Welcher Vorstand?", fragte Svetlana verwirrt.

„Es gibt nur mich, mich und mich …"

„Du!", tadelte sie und gab Ehab eine freundliche Ohrfeige.

„Also habe ich beschlossen, dass, wenn du bereit bist, die Verantwortung für die täglichen Aufgaben zu übernehmen, was natürlich deine Arbeitszeiten verlängert und die freien Tage einschränken würde, dann wäre ich auch dazu bereit, dich zu meinem Geschäftspartner zu machen. Und noch was, zehn Prozent des Gewinns wird unter den Mädchen aufgeteilt."

„Das … das ist, ich … ich weiß nicht, was ich sagen soll."

„Ihr habt es euch alle verdient. Also, willst du es oder nicht?"

„Natürlich will ich … Wir wollen!" Überwältigt von dem Angebot, umarmte Svetlana ihren Chef.

„Aber ich will nie wieder etwas über Larry hören, verstanden?"

„Larry? Wer ist Larry?", kicherte Svetlana.

„Na, dann los. Geh lieber an die Arbeit und informiere die Mädels diskret!"

Als Ehab beobachtete, wie Svetlana sich freudig auf den Weg zum hinteren Teil des Bootes machte, sah er, dass die Gäste immer ruppiger und lauter wurden. Er erinnerte sich an Tofis Worte: *„Sie sind vielleicht nicht die nettesten Bankdirektoren, aber sie geben viel aus. Sie sind ein typisch rüpelhafter Haufen; sie wollen sich ausziehen, nackt baden und Nutten bumsen, wenn sie zurückkommen, also brauchen sie gelegentlich eine harte Faust ins Gesicht, um sie auf ihrem Platz zu halten"*, warnte er. *„Schaffe ein bisschen Partystimmung und sie werden sich beruhigen. Du und deine Bodybuilder-Mädchen sind die einzigen, denen ich zutraue, mit diesem Haufen umzugehen. Ein paar Stunden auf dem Meer, Ehab … das ist alles, worum ich dich bitte. Halte sie fern, während ich mich um einige heikle Angelegenheiten kümmere."* Tofi diesen Gefallen zu gewähren, war eine Entscheidung, die Ehab zu bereuen begann.

Mit dem Blick auf das offenen Meer gerichtet, steuerte Ehab das Boot vorwärts. Bald knallten die Korken und der Champagner wurde auf die Russhells gespritzt, die neckisch um den Whirlpool tanzten und die Männer erregten. Innerhalb kürzester Zeit war die Fahrt in vollem Gange und die Mädchen verdienten sich ihr Geld. Vom Champagner durchtränkt, klebten die weißen Minikleid-Outfits an ihren orangen Bond-Girl-Bikinis und enthüllten ihre wohlgeformten Körper darunter. Die Russhells reizten spielerisch und gestikulierten, sich die mit Klettverschluss befestigten Kleider auseinander zu reißen.

„Ja? Nein? Ja?"

„Zur Hölle, ja!", erwiderten die Männer.

Sofort rissen die Russhells ihre Kleider frei und die Männer spritzten wieder. Doch der Leiter amüsierte sich nicht. Er war verärgert über das Verhalten seiner neu ernannten Zweitbesetzung.

Unerwartet wurde ein Crewmitglied von Manny, einem der Männer, in den Jacuzzi gezogen. Die Mädchen blieben stehen, verärgert über seine Aktion. Als das Mädchen aus dem Whirlpool stieg, gab Manny ihr einen Klaps auf den Hintern. Instinktiv holte die Russhell mit einem Schlag mit der Rückhand ins Gesicht aus und trat aus dem Jacuzzi. Der Betrunkene verlor den Halt und fiel rückwärts ins Wasser, woraufhin Svetlana nach Ehab pfiff. Als er aufstand, setzte Manny seine Provokation mutig fort.

„Du willst also spielen, ja? Dann spiel damit!", murmelte Manny und griff sich in die Hose. „Komm schon, ein Tausender für einen Blowjob … zwei Tausender dann!", stieß er aus, ohne zu bemerken, dass sein Boss hinter ihm aufstand.

„Setz dich verdammt noch mal hin!", brüllte der Leiter und schob Manny gewaltsam zu den anderen.

„Diese Mädchen sind meine Angestellten!", mischte sich Ehab aggressiv ein. „Sie sind nicht käuflich, hast du das verstanden? Noch eine unverschämte Bemerkung und ihr werdet alle über Bord geworfen und es ist mir scheißegal, wenn ihr es nicht zurück ans Ufer schafft!"

Der Leiter der Gruppe, der in der Mitte des Whirlpools stand, starrte Ehab an. Ehab erwiderte den Blick und blieb standhaft. Doch was Ehab nicht kannte, war die Wahrheit über die Männer, mit denen er es gerade zu tun hatte.

Bei ihnen Zuhause, hätte jeder, der so mit ihnen gesprochen hätte, sein Maul mit Säure gewaschen bekommen. Sie waren brutal und rücksichtslos; die Art von Männern, die die Hände und Füße einer Person zusammenbinden, um sie zwischen Fahrzeuge zu schnallen, um ihren Körper in zwei Teile zu spalten. Diese Männer repräsentierten keine legalen Geschäftsinteressen der Korporation, sondern sie waren Teil der berüchtigten Unterwelt der skrupellosen Machenschaften der DWIB. Der Leiter hatte den Befehl erhalten, seine Männer unter Kontrolle zu halten und nicht aufzufallen. Und solange er sprach, wagte niemand ein weiteres Wort zu sagen.

Als das Starren weiterging, winkte Svetlana diskret mit der Hand und riet ihren Mädchen, sich nicht einzumischen. Sie hatte recht mit ihren Vermutungen über diese Männer. Sie waren wie die Mafiosi, die sie damals in Russland gesehen hatte, Männer mit Macht, die glaubten, dass Regeln für sie nicht galten.

„Ehab ist dein Name, nicht?", fragte der Leiter.

„Richtig."

Der Täter versuchte, etwas zu sagen. Sein Chef schlug ihm ins Gesicht.

„Das gilt für euch alle", warnte er und sah die anderen Männer finster an. „Wie ich gerade sagen wollte, Ehab, wir wollen keinen Ärger. Sie haben alle den Bogen überspannt."

„Findest du?"

„Heute sind sie ein bisschen überdreht. Du weißt schon, das erste Mal in diesem Teil der Welt." Er drehte sich zu Manny um. „Jetzt entschuldige dich bei der netten Dame", forderte der Chef und packte den Missetäter an den Haaren. Er hatte also keine Wahl.

„Ja, es tut …" Der Chef zog ihn fest. „Ich, es tut mir leid!"

„So ist es besser." Sogleich stieg der Leiter der Gruppe aus dem Jacuzzi. Er zog Manny mit sich zum hinteren Teil des Bootes, während er Blickkontakt mit Ehab hielt. „Warum schmeißt du sie nicht wieder an und wir machen mit der Fahrt weiter?", fragte er und lehnte Manny über die Bordkannte, wobei er ihn immer noch an den Haaren hielt. Der Leiter wandte sich dem beleidigten Crewmitglied zu. „Er hat seinen Platz vergessen, Schatz, nicht wahr, Arschloch?" Er beugte sich vor und flüsterte Manny ins Ohr: „Es schmerzt mich, das zu tun, Manny, aber du kannst nicht der sein, der du Zuhause bist, jedenfalls nicht auf dieser Ebene in unserer Organisation. Das weißt du nur zu gut!" Zum Erstaunen von Ehab und seiner Crew stieß der Chef Manny dann über Bord. „Ehab … setz die zwei Riesen auf die Rechnung und gib sie deinem Mädchen. Eine gute Lektion vergisst man nicht. Lass ihn schwimmen. Ich werde ihn von jemandem abholen lassen. Ich habe dem kleinen Scheißer vorhin im Club gesagt, dass ich nichts von diesem Partykram gebrauchen kann. Alles locker und entspannt, so wollte ich es. Ich möchte ab jetzt Ruhe haben!"

„Ruhe also …" Ehab runzelte die Stirn und fragte sich, warum Tofi ihm dieses ganze Geschwafel aufgetischt hatte.

„Dann ist also alles in Ordnung?"

„Alles gut", bestätigte Ehab.

Der Leiter wandte sich an seine Männer. „Ihr da, raus mit

euch und zieht eure Sachen an." Dann wandte er sich an Ehab. „Wir setzen uns an den Tisch, vielleicht kannst du uns ein paar Getränke bringen lassen, etwas Alkoholfreies?"

Ehab bejahte und nickte Svetlana zu, die sich um die Bestellung kümmerte.

Als sich das Boot vorwärts bewegte und der Vorfall allmählich hinter sich gelassen wurde, setzte sich die vierköpfige Gruppe um den Tisch auf dem Außendeck. Dann ergriff der Boss das Wort.

„Jetzt hört mal alle zu. Ich möchte nicht, dass sich dieses Kasperltheater wiederholt. Ihr kommt zwar von der Straße aber ihr habt einen langen Weg hinter euch. Ihr habt euch sehr gut bewährt. Doch wenn ihr in dieser Position bleiben wollt, zu der ihr jetzt aufgestiegen seid, müsst ihr euch anpassen. Ihr seid jetzt reinrassige Hunde, keine Mischlinge. Es ist verdammt noch mal an der Zeit, erwachsen zu werden und mit gutem Beispiel voranzugehen. Nichts darf diese Zusammenkunft behindern. Was Manny angeht, so ist es bedauerlich, dass er sich von der Situation provozieren ließ. Aber wenn er das Partyleben weiterführen wollte, hätte er diese Position nicht annehmen sollen. Er hat sich in den letzten achtundzwanzig Jahren gut geschlagen. Er war immerzu loyal, und ja, er hat sich das Recht verdient, hier zu sein, genau wie ihr alle. Aber Manny liegt jetzt hinter uns und das ist alles, was wir zu diesem Thema sagen werden, verstanden?" Die Männer stimmten zu, als der Boss sein vibrierendes Handy aus der Tasche zog, einen Blick darauf warf und es mit dem Display nach unten auf die Tischplatte legte. Er blickte zu seinen Männern auf. „Ich wiederhole, von jetzt an bis zum Ende des Treffens, an dem wir teilnehmen, ändert ihr eure verdammte Haltung. Behaltet den ganzen Scheiß für die Tittenbars oder ihr werdet alle Manny Gesellschaft leisten."

Er hob sein Handy vom Tisch und die Männer lehnten

sich nach vorne, als der Boss die tonlose Aufnahme auf seinem Telefon abspielte – die zeigte, was passiert, wenn man sich nicht an die Regeln hält. Den Männern verschlug es den Atem, als sie sahen, wie Manny auf dem Video in Hühnerdraht eingewickelt und ihm eine dreißig Kilo schwere Hantel um seinen Hals gekettet wurde. Er flehte mit eindringlichen Augen um Gnade und starrte geknebelt ein letztes Mal in die Kamera, bevor er kopfüber ins Meer gesenkt wurde.

„Wollt ihr die Nächsten sein?" Die Männer schwiegen. „Nun, wollt ihr?"

Die harten Kerle waren auf einmal nicht mehr so hart. Zwei von ihnen gaben eine leise Antwort, während der dritte schweigend nickte. Die Faust des Chefs knallte hart auf den Tisch, und die mit Obst und Getränken anrückenden Russhells hielten kurz an.

„Antwortet mir!"

„Will ich nicht. Nein, will ich nicht, Boss."

Der Leiter der Gruppe gestikulierte, dass die Mädchen nach vorne kommen sollten. Die Männer lehnten sich auf ihren Plätzen zurück und wagten es nicht, ein Wort zu sagen. Es war ihr erstes Treffen in diesem Rang und sie verstanden schnell, worum es ging. Schweigend stellten die Russhells ein Tablett mit Obst auf den Tisch, zusammen mit Besteck, Tellern und Getränken. Der Boss wartete, bis die Mädchen außer Hörweite waren.

„Jack hat uns herbestellt, weil Daniel es angeordnet hat. Wie ihr alle wisst, bin ich wie ihr auf der Straße aufgewachsen. Ich mag zwar bei den ganz Großen mitspielen, aber ich bin nicht unbesiegbar. Ich habe für euch gebürgt, für euch alle, aber wenn ihr ohne meine Zustimmung aus der Reihe tanzt, habe ich nur eine Wahl. Das Problem zu reparieren oder ‚repariert' zu werden. Ich habe mich entschieden, es selbst zu beheben."

Während Ehab zur Südseite der Insel manövrierte, wo sie an Land gehen, Fische grillen und ein wenig in der Sonne entspannen würden, waren die Männer am Tisch ziemlich ruhig. Und nachdem der Leiter seine Männer daran erinnerte, was sie durchgemacht hatten, um einen solchen Status innerhalb des DWIB-Imperiums zu erreichen, stoß er mit seinen Untergebenen an: „Auf das Geld, die Villen und die Yachten, für jeden einzelnen von euch!" Manny wurde nie wieder erwähnt.

Ehab ankerte nahe am Ufer der einsamen Insel. Die Russhells setzten den Jet Ski ab und bauten den Grill an Land auf. Bis das Essen zubereitet war, gingen die Männer schnorcheln. Während die Crew beschäftigt war, drängten sich Gedanken an Moped in Ehabs Bewusstsein und überredeten ihn, einen Anruf zu tätigen.

„Hallo", meldete sich Moped am Telefon.

„Hallo, Moped. Ich bin's, Ehab."

„Ja, ich höre dich." Prompt unterbrach Moped sein Gespräch mit einem Fischer am Hafen. „Danke, dass du mich zurückgerufen hast."

„Es tut mir leid, wenn ich vorhin etwas schroff gewirkt habe. Es war einfach schlechtes Timing, das ist alles."

„Ja, ja, das habe ich gesehen."

„Um ehrlich zu sein, bin ich mir nicht sicher, wann ich heute zurückkomme."

„Ich verstehe Ehab, aber …"

„Du sagtest, es sei dringend?", unterbrach ihn Ehab. „Ich bin besorgt, was du zu sagen hast, aber kann es vielleicht bis morgen warten, sagen wir am Nachmittag?"

„Nun, ähm … ich nehme an, es kann warten, aber dann musst du zu mir kommen. Es ist extrem wichtig, dass du das tust."

„Zu deinem Haus?", antwortete Ehab überrascht von der Bitte. „In Ordnung, ich werde sehen, wann ich ... Moped? Moped? Shit, nicht schon wieder!" Von der Neugier gepackt, sprang Ehab auf den Jet Ski und fuhr los, um eine bessere Verbindung zu bekommen.

Am Landesteg im Hafen, legte Moped seine Prioritäten fest und beschloss, dass er das, was er morgen getan hätte, heute tun würde, um keine Zeit zu verlieren. Mit gesenktem Kopf, ungewahr, was um ihn herum geschah, huschte Moped an den Hafengeschäften, Restaurants und einem Einheimischen vorbei, der Conch Fritters anbot – eine bahamaische Delikatesse – Muschelfleischkroketten, die er in umgebauten Ölfässern frittierte. Doch jemand entdeckte ihn in seiner Eile – Tina und Sandy, die ein frühes Glas Wein in Jean Paul's Pier Café genossen. Sie riefen höflich, als Moped vorbeihastete.

„Moped! Hey, Moped, huhu ... Hallo?", rief Sandy.

„Er hat dich nicht gehört, Sandy. Schnell, geh und schnapp ihn dir!", sagte Tina enthusiastisch.

Sandy sprang von ihrem Platz auf, während Tina einen zusätzlichen Stuhl vom Nachbartisch nahm und dazu zog.

„Moped, hi", sagte Sandy, holte den alten Mann ein und ergriff seine Hand.

„Oh hallo, Sandy, du hast mich erschreckt."

„Ich bin mit Tina hier, schau mal, da drüben." Sandy zeigte. „Du bist an uns vorbeigerauscht. Wir dachten, es wäre schön, wenn du dich ein bisschen zu uns gesellen würdest. Es kommt nicht oft vor, dass wir dich zu Gesicht bekommen."

Tina winkte hinüber und klopfte auf den Stuhl neben sich, um ihm anzuzeigen, dass er für ihn bestimmt war.

„Nun, ich ... ähm, ich würde gerne, aber ..."

„Gut, dann ist das geklärt. Komm mit."

Bevor er etwas anderes tun konnte, hakte Sandy ihren Arm

ein und führte einen etwas widerwilligen Moped hinüber zu ihrem Tisch.

„Na, hallo noch mal ... Liebe meines Lebens", grüßte ihn Tina.

„Hallo, Miss Tina."

„Hast du etwas von deinem Gebräu auf Ehabs Boot geschmuggelt?"

„Nein, nein, meine Güte nein, ich wollte mit Ehab sprechen, aber er ist schon losgefahren."

„Ich kann ihn anrufen, wenn du willst", bot Tina an und hob ihr Handy vom Tisch.

„Das wird nicht nötig sein. Aber trotzdem danke. Wir haben schon etwas arrangiert."

„Was möchtest du denn trinken, Moped? Wir laden dich ein!", fragte Sandy.

„Ich sollte mich wirklich auf den Weg machen. Ich habe noch so viele Dinge zu erledigen."

„Bist du sicher? Es liegt doch nicht daran, dass du dich bei uns beiden unwohl fühlst, oder?", kicherte Tina.

„Ach du meine Güte, natürlich nicht, ich bete euch an. Ihr seid meine Lieblinge. Ich muss nur ..."

Die Mädchen bemerkten, dass Moped nervös war. Er stand von seinem Platz auf. Sein Stuhl krachte auf den Boden und erschreckte das junge Paar hinter ihnen. In seiner Eile ließ Moped das Blatt Papier, das er mit sich trug, fallen. Tinas Reflexe waren schnell genug, um die Skizze aufzufangen. Sie betrachtete es, während Moped sich bei dem Paar entschuldigte. Sandy hob den Stuhl auf und Moped setzte sich wieder hin.

„Hast du das gezeichnet, Moped?", fragte Sandy und erhaschte einen Blick auf die Zeichnung, als Tina sie Moped über den Tisch reichte. „Es ist wirklich lebensecht", lobte sie.

„Hast du noch andere Bilder gezeichnet?"

„Ein paar, vielleicht."

„Wer ist das, Moped?", erkundigte sich Tina.

„Es ist nur jemand, der ab und zu die Insel besucht. Keiner, den du kennen würdest."

„Kannst du uns zeichnen?", platzten die Frauen unisono heraus.

„Vielleicht an einem anderen Tag."

„Mensch, wir sind jetzt sowieso zu beschwipst, um still zu sitzen", flüsterte Sandy.

Unter der Bedingung, dass sie niemandem von seinem Talent erzählten und ihn gehen ließen, um sich um dringendere Angelegenheiten zu kümmern, stimmte Moped zu, ihre Porträts zu zeichnen. So entwickelte sich ihr später Morgen ziemlich gut, obwohl Sandys als auch Tinas Tag völlig aus dem Ruder gelaufen war. Mit der Aussicht auf solch wahrheitsgetreuen Kunstwerken und dem Klang klirrender Weingläser winkten die Freundinnen Moped befriedigt zu, als er Jean Paul's Pier Café verließ.

Ein kleines Stück entfernt, auf dem Parkplatz, kettete eine französische Kellnerin des Cafés gerade ihr Fahrrad an das Geländer, als Moped auf sein Motorrad stieg.

„Ahh ... Allo, Monsieur Moped, wie geht es uns heute?"

„Hallo, Marie. Mir geht es gut, wie geht es dir?"

„Oh, Monsieur Moped, meiner Mutter ist nicht sehr gut, aber ich bin spät dran für Arbeit. Also rede ich wieder, wenn Sie kommen, ja?"

„Natürlich, natürlich", antwortete Moped.

„Auf Wiedersehen, Monsieur Moped. Oh, ich glaube, ihr Telefon klingelt in der Tasche", sagte sie und lief an ihm vorbei.

Moped griff schnell unter sein ausgeleiertes Hemd. „Hallo?"

„Hey, Moped. Ich bin's wieder, Ehab. Kannst du mich dieses

Mal hören?"

„Ehab, ja, ja, ich kann dich laut und deutlich hören."

„Ich habe mich vorher den Buchten genähert. Der Empfang dort ist schlecht."

„Das habe ich mir gedacht."

„Moped, du schienst wegen irgendetwas ziemlich angespannt zu sein. Geht's um dein Gesundheit? Ich weiß, dass du in letzter Zeit einige Schwierigkeiten hattest."

„Es ist nichts dergleichen, Ehab, aber es ist auch nichts, was ich dir am Telefon erklären kann."

„Du nuschelst, Moped. Ich verstehe nicht ganz, was du sagen willst." Ehab versuchte, den Anruf schnell erledigen und schlug vor: „Ich sag dir was, lass uns eine Zeit ausmachen. Ich habe morgen früh eine kurze Fahrt. Ich werde gegen Mittag zurück sein. Warum treffen wir uns nicht um zwei Uhr, nachdem ich das Boot gereinigt habe? Ich reserviere dann den Nachmittag nur für dich, wie wäre das?" Moped schwieg und überlegte in seinem Kopf. „Moped, hast du mich gehört? Ist zwei Uhr am Nachmittag für dich in Ordnung?"

„Ja, ja, ich denke, das wird passen."

„Gut. Dann sehen wir uns. Morgen Nachmittag, um zwei Uhr, bei dir zu Hause", wiederholte Ehab.

Moped stimmte zu. Wenn alles andere nach dem Plan in seinem Kopf ablief, waren vierundzwanzig Stunden genug Zeit, um die Dinge in Bewegung zu setzen. Mit diesem Gedanken im Hinterkopf koppelte Moped seinen Beiwagen ab, um den unnötigen Ballast loszuwerden, denn er wusste, dass er keine weitere Ladung mit selbstgemachtem Likör an De Club liefern würde. Mit ein bisschen mehr Pferdestärken raste er los, zum Erstaunen von Sandy und Tina, die ihm zugesehen hatten.

„Hat er gerade …", stieß Tina hervor.

„Hat er", bestätigte Sandy und stand auf, als sie seinen verlassenen Beiwagen beobachtete.

Vorbei am Museum und der Bibliothek erreichte Moped schließlich die Stadt Nassau. Sein Gesicht wurde ernst, als er an der Junior School vorbeifuhr, wo Kinder fröhlich auf dem Spielplatz spielten – rennend, lachend, Bälle tretend und Frisbees werfend in der brütenden Hitze. Es war ein bedeutungsvolles Bild, das ihn in seiner Mission zusätzlich bestärkte.

Währenddessen saß Red außerhalb der Bibliothek, in Sandys Auto mit heruntergelassenem Fenster und machte sich Notizen. Als er das unverwechselbare Knatter-Geräusch des sich nähernden Motorrads hörte, schaute Red auf. Zu seiner Überraschung sah er, wie das Außenfutter seines Rucksacks, der im Fußraum der Beifahrerseite des Autos lag, zu leuchten begann, als der alte Mann vorbeirauschte. Red war sich der Macht des Edelsteins bewusst, auch wenn er nicht wusste, was er genau bewirken würde, und so machte er sich auf den Weg.

Er sammelte seine Unterlagen zusammen, nahm den Rucksack und schob ihn in den Kofferraum des Wagens, und bedeckte ihn mit einem losen Strandtuch. Als er den Kopf hob, erblickte er zwei Männer, die vor der Bank auf der gegenüberliegenden Seite standen. Hinter der offenen Kofferraumklappe versteckt, beobachtete er sie. Der eine Mann war der Fremde, der vor seinem Haus am Ufer entlang schlenderte und später an der Unfallstelle des Jeeps seine Waffe vorzeigte, nachdem er aus dem Dickicht hervorkroch. Der andere Mann war der Bankdirektor, der dem Fremden ein braunes Päckchen überreichte. Red schnappte sich sein Handy. Ganz vorsichtig, um nicht gesehen zu werden, machte er ein paar Schnappschüsse aus der Ferne, als sie sich die Hände schüttelten und sich entfernten. Schnell schloss Red den Kofferraum, setzte sich auf den Fahrersitz und beobachtete fokussiert, wie der Fremde zügig davon ging. Sechs Autos von Red entfernt hielt der Fremde an, zündete sich eine Zigarette an und beobachtete die Kleinen, die auf der anderen Straßenseite spielten. Red hatte es nicht eilig und so schaute er sich den Mann genau an, machte noch ein paar heimliche Fotos und wartete geduldig darauf, dass der Fremde wegging. Momente vergingen, genug für den Mann, um zweimal durchzuatmen, bevor ein schwarzer Lincoln neben ihm zum Stehen kam. Die Hintertür öffnete sich und ein fettleibiger Mann stieg aus, blies Zigarrenrauch aus und kippte Asche von der Zigarre, die er in seiner Hakenprothese hielt. Er grüßte den Fremden, blickte dann in Richtung Schulhof und nickte süffisant mit dem Kopf.

„Kumar, du verdammter Pädophiler!", flüsterte Red verärgert.

Zu sehen, wie Kumar den Kindern mit einem kranken Grinsen im Gesicht zuwinkte, drehte Reds Magen um. So sehr Red Kumar auch in diesem Moment hätte umbringen wollen, er konnte es nicht vor den Schülern tun. Kurz darauf schnippte der Fremde seinen Zigarettenstummel weg, sie stiegen ein und der Lincoln fuhr in die Richtung davon, aus der er kam.

Tofi hatte am Telefon erwähnt, dass Kumar auf der Insel war. Aber wer war mit ihm gekommen und wer sollte heute noch ankommen, fragte sich Red. Nachdem er Kumars böses Gesicht gesehen hatte, wurde Red in seinen Gedanken bestätigt. Es war das Wagnis wert, ihn zu ermorden, bevor noch irgendwelche Kinder dem Besuch dieses Widerlings zum Opfer kamen. Heute Abend würde er den Vertrag unterschreiben und Kumar ausschalten!

12
DE CLUB

Der Tag war für Red schnell verflogen. Als es Abend wurde, wusste er nicht so recht, was er tun sollte – sollte er nach seinem Treffen mit Tofi im Club bleiben oder besser direkt nach Hause fahren. Da er jedoch wusste, dass Marco erst am frühen Morgen eintreffen würde, könnte ihm eine kleine Pause von all den Strapazen gut tun, dachte Red. Also beschloss er, das zu tun, was er an einem Samstagabend immer tat.

Obwohl sie eigentlich vereinbart hatten, sich in De Club zu treffen, konnte Ehab nicht widerstehen, beim Haus seines Kumpels aufzutauchen, nachdem er Sandys Auto in der Einfahrt stehen sah. Ehab trug eine beigefarbene Hose, die passende Jacke und ein dunkles Poloshirt. Er war frisch gewaschen, rasiert und roch nach Rasierwasser. Er saß lässig auf der Motorhaube seines Muscle Cars in Reds Einfahrt und wartete darauf, dass Red den Alarm im Haus aktivierte.

„Du siehst gut aus heute Abend, Red."

„Das ist ein Geburtstagsgeschenk von Sandy", sagte Red, als er in einem grauen, leichten Anzug zum Auto ging. „Meine Güte, Ehab, ich kann dich von hier aus riechen. Was zum

Teufel ist das für ein Aftershave, das du da trägst?"

„Der Deckel ist abgefallen. Ist es so schlimm?"

„Es geht schon", schmunzelte Red. „Komm schon, lass uns losfahren."

Red warf seine Jacke auf den Beifahrersitz von Sandys sportlichem Roadster und krempelte die Ärmel seines Hemdes bis knapp unter die Ellbogen hoch, dann griff er in seine Tasche. „Ich nehme an, das ist es, was du willst", sagte er und hielt einen Fünfzig-Dollar-Schein in die Luft. Er pfiff den Streunern Bill und Ben zu. Sofort sprangen sie aus dem verlassenen Motorboot und huschten hinüber, um ihr Abendbrot zu verschlingen. Bis zu Reds Rückkehr würden sie das Strandhaus bewachen.

Die beiden Männer rasten über die kurze Schotterstraße und um den Sieg bei ihrer Freundschaftswette. Nachdem sie auf die Hauptstraße in die Stadt eingebogen waren, griffen die großen Reifen an Ehabs Muscle Car in den Asphalt und gaben das Tempo vor. Aber Sandys Nissan fuhr flink durch die Kurven und führte das Rennen an. Auf den Geraden holte Ehab schnell auf und blinkte von hinten. Red warf einen Blick in den Rückspiegel und lächelte Ehab an. Zum ersten Mal an diesem Tag vergaß Red seine Sorgen.

Doch der Spaß hielt nur so lange an, bis die Ampel in der Nähe von Ray's Garage auf Gelb schaltete. Denn ein Polizist neben der Ampel, der auf seinem Motorrad patrouillierte, gab mit seiner Sirene eine freundliche Warnung ab. Ehab fuhr vorsichtig neben Red her und schrie durch die offenen Fenster, während er die Schlüssel von der Cobra in seiner Hand baumeln ließ.

„Red! Da ist dein Mietwagen, Kumpel", rief er und deutete auf den Vorhof von Ray. „Und hier sind deine Schlüssel!" Ehab warf die Autoschlüssel unerwartet durch das Fenster hinüber, was Red dazu brachte, versehentlich den Motor abzuwürgen, als die Ampel auf Grün schaltete. „Fünf zu null, Kumpel", höhnte Ehab und fuhr unter dem Gelächter von Andy, dem Polizisten im Dienst, davon.

Nach der kurzen Fahrt fuhren die Männer auf das Privatgelände von De Club. Um 21:30 Uhr war reges Treiben auf dem etwas ungewöhnlichen Parkplatz. Das wilde durcheinander Parken auf dieser wildbewachsenen Fläche, die für weitere Bebauengen vorgesehen war, sorgte oft für Chaos und Spaß zugleich. Während die beiden nach einem Parkplatz suchten, sind sie von Ehabs Freundinnen – den Lambrets – entdeckt worden. Die drei jungen Frauen wurden von Ehab wegen ihren aufeinander abgestimmten Motorrollern so getauft. Sie fuhren hupend an Red und Ehab vorbei und forderten die Männer auf, ihnen zu einem Parkplatz unter einem Baum zu folgen.

Die Lambrets freuten sich, Ehab zu sehen und liefen schnell zu ihm. Sie lehnten sich in das Fahrerfenster, um einen Kuss zu bekommen, aber eine von ihnen hielt Abstand. Sie lächelte Ehab zynisch durch die Windschutzscheibe an, denn sie hatte ihm noch nicht ganz verziehen, dass er ihre Affäre abrupt beendet hatte. Stattdessen ging sie zu Red hinüber und öffnete ihm höflich die Tür des Nissans, als er ihr fünfzig Dollar in die Hand drückte.

„Drinks gehen auf Ehab, meine Damen", kicherte Red. Gemeinsam machten sich die Freunde auf den Weg zum Eingang des De Club.

Die Parkplatzanweiser leuchteten mit Laserpointern, während sie Anweisungen gaben: *„Fahren Sie dorthin, folgen Sie mir, zu den Felsen, in diese Richtung."* All das war ein schönes Schauspiel. Wie der Parkplatz draußen mit vielen Dollars und guter Stimmung protzte, so ging es auch im Inneren des Clubs weiter. Aus den Lautsprechern dröhnten immer wieder die lauten Bässe von LMFAO – *Sexy and I know it* – und stimmten die eintreffenden Gäste ein. Partycrasher in gemieteten Jeeps, noch immer in Shorts und Flipflops gekleidet, teilten sich Schnapsflaschen und stritten mit dem Sicherheitspersonal am Eingang des Parkplatzes, weshalb sie abgewiesen wurden, während die etwas raffiniertere Kundschaft, die Supercars aus Ray's Garage mietete, weiter hindurch gewunken wurde.

In den letzten Jahren war die Insel richtig aufgeblüht. Die Entwicklung von De Club hatte das Gebiet in ein florierendes Geschäft verwandelt und Tofi wurde von den Einheimischen als guter Arbeitgeber wertgeschätzt. Bevor Tofi auf der Insel ankam und dem Rathaus seine Vision vorstellte, stand das Grundstück nie zum Verkauf. Doch innerhalb einer Woche nach seinem Antrag erhielt er einen anonymen Anruf und bekam das Grundstück am Strand unter zwei Bedingungen. Erstens musste seine Idee ein Hotel beinhalten, und zweitens musste es von der Development World Investment Bank in Monaco – dem Eigentümer des Grundstücks – finanziert werden. Das Angebot konnte er nicht ablehnen, und fast über Nacht wurde Tofis langersehnter Traum vom perfekten Ruhestand zur Wirklichkeit.

Die Lambrets übersprangen die Warteschlange, die Arme bei den Männern untergehakt. Als Gäste von Red und Ehab spazierten sie an der repetitiven Begrüßung durch den Türsteher vorbei: „Sind Sie Mitglied in De Club?" In der plüschigen, modernen Lobby wurde jeder von den Shot-Girls begrüßt, die Mopeds selbstgebrauten Likör anboten, als sie weiter in den Chill-out-Bereich der Lobby gingen.

Die Lambrets hörten die Vibes des DJs aus dem Unterhaltungsbereich, der so genannten Kuppel, und gingen sofort zum Tanzen. Ehab und Red mischten sich eine Weile unter die Gäste und bewegten sich langsam durch das riesige, atemberaubende Foyer auf die Lobbybar zu. Dave bemerkte ihre Ankunft und sagte Kirsten, seiner Praktikantin, sie solle ein paar Drinks für seine Freunde bereitstellen – eine Gefälligkeit, die sie zu schätzen gelernt hatten.

Nach der Eröffnungsnacht, in der Tofi das Band durchschnitt, erlangte sein Club bald weltweite Aufmerksamkeit durch eingeladene Journalisten. Die Artikel verbreiteten sich in den sozialen Medien wie ein Lauffeuer und berichteten über die fantastische Bar aus Glas mit fünfzehn Sitzplätzen, die sich fünfundzwanzig Meter mittig, oberhalb der Lobby befindet und nur mit dem Aufzug erreichbar ist. Es war ein abgetrennter Ort für private Veranstaltungen. Die Journalisten stritten sich, denn jeder wollte der Erste sein, der seinen Artikel veröffentlichte.

Im Chill-out-Bereich der Lobby, unter der gläsernen Bar, waren bequeme Sofas im ganzen Raum verteilt. Riesige gebogene Fernseher hingen in einem Winkel von fünfundvierzig Grad an Kabeln und präsentierten aufgezeichnete Nächte. Mitglieder und Gäste kicherten verlegen, wenn sie sich selbst sahen und bemerkten, wie beschwipst sie gewesen waren, nur um am gleichen Abend noch mehr zu trinken. Eine hochmoderne Klimaanlage strömte gleichmäßig aus in den Wänden versteckten Lüftungsöffnungen. Die kontrollierte Temperatur ermöglichte es, Bio-Ethanol-Feuerstellen im Raum zu verteilen, die für einen Hauch von Klasse sorgten und die Romantik aufblühen ließen, während die Nächte ausklangen. Anstatt in der tropischen Hitze zu schwitzen, konnten Männer und Frauen bei der kühlen, konstanten Temperatur in beeindruckenden Kleidern aufwarten – eine Kleiderordnung, die vom Eigentümer des Clubs verlangt wurde. Diese Extravaganz war ein Glücksspiel, welches sich auszahlte, da es dem Hotel hochpreisige Zimmer bescherte, während es dem Club und dem Spa

Umsätze von überteuerten Speisen und Getränken einbrachte.

Der Club verfügte sogar über einen eigenen Anlegesteg und ein Bootshaus mit vier großen Schnellbooten, die den DWIB-Besitzern zur Verfügung standen. Seitentüren in der Kuppel führten zu romantischen Terrassen, auf denen riesige, in Glas gehüllte Kerzen ein verführerisches Licht neben den vielen Himmelbetten verbreiteten, die am Abend als romantische Logen dienten. Seidige Stoffe wehten sanft in der Brise, als ob sie mit dem Plätschern der Wellen synchronisiert wären. De Club war eine Klasse für sich, denn Diskretion war hier garantiert.

„Hey, schön euch zu sehen, Leute. Soll ich euch eine Flasche Wein für eure Gäste an den Tisch bringen?", fragte Dave, der Red und Ehab mit den drei Frauen hatte ankommen sehen.

„Ja, klar, warum nicht? Ist das okay für dich, Red?", fragte Ehab und setzte sich auf den Barhocker.

„Mach lieber zwei Flaschen draus, Dave", sagte Red und deutete zu seiner Linken. „Sieh mal, wer da aufgetaucht ist! Es scheint, als hätte deine Mannschaft es sich noch einmal anders überlegt, Ehab."

„Sie sagten mir, sie würden das neue Lokal auf der anderen Seite der Insel ausprobieren. Nun, ihr Verlust, unser Gewinn."

Dave lächelte insgeheim, als Svetlana ihnen zu verstehen gab, dass sie sich in ein paar Minuten zu ihnen gesellen würden. Ehab wandte sich wieder der Praktikantin zu, als sie ihm nervös die Getränke vorsetzte.

„Du bist neu, nicht wahr?" Sie lächelte und ging weg.

„Das ist Kirsten. Sie hat die ganze Woche trainiert. Heute ist ihr erster Abend. Die Drinks gehen auf mich, Leute", rief Dave aus, in der Hoffnung, sich bei Ehab beliebt zu machen.

„Ist das nicht eher ein Frauengetränk?", fragte Ehab und verzog das Gesicht.

„Die Zeiten haben sich geändert. Heutzutage, mit all den neuen Sachen auf dem Markt, macht es keinen Unterschied mehr, was man trinkt. Wenn du es magst, trink es. Das ist mein Motto. Früher dachten die Idioten, wenn man keinen Bierkrug in der Hand hat, ist man ein Schwuler", plapperte Dave weiter und blickte zigmal zu Svetlana hinüber. Eine Eigenart, die Ehab auffiel.

„Dave?"

„Ja?"

„Was ist das mit dir und Svet?", fragte Ehab locker.

„Er hat sich in das Mädchen verknallt, stimmt's?", unterbrach ihn Red.

Dave wurde knallrot. Er glaubte, dass Svetlana außerhalb seiner Klasse war, und es fiel ihm schwer, den Mut aufzubringen, sie um ein Date zu bitten. Ehab warf einen Blick in den Spiegel der Bar und sah, wie Svetlana und die Russhells ihre russischen Freunde zum Abschied küssten. Er freute sich, dass er Svetlana und die Crew für ihre Loyalität und ihr Engagement belohnt hatte. Da er seine Investition schützen wollte, begann Ehab, Dave nach seinen wahren Absichten zu fragen.

„Du magst Svetlana wirklich, nicht wahr, Dave?"

„Ja. Seit dem ersten Tag, an dem ich sie gesehen habe."

„Weißt du, Dave, ich kann keine Störungen in meinem Geschäft gebrauchen. Und, na ja, Svetlana ist ein bisschen kompliziert."

„Wer ist kompliziert zu handhaben?" Svetlana trat ein und übertönte Ehabs Aftershave mit ihrem Bvlgari-Duft in der Luft. Aus Verlegenheit verschwand Dave schnell, während die Russhells die beiden Männer umkreisten. „Hast du Red die Neuigkeiten erzählt, Boss?", fragte Svetlana.

„Noch nicht."

„Warum nicht?" Sie schaute dabei finster drein. „Aber es ist doch wahr, was du zu mir gesagt hast, oder?"

„Ja, natürlich. Warum erzählst du ihm die guten Neuigkeiten nicht selbst?"

„Guten Neuigkeiten?", fragte Red neugierig. „Na los, spuck's schon aus."

Nachdem die neuen Partnerschaften zwischen Ehab und seiner Crew bekannt gegeben wurden und die Feierlichkeiten begannen, erhob sich Red von dem Barhocker, um Dave abzufangen. Er bot ihm an, bei Svetlana ein gutes Wort für ihn einzulegen, und sagte Dave, er solle zu ihnen in die Kuppel kommen, wenn seine Schicht vorbei war.

In der Zwischenzeit hatte Jack Red, ohne dass er es bemerkte, von der gläsernen Bar im Obergeschoss aus beobachtet und ging nach unten in den Chill-out-Bereich der Lobby. Er bewegte sich flink zwischen den Besuchern hindurch zum Engpasskorridor, der zum Tanzsaal der Kuppel führte, als plötzlich der Buzzer ertönte. Eine Ankündigung, dass es noch zehn Minuten bis zum Beginn der Live-Show waren. Die Gäste erhoben sich schnell von ihren Plätzen und Jack wurde in der Welle mitgetrieben.

„Komm schon, Red, das ist unser Stichwort", rief Svetlana und schlenderte zu ihm hinüber.

Sie klinkte sich mit ihrem Arm bei Red ein, während sie sich zu den Klängen von Jamiroquai wiegte, und führte ihn in die Kuppel, dicht gefolgt von den anderen. Als sie weitergingen, erhaschte Red plötzlich einen flüchtigen Blick auf den Fremden vom Morgen, der in der Menge untergetaucht und aus dem Blickfeld verschwunden war. In diesem Moment kam Red der Gedanke, dass er von einem korrupten Polizisten verpfiffen worden sein könnte, und der Mann darauf aus sein könnte, ihn für den Job in Monaco zu töten. Wenn ein Kopfgeld auf ihn ausgesetzt sein könnte, war es vielleicht gar kein Zufall, dass er den Mann tagsüber gesehen hatte, überlegte er. Eine Million, zwei oder zehn Millionen Kopfgeld wären bedeutungslos für die Rache des Mordes an so mächtigen Geschäftsführern wie den Pradnarskis. Es war zwar nur eine Vermutung, aber es war etwas, dessen man sich bewusst sein musste.

Nachdem die Getränke an den Tisch gebracht worden waren, betrat die Gruppe von Freunden die Kuppel – eine gigantische Glaskonstruktion, die tausend Menschen und mehr fasste. Den Hintergrund bildete die dunkle Nacht mit glitzernden Sternen und beleuchteten Kreuzfahrtschiffen auf dem Meer.

In der Kuppel entdeckte Sandy die Freundesgruppe, als sie aus dem Engpasskorridor kamen und in Sichtweite waren. Zügig ging sie hinüber und begleitete sie zu ihrem Tisch in der Nähe der Bühne, wo die Lambrets bereits den Wein verkostet haben. Red blieb stehen, um auf Tofi zu warten und begann, den Raum zu untersuchen, um seinen möglichen Feind ausfindig zu machen. „Wo bist du", murmelte er und fragte sich, ob Kumar ihn begleitet hatte.

Hinter ihm sah Red Tina, die mit dem Rücken zu ihm in der Ecke der VIP-Bar saß und sich entspannte, bevor sie mit ihrem Auftritt begann. Die Wege der Gäste kreuzten sich am Fuße der Wendeltreppe, die zur Lounge im ersten Stock führte, welche gegenüber von Tofis Büro lag. Als er sich umdrehte, sah er Sandy zwischen den Tischen herumschlendern. Er ging nach vorne und schaute zu Tofis Büro hinauf. Tofi stand in seinem weißen Anzug hinter der Glaswand und beobachtete das gesamte Spektrum des Saals. Er entdeckte Red und signalisierte ihm, dass er in fünf Minuten unten sein würde, dann wandte er sich zum Gehen. Da Red nicht sehen konnte, wo sich der Fremde gerade aufhielt, richtete er seinen Blick wieder auf Sandy. Heute Abend sah sie umwerfend aus, dachte er. Sie hatte einen neuen Look – ein schwarzes, vorne zugeknöpftes

Kleid, einen breiten Gürtel und zehn Zentimeter hohe Absätze. Ihr Haar war locker zurückgebunden, so dass ein paar Strähnen neben ihrem Gesicht baumelten. Red war stolz, dass sie zusammen waren, und war gleichzeitig überrascht, dass sie eine Brille trug.

„Du hast deinen Geburtstagsanzug angezogen, wie ich sehe", lächelte Sandy und begrüßte ihn mit einem Kuss.

„Und du siehst umwerfend aus."

„Ich trage meine Arbeitskleidung, Babe, keine Dessous und Strümpfe", kicherte sie.

„Mir gefällt die Brille", kommentierte Red. „Seit wann brauchst du eine Brille?"

„Sie sind für die Ästhetik, Babe, nur für die Ästhetik."

„Ich muss sagen, sie stehen dir wirklich gut", schmunzelte Red.

„Na ja, ich könnte damit später die unartige Sekretärin spielen, wenn du möchtest, hm?"

„Warum später, lass uns gehen", scherzte Red und ergriff Sandys Hand.

„Hör auf", lächelte sie.

Red drückte ihr die Autoschlüssel in die Hand. „Danke dafür."

„Es war mir ein Vergnügen."

In Anbetracht der Ereignisse des Tages und der Möglichkeit, dass ein Kopfgeld auf ihn ausgesetzt wurde, wurde Red klar, wie viel Sandy ihm bedeutete. Plötzlich wurde Red bewusst, dass, wenn er den Stein benutzte und den besonderen Einstieg hinunterging, vielleicht nie mehr zurückkehren würde – ein Gedanke, der ihm bis zu diesem Moment nie gekommen war. Aber wie sollte er Sandy von seiner Entdeckung erzählen oder ihr gar mitteilen, dass er das Schicksal mit seinem Leben herausfordern wollte? Gefangen in einem Dilemma, fühlte Red, dass er es Sandy schuldig war, ihr ein für alle Mal zu sagen, dass er sie liebte.

„Sandy, ich …" Sandys Walkie-Talkie knisterte, unterbrach dadurch den Moment und Sandy wandte sich ab, um den Anruf entgegenzunehmen. „Sandy, warte", sagte Red. „Ich habe dir etwas zu sagen."

„Es muss schnell gehen, Babe. Diese Banker sind ganz schön …"

„Ich bin, ich meine …" Ein Kloß im Hals veranlasste ihn zu einem tiefen Atemzug. Sandys Augen verengten sich. Unter dem Druck der Arbeit sah sie, wie Red darum kämpfte, etwas Wichtiges zu sagen, etwas, das er schon einmal versucht hatte zu sagen. Diesmal jedoch schlug Sandys Herz im Gleichschritt mit dem von Red, und sie konnte in seinen Augen spüren, was er sagen wollte. So sehr sie hören wollte, wie Red seine Gefühle laut aussprach, so gedrängt war sie von ihren Pflichten. Stattdessen gab sie Red einen Anstoß und half ihm, sich von dem Ballast seines früheren Lebens mit Jade zu lösen.

„Willst du mir etwa sagen, dass du mich liebst?", flüsterte sie leise.

Red schluckte. „Ja … ja, das will ich. Das ist genau das, was ich sagen wollte!"

Sandy wurde selbst emotional, küsste Red und ging sofort weg, ohne etwas zu erwidern. Als sie die Freudentränen unterdrückte, ging sie auf den Anruf ein. Endlich glaubte sie, dass Red einen Schlussstrich gezogen und Jade hinter sich gelassen hatte. Sie wischte sich die letzte Träne weg, bevor sie mit ihrer Assistentin sprach. Doch während Red zusah, wie Sandy zu ihren Aufgaben zurückkehrte, war Tofi auf der Treppe mit Kumars Vertrag, der heimlich in den Notenblättern versiegelt war, stehen geblieben und hatte sie ebenfalls beobachtet.

„Guten Abend, Mr. Attlee", sagte Tina, als Red neben ihr an

der VIP-Bar stand.

„Den wünsche ich dir auch, Tina. Wie geht's?"

„Bei mir passt alles soweit, aber bei Sandy bin ich mir nicht so sicher. Hast du sie verärgert?"

„Im Gegenteil."

„Nun, erzähl schon."

„Tina, du kennst mich doch besser."

„Du hast recht. Ich werde es wohl später aus Sandy herausholen müssen ... wie ich es immer tue", kicherte sie. Die beiden begannen zu plaudern, als Tofi sie unterbrach.

„Bitte sehr, Red, die Musik für heute Abend", sagte Tofi mit einem Augenzwinkern, als er die Noten überreichte.

„Du hast mich doch nur für ein oder zwei Stücke eingeplant, oder?"

„Ja ... die in deiner Hand, das heißt, es sei denn, du hast etwas anderes im Sinn?"

„Nein, das ist in Ordnung. Zwei sind heute Abend mehr als genug."

„Oh, und unser Freund, Red ... er wohnt im St. James Hotel. Ich glaube, du wirst ihn schon bald treffen können, so oder so", fügte Tofi beiläufig hinzu.

Tina warf einen neugierigen Blick auf die beiden, während sie ihre Sachen zusammenpackte. „Ich gehe dann mal", sagte sie und rutschte vom Barhocker. „Wir sehen uns dann gleich auf der Bühne."

„Tofi, stört es dich, wenn ich kurz hinter der Bar verschwinde?", fragte Red.

„Du kannst mein Büro benutzen, wenn du möchtest."

„Nein, ist schon gut. Ich brauche nur ein paar Minuten."

Die VIP-Bardamen begrüßten Red und ließen ihn hinter die Theke in ihr Reich. Er betrat den mit Weinflaschen gefüllten Lagerraum und schloss die Tür hinter sich. Da die Beats des

DJs dort gedämpft waren, konnte er sich endlich selbst denken hören. Red setzte sich auf einen Stapel leerer Kisten und zog das spezielle FBI-Dokument auseinander.

In diesem Moment klingelte sein Handy und Red legte das Papier beiseite. Durch den Sauerstoff begann sich der Vertrag langsam zu entwickeln.

„Hi, Red. Was hast du vor, Kumpel?"

„Frank, endlich meldest du dich bei mir! Ich dachte, du würdest mich auf dem Laufenden halten, als du aus dem Besprechungsraum in Monaco kamst."

„Wir sind unverzüglich losgefahren und ich hatte bis jetzt keine Gelegenheit, allein zu sein."

„Also, was ist passiert?"

„Was ist passiert? Ich bin hier, Baby! Das ist passiert. Die Jungs und ich versuchen unser Glück an den Tischen … das heißt, wir sind gleich dabei."

„Hier auf der Insel?"

„Ganz genau. Wie auch immer, es gab nicht viel mehr zu sagen als das, was ich dir bereits gesagt habe. Komisch ist nur, dass während des Briefings kein einziges Wort über den Präsidenten gefallen ist. Was auch immer es damit auf sich hat, es ist auf jeden Fall streng geheim." Frank hielt inne. „Was ist mit dir, Red? Hattest du schon die Gelegenheit, dich mit Tofi zu treffen und Kumars Vertrag durchzulesen? Meine Leute fragen mich ständig nach Informationen."

„Das Dokument entwickelt sich genau in diesem Moment."

„Okay. Ich werde ihnen sagen, dass wir morgen mehr wissen werden. Ich kann mir nicht vorstellen, dass du heute Abend noch etwas damit unternimmst, oder?"

„Nein."

„Hör zu, ich bin hier und warte auf Anweisungen, wenn du also bereit bist, etwas zu besprechen, bin ich rund um die Uhr verfügbar."

Plötzlich öffnete sich die Tür und Linda, eines der Barmädchen, betrat den Raum. „Tut mir leid, Red. Ich muss nur etwas holen. Es dauert nur eine Minute", flüsterte sie und deutete auf das oberste Regal. Red nickte ihr zu.

„Okay Frank, danke für den Anruf. Ich werde dich wissen lassen, wie ich mich entscheide."

„Entscheiden, Kumpel? Ich dachte, du gibst so oder so grünes Licht."

„Ja schon, Frank. Aber zuerst muss ich noch ein paar Dinge bedenken. Halte dich vorerst still. Genieße die Nacht und setz' um Mitternacht hundert Dollar auf die Null für mich, ja?"

„Okay, Kumpel, wird gemacht. Ich warte auf deinen Anruf."

Red legte auf und fragte sich immer noch, warum alles so dringend zu sein schien. Seltsamerweise hatten ihn weder das FBI noch die CIA um seine persönlichen Einschätzungen zu dem Auftrag gebeten, wie sie es normalerweise taten. Solche kleinen Details machten Red stutzig. Er versuchte herauszufinden, warum das Ausmaß dieser Operation so groß war. Wenn der Präsident involviert war, war das selbstverständlich, aber wenn es nur um Kumar ging? Verdammt, wenn es nicht um die Kinder im Schulhof gewesen wäre, läge Kumar bereits in einem Sarg.

Angesichts der Verbrecher-Barone, die aus dem Schatten auftauchten, war Monaco kein einfacher Mord mehr, glaubte Red. Es war nur ein Zeichen, dass sich etwas im Hintergrund aufbahnte, etwas viel Größeres. Doch wer hatte den Tipp für den Auftrag der Pradnarskis gegeben? Wer hatte den anonymen Anruf an das FBI getätigt, um die Sache ins Rollen zu bringen? Und warum wurde gerade er für diesen speziellen Auftrag beordert? All das waren Fragen, die Red beantwortet haben wollte.

Red war immer noch im Glauben, dass eine hohe Summe an

Kopfgeld auf ihn aufgesetzt wurde und vermutete, dass Kumar ein Köder sein könnte, um ihn zu fangen – eine Falle! Während Red den Mord an Kumar einfädeln würde, würde stattdessen ein anderer Auftragskiller Red töten. Das war ein ernstzunehmender Gedanke. Doch dazu müsste es einen Maulwurf in Franks Team geben, jemanden, der jeden Schritt von Red kennt.

„Entschuldige Red, kann ich bitte diese Kiste haben? Ich bin zu klein, um das oberste Regal zu erreichen", unterbrach Linda.

„Natürlich, tut mir leid, Linda. Hier, bitte sehr", Red stellte die Kiste in Position. „Soll ich sie für dich runterholen?", bot Red an.

„Nein, das ist schon in Ordnung. Ich muss sehen, welcher Jahrgang es ist." Linda streckte sich zum obersten Regal und schwankte, als sie nach der Flasche griff. Red hielt sie schnell fest. „Danke", lächelte sie, als Red ihr hinunter half.

Linda schob die Kiste mit dem Fuß weg und Red hob seinen Vertrag auf. Erschrocken über das entwickelte Profil, drehte sich Red hastig um und stieß dabei heftig mit Linda zusammen, so dass die Weinflasche auf den Boden fiel. Es war kein Profil von Kumar. Das Dokument zeigte ein verschwommenes Bild der Frau, die Red an diesem Tag nicht retten konnte, zusammen mit fünf in Großbuchstaben hingekritzelten Worten – *DU SCHULDEST MIR NOCH ETWAS!*

„Was ist los, Red? Du siehst aus, als hättest du einen Geist gesehen." Mit ihrer Aussage, hätte Linda nicht näher an der Wahrheit sein können.

„Mir geht's gut. Wegen des Weins Linda, schreib ihn auf meine Rechnung, ja?"

„Nicht nötig. Du gibst genug Trinkgeld. Außerdem kostet er eh nicht viel im Einkauf", lachte Linda und griff nach dem Mopp.

Red ging zur Seite und studierte erneut das Blatt, während Linda zusammenwischte und dabei vor sich hin plapperte. Angesichts der ungewöhnlichen Wendungen, die aus allen Richtungen kamen, hatte Red einige Fragen an Tofi. Er hielt das Dokument gegen das Licht und prüfte die Echtheit der FBI-Wasserzeichen. Sie waren da, an ihrem richtigen Platz und vollkommen echt. Red begann bald zu begreifen, dass der Stein, der in seinem Safe zu Hause eingeschlossen war, in diesem Labyrinth von Rätseln eine Rolle spielen könnte. Jemand war auf einen Tausch aus. Dieser Jemand könnte sehr wohl der Fremde sein, von dem Red glaubte, dass er ihn töten wollte. Der Mann hatte vor der Bank ein braunes Päckchen erhalten, vielleicht ein Vorschuss, vermutete Red.

Nachdem sie sich eine Ersatzflasche geholt hatte, machte sich Linda auf den Weg. Red überlegte, ob er Marco eine Nachricht schicken sollte, und entsperrte den Bildschirm seines Smartphones. Doch dann hielt er inne und dachte über die möglichen Konsequenzen nach. Wenn er in Gefahr war, könnte er auch Marco in Gefahr bringen. Stattdessen beschloss Red, nach Hause zu gehen. Er faltete das FBI-Papier, steckte es in seine Tasche und verließ angespannt den Lagerraum.

Während das Publikum applaudierte, versuchte Red, sich hinauszuschleichen. Der Lichttechniker entdeckte ihn und richtete den Scheinwerfer auf ihn vor der VIP-Bar. Sandy fing ihren Mann eilig ab.

„Geh, sonst verpasst du deinen Einsatz, Babe." Sandy trieb Red nach vorne.

Red, im ungünstigsten Zeitpunkt, wurde von Tofi als lokalen Gastkünstler auf die Bühne bestellt. Widerwillig nahm Red seinen Platz am Klavier ein, wohl wissend, dass er sofort gehen würde, sobald seine letzte Note gespielt war.

Das Publikum verstummte, als die Lichter gedimmt wurden und das blaue Scheinwerferlicht auf „Big Mama" gerichtet wurde – Tinas Künstlername, den sie für ihre Stimme und nicht für ihre Größe erhalten hatte. Sie stand selbstsicher in der Mitte des Laufstegs, der die Gäste vor der Bühne auf halbem Wege trennte. Gleichzeitig erzeugte das sanfte Wehen von Trockeneis einen Raucheffekt. Als Tina sich an den Rand des Laufstegs manövrierte, schwang ihr kurzes, goldfarbenes, glitzerndes Kleid um ihre kurvigen Hüften, und ihre Bühnenpräsenz vermittelte: *Leg dich nicht mit mir an.*" Sie wandte sich den Zuschauern zu und sah, wie es den Männern die Kinnlade herunterzog, und die Frauen vor Neid platzten. Tina wusste genau, was sie tat. Es war alles nur gespielt. Langsam hob sie das Mikrofon an die Lippen, und mit ihrer verführerischen, aufreizenden Stimme verwandelte sie die Aufregung augenblicklich in Ruhe.

„Männer! Findet ihr mich sexy?"

„Ja!", schrien die Männer im Publikum und spielten die Scharade mit.

„Nun, Mädels, ich gehöre euch!", antwortete sie und hauchte einen Kuss, um sich die Gunst und den Applaus zu sichern. Einen gewaltigen Ton haltend, stimmte sie die erste Zeile ein, während Sammy die Band einzählte. Doch in der Mitte des Liedes traf Red ein paar falsche Töne. Tina bewegte sich langsam auf Red zu, als sie den Refrain zu Ende sang.

„Du bist ein bisschen aus dem Takt, nicht wahr, Schatz?", flüsterte sie, während die Band die Bridge spielte.

„Ja, das habe ich bemerkt. Marco kommt heute Abend an."

„Tut er das?"

„Außerdem habe ich einen engen Zeitplan für Ling Su."

„Warum kommen dann nicht ein paar von uns zu dir und überraschen Marco, wenn er ankommt?"

„Klingt gut, ist aber nicht machbar. Halten wir uns an den Plan für morgen, und …"

„Oh Scheiße, das ist mein Stichwort", murmelte sie und hob das Mikrofon an ihr Gesicht.

Tina beendete den Song und ging zurück zur VIP-Bar, sodass die Band mit einem Instrumentalstück weitermachen konnte. Red schaute zu seiner Gruppe von Freunden, mit Ehab, seiner Crew und den Lambrets hinüber. Er beneidete sie darum, wie sorglos sie tanzten, scherzten, tranken und Fingerfood genossen, ohne zu wissen, dass ihr Freund auf der Bühne ein Doppelleben führte. Dann sah er zu Sandy herüber, die sich um die anspruchsvollen Gäste kümmerte. Er hatte ihr endlich gesagt, dass er sie liebte. Und dasselbe Gefühl überkam ihn noch einmal. Wenn der letzte Auftrag erledigt ist, könnten die beiden auch einmal unbeschwert im Publikum sitzen, stellte er sich vor – in New York, Paris oder London. Sie hatten die Absicht, als Paar zu reisen und die Zeit miteinander zu genießen.

Heute Morgen war Red stressfrei aufgewacht und hatte sich auf einen unkomplizierten Tag auf der Ozeaninsel vorbereitet. Sechzehn Stunden später stand er hier und schaute Tofi mit feurigen Augen an, der auf der gegenüberliegenden Seite der Bühne Saxophon spielte. Red wusste jedoch nichts von Tofis Problemen. Auch er bewegte sich auf einem schmalen Grat und versteckte Geheimnisse vor den DWIB-Gästen, die im Publikum saßen und ihn beobachteten – die Männer von Ehabs Bootsfahrt. Die Bootstour hatte Tofi als Ablenkung arrangiert, um ihre Augen an diesem Tag von sich fernzuhalten.

„Psst, Red. Siehst du den Kerl, der sich mit Tina an der Bar unterhält … er ist doch nicht etwa ein Freund von ihr, oder? Oder ich muss mich ernsthaft bei jemandem entschuldigen", kicherte Ehab, als er auf dem Weg zum WC an der Bühne vorbeikam.

„Entschuldigen? Warum eigentlich?" Red blickte zur VIP-

Bar. „*Scheiße!*", schrie die Stimme in Reds Kopf auf.
„Ich habe ihn fast mit meinem Abschleppwagen überfahren. Egal, wie lange willst du noch spielen? Wir warten alle auf dich …"

Plötzlich stieß ein Mann Ehab in den Rücken. „Hey, geh mal aus dem Weg von der verdammten Bühne, ja? Du bist jetzt nicht auf deinem Boot, weißt du", grunzte er.

Ehab riss den Kopf herum und musterte den Übeltäter. Er ignorierte den provozierenden Mann von seiner Bootsfahrt.

„Schon gut, Red, ich gehe jetzt und …"

Wieder stieß der Mann Ehab zur Seite und es kam zu einem kleinen Handgemenge. Sandy rief prompt die Türsteher. In Sekundenschnelle eilten die Rausschmeißer auf die Bühne und beendeten die Schlägerei sofort. Tofi bewegte sich derweil über die Bühne, um sich zwischen die beiden Streithähne zu stellen. Der Leiter der Gruppe erhob sich jedoch von seinem Platz und starrte Tofi kämpferisch an. Die Band spielte weiter, während die Situation entschärft wurde und die arroganten Banker sich auf ihren Plätzen niederließen. Ehab ging unterdessen nach draußen, um sich abzukühlen. Red zog Tofi schnell von der Bühne in eine Ecke hinter den Seitenvorhang. Er war sehr schroff.

„Red, was ist los?", fragte Tofi beiläufig.

„Erstens, wer ist der Scheißkerl an der Bar mit Tina?"

Tofi zog den Vorhang ein Stückchen zurück. „Wen meinst du? Sie sitzt alleine."

Red spähte. „Scheiße! Vergiss es", platzte er heraus. Er holte den Vertrag aus seiner Tasche und faltete das Papier auseinander. „Das hier! Was hat es damit auf sich?"

„Ich weiß es nicht", antwortete Tofi halbherzig. „Ich habe es noch nie gesehen. Ich bin nur der Überbringer, Red. Das weißt du doch. Ich müsste es nachprüfen", antwortete Tofi zittrig, wohl wissend, dass er das Papier selbst vertauscht hatte.

„Kumar ist nicht allein auf der Insel, Tofi. Er ist mit jemandem da, der mich vielleicht umbringen will. Ich glaube, es könnte derselbe sein, der vor ein paar Sekunden mit Tina gesprochen hat. Ein Mann mit einer Narbe von hier bis hier", gestikulierte Red. „Tu mir einen Gefallen. Schau dir die Überwachungsbänder an und gib mir eine Kopie der Aufnahmen, die du von ihm findest, ja?"

„Ja, ja, das kann ich machen. Ich werde es morgen irgendwann für dich fertig haben."

„Denk daran, Tofi, dieser Mann ist ein Freund von Kumar. Bei so vielen Bösewichten, die in deinem Hotel aufgetaucht sind, könnte jeder von ihnen Tina erkennen, um an die über achtzig Millionen zu kommen, die ihr Ex der Mafia gestohlen hat. Mit einer anderen Haarfarbe, einer anderen Frisur und ein paar chirurgischen Eingriffen ist man nicht nicht wiedererkennbar."

„Red", flüsterte Tofi und blickte wieder auf, als wolle er etwas verraten.

„Ja?"

Tofi zog erneut den Vorhang beiseite und erschrak beim Anblick des Bankierchefs, der einen Schritt entfernt stand und zuhörte. „Macht nichts ... pass einfach auf dich auf, Red."

„Tofi ..." Red runzelte die Stirn. „Sind es diese Männer?"

„Mach dir keine Sorgen um mich", flüsterte Tofi und ging schnell zurück auf die Bühne.

Verwirrt signalisierte Red dem Schlagzeuger, dass er für diesen Abend fertig sei. Mit einem letzten Blick auf Tofi, der wieder zur Band stieß, beeilte sich Red, Tina zu erwischen, die gerade aus dem Tanzsaal ging.

„Oh, Red!", keuchte sie, als er ihre Hand ergriff. „Du hast mir einen Schrecken eingejagt. Du hast es dir anders überlegt mit heute Abend, was?", lächelte Tina.

„Ich wollte dich etwas fragen."

„Klar, schieß los."

„Du kennst doch den Kerl, mit dem du vorhin an der Bar geplaudert hast?"

„Was ist mit ihm?"

„Ist er ein Freund von dir?"

„Nein, warum fragst du?"

„Was hat er gewollt?", fragte Red ohne Umschweife.

Tina zögerte mit der Antwort. „Worum geht es hier, Red? In deiner Stimme scheint eine gewisse Feindseligkeit mitzuschwingen. Bist du vielleicht ein bisschen eifersüchtig?", sagte Tina und biss spielerisch in ihre Unterlippe.

„Natürlich nicht, es ist nur so …"

„Hör zu, Babe." Sie legte ihre Hand sanft auf seine Brust. „Er war schon an der Bar, als ich mich hingesetzt habe. Aber ich erkannte ihn von Mopeds Skizze …"

„Was hat das hier mit Moped zu tun?"

„Oh, Gott … Ich habe Moped versprochen, dass ich nichts sagen werde." Red runzelte die Stirn. „Moped hat ihn skizziert, es war sehr lebensecht. Er hat versucht, es Ehab heute auf dem Steg zu zeigen."

„Warum?"

„Ich habe keine Ahnung, ich habe nicht danach gefragt. Jedenfalls ist das der Grund, warum wir uns unterhalten haben. Aber komisch, als ich ihn fragte, sagte er, er kenne Moped nicht."

Wenigstens war Tina nicht beunruhigt, als sie über den Fremden sprach. Red flüsterte ihr ein Wort der Warnung zu und bat sie, Kontakt mit dem Fremden zu vermeiden, sollte er sich ihr jemals wieder nähern. Und wenn er sich ihr doch näherte, sollte sie ihn sofort anrufen. Tina wunderte sich, weshalb Red ihr das sagte, und ging sich frisch machen, während Red sich auf die Suche nach Ehab machte. Wenn Tinas Zusammentreffen ein Zufall war, dachte er, dann war Mopeds Versuch, Ehabs Aufmerksamkeit zu erregen, keiner.

Ein paar Minuten vergingen und Red entdeckte außerhalb der Kuppel Ehab, der auf einer Liege saß und mit ein paar Frauen auf der Terrasse flirtete. Die automatischen Türen glitten auf und zu und tauschten die pulsierenden Beats, die drinnen spielten, gegen das Rauschen der Wellen, die sanften Kerzen und die wehende Seide der Himmelbetten, aus. Red näherte sich von hinten und klopfte ihm sanft auf die Schulter.

„Hey, Red", sagte Ehab und drehte sich um.

„Entschuldigt mich, meine Damen. Ich muss ihn kurz unter vier Augen sprechen", unterbrach Red und zerrte Ehab weg. „Es ist wahrscheinlich nichts, aber ich hatte eine kurze Unterhaltung mit Tina. Anscheinend hat der Typ, mit dem sie sich an der Bar unterhalten hat und den du fast überfahren hättest ..."

„Was ist mit ihm?"

„Hat Moped dir heute Morgen eine Skizze von ihm am Hafen gezeigt?"

„Vom Steg fuchtelte er mit etwas in der Hand herum, aber ich war schon losgefahren. Was soll das? Worauf willst du hinaus?"

„Ich weiß es nicht. Tina sagte, Moped habe ihn gezeichnet."

„Vielleicht hat er das? Ich weiß es wirklich nicht. Jedenfalls habe ich für morgen ein Treffen mit Moped ausgemacht, also werde ich ihn dann fragen. Wenn er den Kerl skizziert hat, dann muss er doch wissen, wer es ist, oder?" Red stimmte zu. „Vielleicht ist er der Steuereintreiber für all die Kerle hier, Red. Das würde seine Narbe erklären, nicht wahr?", kicherte Ehab.

„Komm doch morgen mit mir mit, dann kannst du Moped

selbst fragen."

„Ich kann nicht. Marco wird bald hier sein. Du weißt doch, wie er ist, wenn er nicht bei Carmen ist. Er ist ein Vollzeitjob!"

„Das ist er. Hey, ich habe eine Idee. Warum machen wir nicht alle einen Ausflug auf meinem Boot, so wie wir es früher getan haben?" Begeistert von seiner Idee, wandte sich Ehab an die beiden Frauen, die auf der Liege warteten. „Wollt ihr mit einem Boot fahren?"

Red überließ Ehab das Feld und bahnte sich eilig einen Weg durch den Engpasskorridor, und aus dem Haupteingang des Clubs, wobei er jeden Kontakt mit den Leuten auf dem Weg vermied. Aber er war nicht so geschickt, wie er gedacht hatte. Eine Person erblickte ihn, als er durch den Parkplatz joggte – Sandy. Sofort reichte sie das Klemmbrett an ihre Assistentin weiter und beeilte sich, ihn einzuholen. Aber ihre Absätze ließen sie im Stich, und Red joggte bereits die Straße hinauf. Sandy nahm ihr Handy aus ihrem Gürtelclip.

„Hey, Red, wo willst du denn so schnell hin?"

„Sandy. Tut mir leid, ich wollte dich später anrufen. Ich habe noch etwas zu erledigen."

„Aber du bist zu Fuß unterwegs. Brauchst du mein Auto oder ein Taxi? Ich kann dir eine Mitfahrgelegenheit finden."

Red blickte zurück. „Ah ... da bist du ja. Nein, ist schon in Ordnung. Ray hat mir ein Auto geliehen. Ich bin gerade auf dem Weg zur Werkstatt, um es abzuholen. Übrigens, ich habe meine Jacke hinter der Lobbybar vergessen."

„Keine Sorge, ich hole sie für dich." Sandy hielt inne. „Also, du liebst mich? Das war schön zu hören."

Als sie sich verabschiedeten, nahm Sandy das Klemmbrett wieder in die Hand und machte sich wieder an die Arbeit. Sie wies die Mitarbeiter an, welche Autos gereinigt werden mussten, während ihre Besitzer den Abend genossen. Es war die Abrundung des Gesamterlebnisses in De Club, ein weiterer Hauch von Klasse – für einen hohen Preis.

13
RAY'S GARAGE

Zur gleichen Zeit, als Red auf der Bühne Klavier spielte, kam Marco am Flughafen Nassau an und war etwas verwirrt darüber, dass er die Zwischenlandung in Miami verschlafen hatte. *„Ich habe mehrmals versucht, dich zu wecken"*, hatte Ivana ihm gesagt, *„aber du warst völlig weggetreten."* Er akzeptierte Ivanas Erklärung, ohne die leistete Ahnung zu haben, was während des Fluges passiert war.

Sobald der Learjet landete, übergab Sarah Marco den Ersatzlaptop, den sie ihm versprochen hatte, nachdem er seinen eigenen selbst zerstört hatte. Er verabschiedete sich von Tom und Richard und ging weiter zur Ausgangstür, wo bereits Ivana und der Kapitän standen. Der Kapitän schüttelte Marco die Hand und bat ihn, Red seine Grüße auszurichten. Dann kehrte er sofort ins Cockpit zurück, um sich auf das neue Ziel vorzubereiten, das er mit Ivana vereinbart hatte – Atlanta. Ivana lächelte und sagte Marco, wie schön es sei, ihn endlich wieder gesehen zu haben. Sie umarmte ihn an der Tür.

„Wir werden uns bald wiedersehen, Marco. Da bin ich mir sicher", sagte Ivana geheimnisvoll, woraufhin er kurz zu ihr zurückblickte, als er die Rollbahn erreichte.

Außerhalb des Flughafens nahm Marco das erste Taxi, ein „Yella Cab". Der Fahrer, ein Rastafari mit Dreadlocks, weißen Zähnen und einem lauten Auspuff, hielt an. Da Reds Handy keinen Empfang hatte und er auch zu Hause nicht ans Telefon ging, rief Marco Patrick an, den Lichttechniker des Clubs. Patrick bestätigte, dass Red da war und Marco gab dem Fahrer das Ziel an.

Als Marco im Taxi in Richtung De Club fuhr, näherte sich Red Ray's Garage, um den Leihwagen abzuholen. Bereits wenige Meter vor der Werkstatt, hörte er das Bellen von Rays Rottweilern. Er schlenderte am Maschendrahtzaun entlang und sah die ausgestellten Standardfahrzeuge, die Jodie repariert und zum Verkauf angeboten hatte. Am Ende der Wagenreihe musste er schmunzeln, als er die blaue Cobra sah, die direkt hinter den Toren für ihn vorbereitet war. Aber das Schloss am Tor war aufgebrochen. Jemand hatte sich Zutritt verschafft. Red hielt einen Moment lang inne. Als er in das dunkle Gelände starrte, vernahm er ein Geräusch aus dem Inneren. Ein Hund kläffte und ein Mann schrie aus dem Inneren der Werkstatt, bevor alles still wurde.

Das Geräusch eines herannahenden Autos mit einem dröhnenden Auspuff, das repariert werden musste, näherte sich der Ampel. Red schaute auf und schlüpfte schnell in den dunkel beleuchteten Vorhof, kauerte sich hinter die Cobra und wartete, bis das „Yella Cab" vorbeifuhr. Er ging weiter, schritt vorsichtig über den Hof und wich den dunklen Ecken aus, in denen alte Reifen und Bleche gestapelt waren. Wären die Rottweiler keine ausgebildeten Kampfhunde gewesen, hätte er die Polizei gerufen. Aber jemand war verletzt. Vielleicht waren es jugendliche Lausbuben, und er fühlte sich moralisch verpflichtet, sie vor weiterem Schaden zu bewahren, bevor sich die Situation verschlimmerte.

Als er das automatische Rolltor erreichte, warf Red einen Blick durch das kleine längliche Fenster. Er sah die beiden Hunde, die knurrend ihre Beute bewachten, welche auf dem Rücksitz eines Hummer-Jeeps gefangen war, der zur Hälfte aus Spritzkabine Nummer drei herausschaute. In der Gewissheit, dass die Rottweiler ihn nicht in den Hintern beißen würden, griff Red nach seinem Handy und rief Ray an.

„Hi, Ray, hier ist Red", flüsterte er.

„Was, wer ... Red? Scheiße, wie spät ist es?", murmelte Ray.

„Zeit, dass du dich anziehst und hierher kommst. Deine süßen Welpen haben jemanden in die Ecke gedrängt. So wie es aussieht, ist derjenige im Hummer gefangen. Ich kann Blutspritzer sehen. Ich bin nicht sicher, von wem, es ist zu dunkel, um das zu erkennen."

„Gib mir ein paar Minuten", lallte Ray und weckte Laura aus dem Schlaf, während er sich seine Jeans anzog. „Red!", rief Ray plötzlich. „Hast du die Seitentür überprüft, falls sie offen gelassen wurde?"

„Welche Seitentür?"

„An Jodies Büro, der Anbau, den wir letzte Woche hinzugefügt haben."

„Welcher Anbau? Ich war seit einem Monat nicht mehr hier."

„Es ist mit Lauras Büro verbunden. Du kannst es nicht übersehen. Wenn das Rolltor geschlossen ist, ist das die einzige Möglichkeit einzubrechen."

Plötzlich spitzten sich Rottys Ohren. Der Hund drehte seinen Kopf und starrte direkt auf das längliche Fenster im Rolltor. Red ließ die Hunde aus den Augen und leuchtete mit der Taschenlampe seines Handys über den Hof, um den Anbau zu finden. Rotty bewegte sich geschickt auf das Rolltor zu, seine Reißzähne schamlos zur Schau gestellt.

„Ich sehe es!"

„Du solltest nachsehen, zu deiner eigenen Sicherheit und der der anderen. Die Hunde können nicht auf die Straße gelassen werden, Red."

„Ich mache es jetzt gleich", keuchte Red. „Oh fuck!"

Der Hund sprang am Fenster hoch und Red erschrak sich fast zu Tode. Sofort rannte Red über den Hof, während Rotty durch die Werkstatt rannte und auf Lauras Büro zusteuerte, das an den Anbau grenzte. Als Rays Frau den Tumult am Telefon hörte, setzte sie sich im Bett auf und schrie ihren Mann an, er solle sich beruhigen.

„Es sind die Hunde, Frau. Die Hunde! Sie haben jemanden angegriffen", schrie er sie an.

Sekunden später knurrte der Rottweiler entschlossen, als er Red im Hof erblickte, und stürmte auf ihn zu. Red stürzte nach vorne, um die nach außen öffnende Tür zuzuschieben. Aber Rotty war schnell. Rotty sprang zwischen den beiden angrenzenden Büros hindurch und in die Luft, um nach draußen zu gelangen. Im letzten Augenblick knallte Red die Tür zu. Der Rottweiler prallte hart dagegen. Die Tür prallte zurück und der Hund fiel zu Boden, ebenso wie Red. Sogleich rappelten sich beide wieder auf und wiederholten ihre Bewegungen. Red knallte die Tür ein zweites Mal zu. Aber der Hund war schnell und schaffte es dieses Mal, seinen Kopf und ein Bein nach draußen zu bringen. In der Falle eingeklemmt schnappte Rotty nach Red und fletschte grimmig seine blutigen Zähne. Red drückte hart gegen die Tür, während der Rottweiler sich weigerte nachzugeben und die Niederlage auf sich zu nehmen. Red rutschte auf dem Boden nach Hinten und verlor fast den Halt, als er Rays Stimme in der offenen Telefonleitung hörte.

„Red, was ist los? Red? Red?", brüllte Ray.

„Deine Hunde! Ich habe Rotty zwischen dem Türrahmen

der Seitentür eingeklemmt. Du musst schnell herkommen, sonst ist er draußen und ich bin am Arsch!", brüllte Red.

„Bist du sicher, dass es Rotty ist?"

„Ja, ich bin sicher!"

„Stell mich auf Lautsprecher, Red."

„Was?"

„Du hast es gehört, Lautsprecher. Komm schon!"

Während Red versuchte, den Hund zurückzuhalten, fummelte er am Telefon herum und ließ es dabei versehentlich fallen. Er drückte weiter gegen die Tür, während er versuchte sich umzudrehen. Mit dem Rücken gegen die Tür rutschte er in die Hocke, auf gleicher Höhe mit dem Kopf des Hundes. Rotty fletschte die Zähne und knurrte verbissen. Red grub seine Fersen ein und drückte fest zu, um den Hund zurückzudrängen. Rotty jaulte auf, zog seine Pfote zurück und wurde für ein oder zwei Sekunden still, so dass Red Zeit hatte, das Telefon aufzuheben und die Lautsprechertaste zu drücken.

Ray brüllte seine Kommandos heraus. Der knurrende Hund sah sich um und versuchte, sein Herrchen ausfindig zu machen. Ray wiederholte seine Anweisungen und befahl Rotty, wieder hineinzugehen. Ungehorsam schnappte der Hund weiter nach Red. Ray hörte es und schrie seinen Hund über die Lautsprecher an. Verwirrt gab Rotty nach, und Red löste langsam den Druck auf die Tür und schloss sie schließlich, als der Hund davonlief.

„Die Tür ist zu!" Red atmete aus.

„Ich bin auf dem Weg." Ray legte auf. Nach ein paar Minuten stand er im Hof und duckte sich neben Red. „Was ist da drinnen los, Red?"

„Ich weiß es nicht. Ich habe es so vorgefunden, als ich das Auto abholen wollte. Sieht aus wie ein Einbruch."

„Was für Idioten. Sie können nicht aus diesem Teil der Stadt sein, es sei denn, sie sind echte Dummköpfe. Ich rufe besser die Polizei."

Red hatte weder die Zeit noch die Lust, sich in eine polizeiliche Untersuchung einzumischen und sich womöglich enttarnen zu lassen.

„Hör zu, Ray, bevor wir das tun, sollten wir demjenigen helfen, der da drin ist. Da ist Blut, und wenn die Hunde jemanden gebissen haben, wer auch immer das ist, wird er unsere Hilfe brauchen. Du kannst später die Polizei rufen", bot Red an, denn er wusste, dass diese Situation leicht zu lösen war, jetzt, da Ray gekommen war, um sich um seine Hunde zu kümmern.

„Du hast recht." Ray stand auf. „Gib mir ein paar Sekunden Vorsprung. Ich bringe die Hunde in ihr Gehege." Er ließ seine Stimme hören und ging hinein. „Komm schon, Junge."

Der gezähmte Hund wedelte in Erwartung einer Belohnung mit seinem Stummelschwanz. Ray sah Blutflecken auf Rottys Fell und Maul, als er mit dem Hund ins Büro seiner Frau ging. Er schaute durch das Bürofenster in die Werkstatt. Er sah Brunos Umriss am anderen Ende der Werkstatt, der sich die Wunden leckte und immer noch den Hummer bewachte. Ray schaltete die Lichtschalter ein. Im Glauben, dass alles klar war, öffnete Red die Hintertür. Sofort stürmte Rotty vor.

„Scheiße, Ray!", schrie Red.

Ray pfiff. Gehorsam blieb der Rottweiler stehen. Einen Moment lang starrte Rotty Red an, dann zog er sich in sein Gehege zurück, als Ray die Käfigtür öffnete. Ray pfiff Bruno zu, ihm zu folgen. Bruno drehte den Kopf und gehorchte sofort, humpelte aber mit Wunden an Bein, Rücken und Gesicht.

„Ray, hast du eine Waffe auf dem Gelände?", flüsterte Red.

„Unten rechts, Lauras Schreibtisch", antwortete Ray und schloss den Hundekäfig.

Red wollte die Situation klären, bevor die beleuchtete

Karosseriewerkstatt Aufmerksamkeit erregte. Er gab Ray ein Zeichen, zurückzubleiben und ging auf den Hummer zu, aus dem stöhnende Geräusche zu hören waren. Da er neugierig war, folgte Ray ihm. Doch als er sich dem Aston näherte, den er an diesem Morgen auf die Lackierung vorbereitet hatte, wurde Ray plötzlich übel und Red schaute zurück.

Da war sie, die Hakenprothese, die im Heck des Wagens steckte und vor Blut und Fleisch triefte. Die Hunde hatten wohl einen Kampf gehabt.

„Bleib zurück, Ray", gestikulierte Red und eilte wachsam zum Hummer.

Aber da Ray weitere Blutspuren auf dem Maserati bemerkt hatte, folgte er diesen.

Mit der Waffe im Anschlag öffnete Red schnell die hintere Beifahrertür des Hummers. Ein fettes Bein fiel heraus, zusammen mit einem Haufen Eingeweide, die aus einem übergroßen Bauch quollen. Es war Kumar, der auf dem Rücksitz mit seinen hervortretenden Augen ausgestreckt da lag, während er sich an seine übel zugerichtete Kehle klammerte. Ray spähte hinein und musste sich bei diesem Anblick auf der Stelle übergeben.

„Ray, reiß dich zusammen. Geh und melde es, sofort!"

Für Red hätten die Hunde keinen besseren Job machen können. Kumar bekam, was er verdient hatte. Aber es war noch nicht vorbei. Kumar war am Leben, mit Mühe und Not, aber am Leben. Red ergriff die Gelegenheit und kletterte in das Fahrzeug. Dies war kein gewöhnlicher Einbruch. Es war ein Teil des Puzzles, das er den ganzen Tag lang versucht hatte zu entschlüsseln. Das musste es sein, dachte Red.

In der Zwischenzeit, nachdem er den Polizeialarm über sein Funkgerät gehört hatte, hatte sich Andy, der Polizist im Dienst, einen Weg ins Innere der Autowerkstatt gebahnt. „Hände hoch und weg von der ..." Andy blieb stehen. „Red?", stieß er aus und schritt zu dem Fahrzeug hinüber.

„Andy, gut, dass du da bist. Finde Ray. Ich brauche Frischhaltefolie, viel davon, wenn wir eine Chance haben wollen, das Leben dieses Kerls zu retten, bevor die Sanitäter eintreffen."

„Was zum ..."

In der Aufregung des Augenblicks gehorchte Andy. Für ein paar Momente war Red für sich und bemerkte dabei ein Grinsen auf Kumars Gesicht. Aus Angst vor einer Falle drehte sich Red um und entdeckte einen Jungen im Fußraum des Beifahrersitzes, der vor Angst zitterte – ein Junge, der Kumars Perversität gerade so entkommen war.

„Du Bastard!", stieß Red mit einem finsteren Blick aus.

Mit einem Schwall von Hass schlug Red die Hand des Pädophilen von seiner Kehle weg. Kumar gurgelte. In seinem eigenen Blut erstickend, wurde ihm der letzte Atemzug genommen. Red wandte sich schnell wieder dem Jungen zu und bat ihn, noch ein wenig ruhig und außer Sichtweite zu bleiben, während der Polizist zurückkehrte.

„Es ist zu spät, Andy! Er ist tot. Es war nichts zu machen."

„Was du nicht sagst", antwortete Andy und schüttelte den Kopf über das Blutbad.

„Aber draußen gibt es genug zu tun", äußerte Red, als fremde Leute den Hof betraten, die vom Polizeilicht und der Werkstattbeleuchtung angelockt wurden. „Wir wollen doch nicht, dass sie das hier sehen, oder?"

„Shit! Hey! Raus hier!", schrie der Polizist, lief hinüber zum Rolltor und rief nach Ray, um die Schaulustigen im Hof unter Kontrolle zu bringen.

Mit der Versammlung draußen, den Sanitätern auf dem Weg und den laut bellenden Hunden, die rausgelassen werden wollten, würden Andy und Ray noch eine Weile beschäftigt sein.

„Hab keine Angst", flüsterte Red und wandte sich an den Jungen. „Ich werde dir nichts tun. Ich bin einer der Guten", sagte Red und streckte seine Hand in Freundschaft aus.

„Versprichst du das, Mister?", murmelte der Junge.

„Ja, ich verspreche es. Aber wir müssen schnell sein, damit dich niemand sieht. Beeil dich jetzt", sagte Red und öffnete die Beifahrertür.

Red führte den Jungen leise durch den Notausgang, auf der Rückseite des Geländes, nach draußen. Als sie das Chaos hinter sich hatten, setzten sie sich in sicherer Entfernung auf eine Grasfläche.

„Du bist ein zäher kleiner Kerl, nicht wahr? Du scheinst nicht allzu aufgeregt zu sein."

„Warum sollte ich das sein? Es ist besser, dass die Hunde ihn erwischt haben und nicht mich."

„Wie alt bist du?"

„Fast zwölf …"

„War das dein Vater?", fragte Red, wohl wissend, dass er es nicht war.

„Nein, meine Eltern sind tot. Sie sind letztes Jahr bei einem Autounfall ums Leben gekommen."

„Und wo wohnst du? Ich bringe dich nach Hause."

„Hmm, das ist schon okay", antwortete der Junge verschämt. „Ich finde den Weg schon alleine zurück."

„Hör mir zu, mein Kind. Die Polizisten dort würden dich für alle möglichen Verhöre mit aufs Revier nehmen. Sie würden sich fragen, was du dort überhaupt zu suchen hattest. Ich bin mir sicher, dass du diesen ganzen Ärger nicht willst, oder?"

„Nein, Sir."

„Die Sache ist die, dass ich nur ein paar Minuten Zeit habe, bevor sich die Polizisten fragen werden, wo ich bin. Wenn du mir sagst, was passiert ist, halte ich dich aus dem Ärger raus und du kannst nach Hause gehen."

Der Junge saß nachdenklich da und zuckte zusammen, als ob er keine Wahl hätte. Nervös, über sein Erlebnis zu sprechen, rückte Red näher heran. Mitfühlend legte er seinen Arm um die Schulter des Jungen.

„Hast du eine Zigarette für mich, Mister?"

„Du bist elf. Rauchen wird dich umbringen."

„Hunde auch", sagte der Junge, was Red zum Lächeln brachte.

Der Junge öffnete sich und offenbarte Red, dass er sich einen Unterstand unter einer alten verlassenen Brücke gebaut hatte. Er erzählte Red auch, wie er früher an diesem Tag angesprochen worden war und ihm dreihundert Dollar gegeben wurde, um eine Nacht im Hummer-Jeep zu schlafen. Seine Aufgabe war es, Wache zu halten und mit dem Prepaid-Handy, das er bekommen hatte, anzurufen, falls jemand einbrechen und den weißen Bentley stehlen würde. Red hörte aufmerksam zu und konzentrierte sich auf jedes Wort des Jungen, als dieser erzählte, dass ihm gesagt wurde, dass die Hunde betäubt sein werden und am frühen Morgen jemand zurückkehren würde, um ihn abzuholen, bevor die Autowerkstatt öffnen würde. Red drängte auf etwas mehr Informationen.

„Also, du hast alles gesehen?"

„Nein, nicht wirklich, ich bin nur ins Auto gestiegen, wie es mir gesagt wurde, und dann, zehn Minuten später, kam dieser dicke Mann herein. Er ging gar nicht zu dem weißen Bentley. Er ging direkt auf mich zu und lächelte. Als hätte er gewusst, dass ich da bin. Ich versuchte, das Telefon zu benutzen, aber es funktionierte nicht. Ich war verängstigt. Dann sah ich, wie die Hunde aufwachten und ihn angriffen. Er kämpfte mit ihnen und versuchte ins Auto zu kommen … und der tote … fette … ich … Ich weiß wirklich nichts mehr. Es war furchtbar!"

„Es ist okay, mein Sohn", tröstete Red den Jungen. „Kannst du dich erinnern, wie er aussah, der Mann, der dich hergebracht hat?"

„Oh, es war eine Frau, kein Mann. Sie war sehr nett und sehr hübsch", sagte der Junge zu Reds Überraschung.

„War jemand bei ihr?"

„Ich habe niemanden gesehen. Nur sie. Aber sie sagte, dass ich, wenn ich heute Abend einen guten Job mache, mit ein paar Freunden von ihr in einem großen Haus leben könnte."

„Hat sie zufällig ihren Namen erwähnt?"

„Ich glaube nicht, sonst hätte ich mich daran erinnert."

Als Red vom Hang hinter der Werkstatt auf die Szene unten hinunterblickte, versuchte er nachzuverfolgen, was gerade passiert war. Polizeiautos waren da, ein Krankenwagen und die Presse. Sein Name wurde genannt und es war an der Zeit, zurückzugehen, um keinen Verdacht zu erregen.

„Wie ist dein Name, mein Sohn?", fragte Red und wandte sich an den Jungen.

„Justin …"

„Weißt du, wo die Orange Grove Road ist, Justin?"

„Ja …"

„Gut. Wer auch immer dich in dieses Auto gesetzt hat, ist ein schlechter Mensch. Und du willst nicht mit solchen Leuten zusammenleben, hast du mich verstanden?"

„Ich glaube schon, ja."

„Glauben hilft uns nicht weiter, mein Junge. Vertrau mir, dein Leben wird sehr kurz sein, wenn du das tust. Und außerdem brauchst du auch keinen Ärger mit der Polizei. Die werden dich nur zum Verhör mitnehmen und dann irgendwo in ein Heim stecken." Red griff in seine Tasche. „Hier, nimm das." Red zählte ihm ein wenig Bargeld ab.

„Geld?"

„Es ist für eine Taxifahrt. Ich möchte, dass du bei einer Freundin von mir übernachtest."

„In Orange Grove?"

„Ja, Nummer zweiunddreißig. Ihr Name ist Ms. Smith."

Ms. Smith war eine gute Freundin von Red, die auf der anderen Seite der Stadt wohnte. Eine kurze Taxifahrt würde den Jungen in Sicherheit bringen. Für Red war Justin eine Spur. Er hatte einen Zeugen und er hatte nicht vor, ihn den Behörden zu übergeben. Zumindest vorerst nicht. Red würde Frank anrufen, damit er auf den Jungen aufpasste, während er selbst nachforschen konnte.

„Geh hin, sofort. Die Dame ist wirklich nett. Du musst nicht alleine auf der Straße sein. Hier, nimm das auch noch mit. Das sind zweihundert Dollar extra. Ich werde noch einen anderen Freund von mir anrufen, der sich morgen um dich kümmern wird. Er wird dich mit diesem Geld zum Einkaufen mitnehmen. Du kannst dir ein paar neue Klamotten kaufen. Sein Name ist Frank. Ich komme zu dir, sobald ich kann. In der Zwischenzeit denk dran … erzähle niemandem etwas von dieser Sache. Hast du das verstanden? Ich will dir keine Angst machen, Justin, aber du willst doch nicht so enden wie der Typ da drinnen, oder?"

„Auf keinen Fall."

„Jetzt wiederhole mir noch einmal den Namen und die Adresse der Dame, die du besuchen wirst." Während Justin die Anweisungen wiederholte, verstaute er das Geld in seiner Tasche und fügte die zweihundertfünfundzwanzig Dollar von Red zu den dreihundert hinzu, die er bereits verdient hatte. Mit einem süffisanten Lächeln machte er sich auf den Weg. „Warte, Justin!" Red zückte das Vertragspapier und ging auf den Jungen zu. „Sah die Frau, die dich hergebracht hat, etwa so aus?"

„Es ist nicht ganz klar. Aber, ja … so ähnlich. Hübsch war sie auf jeden Fall. Aber ich bin elf. Für mich sehen sie alle gleich aus."

„Danke. Und Justin, geh direkt zu Ms. Smith. Vergiss das Zeug, das du unter der Brücke hast. Wir können es später holen, nicht heute Abend. Die Leute könnten nach dir suchen."

„Das werde ich, versprochen", sagte der Junge und rannte los.

Red trat zurück in Ray's Garage und sah den grausigen Anblick des schwergewichtigen Ganoven, der in einen Leichensack eingewickelt wurde. Der Polizeichef machte sich Notizen von Ray und Andy genoss das Rampenlicht, als er für ein Foto vor lokaler Presse posierte. Er hatte die Dinge gut geregelt und den Vorfall als einfachen Einbruch gemeldet. Doch in der morgigen Ausgabe der *Bahamian News* würde es auf den ersten Seiten Schlagzeilen machen.

14
DIE HACKER

Nach etwa einer Stunde war wieder Ruhe, der Ärger in Rays Autowerkstatt war vorbei. Als Ray das neue Vorhängeschloss anbrachte und einrastete, fuhr Red mit einem Gefühl der Befriedigung und Freiheit davon. Für ihn war der Tod von Kumar ein Geschenk. Ein besonderes Zusatzgeschenk, welches Reds Zwang zu einer Entscheidung beschleunigt hatte – nämlich, ob er mit seinem Leben weitermachen oder tiefer in die mysteriösen Geschehnisse um ihn herum eintauchen sollte.

Als Red in der offenen Cobra die Straße hinunterfuhr, wurde die klare Nachtluft zu einem Duft der hausgemachten Burger, die in Mo's Muncher Snackbar gegrillt wurden. So verlockend sie auch waren, Red zügelte sein Verlangen zu essen und hielt an, um einen Anruf zu tätigen, um die Dinge ins rechte Licht zu rücken.

„Frank? Ich bin's, Red. Hast du das Casino schon verlassen?"

„Ich bin gerade dabei. Aber du hast deine hundert Dollar um drei Umdrehungen verloren. Was ist los?"

„Wegen Kumar ..." Plötzlich wurde Red von dem Mann abgelenkt, der ihn schon den ganzen Tag belästigt hatte. Der

Fremde saß auf einer Sitzbank, rauchte eine Zigarette und sah zu Red hinüber. „Frank, Kumar ist tot."

„Ich habe gehört, du hast den Bastard erwischt."

„Wirklich?" Red war überrascht.

„Ich habe eine SMS von der Zentrale bekommen, in der stand: *Packt eure Sachen ein.* Wir fliegen morgen zurück. Was für ein Zirkus."

„Frank, es war nicht ich, der Kumar getötet hat, das war nicht mein Werk."

„War es nicht? Das FBI glaubt, dass es so war."

„Jemand hat das arrangiert. Rays Hunde haben Kumar erwischt. Ich war nur zufällig am Ende des Ganzen dort dabei. Es wird morgen in den Zeitungen als Einbruch dargestellt. Aber die Details kann ich dir später erzählen."

„Wie auch immer, Kumpel, du bist offiziell ein freier Mann. Du solltest dir Sandy schnappen und mit ihr an einem besonderen Ort feiern. Du hast es dir verdient, Kumpel."

Die Nachricht verbreitete sich schneller als der Klatsch von alten Frauen auf einer Teeparty. Frank und sein Team waren auf die Insel geschickt worden, bevor Red grünes Licht gegeben hatte, den Auftrag anzunehmen. Einen Moment lang fragte sich Red, ob die Entscheidung, Frank und sein Team zu schicken, vorher abgesprochen war. Als Red aufblickte, sah er den Fremden, wie er ihm zuwinkte und ihn aufforderte, sich zu ihm zu setzen.

„Frank, hör mir gut zu. Ich möchte, dass du, wirklich nur du, noch eine Weile hier bleibst. Sagen wir, es gibt ein paar technische Probleme, um die ich dich gebeten habe, für mich zu erledigen. Ich brauche ein paar Tage, nicht länger. Wenn es irgendwelche Probleme gibt, sag deinem Chef, er soll mich anrufen, ich werde mir etwas einfallen lassen."

„Okay, Red, wird gemacht."

„Es gibt einen Jungen namens Justin, ich habe ihn zu Evelyn geschickt. Er ist obdachlos, aber sehr wichtig für mich. Du musst ihn beschützen. Ich habe ihm ein paar hundert Dollar für Kleidung gegeben. Seine Klamotten sind so lumpig wie nur möglich. Geh morgen mit ihm einkaufen, aber lass ihn nicht aus den Augen. Ich komme morgen nach, spätestens übermorgen."

„Justin, sagst du?"

„Ja, ein Elfjähriger. Er war mit Kumar in dem Fahrzeug. Ich habe es geschafft, ihn rauszuschmuggeln, bevor ihn jemand gesehen hat. Ich möchte, dass es so bleibt, zumindest vorläufig. Er hat eine schwere Zeit hinter sich, also behandle ihn mit Samthandschuhen."

„Hab verstanden!"

„Und Frank …" Red hielt inne. Der Fremde wurde ungeduldig und trat auf die Straße, in Richtung der Cobra. „Sei vorsichtig. Ich habe das Gefühl, dass jemand hinter ihm her sein könnte. Wenn es irgendwelche Anzeichen von Gefahr gibt, weißt du, wohin du gehen musst. Ich bitte dich um diesen Gefallen, Frank."

„Und das ist ein Gefallen, den ich dir gerne erweise."

„Danke, Kumpel."

„Und nochmals Glückwunsch … du bist offiziell im Ruhestand, jetzt, wo der Drecksack tot ist!"

Die Männer legten auf. Red fühlte sich sicher in seiner Entscheidung, Frank miteinzubeziehen. Frank würde eine Kugel für ihn einfangen, wenn es hart auf hart käme. Zu einer Zeit, als Franks eigene Welt buchstäblich zusammenbrach, rettete Red ihn vor seiner Selbstvernichtung. Im Gegenzug fühlt sich Frank sein Leben lang in der Schuld.

Frank verabscheute Drecksäcke wie Kumar. Sein Hass kam, nachdem seine Tochter, sechs Monate nach dem Krebstod seiner Frau, von einer Gruppe Männer vergewaltigt worden war. Und als seine Tochter versuchte, mit beiden Traumata fertig zu werden, versagte die Therapie. Frank fand sein kleines Mädchen mit aufgeschnittenen Pulsadern vor, in der Hand einen blutverschmierten Brief, in dem stand: *Es tut mir leid, Dad. Bitte gib dir nicht die Schuld für meine Entscheidung. Ich liebe dich so sehr und es schmerzt mich sehr, dich zu verlassen. Ich habe beschlossen, zu Mama in eine bessere Welt zu gehen. Mein letzter Wunsch ist, dass du mir nicht folgst und dein Leben lebst. Mit all meiner Liebe sage ich gute Nacht, xoxo.*

Verständlicherweise begab sich Frank auf eine Vergeltungsjagd, die fast zwei Jahre lang andauerte. Er machte die verantwortlichen Männer ausfindig und zog sie für ihre Taten zur Rechenschaft. Alle bis auf einen der Täter wurden nacheinander an verschiedenen Orten gefunden – gebeugt, gefesselt und geknebelt. Jedem von ihnen wurde ein Rohrstück tief in den Enddarm gerammt und das Wort *Vergewaltiger* mit einer scharfen Klinge sorgfältig in die Stirn geritzt. Der Tod wäre für sie der einfachste Ausweg gewesen. Stattdessen rief Frank die Zeitungen an und sorgte dafür, dass sie auf die Titelseite kamen.

Frank nahm den Wunsch seiner Tochter, ihr nicht zu folgen, sehr ernst, aber ihre Bitte war zu einer Zwangsjacke geworden, die Frank nur noch mit Elend und Schmerz erfüllte. Doch eines Tages, am Weihnachtstag im Amsterdamer Rotlichtviertel, zu einer Zeit, als Frank sich auf einem absoluten Tiefpunkt befand, setzte Red dem ein Ende. Während er draußen im heftigen Schneefall stand, beobachtete Red Frank in der kleinen, schäbigen Bar, wie er bedeutungslos aus dem Fenster auf den Schneesturm starrte und ein Glas mit unberührtem Whiskey umklammerte. Ohne auf die alte Türklingel zu achten, die beim Öffnen und Schließen der Tür auf die Oberseite klirrte, liefen

Frank Augenblicke später Tränen über das Gesicht, als er zu dem Mann aufblickte, der ihm die Hand auf die Schulter legte – Red. Die persönliche Schuld begann in diesem Moment. Red sorgte dafür, dass Frank, in einer Spezialklinik in der Schweiz, behandelt wurde – in der Red vor vielen Jahren selbst gewesen war. Zwanzig Monate später war Frank geheilt, und Red bat ihn, seinem Team beizutreten.

Als Red zu den Mann hinübersah, der ihn nicht in Ruhe ließ, schob er sein Handy unter den Autositz und nahm seinen Mont-Blanc-Stift in die Hand – ein behelfsmäßiger versteckter Dolch, der sich im Notfall als nützlich erweisen könnte. Bereit, den Fremden anzugreifen, stieg Red aus dem Fahrersitz des Autos und überquerte die Straße.

„Ein Meuchelmörder, was?", murmelte der Fremde. Er trat zurück auf den Bürgersteig, und beobachtete jeden Schritt von Red genauestens. „Ich heiße Jack", sagte der Mann und bot eine Zigarette an.

„Red."

„Ich weiß, wer du bist. Das ist die Abkürzung für Redmond Attlee", erwiderte Jack selbstgefällig, als Red das Angebot ablehnte.

„Du hast Kumar getötet?", fragte Red abrupt.

„Ich dachte, das warst du", antwortete Jack neckisch.

„Spiel keine Spielchen mit mir!", schnauzte Red. „Was willst du? Du folgst mir schon den ganzen Tag."

„Dasselbe könnte ich auch dich fragen. Glaubst du, ich habe dich nicht in der Stadt bemerkt, als ich vor der Bank stand?"

Unter dem taillierten Hemd, das in den Jeans steckte, sah Jack agil, fit und wachsam aus. Und seiner Narbe, vom Haaransatz bis zur Lippe, nach zu urteilen, war es offensichtlich, womit er seinen Lebensunterhalt verdiente.

„Dann bist du wohl derjenige, der behauptet, dass ich dir

etwas schuldig bin?", fragte Red.

„Ja, das stimmt", gab Jack zu.

„Und warum ist das so?"

Ein Haufen halb besoffener, kichernder Clubgänger näherte sich. Die Männer hielten inne und ließen die trödelnden Jugendlichen zwischen sich hindurch. Die örtlichen Bars schlossen, und der Straßenverkehr wurde immer dichter, da sich die Nachtschwärmer im Mo's versammelten, um Klatsch und Tratsch auszutauschen, zu essen und sich zu den Radioklängen aus dem Foodtruck zu bewegen.

„Hör zu, Red, du hattest einen Job zu erledigen. Er wurde für dich erledigt. Ich habe auch einen Job zu erledigen, und der ist noch nicht erledigt."

„Bist du vom FBI? Oder vielleicht von CIA?", fragte Red und bemerkte eine Beule hinten an Jacks Hemd auf Taillenhöhe, die darauf hindeutete, dass er eine Waffe trug.

„Weder noch."

„Was ist damit?" Red griff in seine Tasche und holte das gefaltete Papier heraus. „Ist das dein Werk?"

„Das ...", grinste Jack.

„Wer ist sie?"

„Keine Ahnung", hat Jack gelogen. „Sie hat mich heute Morgen genauso überrascht wie deine verdammten Streuner. Wegen ihr habe ich den Stein verloren. Den Stein, den du, wie ich glaube, gefunden hast." Jack hielt inne. „Du hast diese Frau gesehen, nicht wahr?"

Red wich einer Antwort aus. „Wie kommt es, dass Kumar in Ray's Garage war?"

„Es spielt keine Rolle, wie", antwortete Jack abrupt. „Außerdem hätte Kumar sowieso bekommen, was er verdient hat, egal ob du den Job gemacht hättest oder nicht. Er war wegen einer Sache dort, die wir ihm nicht durchgehen lassen wollten."

„Wir ... wer ist *wir*?"

„Komm schon, Red, es ist Zeit, mit dem Smalltalk aufzuhören. Wir sind beide große Jungs. Konzentrieren wir uns auf das, was hier wichtig ist. Für mich ist das der Stein", sagte Jack und schlenderte auf Red zu. „Ich glaube, du hast ihn benutzt, nicht wahr?" Red antwortete nichts, doch seine Augen verrieten es sofort. „Oh Red ..." Jack verzog das Gesicht. „Du glaubst, du hast da unten Dinge gesehen?" Jack schüttelte den Kopf. „Du hast keine Ahnung. Du musst vergessen, was auch immer du jagst, und den Stein zurückgeben. Wenn du glaubst, dass Kumar ein schlechter Mensch war, dann hast du keine Ahnung", sagte Jack. „Er ist ein Kätzchen im Vergleich zu Anderen. Mach weiter mit deinem Leben. Mit Sandy, das ist doch dein Mädchen, oder?", beendete Jack. Er ließ Red eine Weile über seine Bemerkungen nachdenken und wandte sich dann ab, ging ein paar Schritte vorwärts und nahm seine Umgebung wahr. Im Anschluss wandte er sich wieder Red zu. „Was du gefunden hast, Red, ist kein gewöhnliches Juwel. Es ist der Amokaras, ein einzigartiger Edelstein!"

„Amokaras, sagst du?", wiederholte Red und machte sich eine gedankliche Notiz für Marco.

Jack nahm einen Zug von seiner Zigarette, blies einen Rauchring aus und überlegte noch eine Weile. Als er sein Gegenüber ansah, wusste Jack, dass dies keine einfache Aufgabe werden wird. An diesem Morgen hatte Jack zufällig gehört, wie Reds Abschleppwagen-Kumpel ihn beim Namen genannt hatte. Und nachdem Red ihm seine Waffe gezeigt hatte, rief Jack Tofi an, um zu erfahren, wer Red war, da er vermutete, dass er den Amokaras hatte. Nachdem er erfahren hatte, dass Red ein Auftragskiller war, der für die Monaco-Operation verantwortlich war, wurde die Sache noch komplizierter. Doch im

Laufe des Tages entwickelten sowohl Tofi als auch Jack einen Plan, wie sie den Stein zurückholen konnten, um ihr eigenes Komplott am Laufen zu halten. Doch Geduld war nicht Jacks Stärke. Gewalt und Durchsetzungsvermögen hingegen schon. Aber ohne den Stein bei sich zu haben, war Jack klar, dass Red den Stein an hundert Orten aufbewahrt haben könnte, und es wäre von Nachteil, Red eine Waffe an den Kopf zu halten. Solange Jack den Edelstein nicht selbst vor Gesicht hatte, musste er vorsichtig sein. Er begann damit, Fakten zu nennen und versuchte, eine Reaktion von Red zu erhalten.

„Du warst in Monaco, nicht wahr?", platzte Jack heraus. „Du hast die Pradnarskis erschossen. Habe ich recht?" Red schwieg. „Nun ... du hast mir einen Gefallen getan, danke dafür", äußerte Jack bissig. Red zog den Stift aus seiner Tasche und hielt ihn diskret in der Handfläche versteckt, um sich nicht in seine Erklärungen hineinziehen zu lassen und fragte sich, wer Jack wirklich war. „Sagt dir der Name Marcus Mortimer etwas?"

„Das tut es." Sofort fühlte sich Red in das Restaurant Fatso's, in Downtown New York, zurückversetzt – jene Nacht, in der Jade entführt wurde.

„Das dachte ich mir", antwortete Jack und erregte damit Reds Aufmerksamkeit. „Marcus Mortimer hat den Amokaras durch Zufall gefunden, ziemlich genau so wie du. Er nutzte ihn zu seinem Vorteil und erwarb ein kleines Vermögen. Er hatte rausgefunden wie er funktioniert, zumindest glaubte er das, und ging in den Tunnel am Fuße der Stufen, die du sicher schon gesehen hast. Dort fand er einen Jungen, einsam und allein. Der Junge war zu diesem Zeitpunkt fünf Jahre alt. Marcus nahm ihn unter seine Fittiche und zog ihn wie seinen eigenen Sohn auf. Der Name des Jungen ist Daniel. Marcus Mortimer war mein Vater. Meine Mutter habe ich nie gekannt. Daniel wurde mein

„Adoptivbruder". Aber als Daniel erwachsen wurde, wurde der Stein zum Kryptonit meines Vaters. Daniel erschoss ihn und nahm den Stein an sich. Vision, nannte Daniel seinen Grund. Er sagte, Marcus, mein Vater, hatte keine."

Zweifelnd hörte Red Jacks Monolog weiter zu, ohne ihn zu unterbrechen, und nahm so viel auf, wie er konnte, solange Jack im Redefluss war.

„Wer ist Daniel, fragst du dich bestimmt? Das ist umstritten. Für viele ist er der Richter, die Jury und der Henker. Der Teufel, wenn es je einen gab. Oh, er kann charmant, aber auch gerissen und skrupellos sein, aber vor allem kann man sich ihm nicht in den Weg stellen. Er ist der Architekt des großen Bankenkomplotts, das das FBI zu durchbrechen versucht." Jack warf einen langen, strengen Blick auf Red. „Daniel ist der Grund, warum die DWIB unantastbar ist, Red." Er trat dicht an Red heran. „Die wirkliche Operationszentrale ist nämlich an einem anderen Ort. Der Amokaras und der Tunnel, den du gesehen hast ... das sind die einzig beiden Mittel, um die DWIB in die Knie zu zwingen."

„Unsinn. Ich weiß, was du vorhast. Du versuchst mich mit einer ausgeklügelten Geschichte zu täuschen. Außerdem bin ich nicht an den Plänen der Feds interessiert, ein Bankunternehmen zu infiltrieren. Ich habe genug von all dem."

„Wirklich ..." Jack schnaufte, überrascht von Reds Reaktion. „Aber du hast Unrecht, wenn du kein Interesse hast, Red ... du hast so Unrecht." Jack hielt inne. „Wenn du die Wahrheit über diese Banken wüsstest, was sie tun, wie sie arbeiten und welchen Einfluss sie auf die Zukunft der Welt haben, würdest du die Dinge ganz anders sehen."

„Warum? Warum sollte ich?"

„Erstens, dein persönliches Interesse an der Frau auf dem Papier, das du hast", stiftete Jack Red an. „Zweitens, betrifft es jeden auf diesem Planeten", erklärte Jack unverhohlen. „Ob es dir nun gefällt oder nicht, Daniel ist in der Endphase der Veröffentlichung eines gefährlich beunruhigenden Ideals, das er in seinem Kopf hat. Und er will es in den nächsten Tagen im globalen Maßstab auf der ganzen Welt aktivieren. Wenn ich nicht bald nach Hause zurückkehre, werden noch mehr unschuldige Menschen sterben, als bereits umgekommen sind. Sowohl hier, in deiner Welt, als auch alle in meiner Welt, die mir etwas bedeuten."

„Wo genau ist dein Zuhause, Jack?", fragte Red.

„Durch diesen Tunnel ... auf der anderen Seite!"

Red war fassungslos über eine solch abwegige Behauptung. Jack setzte sich auf die Parkbank und wartete schweigend auf eine Antwort. Verblüfft von Jacks Authentizität, raste Reds Herz, wie heute früh in dem wasserlosen Teich. „Der Teich ..."

„Es herrscht dort Magie! Ob du das glaubst oder nicht, es gibt sie wirklich!", schaltete sich Jack ein.

„Also, gibt es Behausungen unter der Erde?"

„Behausungen?", wiederholte Jack. Unfähig, sich ein Lächeln zu verkneifen, senkte er seinen Kopf. „So würde ich es nicht bezeichnen." Jack sah Red an. „Ich würde sagen, es ist ein Durchgang zu einer anderen Welt. Das trifft es schon eher."

Einen Moment lang dachte Red, er hätte sich verhört. „Eine andere Welt, sagst du?"

„Das ist richtig, eine ganze Welt, ähnlich zu dieser hier", erklärte Jack, der nicht bereit war, weitere Fakten preiszugeben. Jack gewährte Red eine kurze Bedenkzeit über das, was er gerade gesagt hatte.

Red hing in der Luft und überlegte, ob so etwas überhaupt möglich war. Wenn ja, dann war seine jahrelange unermüdliche Suche nach Jade vielleicht doch nicht vergebens, dachte er. Wer auch immer die Frau war, die er heute Morgen gesehen hatte – Jade oder nicht – sie hatte ihn angeschrien, den Stein zu finden: *„Es ist der einzige Weg!"* Red erinnerte sich. Ihre Worte brachten Jacks Aussagen in ein anderes Licht und machten sie irgendwie verständnisvoller.

Doch für Jack war die Zeit unnachgiebig, und als er Reds Zerrissenheit sah, beschloss er, weiterzureden: „Zum Glück aller in dieser Welt, Red, wurde Daniel das Privileg, den Durchgang von einer Welt in die andere zu verlassen, vor Jahren verwehrt. Aus irgendeinem Grund, den nur er kennt, halten ihn die Wurzeln im Tunnel auf." Reds Gesichtsausdruck versicherte Jack, dass Red schon *etwas* gesehen hatte und im Besitz des Steins war. „Daniel hat seitdem unermüdlich versucht, dieses Problem zu beheben. Und er hat es geschafft! Ich versuche, ihn aufzuhalten, aber was auch immer er vorhat, es wird passieren. Und, es passiert hier!", verriet Jack.

„Hier, auf dieser Insel?", fragte Red. „Hör zu, Jack. Nehmen wir an, ich glaube dir. Bevor wir irgendeine Vereinbarung treffen, musst du mich auf den neuesten Stand bringen und mir genau sagen, was los ist. Wenn du den Stein zurückhaben willst und ich hier mitten im Geschehen bin, dann will ich genau wie du, in der Lage sein, diejenigen zu schützen, die mir wichtig sind. Sag mir, was du weißt, und du hast mein Wort, dass ich dich nicht daran hindern werde, nach Hause zurückzukehren."

Red bot einen Kompromiss an. In die Enge getrieben und unter Zeitdruck, beschloss Jack, die Wahrheit zu enthüllen.

„Setz dich hin, Red. Das könnte eine lange Geschichte werden." Jack nahm seine Zigaretten heraus.

Red willigte ein und setzte sich auf die Rückenlehne der Sitzbank. Noch immer unsicher über Jacks Absichten, steckte Red den Stift in seine Gesäßtasche und hielt ihn bereit. Jack hob seine Hand und bot eine Zigaretten an. Dieses Mal, nach vielen Jahren, nahm Red wieder eine Zigarette an. Jack erhob sich, gab Red sein Feuerzeug und begann seine Geschichte von zwei Welten zu erzählen. Verblüfft von Jacks Offenbarung brannte Reds Zigarette zwischen seinen Fingern, ohne viele Züge davon genommen zu haben, ab.

Jack sprach über die Welt, in der er aufgewachsen war, die andere Welt. Er erzählte, dass der Tunnel immer Teil seines Lebens gewesen war und dass es für ihn nichts Außergewöhnliches war, sich zwischen zwei Welten zu bewegen. Jedoch sagte er kein Wort darüber, was sich hinter den Tunnelwänden verbarg. Er erzählte von Daniels grausamen Methoden, seinem fiebrig wilden Temperament und seinem unerbittlichen Glauben, dass er eines Tages die Welt beherrschen würde. Jack erklärte wie Daniel Geld sammelte und wie die DWIB-Korporation zu einer legitimen Plattform wurde, um ein solches Ziel zu erreichen.

„Es war vor einundzwanzig Jahren, Red, als Daniel seine erste Bank eröffnete, hier in deiner Welt … die DWIB in New York, in der Fifth Avenue. Am Vorabend dieser Eröffnung stahl Daniel den Amokaras für sich selbst und ließ meinen Vater sterbend auf dem Bürgersteig liegen." Je mehr Jack sprach, desto mehr Teile von Reds ungelöstem Puzzle fügten sich zusammen.

Red war in dieser Nacht dort gewesen. Er hatte die Schießerei durch das Fenster von Fatso's Restaurant gesehen. Und nun war ihm bestätigt worden, dass der Gegenstand, der zu Boden gefallen war, der Stein war, den er heute gefunden hatte – der Amokaras.

„Damals, in seiner Welt, hatte Daniel schon etliche erfolgreiche Bankgeschäfte aufgebaut. Sein Plan war erprobt und bewährt. Die wenigen Schwachstellen wurden ausgebügelt. Seine Absicht war es, sein Geschäft hier in eurer Welt auszuweiten, um sich weitere Milliarden zu beschaffen. Bislang hat er in den letzten zwei Jahrzehnten Billionen eingenommen, ohne auch nur einen Fuß hierher zu setzen, und damit seine eigenen Erwartungen übertroffen. Der größte Teil dieses Geldes stammt aus den hinterhältigen Geschäften, die in den obersten Etagen in jeder seiner Banken stattfinden. Dieses Geld wird auf Schiffen gehortet, die ständig von Hafen zu Hafen auf dem Meer fahren, ein paar hundert Yachten aller Art und Größe. Ein großer Teil davon wurde von den Schuldnern der Bank eingefordert, genauso wie die Luxusautos und -häuser. Siehst du, Red", atmete Jack ein, „dieses Geld", stieß Jack aus, „ist das Startkapital für Daniels Masterplan, der in seinem Kopf herumschwirrt."

„Sein Verlangen, die Welt zu beherrschen, nehme ich an?", sagte Red und schmunzelte über diesen Wahnsinn.

„Du hast es nicht vergessen. Auch wenn ich nicht weiß, was Daniel vorhat, würde ich seine Motive nicht verhöhnen. Er ist nur einen Schritt davon entfernt, dieses Ziel zu erreichen. Und wenn er es erreicht, können wir sicher sein, dass es etwas sehr Makabres sein wird." Jack hörte auf zu reden.

Als er Schritte in ihrer Richtung hörte, drehte sich Jack nervös um und griff nach seiner Waffe. Red griff spontan nach seinem Stift. Aber es war eine Frau, die vor ihrem Mann davonlief und ihn wütend anschrie, weil er eine Andere geküsst hatte. Mit einem Grinsen im Gesicht drehte Jack sich um, und Red begriff, wie heikel Jacks Situation war. Doch so beunruhigend es für Jack auch war, in aller Öffentlichkeit zu sprechen, genauso beunruhigend war alles auch für Red.

„Bis jetzt gehören Daniel in deiner Welt zweitausendeinhundertfünfzig Banken, die täglich hohe Summen an Bargeld einnehmen. Wenn ich sage, dass sie Bargeld einnehmen, dann meine ich damit das Geld, das aus den geheimen obersten Etagen fließt. Was dort oben geschieht, ist ein völlig anderes Geschäft, getrennt von den legalen Geschäften in den unteren

Etagen, die die DWIB auf der Forbes 500-Liste halten. Intern nennen die Angestellten es – die Geisteretage. Bis auf ein paar Wenigen hat niemand Zugang. Das Bargeld aus allen obersten Etagen wird auf Yachten geschmuggelt und über den Seeweg direkt zu den fünfzig Offshore-Banken geleitet, die den Chefs der DWIB gehören. Wie zum Beispiel den Pradnarskis."

Neugierig, Red hörte mit leicht zusammengekniffenen Augen zu.

„Im obersten Stockwerk finden die unkonventionellen Geschäfte statt. Die DWIB verkauft Drogen, Red", verriet Jack, „eine bestimmte Art namens LIX." Red war sprachlos. „Drei Riesen pro Stück! Nichts ist nachweisbar, aber sie hat den Kick einer Rakete. Die Banken selbst sind eine legale Fassade, Red. Ohne dass sie unter Verdacht geraten, sind sie in der perfekten Lage, wohlhabende Privatpersonen mit günstigen Zinssätzen zu locken, die zwei oder sogar drei Prozentpunkte höher sind als bei jeder anderen Bank. Hier kommen die Hacker ins Spiel."

„Hacker?"

„Ja, ein Team von engagierten Betrügern, die aus der Ferne arbeiten. Die besten Hacker, die es gibt, wurden alle in den von Daniel geleiteten Geheimschulen ausgebildet. Ihre Aufgabe ist es, zu beschaffen, zu spionieren und zu locken. Mit Hilfe von Satelliten sammeln sie Informationen und dringen in alle elektronischen Geräte ihrer Kontoinhaber ein. Ihre Aufgabe ist es, Übereinstimmungen zu finden – Profile, die bestimmten Kriterien entsprechen. Wohlhabende Personen, die zwei bis drei Häuser besitzen und zusammen über zehn Millionen an Vermögen und Bargeld verfügen – Männer und Frauen, die dafür bekannt sind, ihre Partner zu betrügen. Reiche Personen, die verschwenderisch sind, Pornos konsumieren, elitäre Möchtegern-Prominente sind und Glücksspieler. Im Grunde genommen setzen sich die Hacker zum Ziel die obere

Mittelschicht, die es nie ganz nach oben geschafft hat – die Angeber, die über ihre Verhältnisse leben."

„Warum?"

„Sie sind die Crème de la Crème, leicht zu manipulierende Ziele für das, was ich dir als Nächstes erzählen werde. Nach einer mit Sorgfalt – durch die Hacker – ausgeführten Analyse, erhalten die ausgewählten Kontoinhaber einen Anruf von jemandem in der Bank, der sie bittet, eine ungenannte Anlagemöglichkeit im obersten Stockwerk zu prüfen. Bei der Ankunft in der Bank werden die Kunden angewiesen, Platz zu nehmen und zu warten, bis jemand sie abholt. Von diesem Zeitpunkt an überwachen die Hacker die Verhaltensmuster des Besuchers über Kameras. Jede Bewegung des Kunden wird aus der Ferne auf Auffälligkeiten – die ein Sicherheitsrisiko darstellen könnten – überprüft. Einige Zeit später trifft ein Bankangestellter ein. In diesem Fall handelt es sich um eine Frau. Sie nimmt den Fingerabdruck des Besuchers ab, um den Kontoinhaber zu authentifizieren. Dann begleitet sie den Gast, durch die Bank, zum Aufzug auf der Rückseite des Gebäudes."

„Und wenn sie jemanden mitbringen?"

„Das tun sie nicht. Sie wissen, dass sie nur alleine kommen dürfen, sonst ist der Termin ungültig. Beim Betreten des Aufzugs gibt die Angestellte einen Autorisierungscode – den sie Sekunden zuvor auf ihrem Handy erhalten hat – in das Touchpad des Aufzugs ein. Damit erhält sie Zugang zum obersten Stockwerk. Beim Verlassen des Fahrstuhls treten der Kunde und die Angestellte in einen großen, ovalen Empfangsbereich. Ein halbes Dutzend Türen sind auf der gesamten Etage verteilt. Der Angestellten wird angewiesen, zu einer der Türen zu gehen und einen Augenscan auf dem Gerät neben der Tür durchzuführen. Dann wartet die Angestellte, bis ein neuer Code auf ihrem Handy eingeht, um weiterzugehen. Dann gibt sie diese

Nummer auf dem Touchpad ein. Sobald beide das Büro betreten haben, schließt sich die Tür automatisch hinter ihnen. Um danach einen anderen Raum auf dieser Etage zu betreten oder zu verlassen, einschließlich der Toiletten, wird das gleiche Verfahren angewandt. Ohne Code gibt es nur einen anderen Weg nach draußen – durch einen Vernehmungsraum."

„Also ... rein hypothetisch, wenn zum Beispiel ein verdeckter Ermittler soweit kommen würde ..."

„Hypothetisch gesehen, Red, würdest du ihn nie wieder sehen! Und wenn das FBI den Ort stürmt, würden die Mitarbeiter in diesen Büros wieder hinter ihren Schreibtischen sitzen und Papierkram erledigen. Diese Bürosuiten in der obersten Etage sind nur Attrappen, sie sollen aber glaubwürdig sein."

„Und das wird alles von den Hackern fernüberwacht, sagst du?"

„Richtig."

„Von den Yachten, nehme ich an", vermutete Red.

Jack ignorierte Reds Vermutung und fuhr fort: „Wie auch immer, wenn der Kontoinhaber und die Angestellte so weit gekommen sind, gleitet ein geheimes Wandpaneel auf und enthüllt einen kugelsicheren Glasaufzug, der mit Titanverbindungen verstärkt ist. Während der Glasaufzug langsam ein Stockwerk nach oben in den Dachboden fährt, wird ein Ganzkörperscan durchgeführt. Wenn der Scan fehlschlägt ..."

„Landet man im Verhörraum", bot Red an.

„Du verstehst schnell."

„Schließlich setzt sich der Kunde auf die Couch, vor einem Flachbildfernseher. Die Angestellte stellt ein silbernes Tablett auf einen Tisch vor dem Kontoinhaber. Auf dem Tablett, befindet sich neben einem Wasserkrug und einem Glas, eine winzige durchsichtige Schachtel mit einer LIX-Pille, platziert auf einem Kissen. Dann schaltet die Angestellte ein kurzes Werbevideo ein und lässt den Kontoinhaber allein. Für den Moment ist die Arbeit der Angestellten erledigt." Jack hielt inne, inhalierte den letzten Rest Nikotin und drückte seine Zigarette mit der Schuhsohle auf dem Bürgersteig aus.

Red wartete erwartungsvoll, bis Jack aufblickte. „Und was dann?"

„Die Angestellte kehrt zurück. Der Kunde akzeptiert, nimmt das Geschäft an und übergibt ihr eine Viertelmillion in Bar. Der Kunde schluckt die Pille und erhält einen Schlüssel zu einem Schließfach, in dem er eine weitere Lieferung des Produkts für dreitausend Dollar pro Pille erhält."

„Was zum Teufel?"

„Wenn die Banken am Ende des Tages schließen, übernimmt der Nachtdienst den Umtausch. Es werden keine Produkte vor Ort gelagert."

„Und die Bank ist frei von aller Last, wenn sie hochgenommen werden sollten."

„Ja."

„Jack, was ist auf dem Video zu sehen, dass die Leute zu so einer schnellen Entscheidung führt? Was zum Teufel ist dieses LIX?"

„Das Video zeigt die Verjüngung einer sechzigjährigen Frau. Die schlaffe Haut und die alternden Gesichtszüge kehrten innerhalb von drei Monaten allmählich zu ihrem dreißigjährigen Selbst zurück. Diese Pille spült alte Blutzellen aus und ersetzt sie durch regenerierende Ersatzstoffe, die schnell in den Blutkreislauf aufgenommen werden. Bei täglicher Einnahme behalten die neuen Zellen ihre Elastizität, ohne zusammenzubrechen. Die dreißigjährige Angestellte, die den Kontoinhaber empfangen und begleitet hatte, war die Frau aus dem Video."

„Es funktioniert wirklich? Ich meine ..."

„Denk nicht zu weit, Red. Das ganze Verfahren ist ein Trick."

„Was bedeutet das genau?"

„Wenn man die erste Pille nimmt, das kostenlose Angebot, wird man sofort süchtig danach. Es ist eine höchst berauschende Droge. Das Gehirn zündet regelrecht. Innerhalb von vierundzwanzig Stunden beschleunigen sich die bestehenden Gewohnheiten. Glücksspieler spielen mehr, Verschwender geben mehr Geld aus, und Pornofreunde ficken mehr. Mit der Zeit verlieren LIX-Konsumenten jegliches Gefühl für Logik, Werte und Selbstbeherrschung. Aber sie können nicht aufhören. Wer will schon seine Jugend wegwerfen und wieder alte Männer oder alte Frauen vögeln?" Red stimmte zu. „Mit einem Aufwand von neunzig Riesen pro Monat, zusätzlich zu den üblichen monatlichen Ausgaben, sind diese Kontoinhaber bald darauf aus, Dinge zu verpfänden, um ihren täglichen Konsum aufrechtzuerhalten. Sie werden Drogensüchtige, Red. Im Endeffekt verlieren sie alles – Ehefrauen, Ehemänner, Häuser, Autos, Schmuck, alles nur wegen einer Pille, die die Jugend bewahrt. Innerhalb von achtzehn bis vierundzwanzig Monaten ändert sich das Leben, wie sie es kannten, für immer. LIX-Konsumenten denken und handeln wie Achtzehnjährige. Sie sind rücksichtslos, unvorsichtig und neugierig." Jack hielt inne und sah zu der Cobra hinüber, die Red fuhr.

„Alle beschlagnahmten Güter, Immobilien, Diamanten, Schmuck, Möbel, alles wird über verschiedene Verkaufsstellen verkauft, die ebenfalls von Daniels Leuten geführt werden. Das ganze Vermögen von dem Verkauf der LIX-Droge und dem Verkauf der beschlagnahmten Ware, beziehungsweise das überschüssige Geld nach Abzug der Gemeinkosten, wird auf das Meer hinausgefahren und gleichmäßig an Bord der Yachten verteilt, die von Hafen zu Hafen fahren. Jeder bekommt seinen

Anteil. Und was übrig bleibt, wird zu den Offshore-Banken gebracht. Alle sind zufrieden, und der Kreislauf beginnt von Neuem."

„Das ist unglaublich!" Red atmete schwer. „Und die Kontoinhaber?"

„Da sie jeden Sinn für Rationalität und Ausgeglichenheit verloren haben, gibt es für sie nicht mehr viel Hoffnung. Mit dem Verstand eines Achtzehnjährigen, in einem dreißigjährigen Körper, der in Wirklichkeit sechzig ist, und mit einem unstillbaren rasenden Bedürfnis nach Pillen, werden sie vor die Wahl gestellt. Entweder sie werden alt und sterben auf natürliche Weise oder sie erhalten die Dosis kostenlos und verlängern ihr Leben." Jack hielt inne, als er ein kleines Grinsen auf Reds Gesicht bemerkte. „Du scheinst an mir zu zweifeln, was ich sage", raunte Jack forsch.

„Es ist nur so, dass du gesagt hast, diese LIX-Pille verlängert das Leben?"

„Ja. Solange man sie einnimmt, nimmt die Elastizität der Zellen nicht ab. Aber wenn man mit der Einnahme aufhört, sagen wir, nach zehn Jahren zum Beispiel, werden die Zellen wieder anfangen, allmählich zu altern, allerdings nicht über Nacht." Jack sah die Cobra an. „Das ist Devlins Auto, nicht wahr?", fragte Jack.

Red war überrascht zu hören, dass Jack Devlin kannte. „Das Auto seiner Frau, Rona ... sie hat es an Ray's Garage verkauft, aber das weißt du wahrscheinlich schon?"

„Sie haben sich getrennt, richtig?"

„Das habe ich gehört."

„Devlin hat Rona dabei erwischt, wie sie mit irgendeinem Kerl gevögelt hat, nicht wahr?"

„Davon weiß ich nichts", erklärte Red. „Ich habe gehört, sie ist nach Europa abgehauen."

„Nein, das ist sie nicht", sagte Jack. „Sie ist achtundfünfzig, Red. Nach ihrem strammen Körper, ihrem jungen Aussehen und den Kapriolen der letzten Zeit zu urteilen, bezweifle ich, dass irgendjemand glauben würde, sie sei über dreißig."

„Willst du mich verarschen? Sie war auf dieser Pille?"

„Das ist sie immer noch. Ihr ist das Geld ausgegangen. Man hat sie vor die Wahl gestellt, jung zu bleiben, und sie hat sie angenommen." Jack schüttelte den Kopf. „Es wäre besser für sie gewesen, alt zu werden, als dort zu sein, wo sie jetzt ist."

„Und wo ist sie?"

„Gib mir den Stein, Red, und ich bringe dich dorthin", erwiderte Jack entschlossen und stürzte sich darauf, um sich den Edelstein zurückzuholen.

Die Situation wurde für Jack immer angespannter. Je länger Red zögerte, desto weniger Zeit würde er haben, seine eigenen Aufgaben zu erledigen. Jack schaute auf seine Uhr. In Kürze würden die Boote mit dem restlichen Bargeld eintreffen – eine Übergabe von hundertfünfzig Millionen. Er war nervös wegen der bevorstehenden Fristen. Zum Glück für Jack, würde das Geld dieses Mal nicht mit ihm nach Hause zurückkehren. Daniel hatte die Anweisung gegeben, das Geld im Bootshaus neben De Club für ihn zu hinterlegen, wenn er in den nächsten ein oder zwei Tagen eintraf – eine Bemerkung, die darauf hindeutete, dass Daniel eine Möglichkeit gefunden haben könnte, die Wurzeln zu umgehen. Nichtsdestotrotz war die Zeit für Jack begrenzt. Er und Tofi mussten noch den bereits besorgten Sprengstoff platzieren, wenn sie einen erfolgreichen Massenmord auf die DWIB-Führungskräfte durchführen wollten.

„Hör zu, Red, mir läuft die Zeit davon. Ich dachte, die Escobar-Taktik würde in dieser Welt nicht funktionieren, aber das hat sie. Was auch immer Daniel vorhat, glaub mir, er ist auf dem Höhepunkt seiner Verschwörung, und die Chancen stehen gut, dass er Erfolg haben wird, jetzt, wo der Präsident involviert ist!"

„Welcher Präsident?"

„Der Präsident der verdammten Vereinigten Staaten."

Verblüfft über Jacks Äußerung, schlugen Franks Worte von heute Morgen Red mitten ins Gesicht. Die CIA wurde mit ihren Anfragen brüskiert und erhielte aus dem Weißen Haus die klare Antwort: *„Kein Kommentar – Mischen Sie sich nicht ein"* und, dass sich der Präsident persönlich um die Angelegenheit kümmern würde, erinnerte sich Red.

„Meine Welt, deine Welt, die Banken, der Amokaras und der Präsident sind nicht die einzigen Dinge, die in diesem Komplott miteinander verstrickt sind. Vor sechs Monaten, genauer gesagt vor fast sieben Monaten, hat der Präsident Daniel besucht. Ich begleitete ihn dorthin. Er hat die ganze Operation gesehen. Oder zumindest das, was Daniel ihn sehen lassen wollte. Die beiden verbrachten Stunden miteinander, im Geheimen. Sie schlossen ein Bündnis mit einer Frist, die sie beide einhalten mussten. Es war eine Quid-pro-quo-Situation, in der beide Männer etwas hatten, was der andere wollte. Daniel würde dem Präsidenten zeigen, wie man ein Programm steuert, das ihm die ultimative Macht über alle Nationen geben würde, um Weltfrieden zu schaffen. Im Gegenzug wollte Daniel, dass der Präsident ihm eine Tierhaut besorgte – die dreizehnte Tierhaut – die wichtigste, um ein Ensemble von zwölf anderen zu vervollständigen, die in einem Untergeschoss der NSA aufbewahrt wurden."

Ungläubig begann Red den Kopf zu schütteln. „Eine Tierhaut?", murmelte er.

Jack grinste und fuhr fort: „Daniel bat den Präsidenten, Neil zu besuchen – einen jungen Mann, der bei der NSA über das

Ensemble der dreizehn Tierhäute forschte, um zu verstehen, welchen Einfluss er auf die Welt haben würde. Mit einem kleinen Blutstropfen an der Hand des jeweils anderen wurde der Deal abgeschlossen. Welche Komplexität auch immer hinter dieser Transaktion steckt, niemand, auch ich nicht, ist in die Details eingeweiht. Aber es ist anzunehmen, dass Daniels Absichten eher abschreckend als ehrenhaft sind. Mit Sicherheit wird er den Präsidenten hintergehen, das garantiere ich."

Red fühlte sich durch Jacks Geschichten ziemlich beunruhigt und dachte über seine Situation nach. Wenn das wirklich alles zutraf, wäre es das Richtige, alles stehen und liegen zu lassen und etwas zu unternehmen. Aber es gab nicht viel Zeit. Laut Jack, ein Tag, vielleicht zwei? Was auch immer er der CIA oder dem FBI anbieten würde, wäre im Vergleich hierzu, verschwindend gering. Während Red darüber nachdachte, fragte er sich, warum ihn all diese Informationen erreichten, nachdem er den Stein gefunden hatte – ein Schatz, der ungeahnte Geheimnisse in sich barg, die danach schrien, erforscht zu werden. Unabhängig von Jacks Bericht über die DWIB, Daniel und den Präsidenten hallte die Energiequelle des Steins wie eine Stimme in Reds Kopf wider: *„Du musst den Stein finden, es ist der einzige Weg!"*, die ihn zurück an die besondere Öffnung zog und ihn dazu verleitete, den Amokaras nicht loszulassen. Red war immer noch in seine Gedanken vertieft, als Jack diskret in die dunkle Gasse gegenüber winkte, ein paar Meter von der Stelle entfernt, an der Red sein Auto geparkt hatte. Fünf Minuten – gab Jack seinem Fahrer zu verstehen, der ihn die ganze Zeit über im Schatten beobachtete.

Jack wandte sich an Red. „Erinnerst du dich an den Aufruhr im Weißen Haus, als der Präsident einen Teil seines Personals durch unbekannte Leute ersetzte?"

„Ja, es war überall in den Nachrichten", erklärte Red.

„Das sind Daniels Leute. Heute sind sie kurz davor, die Tierhaut zu finden. Und wenn sie es finden, darf der Präsident nicht nur das Weltfriedensprojekt leiten, er bekommt auch die Schlüssel zu einer Yacht, die in Monaco vor Anker liegt und in deren Rumpf eine halbe Milliarde Euro versteckt ist. Sie nennen sie *The Temptress*." Reds Gesicht verfinsterte sich. „Du kennst sie gut, nicht wahr?"

„Ich schon", gab Red zu.

„Ich habe den anonymen Hinweis gegeben. Aber ich hatte meine Gründe. Für mich geht es nicht um das Geld."

„Rache", vermutete Red.

„Nein. Familie! Ich möchte zu ihnen zurückkehren – lieber früher als später. Also müssen wir das zu Ende bringen."

„Dann ist das hier echt, Jack, nicht wahr? Alles davon?" Red rauchte eine Zigarette.

„Ich bin vielleicht mit Daniel aufgewachsen, aber ich bin nicht wie er. Er hat meinen Vater getötet und versucht, Mara in einem kranken Spiel zu benutzen."

„Mara? Ist sie deine Tochter?"

„Sie könnte es sein, aber sie ist es nicht. Ich habe sie von einem Baby zu einer jungen Frau heranwachsen sehen. Sie wurde von Daniel überbehütet. Sie verließ nur selten das Grundstück. Und wenn sie es tat, dann mit Bodyguards. Vor einem Monat habe ich sie hierher geschleust und nach Prag geschickt, an einen sicheren Ort, wo sie niemand finden würde. Sie trägt einen Mikrochip bei sich, der alles dokumentiert, was ich dir gesagt habe, Red. Tofi sagte, ich solle dir vertrauen …"

„Tofi!"

„Wenn mir etwas zustößt, wird sie sich mit dir in Verbindung setzen. Sie hat deine Daten."

„Du kennst also Tofi?"

„Ja. Er will auch raus."

„Aus was?", murmelte Red.

„Der DWIB, Red, der DWIB. Der Deal, den er zum Bau seines Hotelresorts gemacht hat, hat ihn mit Daniel verwickelt. Er wurde eindringlich daran erinnert, sich nicht in Daniels Pläne einzumischen. Ich habe mich für ihn verbürgt. Hätte ich das nicht getan, wäre er schon lange tot. Heute hat sich Tofi für dich verbürgt", erklärte Jack. Red versuchte, sich einen Reim auf das Ganze zu machen. „Verurteile Tofi nicht. Ich weiß, dass ihr eine langjährige Freundschaft habt. Wo ich herkomme, gibt es so etwas nicht oft. Aber Tofi wird von Daniel kontrolliert. Deshalb hat er die Insel nie verlassen, seit De Club gebaut wurde. Die Insel ist Tofis Hausarrest."

Red klappte noch einmal das Bild der Frau auf, das er Justin gezeigt hatte. Mit den Stimmen in seinem Kopf, die ihn dazu verleiteten, auf die andere Seite des Tunnels zu gehen, fühlte sich Red dazu gedrungen, wegzufahren und erst morgen mit Jack weiterzureden. Aber das kam nicht in Frage. Jack würde es nicht zulassen, es sei denn, Red würde den Stein aufgeben. Da er nichts mehr zu sagen hatte, ging Jacks Geduld langsam zu Ende.

„Also, kommst du mit oder bleibst du hier?", fragte Jack entschlossen.

„Zu dir nach Hause?"

„Ja ..."

„Hin und zurück?"

„Das ist die Idee ... entscheide dich, Red, ich muss endlich los, sonst könnten die Dinge vermasselt werden. Ich kann es nicht länger hinauszögern."

Persönlich war es Jack völlig egal, ob Red mitkam oder nicht. Jack hatte hier und zu Hause noch Einiges zu erledigen, bevor er zurückkehrte, um seinen Plan mit Tofi auszuführen. So oder so, er würde den Stein bekommen.

„Ich bin dabei", erklärte Red und überraschte Jack mit seiner schnellen Entscheidung. „Ich gehe mit dir."

„Gut! Dann treffen wir uns um Punkt acht Uhr am Teich. Bring mit, was ich brauche. Wenn du noch die Eier hast, gehen wir zusammen. Wenn nicht, gibst du mir den Stein und ich gehe allein weiter. Wenn nicht, sind wir beide tot!" Die Männer schüttelten sich die Hände.

Aus dem Schatten der Gasse leuchteten die Scheinwerfer des Autos auf, und das Fahrzeug fuhr vorwärts in die Straßenbeleuchtung und hielt am Bordstein an. Die Beifahrertür wurde aufgestoßen. Das Innenlicht leuchtete hell auf und enthüllte den Fahrer im Inneren. Es war Ralph – der Bodyguard der Pradnarskis. Jack legte seine Pistole in das Handschuhfach. Der Fahrer beugte sich vor und grinste Red an. „Sie sollten besser aufpassen, was Sie rauchen, Mr. Attlee. Sie könnten wieder jung werden", kicherte Ralph. Nachdem er das Gespräch mitgehört hatte, nahm er seinen Ohrhörer ab und fuhr davon.

Red überquerte die Straße zu seinem Auto. Auf seinem Handy blinkte eine Nachricht von Marco: *Wo bist du, Bro? Ich bin in De Club.* Red wendete das Auto schnell auf die Hauptstraße und fuhr mit einer anderen Perspektive im Kopf zurück zum Club, wobei er während der Fahrt seinen Cousin anrief. Als sich auf Marcos Telefon der Anrufbeantworter meldete, rief Red Ehab an.

„Hey, Red, kommst du zurück? Wir gehen nämlich bald zu Wolf's", antwortete Ehab.

„Nein, ist Marco bei dir?"

„Ja, er ist hier. Aber tanzen kann er nicht."

„Sag ihm, dass ich ihn in zwei Minuten draußen treffe."

„Okay, sicher."

„Oh, und vergiss nicht, Moped nach diesem Typen zu fragen, ja? Ich habe ihn heute Abend getroffen. Sein Name ist Jack."

„Du hast ihn getroffen?"

„Ja, es gab einen Einbruch in Ray's Garage."

„Scheiße ... war das dieser Kerl?"

„Nein, nein, er hat draußen herumgetrieben. Ich bin sicher, du wirst davon hören. Wie auch immer, ich muss los."

„Klar Red, kein Problem", sagte Ehab und ging zu Marco hinüber.

Marco ließ die Russhells widerwillig auf der Tanzfläche zurück und überließ es Dave und Ehab, die Lücke zu füllen. Er schnappte sich seine Tasche aus dem Abstellraum und machte sich auf den Weg durch den Engpasskorridor in die Lobby, vorbei an der Garderobe und mitten hinein in das Getümmel vor dem Eingang. Red hatte sich in der Zwischenzeit einen Weg durch die beschwipste Menschenmenge gebahnt, die fröhlich zu ihren Autos schlenderten. Ungeduldig auf Marcos Ankunft fuhr er so dicht es ging an die Eingangstür, hinter Tofis Rolls Royce heran. Nachdem er Jacks Geschichte gehört hatte, blickte Red auf die wehenden Bootshausfahnen. Hundertfünfzig Millionen würden bald ans Land gezogen werden. Es war ein Augenöffner, ebenso wie Tofis Verstrickung, die Red, mit einem Stigma des Verdachts behaftet, zurückließ. Red hupte, als er sah, dass Marco ihn auf dem belebten Parkplatz suchte.

„Hey Cousin, schön, dich zu sehen", rief Marco, als er sich näherte.

„Dich auch, Kumpel. Schnell, spring rein."

„Netter Wagen. Ehab hat mir von deinem Jeep erzählt."

Sandy sah die beiden. Sie lächelte und winkte, als sie einen Gast zum Auto geleitete. Red sah sie durch den Außenspiegel und hob anerkennend die Hand. Mit dem schlechten Gewissen, dass er Sandy vor den Machenschaften des De Club warnen sollte, fuhr er aus dem Parkplatz weg. Zu ihrer Sicherheit war es das Beste, nichts zu verraten, bis er von seiner Reise in die andere Welt zurück war.

Red hörte Marco aufmerksam zu, als sie auf der Küstenstraße zu Reds Haus fuhren. Red war ungewöhnlich ruhig. Und nachdem Marco von seiner Reise erzählt hatte, einschließlich seiner Geschichten über sich bewegende Bilder, Ivanas Halskette und der Fast-Kollision mit einer Rakete, war Red immer noch ruhig, fast gelassen, was Marco dazu veranlasste, seinen Cousin anzuschauen und zu fragen, ob er denn Gras geraucht habe. Red lachte und schüttelte den Kopf. Red beugte sich der Tatsache, dass das alles eine Bedeutung hatte, und parkte die Cobra vor seiner Tür unter dem Vordach, wobei er erklärte, dass er seine eigenen Geschichten zu erzählen habe, wenn sie im Haus seien.

Bill und Ben bellten laut, als ein fremdes Auto vorfuhr. Als sie Red und Marco erkannten, rannten sie schnell zu ihrem verlassenen Wrack zurück, um zu schlafen. Drinnen lümmelte Marco auf der Couch und schaltete den Fernseher ein, bis Red ihm den Edelstein in die Hand drückte.

„Das soll wohl ein Witz sein", rief Marco aus.

„Das ist der Amokaras!", bestätigte Red.

Marco untersuchte den Stein genau und schaltete dann seinen neuen Laptop ein. Es war ein handfester Beweis, der eine weitere E-Mail an Dr. Hermanow rechtfertigte.

Nachdem er Reds Seite der Geschichte gehört hatte, war Marco aufgeregt, aber auch besorgt über den bevorstehenden Tag. Der Schlaf würde heute Nacht schwierig werden. Red legte den Edelstein sicher in seinen Safe zurück. Red war sich der Bedeutung des Edelsteins bewusst und hatte vor, seine Sicherheitsvorkehrungen zu erhöhen, für den Fall, dass Jack die Abmachung nicht einhielt und ihn mit ein paar schweren Jungs angreifen sollte. Er öffnete die Balkontür und pfiff nach

Bill und Ben, die zurückkommen sollten. Heute Nacht würden die Hunde im Strandhaus schlafen!

15
AUFBRUCH INS UNBEKANNTE

„Komm schon Marco, aufwachen", sagte Red, als er die Fensterläden im Gästezimmer öffnete.

„Ich bin wach. Ich habe kaum ein Auge zu gebracht", gähnte Marco. „Ist es schon soweit?"

„Ja, aber mir wäre es lieber, wenn wir die Uhr zurückdrehen könnten. Leider haben wir eine Verabredung, zu der wir nicht zu spät kommen dürfen. Und ich kann ehrlich sagen, dass ich mich, so aufregend das alles auch klingt, kein bisschen darauf freue."

„Ich mich auch nicht. Nicht nach dem, was du mir erzählt hast. Ich bin mir immer noch nicht sicher, ob es eine so gute Idee ist, da runter zu gehen", murmelte Marco und warf das Bettlaken zurück.

„Marco, du kannst auch hier bleiben. Laut Jack ist das nur ein schnelles Rein und Raus. Wir kommen heute Abend zurück. Ich erzähle dir alles, wenn ich wieder da bin."

„Nee, wenn das stimmt, was du gesagt hast, dann muss ich das mit eigenen Augen sehen", murmelte Marco und zog sich an.

„Dann beeil dich, es ist schon halb acht. Du hast noch fünf

Minuten, dann müssen wir uns auf den Weg machen."

Red ging das Mezzanin entlang. Die Hunde warteten schwanzwedelnd am Fuße der Treppe. Er warf beiden einen Keks zu und öffnete die Terrassentür. Er durchquerte den Raum und öffnete den Safe mit der Hoffnung, dass dies alles nur ein Traum war. Leider blieb seine schwere Bürde bestehen.

Red nahm den in das Tuch eingewickelten Edelstein heraus und steckte ihn zusammen mit seiner Waffe und ein paar Clips Munition in seine Umhängetasche, dann hängte er die Tasche um seine Brust und ließ sie an der Hüfte baumeln. Er musste immer wieder daran denken, was Jack auf der Sitzbank offenbart hatte. Es war eine verrückte Geschichte über die Existenz einer anderen Welt, die mit dieser verbunden ist. Jack sagte, es wäre ein gefährlicher Ort, an dem schlimmere Menschen als Kumar lebten – wie Daniel – ein Mann, der von einem Plan besessen ist, die Welt zu beherrschen. Ein Mann, der in ein Komplott mit dem Präsidenten der Vereinigten Staaten verwickelt war. Ein Komplott, bei dem endlose Mengen an Bargeld von Hafen zu Hafen flossen – Startkapital, um seine Operation zu finanzieren und die Jagd nach irgendeiner Tierhaut. Selbst an diesem Morgen ließ der Gedanke, dass dieser Wahnsinn wahr sein könnte, Red die Nackenhaare zu Berge stehen.

Die Cousins waren sich einig, alle unbegreiflichen Tatsachen zu dokumentieren, wie und wann sie sich ereigneten, um Beweise zu haben, die die Maskerade beenden würden. Red rief demnach einen Journalisten an, der den Auftrag hatte, die ganze Geschichte in die Welt zu setzen.

„Marco?", rief Red von der Terrasse und blickte auf das ruhige Meer, welches das Gegenteil von gestern war, als es schwarz aufzog und stürmte.

„Eine Sekunde ..." Unsicher, was er brauchen würde und was nicht, packte Marco ein paar Dinge in seinen Rucksack, zusammen mit seinem Laptop. „Ich bin bereit, wenn du es bist, Cousin", sagte Marco und trat nach draußen. Red schloss die Tür hinter ihm. „Glaubst du, dass du diesem Typen – Jack – vertrauen kannst?", fragte Marco, als sie sich auf den Weg zum Treffpunkt machten.

„Vertrauen? Das ist kein Wort, mit dem ich leichtsinnig um mich werfe. Dir vertraue ich. Jack, nein, Jack vertraue ich nicht. Aber jetzt geht es nur darum, zum Treffpunkt zu kommen, denn wenn ich nicht auftauche, kannst du dir sicher sein, dass Jack ein Dutzend Männer in Bereitschaft hat, die darauf warten, mein Haus zu stürmen. Lass uns sehen, was passiert, wenn wir dort sind. Wenn der Teich heute das tut, was ich gestern gesehen habe, dann werde ich entscheiden, was ich tun will. Jack folgen, oder ihn alleine weitergehen lassen." Marco wippte zustimmend mit dem Kopf. „Wie ich schon sagte, ich habe keine Ahnung, was passieren wird. Ich zwinge dich nicht, mitzukommen, Marco. Von jetzt an muss es deine Entscheidung sein."

„Ich weiß, das hast du mir schon oft gesagt."

„Solange wir uns in diesem Punkt einig sind ..." Red hielt inne. „Ich habe eine Frau gesehen, das ist alles."

„Du hast Jade gesehen?"

„Ich habe eine Frau gesehen, Marco", korrigierte Red.

„Unter der Erde?"

„Ja, das war sie."

Marco beobachtete das verwirrte Gesicht seines Cousins, während sie dahin spazierten. Red schien fest entschlossen, diese Frau zu finden, ob es nun Jade war oder nicht. Aber heute war es nicht wie bei den anderen Malen, als Marco Reds Einbildungen folgte, um Jade zu finden – Hinweise, die nirgendwo hingeführt hatten. Wenn dieser Teich sich so öffnete, wie Red es sagte, könnten sowohl Hermanows Blog als auch der Amokaras in der Tasche seines Cousins von großem Wert sein, dachte er.

Marco war gespannt darauf, echte Beweise für Reds vertrauenswürdigen Kontakt zu sammeln, ein Mann, der sich darauf vorbereitete, eine weltbewegende Geschichte über diverse Nachrichtensender laufen zu lassen – eine Geschichte über Spionage, in die der Präsident verwickelt war. Wenn es eine kleine Chance gab, Daniels Plan innerhalb der von Jack angegebenen Zeitspanne von maximal achtundvierzig Stunden – mittlerweile reduziert auf etwa vierzig – aufzudecken, mussten sich Red und Marco auf Jack verlassen, um sie sicher hin und zurückzuführen. Zur eigenen Schutz vereinbarten die beiden Cousins, dass der Amokaras so lange in ihrem Besitz bleiben würde, bis sie sicher zu Hause waren.

Vor ihnen, auf der Spitze der Sanddüne, erblickte Marco Jack, den Mann mit der Narbe, so wie Red ihn beschrieben hatte. Marcos Magen zog sich zusammen, als ihm die Realität der Situation bewusst wurde. Red stupste Marco an und gab ihm ein Zeichen, außer Sichtweite zu gehen und den Trampelpfad nach oben zu nehmen, den Backpacker benutzten, um zur Hauptstraße zu gelangen. Jack wandte sich ab und näherte sich Ralph, der auf einem abgebrochenen Baumstamm außer Sichtweite saß und auf Anweisungen wartete. Gemeinsam gingen sie durch das Gebüsch zurück zum Teich, um auf die Ankunft der Männer zu warten. Jack war verärgert, dass Red einen Mitläufer mitgebracht hatte und wies Ralph an, sich im Gebüsch zu positionieren. „Wenn sie nicht mitspielen, erschieß sie", befahl Jack.

Es verging eine kurze Zeit und Red mit Marco schlenderten aus dem Buschpfad heraus und tauchten am Teich auf. Unsicher, wer Reds Begleiter war, ging Jack abrupt zu ihnen hinüber und zeigte seinen Unmut.

„Wer zum Teufel ist das?!", forderte er.

„Mein Cousin, Marco", antwortete Red ruhig.

„Es ist mir scheißegal, ob es Marco, Farco oder der verdammte Sparko ist; das hier ist kein Familienausflug, Red! Du weißt, wie ernst die Sache ist, oder?"

„Das weiß ich. Deshalb habe ich ihn mitgebracht. Er ist ein Computerfreak, mein Hacker, jemand, dem ich vertraue."

„Das ist mir alles scheißegal. Warum ist er hier?"

„Du willst Daniel aufhalten, nicht wahr? Oder war das nur ein Trick von dir, um mich hierher zu bekommen?" Jack runzelte die Stirn. „Marco hat wichtiges Beweismaterial für Dinge, die mit all dem in Verbindung stehen, Dinge, die verhindern könnten, dass wir alle dabei getötet werden. Mara eingeschlossen", bot Red an und benutzte ihren Namen als Druckmittel. „Wir machen unsere Hausaufgaben, Jack. Und … wenn Hacker involviert sind, dann will ich ihn dabei haben, okay!"

Jack war irritiert, dass Red seinen Teil der Abmachung, alleine zu kommen, überraschenderweise nicht eingehalten hatte. Fasziniert von Reds Angebot, umkreiste Jack Marco und schüchterte ihn ein. Er stupste Marcos Rucksack an, um ein Gefühl dafür zu bekommen, was er darin trug. In der Zwischenzeit beobachtete Red seine Umgebung und war sich sicher, dass sich Ralph im Busch versteckt hielt – allein, vielleicht sogar mit anderen.

„Was soll es sein, Jack?", fragte Red.

„Was weiß er?"

„Alles …"

Jack schaute auf seine Armbanduhr. Daniel würde wegen seiner Verspätung unruhig werden. Er wandte sich dem Busch zu und gab Ralph das Zeichen, sich zurückzuhalten. Er fragte sich, welche Informationen die beiden Männer zu bieten hatten und wandte sich an Red. „Ich bin im Verzug. Gib mir den

Stein und dann legen wir los", sagte Jack und streckte seine Hand aus.

Red griff in seine Tasche und brachte den Amokaras zum Vorschein. In dem Busch weiteten sich die Pupillen von Ralph, als der Stein glitzerte. Nachdem er von den Besonderheiten erfahren hatte, die seinen neuen Boss umgaben, war auch dies für ihn sowie für Marco eine Premiere. Bewundernd sahen sowohl Marco als auch Ralph zu, wie der Amokaras darauf pochte, sogleich eingesetzt zu werden. Red ignorierte Jacks Bitte und stürzte den Stein selbst in den Teich.

„Idiot!", schrie Jack. „Du hast keine Ahnung, was du da tust!"

„Dann gib mir einen Crashkurs, Jack. Und beeil dich gefälligst!", forderte Red.

Plötzlich flog die Vogelschar, die den Teich bewachte, von ihren Posten und wirbelte durch die Bäume und Büsche. Ein Schwarm stürzte sich auf Ralph und zwang ihn davonzulaufen, damit er nicht Zeuge des Ereignisses wurde, das sich gerade abspielte. Von Schaulustigen befreit, zwitscherten die Vögel herzhaft und erlaubten dem Teich, seine schützende Hülle zu bilden. Als die Lichtstrahlen durch die Palmen schienen, spiegelte die Hülle das umliegende Gestrüpp und schirmte das Portal vor den Blicken ab. Innerhalb von Sekunden waren die Männer darin eingeschlossen und verdeckt.

Marco bewegte sich nahe an den Teich heran und staunte, als ein goldener Schimmer über die Oberfläche des Teiches raste und Größe und Form erfasste. Er schaute zu seinem Cousin und Red lächelte zurück und deutete an, weiter zu beobachten. Das Wasser begann sich zurückzuziehen und floss in die Innenwände des Teiches, während riesige Wurzeln, die die Wände des Teiches bedeckten, zurück in den Boden schlüpften. Da das Portal nun offen war, hatten Red und Jack keine

Zeit zu verlieren. Prompt traten sie in den Einstieg.

„Der Crashkurs, Jack, was machen wir jetzt?!", schrie Red auf dem Weg nach unten.

„Warte Red, bleib stehen! Die Symbole auf den Felsstufen, sie sind grün, das habe ich noch nie gesehen ..."

„Was sagst du da, Jack? Wir können nicht gehen?"

„Vielleicht hat das etwas mit Daniels Flucht zu tun. Lass mich mal kurz nachsehen." Jack betrat den Tunnel.

„Psst, Red ... Red", flüsterte Marco, „diese Symbole sind wie die auf Jades und Ivanas Halsketten."

„Wir sind startklar!", machte Jack deutlich.

„Brauchen wir Waffen?", fragte Red und erinnerte sich an die Ereignisse von gestern.

„Normalerweise nicht ... aber ihr solltet sie griffbereit halten." Jack zog seine Pistole, als er in der Dunkelheit hinter den trüben Wänden des Tunnels eine Bewegung wahrnahm.

„Marco! Bist du bei uns?", rief Red zurück und zückte seine Pistole.

„Scheiße, Red, wir haben keine Zeit für Kinderspielchen! Du hättest alleine kommen sollen! Los geht's!"

Einen Moment später waren alle drei Männer Schulter an Schulter und Jack gab Anweisungen.

„Hört zu. Hier unten dürft ihr keine Zeit vertrödeln! Hast du das verstanden, Marco?" Marco antwortete unaufmerksam und Jack deutete in den Tunnel. „Dieses Licht da vorne, konzentriert euch darauf, es zu erreichen. Es ist der einzige Weg nach draußen. Wir haben etwa neunzig Sekunden, bevor der Tunnel sich zu schließen beginnt. Wenn wir nicht innerhalb von zwei Minuten draußen sind, sind wir am Arsch. Bleibt mittig und haltet euch von den Wänden fern ... Hey!" Als Jack sich umdrehte, stieß Marco an seinen Rücken, weil er woanders hinschaute. „Hörst du mir zu?"

„Ja, ich habe es verstanden, wir folgen deiner Führung."

„Ja, das tust ihr. Folgt meiner Führung", grunzte Jack. „Und noch etwas – nicht rennen oder schreien, verstanden? Ich will keinen von diesen Wichsern stören. Also, los geht's!" Prompt zogen Jack und Red los.

„Wichser? Welche Wichser? Jack? Scheisse!", fluchte Marco und wünschte sich, er hätte besser aufgepasst.

In der Dunkelheit des voluminösen Tunnels hallten trügerische Hilfeschreie wider. Jack ermahnte die Männer, die Schreie zu ignorieren und konzentriert zu bleiben. Er zog ein Taschentuch aus seiner Tasche und band es um sein Gesicht, um die aufsteigenden Gerüche zu überdecken.

„Sie werden sich verschlimmern, desto weiter wir gehen", warnte er.

Etwa in der Mitte des Tunnels, verstärkte sich der Gestank. Marco begann zu würgen, wodurch er langsamer wurde. Nach einer scharfen Warnung von Jack improvisierte er, zog schnell sein T-Shirt aus und band es um sein Gesicht. Red hingegen – dank der zahlreichen Obduktionen, an denen er teilgenommen hatte – war quasi immun gegen Gestank. Er lächelte seinen Cousin an und gab Marco ein Zeichen, sich zu beeilen.

„Red", flüsterte Marco. „Wenn ich mich nicht irre, muss das der Ort sein, an dem Mortimer Daniel gefunden hat. Weißt du ... als er ein Junge war ..."

Plötzlich huschte eine geisterhafte Gestalt an der trüben Gelbarriere vorbei.

„Hört ihr das?" Die Männer wurden still, als Jack die Hand hob, um zu stoppen.

„Nein, aber ich habe das gesehen!", antwortete Red.

„Die Gesänge, sie verschmelzen zu einer Einheit", sagte Jack.

„Und das bedeutet was genau?", fragte Red.

„Lasst uns weitergehen", wies Jack an.

„Ich dachte, du hast das schon hunderte Male gemacht."

„Habe ich, ohne Probleme. Aber das ... Haltet die Augen offen und was immer ihr tut, bleibt ruhig. Wir werden beobachtet."

Marco und Red sahen, wie weitere geisterhafte Gestalten hinter der gelartigen Wandsubstanz vorbeihuschten.

„Ich wusste es! Ich wusste es, verdammt!", sagte Marco ängstlich.

„Marco! Reiß dich zusammen, wir sind gleich da!", mahnte Red. „Schau einfach nach vorne, ja?!"

Während Marco die Nachhut bildete, ging Jack auf Red zu. „Red, irgendwas stimmt hier nicht. Ich bewege mich schon mein ganzes Leben lang hin und her. Glaube mir, so sollte es nicht sein."

„Werden wir es schaffen?"

„Nicht, wenn dein Cousin durchdreht. Ich habe schon mal gesehen, wie jemand in Panik gerät, und das war kein schöner Anblick. Trotzdem, das hier ist beunruhigend, selbst für mich."

„Und der Rückweg?"

Jack zuckte mit den Schultern. „Wenn es schiefgeht, verschwinde so schnell wie möglich und schau nicht zurück! Ich habe keine verdammte Ahnung, was hier passiert."

Die Männer eilten weiter. Doch Marcos Nervosität nahm zu. Anstatt sich nach vorne zu konzentrieren, wurde er von schemenhaften Bewegungen abgelenkt, die an den Wänden des röhrenartigen Tunnels vorbeizogen. Es war mutig von ihm gewesen, überhaupt mitzukommen, aufgeregt durch all das, was vor sich ging. Jetzt gab es keinen Weg zurück und er zitterte. Marco war der Mann hinter den Kulissen, mit Monitoren verkabelt. Er war kein Kämpfer wie sein Cousin. Er fühlte sich unter solch extrem surrealen Bedingungen bedroht und seine Nerven spielten verrückt. Bei dem Gedanke, in diesem Tunnel gefangen zu sein, kamen ihm seltsamerweise Carmen und der Weinberg in den Sinn. Eilig drehte sich Marco um, um zu sehen, ob es eine Möglichkeit gab, zurückzukehren. Stattdessen stolperte er und fiel rückwärts auf den Boden.

Sofort vibrierten die Tunnelwände. Die geisterhaften Wesen, die in der Dunkelheit herumschlichen, drückten sich mit dem Kopf voran gegen die Wände und dehnten das Gel, um die Fremden aus der Nähe zu sehen. Unfähig, ihre Anwesenheit zu ignorieren, rappelte sich Marco auf. Überraschenderweise vergaß er bald seine Ängste und griff nach seinem Handy. Entschlossen, das Gesehene für die Nachrichten zu dokumentieren, bewegte sich Marco auf die Wesen zu, die ihn dümmlich anstarrten. Er hielt sein Handy in die Luft und drückte auf die Kamerataste. Der Blitz hielt kurz an, fokussierte dann die Objekte und blitzte ab. Doch in diesem kurzen Moment der Stille waren hundert weitere Wesen zu sehen, die hinter der ersten Reihe der Kreaturen standen. Es waren Männer, Frauen und Kinder, die hager aussahen. Sie waren Inbetweens – weder tot noch lebendig. Zwischenweltler, die von den Wurzeln aus ihren Gräbern gerissen wurden und auf die Rückkehr ihrer Seelen warteten, welche in der Welt, in der sie gestorben waren, zurückgeblieben sind.

Marco wich zurück. Die Inbetweens bewegten sich aggressiv nach vorne, dehnten die Gelwände nach innen, verengten den Tunnel und schufen einen Hindernisparcours, um Marco aufzuhalten. Die Zeit wurde knapp.

„Lauf!", brüllte Jack.

Es war nur noch eine kurze Strecke bis zum Ausgang, und Marco nutzte den Blitz seines Handys, um sich vorwärts zu hangeln und die Wesen zu blenden, die sich in das selbstheilende Gel bohrten.

„Zu deiner Rechten Marco!", schrie Red auf und feuerte

Schüsse ab.

Bis auf einen Verbliebenen wichen die Zwischenweltler zurück, als die Kugeln in der Tunnelsubstanz stecken blieben. Eine weibliche, starke und füllige Kreatur ließ nicht locker, packte Marco und versuchte ihn in der Wandsubstanz zu ersticken.

„Lass ihn, Red. Du kannst ihn nicht retten", brüllte Jack und bemerkte, wie sich die Wurzeln, am Ausgang zu seiner Welt, aus der Erde bewegten.

„Wir können ihn nicht zurücklassen! Er kann es schaffen!"

„Wir hatten eine Abmachung!" Jack hob seine Waffe, Red hob seine. Die Männer befanden sich in einer Pattsituation mit gezogenen Pistolen. „Gib mir den Stein, Red! Gib mir den ..."

Ohne Rücksicht auf sein Leben rannte Red Marco zu Hilfe und feuerte unaufhörlich auf den Unhold, während er alles – was sich ihm in den Weg stellte – entweder übersprang, unterglitt oder einschlug. Widerwillig schloss sich Jack Red dem Kampf an. Ohne den Amokaras wäre die Begegnung mit Daniel nicht schlimmer als die mit diesem Haufen, dachte Jack.

Jack versuchte, die Wesen abzulenken, während Red eine neue Patrone lud und aus nächster Nähe in das Gesicht der Kreatur feuerte, die seinen Cousin versuchte zu ersticken. Wieder einmal waren die Kugeln nutzlos. Da er keine andere Wahl hatte, hob Jack seine Pistole an Reds Schläfe, als Marcos Augen sich vor Schreck wölbten und seine Stimme verstummte.

„Bleib verdammt noch mal zurück, oder wir sind die nächsten!", forderte Jack. „Du hast drei Sekunden. Eins!"

„Shit!", schrie Red wutentbrannt auf.

„Zwei!"

Plötzlich bäumte sich Einer gegen Marcos Angreiferin, packte sie an ihrem dürren Hals und zerrte sie zurück in den Albtraum der Gruft, in der sie lebte. Marco schnappte nach

Luft. Jack und Red packten seine Arme und zerrten ihn zurück zur Mitte des Tunnels, außer Reichweite der Anderen. Einen Moment lang sah Marcos Retter die Männer an. Jack rückte näher und nickte mit traurigen Augen dem Mann zu, der hinter der Gelwand stand. Der Mann war ein Mensch, zerschnitten, zerschrammt und doch irgendwie lebendig in diesem Höllenloch. Red sah Jacks Reaktion und erkannte, dass der Mann Marcus Mortimer war – Jacks Vater – derselbe Mann, der vor dem Fatso's in New York erschossen worden war. Dieser hatte Marco gerade das Leben gerettet.

Als sie das Portal verließen, verschlangen sich die Wurzeln ineinander und das Wasser füllte in Kaskaden das Teichbecken wieder auf. Red mit Marco standen erstaunt da und blickten auf einen Strand, der sich so weit erstreckte, wie das Auge nur sehen konnte. Sie waren auf den Bahamas und doch in einer Welt, die einundzwanzig Jahre hinter ihrer eigenen lag – einer Welt, von der sie nie geglaubt hätten, dass sie wirklich existieren würde.

„Marco, du Vollidiot!", schimpfte Red. „Was zum Teufel hast du dir dabei gedacht? Du hast uns fast umgebracht!"

„Ruhig! Das kannst du später machen. Wir haben nicht viel Zeit, bevor wir entdeckt werden", mahnte Jack, als der reflektierende Schild, der ihre Anwesenheit tarnte, schnell zu verblassen begann. „Anders als bei euch, gibt es hier keine Bäume oder Büsche, hinter denen man sich verstecken kann!"

Marco stupste Red an und hob sein Handy. „Alles dokumentiert!"

„Nächstes Mal Cousin, halte dich an die Regeln!", sagte Red und lächelte, zufrieden mit dem Ergebnis.

„Folgt mir!", befahl Jack.

Während Jack sich bereits auf den Weg machte, blickte Red zurück zum Teich – ihn überkam ein starkes Gefühl, dass sich

Jade, seine lang verschollene Frau, dort befand.

16
JEAN PAUL'S PIER CAFÉ

Nach einer unruhigen und kurzen Nacht, die er im Sessel verbrachte, wachte Moped gähnend auf. Seine nächtlichen Studien haben gezeigt, dass ihm nicht mehr viel Zeit geblieben ist. Ohne weitere Stunden zu verlieren, eilte er in den Klamotten von gestern nach draußen zu seiner kleinen Brennerei und stieß die große Holztür auf. Er hob den zerbrochenen Ziegelstein aus dem Gras auf und klemmte ihn ein, sodass die Tür offen blieb. Im Inneren seiner umgebauten Garage setzte er sich auf sein Motorrad und fand es seltsam, den Beiwagen nicht angebracht zu sehen. Er drehte den Zündschlüssel und warf einen Blick auf die Destillationsanlage und sein improvisiertes Verpackungs- und Vertriebszentrum, mit dem er seinen Lebensunterhalt verdient hatte. Da er keine Verwendung mehr dafür hatte, fuhr er davon, ohne sich die Mühe zu machen, die Tür zu schließen.

Auf dem Weg zum Hafen steuerte Moped zwischen den Händlern, die ihre Stände auf dem Obstmarkt aufbauten, hindurch. Die Straßen und Wege waren zu dieser Tageszeit ruhig. Während er weiterfuhr, schossen ihm eine Million Gedanken durch den Kopf. Gedanken, die ihn dazu brachten, am Kiosk an der Ecke abrupt anzuhalten. Während das Motorrad hustete und stotterte, brachte er die Maschine noch ein kleines Stück nach vorne und schaute von seinem Sitz aus auf den ungeöffneten Zeitungsblock hinunter, der zugeschnürt auf dem Boden lag.

„Ach du meine Güte, es ist so weit", murmelte er und las die Schlagzeilen: *Einbruch – Mann zu Tode gebissen!* „Alle Dinge kommen langsam in die Gänge ..."

Mit einer vollen Umdrehung des Gasgriffs raste Moped aus der Stadt und schlängelte sich durch Seitenstraßen, um den Hafen zu erreichen. Doch nach weniger als zehn Minuten Fahrt ratterte seine überbelastete Maschine an der Spitze des Hügels zum Stillstand, gerade als das Meer in Sicht kam. Verärgert rollte er sein Zweirad im Leerlauf den Berg hinab und ließ ihn dann am Straßenrand stehen.

Moped überquerte schnell die Straße. Als er zu Fuß weiterging, knirschte das Geräusch von Schotter unter seinen Füßen. Er hielt an und ging in die Hocke. Moped sammelte eine Handvoll kleiner Steine vom Boden auf und begann zu murmeln, während er sie in seiner Hand rollte. „Wie alt seid ihr? Das frage ich mich", sagte er, als würde er wie ein Dummkopf sprechen. Doch für Moped war es bedeutungsvoll. Stillschweigend beobachtete er seine Umgebung. Er ließ die Steine fallen, stand auf und schaute auf das Meer. „Solch Schönheit wird für selbstverständlich gehalten", brummte er. „Das darf nicht zerstört werden, ich werde es nicht zulassen, wir werden es nicht zulassen", murmelte er unbeirrt zu der Stimme in seinem Kopf, bevor er entschlossen weiterging.

Da der Verkehr zunahm, wurden einige Mitfahrgelegenheiten angeboten und die, die anhielten, wurden höflich abgelehnt. Moped wartete gespannt auf ein bestimmtes Auto – Ehab auf dem Weg zur Arbeit. Ehab hatte gesagt, dass er an diesem Morgen noch eine kurze Bootstour hatte, bevor er genügend Zeit für einen Besuch hätte, erinnerte sich Moped. Doch Moped stand unter Zeitdruck und war fest entschlossen, Ehab von dieser Bootsfahrt abzuhalten. Es gab noch wichtigere Dinge, die Moped mit Ehab vorhatte – ein Geheimnis, auf das Moped viele Jahre gewartet hatte, um es ihm zu offenbaren.

Als er die Kurve hundert Meter weiter erreichte, war Moped erleichtert, die Hauptstraße zu verlassen und die schmale, gewundene Schotterstraße zum Hafen hinunter zu gehen. Morgen auf den Tag genau sind es zweiundvierzig Jahre her, seitdem er auf der Insel lebte und er schätzte jeden Moment, den er dort verbrachte – Zeit, die unter normalen Umständen nicht erlaubt gewesen wäre. Die Insel war nicht der Ort, an den er gehörte. Nachdem er in einer Zeit des Aufruhrs und des Chaos hierher gejagt worden war, kam er als Untergetauchter an. Doch heute war es an der Zeit, sich seinen Dämonen zu stellen und nach Hause zurückzukehren. Dort gab es richtige Arbeit zu tun, und er fürchtete sich vor dem, was vor ihm lag. Wegen Daniels Trickserei würden die Dinge in Unordnung geraten, vermutete Moped. Es war an der Zeit, dass er dem ein Ende setzte. Während er sich seine Rache vorstellte, bemerkte Moped nicht, dass sich ein Auto von hinten genähert hatte. Die Fahrerin lächelte, als sie das Tagträumen des alten Mannes erkannte, während er entlang schlenderte.

„Guten Morgen, Moped", rief Tina als sie direkt neben ihm anhielt.

„Oh, hallo, Tina", stotterte Moped, ein wenig wach gerüttelt.

Den zweiten Tag in Folge war Tina schon früh auf den Beinen und genoss eine morgendliche Fahrt in ihrem sportlichen Cabrio. Heute hatte sie allerdings einen anderen Grund, früh aufzustehen. Sie hatte sich mit Red verabredet, um den neuesten Klatsch und Tratsch auszutauschen. Sie schob ihre

Sonnenbrille nach oben, sodass sie über ihrer Stirn ruhte, und hielt ihr vom Wind zerzaustes Haar zurück.

„Komm schon, steig ein. Ich nimm dich mit." Tina streckte sich sofort zur Seite und schob die Beifahrertür auf. „Ich habe dein Motorrad da hinten gesehen. Hattest du eine Panne?"

„Ich fürchte ja, es tut mir weh, das zu sagen."

„Na ja, das passiert den meisten von uns irgendwann einmal."

Moped schloss die Beifahrertür hinter sich. „Ich wollte dich eigentlich anrufen, nachdem ich mit Ehab gesprochen habe."

„Du wolltest? Wegen meines Porträts …" Plötzlich brauste Ehab vorbei, hupte und zog ihre Aufmerksamkeit auf sich. „Wenn man vom Teufel spricht, da ist er schon." Tina fuhr los und folgte Ehab auf den Parkplatz. „Wir können uns im Café unterhalten. Ich treffe mich dort mit Red, aber er wird erst später dazustoßen."

„Danke. Aber zuerst muss ich Ehab abfangen, bevor er ablegt."

„So wie du es gestern versucht hast, hm?", kicherte Tina und hielt neben Ehab an, der aus seinem Auto stieg.

„Morgen", sagte Ehab und stützte sich mit seinem Körper über das Stoffverdeck. „Hi, Moped." Moped nickte. „Ist das so eine Hugh-Heffner-Sache, die ihr zwei da habt?", scherzte Ehab.

„Igitt, hör nicht auf ihn, Moped."

„Ich verstehe das nicht …"

„Gut, dass du es nicht verstehst", lächelte Tina, stieg aus dem Auto und nahm Ehabs Hand in die ihre, der seine Gentleman-Manieren zeigte.

„Ich gehe jetzt besser", sagte Ehab und gab Tina einen Wangenkuss. „Moped, unser Termin heute Nachmittag steht noch, ja?", fragte er und hob eine Augenbraue.

„Nein, tut er nicht." Moped war abrupt und überraschte die

beiden, als er sich zum hinteren Teil des Wagens bewegte.

„Er hat eine Panne, Ehab", sagte Tina.

„Nein, das ist es nicht!", betonte Moped. „Ich habe nicht mehr viel Zeit, das ist alles. Heute Nachmittag werde ich bereits weg sein."

„Weg, was soll das heißen, *weg*?", stieß Tina hervor.

„Es ist schwer zu erklären, aber ich muss mit euch beiden sprechen. Jetzt! Und nicht später …"

„Moped, was ist los? Du machst mir Angst", antwortete Tina.

„Das will ich nicht, aber hier geht es um Leben und Tod."

Beunruhigt von Mopeds Ausbruch, wandte sich Ehab an Tina. „Warst du auf dem Weg zu JP's?"

„Ja, war ich …"

Ehab wandte sich an den alten Mann. „Hör zu, Moped, du gehst mit Tina zu Jean Paul's. Ich treffe euch dort in fünf Minuten, in Ordnung?"

„Fünf Minuten?"

„Ja, ich verspreche es. Wir sehen uns dann dort, okay?"

Bekleidet mit rosa Shorts und einem weißen, kurzärmeligen Hemd warf Ehab die Flip Flops in sein Auto und rannte barfuß davon, begierig darauf, zurückzukehren und dem Problem des alten Mannes auf den Grund zu gehen. Er eilte zum Boot, um den Treibstoff- und Ölstand zu überprüfen, die Ersatzschlüssel aufzuhängen und Svetlana eine Nachricht zu hinterlassen, dass sie das Deck waschen sollte, eine Aufgabe, die er vor der Ankunft seiner Crew erledigen wollte.

„Komm schon, Moped, jetzt sind wir beide allein", sagte Tina. Sie nahm den alten Mann am Arm und führte ihn zu Jean Paul's Pier Café, wo Marie draußen die Tische deckte. Sie wählten einen Ecktisch ganz vorne. Derselbe, an dem Tina und Sandy gestern gesessen hatten. Marie eilte zu ihren Gästen hinüber und legte Kissen auf ihre Plätze am Wasser.

Noch war der Hafen ruhig, doch in einer Stunde würde er von Urlaubern überflutet sein. Die Kassen der Geschäftsinhaber würden nur von Geldscheinen und Münzen klingeln, Kreditkarten würden gezückt werden, und die Ruhe des Morgens würde bald verschwinden. Moped setzte sich ruhig auf seinen Platz, nachdem er gesagt hatte, es sei besser, auf Ehab zu warten, bevor er anfing. Gleichzeitig versicherte er Tina, dass sie sich keine Sorgen machen müsse. Sie lächelte, lehnte sich in ihrem Stuhl zurück und atmete aus, während in der Nähe die Spatzen herzhaft zwitscherten und auf Brotkrümel warteten, um ihren Nachwuchs zu füttern. Sie beobachtete die Bootseigentümer, die ihre Decks schrubbten, während sich die ersten Arbeiter versammelten, um vor Arbeitsbeginn, der meist um neun Uhr war, miteinander zu plaudern. Ein fauler Hund lag neben seinem Herrchen und eine Frühaufsteher-Familie zog ihre Kajaks ins Wasser. In diesem Moment wurde Tina klar, wie sehr sie in den letzten Jahren den morgendlichen Trubel verpasst hatte, weil sie bis zum späten Nachmittag geschlafen hatte. Nach den gestrigen, unbehaglichen Blicken von dem bösartigen, fettleibigen Mann auf dem Parkplatz vor De Club, war Tina jedoch etwas aufmerksamer geworden, was in ihrer Umgebung passierte.

„Ah, endlich, ich habe fertig. Wie man sagt, ich bin außer von Puste", sagte Marie mit französischem Akzent und lächelte Tina und Moped breit an, die ruhig dasaßen.

„Das scheint mir eine Menge Arbeit für eine Person zu sein, bevor ihr aufmacht, Marie", kommentierte Tina.

„Oh, die Arbeit hat noch nicht begonnen, Tina. Du musst noch eine Stunde warten, du wirst sehen, dass die Terrasse komplett voll ist", animierte Marie. „Also, was kann ich euch beiden bringen?"

Tina deutete Moped an, als erstes zu bestellen. „Ein Ananassaft ist mir recht. Danke, Marie."

„Ich nehme dasselbe, oder besser gesagt, drei, denn Ehab kommt auch noch. Oh, und dann noch eine Auswahl an Gebäck. Die kleinen, die ihr in einen Korb legt."

„Mini-Croissants, Apfelküchlein, Aprikosentörtchen ..."

„Genau die!"

„Marie?", sagte Moped, als sie sich zum Gehen wandte. „Wie geht es deiner Mutter und deiner Familie zu Hause?"

„Ich weiß es nicht mehr. Meine Familie macht gestern so viel Drama um mich. Heute nichts. Ein großes Drama an einem Tag, ein kleines Drama am nächsten, manchmal macht es mich verrückt." Marie ging, um die Bestellung vorzubereiten.

„Moped, sprichst du Französisch?", fragte Tina neugierig, nachdem sie ein Gerücht gehört hatte.

„Ja, da tue ich. Marie hat mir Unterricht gegeben."

„Dann stimmt es also. Du steckst ja voller Überraschungen, nicht wahr?"

Tina lehnte sich wieder bequem im Stuhl zurück, ohne zu wissen, was noch kommen würde. Sie schloss für einen Moment die Augen und genoss die kühle Morgenbrise. Moped beobachtete dennoch die überdimensionale Uhr an der Wand. Als aus fünf Minuten sieben wurden, schaute er zum Boot und sah, wie Ehab und Svetlana sich auf dem Steg begegneten.

„Hier", sagte Marie und brachte einen Korb voller Gebäck. „Ich stelle es in die Mitte, dann könnt ihr gut teilen."

Tina setzte sich aufrecht hin. „Eigentlich, Moped, habe ich mich mit Red zum Essen verabredet."

„Dann lassen wir das Gebäck für Ehab da, ja?", antwortete er und sah Ehab auf dem Weg.

„Oh mon Dieu!" Marie unterbrach sie, um ihnen die morgendlichen Neuigkeiten mitzuteilen. „Habt ihr das gesehen? Es ist schrecklich! Könnt ihr euch vorstellen, von diesen 'unden zerfleischt zu werden?", sagte sie mit ihrem niedlichen, französischen Akzent.

Tina schnappte sich die Zeitung und begann, Moped vorzulesen. Ihre Lippen waren nicht schnell genug für die Stimme in ihrem Kopf. Ehab setzte sich an den Tisch und bemerkte, wie Tina in die Schlagzeile vertieft war. Er nahm sich ein Stück Gebäck und spähte über ihre Schulter, während Tina laut weiterlas und sowohl Reds als auch Rays Namen erwähnte. Sie griff nach ihrer Handtasche und reichte gleichzeitig Ehab die Zeitung.

„Lies das!", forderte sie und tippte mit den Fingern auf den Artikel. „Jemand ist bei Ray eingebrochen und seine Hunde haben Hackfleisch aus ihm gemacht. Anscheinend waren Red und Ray drinnen, als die Polizei auftauchte. Ich hoffe, es geht ihnen gut ..." Tina richtete sich auf. „Ich werde Red anrufen, um sicherzugehen."

„Das würde ich nicht tun, Tina. Red hat Marco gestern Abend mit dem Leihwagen abgeholt, also muss es ihm gut gehen. Du hast doch gesagt, dass ihr zwei sowieso verabredet seid, oder?"

„Ja."

„Dann wollen wir erst einmal sehen, was Moped zu sagen hat. Oder hast du das in deiner Aufregung vergessen?"

„Du hast recht, Ehab." Tina wandte sich an Moped. „Trotzdem würde ich ihn gerne anrufen? Ich brauche nur eine Minute ..." Sie machte eine Geste und entfernte sich abrupt vom Tisch.

Marie hatte die Aufmerksamkeit weg von Moped und auf den Artikel in den *Bahamian News* gelenkt. Einen Moment später hielt ein Auto auf dem Parkplatz wenige Meter von ihrem Tisch entfernt an. Eine der Russhells rief ihren Chef zu, während die anderen Mädchen begannen, die Ware auszuladen. Ehab gab ihnen ein Zeichen, direkt zum Boot zu gehen.

Die Minuten vergingen schnell und Moped wurde unruhig. Wäre es ein anderer, gewöhnlicher Tag, würden die Ablenkungen keine Rolle spielen. Doch im Bewusstsein dessen, was vor ihm lag, behinderten die Nebensächlichkeiten des Morgens Mopeds Mission. Ehab verschlang weiterhin Gebäck, während er den Zeitungsartikel las und Tina ihm zu verstehen gab, dass sich auf Reds Telefon der Anrufbeantworter meldete. Während sie auf der Promenade hin und her lief, tätigte Tina einen weiteren Anruf. Den Artikel zu lesen war die eine Sache, aber angesichts ihrer Gefühle für Red war die Wahrheit darüber zu erfahren eine Andere.

„Hallo, Laura. Ich bin's, Tina. Ich kann Red nicht erreichen, und ich habe gerade gelesen, was gestern Abend passiert ist. Ist alles in Ordnung?"

„Ja, hier ist alles in Ordnung. Aber ich kann nicht für Red sprechen. Ich habe ihn nicht gesehen. Die Hunde mussten ein bisschen zusammengeflickt werden und die Polizei kommt immer wieder mit neuen Fragen vorbei. Willst du dich mit Ray unterhalten? Er steht direkt neben mir."

„Klar, das wäre toll. Das würde mich beruhigen."

Ray erklärte Tina, dass Red gut bei Laune war und es als unglücklichen Vorfall abtat. Er hielt das Gespräch leicht und ließ die blutigen Details weg. Tina bedeckte das Mikrofon mit ihrer Hand und flüsterte Ehab und Moped zu: „Den beiden geht es gut." Aber da die Insel so klein ist, fragte Tina, ob der Verunglückte jemand war, den sie kannten.

„Nicht jemand von seiner Größe", lachte Ray und wechselte abrupt das Thema, indem er erwähnte, dass die Reise nach Miami verschoben wurde, bis er das Loch repariert hatte, das die Hakenprothese des Opfers in den Aston gerissen hatte. Die

Bemerkung von Ray traf sofort einen Nerv. Als Tina erkannte, wer das Opfer war, wurde ihr mulmig bei dem Gedanken an diesen Zufall. „Mensch, ich weiß nicht, wie ich mich heute konzentrieren soll", plapperte Ray. „Kaum bin ich gestern Abend nach Hause gekommen, klopfen schon wieder Detektive an meine Tür und wollen die Werkstatt durchsuchen."

„Detektive? Durchsuchen die Werkstatt?"

„Ja, sie dachten, das Opfer hätte etwas Wertvolles zurückgelassen."

„Was zum Beispiel? War es etwa kein Einbruch, Ray?"

„Das haben sie gesagt. Ich bin nicht der Typ, der viel redet, aber mir kommt das alles ziemlich seltsam vor!"

Moped wurde neugierig auf das einseitige Gespräch. „Tina", unterbrach Moped. Tina blickte auf. „Frag Ray, ob es männliche oder weibliche Detektive waren."

Erstaunt darüber, dass Moped das Gespräch scheinbar mitgehört hatte, kam Tina der seltsamen Bitte des alten Mannes nach.

„Gestern wolltest du mich für etwas haben, Moped", schaltete sich Ehab ein. „Hat das etwas damit zu tun?"

„Moped, er sagt, es waren eine Frau und ein Mann", bestätigte Tina.

Moped holte die Skizze von Jack hervor. „Frag, ob der Mann so aussah."

„Warte mal", antwortete Tina. „Ray, hatte der Mann eine Messernarbe im Gesicht?" Sie fühlte sich wie ein Laufbursche und gab die Antwort von Ray weiter: *„Nein, hatte er nicht"*, und legte den Hörer auf. „Was ist denn los, Moped?", fragte Tina zurück am Tisch. „Ich habe gestern Abend im Club mit diesem Mann gesprochen. Er sagte, er kenne dich nicht."

„Das würde er sagen."

„Du kennst ihn also doch ..."

Ehab mischte sich ein: „Komischerweise hat Red mich gestern Abend gebeten, dich auch nach ihm zu fragen, er sagte, sein Name sei Jack."

Nun, da der alte Mann die Aufmerksamkeit der beiden auf sich gezogen hatte, kam Moped zur Sache. „Hört zu, ihr beiden. Vergesst das alles", artikulierte er und legte seine Hand auf die Zeitung. „Ich brauche eure Hilfe, und das bedeutet, dass ihr beide sofort mit mir zu meinem Haus kommen müsst. Wenn ihr euch weigert, dann werde ich mit dem Ende des übermorgigen Tages sterben."

Fassungslos griff Tina nach Mopeds Hand. „Was redest du da? Um Himmels willen, was ist denn los mit dir?"

„Ich dachte, die Zeit wäre auf meiner Seite, aber ich habe mich geirrt."

„Moped, du stirbst? Ist es das, was du sagen willst?", fragte Ehab.

„Du magst mich für einen verrückten alten Mann halten, aber Ehab, dein Interesse an der ägyptischen Geschichte kommt nicht von ungefähr. Es hat einen Zusammenhang. Du bist hier, um mir zu helfen!"

„Ja, natürlich." Ehab runzelte die Stirn, verwirrt von Mopeds Worten. „Wenn ich kann, werde ich das tun, aber im Moment ergibt das keinen Sinn."

„Du wirst bald alles verstehen, ich verspreche es." Moped hielt inne und schlug die Zeitung auf der Seite mit den Todesanzeigen auf. „Aber wenn ihr nicht mitkommt, dann fürchte ich, dass ich die nächste Person bin, über die ihr hier drin lest", sagte er und beunruhigte sie damit noch mehr.

„Du willst, dass ich die Bootstour von heute Morgen absage? Ist es das, worum du mich bittest?"

„Das tue ich, Ehab. Genau das verlange ich von dir. Und Tina, du wirst Red ein anderes Mal treffen müssen."

Tina und Ehab saßen beunruhigt und schweigend da und starrten sich an, unsicher, was sie von der Sache halten sollten. Dennoch fügten sie sich. Ehab rief Svetlana an und wies sie an, die Bootstour abzusagen, dem Kunden das Geld zu erstatten und den Tag freizunehmen. Tina kritzelte schnell eine Notiz für Marie, die sie Red geben sollte, wenn er im Café auftauchte. Moped hatte sich in der Zwischenzeit von seinem Platz erhoben, als Marie mit der Rechnung an den Tisch kam. Er überreichte ihr das gesamte Geld, das sich in seiner Tasche befand, zusammen mit einem Schlüssel zu seinem Haus und sagte ihr, dass es nun auf ihren Namen registriert sei. „Ein Geschenk", sagte Moped. Ein Geschenk, das sie übermorgen in Besitz nehmen konnte. Er würde auf eine Reise gehen und nicht zurückkommen, und alle seine weltlichen Güter gehörten ihr, wenn sie sie annehmen möchte. „Bring deine Familie hierher. Es wird ein besseres Leben für sie sein", sagte er zum Abschied. Unter Tränen umarmte Marie den alten Mann voller Dankbarkeit. Die Echtheit seiner großen Geste machte Tina und Ehab klar, dass Moped es ernst meinte.

Auf dem Parkplatz öffnete Ehab die Autotür für Moped und fragte Tina, ob sie fähig ist zu fahren. Sie bejahte dies, brauchte aber einen Moment, um sich zu beruhigen, nachdem Ehab losfuhr. Eine Minute später folgte sie ihm und machte sich auf den Weg zu dem Haus, dessen Türschwelle seit dem Tod von Professor Dawdry, in ihrem Wissen, niemand mehr überschritten hatte.

17
DIE WERBEAGENTUR

Weit weg von den Bahamas, in Deutschland, genauer gesagt in Düsseldorf, hängte Dr. Hermanow seinen Mantel gerade auf den Kleiderständer, in der eleganten Werbeagentur seiner Frau. Seine Garderobe, die hauptsächlich aus erdfarbenen Stoffen wie Tweed und Cord bestand, passte zu ihm. Er akzeptierte seinen immer kahler werdenden Kopf und hatte beschlossen, ihn durch einen gepflegten, fein rasierten Bart zu komplementieren. Dr. Hermanow war eine wandelnde Enzyklopädie und hatte ein außergewöhnliches Verständnis für kulturelle Unterschiede.

Dr. Hermanow stieß einen Seufzer der Erleichterung aus. Es fühlte sich gut an, nachdem fünfundvierzigminütigen Trott von seiner Stadtwohnung, in der Nähe der Königsallee, wieder anzukommen und dem stürmischen Wind zu entfliehen. Auch wenn in der Agentur viel los war, war das Arbeitszimmer, das seine Frau für ihn eingerichtet hatte, ein guter Ort, um sich zurückzulehnen, zu entspannen, abzuschalten und nachzudenken. Er ließ sich in seinem bequemen grünen Stoffsessel nieder, einem von zwei Sesseln am Fenster, die durch einen kleinen runden Tisch getrennt waren. Die Aussicht war perfekt. Weit entfernt von seinen früheren Abenteuern saß Dr. Hermanow zehn Minuten lang da und beobachtete die im Wind wehenden Bäume. Heute hatte er tiefgründige Gedanken. Er dachte an die Parallelen zwischen dem Leben und der Natur – grüne Blätter, die sich braun färben, braune Blätter, die fallen, und heruntergefallene Blätter, die herumwirbeln und die Orientierungslosigkeit im Leben von neunzig Prozent der Weltbevölkerung widerspiegeln.

Er dachte über sein größtes Abenteuer in Ägypten nach, während er die Erinnerungsstücke auf seinem Schreibtisch betrachtete. Als er dreißig Jahre jünger und noch abenteuerlustig war, konnte man ihn leicht mit Indiana Jones verwechseln. Damals war er gut aussehend, braungebrannt und voller Erwartungen. Enthusiasmus leuchtete in seinen Augen, und er war stolz darauf, sich an den Sarkophag zu lehnen, den er entdeckt hatte. Es war sein Schicksal gewesen, ein Artefakt von solchem Ausmaß zu finden, aber seit diesem Tag war es auch zu seiner Bürde geworden. Nichtsdestotrotz spornte es ihn an, Donahkhamoun zu finden.

Auch wenn Jahre vergangen waren, war sein Wunsch, das Geheimnis zu lösen, ungebrochen. Doch mit der Zeit kam das Alter, und er wurde langsam müde von der Jagd, die ihn täglich quälte. Eine Jagd, bei der es um eine Prophezeiung ging, die zwei Brüder vor Tausenden von Jahren verfasst hatten und die ein Ereignis beschrieb, das in der fernen Zukunft passieren sollte, wenn es nicht aufgehalten wurde. War an dem Mythos etwas Wahres dran? Das war die unbeantwortete Frage, die Dr. Hermanow seit jenem glorreichen Tag verfolgte, an dem der Boden eines Handwerksbetriebs unter seinen Füßen zusammengebrochen war und den uralten Schatz zum Vorschein gebracht hatte.

Dr. Hermanow saß in Gedanken, wie er es schon so oft getan

hatte. Er nahm seine Armbanduhr ab und las die Aufschrift, die er auf der Rückseite eingraviert hatte und die ihn daran erinnerte, niemals den Mut zu verlieren – *Finde Donahkhamoun oder die Welt, die du kennst, wird mit ihm sterben.*

Julie, seine Nichte und auch Praktikantin seiner Frau, tauchte um die Ecke auf und drehte die Heizung auf. Sie sprach Oxford-Englisch und fragte ihren Onkel, ob er nach seinem kalten Spaziergang eine Tasse heiße Schokolade wolle. Julie trug eine rotgerahmte Brille und ihr Haar war zu einem French-Bob geschnitten und reichte ihr bis zum Kragen. Sie war klug, hübsch, warmherzig und eine wissbegierige Universitätsabsolventin mit ausnahmslos Einsen.

Julie war auch das Patenkind von Margaret, der langjährigen schottischen Ehefrau von Dr. Hermanow. Margaret war eine erfolgreiche Geschäftsfrau. Ihre Kunden waren vor allem Unternehmer, die in ganz Deutschland verstreut lebten und durch Mundpropaganda von der Agentur erfahren hatten. Sie liebte Musik und Kunst und sah mit ihrem gestylten, kurzen kastanienbraunen Haar immer fabelhaft aus. Sie war zehn Jahre jünger als ihr Mann und alterte schön. Als Geschäftsfrau in der harten Welt der Werbebranche war das Image wichtig. Margaret und Gareth waren unzertrennlich und jeweils die erste Liebe. In ihrem Berufsleben waren sie jedoch völlig gegensätzlich.

Dr. H. – wie er von seinen Kollegen und Archäologen genannt wurde, mischte sich nicht in die Angelegenheiten seiner Frau ein, obwohl er seine ehrliche Meinung kundtat, wenn er danach gefragt wurde. Die Geschäftsräume seiner Frau waren ein bequemer Ort, den er immer wieder für alles Mögliche benutzen konnte – unter anderem auch um verschiedene Materialien für seine Forschungen auszudrucken. Oft bereitete er Sandwiches zu und überraschte damit seine Frau, und wenn sie eine Pause machte, teilten sie sich sie zusammen.

Doch am meisten mochte er die Momente am Ende des Tages, wenn die Eingangstür um sechs Uhr abends verschlossen wurde, und er Arm in Arm mit seiner geliebten Margaret über die Düsseldorfer Königsallee spazierte. Diesen Spaziergang machten sie ein paar Mal in der Woche, wobei sie zwanglos an den Schaufenstern der Premiummarken wie Dior und Cartier bummelten. Er drückte seine Verkniffenheit angesichts der Preisschilder aus – jenen Preisschildern, die seine Frau täglich trug. Anstatt zu ihrem Haus in der Vorstadt zu fahren, gingen sie dann ins Kino oder in eine Weinbar, liefen zu ihrer Stadtwohnung, küssten sich und zogen sich für die Nacht zurück.

Da die Drei-Zimmer-Wohnung im Herzen der Stadt kaum bewohnt war, war Julie dort eingezogen. Es brauchte einen Mieter und war ein perfektes Zuhause für sie, während sie für die Zukunft des Unternehmens vorbereitet wurde.

In den letzten zwölf Monaten, in denen sie von ihrer Tante belehrt wurde, war Julie allerdings immer mehr von den magischen Abenteuergeschichten ihres Onkels begeistert. In ihren Pausen saß sie still in seinem gemütlichen Fenstersessel mit der hohen Rückenlehne, las die Zeitungsausschnitte in seinem Sammelalbum und träumte von solchen Abenteuern.

Zu Hause sorgte sie dafür, dass die Wohnung makellos blieb, wenn ihre Tante und ihr Onkel unter der Woche dort übernachteten. Aber wenn sie alleine war, ließ sie alle Notizbücher ihres Onkels – die mit seinem Lebenswerk vollgestopft waren – überall verteilt liegen. Sie kritzelte ihre eigenen Notizen in dem Bemühen, die Informationen, Rätsel, Reime und Wendungen, die er geschrieben hatte, zu verdauen, in der Hoffnung zu verstehen, warum er so besessen von seiner Sache war. Ihre Nachforschungen dauerten oft bis in die frühen Morgenstunden, und sie hoffte, dass bald der Tag kommen würde, an dem sie den Schritt wagen würde, das Thema mit ihrem Onkel anzusprechen, um somit ein tiefes und bedeutungsvolles Gespräch zu führen.

Dr. Gareth Hermanow war ziemlich einzigartig. Er war in Deutschland geboren und hatte in Cambridge studiert. Er sprach Englisch mit einem breiten schottischen Akzent, den er von seiner Frau übernommen hatte. Er war umgänglich und zog heiße Schokolade dem Tee vor. Er vertraute auf seine Instinkte und verwendete originelle Kritzeleien, zusammen mit seinem Bauchgefühl, als Vorlage für sein Handeln. Sein Rat an andere lautete: *„Folgt eurem Instinkt und folgt den Instinkten eures Instinkts, wohin auch immer sie euch führen. Die Entscheidungen, die ihr trefft, werden euch zu den Türen der Möglichkeiten führen. Hinter diesen Türen findet ihr die Antworten auf eure Fragen."*

Wenn er an der Universität zu seinen Studenten sprach, wurden sie oft von seinem Enthusiasmus mitgerissen. Infolgedessen sprach er auch eine Warnung aus: *„Seid vorsichtig, denn wenn ihr meinem Rat folgt, müsst ihr auch an euer Ziel glauben. Ihr müsst bereit sein, wertvolle Jahre zu opfern, um euer Ziel bis zum Ende zu verfolgen. Wenn ihr diesen Weg geht, wird euch das Universum, zur reifen Zeit, belohnen. Es wird euch auf eurem Weg nach oben herausfordern und euch mit einem Vorgeschmack auf eure Träume verspotten. Gleichzeitig werdet ihr mit enormem Druck konfrontiert werden. Übersteht diese Herausforderungen, werdet stärker, und die Träume, die ihr in euren Herzen tragt, werden wahr werden, solange ihr an euch selbst glaubt. Die Kräfte des Universums vergessen nie. Wählt weise, worum ihr bittet."*

Julie kam mit zwei Tassen heiße Schokolade zurück, was Gareth zurück in die Gegenwart brachte. Seine Gedanken wanderten nicht mehr zu den Fotos vor ihm und er setzte sich wieder hin. Julie stellte die Tassen auf den Tisch und setzte sich gegenüber, auf den Stuhl ihrer Tante.

„Schön, dass du mir Gesellschaft leistest, Julie", murmelte er, neugierig darauf, was sie in der Hand hielt.

„Du weißt, dass du mein Lieblingsonkel bist, nicht wahr?", begann sie.

„Das liegt daran, dass ich dein einziger Onkel bin."

„Tja, dem kann man wohl nicht entkommen, oder?", kicherte sie. „Aber du bist auch, nun ja, wahrscheinlich mein bester Freund."

„Bin ich … ich habe das Gefühl, dass ich hier in etwas hineingezaubert werde." Seinen Lippen entwich ein vielsagendes Lächeln und er redete weiter: „Ich glaube, du musst ein bisschen raus, Julie. Du hast kein soziales Leben, oder? Du hast jahrelang studiert, du arbeitest hier in der Agentur hinter diesen vier Wänden und dann gehst du zur Abendschule, um die deutsche Sprache zu beherrschen. Du beantwortest immer den Anruf, wenn Margaret oder ich dich zu Hause anrufen. Du gehst nie aus. Du hast keinen Freund. Die einzige Zeit, in der du dich mit jemandem triffst, ist entweder bei der Arbeit oder wenn du einkaufen gehst."

„Ich weiß, Onkel, aber ich bin glücklich damit. Wenn ich etwas anderes machen sollte, würde ich es tun, oder? Aber im Moment, solange ich nicht das Bedürfnis verspüre, solange ich mit dem, was ich tue, glücklich bin, warum sollte ich mein Leben ändern? Es liegt doch alles noch vor mir."

„Im Gegensatz zu meinem", lächelte Dr. H. und hob seine Tasse.

„Oh", keuchte Julie, „das habe ich nicht so gemeint."

„Ich nehme dich auf den Arm, Mädchen", kicherte er, gab einen Schuss Rum in seinen Drink und bot Julie heimlich einen an, den sie höflich ablehnte.

Gareth fühlte er sich dafür verantwortlich, sie in diesen ganzen Unsinn hineingezogen zu haben. Er hatte ihr im Laufe der

Jahre faszinierende Geschichten erzählt. Zuerst als sie noch ein Kind war und auf seinem Schoß saß, dann als sie als pickeliger Teenager in der Schule gehänselt worden war, damit sie sich besser fühlte. Später, als junge Frau, war Julie wissbegierig gewesen, hatte die Bücher über seine wundersamen Abenteuer gelesen und sich danach gesehnt, selbst ein solches Ereignis zu erleben. Die Schuldgefühle, sie ungewollt in seine Welt gelockt zu haben, machten sich bemerkbar. Julie war zu süß, zu unschuldig und unerfahren, um in seine Unternehmungen verwickelt zu werden. Doch als er ihr in die Augen sah, hatte er das ungute Gefühl, dass es zu spät war, um seine Tat rückgängig zu machen. Er stellte seine Tasse auf den Tisch, lehnte sich zurück und drehte seine Daumen. Es war an der Zeit, sie vom Gegenteil zu überzeugen – um ihretwillen.

„Julie, mein besonderes Mädchen, ich habe ein Leben gelebt, dem du nicht folgen solltest." Er hielt inne. „Du hast meine privaten Notizbücher zu Hause gelesen, nicht wahr?" Julie lachte frech. „Ich weiß das, weil du sie manchmal verlegst. Trotzdem musst du damit aufhören. Sie sind nichts weiter als das dumme Geschwätz eines alten Narren. Ich teile dieses Zeug nicht einmal mit Margaret. Sie hat überhaupt kein Interesse daran, aber sie liebt mich für das, was ich bin, auch wenn das ein unerbittlicher Spinner ist. Es ist diese Art von Beziehung, die unsere Ehe im Gleichgewicht hält. Wenn wir beide identisch wären, möchte ich gar nicht daran denken, welche Meinungsverschiedenheiten wir haben würden. Eines Tages gehe ich vielleicht in mein Grab, ohne die Antworten zu finden, die ich suche … aber ich hoffe, ein anderer Verrückter wird es tun, wenn ich nicht mehr bin. Dieser Jemand solltest nicht du sein."

„Aber, ich habe …"

„Bitte, lass mich ausreden, Julie. Mein wahres Glück waren

nichts anderes als Momente – Momente, in denen du ein Stück Geschichte findest, ein Zeichen oder eine zündende Idee bekommst und eine Stimme in deinem Kopf dich zu etwas Bedeutendem führt. Es sind diese Momente, wenn du ein Geheimnis entdeckst, ein Rätsel löst oder über die versunkenen Schätze von Gargonon stolperst. Es sind Zeiten, in denen dein ganzer Körper zittert, deine Beine schwach werden, dein Herz rast und du dich fühlst, als würdest du gleich explodieren. Es sind die Zeiten, die mich inspiriert haben. Doch sie sind so selten, Julie, selten! Und sie halten nicht lange an. Von da an, sei gewarnt, geht es nur noch bergab. Wenn die Begeisterung vorbei ist, bleibt nur noch das Warum, Wie und Wann, und das Wenn und Aber, das diese Erkenntnis umhüllt. Dann wirst du von dem Bedürfnis verfolgt, diesen Moment des Hochgefühls wieder zu spüren. Mein ganzes Leben lang bin ich einer Spur von Brotkrümeln gefolgt, um zu verstehen, wohin sich die Menschheit in der Zukunft entwickeln wird und …"

„Aber Onkel, das ist es doch, was ich …" Julie versuchte, sich einzuschalten, aber ihr Onkel war in Fahrt und hob den Blick, um sie zurückzuhalten.

„Es ist diese Spur von Krümeln aus der Vergangenheit, die, in meinem Fall, den Verstand verwirrt. Glaube mir, Kind, ich bin nicht weit davon entfernt, ins Irrenhaus zu gehen", kicherte ihr Onkel erneut. „Die Möglichkeiten ruhen nie in deinem Kopf, bis du sie auf Papier kritzelst und sie damit herausholst. Deshalb leide ich auch so oft an Migräne." Er beugte sich vor und nahm ihre Hände in die seinen. „Worauf ich hinaus will, meine Liebe, ist, dass du nicht weißt, ob du der Wahrheit näher kommst oder gegen den Strom schwimmst. Das Leben ist zu kostbar, um es zu verschwenden. Ich bin wirklich … wirklich nicht das Vorbild, das du haben solltest."

Julie sank in den Sessel und nippte an ihrem Drink, während

sie über die endlosen Nächte des Lesens und der Recherche nachdachte, zu denen sie sich hingegeben hatte. Sie hatte ihre Hausaufgaben gemacht. Sie kümmerte sich auch um die E-Mail-Konten ihres Onkels und fand sie weitaus spannender als die ihrer Patentante. Seine Kollegen waren auf der Suche nach historischen Artefakten. Es passierten Dinge und sie hatte sie verfolgt. Deshalb blieb sie nachts zu Hause. Sie war süchtig! Es gab eine Anonymität, die seine Forschung umgab und sie war entschlossen, ihren Onkel wieder in das zu lenken, was er predigte. Julie hatte eine interessante E-Mail ausgedruckt und hielt sie in der Hand, damit er sie lesen konnte. Sie starrte ihren Onkel an, der sie ansah, als ob er gesagt hätte – *damit ist jetzt Schluss*. Er hob seine Tasse, um einen Schluck zu nehmen und Julie meldete sich zu Wort.

„Hmm, jetzt bin ich dran, Onkel", sagte sie und setzte sich an die vordere Kante ihres Sitzes. „Du musst mir zuhören. Ich habe alles über dich gelesen und ich weiß, dass mehr an dir dran ist, als es den Anschein hat. Es gibt etwas, von dem du mir nicht erzählst und ich hoffe, dass du mir eines Tages genug vertrauen kannst, um mir zu erklären, was das ist. Obendrein habe ich den Vorteil, dass ich zur Familie gehöre, was bedeutet, dass du mich nicht loswerden kannst. Ich verstehe dich besser als jeder andere. Also, ich werde mit diesem ganzen Unsinn aufhören, wenn du mir einen Wunsch erfüllst."

„Solange es nicht darum geht, auf der Königsallee einzukaufen, ist dein Wunsch Befehl."

Sie legte ihm ein Blatt Papier vor die Nase – eine Antwort auf seinen Blog. Diese hatte sie nicht in die Junkmails gefiltert. Es war die E-Mail von Marco. Vielleicht gab es ja doch noch einen Moment des Hochgefühls, und Julie wollte ihn spüren!

„Du nimmst mich wie versprochen mit!"

Gareth las schnell die E-Mail. „Na, das war ja mal eine

verschwendete Rede! Kümmere dich um die Tickets und sag Margaret nichts davon."

18
EIN ZAUBER IM GARTEN

Nach einer kurzen Fahrt vom Hafen hielt Tina an Mopeds Haus, an dem sie schon oft vorbeigefahren war. Heute, zum ersten Mal, wurde sie hereingebeten.

Der alte Mann führte Ehab und Tina prompt den Weg entlang, durch den Vorgarten, der dringend etwas Pflege brauchte. Beim Anblick von Moped fiel es Tina schwer zu begreifen, dass dies vielleicht eines der letzten Male war, dass sie ihn lebend sah.

„Wartet auf mich", rief sie, als sie über den rostigen Handrasenmäher trat, der durch das Blumenbeet getarnt war.

„Sei vorsichtig, meine Liebe. Und passt auf die Kopfsteinpflaster auf. Die könnten mit diesen Schuhen ein wenig gefährlich sein", warnte Moped.

Ehab blieb stehen, um ihr zu helfen. „Wie kommst du zurecht?", flüsterte er, als sie sich an ihn lehnte.

„Ich weiß nicht so recht", antwortete Tina und streifte ihre Schuhe ab. „Ich bin ein bisschen verängstigt, glaube ich."

„Ich weiß, was du meinst. Ich habe auch so ein komisches Gefühl im Bauch."

Die Schuhe in der Hand haltend, setzte Tina den Weg barfuß fort, während Ehab auf seine Armbanduhr blickte und hoffte, dass all dies keine Zeitverschwendung war. Im Auto, auf dem Weg vom Hafen, sprach Moped kaum ein Wort. Der wuchtige Schlüssel klapperte im Schloss und Moped stieß die massive Eichentür auf.

„Bitte kommt rein. Und achtet auf die niedrigen Deckenbalken. Dieses Haus ist nicht wie die meisten."

Tinas Augen leuchteten auf, da es sie an ein Oma-Häuschen erinnerte. „Oh mein Gott, Moped! Es ist wirklich ulkig." Der alte Mann lächelte.

„Nehmt die erste Tür auf der linken Seite. Da drin können wir uns unterhalten", wies er an.

„Meine Güte, du hast ja eine ganz schön große Sammlung von Sachen hier drin", sagte Tina.

„Nur ein wenig Krims-Krams, den ich im Laufe der Jahre gesammelt habe. Bitte, fühlt euch wie zu Hause und schnüffelt ruhig herum. Ich gehe nur kurz in die Küche, um euch einen meiner speziellen Tees zu machen. Ich bin gleich wieder bei euch", sagte Moped und überließ es den Besuchern, sich in seinen Sachen umzusehen.

Von der Küche aus beobachtete er sie dabei, wie sie durch seine Artefakte und Antiquitäten stöberten, während er den Kessel mit Wasser füllte und ein Tablett für drei Personen vorbereitete. Da sie gut zu tun daran hatten, erinnerte sich Moped an seine gestrigen Taten. Bis jetzt war er mit dem Fortschritt zufrieden – Tofi hatte ihm einen Besuch abgestattet, und Jack und Red hatten sich zusammengefunden. Aber es war noch zu früh, um das Ergebnis vorherzusagen. Das größte Hindernis war noch zu überwinden. Er wollte alles Schritt für Schritt angehen und lächelte zuerst einmal über die lustigen Bemerkungen seiner Gäste bezüglich seiner seltsamen Sammlung. Moped hatte vor, die beiden vorsichtig in seine Welt zu locken.

Das Wohnzimmer war gefüllt mit ägyptischen Büchern, Statuen, historischen Objekten und anderen ungewöhnlichen Gegenständen. Seine Gäste wühlten und stöberten herum und es dauerte nicht lange, bis Tina einen Blick auf ein kleines, verstecktes Fenster in der Ecke des Raumes erhaschte. Sie bewegte sich darauf zu, während Ehab, der sich eine Kriegermaske vor das Gesicht hielt, ihr folgte. Plötzlich tippte er ihr auf die Schulter und sie drehte sich halb um.

Sie sprang vor Schreck auf und warf einen Stapel Bücher auf den Boden. „Ehab, du dummer Arsch! Sieh nur, wozu du mich gebracht hast."

„Marra tonga matta watta", rief er zurück und steckte seine Zunge durch das Mundstück, was Tina zum Schmunzeln brachte.

„Eigentlich siehst du so besser aus. Jetzt beeil dich und heb die Bücher auf, bevor Moped reinkommt."

Während Ehab die Bücher einsammelte, wurde Tinas Aufmerksamkeit auf eine mit Papier gefüllte Ledermappe gelenkt, die auf dem abgenutzten Klavier lag. Sie dachte, es seien alte Notenblätter, nahm sie in die Hand und war angenehm überrascht. Seite für Seite waren lebensechte Skizzen darin zu sehen. Fasziniert von ihrer Entdeckung, saß sie still auf dem Sofa und blätterte durch die Seiten vor und zurück. Als Ehab bemerkte, dass es still im Raum wurde, schaute er zu Tina hinüber und setzte sich neben sie, um zu sehen, was ihre Aufmerksamkeit erregt hatte.

„Ahh, ich sehe, du hast meinen ganzen Stolz gefunden", sagte Moped und betrat das Wohnzimmer mit einem Tablett.

„Die sind sehr beeindruckend, Moped", staunte Ehab.

„Vielleicht hast du bemerkt, dass die meisten von ihnen eine ägyptische Verbindung haben. Ein bisschen wie du, Ehab. Du hast mir nie erzählt, dass du zum Teil Ägypter bist, oder?"

„Das ist allgemein bekannt."

„Das mag ja sein. Trotzdem hast du es mir nie gesagt." Der alte Mann grinste und versuchte, humorvoll zu sein, während er das Tablett vor ihnen auf den Tisch stellte. Tina rutschte auf dem zweisitzigen Sofa nach vorne, begierig darauf, den Tee einzuschenken und zu hören, was Moped zu sagen hatte. „Dieser Tee ist ein altes Rezept, das seit Generationen in meiner Familie weitergegeben wird. Es ist eine besondere Mischung, die die Nerven beruhigt und in Zeiten wie diesen den Gedanken Klarheit verleiht." Moped nahm einen Schluck und reichte den beiden dann je ein Päckchen. „Dies ist ein Geschenk für euch. Solltet ihr jemals das Bedürfnis haben, geht sparsam damit um, nur ein Teelöffel pro Kanne", riet er auf sonderbarer Weise. Moped lehnte sich in seinem alten, geflickten Stuhl zurück und begann zu reden: „Erstens, danke, dass ihr gekommen seid. Mir ist klar, dass meine Bitte vielleicht voreilig und ungewöhnlich war, aber ich versichere euch, dass ich euch nicht ohne guten Grund und nach reiflicher Überlegung hergebracht habe. Was ich euch jetzt offenbaren werde, könnte euch sicherlich … wie würdest du es sagen, Tina … zum Ausrasten bringen!"

„Ja, du hast den Slang drauf", kicherte Tina.

„Ein bisschen vielleicht." Moped grinste und richtete seinen Blick auf Ehab. „Ehab, sag mal, ich habe gehört, du hast ein Projekt am Laufen?"

„Projekt?" Ehab runzelte die Stirn.

„Den Ursprung deiner Blutlinie aufzuspüren …"

„Oh, das … ja, das habe ich."

„Vielleicht hast du ja Glück und verfolgst sie bis in die Zeit der Königin Kleopatra zurück", scherzte Moped.

„Hmm, das wäre doch mal was, oder?"

„Ja, das würde es ganz sicher. Ahh, die schöne Kleopatra, ich kannte sie gut", murmelte Moped mit einem ausgelassenen

Lächeln. „Vielleicht ist es möglich, dass du ihrer Zeit geboren wurdest, nur kannst du dich nicht mehr daran erinnern."

„Oh, ich verstehe. Reinkarnation ... da bin ich mir nicht so sicher, obwohl ... wenn ich mich hier umsehe, würde ich sagen, wurdest du es vielleicht sogar. Wie auch immer, was ist das alles für ein Zeug?", fragte Ehab und zeigte herum.

Moped lächelte, ohne zu antworten. „Es ist ein schmaler Grat zwischen Leben und Tod, Ehab. Und es gibt keinen Beweis dafür, dass der Tod absolut ist. Sie sagen, dass er es ist, doch woher wissen sie es mit Sicherheit?"

„Du beziehst dich auf die Geisterwelt, nehme ich an ..."

„Das Leben nach dem Tod ist nichts, was man auf die leichte Schulter nehmen sollte, besonders für unsere Art nicht", äußerte Moped.

„Lassen wir das beiseite, Moped. Sag mir, was hier los ist. Du hast dich am Hafen so verzweifelt angehört. Ich habe meine Bootstour abgesagt ... und nun, ich will nicht aufdringlich klingen, aber du scheinst voller Leben zu sein. Bist du jetzt krank oder nicht?"

Tina stieß Ehab für diese Unhöflichkeit in die Rippen. Ein Moment der Stille erfüllte die Luft. Ehab kam Tina entgegen und entschuldigte sich für seine Direktheit. Doch der alte Mann ließ sich von Ehabs Schroffheit nicht aus der Ruhe bringen und beschloss, zum Punkt ihres Besuchs zu kommen. Er bat Tina um sein Skizzenbuch. Ohne zu zögern, reichte sie ihm die Ledermappe und Moped rückte an den Rand seines Sitzes. Er legte das Buch auf seine Knie, schlug es auf und enthüllte das erste Bild, das er je skizziert hatte.

„Erkennt einer von euch, was das ist?", fragte er und sah sie an.

„Ich nicht", antwortete Tina und schüttelte den Kopf.

„Ich schon ..." Ehab griff nach vorne und fuhr mit den

Fingern über das Bild. „Das ist der Amokaras, nicht wahr?", vermutete er unsicher.

„Korrekt. Bitte erläutere mir, wie du zu diesem Namen gekommen bist."

„Als ich jung war, nahmen mich meine Großeltern mit, um ihn zu sehen, als er im Museum in New York ausgestellt war. Sie sagten mir, dass der namenlose Edelstein magisch sei und dass er eines Tages meine Hilfe benötigen würde. Sie sagten, ich solle das Geheimnis für mich behalten, sonst würden seine Kräfte nicht wirken. Sie haben ihn so genannt."

„Und was hast du gedacht, als sie dir das gesagt haben?"

„Ich war damals noch ein Kind und habe getan, was alle Kinder tun, phantasiert. Wie auch immer, als ich erwachsen wurde, habe ich mir keine weiteren Gedanken darüber gemacht, bis ich eine Dokumentation im Fernsehen sah und hörte, dass der Stein an den Finder zurückgegeben wurde. Anscheinend hat sich der Eigentümer nie gemeldet, um ihn zu beanspruchen, und seitdem wurde es nie wieder gesehen."

„Dann nehme ich an, dass du das hier gelesen haben könntest?" Moped reichte Ehab eine Kopie von Dr. Hermanows Blog. Ehab nickte und erklärte, dass er ihn online gefunden hatte, eine E-Mail hingeschickt hatte, aber keine Antwort bekam. Eine kurze Weile unterhielten sich die beiden über den Inhalt des Blogs und diskutierten die Möglichkeit, dass ein zweitausendjähriger Mann heute noch am Leben ist. Tina hörte derweil mit einem Ohr zu, während sie den Blog zum ersten Mal las. Schließlich kam Moped zu den Amokaras zurück und reichte Ehab die Zeichnung von dem Edelstein. „Als du jung warst, hast du es außer in New York auch an einem anderen Ort gesehen, Ehab?"

„Als ich gestorben bin", antwortete er.

„Du bist gestorben!", platzte Tina heraus. „Was soll das

heißen, du bist gestorben?"

„Es ist nichts. Außerdem ist es schon Jahre her."

„Weiß jemand davon, ich meine, unsere Freunde?"

„Tina, nicht jetzt ... es geht um Moped, nicht um mich."

„Ja, du hast recht. Es tut mir leid, Moped", entschuldigte sich Tina.

„Moped, was willst du von mir?", fragte Ehab.

„Ich will von deinem Nahtoderlebnis hören, in deinen Worten, Ehab. Nicht die der Presse. Du und ich ... wir sind miteinander verbunden, in mehr als einer Hinsicht. Du bist ein Nachkomme der alten Ägypter, wie die, die in der Nachricht auf dem Papyrus erwähnt wurden. Die Gordas spielen eine Rolle in dem, was vor uns liegt. Und du tust es auch." Ehab blickte finster drein, ohne zu fragen, was ein *Gorda* war. „Deine Großeltern hatten recht, als sie dir sagten, dass der Amokaras magisch sei – er ist es! Sie haben versucht, dich auf diesen Tag vorzubereiten. Weißt du Ehab, an dem Tag, an dem du den Mister Universe Titel gewonnen hast, wurde deine Seele angegriffen. Meine Mutter rettete dich. Sie holte dich ins Leben zurück, indem sie einen ihrer Untertanen vorzeitig entsandte."

Erneut starrte Ehab den alten Mann an. „Warum? Um mich auf eine Mission zu begleiten und diese Welt vor einer unnachgiebigen Macht des Bösen zu retten, die das Fortschreiten der Menschheit ruinieren will. Ich bin Donahkhamoun, und ich bin der Torwächter des Fuzidon", erklärte Moped.

Tinas Mund klappte herunter wie bei einem Dorschfisch. Abrupt sprang Ehab auf die Füße und schimpfte mehrmals. Er war verärgert über diese lächerlichen Aussagen und diese Zeitverschwendung. Tina zog ihn zu sich und bat ihn, sich zu beruhigen. Er versuchte es, bevor er angewidert in den Flur ging, um seine Gedanken zu ordnen. Ehab glaubte, dass Moped ein dummer alter Bock war – ein Exzentriker, der auf den Hokuspokus hereinfiel, den er sich selbst eingetrichtert hatte. Er hatte die Bootsfahrt abgesagt und die Russhells nach Hause geschickt, und das für so etwas? Im Flur beschloss Ehab zu gehen. Als er sich umdrehte, um Tina zu fragen, ob sie mit ihm kommen würde, war er überrascht, sie ruhig dasitzen zu sehen – wie sie Mopeds Hände hielt und in Mopeds Augen blickte.

Eine seltsame Wärme strömte durch Tinas Adern, als sie Ausschnitte ihres Lebens in den versunkenen Tiefen von Mopeds Augen abspielen sah. Sie hatte ein Gefühl der Wegweisung. Ein Gefühl, das sie nicht mehr gespürt hatte, seit dem Tag, an dem sie aus dem fensterlosen Gebetsraum ihres Elternhauses befreit wurde und sie abgeschlachtet vorfand. Befreit von einem Mann, der Stiefel der Größe dreiundvierzig trug, wusste sie erst jetzt, wer sie gerettet hatte. Es war ein jüngerer Moped und sie sah ihn in der Vision.

„Setz dich hin, Ehab", murmelte Tina. „Und trink deinen Tee aus, du hast ihn kaum angerührt. Und hör zu, was Moped zu sagen hat", schimpfte sie und hielt die Tasse in die Luft.

Verwirrt überlegte Ehab einen Moment lang, während er in dem Durchgang zwischen Wohnzimmer und Flur stand. Schließlich entschuldigte er sich für seinen unhöflichen Ausbruch und ergab sich Tinas Aufforderung. Zustimmend nahm er seinen Platz ein. Er beschloss, dass egal was der alte Mann sagte, er wird sich fügen und begann höflich an seinem Tee zu nippen. „Okay, Moped. Sagen wir mal, ich glaube dir. Was nun? Was willst du, dass ich tue?"

„Der Amokaras, ich will, dass du mir den Amokaras bringst", präzisierte Moped und legte seine Hand auf die Skizze.

„Und wie zum Teufel soll ich das tun?", fragte Ehab.

„Ich werde dich zu ihm führen, aber die letzten Schritte wirst du alleine gehen müssen." Moped hielt inne. Ehab wurde in diesem Moment klar, dass der alte Mann keine Scherze machte. „Ich meine es ernst, Ehab, so ernst, wie es deine Großeltern im New Yorker Museum meinten, als sie sagten, dass der Stein deine Hilfe benötigen wird."

„Moped, falls du es noch nicht bemerkt hast, ich bin kein Dieb."

„Dessen bin ich mir bewusst. Bevor ich dir jedoch beweise, wer ich bin, erzähl mir, was in der Zeit, in der du tot warst, passiert ist."

„Ist das relevant?"

„Ich fürchte, das ist es. Du leidest an Depressionen, nicht wahr?"

„Wie kannst du das wissen? Niemand weiß das." Ehab war überrascht.

„Du hast Depressionen?", bohrte Tina nach.

„Ich kann sie für dich wegmachen, Ehab, aber zuerst muss ich von deiner Todeserfahrung hören. Erzähl mir, was passiert ist, als du gestorben bist."

Ehab holte tief Luft, nahm einen Schluck von seinem Tee und lehnte sich zurück ins Sofa. „Ich glaube nicht, ich meine … ich glaube nicht wirklich, dass ich wirklich so gestorben bin, wie es die Sanitäter gesagt haben, Moped."

„Du bist doch mit einem Laken zugedeckt auf der Bühne aufgewacht, oder?"

„Ich komme nicht aus dieser Sache raus, oder?" Moped lächelte Ehab an, während Ehab wiederwillig Luft holte. „Okay. Als ich angeblich gestorben bin, hatte ich das Gefühl, dass ich damals genauso lebendig war, wie jetzt – hier in diesem Raum, auf dem Sofa sitzend mit euch beiden. Und das meine ich wörtlich, als ob ich Tina berühren würde", deutete er. „Oder dich berühren würde. So lebendig habe ich mich gefühlt."

„Wie in einem realistischen Traum, meinst du?", schlug Tina

vor.

„Nein, nicht wirklich ein Traum Tina, das war anders. Die Gerüche, die Dinge, die ich sah, die ... nun, was auch immer es war, es war intensiv. Ich wurde irgendwohin getragen, von einem Strom mitgerissen. Ich fühlte mich schwerelos, unsichtbar für mich selbst, obwohl ich meinen Körper und die Bewegung meiner Arme und Beine spüren konnte. Plötzlich, aus heiterem Himmel, traf mich etwas Gewaltiges. Es zog und zerrte an mir, als wolle es mich zerreißen. Ich begann zu fallen, endlos, hinein in einen Fluss aus irgendeiner öligen Substanz. Ich erinnere mich, wie ich versuchte, gegen das anzukämpfen, was sich an meinem Herzen festklammerte, wie ich fest zudrückte, um es zum Platzen zu bringen, und die ganze Zeit über fühlte ich mich in seinem Griff erwürgt." Ehab hielt inne. Tina streckte ihre Hand aus und legte sie zur Unterstützung auf sein Knie.

Moped stand augenblicklich auf. Schnell durchquerte er den Raum und holte eine schwarze Tonfigur aus dem verschlossenen Schrank, aus einer Sammlung, die er selbst angefertigt hatte. „Hast du etwas gesehen, das etwa so aussah?"

„Nein, es war nichts dergleichen. Ich hatte mehr Angst vor dem, was ich gefühlt hatte!"

Tina drückte Ehabs Hand. Sie hatte Ehab immer nur als Schürzenjäger gekannt. Heute hatte sie etwas Wahres über ihn gelernt. Er hatte seine Depression unterdrückt und sie mit jungenhaften Eskapaden kontrolliert, um seinen Geist beschäftigt zu halten. Als sie seine Hand hielt, änderte sich ihre Wahrnehmung von ihm schnell und sie begann sich zu fragen, was Moped für sie selbst bereithielt. Ehab sackte zurück auf das Sofa. Ein weiteres unbehagliches Schweigen erfüllte die Luft, während Moped die Skulptur zurücklegte.

„Und wie ging es weiter, Ehab?", fragte Tina, deren Herz

schneller schlug.

„Ich bin, mit einer hinreißend aussehenden Sanitäterin vor mir, aufgewacht."

„Oh, du Mistkerl", platzte sie heraus und zog ihre Hand weg, „du hast mich reingelegt!"

„Willst du mich verarschen?!", entgegnete Ehab.

Tina schaute zu Moped, dann wieder zu Ehab und merkte, dass sie es beide ernst meinten. „Oh, es tut mir leid, es tut mir wirklich leid", sagte Tina beschämt und griff nach einem Keks.

„Aber das war nur mein Bewusstsein, das mir einen Streich gespielt hat, oder Moped?"

„Nein, Ehab. Die Ärzte lagen mit ihrer Diagnose richtig. Du warst tot! Es ist wirklich mit dir passiert." Ehab war verblüfft. „Schon bald, Ehab, wirst du wissen, warum. Kommt, ich möchte, dass ihr beide mir folgt."

Tina starrte den süßen, alten Mann an, den sie liebgewonnen hatte. Heute war Moped nicht ganz die Person, für die sie ihn gehalten hatte. Verwirrt folgten Tina und Ehab Moped – dem Mann, der behauptet hatte, Donahkhamoun zu sein – der zweitausendjährige Torwächter, der in Dr. Hermanows Blog erwähnt wurde.

Sprachlos gingen sie durch die engen, dunklen Gänge seines außergewöhnlichen Hauses und hinaus in den Garten im Hinterhof, wo sich symbolische Wasserspeier befanden, die von Moped geformt wurden und nur für ihn selbst von Bedeutung waren. Aber außer den Skulpturen und Blumen gab es da draußen noch etwas. Ein Nebel hing in der Luft – eine kleine Wolke, die in den Himmel gehörte, nicht in einen Hinterhofgarten. Es war fehl am Platz und brachte ein Gefühl von Düsternis in den Ort.

„Meine Güte, Moped. Was ist das?"

„Es ist nichts, wovor du dich fürchten müsstest, Tina."

„Moped, bevor ich auf der Bühne aufgewacht bin, ich bin mir nicht sicher … aber ich bin mir fast sicher, dass ich eine geisterhafte Erscheinung gesehen habe", fügte Ehab hinzu.

„Das hast du, Ehab. Das war die Aura meiner Mutter."

„Die Priesterin", stellte Tina fest und erinnerte sich an das, was sie in dem Blog gelesen hatte.

„Ja. Sie hat ein großes Opfer gebracht, um dich zu mir zu bringen, Ehab. Sie hat eine Lebenskraft mit deiner Seele verwoben, um das Böse abzuwehren. Das hatte seinen Preis."

„Was höre ich da, Moped?", fragte Tina und blieb zögernd stehen.

„Das Schmachten von tausend Seelen, die darum betteln, erlöst zu werden", antwortete er. „Ich denke, ihr solltet beide hier warten. Egal, was ihr seht, was passiert, habt keine Angst und rennt auf keinen Fall davon. Beobachtet und erkennt die Wahrheit darüber, wer ich wirklich bin."

Moped schritt in den Nebel hinein. Der Nebel hüllte sich um seine dünne Gestalt, klammerte sich an seinen Körper; seine Hände, sein Gesicht, seinen Hals, seine Beine und seinen Oberkörper. Er holte tief Luft. Durch das Einatmen strömte der Dunst in seine Lungen und belebte die schwachen Organe. Seine Gestalt begann sich zu verändern. Seine Lippen schmollten, die Wangen wurden füllig und die Haare wurden dicht und kräftig. Gebannt starrten Tina und Ehab. Vor ihnen war ein alter Mann dabei, sich um Jahrzehnte zu verjüngen; er schöpfte aus der Substanz, verschlang die Wolke und enthüllte die Schatulle der tausend Seelen, die vor ihm auf einem hölzernen Gestell abgestellt war.

Er hob die Schatulle in seine Hände und trat seinen Gästen gegenüber – nicht als Moped, sondern als der Mann, der er zweiundvierzig Jahre zuvor war – Donahkhamoun. Mit diesem zwanzig Zentimeter hohen, ovalen, perlmuttartigen Objekt in der Hand, das mit vier goldenen Humanoid-Verschlüssen verziert war und in dem tausend gefangene Seelen herumwirbelten, ging Donahkhamoun zurück zu seinen Freunden.

„Jetzt, wo ich enthüllt bin, wird es nicht mehr lange dauern, bis das Böse nach mir sucht. Die Zeit ist kurz. Kommt."

Im Inneren des Hauses wurde Ehab mitgeteilt, dass er Donahkhamoun zum Fuzidon begleiten solle. Von dort aus war es seine Aufgabe, den Amokaras zu ihm zurückzubringen. Ehab erhielt die Anweisung, dass, was auch immer passiert, wenn er den Stein zurückbringt, Daniel – Donahkhamouns Halbbruder – außerhalb des Fuzidon bleiben muss, um jeden Preis! Alles würde ihm mit der Zeit klar werden, erklärte er. Da Ehab nicht wusste, wer Daniel oder was das Fuzidon war, akzeptierte er die Tatsache, dass er alles auf dem Weg dorthin lernen würde.

„Und wenn ich versage? Was dann?", fragte Ehab.

„Wenn du es nicht schaffst, den Amokaras zu mir zu bringen, bevor der nächste Zeitzyklus beginnt, wird das Ungleichgewicht zu groß sein, um es zu reparieren. Eine Welle von unvorstellbarer Energie wird sich aus dem Kern der Sonne in Bewegung setzen und zum kommenden Äquinoktium über die Erde fegen."

„Äquinoktium?", fragte Tina und runzelte die Stirn.

„Das ist der Zeitpunkt, an dem Tag und Nacht überall auf dem Planeten gleich lang sind. Ich glaube, das ist in den nächsten Tagen. Du kannst es googeln, Tina", bot Ehab ihr an.

„Wenn das passiert, dann wird die Welt, die ihr kennt, sterben. Sie wird ausgelöscht, zu Staub verwandelt und der Evolutionsprozess wird von Neuem beginnen", verkündete Donahkhamoun.

Tina begann zu zittern. Ehab ergriff ihre Hände. „Ich werde nicht versagen, Tina. Wir werden nicht versagen, nicht wahr?" Ehab wandte sich Donahkhamoun zu.

„Ich kann das Ergebnis nicht vorhersagen, Ehab. Aber solange du tust, was von dir verlangt wird, und du alles dafür gibst, was du kannst, dann sollte alles gut ausgehen. Wenn du jedoch scheiterst ... Es gibt einen parallel laufenden Notfallplan, der uns eine zweite Chance geben würde."

„Du hast einen Notfallplan?", fragte Tina.

Donahkhamoun verweigerte eine Antwort und signalisierte den beiden, im Flur zu warten. Er stellte die Schatulle auf die Anrichte im Wohnzimmer und hob Tinas Päckchen Tee auf, das auf dem Tisch zwischen dem Geschirr stand. Er drehte sich um, sah Tina an, lächelte und ging auf sie zu. „Du bist mein Notfallplan, Tina."

„Ich?!"

„Auch deine Berufung liegt schon lange zurück. Wenn irgendwann die Zeit kommt, in der du einschreiten musst, wirst du es wissen. Der Erfolg wird dann davon abhängen, welche Entscheidungen du treffen ... und welche Maßnahmen du ergreifen wirst. Folge einfach deinem Instinkt. Das ist alles, was ich von dir will. Mehr nicht."

„Mit all dem in meinem Kopf? Das kannst du doch nicht ernst meinen!"

„Bitte, für das Schicksal aller, du darfst nichts ändern. Sei du selbst. Dein Lebensweg muss weitergehen, so als wäre das alles nie passiert." Donahkhamoun öffnete die Eingangstür. „Es wird Zeit, dass du jetzt gehst, Tina."

„Du bist es, Moped ... immer noch, oder?", fragte Tina und sah ihm in die Augen.

„Ja, bin ich", antwortete er und reichte Tina ihre Packung Tee. „Ich glaube, du nimmst besser einen Löffel in einer Tasse, nicht in einer Kanne. Das wird dich beruhigen." Tina rang sich ein Lächeln ab und wandte sich zum Gehen. „Tina ..." Sie blickte zurück. „Ein Wort der Warnung", sprach Donahkhamoun,

„weise alle Einflüsse zurück, die dich umgeben. Sie sind die wahre Bedrohung. Und bitte, kein Wort davon zu irgendjemandem, sonst liegt dein Schicksal nicht mehr in meinen Händen."

Ehab begleitete Tina zu ihrem Auto, während Donahkhamoun ins Wohnzimmer zurückkehrte. Gestärkt nahm er die Schatulle in die Hand und schaute durch das Fenster hinaus. Er beobachtete, wie Tina und Ehab sich verabschiedeten und strich mit einem Finger über die goldenen Verschlüsse. Einer nach dem anderen erwachten die miniaturgroßen Humanoiden. „Es wird nicht mehr lange dauern", sprach er. Ihre Augen blinzelten träge und sie weckten aus einem tiefen Schlaf. Sie schwangen ihre drachenähnlichen Schwänze als Antwort auf den Torwächter und krächzten leise.

Draußen öffnete Ehab die Autotür und umarmte Tina, ihre Schuhe baumelten in der einen Hand, ein Päckchen Tee in der anderen. Als sie in ihrem Cabrio saß, beugte sich Ehab zu ihr und bemerkte, wie sich Tränen in ihren Augen bildeten.

„Mach dir keine Sorgen, Tina, ich werde den Amokaras holen. Ich werde es wieder gut machen." Ehabs tröstende Worte waren dürftig, aber er versuchte es wenigstens. Sie war besorgt. Doch Donahkhamoun wusste, dass in Tina mehr steckte, als sie von sich selbst wusste. Sie war von großem Wert und die nahe Zukunft würde seine Meinung bestätigen.

19

DAS HAUS AUF DEM HÜGEL

In der Welt am anderen Ende des Tunnels wurden Jack, Red und Marco am Strand gesichtet, als sich die schützende Hülle um sie herum auflöste. Die Sicherheitskameras richteten sich schnell auf sie und Sicherheitskräfte stürmten vor.

„Weitergehen", sagte Jack und hob die Hand, um den Bewaffneten zu zeigen, dass er es war.

„Jack, dieser Ort ist eine Festung", bemerkte Red und sah sich um.

„Das ist er. Schau her, das ist ein elektrischer Zaun, der das ganze Gebiet abriegelt. Er reicht bis zum Casino, Daniels Casino", wies Jack hin. „Es versteht sich von selbst, dass Daniel niemanden hier haben will. Hast du die Schilder am Zaun gesehen? Ziemlich cool, hm?", sagte Jack sarkastisch.

„Shit! Ist das überhaupt legal?", rief Marco aus und beäugte die Schilder für unerlaubtes Betreten – eine Pistole gegen den Kopf.

„Wie ich schon sagte, die Dinge hier sind anders, ganz anders. Wenn jemand versucht, sich ohne Daniels Zustimmung Zugang zu verschaffen, wird er sofort erschossen. Der einzige

Grund, warum ihr noch am Leben seid, ist, dass ihr mit mir gekommen seid. Sobald Daniel erfährt, dass ich zurück bin, bewegt ihr beide euch auf dünnem Eis." Marco als Schutzschild benutzend, schob Red seine Pistole diskret in den hinteren Teil seiner Hose. Aber seine Bewegung wurde von der Kamera aufgezeichnet. Als die drei Männer sich dem Ausgangstor näherten, richteten die Wachen ihre Maschinengewehre direkt auf sie. „Das sind einige der fiesesten Dreckskerle, denen ihr je begegnen werdet", flüsterte Jack. „Also, Marco, pass auf, was du sagst", warnte er und wandte sich an die Bewaffneten. „Nimm den Scheiß aus meinem Gesicht!", brüllte Jack und gab seinen Code in das Eingabepad ein. „Jetzt!"

Das Tor öffnete sich nicht. Einer der Söldner schaute in die Kamera. Jack gab finster dreinblickend seinen Code erneut ein und überlegte, ob er falsch gedrückt hatte. Wieder blieb das Tor geschlossen und die drei Männer wurden umringt. Jack schaute in die Kamera und in dem Moment, wusste er, dass der Kontrollraum gerade unter Daniels Beobachtung stand. Eine Sekunde später klickte das Tor auf und die Männer gingen hinaus.

Auf der anderen Seite der Insel hatte Daniel alles auf den Wandmonitoren in seinem Büro beobachtet. Jack kam verspätet zurück; das tat er nie. Diesmal hatte er Fremde mitgebracht und damit eine Grundregel gebrochen, die nur mit Daniels Zustimmung gebrochen werden durfte. Daniel war nervös. Er befürchtete, dass sein Halbbruder Donahkhamoun etwas gegen ihn unternahm – etwas, das Jack möglicherweise in seinen Plan einbezog.

Daniel ging hinüber zu seinem Schreibtisch, nahm den Hörer ab und rief Moi in sein Büro. Die Leute mochten denken, dass Jack zur Familie gehörte, aber in Daniels Augen war Jack nicht mehr als eine menschliche Arbeitskraft, die eine Position an der Spitze der Kette innehatte. Daniel sah Jack als Mittel zum Zweck – ein Zusatz, der ihn dem Tag näher brachte, an dem er sich frei zwischen den Welten bewegen konnte. Dieser Tag sollte heute eintreten.

Daniels Handy klingelte. „Daniel, ich bin wieder da", sagte Jack am Telefon.

„Ja, das sehe ich." Moi betrat das Büro. „Und nicht allein …" Daniel gab Moi ein Zeichen, auf die Monitore zu schauen, während die Drei die Straße in Richtung der Tennisplätze überquerten. „Hast du die Zahlen?"

„Ja."

„Und die Gesamtsumme?"

„Einhundertfünfzig Millionen, eingeschlossen und bewacht im Bootshaus des Clubs, genau wie du es verlangt hast."

„Keine Probleme, nehme ich an?"

„Keine", entgegnete Jack. „Hör zu Daniel, ich werde erst zu Hause vorbeischauen und dann komme ich zu dir. Dann können wir reden."

„Das solltet ihr auf jeden Fall tun … alle Drei! Hast du den Stein bei dir?", sagte Daniel schroff.

„Natürlich, was sonst", log Jack.

Daniel kappte die Verbindung abrupt, als er seine Lüge erkannte. In all den Jahren, in denen Jack in die Zukunftswelt hin- und hergereist war, hatte Moi – die rechte Hand von Daniel, wenn es ums Töten ging – heimlich dasselbe getan, ohne dass Jack davon wusste. Vor drei Tagen, einen Tag bevor Jack zur regulären Geldzählung gehen sollte, hatte Moi den Amokaras genutzt, um sich mit Daniels Kompagnon zu treffen, der auf der anderen Seite lebte.

Der Kompagnon hatte Mara beim Überqueren der Karlsbrücke in Prag beobachtet. Er folgte Mara zu ihrer Unterkunft und machte Schnappschüsse – einige von ihr beim Blick aus dem Wohnungsfenster und einige beim Training im Park. Als Mara ausging, war er in die Wohnung eingebrochen, hatte herumgeschnüffelt und einen Mikrochip mit Informationen über die DWIB darauf gefunden – ein Mikrochip, den der Kompagnon am nächsten Tag gegen ein leeres Duplikat austauschte.

Mit den Beweisen und Maras Aufenthaltsort ausgestattet, kehrte Moi sofort zurück, um Daniel zu informieren. Sie wies dem Kompagnon an, Jacks Bewegungen zu verfolgen, wenn er am nächsten Tag zur Geldzählung kam. Daniel war wütend, als Moi den Verrat aufdeckte. Die Beweise führten alle zurück zu Jack! Da jedoch sein eigenes Komplott im Gange war – eines, das er nicht zu stören wagte – blieb Daniel Jack aus dem Weg, da er befürchtete, dass sein feuriges Temperament seinen Plan gefährden könnte. Stattdessen schwieg er und ließ Jack wie gewohnt seinen Geschäften nachgehen.

Heimlich beobachtete der Kompagnon Jack von dem Moment an, in dem er aus dem Portal trat, bis zu dem Moment, in dem er am nächsten Morgen zurückkehrte, als Red und Marco ihn am Teich trafen. Es war ein guter Tipp! Im Laufe von Jacks Besuch hatte *sie* alles gesehen und neue Ziele ausgemacht, die für Daniels geplante Ankunft koordiniert werden mussten.

Doch nun, da Jack zurück war, hatte Daniel keine Verwendung mehr für seinen verräterischen Stiefbruder und er wandte sich an Moi. „Bring mir den Stein und töte diese Wichser!", befahl er.

„Jack auch?", fragte Moi mit einer Augenbewegung.

„Was denkst du denn?" Daniel sagte nichts mehr, und Moi ging aus seinem Büro und befahl ihren Bikern über das Walkie-Talkie, sich im Hof zu versammeln.

Als die drei Männer sich in Richtung des Containerplatzes

bewegten, erinnerte sich Jack an einige der niederträchtigen Taten, die er im Laufe der Jahre für Daniel getan hatte. Eine Tat verfolgte ihn besonders – Daniel befahl ihm ein Kind aus dem Krankenhaus zu holen, als Daniel herausfand, dass die Frau aus der anderen Welt, die er in New York entführt, hierher gebracht, vergewaltigt, aus seinem Auto geworfen, angeschossen und zum Sterben zurückgelassen hatte, überlebt und darüber hinaus ein Kind geboren hatte. In dem Glauben, dass das Kind seins sei, ließ er Jack eine beträchtliche Summe an den Arzt zahlen, um dessen Schweigen zu erkaufen. Der Arzt überreichte der Mutter eine Urne mit der Asche des Spenders und dem Namensschild des Babys – *Mara* und sagte: *"Es war ein plötzlicher Kindstod, aber sechs Stunden lang hat es niemand bemerkt. Ich fürchte, die Leiche musste eingeäschert werden, als Vorsichtsmaßnahme wegen der Verbreitung von Krankheiten."* Es war herzlos, doch für Daniel ganz normal.

Von Daniel beauftragt, sich um das Wohl seines Kindes zu kümmern, wurde Jack zu Maras Mentor ernannt. Nachdem er sich über die Jahre mit Mara angefreundet hatte, begann Jack, seine Wege zu ändern. Kurze Zeit später bekamen Jack und seine Geliebte ein eigenes Kind – eine Tochter namens Hayley, die Maras beste Freundin wurde. Heute unterrichtete Hayley junge Absolventen von Daniels Imperium in den Kampfkünsten. Jack verpflichtete sich, niemandem zu verraten, dass er Hayleys richtiger Vater war und behielt Hayley in seiner Nähe, ohne dass Daniel von seiner Vaterschaft oder seiner langjährigen Affäre mit ihrer Mutter wusste. Es war ein Geheimnis, das zwischen Jack und seiner Geliebten gehütet wurde – eine Gefahr, die ständig über ihnen schwebte.

Seit er Mara in die andere Welt geschmuggelt hatte, waren Jack, Hayley und ihre Mutter äußerst vorsichtig gewesen und hatten ihre eigene Flucht geplant, um sich Mara dort anzuschließen. Doch angesichts der Art, wie Jack bei der heutigen Ankunft behandelt wurde, ahnte er, dass etwas nicht stimmte. Da Jack das Schlimmste befürchtete, beschloss er, nicht auf den Einbruch der Nacht zu warten. Stattdessen würde er seine Familie zusammentrommeln und bei Tageslicht fliehen. Jack hatte einige tote Winkel geschaffen, und sie werden sie heute nutzen, um zum Portal zu gelangen. Es war immer noch riskant, aber mit der Hilfe von Red und Marco, wenn sie alle schwer bewaffnet sein würden, war es nicht halb so riskant, wie Daniel mit einer weiteren Lüge zu konfrontieren. Einen Schritt von einem Leben ohne Daniel entfernt, waren Jack, Hayley und ihre Mutter bereit, alles aufs Spiel zu setzen.

Während Jack von Befürchtungen erfüllt war, empfanden Red und Marco das Gegenteil. Sie beobachteten den Zeitsprung, den sie hingelegt hatten. Auf der anderen Seite der Tennisplätze fuhren die Fahrzeuge mit geringer Geschwindigkeit auf einer zweispurigen Straße entlang, die durch eine Reihe von Palmen getrennt war und zum Haupteingang des Casinos führte. Entlang des Fußweges lagen mäßig belebte Designerläden und Restaurants unter freiem Himmel mit Blick auf das Meer, die die Anwohner zum Treffen, Plaudern und Einkaufen anlockten. Hinter der Reihe von Geschäften wurde ein gläsernes Hochhaus, das in einer fast anstößigen Art die Skyline füllte, gerade von seinem Gerüst befreit, während ein aufdringliches Banner aufgehängt wurde – *Eigentumswohnungen zu verkaufen, Startpreis, eine Million Dollar.*

Beim Betreten des Containerhofs traten robuste Wachen zur Seite. Von den doppelstöckigen Lagereinheiten in den Schatten gestellt, gingen die drei Männer weiter auf einen glänzenden schwarzen Ferrari zu, der zwischen den Containern geparkt war. Jack entschärfte den Alarm und die Lichter des Ferrari blinkten auf.

„Ich stelle mir vor, dass es seltsam für euch ist, wenn ihr all das zum ersten Mal seht, nicht wahr?", fragte Jack.

„Bizarr würde ich sagen", antwortete Red.

„Lass dich nicht täuschen. Es ist nicht so schön, wie es scheint", warnte Jack und stieg in den Wagen.

„Hübsch Jack, sehr hübsch. Wie alt ist er?", erkundigte sich Marco.

„Bald ein Jahr ..."

„Wirklich? Bei uns zu Hause wäre das ein Klassiker."

Jack grinste, als Red sich neben ihn auf den Beifahrersitz setzte, während Marco sich in den Zweisitzer quetschte und halb auf Reds Schoß saß. Prompt ertönte das Knurren des Ferrari und Jack verschwendete keine Zeit, um aus dem Hof und auf die Fahrbahn zu flüchten. Die Palmen wurden schnell zu einem verschwommenen Bild, weil Jack jede einzelne Geschwindigkeitsbegrenzung ignorierte. Hier war die Polizei in Jacks Händen. Er hatte es eilig, nach Hause zu kommen, und als er auf die offene Gerade kam, stieg er in das Gaspedal. Nach seinem Telefonat mit Daniel, breitete sich ein schlechtes Gefühl in seiner Magengrube aus.

Er bog nach rechts ab und fuhr auf die Hügel zu, die zwischen den vermüllten Straßen der schlichten bahamaischen Häuser lagen. Er fuhr ruhig durch ein Dorf, in dem Frauen Teppiche schlugen, Männer auf Seifenkisten Karten spielten und Jugendliche Bier aus Dosen schlürften. Die Teenager erkannten das Geräusch von Jacks Auto, das in ihre Richtung kam und rannten sofort zu den hinteren Eingangstoren, die zu Jacks Privatanwesen führten.

Jack griff ins Handschuhfach, als sich einer der Bewacher dem Fenster des Autos näherte. „Hier, bitte, zwanzig für jeden", sagte Jack und reichte ihm das Geld.

„Jawohl, Boss."

„Hast du etwas aus der Gerüchteküche gehört?"

„Nee, nichts Boss, ist alles ruhig."

„Gar nichts?", murmelte Jack heiser.

„Ah, doch. Da gibt es eine Sache. Miss Joanna ist hier. Vor einer halben Stunde angekommen." Jack gab ihm einen Geldschein. „Das Tor öffnen", rief der Bewacher.

„Zahlst du eigentlich allen etwas, Jack?", fragte Marco.

„Geld ist Macht. Kleine Menge, große Wirkung. Glaub mir, wenn du hier lebst … es ist nicht der Klatsch, um den du dich sorgen musst, es ist das Geflüster!"

Jack fuhr weiter durch die Tore, wo dichte, gepflegte Hecken den Hochspannungszaun tarnten, der sein Privatgrundstück umgab. Der Kontrast zwischen Reichtum und Armut war gewaltig, als der Ferrari in das prächtige Anwesen fuhr, das aus fünf Villen bestand – zwei auf der linken Seite, zwei auf der rechten Seite und eine supergroße Villa auf dem Hügel. Die lange Auffahrt schnitt durch Rasenflächen mit Gras so fein wie ein Putting-Green. Lebhafte Vollblüter preschten über die Felder und wedelten mit ihren Schwänzen. Gärtner winkten offenherzlich und bestätigten die Rückkehr ihres Herrn, als der Wagen die zweihundert Meter lange Auffahrt zum Haus auf dem Hügel hinaufbrauste.

„Ein schönes Haus hast du hier, Jack. Ich muss sagen, ich hätte dich nicht für so jemanden gehalten."

„Der Schein kann trügen. Ist es das, was du andeuten willst, Red?", grinste Jack und hielt den Wagen am Fuße der Stufen zum Hintereingang seines majestätischen Hauses an. Der Butler erschien an der großen Hintertür und blickte auf die drei Männer hinunter, die in dem rumpelnden Auto zusammengepfercht waren. „Warte!", sagte Jack. „Red, gestern habe ich dir nicht alles erzählt." Die Cousins schauten finster drein. „Früher an diesem Tag hat mich ein alter Mann angesprochen.

Er hat mir Dinge gezeigt, die ich damals für lächerlich hielt."

„Dinge wie was, Jack?"

„Du hast mich gefragt, woher ich all diese Dinge über dich weiß. Als ich gestern aus dem Portal trat und deine Hunde mich verfolgten, bemerkte ich erst später, dass der Stein nicht in meiner Tasche war. Als ich zurückkam, um nach ihm zu suchen, konnte ich ihn nicht finden. Da sah ich dich mit den Hunden am Strand spazieren gehen. Zu diesem Zeitpunkt war ich mir nicht sicher, ob du den Stein gefunden hattest oder nicht. Also folgte ich dir zu deinem Haus, bevor ich zum Teich zurückkehrte, um ihn erneut zu suchen. Später bist du dann aufgetaucht und auch dein Kumpel mit seinem Abschleppwagen. Glaube mir, wenn ich damals einen Blick auf den Stein erhascht hätte, hätte ich euch beide erschossen, um ihn zu bekommen." Der Butler schaute weiterhin neugierig aus dem Türrahmen am oberen Ende der Treppe. „Da habe ich Tofi angerufen und ihn gefragt, ob er weiß, wer du bist. Er hat mich gewarnt, mich dir nicht zu nähern. Also zog ich mich zurück. Später holte mich Kumar von der Bank ab und wir fuhren direkt zu seinem Hotel. Da hat mir Moped einen Besuch abgestattet."

„Moped? War er der alte Mann, der dich angesprochen hatte?", fragte Red erstaunt.

„Ja, während ich in der Lobby saß und darauf wartete, dass Kumar sich umzieht."

„Moped?", wiederholte Red.

„Ja, ein alter Ägypter. Er setzte sich und ergriff meine Hand. Mein ganzer Körper wurde taub. Eine Zeit lang konnte ich mich nicht bewegen. Alles und jeder um mich herum begann sich in Zeitlupe zu bewegen. Seine Augen fixierten die Meinen. Das war der Moment, in dem ich alles über dich erfuhr. Informationen begannen in meinen Kopf zu strömen. Ich erfuhr Dinge, die meine Entscheidungen für den Rest des

Tages beeinflussten, um uns letztlich zusammenzubringen. Durch die Augen des alten Mannes sah ich Kumar in Ray's Garage gehen, Red. Ich sah uns zusammen im Tunnel und ich sah meinen Vater – tot, aber lebendig." Jack schaute Marco an. „Und du, Marco, ich wollte nicht, dass du mitkommst, weil ich dich auch in dieser Vision gesehen habe. Was mit dir im Tunnel passiert ist, war kein Zufall." Jack hielt inne, kurz abgelenkt von seinem Butler, der die Treppe herunterkam. „Es war eine Aneinanderreihung von vorhergesagten Ereignissen, die uns hierher geführt haben ..." Jack keuchte und schaute auf die Uhr. „Um genau acht Uhr fünfundvierzig."

Der Butler klopfte an das Fenster. Jack deutete an, dass er noch eine Minute länger brauchen würde.

„Jack", unterbrach Marco. „Bist du dir sicher, dass du von Moped sprichst? Kann es nicht sein, dass du ihn mit jemand anderem verwechselst?"

„Nein, er war es. Auf jeden Fall! Der Concierge schien ihn recht gut zu kennen. Außerdem dachte ich zuerst, dass das alles nur ein fauler Trick ist. So ein Zeug, das hypnotische Zauberer benutzen, um dich im Nachhinein benommen zu machen. Aber in dem Moment, als ich meinen Vater sah ..."

„Marcus Mortimer ...", schaltete Red sich ein.

„Ja, das hat meine Sichtweise auf den alten Kerl verändert. In dem Moment habe ich wirklich an das geglaubt, was er mir gezeigt hat. Und kuck, hier sind wir ..."

„Wie geht es dann weiter?", fragte Marco.

„Ich weiß es nicht. Er sagte, wenn wir diesen Punkt erreichen, würde sich alles entwickeln. Das war alles. Kumar trat aus dem Aufzug und Moped war weg. Hört zu, wir können drinnen weiter reden. Aber ich schätze, dass wir weniger als eine Stunde haben, bevor Daniel uns erwarten wird. Und das darf nicht passieren. Er wird uns den Stein wegnehmen und dann gibt's keinen Weg zurück! Also, lasst mich tun, was ich tun wollte, und dann verschwinden wir von hier."

„Und die Wachen am Strand, lassen die uns einfach so durchgehen?", fragte Red.

„Nein, sie werden uns töten. Aber ich habe einen anderen Fluchtweg zum Portal. Also, sind wir uns alle einig?"

„Ja", bestätigten die Cousins.

„Gut, dann werden wir innerhalb einer Stunde aufbrechen."

Als die Männer aus dem Auto stiegen, stupsten sich Red und Marco gegenseitig an. Schlaksige Männer marschierten an ihnen vorbei, vor den Ferrari. Sie verschwendeten keine Zeit und stapelten ein halbes Dutzend Sporttaschen auf den Rücksitzen der beiden Bentleys, die an der Seite des Hauses geparkt waren. Ein Chauffeur mit hochgekrempelten Hemdsärmeln blickte herüber und musterte die Fremden, bevor er mit seiner Unterschrift auf dem Papier den Empfang der Taschenabholung bestätigte. Er war groß und stark, ähnlich wie der russische Leibwächter, der am Fuße der Treppe auf Jack wartete.

„Schön, dass Sie wieder da sind, Sir", sagte der Butler, als sein Chef aus dem Wagen stieg. „Sie haben eine Besucherin. Sie ist oben."

„Danke, Alfred. Ich nehme an, dass während meiner Abwesenheit alles in Ordnung war?"

„Ja, Sir, bis vor kurzem war das so."

„Spuck's aus!"

„Moi kam mit einer kleinen Schar ihrer Bikerinnen an. Sie durchkämmten das Gelände. Laute Dinger diese Motorräder."

„Wann war das?"

„Keine fünf Minuten her, Sir."

„Hat sie gesagt, was sie will?"

„Nein, Sir. Als ich sie ansprach, sagte sie mir, dass es nichts mit mir zu tun hätte. Sie kam durch das Haupttor herein. Lachte besessen, so wie sie es immer tut, und machte einen dieser Wheelies auf ihrem Rückweg. Sie ist absolut wahnsinnig, diese Frau!" Jack ging eilig weiter, und der Butler folgte direkt dahinter. „Ach, übrigens, Sir, Igor hat einen Umschlag für Sie."

Jacks Leibwächter bewegte sich auf ihn zu und überreichte ihm den versiegelten Brief. Währenddessen stieß Red Marco mit dem Ellbogen an und lenkte seine Aufmerksamkeit auf einen der Bentleys, der mit Geldsäcken beladen war und das Kennzeichen *Prad3* trug.

„Meinst du, es hat etwas mit Monaco zu tun?", fragte Marco.

„Es sieht jedenfalls so aus …"

„Meine Herren, wären Sie so freundlich, mir hinein zu folgen?", lud das Dienstmädchen mit einer Geste ein.

Als Red und Marco durch den Hintereingang eintraten, sahen sie durch die imposante Empfangshalle die vorderen Türen direkt gegenüber. Der Raum war groß und hell. Umgeben von riesigen Fenstern, die hoch und breit waren, bot sich ein malerischer Anblick der Pferde an, die auf den Feldern hinter dem Glas grasten. Marco schaute nach oben und sah, wie der blaue Himmel seinen Schatten in den Raum warf, als eine Wolke vorbeizog. Moderne Kunst säumte die Wände und jedes Möbelstück stand fein säuberlich an seinem Platz. Das Dienstmädchen ging hinüber, um die einzelne Rose zu gießen, die neben dem Telefon stand, während Marco und Red das von Drogengeldern gebaute Haus bewunderten.

Von der anderen Seite der Eingangshalle waren Stimmen zu hören. Ein dicker Mann mit Stoppelbart, Glatze und kreisrunden Brille erschien. Er schaute sie an und schloss dann vorsichtig die Tür zu dem Raum, in dem er sich befand. Andere Räume im Erdgeschoss führten in verschiedene Richtungen. Die große Doppeltreppe führte hinauf, wo ein Dutzend weiterer Türen im ersten Stock zu sehen waren. Doch aus den Schatten des Treppenpodestes wurden Red und Marco beobachtet. Eine Frau, die einen breitkrempigen Hut trug, zog an ihrer schmalen Zigarre und gab dem Dienstmädchen diskret ein Zeichen, die beiden Männer ins Arbeitszimmer zu geleiten. Sofort zog sie sich außer Sichtweite in einen Raum hinter ihr zurück und ließ die Tür einen Spalt offen.

Jack las weiter seinen Brief, und deutete kurz an, dass er gleich bei ihnen sein würde. Während Hayleys Mutter oben war, telefonierte er heimlich mit ihrer Tochter und teilte ihr mit, dass sie sich sofort auf den Weg machen sollte. Nachdem er sein Telefonat beendet hatte, gesellte sich Jack zu Red und Marco in das zeitgenössische Arbeitszimmer und verwandelte sich in den sympathischen Gastgeber, der die Getränke einschenkte. Es verging keine Minute, bis der Butler leicht anklopfte.

„Ähm, entschuldigen Sie, Sir, es tut mir leid, dass ich störe. Da ist ein dringender Anruf für Sie. Ich denke, Sie sollten ihn annehmen. Es geht um Daniel." Jack entschuldigte sich und verließ abrupt den Raum.

Als Jack außer Sichtweite war, sahen sich die Cousins um. Abgesehen von der Bücherregal-Trennwand, den passenden orangefarbenen Sofas und dem Flügel auf einem Zotteltepich und wenigen Einrichtungsgegenständen, die erfrischende Farbe in den Raum brachten, war das Arbeitszimmer recht schlicht. Noch überraschender für Red war das Fehlen von Fotos, vor allem eines von Mara und anderen, von denen Jack so begeistert gesprochen hatte – seine Lieben, wie Jack sie genannt hatte – ohne ihre Namen zu nennen, wenn er gefragt wurde. Red schnappte Marco schnell das Brandyglas aus der Hand.

„Was machst du da? Du kannst Jack nicht trauen. Es könnte vergiftet sein! Behalte deinen Verstand, Marco!", rief Red und stellte Marcos Brandyglas neben seinen ab.

„Hör zu Red, Scheiß auf den ganzen Schwachsinn mit Daniel und der DWIB. Wir sind hier, um nach Jade zu suchen, das ist doch unser Plan, oder?"

„Das war es, ja."

„Dann lass uns verdammt nochmal dranbleiben, Red ... wie viele Leute bekommen das zu sehen? Ich weiß nicht, wie es dir geht, aber ich habe folgende Idee. Wir halten an dem Stein fest, bringen Jack und seine Familie in den Tunnel und kehren dann um. Jack will vielleicht von Daniel davonlaufen, aber das ist sein Problem, nicht unseres. An diesem Punkt werden sie keine andere Wahl haben, als weiterzugehen, oder? Ich weiß, dass ich nicht unbedingt für all deine vergangenen Suchaktionen nach Jade war, aber ernsthaft Red, schau, wo wir sind. Wenn Jade irgendwo sein sollte, dann hier, denkst du nicht auch?"

Ein paar Augenblicke lang dachte Red über die Idee seines Cousins nach. „Du hast recht! Wir sind schon zu weit gekommen, um jetzt zurück zu gehen. Das ist eine andere Welt. Wenn Jack sich so große Sorgen um Mara macht, dann kann er sich selbst um sie kümmern. Und wenn er den Mikrochip hat, der Daniel, die DWIB und den Präsidenten in einen Skandal verwickelt, kann er ihn Tofi geben und Tofi kann ihn an das FBI weitergeben!"

„Genau, das ist auch meine Meinung. Wir müssen nur dafür sorgen, dass wir diesem Arschloch Daniel immer einen Schritt voraus sind. Wie schwer kann das für uns sein?", fragte Marco und zuckte dabei mit den Schultern. „Außerdem, Cousin, ist es an der Zeit, dass wir die Sache ein für alle Mal abhaken. Das ist weder Sandy noch dir gegenüber fair! Ansonsten, Kumpel, irgendwann verlierst du ..." Plötzlich ertönte draußen in der Empfangshalle das Geräusch von stampfenden Schritten. Türen öffneten sich und knallten dann zu. Unbekümmert darüber, setzte Marco sich auf die Couch und beschloss, weitere Gedanken mit Red zu teilen, während Red am Fenster stand und den Chauffeur beobachtete, der draußen die Autos wusch. „Cousin, ich habe nachgedacht. Wenn das, was Jack gesagt hat, wahr ist ... du weißt schon, das ganze Zeug über Moped im Hotel ... dann könnte Moped das fehlende Glied in Hermanows Blog sein." Red löste seinen Blick von dem Chauffeur und schaute seinen Cousin an. „Hör mir zu. Moped kam auf den Bahamas an, vor etwa vierzig Jahren?"

„Ich weiß es nicht genau, aber ja, das klingt ungefähr richtig."

„Also, nehmen wir an, Moped ist Donahkhamoun. Wie alt ist er jetzt, etwa zweiundsiebzig? Fünfundsiebzig?"

„Ich würde sagen, ja, das ist eine gute Schätzung."

„Dann müsste er um die dreißig gewesen sein, als er den Stein verloren hat."

„Ich nehme an", antwortete Red. „Wohin soll das jetzt führen?"

„Nun, wenn Moped den Stein tatsächlich verloren hat, als er auf der Insel ankam, und Mortimer ihn gefunden hat, unter ähnlichen Umständen wie du, dann ist die Wahrscheinlichkeit groß, dass Mortimer auch Hermanows großen Fund des Sarkophags in den Nachrichten gesehen hat. Höchstwahrscheinlich ist das der Grund, warum er den Stein aus dem New Yorker Museum wegnahm, nachdem er seinen Kampf um den Besitzanspruch gewonnen hatte. Ich wette, er kam zurück auf die Bahamas, an den Ort, an dem er ihn ursprünglich gefunden hatte."

„Und das gleiche Geheimnis entdeckt hat, das uns in diese Welt gebracht hat", warf Red ein.

„Spot on! Also, als ich gestern Abend den Laptop anschmiss, kam mir ein Gedanke und ich schickte eine Nachricht an Hermanow. Ich fragte, ob ein Mann namens Marcus Mortimer ihn in den vergangenen Jahren getroffen oder kontaktiert hat." Marco stand auf. Grinsend ging er zu Red hinüber. „Es war ein Schuss ins Blaue und es kam ein Nein als Antwort zurück. Aber dann wurde mir klar, was ich hätte schreiben sollen, ist, ob jemand mit dem Nachnamen Mortimer Kontakt aufgenommen hat." Marco hielt inne und holte sein Handy heraus. „Schau dir das an. Seltsamerweise habe ich heute Morgen, vor nur einer Stunde, diese SMS von jemandem namens Julie bekommen. Ich nehme an, sie ist die Nichte von Hermanow."

Hallo, Julie. Du kennst mich nicht, aber ich kenne dich. Ich muss mich mit deinem Onkel treffen. Die Zeit ist knapp, aber er wird die Dringlichkeit der Angelegenheit verstehen, wenn du hervorhebst, dass es um einen Mann namens Donahkhamoun geht, den Ägypter, nach dem er gesucht hat. Ich weiß, wer er ist. Mein Name ist Jack Mortimer. Bereite ihn auf meinen Anruf in den nächsten Tagen vor.

„Schau her, Red. Julie erhielt die Nachricht zwölf Minuten bevor sie sie an mich weiterleitete. Jack muss sie ihr Minuten vor unserem Treffen am Teich geschickt haben." Red schaute auf den Bildschirm. „Wenn ich richtig liege, dann könnte die Frau, die dir gestern gesagt hat, dass du den Stein finden sollst, sehr wohl Jade gewesen sein. Du sagtest, du hättest eine starke Verbindung gespürt, nicht wahr?"

„Das habe ich."

„Dann müssen wir, wenn es auch nur die geringste Möglichkeit gibt, länger bleiben, um sie aufzuspüren. Jade oder nicht, diese Person kann nicht weit weg sein. Du hast den Stein gefunden, Cousin!", beendete Marco aufgeregt. Marco öffnete die Tür, um zu sehen, wo Jack war, während Red am Fenster über Marcos Erkenntnisse nachdachte. Jack unterhielt sich gerade mit einer Frau am oberen Ende der Treppe. Sie schaute in Marcos Richtung. Igor, Jacks Leibwächter, der die Männer bewachte, zog sofort die Tür zu. Marco schnaufte und setzte sich hin, um Red mitzuteilen, dass Jack beschäftigt war. Er begann, die Schnappschüsse durchzugehen, die er im Inneren des Tunnels gemacht hatte. „Scheiße Red, da sind ein paar echt hässliche Wichser dabei", kommentierte er, was seinen Cousin zum Grinsen brachte.

Red wandte sich zurück zum Fenster und bemerkte sofort, dass sie sich in Gefahr befanden. Der Chauffeur ließ den Schlauch fallen und rannte außer Sichtweite, als die Rösser über das Feld rannten. Red wich aus dem Blickfeld des Fensters zurück und begann aus der Zimmerecke heraus das Risiko zu kalkulieren. Die Tür öffnete sich und Jack betrat mit seinem Leibwächter das Arbeitszimmer. Er bemerkte die beiden unangetasteten Brandygläser und ging zu ihnen hinüber.

„Das ist Igor. Er wird euch zu den Gästezimmern führen. Ihr könnt euch gerne frisch machen, während ihr wartet", bot Jack gastfreundlich an und nahm einen Schluck aus dem unberührten Brandy, um Zweifel an seiner Echtheit zu beseitigen.

„Ich dachte, wir verschwinden von hier?", fragte Marco.

„Daniel hat mich angerufen. Er sagte, er würde eine Weile beschäftigt sein und ich solle heute Abend um sieben zu ihm kommen."

„Und du glaubst ihm?", fragte Red.

„Nein. Aber es nimmt etwas Druck von mir, alles so schnell vorzubereiten."

Draußen auf dem Gelände bemerkte Red einen Wachmann auf dem Boden. Ein zweiter stürzte plötzlich zu Boden. Die beiden Bentleys waren halb eingeseift, und aus dem Augenwinkel sah Red einen Scharfschützen im Gebüsch, als das Sonnenlicht von der Linse des Zielfernrohrs reflektiert wurde. Reaktionsschnell zog er seine Handfeuerwaffe aus der Rückseite seiner Hose und richtete sie auf Jack.

„Du verarschst mich, Jack. Was zum Teufel ist hier los?"

„Whoa, whoa, whoa", platzte Marco heraus und geriet in

Panik.

Igor richtete seine Waffe schnell auf Red. Verwirrt runzelte Jack die Stirn und Marco streckte seine Hände aus, um ihnen zu signalisieren, dass sie sich beruhigen sollten und bat Red um Anweisungen.

„Was soll ich tun, Red?"

„Nimm seine Autoschlüssel. Wir fahren los."

„Red! Warte mal kurz. Was zum Teufel ist in dich gefahren?", brüllte Jack und gestikulierte, dass Igor seine Waffe senken solle. Doch Igor weigerte sich auf Jacks Anweisung hin, seine Pistole zu senken, es sei denn, Red tat das Gleiche. Er hielt seine Schusslinie, es juckte ihn, den Abzug zu drücken, um die Situation zu entschärfen. Verwirrt versuchte Jack auf Red einzureden, aber Red hatte keine Lust darauf. Für Red fühlte sich das Ganze plötzlich wie eine große Scharade an, eine Vertuschung, um den Amokaras zu kriegen und ihn und Marco im Stich zu lassen.

Wütend darüber, dass er Jack überhaupt vertraut hatte, wich Red schnell vom Fenster zurück und ging auf Marco zu. Igor richtete weiterhin seine Waffe auf ihn und folgte Reds Bewegung, während Red seinen Cousin abschirmte und Igor aufforderte, zur Seite zu gehen, weg von der Tür.

„Ernsthaft, Red, du machst mich wahnsinnig. Was soll das alles? Ich habe doch schon alles vorbereitet."

„Nein, Jack, du hast uns reingelegt. Du hast die ganze Zeit mit uns gespielt."

„Was ist denn in dich gefahren? Hier …" Jack warf Marco seine Autoschlüssel zu.

„Sieh mal nach draußen, Jack. Und sag mir, dass da nichts los ist!", brüllte Red.

Jacks Verwirrung war ihm ins Gesicht geschrieben. Er rannte zum Fenster. Igor hörte auf, auf Red zu zielen und reckte den Hals, um neugierig zu sehen, was die Aufregung verursacht hatte.

„Seltsam", stellte Jack stirnrunzelnd fest. „Runter, runter!", schrie er plötzlich und sprintete zurück in den Raum.

Ein Scharfschütze schoss durch das Fenster und streifte Jacks Arm. Red und Marco tauchten in Deckung und rollten sich hinter das Bücherregal im hinteren Teil des Raumes. Der Scharfschütze schoss erneut, dieses Mal landete eine Kugel in Jacks Brust. Eine Sekunde später stürzten Biker-Attentäter durch die Erkerfenster rein und sprangen weg von den schwingenden Stahlseilen, die am Dachfirst hingen. Igor schoss zurück, um seinen Boss zu verteidigen. Ein halbes Dutzend Kugeln schlugen in Igors Körper ein, während ein weiterer Schwall von Kugeln in Jacks Körper eindrang und ihn kurzzeitig gegen die Wand drückte. Eine Blutspur hinterlassend, fiel Jacks Leiche unsanft auf den zerbrochenen Tisch und kam auf dem Boden zum Stillstand.

Red gab Marco ein Zeichen, still zu sein, als Jacks Attentäter in voller Zahl auftauchten. Durch die Lücken zwischen den Büchern spähend, sah Red, wie die Angreifer vorrückten und ihre Waffen erneut erhoben. Hastig kauerte er neben Marco, als die Angreifer vorsichtige Schüsse in ihre Richtung abfeuerten, die Löcher in Bände von sieben Zentimetern Dicke brannten und einen Papierschneesturm über den Köpfen der Männer erzeugten. Red schlug seine Hand über Marcos Mund.

Panikschreie kamen aus der Halle. Hilflos und zahlenmäßig unterlegen, wurden die Cousins umzingelt, als die Angreifer langsam näher kamen und auf den Trümmern herumtrampelten. Marco umklammerte Jacks Autoschlüssel und wartete auf Reds Signal. Red hob seine Pistole und schaute unsicher durch ein Einschussloch im Bücherregal, geduldig auf einen günstigen Moment zum Schießen, wohl wissend, dass es sein letzter sein könnte. Überraschenderweise gab der Anführer den anderen ein Stoppsignal und trat über Jacks Leiche, inmitten des Blutbades.

„Moi", sagte Red lippensynchron und erinnerte sich an Jacks Gespräch mit dem Butler. Das musste sie sein.

Moi war schlank und doch muskulös, vielseitig und durch und durch verrückt. Sie trug Leder, ihr Haar war bunt gefärbt und ihr Gesicht leuchtete mit einem Glanz des Wahnsinns. Red hatte sich in Jack getäuscht und das war ein großer Fehler. Ohne einen Verbündeten würde es schwer werden, wieder nach Hause zu kommen. Wenn es das war, was Jack mit Mopeds Aussage *„alles würde sich entwickeln"* meinte, als sie im Auto saßen, dann schauderte Red bei dem Gedanken, was vor ihnen lag!

Die Angreifer warteten auf Anweisungen, während Moi auf Jacks Leiche saß und seine Taschen durchwühlte, um nach dem Stein zu suchen. Sie genoss den Moment des Triumphs und begann, das Blut auf seinem Gesicht mit ihrer Zunge abzuschlecken und sprach als ob er noch leben würde: „Jack, oh, Jack. Du bist ein sehr, sehr, sehr böser Junge gewesen, nicht wahr?" Marco blickte zu Red auf. Eine lose Seite fiel aus einem Buch und flatterte auf den Boden. Red hob den Finger an die Lippen, um Marco noch einmal zu signalisieren, dass er stillhalten sollte. Mit einer Bewegung drehte Moi ihren Kopf und starrte direkt auf das Bücherregal, als ob sie spüren könnte, dass Augen auf sie gerichtet waren. Abrupt stand sie auf und feuerte zwei weitere Kugeln auf Jack ab, eine in seinen Kopf und eine in sein Herz. Es war eine Tat, die Red nur zu gut kannte, ein Gnadenschuss, denn was würde es schon nützen. Moi zog ihre Klinge, zwirbelte sie selbstbewusst zwischen ihren Fingern und stolzierte langsam auf das Bücherregal zu. „Fee-fie-foe-fum, Opfer sind um mich herum. Seien die Männer hier oder dort,

Mord findet statt heut' an diesem Ort", reimte sie.

In einem angespannten Moment, als überraschendweise weitere Schüsse in der Lobby zu hören waren, platzte die Tür auf. „Moi, Joannas Männer schießen zurück. Sie haben schon zwei von uns getötet. Sie wissen nicht, was hier los ist. Hast du sie nicht gewarnt?"

„Sie ist hier? Shit!", schrie Moi auf. „Los, jetzt, alle raus hier!", schimpfte Moi auf ihr Biker-Team ein.

Blitzschnell zogen sich die Angreifer zurück. Sie sprangen über den Balkon und verschwanden im Gestrüpp und über die Mauer. Moi saß noch einen Augenblick auf ihrem Motorrad vor dem Haupttor, als ihr Team davon fuhr. Sie schaute mit einem missmutigen Gesicht zurück, startete ihr Motorrad und raste davon.

Im Inneren der Villa atmeten Marco und Red erleichtert auf und Marco klapperte mit den Ferrari-Schlüsseln. „Lasst uns von hier verschwinden!"

Die Cousins verließen das Arbeitszimmer, durchquerten die völlig verstörte Empfangshalle und schoben sich zwischen die verwirrten Angestellten. Als sie das Durcheinander beobachteten, wurde Red klar, dass die Angreifer hinter genau dem einen Ding her waren, das Jack nicht bei sich hatte – den Amokaras.

Ohne Zeit zu verlieren, eilte Marco durch die Hintertüren und die Treppe hinunter zu Jacks Auto, wobei er sich an Alfred vorbeidrängte. Red hatte nicht so viel Glück. Der Butler hielt Red in der Tür auf und richtete ihm eine Waffe ins Gesicht – ein halbautomatisches Maschinengewehr der Marke Beretta. Mit einem missbilligenden Blick schaute Alfred zum Treppenpodest hinauf und erwartete einen Befehl. Dann ließ er die Beretta sinken und Red drehte sich verwirrt um, um zu sehen, warum. Dort stand Joanna Pradnarski – die Frau, die er in Monaco erschossen hatte – und ihre Schönheit war jetzt genauso fesselnd wie damals, als er sie durch das Visier beobachtet hatte. Mit einer Bewegung ihres Handgelenks warf sie ihre Visitenkarte hinunter und verschwand schnell aus seinem Blickfeld. Alfred trat zur Seite, um die Bewacher zu rufen und sie anzuweisen, das Auto passieren zu lassen.

Marco hupte am Fuße der Haustreppe. Red beeilte sich, das Visitenkärtchen zu holen. Sofort rasten die beiden die Auffahrt hinunter, wobei sie denselben Weg hinaus nahmen, wie sie hineingekommen waren. Als sich die elektronischen Tore zu öffnen begannen, quetschte sich eine bewaffnete Fahrerin auf einem Dirt Bike hinein. Eilig fuhr sie auf sie zu und Red bereitete sich darauf vor, zu schießen. Aber die Bikerin war nicht interessiert und drehte ab, um ihnen auszuweichen und setzte ihre Fahrt zum Haus auf dem Hügel fort. Durch weit geöffnete Toren fuhren die Cousins Richtung Freiheit.

Ohne Antworten, ohne Hinweise und ohne Jack, betraten Red und Marco unbekanntes Terrain. Red blickte auf die Karte in seiner Hand. „Joanna Pradnarski", sagte er mit einem süffisanten Grinsen im Gesicht. Als Marco durch das Dorf raste, wussten sie beide, dass es nicht mehr lange dauern würde, bis sie gejagt werden würden!

20
DOSSIER

Nachdem Tina Mopeds Haus verlassen hatte, kam sie besorgt in De Club an und machte sich auf den Weg zur Strandbar. Die Kattunnetze wehten sanft umher und die Gäste tummelten sich auf den hochpreisigen Himmelbetten, wo vermögende DWIB-Führungskräfte sich mit ausgelesenen Escorts vergnügten. Fingerfood wurde auf großen Tellern von barfüßigen Kellnerinnen serviert, die opulente cremefarbene Sarongs trugen und mit der Umgebung verschmolzen. Sonnenliebende Menschen lagen auf Strandmatratzen, lasen, schliefen und bräunten ihre Körper. Alles in allem war es ein ganz normaler Tag im Leben der etwas reicheren Menschen.

„Hallo Tina, was kann ich dir bringen?", fragte der Barmann.

„Oh, ich glaube … ich nehme heute einen extra starken Mojito, bitte, Roger."

„Aber sicher, ein extra starker Mojito kommt sofort …"

Tina setzte sich auf den Barhocker, nahm sich einen Moment Zeit für sich und versuchte, in ihren Gedanken Ruhe zu finden. Wie konnte das … was einst so einfach war, sich plötzlich so schwer anfühlen? Ihre Gedanken waren durcheinander, nachdem sie Zeuge von Mopeds unnatürlicher Verwandlung geworden war. *„Sei du selbst"*, hatte Moped gesagt. Sie versuchte es ja, aber es funktionierte nicht. *„Du darfst nichts ändern"*, hatte er gewarnt, aber sie hatte einen dreifachen Schuss Rum in ihrem Drink bestellt. Zählte das, fragte sie sich. Es war niemand da, der ihr helfen konnte. Und schlimmer noch – sie konnte niemanden etwas erzählen. Sie war allein, gequält von ihren eigenen Entscheidungen.

„Bitteschön, Tina." Roger berührte ihren Arm. „Tina? Ist alles in Ordnung mit dir?" Seine Stimme war weit weg.

„Oh, es tut mir leid, ich ... ja, es geht mir gut. Danke." Ein Kunde unterbrach den Barmann und er entfernte sich, um sich um ihn zu kümmern. Währenddessen vibrierte Tinas Handy. Sie sah die Nachricht von Sandy: *Hey Süße. Ich bin am Strand. Ich nehme das, was du nimmst. xo.* Tina drehte sich auf dem Barhocker und entdeckte Sandy auf der anderen Seite des Pools, wie sie ihr vom Strand aus fröhlich zuwinkte. „Roger? Gib mir noch einen davon, bitte. Der ist für Sandy. Also, ein Schuss reicht."

„Geht klar! Setzt sie sich zu dir an die Bar oder soll ich es ihr rüber bringen lassen?"

„Oh nein, keine Sorge. Ich gehe zu ihr an den Strand, also übernehme ich das selbst."

„Huhu, das habe ich gehört. Du nimmst mir so meine Arbeit weg", gluckste eine Kellnerin, die sich neben ihr anschlich.

„Hallo Jenny", sagte Tina zu der Kellnerin, die ihr Tablett auf die Theke abstellte. „Ich habe gehört, dass du neulich zum Vorspielen im Atlantic warst."

„Stille Post, hm? Ja, das habe ich, bis ich diesen schmierigen Regisseur getroffen habe. Er sagte: ‚*Ein Blowjob* für einen *Job.*' Ich sagte: ‚*Ich habe einen Job, geh dir selbst einen blasen.*' Dann habe ich ihm eine Ohrfeige verpasst."

„Gut gemacht, Jenny!"

„Kennst du ihn?"

„Ja, ich kenne ihn. Er ist ein richtiger Mistkerl. Hör mal, ruf mich nächste Woche an, dann machen wir einen Termin aus und du kannst in unserer Band proben. Wenn du gut bist, kannst du mitsingen. Und wenn du besonders gut bist, gebe ich dir einen Auftritt im Scheinwerferlicht."

„Wirklich? Ich kenne deine Sets schon."

„Umso besser. Ich habe schon eine Weile über so etwas nachgedacht, und es wird mir ein paar zusätzliche freie Abende verschaffen."

„Danke Tina. Vielen Dank."

Für einen kurzen Moment vergaß Tina sich selbst. Aber es dauerte nur eine Sekunde, bis ihr bewusst wurde, was sie gerade gesagt hatte und hoffte, dass es überhaupt eine nächste Woche geben würde.

„Ist das für Sandy, Roger?", fragte Jenny.

„Ja."

Bevor Tina ein Wort sagen konnte, stimmte Jenny leise einen Song an und war mit den beiden Getränken auf dem Tablett auf dem Weg. Tina lief ein paar Schritte hinterher und lauschte den Wortschnipseln der unbekümmerten Unterhaltungen. Die Leute waren im Urlaub und amüsierten sich gut. Es lag Liebe und Lachen in der Luft. Konnte all das so plötzlich enden? Das kann doch nicht sein. Es war absurd, dachte Tina. Aber Moped hatte sich vor ihren eigenen Augen in einen gutaussehenden, jugendlichen Mann verwandelt. Und er behauptete, er sei Donahkhamoun. Er hatte ihr gesagt, dass die Entscheidungen, die wir treffen, das Schicksal der Welt bestimmen würden. Welche Entscheidungen? Wann, wo, wie? Was hatte er damit gemeint? Sorgenvoll konnte Tina nur hoffen, dass Ehab seinen Teil erfüllen- und alles wieder in die richtige Bahn lenken würde.

„Bitte sehr, Sandy, ein Mojito für dich. Und der hier ist für dich, Tina. Ich stelle ihn hier auf den kleinen Tisch."

„Oh je, die hat aber gute Laune", bemerkte Sandy, als Jenny davonlief.

„Ich habe sie zum Vorsingen für die Band eingeladen", bemerkte Tina an und schlüpfte aus ihren Kleidern, die ihren Bikini enthüllten.

„Schön für dich. Ich habe gehört, dass sie eine gute Stimme hat."

„Ich hoffe, dass ich es zu hören bekomme."

„Was meinst du?"

„Ich meine, ich freue mich darauf, es zu hören."

Eine Weile unterhielten sich die beiden Mädchen, zumindest tat Sandy das. Die leichten Wellen schwappten um ihre Füße. So sehr sich Tina auch bemühte, ihre Stimmung zu verbergen, man sah es ihr an. Und nach einer langen Zeit ohne ein Wort von Tina, wusste Sandy, dass sie die ganze Zeit über mit sich selbst geplaudert hatte. Sie warf einen langen Blick auf ihre Freundin, die neben ihr saß und legte sich dann hin. Der warme Sand klebte an ihrem schwitzenden Rücken. Sie erlaubte den sanften Wellen, ihren straffen Bauch zu überspülen, bevor sie zurückflossen. Die ganze Zeit über blieb Tina ruhig, mit den Armen um die Beine geschlungen und dem Kinn auf den Knien ruhend. In ihre Gedanken vertieft, schaute sie auf das Meer und beobachtete die vorbeifahrenden Kreuzfahrtschiffe am Horizont.

Doch es dauerte nicht lange, bis die Stille durch das Geräusch von klirrenden Eiswürfeln durchbrochen wurde. Ein Schatten verdeckte die Sonne, was Sandy dazu veranlasste, aufzuschauen. „Hallo Tofi, was für eine Überraschung. Bist du gekommen, um uns Gesellschaft zu leisten?", fragte sie.

Tofi lächelte und wandte sich Tina zu. „Hallo Tina, es ist ungewöhnlich, dich so früh am Tag hier zu sehen."

„Ich versuche, meine Gewohnheiten zu ändern. Ich war es leid, so spät aufzustehen. Du weißt ja, wie das ist."

„Leider weiß ich es nicht. In diesen Tagen läuft alles auf Hochtouren bei mir."

„Kann ich irgendetwas für dich tun, Tofi, oder bist du hierher gekommen, um dich mit den Gästen zu unterhalten?", fragte Tina.

„Ich brauche nur ein, zwei Worte unter vier Augen mit Sandy."

„Ach so, kein Problem, dann mache ich mich eben unsichtbar …"

„Nein, nein, nein Tina. Du bleibst hier." Tofi gestikulierte.

„Kann das nicht bis später warten, Tofi?", schnaufte Sandy.

„Es wird nicht lange dauern. Aber ich muss dich in meinem Büro sehen."

„Habe ich etwas falsch gemacht?"

„Nein, im Gegenteil, das ist eher eine heikle Angelegenheit."

„Verstehe. Dann gib mir eine Minute, um den Sand abzuwaschen und ich bin gleich bei dir." Sandy stand auf. „Das tut mir leid, Tina."

„Ist schon gut. Ich werde nicht davonlaufen. Ich werde hier sein, wenn du zurückkommst."

Sandy tauchte ins Meer und kam wieder heraus. In der Zwischenzeit unterhielt sich Tina mit Tofi. Sie zeigte auf die Kellnerin Jenny und erwähnte das Vorsprechen. Tofi stimmte zu, dass es eine gute Idee war und sagte, dass er ihr einen guten Posten in De Club geben würde, wenn Jenny sich bewährt. Aber Tinas Stimme war beunruhigt und Tofi bemerkte das. Ihre Hände zitterten und er dachte, dass Jack vielleicht gestern Abend in der Bar etwas zu ihr gesagt hatte. Aber er stellte keine

Fragen und ließ es auf sich beruhen. Tofi plante später mit Tina alleine zu reden, nachdem er mit Sandy gesprochen hatte.

Während Tofi darauf wartete, dass Sandy sich abtrocknete, blickte er hinter sich zu einem Mann, der aufrecht zwischen den Gästen saß und auf sein Strandtuch klopfte. Der Mann schien ihn zu beobachten. Da die sizilianische Mafia bald eintreffen würde, fand er es ein wenig befremdlich. Doch Tofi ignorierte es und betrachtete weiter seinen Traum. Von den Bankern betrogen, war ihm die ganze Entwicklung zuwider. Es war alles ein Schwindel gewesen. Tofi war in eine Falle getappt. Er war nicht mehr als ein Strohmann. Er war nicht der Besitzer, wie alle annahmen. Er war eine Marionette in einem Tempel des Teufels, Daniels Tempel, und Tofi trug die Narben, die ihn daran erinnerten, wer der eigentliche Boss war. Für einen Moment weckte sein Groll Erinnerungen an die Nacht, in der er aus seinem Bett gezerrt, betäubt und auf einen x-förmigen Tisch aus Stahl geschnallt worden war.

Leicht sediert wurde er von einem Mann mit schiefen Zähnen und einer spitzen Nase entkleidet und aufgeschnitten. Wenn er sich heute seine Qualen vor Augen führt, bleibt der Schmerz durch die Hände des Chirurgen, die in seinem Körper herumstocherten. Und es blieben die jämmerlichen Gesichter der anderen, die kaum noch am Leben waren und ihn von dort anstarrten, wo sie an ihren Handgelenken hingen und Bambus aus ihren Körpern ragte, der vom Fuß bis zum Kopf gewachsen war. Es war der Tag, an dem Tofi seinem Chef vorgestellt wurde. *„Ich bin Daniel. Du arbeitest für mich. Widersetze dich mir noch einmal und das nächste Mal bist du dran."*

Jack hatte für ihn verbürgt, erinnerte er sich. Gefangen auf der Insel, mit einem implantierten Peilsender und einer Niere weniger, blickte Tofi zu den Stealth-Speedbooten, die an seinem Privatsteg anlegten. In seiner Magengrube kochte der

Frust hoch. Er hatte Daniel nie wieder gesehen und wollte es auch nicht. Mit Hass in den Adern und Feuer in den Augen starrte er das Bootshaus an. Heute Nacht würde er die hundertfünfzig Millionen Bargeld verbrennen, um Daniels Pläne zu durchkreuzen. Wie Tina und Ehab, hatte auch Moped Tofi zum Tee eingeladen. Gestern hatte Tofi die Wahrheit über beide erfahren: Daniel und auch Moped selbst. Seitdem war Tofi in einer anderen Verfassung. Man hatte ihm einen Ausweg angeboten. Heute lief alles in seine Richtung, und Daniel und seine Männer konnten sich zum Teufel scheren.

„Okay, Tofi, ich bin bereit", sagte Sandy und zog ihren Minirock an. „Hier, Tina, nimm das. Es ist falsch, einen guten Mojito zu verschütten."

Nachdem sie sich ihren Weg durch die Gäste bahnten, die das Leben genossen, traten Tofi und Sandy in die leere Kuppel. Sofort wurde der Lärm gedämpft, als sich die Schiebetüren hinter ihnen schlossen. Die beiden liefen an der VIP-Bar vorbei und gingen die Wendeltreppe hinauf. Reinigungskräfte kreuzten ihren Weg und verabschiedeten sich für den Tag.

„Was soll die ganze Geheimniskrämerei, Tofi?", fragte Sandy.

„Das wirst du noch früh genug erfahren."

Ohne weitere Worte, dauerte es nicht lange, bis Sandy in Tofis Büro war. Sofort wurde sie von der Glaswand angezogen und bemerkte die neue Sitzordnung an der Bühne.

„Ah, jetzt verstehe ich es. Das hätten wir auch unten besprechen können, Tofi", murmelte sie und drehte sich zu ihm um.

„Du solltest nicht so vorschnell sein, Sandy. Damit hat es nichts zu tun. Wenn es so einfach wäre, dann ja, das hätten wir." Tofi schloss die Tür, was Sandy überraschte.

„Hat das irgendetwas mit diesen Bankern zu tun, denn wenn ja, dann bin ich raus ... das sind echte Arschlöcher, diese Typen ..."

„Diesmal nicht, Sandy."

„Nein? Zum Glück nicht."

„Es ist ein Thema, das einige Freunde von uns betrifft. Vor allem einen, der dich betrifft", begann Tofi und ging zu seinem Schreibtisch.

„Mich?", wiederholte Sandy, als Tofi sich eine Zigarre anschnitt.

„Ja, dich."

„Du weißt, dass ich Rauch nicht ausstehen kann, Tofi", rief Sandy aus und nahm ihm die Zigarre aus dem Mund, „besonders diese Dinger. Es stinkt jetzt schon hier drin. Und überhaupt, von wem redest du?"

„Nun, bevor ich irgendwelche Namen verrate, du weißt, dass ich ein pensionierter FBI-Agent bin, nicht wahr?"

„Ja, also, sozusagen …" Sandy setzte sich.

„Vor ungefähr sechs Wochen habe ich neue Informationen über …" Tofi hielt inne. „Sandy, es wird schwer sein, diese für sich zu behalten, also was auch immer ich preisgebe, ich brauche dein Wort, dass du niemandem ein Wort davon verrätst."

„Natürlich nicht, Tofi, du kannst mir vertrauen. Du weißt, dass du das kannst."

„Denn wenn du das tust, Sandy, wird das FBI dich so schnell nach Sibirien deportieren, wie …" Tofi schnippte mit den Fingern. „Zack!"

„Sibirien?"

„Das ist nur eine Redewendung, Sandy."

„Oh, ja, natürlich. Du machst mir tatsächlich ein wenig Angst. Ich weiß nicht, ob ich überhaupt etwas hören will." Tofi strich sich über seinen fein rasierten Bart, während er Sandy umkreiste. Sandy folgte ihm mit ihren Augen. Er blieb stehen und legte seine Hände auf die Oberseite ihrer Stuhllehne. Sandy drehte sich in ihrem Sitz, um ihn anzusehen. „Dir ist schon klar, dass Vertraulichkeit in meiner Jobbeschreibung steht, oder?"

„Ja, das weiß ich, Sandy. Aber das hat nichts mit deinem Job zu tun", sagte er und wanderte hinter seinen Schreibtisch. „Diese Angelegenheit betrifft Red."

„Red! Ist er in Schwierigkeiten?"

„Nein, ganz im Gegenteil."

„Das ist zumindest eine gute Nachricht. Was ist es dann?"

„Nun, vor kurzer Zeit wurde ich Jemandem vorgestellt … um genau zu sein, einer Frau."

„Redest du von der Frau, mit der du eine Affäre hast?"

„Tut mir leid, ich verstehe nicht ganz", antwortete Tofi brüsk mit einem verwirrten Gesichtsausdruck.

„Tina hat es mir erzählt. Sie hat dich gestern mit ihr in deinem Büro gesehen."

„Jetzt warte mal! Ihr Frauen! Ihr seid voll mit irgendwelchen Spekulationen. Was du sagst, ist nicht der Fall. Und zwar …" Tofi holte tief Luft. „Es ist nicht leicht, das zu sagen, Sandy. Diese Frau ist Jade Attlee, die Frau von Red!"

„Sie ist was?!"

Fassungslos schossen tausend Fragen durch Sandys Kopf. Doch ihr Mund wurde trocken und ihre Lippen zitterten. Sie zupfte nervös an ihrer Kleidung und hinterfragte ihr Äußeres. Was, wenn Jade Attlee dort war? Wollte Tofi sie vorstellen? Was würde sie sagen? Was könnte sie sagen? Aber was noch wichtiger war, wie würde sie reagieren? Eine Weile saß Sandy verwirrt da, unsicher, ob sie aufstehen, sitzen bleiben oder aus dem Raum rennen sollte. Ihre Hände begannen zu schwitzen und ihre Wangen färbten sich Rot von ihrem Hitzegefühl. Sie schob ihre Hände zwischen ihre Beine und drückte sie mit den Innenseiten ihrer Oberschenkel zusammen, um das Zittern zu stoppen.

„Bist ... bist du sicher?", murmelte sie in einem beunruhigten Ton.

„Es tut mir leid, dir das zu sagen, Sandy, wirklich, das tut es."

In diesem einen Moment war Sandys Leben auf den Kopf gestellt worden. Sie hatte fast sieben Jahre lang mit dem Ehemann von Jade Attlee geschlafen. Aber andererseits war seine Frau schon so viel länger verschwunden. Warum sollte sie sich schuldig fühlen? Sie hatte ein Leben mit Red und er hatte ein Leben mit ihr. Sie hatten über Zukunftspläne gesprochen, doch immer wieder war Red ihr gegenüber zögerlich gewesen und hatte gesagt, er brauche mehr Zeit, um die Dinge für Ling Su zu Ende zu bringen. Vielleicht war das gar nicht der Grund, dachte sie. Vielleicht wusste er, dass Jade hier war und er brachte es nicht übers Herz, es ihr zu sagen. Sandys Gefühle waren zerstreut. In letzter Zeit waren die beiden unzertrennlich geworden, hatten mehr und mehr Zeit miteinander verbracht, da Reds Termine für Ling Su immer weniger geworden sind. Sandy war geduldig gewesen. Es hatte Jahre der Hingabe gebraucht, um Red aus seiner Zurückgezogenheit zu befreien. Obendrein hatte Red ihr gestern Abend gesagt, dass er sie liebte – in seinen eigenen Worten zumindest. Und das war gut genug für sie. Tofis Nachricht war ein Schock und brachte Sandy Tränen in die Augen. Sie war verliebt. Verliebt in den Mann, den sie kennengelernt hatte ... diesen „Ghostwriter von europäischen Geschichten" Redmond Attlee. Sicherlich konnte es nicht einfach so vorbei sein. Nicht für sie.

„Warum hast du vorher nichts zu mir gesagt, Tofi?", tadelte sie.

„Es stand mir nicht zu, etwas zu sagen."

„Aber Tofi ..."

„Kein Aber, Sandy! Ich kann verstehen, dass du verärgert

bist. Und ich weiß, dass Red dir viel bedeutet. Er redet ja oft genug von dir", versuchte er den Schlag zu abzufedern.

„Tut er das wirklich?"

„Natürlich tut er das, aber Tatsache ist doch, dass seine Frau gefunden wurde. Das können wir nicht einfach unter den Teppich kehren", erklärte Tofi und legte seine Hände auf ihre Schultern.

„Ja, du hast recht." Sandy berührte seine Hand mit ihrer.

„Gut. Jetzt reiß dich zusammen. Das Letzte, was Red in dieser Zeit in seinem Leben braucht, ist noch mehr Drama. Hier, nimm das", sagte Tofi und bot sein Seidentaschentuch an.

„Danke", schniefte sie, „wie lange weiß Red denn schon davon?"

„Er hat noch keine Ahnung."

„Überhaupt keine?"

Tofi bewegte sich zu seinem Überwachungsbildschirm. „Es gab Komplikationen. Aber die sind erfreulicherweise alle beseitigt worden", sagte er und beobachtete Tina, die mit ihrem Handy am Ohr am Strand entlang schlenderte. „Er wird es heute Abend erfahren. Ich habe arrangiert, dass seine Frau hier sein wird, wenn ich mich mit ihm treffe. Dann wird er es erfahren."

„Heute Abend, Tofi? Solltest du nicht wenigstens, na ja, vorher mit ihm reden?"

„Glaube mir, Sandy, es ist besser so. Und versuch nicht, dich einzumischen. Ich habe dir gesagt, dass es schwer sein wird, das für sich zu behalten."

„Ich werde kein Wort sagen, Tofi. Ehrlich gesagt wüsste ich nicht, wie ich anfangen sollte."

„Wenn du willst, kannst du dir den Abend frei nehmen."

Sandy tupfte sich die Augen ab. „Nein, das ist schon in Ordnung. Ich schaffe das schon."

„Das ist mein Mädchen! Ich hatte gehofft, dass du das sagen würdest. Ich weiß nicht, ob jemand anderes unsere Banker so zähmen kann wie du."

„Nicht ohne Anstrengung", kommentierte Sandy, als sie versuchte, sich Reds Frau vorzustellen. Das Bild von Jade in Sandys Erinnerung war undeutlich. Sie hatte von ihr nur flüchtige Eindrücke gesehen – eine Silhouette und ihren eleganten Gang aus der Ferne. Trotzdem erkannte Sandy, dass Jade Attlee eine Schönheit war. Sie hatte Klasse und noch dazu mehr Diamanten als ein Tiffany-Laden.

„Bist du bereit weiterzumachen, Sandy?", fragte Tofi.

„Ja, ich bin bereit. Ich hole mir nur vorher ein Glas Wasser. Willst du auch eins?"

„Klar, stell es einfach auf den Tisch."

Sandy wischte sich die feuchten Hände an ihrem Minirock ab. Sie stand auf, rückte ihre Kleidung zurecht, ging zur Bar in der Ecke und schenkte zwei Gläser Wasser ein, in die sie jeweils eine Zitronenscheibe hinein warf. In der Zwischenzeit hatte Tofi seinen Safe geöffnet und ein altes braunes Dossier herausgenommen, das mit einer großen Papierklemme zusammengehalten wurde. Sein falscher Monet glitt sanft zurück in Position und verdeckte den Wandsafe.

„Was ist das?", fragte Sandy.

„Das ist etwas, was du lesen sollst." Tofi setzte sich an seinen Schreibtisch und Sandy setzte sich ihm gegenüber. „Allerdings ist es nicht ganz einfach zu verdauen. Es geht um eine Frau namens Francesca …", sagte er und schaute Tina auf dem Monitor an, „… DuPont. Francesca DuPont." Er reichte ihr die Akte über den Schreibtisch und ließ sie mit einem dumpfen Schlag vor ihr fallen.

„Oh, das ist eine CIA-Akte!" Sandy schaute schockiert. „Und Reds Name steht da drauf. Was soll ich …" Instinktiv lehnte sie sich vor, um die Akte zu öffnen. Tofi sprang auf und schlug seine Hand auf die Hülle, als sie die erste Seite aufschlagen wollte.

„Bevor du dir den Inhalt ansehen kannst, musst du ein Papier für mich unterschreiben", platzte Tofi heraus und setzte sich dann wieder auf seinen Platz, bevor er die Schreibtischschublade öffnete.

"Das ist eine CIA-Akte, Tofi", wiederholte Sandy und murmelte den Titel des Dokuments laut vor sich hin – *Francesca DuPont*.

„Hier, unterschreib das …"

„Eine Vertraulichkeitserklärung?!"

„Ja, es ist alles ausgeschrieben. Unterschrift kommt da hin, Datum dort. Ich unterschreibe als dein Zeuge, genau hier."

„Gibt es etwas, worauf ich achten sollte? Ich meine, ich werde doch nicht in irgendetwas verwickelt, oder?"

„Oh, nein, nein, nein, natürlich nicht, es ist nur ein Standardformular. In deinem Fall ist das Dossier nur zum Lesen gedacht. Ich muss betonen, dass die Akte dieses Büro nicht verlassen darf."

„Und wenn ich nicht unterschreibe, bekomme ich nicht zu sehen, was drin steht?"

„Das ist richtig." Tofi bot einen Stift an.

Unter diesen Umständen hatte Sandy nichts zu verlieren. Wenn sie schon aus Reds Leben verdrängt werden sollte, wollte sie wissen, warum. Sein Name stand in der Akte und Tofi verhielt sich seltsam. Wenn es Geheimnisse gab, dann glaubte sie, dass die Wahrheit hier drin war. Es war ein Dilemma. Sie unterschrieb. Dann unterschrieb Tofi und schob ihr die Akte zu, während er die unterschriebene Erklärung in die Schreibtischschublade legte.

Sandy hob das Dossier vom Schreibtisch und legte es auf

ihren Schoß. Langsam fuhr sie mit ihrem Zeigefinger über die Worte: *Für den internen Gebrauch – Redmond Attlee* und glitt dann mit ihren Fingern nach unten zu dem Namen der Person, der über dem verblassten CIA-Logo stand. Nervös begann sie auf ihrem Sitz zu wippen.

„Es kommt nicht jeden Tag vor, dass jemand die Chance hat, ein solches Dokument zu lesen", sagte Tofi und hielt inne. „Du brauchst es nicht zu lesen. Ich kann die Vertraulichkeitserklärung jederzeit zerreißen. Aber sobald du die erste Seite aufschlägst, gibt es kein Zurück mehr."

„Würdest du es an meiner Stelle lesen?", fragte Sandy und schaute zu ihm hinüber.

Tofi zog eine Augenbraue an und hob dann die Zigarre auf, die Sandy ihm aus dem Mund genommen hatte. Er sah zu Old Jessie hinunter, der den Flügel polierte. Sein Kopf neigte sich nach vorne und Sandy nahm das als Bestätigung, dass er es tun würde. In der Reflexion der Glaswand sah Tofi zu, wie Sandy die Titelseite umblätterte.

Er hatte die Räder in Bewegung gesetzt. Er hatte getan, was Moped von ihm verlangt hatte, zumindest zum Anfang. *De Club* – das Hotel, Beach Club & Spa sollte wieder ihm gehören. Tofi glühte, als er sah, wie sich Sandys Gesichtsausdruck mit jeder umgeblätterten Seite veränderte. Derartig fixiert auf den Inhalt, würde sie nicht bemerken, wenn das Gebäude um sie herum in Flammen aufginge.

„Ist das Tina?"

„Ja, sie ist es." Tofi blies den Rauch aus.

„Oh, meine Güte, Tofi, das … das kann nicht sein!", rief sie und starrte auf das schockierende Bild auf ihrem Schoß.

Tofi öffnete die Tür. „Bin in zwanzig Minuten zurück", sagte er und schloss Sandy ein.

21
ORANGE GROVE ROAD

Evelyn, die ihren Gästen nur als Ms. Smith bekannt war, stand neben dem Queen-Size-Bett und beobachtete Justin, der sich wie ein neugeborenes Tigerbaby reckte. Frank stand im Türrahmen. Justin gähnte und die beiden Erwachsenen lächelten. Die Augenlider des Jungen hoben sich. Erst das eine, dann das andere. Einen Moment lang war er verunsichert, aber dann roch er den Duft eines heißen Getränks und setzte sich in dem weichen Bett auf. Umgeben von schönen Dingen schaute sich Justin in dem Zimmer um. Es war so anders als sein provisorisches Zuhause unter der Brücke.

Das Gästezimmer, welches nur selten benutzt wurde, war sauber und schlicht, aber gerade so eingerichtet, dass es gemütlich war. Zu seiner Linken stapelten sich Kinderbücher in einem Regal neben einem langen Wandteppich, der an einem einzigen Nagel hing. Zu seiner Rechten drang das Tageslicht durch die Jalousien. Vor ihm hing ein großer Spiegel über der Kommode neben der Tür, in der Frank stand.

„Guten Morgen, Justin", sagte Ms. Smith.

„Ähm", räusperte sich Frank, „guten Morgen, Justin. Das ist doch dein Name, nicht wahr?"

„Ja", antwortete er zaghaft.

„Mein Name ist Frank." Frank bewegte sich auf das Bett zu und streckte seine Hand aus.

„Oh, hi …", erwiderte Justin, verwirrt über den Händedruck.

Frank plusterte ein Kissen auf. Justin setzte sich aufrecht hin und rieb sich die Augen. Ms. Smith kehrte für einige Augenblicke in die Küche zurück und ließ die beiden allein. Frank nahm die heiße Tasse vom Nachttisch und reichte sie Justin.

„Hast du gut geschlafen?"

„Mhm", antwortete Justin, nippte an seinem Getränk und musterte Frank dabei.

„Aber du hättest länger schlafen können, oder?"

„Mhm", blieb der Junge schüchtern.

Frank entfernte sich und nahm ein Buch. Er blätterte durch die Seiten, während er mit dem Jungen sprach: „Ich glaube, du bist gestern Abend mit Red zusammengestoßen …"

„Mhm", stimmte Justin zu.

„Er ist ein guter Freund von mir. Er hat mich angerufen und gefragt, ob ich für ein paar Tage auf dich aufpassen würde. Was sagst du dazu, Justin?"

„Bist du ein guter Mann oder ein schlechter Mann?", fragte Justin.

Frank drehte sich zu dem Jungen um. „Ich bin einer von den Guten. Warum?"

Justin nippte kontinuierlich an seiner Tasse. „Einfach so."

„Einfach so? Das ist keine gute Antwort." Frank drehte sich um und legte das Buch zurück. Er bemerkte Evelyn, die den Korridor entlang schlurfte. Ihre Wege kreuzten sich, als sie das Zimmer betrat und Frank zur Kommode hinüber ging. Er betrachtete Justin durch den Spiegel und wechselte das Thema. „Spielst du gerne Fußball, Justin?", fragte er.

„Jep."

„Ah, ihr zwei versteht euch gut, wie ich sehe", kommentierte Evelyn, während sie die Jalousien öffnete. „Bitte sehr, Justin. Fürs erste kannst du das anziehen." Sie legte den übergroßen Bademantel auf das Bett. „Deine Kleidung ist im Bad, gewaschen, getrocknet und gefaltet. Wenn du fertig getrunken hast, wartet ein schönes, heißes Bad auf dich. Und ich habe ein paar Tropfen meiner therapeutischen Öle für dich hineingeträufelt."

„Perateutische Öle?", wiederholte Justin.

„Haha. Ja, das stimmt, perateutische Öle", lachte sie und schob ihm Strähnen aus dem Gesicht, die ihm in die Augen hingen.

„Aber, mein Geld, es war in meiner Hosentasche!"

„Es liegt da in der Schublade neben dir, mein Freund", sagte Frank und kicherte. „Und ich werde mit dir ein paar neue Klamotten einkaufen gehen. Vielleicht besorgen wir dir auch ein Paar Sneaker, wenn wir schon dabei sind."

„Aber, aber ich ..." Justin hatte andere Pläne für sein Geld. Er warf einen besorgten Blick auf die Nachttischschublade.

„Oh nein, Junge, dein Geld darfst du behalten. Ich bezahle das", sagte Frank.

„Wirklich? Vielen Dank!"

„Komm schon, Frank, lassen wir ihn in Ruhe."

„Und lass das Zähneputzen nicht aus, Junge, sonst gehen wir nirgendwo hin", versicherte Frank mit hochgezogener Augenbraue.

Für ein paar Minuten schlüpfte Justin zurück unter die Decke. Er streckte sich noch einmal und sprang dann aus dem Bett, begierig darauf, die Nintendo Switch zu kaufen, für die er gespart hatte. Er schnappte sich den Bademantel, doch er war zu klein dafür und wischte damit den Boden auf dem Weg ins

Bad.

In der Zwischenzeit berieten sich Frank und Evelyn eine kurze Zeit über Justins Situation im Wohnzimmer. Aber es gab nicht viel dazu zu sagen – solange sich Red nicht meldete.

„Oh mein Gott", kreischte Evelyn. „Was ist das für ein Geräusch? Ist das Justin?"

Frank grinste. „Ich glaube, das ist er."

„Ist er krank?"

Frank lachte. „Das glaube ich nicht. Es hört sich an, als würde er beatboxen."

„Beatboxen?"

„Das ist eine Art von Musik. Man macht verschiedene Geräusche mit der Kehle und dem Mund."

Evelyn lauschte ein oder zwei Sekunden lang. „*Worp, worp* ... ist es das, was er singt?" Frank lachte. „Was ist nur aus der Welt geworden? Na ja, du passt auf ihn auf und ich fange schon mal mit dem Frühstück an", sagte sie und ließ Frank in Ruhe.

Nach einer langen Nacht mit den Jungs im Casino und einem frühen Morgen, um Red zu helfen, ruhte Frank mit seinen Füßen auf dem Sofa und lehnte seinen Kopf zurück, um ein kleines Nickerchen zu machen. Währenddessen sang Evelyn im Hintergrund leise vor sich hin und tüftelte in der Küche an ihrem Herd. Die Backofentür öffnete und schloss sich quietschend und gab dabei Hitze ab. Frank konnte Evelyn ab und zu vor sich hinmurmeln hören, als er kurz davor war, einzunicken.

Doch bald pfiff der Wasserkocher und der Mixer surrte. Und zwischen all dem Lärm unterbrach Evelyn Frank immer wieder mit Fragen über Justin. Es vergingen etwa zehn Minuten und Frank gab sich geschlagen. Er öffnete die Augen, löste sich von der Couch, atmete die Gerüche ein, die aus der Küche kamen und begab sich nach drüben. Er öffnete die Ofentür, um nachzusehen. Es quietschte wieder und Evelyn tippte ihm schnell auf die Hand und schimpfte mit ihm wie mit einem ungezogenen Schuljungen.

„Sind das Muffins?"

„Ja, das sind Muffins. Und das sind Madeleines ... kleine Küchlein. Hier, probier mal einen."

„Mmm, sehr lecker."

„Tust du mir einen Gefallen, Frank, und deckst den Tisch?"

„Klar. Frühstück für drei also", antwortete er.

Evelyn war für ihr Leben gerne besorgt und ihr Gesicht verriet ihre Gedanken über Justin. Da sie nichts über ihren Gast wusste, fühlte sie sich in der gegenwärtigen Situation unwohl. Wenn sie Red nicht einen Gefallen schulden würde, hätte sie den Vorfall sofort dem Jugendamt gemeldet. Stattdessen bereitete sie Frühstück für einen ungebetenen Gast vor, ein Kind über das sie nichts mehr als seinen Vornamen wusste. Normalerweise würde sie jetzt Formulare ausfüllen, um den Jungen für ein paar Tage aufzunehmen. Sie brachte Frank Besteck und zog sich dann in die Küche zurück. Sie summte leise vor sich hin, um sich von der Erkenntnis abzulenken, dass sie die Regeln brach – etwas, das sie zuvor noch nie getan hatte.

Als der Frühstückstisch gedeckt war, lehnte sich Frank nachdenklich an dem dicken Fensterrahmen und versuchte, die Zeit totzuschlagen. Wie eine neugierige alte Dame schaute er auf die Straße hinaus und warf ab und zu einen Blick auf Evelyn. Aber sie war mit Backen beschäftigt. Sie sah niedlich aus, dachte Frank, so wie die ganze Nachbarschaft. Es war ein früher Morgen und draußen auf der Orange Grove Road war es sonnig und friedlich.

Frank genoss es, das Leben draußen vor dem Fenster zu beobachten. Ein paar Kinder übten auf ihren Rollerblades und glitten die Einfahrt auf und ab. Vielleicht waren sie Bruder und Schwester, dachte Frank. Ein paar Türen weiter hingen Luftballons an einem Baum im Garten. Ein *Happy 12th Birthday* Schild war an seinen Stamm gehämmert. Und ein Stück weiter oben beobachtete ein Mann vorsichtig seine Umgebung, als sein Hund plötzlich stehen blieb und einen Haufen machte. Frank kicherte und erregte Evelyns Aufmerksamkeit, als der Mann an der Leine riss und prompt weiterging.

„Worüber lachst du?", fragte sie.

„Oh, ich glaube, das willst du nicht wissen. Vielleicht erzähle ich es dir nach dem Frühstück", sagte er und kümmerte sich weiter um die Geschehnisse der Nachbarschaft. Abgesehen von dem großen Hundehaufen, der auf dem Gras dampfte, war die Orange Grove Road die Art von Gemeinschaft, in der Frank sich selbst vorstellen konnte. Vermutlich hätte er auch eines Tages hier gelebt, wenn seine Familie noch am Leben wäre. Er begann, die über Nacht abgestellten Fahrräder zu zählen, bis er von einer schwergewichtigen Frau abgelenkt wurde, die dem Müllwagen hinterherlief. Mit einer schwarzen Tüte in der Hand schrie sie den Müllmännern zu, dass sie warten sollten.

„Komm schon, Schätzelein, du schaffst es", rief der Arbeiter mit lauten Gelächter zurück. Auch Frank gluckste und beobachtete jene Frau, die in Flip Flops nach Hause watschelte und sich alle paar Schritte die Stirn abwischte. Ja, das Leben in der Orange Grove Road war schlicht und einfach im Vergleich zu seinem Stadtleben – voller Lärm und Kriminalität. Er musste sich gestehen, dass er die hier Lebenden beneidete.

„Was kicherst du eigentlich die ganze Zeit?", fragte Evelyn und warf einen kurzen Blick nach draußen.

„Ach, es ist nichts. Die Leute sind nur manchmal so komisch."

„Möchtest du mein Fernglas?", fragte sie und stellte das Brot und die Marmelade auf den Tisch.

„Du hast ein Fernglas?"

„Natürlich nicht, du Blödmann! Ich bin nicht gerade dafür, Leute auszuspionieren", sagte sie und warf selbst einen Blick darauf. „Ah, genau pünktlich", sagte sie und schaute auf ihre Uhr. „Da kommt Lizzie."

„Lizzie? Wer ist Lizzie?", fragte Frank.

„Das kleine zehnjährige Mädchen, das auf den Spielplatz läuft", sagte Evelyn und zeigte. „Sie wohnt ein paar Straßen weiter. Sie holt das Kind meiner Nachbarin ab. Er ist erst vier, Gott segne ihn. Lizzie bringt ihn dreimal die Woche in die Spielgruppe der Kirche."

„Aber sie hat nicht hier gewohnt, als ich dich das letzte Mal besucht habe, oder?"

„Nein. Sie ist vor ein paar Monaten hierher gezogen. Ihre Mutter ist wirklich eine nette Frau. Du wirst sie kennenlernen müssen."

„Du versuchst immer noch Menschen zu verkuppeln, wie ich sehe", sagte er und lächelte.

„Wie auch immer, das Frühstück ist in zehn bis fünfzehn Minuten fertig. Ich muss nur noch den Kuchen fertig backen. Kannst du Justin Bescheid geben?"

„Klar."

Frank machte sich auf den Weg ins Bad und hörte eine Weile Justin zu und war erstaunt über die verschiedenen Beats, die aus seinem Mund sprudelten. Frank klopfte. Justin hielt inne.

„Hallo?", sagte der Junge.

„Das klang wirklich gut, mein Sohn. Mir hat es gefallen", lobte Frank.

„Wirklich? Das sagst du doch nicht nur so, oder?"

„Nein. Nun, es ist schon etwas anderes, aber ja, es hat mir gefallen. Ich glaube, du hast ein Talent dafür."

„Danke, Frank!" Justin richtete sich auf und war zufrieden

mit sich selbst.

„Hör mal, bleib nicht zu lange da drin. Es gibt noch eine ganze Ladung Futter, bevor wir loslegen. Das Frühstück ist fast fertig." Als Frank in die Küche zurückkehrte, schüttelte er den Kopf und griff nach einer Kleinigkeit zu essen. „Meine Güte, für wie viele Leute kochst du denn?"

„Finger weg du frecher Kerl, die sind frisch aus dem Ofen. Wenn du einen davon essen würdest, verbrennst du dir die Zunge daran. Außerdem habe ich sie für zehn kleine Waisenkinder gebacken, nicht für dich."

„Verstehe, dann sollte ich das hier für dich an den Tisch bringen?"

„Ja, das wäre nett", sagte sie und schaute kurz nach. „Toast, gekochte Eier, Salz, Pfeffer …"

„Und Butter", fügte Frank hinzu und legte sie in den Korb.

Mit ein paar Minuten zur Verfügung entschuldigte sich Evelyn, um die Morgenpost zu holen. In der Zwischenzeit schlenderte Frank durch das Zimmer und betrachtete Evelyns Bildersammlung an der Wand. Die Bilder waren alle von Kindern, denen sie im Laufe der Jahre geholfen hatte. Er ging hinüber zum Eckfenster und sah das kleine Mädchen, Lizzie, das auf der Schaukel hin und her schwang. Er beobachtete Evelyn, wie sie zum Gemeinschaftstor ging.

„Morgen, Lizzie", rief sie und winkte dem Mädchen zu.

Lizzie winkte zurück und sprang von der Schaukel. Sie war ein entzückendes kleines Mädchen, in rosa gekleidet, trug sie kurze Latzhosen und Sandalen. Ihr Haar war zu zwei Zöpfen geflochten und mit je einem Stoffband zu einer Schleife gebunden. Ein kleiner Turnbeutel hing über ihrer Brust. Eine Puppe war in den Beutel gestopft, ihr Kopf und ihre Arme ragten heraus und ihr Haar hüpfte im Takt von Lizzies Schritten.

Bald erreichte Lizzie das Tor und die beiden unterhielten

sich einen Moment lang. Lizzie öffnete die Seitentasche des Ranzens und stopfte Evelyns Gebäck hinein. Frank wechselte die Position und setzte sich auf das Fensterbrett, hinter den Esstisch. Er lehnte sich an das Gestell und öffnete das Fenster, um den Raum zu lüften, während die Wärme der Sonne die Temperatur im Inneren ansteigen ließ. Dumpfe Stimmen wurden deutlich. Lizzie schaute auf, als sie hörte, dass das Fenster geöffnet wurde. Evelyn drehte sich um und lächelte Frank an, bevor sie Lizzie zur Nachbartür geleitete.

„Meine Mum hat mir gesagt, ich soll dich grüßen", sagte Lizzie, als sie bei der Nachbarin klingelte.

„Grüß sie von mir zurück", erwiderte Evelyn und entfernte sich.

Stimmen des Protests zwischen Mutter und Sohn kamen aus der Erdgeschosswohnung. Lizzie trat weg und hockte sich neben das Planschbecken, das dem Jungen gehörte. Frank beobachtete, wie sie ihre Hand wie einen Fischschwanz im Wasser bewegte, um sich die Zeit zu vertreiben, bis der kleine Junge bereit war zu gehen. Die Wohnungstür öffnete sich. „Ich bin gleich bei dir", sagte die Mutter und begann, ihrem Sohn die Schnürsenkel zu binden.

In der Zwischenzeit betrat Evelyn ihre Wohnung. „Ich bin's nur", rief sie und warf ihre Schlüssel in die Schüssel.

„Niedliches kleines Mädchen", kommentierte Frank.

„Ja, das ist sie", erwiderte Evelyn und ging zu Frank hinüber, weil sie etwas auf dem Herzen hatte. „Ich weiß, wir haben das besprochen, Frank", begann sie und legte ein Bündel Briefe auf die Anrichte, die Zeitung immer noch in der rechten Hand haltend. „Aber ich kann mich des Gefühls nicht erwehren, dass Justin in etwas verwickelt ist. Ich habe mich im Laufe der Jahre um viele Kinder gekümmert und, nun ja, Justin ist anders."

„Jedes Kind ist anders, Evelyn", sagte er und kam damit

einer Wiederholung des Gesprächs, das sie vorhin geführt hatten, zuvor. „Sieh mal, der einzige Grund, warum du dir Sorgen machst, ist, dass Reds Bitte dir gegen den Strich geht. Er hat sich noch nicht bei dir gemeldet, weil er noch schlafen wird. Marco ist gestern Abend angekommen und sie sind bis sechs Uhr morgens im Wolf's gewesen", log Frank. „Du weißt doch, wie das ist!"

„Oh, das habe ich ganz vergessen."

„Mach dir keine Sorgen, Red wird sich schon noch melden. Lass uns einfach zusammen frühstücken, und wenn du danach Lust hast, den Jungen zu verhören, dann mach. Aber wenn du das tust, bin ich raus." Er machte eine Pause und fuhr fort: „Ich habe versprochen, den Tag mit Justin zu verbringen, und genau das tue ich. Ende."

„Aber mein Job ist es, solche Angelegenheiten zu melden."

„Melden? Evelyn, lass doch einmal in deinem Leben die Bürokratie beiseite", betonte Frank und legte seinen Arm um ihre Schulter. „Vergiss nicht, es ist auch dein Aufgabe, dich um das Wohl der Kinder zu kümmern – um Kinder wie Justin zum Beispiel, um ihnen wieder auf die Beine zu helfen, stimmt's?", sagte Frank und drehte Evelyn zu ihrer Galerie an der Wand. „Das ist es doch, was du tust, nicht wahr?"

„Vielleicht hast du recht. Ich mache mir zu viele Gedanken, oder?"

„Nur ein bisschen ..." Frank lächelte mitfühlend. „Hör zu, der Junge ist glücklich. Du machst einen tollen Job."

Evelyn willigte ein: „In Ordnung Frank, aber unter einer Bedingung. Wenn du oder ich nichts von Red gehört haben, bevor du mit dem Jungen zurückkommst, dann melde ich es."

„Kein Problem! Damit bin ich einverstanden. Und damit du dich besser fühlst, werde ich auf dem Weg mit Justin bei Red vorbeischauen. Wer weiß, vielleicht hat Marco ja den Jungen mitgebracht."

Evelyn hob die Augenbrauen und zeigte damit, dass sie diese Erklärung für nicht mal eine Sekunde glaubhaft fand. „Oh, da klingelt mein Küchentimer. Ich muss los. Hier, nimm das!" Evelyn drückte Frank die aufgerollte Zeitung in die Hand. „Schau mal, was gestern Abend passiert ist. Ich mache mir Sorgen, dass Justin darin verwickelt sein könnte!"

Noch einen Moment lang umklammerte Frank die Morgenzeitung in seiner Hand und betrachtete das aufmüpfige Kind, das sich an das Tor und an die Mutter klammerte – und nicht mit Lizzie gehen wollte.

„Ich will nicht gehen, Mami. Ich will in meinem Planschbecken spielen!", schrie er.

„Bitte, Schatz. Es ist doch nur für eine kurze Zeit. Ich muss zur Arbeit und Lizzie ist extra den ganzen Weg gekommen, um dich mitzunehmen", flehte sie.

„Nein, Mami, ich mag es da nicht", rief das Kind trotzig.

Das Tauziehen zwischen Mutter und Sohn erinnerte Frank an seine eigene Trotzigkeit, als er von seiner Mutter zur Schule geschleppt wurde. Aber da gab es dieses geheime Flüstern ins Ohr, das Wunder bewirken konnte. Und da war es auch schon; Lizzie tat es seiner Mutter gleich und brachte Frank zum Lächeln. Lizzies Hand haltend, hüpfte der Junge freudig davon und winkte seiner Mutter zurück. Frank entfernte sich vom Fenster und setzte sich zum Lesen an den Tisch. Evelyn blickte hinüber und sah, wie Frank die Zeitung aufschlug und rief Justin zu, er solle einen Gang zulegen. Sie hielt für einen Moment still, wartete auf eine Antwort und begann dann mit dem Abwasch.

„Schwachsinn!", flüsterte Frank vor sich hin, als er die Schlagzeilen las. *Einbruch – Mann zu Tode gebissen!* Leise las er weiter.

In den frühen Morgenstunden erregten sonderbare Umstände rund um Ray's Garage die Aufmerksamkeit des lokalen Schriftstellers Redmond Attlee. Der Polizeibeamte Andrew Morgan war der erste, der am Tatort eintraf. Später stellte sich heraus, dass ein Mann in das Gebäude eingebrochen war und von Wachhunden angegriffen wurde. Der Mann erlitt schwere Wunden, die zu inneren Blutungen führten. Er starb kurz darauf. Der Name des Mannes ist noch nicht bekannt.

Frank musste sich mit dem Redakteur in Verbindung setzen, um die lokalen Journalisten davon abzuhalten, diese Geschichte in der Presse zu eskalieren und nach Interviews zu fragen. Was hat Red sich dabei gedacht, seinen Namen in die Zeitung zu bringen, dachte Frank. Nichtsdestotrotz wusste Frank, wer der tote Mann war. Kumar! Und es war sehr wahrscheinlich, dass Justin als Köder benutzt worden war! Und wenn Justin darin verwickelt war, hatte Red ihn vor einer Qual bewahrt, die den Jungen für sein Leben gezeichnet hätte. Frank entschied, dass er Justin später befragen würde, sobald er das Vertrauen des Jungen gewonnen hatte, allerdings nicht vor Evelyn. Je weniger Evelyn wusste, desto besser.

„Oh, nein …", schauspielerte Frank, nachdem er schwarzen Johannisbeersaft auf die Zeitung verschüttet hatte.

Evelyn schnaubte. „Oh, Frank, es tropft auf den Boden", murmelte sie und eilte zu Hilfe.

„Das ist so ungeschickt von mir."

„Unfälle passieren nun mal", erwiderte sie und wischte die Sauerei auf. „Gib das her", sagte sie und knüllte die Zeitung zu einem Ball.

„Ich nehme dir eine neue mit", log Frank.

„Oh, mach dir keine Mühe. Ich habe immer wieder vor, mein Abo zu kündigen. Ich komme heutzutage nicht mehr zum Lesen", erwiderte sie und spülte das Tuch an der Küchenspüle aus. „Nun ..." Evelyn grunzte.

„Nun, was?"

„Diese Sache in der Zeitung ..."

„Das? Sei nicht albern. Das hat doch nichts mit Justin zu tun!", sagte Frank und zuckte mit den Schultern.

Eine Stimme schrie auf. „Ich habe mit was nichts zu tun?", fragte Justin und stürmte aus dem Bad, wobei er versehentlich die Tür zuknallte. „Ups! Sorry, Ms. Smith!"

„Justin! Was machst du denn da?"

„Was meinst du?", antwortete er und zupfte an seiner nassen Hose.

„Warum hast du kein Handtuch benutzt?" Evelyn zog eine Grimasse und hob ihre Schürze an, um sein tropfendes Haar zu reiben.

„Das wollte ich ja, aber ich habe gehört, wie ihr über mich geredet habt ..."

„Nicht alles dreht sich um dich, Meister Riesenohren", platzte Frank heraus.

„Meister Riesenohren? Haha, das ist lustig, Frank. Yo, MRO, dat's me!", johlte er vergnügt und improvisierte, während Evelyn ihm durchs Haar strich und seine Augen ehrfürchtig auf das vor ihm ausgebreitete Festmahl blickten.

„Na, dann los", sagte Evelyn und löste ihn aus ihrer Umklammerung. „Hau rein."

Für die nächsten zehn Minuten oder so vertieften sich alle drei in das Frühstück, ohne ein weiteres Wort über den Artikel zu verlieren oder warum Justin so plötzlich an der Türschwelle auftauchte. Die Konversation wurde lustigerweise hauptsächlich von Justin geführt, der über die Nintendo Switch und den Looper plauderte, den er sich kaufen wollte. Doch die technischen Details waren zu viel für Evelyn, und so nickte sie einfach zustimmend und verstand wenig von dem, was der Junge sagte.

Trotzdem juckte es Evelyn in den Fingern, ein paar Antworten über den Jungen zu bekommen. Sie stellte ihre Tasse ab und begann zu bohren.

„Justin, wenn ich Besucher bekomme, weiß ich normalerweise schon im Vorfeld über sie Bescheid. Aber aufgrund deiner sehr späten Ankunft und der Tatsache, dass du auf meiner Türschwelle eingeschlafen bist, hielt ich es zu der Zeit für das Beste, keine Fragen mehr zu stellen."

Frank unterbrach schnell, um den Jungen abzulenken: „Ja. Du hast geschnarcht wie ein Löwe."

„Habe ich nicht!"

„Woher willst du das wissen? Du hast geschlafen!", scherzte er und versuchte damit, sich mit dem Jungen anzufreunden.

„Frank, hör auf, den Jungen zu ärgern", schimpfte Evelyn. „Und du, Justin, hör nicht auf ihn. Ich schnarche auch die ganze Zeit."

„Ja, wie ein Nilpferd", scherzte Frank wieder.

„Frank, hör auf. Es reicht jetzt!"

Der Junge kicherte über das Gezanke der beiden. Frank scherzte, um den Jungen auf seine Seite zu ziehen und das Gespräch locker zu halten. Das Letzte, was er wollte, war eine ausufernde Befragung. Und wenn Evelyn nur einen Hauch von Justins Hintergrund mitbekäme, würde die Hölle losbrechen. Mit dem Gefühl, dass es an der Zeit war aufzubrechen, beendete Frank sein Frühstück.

„Justin?", sagte Evelyn.

„Ja?"

„Wie ich schon sagte, bevor dein lustiger Kumpel mich unhöflich unterbrochen hat, würde ich gerne ein wenig über dich wissen."

„Aber da gibt es eigentlich nichts zu erzählen."

Eine peinliche Stille erfüllte die Luft. Justin blickte Frank an.

Frank zuckte mit den Schultern. Das musste der Junge doch besser können. Justin schaute wieder zu Evelyn. Dies war ihr Haus und es galten ihre Regeln. Er wurde rot und fühlte, dass er ihr eine Antwort schuldete. Ms. Smith war so nett zu ihm gewesen. Sie hatte ihm ihre speziellen „perateutischen" Öle gegeben, dachte er, er hatte in ihrem bequemen Bett geschlafen und nun hatte er ihr Essen gegessen.

„Ich bin unhöflich, nicht wahr?"

„Ein bisschen vielleicht", erwiderte Evelyn mitfühlend.

„Ich bin einfach nicht so gut im Umgang mit Menschen. Normalerweise sind sie nicht so nett zu mir."

„Das verstehe ich, Justin. Aber denk daran, ich bin nur hier, um dir zu helfen, wenn ich kann."

Evelyn merkte, dass Justin sich trotz ihrer Freundlichkeit zurückhielt. Sie warf einen Blick zu Frank und dann wieder zu Justin. Vielleicht hatte Frank ja doch recht, dachte sie. Vielleicht sollte sie ihn nicht ausfragen. Einen kurzen Moment lang studierte Evelyn das Gesicht des Jungen, bevor sie tief durchatmete und beschloss, ihre Befragung zu verschieben und den Jungen seinen Tag genießen zu lassen. Aber es fiel Evelyn schwer, ihre Grundsätze fallen zu lassen, Werte, von denen Frank wusste, dass Evelyn sie sehr ernst nahm.

„Vielleicht ist es besser, wenn Sie mich fragen, was Sie wissen wollen, Ms. Smith", erklärte Justin.

„Also gut. Für den Anfang, wie lautet dein Familienname?"

„Das ist mein letzter Name, richtig?"

„Warum, hast du einen zweiten Vornamen?"

„Ja."

„Und der lautet?"

„Gerard."

„Der Name gefällt mir. Nun, wenn es keinen anderen Namen mehr gibt, wie lautet dein Nachname?"

„Mhm. Ich hasse diesen Namen. Er klingt so schnulzig."

„Spuck's einfach aus, Junge. Das ist uns völlig egal", kommentierte Frank beiläufig.

„Loveridge."

„Loveridge! Hast du Loveridge gesagt?" Frank wurde plötzlich hellhörig.

„Ja, warum?"

Evelyn unterbrach ihn und berührte Franks Arm, damit er still war. „Na ja, das ist doch ein recht ungewöhnlicher Name."

„Vielleicht, ich weiß es nicht genau."

Frank wischte sich die Krümel vom Mund und entfernte sich vom Tisch. Er hatte eine Frage an Red, eine Frage, die nicht warten konnte. Loveridge war der Nachname des Vergewaltigers seiner Tochter – desjenigen, der entkommen war. Er hatte zwar Evelyn die Lüge aufgetischt, dass Justin nichts mit dem Mord an Kumar zu tun hatte, aber trotzdem wollte Frank wissen, warum man ihn gebeten hatte, auf diesen Teenager aufzupassen. Er fragte sich, ob Red eine Verbindung zu seiner persönlichen Vergangenheit gefunden hatte.

„Ist das nicht ein Roma-Name, Justin? Sind deine Eltern Reisende?", fragte sie und wischte dem Jungen über die tränenden Augen. Der Junge war still und hob die Hände, um seine bebenden Lippen zu verdecken. Sie ließ seine Hände auf den Tisch sinken. Justin hob den Kopf. Evelyn strich ihm mit dem Rücken ihrer rechten Hand einmal über die linke Wange. „Für einen kleinen Jungen scheinst du eine Menge Probleme zu haben", sagte sie leise und beugte sich näher heran. „Du kannst mir vertrauen, Justin. Ich bin hier, um dir zu helfen. Das ist mein Job. Das ist meine Aufgabe. Ich helfe Kindern wie dir. Es gibt keinen Grund, Angst zu haben."

„Ja, meine Eltern sind Zigeuner", murmelte er.

„Aber das ist nichts, wofür man sich schämen muss."

„Es … es ist nur so, dass die Leute mich nicht mögen, wenn ich ihnen sage, dass ich ein Zigeuner bin."

„Nun, wir mögen dich, Justin. Und es stört uns nicht im Geringsten, ob du so einer bist oder nicht. Schau mal hier …" Ms. Smith griff schnell nach einem Bild, das neben vielen anderen auf ihrer Anrichte stand. „Siehst du diese schöne Frau? Das ist meine Ur-Ur-Großmutter. Und dieser gut aussehende Mann mit dem Bart, das ist mein Ur-Ur-Großvater. Sie waren auch beide Reisende. Und weißt du, was noch?"

„Was?", sagte er mit besorgter Miene.

„Sie waren berühmt, so berühmt, dass Könige und reiche Leute sie in ihre Häuser einluden."

„Ist das wahr oder sagst du das nur, damit ich mich besser fühle?"

„Es ist so wahr, wie du und ich hier sitzen. Du siehst also, junger Mann, du kannst stolz darauf sein, wer du bist. Wir sind alle gleich auf dieser Erde."

„Heißt das, du bist wie ich?"

„Zum Teil bin ich das wohl. Und ich kann auch wahrsagen. Ich bin nicht besonders gut, aber auch nicht besonders schlecht. Vielleicht kann ich deine Zukunft wahrsagen, wenn ich dich etwas besser kennenlerne."

„Wirklich?", antwortete er und erlag ihrem Charme.

„Vielleicht heute Abend. Aber das muss unser Geheimnis bleiben."

„Ich werde es niemandem sagen, Ms. Smith, ich verspreche es."

Justin fühlte sich merklich besser und Evelyn legte das Foto zurück, um ihn etwas allein zu lassen. Frank kam zurück, blieb neben Evelyn stehen, sagte ihr, dass er jetzt gehen würde und holte seine Jacke. In der Zwischenzeit setzte sich Evelyn wieder hin.

„Was ist mit deinen Eltern, Justin? Werden sie sich nicht Sorgen machen, wo du bist?", fragte sie und schenkte Tee ein.

„Nein", antwortete Justin mit entschlossener Stimme.

„Warum nicht?"

„Sie sind beide tot", stieß Justin hervor.

„Oh, Justin, das tut mir wirklich leid. Ich hatte ja keine Ahnung."

„Ist schon okay. Ich konnte meinen Dad sowieso nicht leiden. Aber ich mochte meine Mum."

„Ich will ja nicht neugierig sein, aber was ist passiert?"

„Sie hatten letztes Weihnachten einen Unfall, als sie nach mir gesucht haben."

Frank hörte alles vom Flur aus, wurde aber durch ein komisches Geräusch eines Autos draußen abgelenkt. Er kehrte in das Zimmer zurück und schaute instinktiv nach draußen. Ein zum Teil verrostetes, limettengrünes Auto mit einer seltsamen schwarzen Fahrertür war auf der falschen Straßenseite geparkt. Frank hatte es in der vergangenen Nacht vor dem Casino gesehen. Sein Kumpel hatte Mitleid mit dem Zustand des Wagens und legte einen Hundert-Dollar-Schein von seinem Gewinn für den Besitzer unter das Scheibenwischerblatt. Der Beifahrer stieg aus und rannte außer Sichtweite die Straße hinunter. Der Fahrer saß still und wartete.

„Und wer passt auf dich auf, Justin?", fragte Evelyn.

„Niemand, ich wohne unter der alten Brücke auf der anderen Seite der Stadt", verkündete er fröhlich, als sei er stolz darauf, dass er auf sich selbst aufpassen konnte.

„Machst du dich über mich lustig, Justin?"

„Aber sicher doch, Evelyn", sagte Frank und schritt ein, um das Gespräch zu beenden.

Frank bewegte sich schnell hinter Evelyn und legte einen Finger auf seine Lippen, um Justin zu signalisieren, dass er still sein sollte. Frank wusste, dass Evelyn unerbittlich sein würde, und je mehr sie hörte, desto mehr würde sie wissen wollen. Wenn Frank den Jungen nicht schnell aus dem Haus schaffte, würde sie weiter nachforschen, egal wie viele Versprechen sie ihm gab. Sie konnte nicht anders. Es lag in ihrer Natur. Und obwohl Frank ihre Grundsätze manchmal lästig fand, musste er bewundern, was sie im Laufe der Jahre für verlassene Kinder getan hatte.

„Um Himmels willen, Evelyn, merkst du nicht, dass er dich veräppelt?", sagte Frank abrupt und übernahm das Ruder. „Komm schon, Junge. Geh und zieh deine Schuhe an. Lass uns von hier verschwinden und dieses Super-, Truper-Ding finden, hinter dem du her bist …"

„Looper!", rief Justin.

„Sag' ich doch."

„Darf ich, Ms. Smith?", fragte der Junge und schob beim Aufstehen seinen Stuhl nach hinten.

„Klar, du kannst gehen. Aber wir machen später weiter, wenn du zurückkommst, okay?", sagte sie.

Frank trat einen Schritt zurück. Evelyn empörte sich mit spitzer Zunge über Franks Dreistigkeit, sie zu unterbrechen. Einen Moment später entschuldigte sie sich und begriff, was sie getan hatte. Sie hatte ihr Wort nicht gehalten. Sie hatten vereinbart, den Jungen allein zu lassen, damit er den Tag genießen konnte, bevor er sich einem Verhör unterziehen musste. Frank versicherte ihr, dass sie bis heute Abend die Wahrheit erfahren würde.

„Ich bin bereit, Frank. Wie sehe ich aus, Ms. Smith?", rief Justin und unterbrach eine freundschaftliche Umarmung.

„Superdupertoll, würde ich sagen."

Frank warf sich seine Sommerjacke über die Schulter und wartete in der Tür.

„Danke für alles, Ms. Smith."

„Gern geschehen, junger Mann", antwortete sie und umarmte ihn. „Meine Freunde nennen mich Evelyn. Warum nennst du mich nicht auch so?"

„Wirklich?"

„Ja."

„Dann erzählst du mir meine Zukunft, wenn ich zurückkomme", flüsterte er.

„Oh, du bist ein schlaues Kerlchen. Wir werden sehen. Und jetzt geh, mach keinen Ärger."

„Ich ... Ärger? Niemals!", lachte er frech und stolzierte zur Haustür hinaus. „Bis später, Evelyn Smith", rief er und schloss sie sanft hinter sich.

Es dauerte nicht lange, da waren Frank und der Teenager auf dem Weg zum Tor. Und mit Frank an seiner Seite begann Justin, eine neue Art von Freiheit zu spüren. Aber Frank konnte unmöglich dasselbe Gefühl der Zufriedenheit empfinden. Er hatte einen Job zu erledigen, und egal was passierte, er durfte zu keiner Zeit mehr als drei Schritte von Justin entfernt sein. Aber selbst Frank gestand sich ein, dass die Orange Grove Road ein derart sicherer Ort war und es somit dieser Regel nicht bedürfte. Da der Junge jedoch Evelyn immer näher kam, war es an der Zeit, das Vertrauen des Jungen zu gewinnen und die Wahrheit herauszufinden, warum Red ihn hierher geschickt hatte. Und das würde mit einem kleinen Spaß beginnen, plante Frank.

„Welches Auto ist deins, Frank?"

„Das hier. Na los, spring rein." Justin lief zur Beifahrerseite, öffnete die Tür und drehte sich dann zu Evelyn um. Er begann zu gestikulieren, machte mit dem Finger komische Bewegungen auf seiner Hand, winkte dann und sprang ins Auto. „Was sollte das denn, Kleiner?", fragte Frank und öffnete die Fahrertür.

„Ich lasse mir heute Abend meine Zukunft voraussagen."

„Oh, ich verstehe", antwortete Frank und winkte Evelyn zu, die aus dem Fenster schaute.

„Das ist ein cooles Auto, Frank", lächelte Justin und schnallte sich an.

„Das ist es wohl."

„Sind die Sitze aus echtem Leder oder sind sie aus echtem Plastikleder?"

„Du bist witzig, Junge. Das muss ich dir lassen. Sie sind aus Leder", antwortete er und hatte Mühe, nicht zu lachen. „Und weißt du was, Justin? Ich bin auch ein Hellseher. Wie Evelyn kann ich auch in die Zukunft sehen."

„Nein, das kannst du nicht."

„Doch, kann ich. Soll ich es dir zeigen?", sagte Frank und gewann an Sympathie.

Der Junge drehte sich in seinem Sitz. Frank hielt inne, schloss die Augen und berührte mit seinen Fingern beide Schläfen. Er summte einen Moment lang leise vor sich hin.

„Was machst du da?", fragte Justin verwirrt.

Frank öffnete plötzlich seine Augen. „Schnell, mach das Radio an. Es läuft Rammstein!"

Justin drückte schnell den Einschaltknopf am Autoradio. „Niemals, wie hast du das gemacht?"

Frank lachte, drückte auf *Eject* am CD-Player und fuhr los. Ein Stück die Straße hinauf, verlangsamte er und hielt neben dem limettengrünen Auto, das er vorhin bemerkt hatte und das in der entgegengesetzten Richtung parkte. Der Hundert-Dollar-Schein lag immer noch unberührt da.

Plötzlich schrie Justin auf: „Frank!"

Ein Mann mit spitzer Nase setzte sich abrupt vom Fahrersitz auf. Frank griff instinktiv nach seiner Waffe und vergaß für einen Moment, dass es ein Mietwagen war und nicht seiner.

Der grässliche Mann ließ den Motor laut aufheulen und zog die Aufmerksamkeit der Straße auf sich. Er presste seine haarigen Nasenlöcher an die Scheibe und grinste mit fauligen Zähnen.

Frank sprang aus dem Auto. Der Fahrer beobachtete Frank und machte eine Geste an Justin, wie er ihm die Kehle aufschneiden würde. Justin starrte ihn erschrocken an. Frank griff nach dem Türgriff, als der Provokateur den ersten Gang einlegte und davonbrauste, wodurch Frank ins Schleudern geriet und zu Boden fiel.

„Verdammter Idiot", murmelte Frank und rappelte sich auf. „Geht es dir gut, mein Kind?", fragte Frank zurück im Auto.

„Ja, aber können wir jetzt bitte fahren?"

„Klar."

Frank fuhr langsam los und bemerkte, wie der limettengrüner VW Käfer anhielt und den Beifahrer wieder einsteigen ließ, den er zuvor abgesetzt hatte, als sie in Orange Grove angekommen waren. Der Fahrer legte kurzerhand den Rückwärtsgang ein und lenkte damit Frank für einen Moment ab.

„Pass auf!", rief Justin und zerrte am Lenkrad. Lizzie sprang Franks Auto aus dem Weg und fiel zu Boden.

„Oh Gott!", schrie Frank und eilte ihr zu Hilfe. „Bist du verletzt?"

„Mir geht es gut", murmelte sie, als zwei neugierige Kinder auf Mountainbikes das Auto umkreisten und dann davonfuhren, um die Nachbarschaft zu informieren.

„Du bist Lizzie, richtig?", fragte Frank und hob sie auf die Beine. Das kleine Mädchen gab keine Antwort. „Ich bin Frank, ein Freund von Evelyn. Sie wohnt gleich da drüben", zeigte Frank.

„Ich habe gesehen, wie du mich beobachtet hast. Du hast am Fenster gestanden, so wie Ms. Smith, nicht wahr?", fragte Lizzie.

Franks Handy klingelte. Es war Evelyn. Er warf einen Blick auf Evelyn und ignorierte den Anruf, während sich die Bewohner in ihren Gärten zu versammeln begannen und andere auf sie zukamen. Die beiden Jungs auf ihren Fahrrädern waren ebenfalls zurückgekehrt und heizten die Situation noch mehr, indem sie auf der Straße auf und ab fuhren und herumschrien. Das kleine Mädchen zog ihre Puppe aus ihrem Turnbeutel, um zu sehen, ob sie durch den Sturz beschädigt war. Justin klopfte Frank auf die Schulter.

„Beeil dich, Frank, der Mann kommt zurück."

„Ich komme zu spät zum Tanzunterricht", sagte Lizzie und strich ihrer Puppe die Haare zurecht.

Evelyn rief erneut an. Diesmal ging Frank ran. „Geht es Lizzie gut, Frank?"

„Es geht ihr gut. Sie ist nur zu spät für den Tanzunterricht."

„Wir setzen sie ab", sagte Justin und lotste Lizzie auf den Rücksitz.

„Es ist am Sportzentrum hinter der Tankstelle", erklärte Evelyn, während Frank wieder ins Auto stieg.

„Frank, beeil dich, die Männer beobachten uns", drängte Justin.

„Stell deine Tasche auf den Sitz neben dir, Lizzie, dann kannst du dich anschnallen", wies Frank an.

Frank überprüfte noch einmal seine Rückspiegel. Der limettengrüne Käfer hatte angehalten und der aggressive, spitznasige Mann mit seinem Kumpel schauten zu. Als Frank losfuhr, strampelten die beiden Jungs auf ihren Fahrrädern hinterher und versuchten Schritt zu halten, als wäre es die letzte Etappe der Tour de France. Die Bewohner zogen sich zurück, bis auf den Mann und seinen Hund, der auf der Bank da saß, und die paar Jogger, die vorbei liefen.

Die Zehnjährige löste ihren Sicherheitsgurt und rückte in

die Mitte der Rückbank, wo sie ihr Püppchen vor sich hielt. Justin lächelte, ebenso wie Frank, der sich freute, dass dem Mädchen nichts passiert war.

„Also, wie heißt denn deine Puppe?", fragte Frank, als sie ihr Püppchen mit ausgestrecktem Armen in Richtung Mittelkonsole hielt.

Lizzie lächelte und drückte die Puppe. Das Auto explodierte! Es ging in Flammen auf und überschüttete die Orange Grove Road mit tausend Trümmerteilen. Evelyns Schreie durchdrangen die Luft bei dem Geräusch der Explosion. Heute war die Orange Grove Road kein so sicherer Ort mehr.

22

SEELENRÄUBER

Nachdem er Sandy in seinem Büro eingeschlossen hatte, um die Akte über Francesca DuPont zu lesen, bekam Tofi einen Anruf vom FBI. Die Nachricht über die Autobombe hatte sich wie ein Lauffeuer verbreitet und war überall in den Nachrichten. Er wurde von der Zentrale gebeten, Nachforschungen anzustellen und zu berichten. Aber diese Angelegenheit musste warten, und er setzte sie an das Ende seiner Liste. Zuallererst hatte Tina Priorität, gefolgt von Sandy und den Vorbereitungen für Reds und Jades Wiedersehen. Er wies die Empfangsdame an, seine Anrufe zurückzuhalten mit der Erklärung, dass er für den Tag nicht erreichbar sei, und machte sich auf den Weg zurück zum Strand, zu Tina.

Abgesehen von dem aufkommenden Gerede der Gäste, hatte sich die Stimmung draußen im Strandclub nicht verändert. Instrumentalmusik spielte leise im Hintergrund, Kattunnetze wehten immer noch in der Brise und die Gäste taten das, was sie im Urlaub am liebsten taten – essen, trinken und faulenzen. Sie alle hatten ein gutes Leben, und die Zeit schien für sie alle grenzenlos zu sein. Doch für Tofi bedeutete sein Leben Gefahr, es war eine tickende Zeitbombe. Ein einziger Fehler und es könnte alles den Bach hinuntergehen.

Tofi überquerte die kleine Brücke, die den Strand vom Pool trennte und blieb einen Moment stehen, um Tina zu lokalisieren. Wie ein König stand er da, gekleidet in seinem cremebeigen Leinenanzug und hellgrauem Hemd mit gelb getönter Sonnenbrille. Er erspähte Tina, die auf einem Strandhandtuch saß und versuchte zu lesen, wobei sie alle paar Sekunden aufblickte.

Tinas Gedanken waren immer noch verschwommen und ließen ihr keine Ruhe. Sie schaute nach rechts und horchte auf, als der Motor des Stealth-Schnellboots im Bootshaus in einiger Entfernung hinter dem Maschendrahtzaun startete. Es gurgelte laut, als es sich aus dem Bootshaus heraus bewegte. Wie ein Angeber beschleunigte der Bootswart etwa zehn Meter nach vorne. Tofi blickte missbilligend auf den Wart, welcher gleich danach das Boot an den Pfosten anseilte. Er war ein dummer Egoist, das war er schon immer gewesen, aber Tofi hatte in dieser Angelegenheit nichts zu sagen. Das Bootshaus war, so wie viele andere Bootshäuser rund um den Globus, das Privateigentum der DWIB-Banker. Sie spielten eine wichtige Rolle in dem Geschäftsmodell der DWIB und waren für jeden tabu, auch für Tofi. *Betreten verboten* – sagten die Schilder. Es war vierundzwanzig Stunden am Tag, das ganze Jahr über bewacht und bestätigte einmal mehr, wie wertlos Tofis Vertrag war. Die Schnellboote waren für einen Zweck da – den Handel von LIX-Pillen gegen Bargeld auf See. Die Boote waren doppelt so stabil und doppelt so stark wie alle anderen Polizeiboote in der Gegend, mit geheimen Luken ausgestattet, die in die Rümpfe eingebaut waren.

In Gedanken grübelnd blickte Tofi zurück zu Tina. Es war erst einen Monat her, dass er sich mit Jack zusammengetan hatte. Sie hatten ein gemeinsames Ziel – sich von Daniel zu befreien. Tofi erinnerte sich daran, wie absurd Jack geklungen hatte, als er ihn darüber aufklärte, wie Daniel sich mit dem US-Präsidenten verschworen hatte. Tofi hatte gelacht. Aber es war auch der Zeitpunkt, an dem Jack Mara vorstellte und Tofi bat, Vorkehrungen zu treffen, um sie nach Prag zu bringen. Gemeinsam schmiedeten sie einen Plan, um Daniel daran zu hindern, durch das Portal zu brechen und trafen die Vereinbarung, den Stein in den Tiefen des Ozeans zu versenken, sobald Jack im folgenden Monat zur Zählung zurückkehrte und die nächste Ladung Geld geliefert wurde. Geld, das sie für sich selbst stehlen würden. Doch so sorgfältig ihr Plan auch war, am Tag der Zählung trat das Unvorhersehbare auf. Jack verlor den Stein und ein unerwarteter neuer Verbündeter stellte sich ihnen vor – Moped. Er enthüllte das Geheimnis über sein wahres Wesen – Donahkhamoun. Eine andere Strategie wurde in Bewegung gesetzt. *„Folgt meiner Führung und ihr werdet das erreichen, wonach ihr sucht"*, hatte er gesagt. Nach dem gestrigen Treffen in Mopeds Haus vertraute Tofi auf die Vision des alten Mannes, zusammen mit Jack, den Moped im St. James Hotel einen Besuch abstattete.

Als Tofi sich Tina näherte, wählte er die Nummer auf seinem Handy und bemerkte einen Mann, der eine Drohne in der Hand hielt und auf den Wart im Boot zuging.

„Du bist spät dran, steig ein!", sagte der Bootswart zu dem Mann, löste das Seil und raste hinaus aufs Meer.

„Das ist er also, der dieses verdammte Ding herumfliegt", murmelte Tofi und tippte Tina auf die Schulter.

„Oh, Tofi, du hast mich erschreckt."

„Da möchte jemand mit dir sprechen", sagte er und reichte ihr sein Handy.

„Wer ist es?", nuschelte sie leise. „Hallo?"

„Tina, ich bin's, Donahkhamoun. Ehab und ich werden

gleich aufbrechen. Wir werden für eine Weile nicht erreichbar sein. Wie geht es dir bis jetzt?"

Tina stand auf und entfernte sich. Tofi blieb unter dem Sonnenschirm stehen und sah ihr nach.

„Wenn man bedenkt, dass ich in ein paar Tagen vielleicht nicht mehr am Leben bin, geht es mir ehrlich gesagt nicht besonders gut", äußerte sie.

„Ich dachte mir schon, dass das der Fall sein könnte."

„Ist das alles wirklich wahr?"

„Ja, das ist es. Wir fahren jetzt los. Bitte, mach dir keine Sorgen. Es wird schon alles gut gehen."

„Und wenn nicht?"

„Vertrau mir, Tina. Glaube daran und es wird klappen!", beteuerte Donahkhamoun.

„Ich hoffe es, ich hoffe es wirklich. Es ist extrem schwierig, zu funktionieren. Ich könnte explodieren!"

Die Leitung verstummte, als Donahkhamoun für eine Weile über seine Möglichkeiten nachdachte. Zur gleichen Zeit hupte Ehab draußen an Mopeds Haus und machte sich auf den Weg, um nach zu sehen, was Donahkhamoun aufhielt. Donahkhamoun sah ihn durch das Fenster und schaute auf die Wanduhr. Die Zeit war knapp. Da er befürchtete, dass Tina nicht stark genug sein könnte, um ohne seine Hilfe durchzuhalten, fasste Donahkhamoun einen schnellen Entschluss.

„Tina, wenn ich dir helfe, wird es gegen unsere ..."

„Hör mir zu, Donny!", unterbrach Tina ihn unhöflich, als sie spürte, dass er sie abwimmeln wollte. „Du hast mich in diese Situation gebracht und kein noch so guter Zaubertee, kein Antidepressivum und kein dreifacher Schuss Rum werden helfen! Wenn du etwas tun kannst, dann tu es einfach, bitte, ich zittere wie die Hölle!"

Tinas Gesicht rötete sich, als die Sonnenbadenden zu ihr

aufsahen. Sie war wütend und frustriert und entfernte sich schnell. Doch ihr Verhalten wurde von der Drohne, die diskret hoch oben am Himmel schwebte, mit der Kamera eingefangen. Nervös von einer Seite zur anderen schwankend, entschuldigte sie sich für ihren Ausbruch.

„Moped? Donah ...", brüllte Ehab, der die Haustür nicht öffnen konnte. „Scheiße, wie soll ich ihn denn nennen?"

„Einen Moment, Ehab!", rief Donahkhamoun und zog hastig die Vorhänge zu, wobei er die kleine Tischlampe umstieß und ein Klirren verursachte. Als Ehab das Geräusch hörte, trat er an das Fenster heran. „Ist Tofi bei dir, Tina?"

„Er ist ganz in der Nähe, soll ich ihn für dich holen?"

„Nein. Wo genau bist du?"

„Ich bin am Strand."

Plötzlich klopfte Ehab ans Fenster. „Moped, bist du da drin?"

„Eine Minute Ehab", rief er und schob den Vorhang beiseite, so dass Ehab sehen konnte, dass er telefonierte. Ehab nickte und setzte sich auf den Gartenstuhl, um auf ihn zu warten. „Ist jemand in deiner Nähe, Tina?"

„Nein. Warum?"

„Gibt es irgendwelche Hindernisse, an denen du dich verletzen könntest, wenn du umfällst?"

Eilig wirbelte sie wie eine Ballerina herum. „Nein."

„Ich werde dein Herz einen Moment lang anhalten."

„Was? Nein, ich ..." Tina sackte auf den Boden.

„Heilige Scheiße!", rief Tofi, der sofort zu Tinas Hilfe eilte und andere Badegäste es ihm gleichtaten.

Die Drohne, die über ihnen schwebte, zoomte das Geschehen heran, und der sizilianische Mafiaboss beobachtete, als die Aufnahme der Drohne auf dem Bildschirm an Bord seines Luxusjets erschien. Kumars Tipp könnte doch richtig sein, dachte er. Trotzdem war er sich nicht sicher.

„Ach du meine Güte, was passiert mit mir?", murmelte Tina, als sie als Geist Donahkhamoun in seinem Haus gegenüberstand. „Bin ich etwa tot?"

„Nein, aber ich habe nur wenige Augenblicke, sonst wirst du es sein."

Plötzlich zischten dunkle Geister in den Raum. Donahkhamoun intensivierte seine Aura und hüllte Tina ein, um sie vor den bösen Kräften zu schützen, die nach Tinas Geisterseele greifen wollten. Donahkhamouns Hände begannen zu glühen und die Seelenräuber wichen zurück. Von Donahkhamoun zurückgedrängt, zerschlugen die Seelenräuber in einem Ausbruch von Wut die Möbel und warfen sie gegen die Wände. Als Ehab die Geräusche im Haus hörte, spähte er ängstlich durch das Fenster. Geschockt von dem, was er sah, rannte er zum Auto, damit Donahkhamoun alleine seine Geschäfte beenden konnte. Dabei stolperte er über den rostigen Handrasenmäher, der durch das Blumenbeet teilweise versteckt war.

Einen Augenblick später beruhigten sich die Seelenräuber und sahen interessiert zu, wie Donahkhamoun schwache Energien aus Tinas Geist zu sich zog und sie mit einem Teil seiner Macht austauschte. In den Augen der dunklen Geister war ein solcher Transfer von Lebenskraft unvorstellbar. Die Seelenräuber nahmen Donahkhamouns Handlungen zur Kenntnis und zogen leise weiter, wobei sie das Haus in Ruhe ließen und sich über die wahre Lebenskraft der Frau rätselten. Für ein oder zwei Sekunden wechselte Donahkhamoun brüsk seine Gestalt, um Tina daran zu erinnern, wer er war – ihr Freund, Moped, und entließ sie dann aus seiner Obhut.

Zurück am Strand nahm Tina einen tiefen Atemzug und erwachte abrupt, umgeben von einem Dutzend Menschen, die um sie herum standen. „Was ist passiert?", fragte sie etwas benommen.

„Du bist ohnmächtig geworden, meine Liebe", sagte eine ältere Dame, „hier, nimm mein Wasser. Du musst bei dieser Hitze sehr vorsichtig sein."

„Bringen wir dich in den Schatten", murmelte Tofi und schob alle weg.

„Ich glaube, ich meine, ich war …"

„Was Tina, was willst du sagen?", bohrte Tofi fragend nach und ging mit ihr zurück zu ihrem Liegeplatz.

„Vergiss es, Tofi. Mir ist nur ein bisschen schwindelig, das ist alles."

„Hmm", sinnierte Tofi, als sie sich gemeinsam unter den Sonnenschirm setzten.

Irgendetwas war vorgefallen. Es musste so sein, dachte Tofi. Er bemerkte eine sofortige Veränderung in Tina. Sie war ruhig und gefasst, genau wie er es war, nachdem er gestern mit Moped in seinem Haus Tee getrunken hatte. Tofi fragte sich, was Moped gesagt oder getan haben könnte, um eine solche Reaktion bei Tina auszulösen. Aber aus Angst, in Donahkhamouns Plänen zu interferieren, wagte er nicht zu fragen.

Die nächsten zehn Minuten saß Tofi neben Tina und wartete, ob sie darüber reden würde. Sie tat es nicht. Sie nahm nur das Tablett mit dem Obst entgegen, das Tofi angefordert hatte. Die beiden unterhielten sich eine Weile über dies und das, wobei sie das eigentliche Thema vermieden. Schließlich hatte Tofi genug davon. Sandy war allein im Büro. Wahrscheinlich war sie höchst frustriert, weil er sie eingesperrt hat.

„Bist du sicher, dass es dir jetzt gut geht, Kleine?", fragte er Tina.

„Ich habe mich noch nie besser gefühlt, Tofi."

„Das ist gut zu hören", sagte er und tätschelte ihr Bein. „Wenn es dir nichts ausmacht, dann mache ich jetzt weiter."

„Ich wollte sowieso gerade schwimmen gehen, also perfektes Timing!", sagte sie und grinste innerlich, als sie über das Erlebnis nachdachte. „Ist Sandy bald fertig, Tofi?"

„Oh, ich würde sagen, sie braucht noch etwa fünfzehn Minuten oder so. Also dann … ich nehme an, wir werden uns für den Rest des Tages nicht mehr sehen", sagte Tofi beim Aufstehen. „Dann bis heute Abend." Tina lächelte, biss in ein Stück Melone und schlenderte ins Meer hinaus.

Tofi sah ihr noch ein paar Sekunden nach. Mit großen Hoffnungen machte er sich auf den Weg in sein Büro. Es standen noch ein paar Dinge auf Tofis To-do-Liste, die er vor dem Wiedersehen von Jade und Red heute Abend erledigen musste.

23
AKTE 13

Als Tofi sich seinem Büro wieder näherte, konnte er Sandy drinnen schluchzen hören. Er schloss die Bürotür auf und sofort begann Sandy ihn mit Fragen zu bombardieren.

„Ist das alles wahr, Tofi? Tina ist im Zeugenschutzprogramm?"

„Das ist sie, Sandy. Und es ist alles wahr", bestätigte er und schlenderte durch den Raum.

Ihre Augen waren rot und geschwollen, ein Zeichen dafür, dass sie einige Tränen vergossen hatte. Sie hatte noch nie eine derartige Geschichte über jemanden gelesen, schon gar nicht über eine enge Freundin. Die Kindheit, die Gewalt, der Verrat … es war ein harter Lesestoff! In der letzten halben Stunde hatte Sandy erfahren, dass Tina reich war, dass sie verheiratet war und dass sie fast zu Tode geprügelt worden war. Jetzt war sie eine Sängerin in De Club. Wie konnte das alles passieren? Warum war Tina untergetaucht? Und was hatte Red mit all dem zu tun? Vor allem aber, warum ließ Tofi sie bei verschlossener Tür in seinem Büro solch heikles Material lesen? Was konnte er nur von ihr wollen? Die Akte enthielt nicht die komplette Geschichte. Sie bestand aus einzelnen Teilen, mit viel geschwärztem Text und hatte Sandy verwirrt zurückgelassen. Für ein oder zwei Momente schwieg Tofi, ließ sich Zeit und hängte seine Jacke in den Schrank. Sandy wurde langsam ungeduldig. Dieses Rendezvous dauerte ihr zu lange. In derselben Zeit könnte sie zu Tina gehen, um die Antworten aus erster Hand zu bekommen. Scheiß auf die Vertraulichkeitserklärung, dachte sie.

„Tofi", schnauzte Sandy. Er drehte sich um und schloss die Schranktür. „Bitte ... kannst du mir das erklären?", fragte sie und legte das braune Dossier auf seinen Schreibtisch.

„Hast du die Zeitung von heute Morgen gesehen?", murmelte Tofi.

„Ja, aber was ..."

„Und die Nachrichten?", unterbrach er sie.

„Noch nicht. Warum willst du ..."

Tofi schaltete den Fernseher ein und sie sahen einen Bericht über den Leichenfund in Ray's Garage. „Es wird alle fünfzehn Minuten wiederholt. Du solltest die Geschichte später anschauen", beendete er und schaltete den Fernseher abrupt aus.

„Okay, das werde ich tun. Aber was hat das mit Tina zu tun, oder etwa mit mir?"

„Es geht um Tina, Sandy. Der Tote in der Zeitung ist Mohammad Kumar, ein Waffenhändler ... korrigiere, ein Ex-Waffenhändler. Tina ist im Zeugenschutz, weil sie uns in einem Fall vor vielen Jahren eine Festnahme verschafft hat – eine Festnahme, die gewisse Leute nicht vergessen haben. Kumar dachte, er hätte sie wiedererkannt und rief seine Partner in Italien an. Sein Anruf wurde nach Chicago weitergeleitet. Sie sind hinter ihr her."

„Oh, Scheiße!"

„Ich habe Informationen erhalten, dass ein Flugzeug mit dem Kopf der sizilianischen Mafia an Bord, unterwegs ist." Tofi atmete aus. „Das Problem ist, dass wir nicht wissen, wer diese Person ist. Aber mit Sicherheit wird er, oder vielleicht sie, nicht alleine reisen. Wer auch immer es ist, er wird ungefähr zur gleichen Zeit ankommen wie die Anderen deiner Lieblingsgäste", sagte er sarkastisch.

„Hast du Tina gewarnt?", fragte Sandy in dem Glauben, dass Tina deshalb so nervös war.

„Ich bin gebeten worden, es nicht zu tun. Es ist eine Gelegenheit, um …"

„Tofi, du kannst sie nicht als Köder benutzen!", schaltete sich Sandy scharf ein.

„Ich habe in dieser Sache nichts zu sagen. Ich hatte den Befehl, mich nicht einzumischen. Es gibt tonnenweise Neulinge, die in ein geheimes Kartell gelockt werden, und das FBI kann der Quelle nicht auf den Grund gehen. Das Kartell wächst schneller als das McDonald's-Franchise. Das ist eine Gelegenheit, mit der sie nicht leichtfertig umgehen werden. Die internen Angelegenheiten sitzen im Moment Allen im Nacken, Sandy." Tofi bewegte sich auf sie zu. „Natürlich bin ich ein bisschen vorsichtig, wem ich in der Zentrale vertrauen kann."

„Okay. Aber du kannst mir vertrauen, Tofi, da kannst du dir sicher sein", antwortete Sandy selbstbewusst und sah zu ihm auf. „Wie kann ich helfen?"

„Ich bin froh, dass du fragst. Wir müssen auf Tinas Wohlbefinden aufpassen. Bleib in ihrer Nähe. Und noch wichtiger, behalte im Auge, wer sich ihr nähert, und wenn es jemand tut, geh dazwischen und mach ein bisschen Smalltalk. Du weißt schon, eine kleine Ablenkung, so etwas. Gib uns etwas Zeit, um sie zu identifizieren. Wir werden die Lage von draußen beobachten. Wenn Tina irgendwo hingeht, folge ihr, aber bleibe die ganze Zeit unauffällig, für den Fall, dass andere ihr nachkommen. Sonst werden sie dich auch bemerken. Meinst du, du schaffst das?", fragte Tofi unruhig.

„Ich denke schon …"

„Dann komm. Lass uns beide auf dem Sofa Platz nehmen. Ich habe dir noch etwas zu sagen." Sandy setzte sich auf das Sofa, während Tofi einen langen Blick in den Tanzsaal hinunter warf. Der Saal vermittelte ihm eine leere Traurigkeit, als wäre es der Nachmittag vor der letzten Aufführung einer langjährigen Show, die sich dem Ende neigte. Dann wandte er sich seinem Schreibtisch zu und nahm das braune Dossier mit dem Umschlag – *Akte 13* – in die Hand und ging zu Sandy. Er setzte sich ihr gegenüber und legte die Unterlagen auf den Tisch vor ihnen, neben die Wassergläser, wobei er die CIA-Akte obendrauf legte. Er deutete auf Reds Namen. „Wie ich, ist Red seit heute ein ehemaliger Agent."

„Das gibt es doch nicht!", rief Sandy erstaunt über seine Aussage.

„Und ob, Sandy!", bestätigte Tofi freimütig. „Aber ich habe keine Zeit, auf dieses Thema einzugehen, okay?" Sandy saß mit geradem Gesicht da. Tofi fuhr fort: „Als Francesca DuPont mit ihrer neuen Identität – Tina – hier auf den Bahamas ankam, musste Red ihre Bekanntschaft machen, sich mit ihr anfreunden und im Grunde babysitten. Ähnlich wie ich dich gebeten habe, es jetzt zu tun. Wir mussten sicherstellen, dass sie schwieg und niemandem, sei es Red oder jemand anderes, ihr früheres Leben anvertraute. Das tat sie nicht. Sie hatte niemandem ein Wort von irgendetwas erzählt. Sobald sie ihre neue Rolle hier in De Club perfektioniert hatte, schien sie sich ganz natürlich ihrem neuen Leben anzupassen."

„Tina wusste also nicht, dass Red ein Agent ist?"

„Nein. Sie hat immer noch keine Ahnung und das muss auch so bleiben."

„Wow", bemerkte Sandy.

„Das gilt auch für dich, wenn ich nichts anderes sage. Hast du das verstanden?" Sandy zögerte. „Sandy", betonte Tofi, „ich brauche eine Bestätigung dafür. Bist du klug genug, dein Privatleben aus der Sache herauszuhalten?"

„Das brauchst du mich nicht ständig zu fragen. Ich habe dir gesagt, dass ich damit umgehen kann und das werde ich auch", zwang sie sich zu sagen, während sie sich fragte, ob sie es wirklich schaffen wird.

„Braves Mädchen. Das ist alles, was ich hören wollte."

Sandy befand sich in einer Zwickmühle. Wenn sie Red das nächste Mal in die Augen sah, würde sie so viel mehr über ihn wissen und sie fragte sich, wie sie sich fühlen würde. Doch Sandy spürte, dass noch viel mehr hinter dieser Geschichte steckte und sie wollte alles wissen, was es zu wissen gab. Die Wahrheit, die ganze Wahrheit und nichts als die Wahrheit!

Tofi begann: „Als Kind lebte Francesca ein ziemlich einsames Leben auf einer Farm, drei Meilen entfernt von irgendwelchen Nachbarn. Sie wurde zu Hause unterrichtet, hatte keine Freunde oder Verwandte. Die meiste Zeit war sie in einem fensterlosen Raum eingesperrt, einem Gebetsraum. Ihre Eltern waren tagsüber hingebungsvolle Christen, nachts jedoch, ohne dass Francesca es wusste, führten sie sadistischer Rituale durch. Zumindest berichtete das die Polizei. Aber es gab keine Beweise für diese Vermutung, außer dem lokalen Klatsch und Tratsch. Wie du sehen kannst ..." Tofi hob das Foto hoch „Ihre Eltern. Sie starben einen langsamen Tod dank der Wunden." Das Foto zeigte zwei Folteropfer, die an großen Fischhaken aufgehängt waren, welche ihre Hälse, Beine und andere unangenehme Stellen durchbohrt hatten.

„Warum?"

„Keine Ahnung. Als Francesca befragt wurde, sagte sie,

dass sie an dem Tag, an dem es passierte, Stimmen im Haus hörte. Aber dann wurde es ganz still. Sie betete weiter. Aber später, als niemand kam, um sie rauszulassen, hat sie getreten und geschrien und schließlich ist sie eingeschlafen. Sie war damals einundzwanzig Jahre alt und hatte eine regelrechte Gehirnwäsche hinter sich", sagte Tofi und hielt das Bild einer naiven jungen Frau hoch – mit strähnigem Haar, die wie eine Amisch aussah.

„Es ist schwer zu glauben, dass das Tina ist." Sandy betrachtete das Bild erneut. „Wie ist sie rausgekommen? Davon steht nichts in der Akte."

„Sie sagte, die Tür stand weit offen, als sie aufwachte."

„Oh …"

„Deine Eltern so zu finden, ist nicht gerade das, was man jeden Tag sieht, genauso wenig wie das Versteck unter der Scheune zu entdecken, wo sie gefunden wurden."

„Das muss so schrecklich schwer für sie gewesen sein", bemerkte Sandy.

„Zu allem Überfluss musste sie auch noch drei Meilen zum nächsten Nachbarn laufen, um die Polizei zu rufen. Die Ermittlung wurde gar nicht erst richtig aufgenommen. Alles, was die Spurensicherung fand, waren Fußabdrücke von einem europäischen Stiefel – Größe dreiundvierzig, die zum Gebetsraum führten."

„Fußabdrücke, und das ist alles?"

„Ja, bis auf die hier." Tofi drehte das Foto um.

„Ach du meine Güte, sind das …?"

„Wenn du die Zungen meinst, dann ja, die Zungen ihrer Eltern."

„Haben sie den Mörder gefasst?"

„Nein. Aber Francesca wurde eine Zeit lang als Verdächtige festgehalten und psychologisch begutachtet. Die Leute vom

Land, die nichts Besseres zu tun hatten als zu tratschen, bauschten alles auf und schürten den Verdacht gegen Francesca. Einige Wochen später kehrte sie nach Hause zurück. Fall abgeschlossen." Plötzlich stand Tofi von seinem Platz auf und starrte auf die Bürotür. „Psst", gestikulierte er zu Sandy. In dem Glauben, dass draußen jemand lauschte, ging er schnell durch den Raum. Sandy war beunruhigt. Vorsichtig drehte Tofi das Schloss und zog die Tür ruckartig auf. Er blickte nach draußen in den leeren Gang und bemerkte, dass die Mitarbeitertür, die zu den Umkleideräumen ganz links im Korridor führte, geschlossen wurde.

„Verzeih mir, Sandy. Ich bin ein wenig nervös wegen all dem", sagte er und ging zu ihr zurück.

„Ich verstehe. Du wolltest also sagen ..." Sandy war begierig, mehr zu hören.

„Ja ..." Tofi setzte sich wieder hin. „Was danach geschah, war außergewöhnlich. Francesca fand ein Dutzend Schuhkartons, die bis zum Rand mit Geld gefüllt waren, versteckt unter den Dielen im Zimmer ihrer Eltern."

„Oh, diesen Teil habe ich wohl überlesen."

„Das steht nicht in den Akten. Jedenfalls beschloss sie damals, die Farm zu verlassen und nach New York, „The Big Apple" zu reisen. Allerdings nicht, bevor sie das Farmhaus niedergebrannt hatte. Auf ihrer Reise checkte sie in einem Motel ein, kaufte sich einen Laptop und bildete sich durch das Internet weiter – ihr neuer Lehrer." Sandy wühlte sich durch die Papiere. „Die Akte kannst du erst mal vergessen, Sandy. Da steht nichts davon drin." Sandy schloss das Dossier und legte es zur Seite. „Wie du dir sicher vorstellen kannst, war sie wie gebannt von ihrer neu gewonnenen Freiheit. Sie experimentierte mit Make-up anhand von YouTube-Tutorials und zog sogar ihre erste Jeans an. Ihr strähniges Haar wurde gebürstet, geschnitten und mit

Strähnchen versehen. Das struppige, schüchterne, introvertierte Mädchen nahm ein wenig an gesundem Gewicht zu und entpuppte sich als natürliche Schönheit. Nachdem sie zehn Staaten durchquert hatte, kam sie als neue Frau in New York an, verwandelt und im Stil von Audrey Hepburn aus dem Film *Breakfast at Tiffany's*. Entschlossen, ihr Leben zu ändern, trat sie Stunden nach ihrer Ankunft in der Stadt orientierungslos vor ein Auto. Antonio DuPont, ein französisch-italienischer Einwanderer, stieg aus. Der Rest ist Geschichte."

„Das ist unglaublich, Tofi. Es ist ein bisschen wie eine Aschenputtel-Geschichte."

„Das hätte es auch sein können, wenn sie vor ein anderes Auto gelaufen wäre! Damals war Antonio charmant, freundlich und rücksichtsvoll. Francesca, die damals noch eine naive Jungfrau war, verliebte sich, ebenso wie Antonio. Es dauerte nicht lange, bis Antonio merkte, dass er einen Diamant ergattert hatte. Sie heirateten. Ihr Leben wurde glamourös, in einer Gesellschaft voller Luxus und Fashion – traumhaft im Vergleich zu ihrer Kindheit. Jahre später wurde die Ehe bitter, als Antonio DuPont, der aufstrebende junge Bauunternehmer, beschloss, sich von seinen Geschäftspartnern zu lösen und seinen eigenen Weg zu gehen." Sandy hob Antonios Bild auf. „Er war es leid, von den Familientreffen ausgeschlossen zu werden. Antonio wurde nämlich als französisch-italienischer Einwanderer geboren, seine Partner hingegen waren allesamt Vollblutsizilianer."

Sandy runzelte die Stirn. „Oh, mit Familie meinst du, wie in *Der Pate*."

„Fast genauso. Und Francesca hatte damals keine Ahnung, dass sie in die Mafia eingeheiratet hatte."

„Wirklich?", fragte sie erstaunt.

„Was sie wusste, war, dass ihr Mann heruntergekommene Wohnblocks günstig von Stadtplanern kaufte und sie in Luxuswohnungen verwandelte. Wenn irgendwelche Wohnungen bereits belegt waren, räumte sein Team sie aus – ohne Fragen zu stellen."

„Na, das ist ja ganz schön übel", erstaunte Sandy.

„Findest du?" Tofi grinste.

„Nun …"

„Nicht so übel wie das, was als nächstes kommt. Er machte sich daran, das US-Geschäftsmodell im aufstrebenden Markt Russlands zu duplizieren. Um seinen italienischen Partnern abzuwimmeln und *arrivederci* zu sagen, brauchte er allerdings zwei Dinge – viel Geld und einen Doppelagenten, der pleite genug war, um sich zu Bestechungsgeldern überreden zu lassen. Mit der Hoffnung extrem reich zu werden, hatte er diesen Spion bald gefunden." Tofi starrte in Sandys Augen. „Boris Keselov!"

„Boris? Ivanas Ex?", betonte Sandy.

„Pssst, Sandy. Sprich leise. Um es kurz zu machen, das FBI hat Ivana undercover eingeschleust, um an Antonio heranzukommen."

„Undercover? Ivana ist doch eine Stewardess …"

Tofi verzichtete darauf, Ivanas Beruf zu verraten. „Sie war die perfekte Wahl. Dreißig Prozent der Zeit war Antonio in der Luft. Ivana wusste, was zu tun war und willigte ein. Wer würde ihrem Mann nicht gerne etwas anhängen wollen, bei dem was er tat. Sie wurde das neue Mädchen an Bord. Sagen wir einfach, Ivana hat einen bleibenden Eindruck auf Antonio hinterlassen."

„Und Boris … er hat nichts geahnt?"

„Boris? Er war auf der anderen Seite des Planeten. Er vergnügte sich in russischen Bordellen, finanziert mit freundlicher Genehmigung von DuPont." Tofi legte seine Hand auf die

Akte. „Für Antonio war es kniffliger als gedacht. Russland zum Laufen zu bringen und sich aus dem italienischen Zirkel zu lösen, ohne dass seine sizilianischen Partner Wind von seinen Machenschaften bekamen. Er brauchte einen Sündenbock, wenn etwas schief ging – seine Frau."

„Francesca ... mit anderen Worten, Tina!"

„Genau."

„So ein Arschloch!", reagierte Sandy wütend.

„Zwei Jahre zuvor hatte Antonio eine Firma auf Francescas Namen angemeldet, *PIP–Partners in Property*. Dann führte er Francesca in einen elitären Kreis von einflussreichen Millionären ein. Wegen Francescas unschuldiger Ausstrahlung und ihrer Schönheit fanden die Leute schnell Gefallen an ihr und hatten das Gefühl, dass sie eine Person war, der sie vertrauen konnten. Um in den gesellschaftlichen Kreisen den Schein zu wahren, erhielt Francesca ein monatliches Taschengeld von über fünfzigtausend Dollar und einen Bentley, in dem sie herumfahren konnte. Wie im Glamour-Magazin! Ihr wurde gesagt, sie solle sich mit diesen Millionären treffen. Dort sollte sie die Ideen und architektonischen Pläne vorstellen, die Antonio für sie entworfen hatte. Sie setzte sie mit Perfektion um, nichts ahnend von den Absichten ihres Mannes, sich an den Kapitalanlagen zu bereichern. Jeder liebte Francesca und nahm sie beim Wort. Es war ihre Natur ohne Heuchelei zu leben. Sie war die meiste Zeit der Woche außerhalb des Staates, arbeitete aus den besten Hotels und kehrte an den Wochenenden nach Hause zurück. Ihre Ehrlichkeit und ihr Charme waren erfrischend. Die Kunden vertrauten ihr ohne Zweifel. Die potenziellen Investoren nahmen Vertragsentwürfe mit nach Hause, um sie durchzusehen, und gaben sie an ihre Anwälte weiter, damit diese einen genauen Blick darauf werfen konnten. Die Originale wurden Tage später ganz blind unterschrieben, so wie du deine Vertraulichkeitserklärung für mich unterschrieben hast." Sandys Augen hoben sich vor Sorge. Tofi lächelte. „Da gibt es nichts zu befürchten, Sandy", versicherte Tofi und fuhr mit seiner Erzählung fort. „Innerhalb eines Monats nach Francescas Einstieg und während Ivana undercover an ihrem neuen Auftrag arbeitete, wurden die ersten Investitionsgelder von Antonio, nach Russland, zu Boris geschickt. Der erste Wohnblock wurde leergeräumt und ab dem dritten Monat lief das Geschäft für Antonio und Boris auf Hochtouren."

„Ich brauche einen Moment, Tofi", unterbrach Sandy. Das war eine Menge zu verarbeiten, und sie schenkte sich ein Glas Wasser ein. In der Zwischenzeit ging Tofi ins Bad, um seine Anrufe zu überprüfen und ließ die Tür einen Spalt offen. Mit einem Rufen bat er Sandy, ihm einen Drink zu mixen und beobachtete sie durch den Spalt in der Tür, während er so tat, als würde er sich die Hände waschen. Er schaute auf sein Handy – zehn verpasste Anrufe, keiner von Red. Verärgert kehrte Tofi zu seinem Platz zurück.

„Die Entwürfe wurden geändert, Sandy."

„Sorry, Tofi, was hast du gesagt?"

„Ich habe gesagt, dass die Entwürfe, die Francesca den Investoren gegeben hat, im Nachhinein manipuliert wurden."

„Aber solche Dokumente werden doch ständig geändert ..."

„Nicht so wie hier. Ich muss gestehen, dass es schon ein bisschen genial war, wenn ich das sagen darf. Antonio hat dadurch ein Vermögen verdient. Und Boris wurde motivierter denn je!" Sandy wurde neugierig und hörte Tofi aufmerksam zu, ohne ihn zu unterbrechen, während sie mit dem Glas in der Hand durch den Raum ging. „Ziemlich raffiniert formulierte Antonio Vertragsentwürfe, die es ermöglichten, Teile des ursprünglichen Textes durch einen neuen Text zu ersetzen. Auf diese Weise fügte er in die endgültigen Verträge eine unwiderrufliche Klausel ein, die *Geldgeschenke* erlaubte. Einmal unterschrieben, stimmten die Kunden im Grunde zu, dass ein Teil ihrer Investition an eine dritte Partei überwiesen werden kann, in Höhe von fünfzehn Prozent, um genau zu sein. Um mit einer solchen Änderung davonzukommen, ohne Verdacht zu erregen, wurde die exakte Anzahl der Wörter, Zeichen, Zeilen und Absätze mit roter Tinte auf die Titelseite des Entwurfs und der endgültigen Version getippt." Tofi hielt inne. „Sie stimmten perfekt miteinander überein!"

Sandys Kinnlade fiel vor Erstaunen herunter. Es dauerte buchstäblich zwei Sekunden, bis sie die Einfachheit des Schwindels erkannte. Die Kunden waren reich. Zeit war kostbar. Anwälte waren faul, Rechtsanwaltsgehilfinnen sahen auf die Wortzahl, und Sachbearbeiter legten die Dokumente gedankenlos zur Seite. Wenn der Entwurf gebilligt wurde und die Anzahl der Schriftzeichen auf der endgültigen Version gleich aussah, wer zum Teufel wollte dann noch einmal eine dreißigseitige vertragliche Vereinbarung durchforsten? Sie waren alle vielbeschäftigte Leute, die noch Hundert andere Dinge am Tag zu erledigen hatten. Wenn überhaupt eine Überprüfung stattfand, dann höchstwahrscheinlich nur mit einem kurzen Blick, ein formelles Überfliegen des Dokumentes. Und solange Antonio ihre Augen auf die untere Zeile lenkte, die eine dreizehnprozentige garantierte Rendite pro Jahr versprach, würde jede Wortänderung in der Mitte unbeachtet bleiben. Es war perfekt, fand Sandy.

„Also, spulen wir zwei Jahre vor. Antonio sollte die USA für immer verlassen und mit seiner neuen Geliebten nach Russland ziehen."

„Ivana …"

„Ironisch, nicht wahr?

„Ivana unter ihrem Pseudonym öffnete neue Türen. Aber zu

diesem Zeitpunkt hatten wir immer noch nichts Konkretes, auf das wir aufbauen konnten. Wir wussten, dass Ivana wegen Boris nicht nach Russland gehen konnte und uns lief die Zeit davon, um diesen Fall zu knacken. Für Antonio wurde die Situation in Italien als auch in Chicago brenzlig. Er hatte das Gefühl, dass es das Beste war, so schnell wie möglich auszusteigen und begann, seinen Fluchtplan zu entwickeln und mit dem Finger auf andere zu zeigen. Als der schlaue Mistkerl, der er war, kürzte er Francescas Taschengeld auf nur fünf Riesen im Monat. Dadurch verlor sie unausweichlich ihr Gesicht … mit fünf Riesen kommt man in diesen elitären Kreisen nicht weiter. Das führte zu Streitereien. Aus Streitigkeiten wurden Schläge und so weiter. Von da an war ihr Leben nur noch eine einzige Qual."

„Aber es kann doch nicht sein, Tofi, dass sie in all den Jahren nichts davon mitbekommen hat, was er getan hat."

„Denk daran, wie sie aufgewachsen ist, Sandy. Sie hatte ein sehr behütetes Leben. Sie war naiv. Sie vertraute jedem beim Wort. Durch ihre ehrliche Sicht der Dinge hatte sie sich in ihren Kreisen gute Freunde gemacht; für sie war alles in Ordnung … bis zu dem Morgen, an dem sie in sein Arbeitszimmer stürmte, das für sie tabu war."

„Warum tabu?"

„Es war typisch für die Art und Weise, wie er sein Geschäft führte. Außerdem versteckte Antonio dort Dokumente vor seiner Frau. An jenem Tag aber hatte sie die Morgenübelkeit gepackt und sein Bad war das nächstgelegene für sie. Aber sie schaffte es nur bis zum Mülleimer neben Antonios Schreibtisch, bevor sie sich übergeben musste. Dann sah sie seinen geöffneten Laptop, auf dem eine Vielzahl von Überweisungen in ihrem Namen auf mehrere Offshore-Konten verzeichnet war. Es dauerte nur Sekunden, bis sie die Spur verfolgte und bemerkte, dass jede Transaktion sieben weitere Konten durchlief und schließlich auf einem Konto namens AMF Holdings landete. Es ging um siebenundachtzig Millionen Euro."

„Und es war alles auf ihren Namen?"

„Ja!"

„Und für was steht AMF?"

„Adios-Mother-Fucker!", sagte Tofi, unfähig, sein Lachen zu halten.

„Hör auf, Tofi. Wie kannst du in so einem Moment Witze über etwas machen?"

„Tue ich nicht, das war der eingetragene Firmenname."

„Verstehe. Deshalb ist die Mafia hinter ihr her. Sie haben es herausgefunden. Sie denken, dass Tina die Drahtzieherin ist, nicht wahr?" Tofi antwortete nicht. „Aber woher weißt du das alles?"

„Ivana hat Antonios volles Vertrauen gewonnen. Unter Druck stehend, gab er ihr Zugang zu seinem Büro zu Hause, um eine Überweisung von AMF auf ein neues Bankkonto – PIP Russia – zu arrangieren. Sie nutzte die Gelegenheit, um versteckte Kameras darin zu platzieren."

„Und das neue Konto in Russland lief auf Ivana's Namen?"

„Auf ihr Pseudonym, ja …"

„Wollte er sie auch reinlegen?" Sandy hatte nun sein Spiel durchschaut. „Sie wäre die nächste in der Reihe …"

„Richtig. Er hat immer Frauen ausgenutzt! Inzwischen hatte Boris Keselov begonnen, das Geschäft mit dem Geld, das Ivana der PIP Russia überwiesen hatte, auf die Ukraine auszuweiten. Wir mussten Antonios Organisation mit Boris' Verbindungen in Moskau und der Ukraine zusammenführen und herausfinden, wofür all die *Geldgeschenke* verwendet wurden. Wir mussten die Kontonummern in die Hände bekommen. Das Problem war – Antonio bewahrte diese Kontodaten auf einem

Mikrochip auf der Rückseite seiner Armbanduhr auf, den er nie abnahm. Ivana versuchte einmal, ihn zu entfernen, als er betrunken auf seiner Yacht war. Sie wäre fast aufgeflogen. Es war zu riskant, sie noch einmal zu benutzen, sonst wäre sie mit Sicherheit Haifutter geworden. Wir mussten einen anderen Weg finden. Nicht lange danach, dank der versteckten Kameras, bekamen wir endlich einen Durchbruch. Wir sahen, wie Francesca auf die Transfers gestoßen war – sie war unser Glück!"

„Hat sie Antonio nicht zur Rede gestellt?"

„Nach den Schlägen, die sie bekommen hatte, nein. Dazu hatte sie zu viel Angst. Sie war zu dem Zeitpunkt im dritten Monat schwanger und hatte Angst, das Kind zu verlieren. Als sie Antonios Stimme draußen am Haus hörte, schnappte sie sich den Mülleimer und rannte aus dem Büro. Übrigens …"

Sandy unterbrach ihn: „Tina hat ein Kind, Tofi?"

„Dazu komme ich noch, Sandy." Tofi hob die Hand und deutete an, sich zu gedulden. „Jedenfalls engagierte sie am nächsten Tag einen Privatdetektiv. Innerhalb weniger Stunden wurde der Privatdetektiv abgeknallt … umgebracht!"

„Ich weiß, was abgeknallt bedeutet, Tofi!", sagte Sandy ausatmend. „Verdammt, Tofi, ich glaube, ich halte diese Spannung nicht mehr lange aus."

„Als Francesca endlich den Mut aufbrachte, sich Antonio zu stellen, bekam sie einen Schlag ins Gesicht. Der erste von vielen Schlägen, die folgten. Sie wollte sich an Antonio rächen. Da wurde ihr bewusst, wie verrucht die Welt ist, vor der ihre Eltern sie gewarnt hatten. Sie fühlte sich verraten und war wütend."

„Das musste sie sein. Ich hoffe, er hat bekommen, was er verdient hat."

„Oh, das hat er", sagte Tofi und streckte sich über den Tisch. Er nahm den Umschlag in die Hand – *Akte 13*. „So sieht Rache durch die Augen von Francesca aus!"

Sandy zog das Foto heraus. „Ach du meine Güte! Tina war zu sowas fähig?"

„Francesca, Sandy. Bitte verwechsle die beiden nicht. Sie befand sich zu dieser Zeit in einer manischen Depression und war vorübergehend für unzurechnungsfähig eingestuft."

„Wie hat sie, ich meine ..."

„Sie hat den Brieföffner benutzt", erklärte Tofi. „Sie hat Antonio etwas vorgemacht. Sie sagte, es kümmere sie nicht, was er ihr angetan hatte, sie hatte nämlich ein Gelübde vor Gott abgelegt, das nicht gebrochen werden sollte, auch wenn es bedeutet hätte, ihr Leben zu opfern, um seins zu retten."

„Nach allem, was sie durchgemacht hat, wäre sie bereit gewesen, für diesen Bastard zu sterben?"

„Wäre", das ist das entscheidende Wort, Sandy. Sie hätte an diesem Abend einen Oscar für ihre Leistung gewinnen können."

„Und du hast das alles gesehen?"

„Ja! Es war mein letzter Auftrag, bevor ich in den Ruhestand ging. Der beste Film aller Zeiten." Tofi fing an zu kichern.

„Warum lachst du schon wieder, Tofi?"

„Wie sie ihn in ihre Falle gelockt hat ... sie hatte ihm natürlich überhaupt nicht verziehen. Antonio bereute sogar eine Zeit lang, schämte sich dafür, wie er sie für seinen Geldgewinn benutzt hatte. Ihre Worte waren so eindringlich, dass ihm fast die Tränen kamen." Tofi hielt einen Moment inne.

Sandys Augen verharrten auf Tofis Lippen. „Hör jetzt nicht auf!"

„Verzeih mir den Ausdruck, aber sie flehte ihn an, sie ein letztes Mal zu ficken, so wie er es beim ersten Mal getan hatte. In dem Glauben, sie nie wieder zu sehen, willigte er ein. Er schlug sie gegen die Wand, riss ihr den Rock hoch und wurde buchstäblich mit heruntergelassener Hose erwischt."

„Du tust es schon wieder, Tofi. Hör auf zu lachen, bitte. Sei ernst und erzähl die Geschichte zu Ende, ja?"

„Sie hat ihn an den Haaren gepackt, sich herumgedreht und ihm in die Eier getreten! Wir haben es nicht kommen sehen. Und wir hätten nie gedacht, dass sie sich die Bluse aufreißt, das Abhörgerät offen zeigt und schreit, dass sie schwanger ist."

„Oh mein Gott!"

„Antonio ist durchgedreht. Aber Francesca lief nicht weg. Stattdessen wurde sie fast zu Tode geprügelt, bevor sie ihn mit dem Brieföffner getötet hat. Als wir reingestürmt sind, war er schon tot. Sie stach immer noch auf ihn ein."

„Und das Baby?"

„Hat es verloren."

Entkräftet sackte Sandy in ihrem Sitz zusammen und trank ein volles Glas Wasser, während ihr die tausend Fragen im Kopf herumgingen. Worauf habe ich mich da nur eingelassen? Und warum zum Teufel habe ich diese Erklärung unterschrieben? Sie dachte nach. Sie wollte nicht mit Jemandem mit einer derart gefährlichen Vergangenheit verwickelt werden.

„Tofi, ist Tina gefährlich?" Tofi glotzte sie an. „Schon gut, vergiss, dass ich überhaupt gefragt habe. Ich bin nur etwas nervös nach dem, was ich gesehen habe, das ist alles."

„Ich nehme an, du musst das erst einmal alles verdauen", antwortete er und ging zu seinem Schreibtisch. „Aber da ist noch etwas, Sandy." Tofi hob eine gelbe Schachtel auf und öffnete sie. „Das musst du tragen."

„Willst du mich verarschen?"

„Ich bin der Einzige, der weiß, dass du es tragen wirst, ich schwöre."

„Ein Kabel?"

„Du bist in Sicherheit, glaub mir. Wenn die sizilianische

Familie glaubt, dass Tina Francesca ist, gibt es siebenundachtzig Millionen Gründe, warum sie mit ihr Kontakt aufnehmen wollen, und nicht mit dir."

„Aber ich dachte, du hättest Antonio und Boris enttarnt?"

„Das hat uns aber nicht dabei geholfen, worauf wir wirklich aus waren. Wir haben einen Mikrochip von Antonios Uhr bekommen, aber nicht den, den wir wollten. Alles, was wir getan haben, war, die russische Operation zu infiltrieren, den Betrug aufzudecken, Boris einzusperren und die Operation zu beenden. Das Geld ist immer noch da draußen und Tinas Name stand auf all diesen Verträgen. Die Mafia will immer noch Blut sehen. Sie mögen es nicht, wenn man sie hinters Licht führt. Jemand muss zur Verantwortung gezogen werden."

„Und, glaubst du, dass Tina die Daten hat?", fragte Sandy vorsichtig.

„Ich? Ich bezweifle es. Aber hey, wer weiß? Es geht um verdammt viel Geld. Angesichts der jüngsten Ereignisse und den DWIB-Bonzen die hier alle aufkreuzen, glauben wir, dass das wohl zusammenhängt."

Daraufhin schnitt Tofi eine weitere Zigarre an. „Na dann, los, Sandy. Geh und genieße den Rest des Tages am Strand." Tofi leuchtete auf, als Sandy die Tür aufschloss und sich umdrehte. „Ich sehe dich heute Abend, um dich zu verkabeln. Bis dahin", zwinkerte Tofi. Sprachlos zog Sandy die Tür zu.

Als er Sandy die Wendeltreppe hinuntergehen sah, fühlte sich Tofi befreiter. Er hatte die Dinge ins Rollen gebracht. Egal, was nun passieren sollte, er hatte genug von der Korruption, die ihn festhielt. Doch als Sandy weiterging, wurde ihre Aufmerksamkeit auf die Drohne gelenkt, die über ihrem Kopf flog. Tofi blickte auf, und die Drohne flog schnell auf ihn zu und blieb eine Armlänge von ihm entfernt hinter der Glaswand stehen. Herablassend starrte Tofi in die Kamera, seine brennende Zigarre in der rechten Hand, sein Tumblerglas in der linken. Er hob die Zigarre, inhalierte, der Tabak verbrannte, und die Drohne filmte weiter. Ausdruckslos blies er aus und zeigte der Drohne den Mittelfinger.

„Fick dich! Fick Daniel! Und einen Fick auf die verfickte DWIB!", brüllte Tofi.

24
ZEIT ZU GEHEN

Nach der Tortur im Haus konnte Donahkhamoun spüren, dass Ehab am Steuer unruhig war. Er hatte sein Bein aufgeschürft, als er über den Rasenmäher gestolpert war, und Donahkhamoun kannte den Grund. Ehab hatte Dinge gesehen, die er nicht hätte sehen sollen. Er schwieg und führte einen inneren Dialog, warum er sich auf das Alles eingelassen hatte. In der kurzen Zeit, die verging, hatte er hundertmal auf das Stofftuch geblickt, das auf der Schatulle der tausend Seelen auf dem Schoß des Ägypters zuckte.

„Ehab, könntest du bitte einen Moment am Straßenrand halten?", fragte Donahkhamoun.

„Sicher", antwortete Ehab, schaltete die Warnblinkanlage ein und blieb zur Hälfte auf dem Grünstreifen und zur Hälfte auf der Fahrbahn stehen. Er drehte sich auf seinem Sitz und wandte sich dem Ägypter zu. „Stimmt etwas nicht?"

„Der Grund, warum ich dich gebeten habe, anzuhalten, ist, dass du bei all dem sehr zögerlich zu sein scheinst."

„Das bin ich schon ein wenig", seufzte Ehab. „Eigentlich … mehr als ein wenig, um die Wahrheit zu sagen." Plötzlich schlug Donahkhamoun seine Hand auf Ehabs Brust und drückte sie fest an sein Herz. Wärme drang tief nach innen. Ehabs Unterleib krampfte sich zusammen, und das Atmen fiel ihm schwer. „Aufhören! Hör auf!", schrie er, drückte und zerrte an Donahkhamouns Arm. Aber selbst seine Kraft war dem Magier nicht gewachsen. Donahkhamoun lächelte und zog seine Hand zurück. Mit seiner Bewegung zog er einen Gorda heraus. „Was zum Teufel!", schrie Ehab auf.

„Hallo, mein Freund", sagte Donahkhamoun und wandte sich an den Gorda.

Dieser sah Ehab an, blinzelte und sagte: „Hallo."

„Hallo, was ... was zum Teufel bist du?", schrie Ehab.

„Er ist dein Beschützer, ein Gorda. Derjenige, den meine Mutter in deinen Körper freisetzte, als du auf der Bühne kurzzeitig starbst. Er wehrte die dunklen Mächte ab, die versuchten, dich zu ergreifen. Sie hat deine Seele mit dem Gorda verwoben, um dich wiederzubeleben. Sie hat dieses Ereignis vorausgesehen und wusste, dass ich einen menschlichen Helfer brauchen werde, um das Gleichgewicht wiederherzustellen. Wie ich dir schon sagte, war es leider nicht die hübsche Sanitäterin, die dich gerettet hat." Der Gorda zog sich in Ehabs Körper zurück.

„Also hat er die ganze Zeit in mir gelebt?", fragte Ehab.

„Er war eher ein Beobachter. Vergiss einfach, dass er da ist. Er ist kein Mensch. Er ist ein Gorda mit Kräften, die dir in Zeiten der Not helfen können. Sieh ihn als Verteidigungsmechanismus für unseren weiteren Weg."

„Ich, ich verstehe nicht ganz ..."

„Das musst du auch nicht. Du musst mir nur vertrauen. Schon bald, wenn wir das Fuzidon betreten, wird alles viel klarer werden."

„Und das ist wo genau?", fragte Ehab.

„Ich denke, du wirst überrascht sein, wenn du siehst, wo. Wundere dich nur nicht, wenn dein Gorda ab und zu aus dir herausspringt. Er tut das, um dich zu beschützen, wenn eine nichtirdische Bedrohung im Schatten lauert. Du wirst dich daran gewöhnen. Das tust du immer."

„Was meinst du damit?"

„Lass uns weitermachen, Ehab, die Uhr tickt. Konzentriere dich auf das, was vor dir liegt, und du wirst selbst Antworten auf deine Fragen finden."

„Na gut, wenn du meinst", sagte Ehab und fuhr los.

Erneut bewegte sich das Stofftuch und rutschte ein Stück herunter, so dass Ehab eine menschenähnliche Gestalt bemerkte, die den Kopf und Schwanz bewegte und versuchte, herauszukriechen. Ehab blickte nach vorne und kniff sich insgeheim in die Haut, um sicherzugehen, dass er sich all das nicht nur einbildete. Donahkhamoun grinste Ehab an und deckte die Schatulle schnell zu. Eine Zeit lang war es still im Auto, als die Männer durch die Dörfer fuhren. Doch Donahkhamouns Augen funkelten heimlich vor Aufregung. Vor lauter Vorfreude auf das Fuzidon hielt er es für das Beste, Ehab ein wenig zu erklären, was vor ihm lag.

„Weißt du, woher wir kommen, Ehab?"

„Du sagst *wir*. Meinst du damit dich oder mich?"

„Letzten Endes sind wir ein und dasselbe. Was ich meine, ist ... wir und alles um uns herum hat sich aus einer Existenz entwickelt, meinst du nicht auch?"

Ehab sah Donahkhamoun stirnrunzelnd an. „Meinst du den Anfang der Zeit – den Urknall?"

„Nicht ganz, ich spreche von einer Zeit davor – einer Zeit vor Allem, in der es nur Dunkelheit gab, so schwarz, dass ein Blinder glauben würde, er könne sehen. Und ein Licht, das so hell war, dass man erblinden würde, wenn man die Augen öffnete."

„Eine Zeit vor Allem? Ich kann dir nicht ganz folgen ..."

„Ja, damals als es keine Sterne und keine Planeten gab – nur Dunkelheit und Licht. Diese beiden Energien waren und sind die ultimativen Kräfte, die das Leben, wie wir es heute kennen, antreiben. Sie sind Gegensätze, wie Plus und Minus, positiv und negativ. Und doch beherrschen sie unsere gesamte Existenz, auch die meine. Sie sind der wahre Vater und die wahre Mutter von allem."

Donahkhamoun machte eine kurze Pause, bevor er fortfuhr und Ehab das Gesagte verarbeiten ließ.

„Stell dir einen unendlichen Lichtstrom vor, der die Dunkelheit durchdringt. Wenn man in der Lage wäre, von diesem Strom aus ein Lichtjahr in jede beliebige Richtung zu reisen, würde man auf einen dementsprechenden, parallel verlaufenden Lichtstrom treffen. Diese Anordnung bildet ein Gleichgewicht. Ein perfektes Gleichgewicht von entgegengesetzten Tendenzen. Und das ist alles, was es immer schon gab. Die dunkle Energie und das Licht existierten immer Seite an Seite in Harmonie, bis eines Tages ein Lichtstrom vibrierte und eine Spannung entstehen ließ, die eine Welle erzeugte, die in die dunkle Energie eindrang. Die Welle breitete sich wie ein Tsunami aus und störte den ewigen Frieden der Dunkelheit. Als die Dunkelheit versuchte, das Licht zu unterdrücken, verschmolzen hohe und niedrige Frequenzsignale des Dualismus und lösten endlose Permutationen neuer Frequenzen aus. Sobald die Welle den nächstgelegenen Lichtstrom erreichte, ein Lichtjahr entfernt, gab sie ihm einen Impuls und setzte ihn in Bewegung. Aber der ursprüngliche Strom wurde nicht schwächer – die Welle prallte zurück und nahm an Geschwindigkeit zu, während sie in die entgegengesetzte Richtung reiste und ihren Mittelpunkt überquerte. Schließlich traf sie den nächstgelegenen Lichtstrom auf der anderen Seite. Die Wellen begannen sich gegenseitig an- und abzustoßen und setzten einen

Impuls in Gang, der sich dominoartig überlagerte, einen Effekt, der schließlich ein Signal auslöste, das einen Kosmos erschuf – den Ersten von Vielen. Es war der Beginn von etwas Außergewöhnlichem – dem Leben."

Donahkhamoun spähte unter das Stofftuch auf die Schatulle. Flüchtig blickte Ehab hinüber.

„Damit du das schiere Ausmaß dessen, wovon ich spreche, begreifen kannst, möchte ich, dass du dir im Geiste einen Zauberwürfel vorstellst."

„Das ist einfach genug."

„Jetzt stell dir vor, jeder Würfel ist ein eigenes Universum."

„Okay, das kann ich mir gut vorstellen."

„Und stell dir vor, die Rillen zwischen den Würfeln, wodurch sie getrennt werden, sind die Ströme aus weißem Licht. Hast du das verstanden?"

„Ich habe es verstanden. Schwarze Würfel, weiße Trennlinien. Keine Farbe."

„Ganz genau."

„Wie viele Würfel gibt es in einem Zauberwürfel, Ehab?"

„Siebenundzwanzig insgesamt."

„Ja. Und sechsundzwanzig bewegen sich. Der zentrale Würfel im Kern, der statisch bleibt, ist der Treiber, der Motor, der die Signale aussendet. Nun stell dir vor, statt sechsundzwanzig Würfeln gäbe es unendlich viele Würfel, die alle vom Kern angetrieben werden."

„Würfel als unterschiedliche Universen, das ist es, was du sagst, oder?"

„Ja, das ist es. Kosmen, die alle aus den gleichen Planeten bestehen – Repliken, aber einundzwanzig Jahre voneinander entfernt. Je weiter man sich vom Kern entfernt, desto fortschrittlicher wird das Universum und die Welt darin. Wenn man in der Lage wäre, in der Zeit zurückzureisen, würde man schließlich am Kern ankommen, dem Gleichgewicht von Licht und Dunkelheit, bevor die Störung erfolgte. Und irgendwo zwischen hier und dem Kern ist eine Welt, in der Höhlenmenschen gegen prähistorische Tiere um das Überleben der Menschheit gegen die Bestien kämpfen", artikulierte Donahkhamoun.

„Also im Grunde genommen sagst du, dass es mehr Planeten wie diesen gibt."

„Ja, das ist richtig, alle einundzwanzig Jahre voneinander versetzt ... Vergangenheit, Gegenwart und Zukunft."

„Vergangenheit wie ... bis zurück ins Nichts?"

„Ich hätte es selbst nicht besser ausdrücken können."

„Und wo befinden wir uns inmitten von all dem?"

„Genau in der Mitte!"

Ehab atmete aus. „Um ehrlich zu sein, wenn das alles wahr ist ..."

„Zweifle nicht an mir, Ehab."

„Das tue ich nicht ... ich meine, ich habe gesehen, was du tun kannst, und nun, es ist einfach unglaublich, das ist alles. Und selbst wenn ich keinen Gorda in mir hätte, muss ich sagen, ohne unverschämt zu klingen, das ist alles schwer runterzuschlucken."

„Die Wahrheit von etwas so Großem ist für die Menschheit unvorstellbar. Aber ich bin nicht von diesem Planeten, Ehab. Meine Befehle kommen aus dem Kern." Ehab warf einen kurzen Blick auf Donahkhamoun. „Schau dich um, Ehab, was siehst du?", fragte Donahkhamoun.

„Ich bin mir nicht sicher, wie du diese Frage meinst."

„Doch, das tust du. Deine Augen täuschen dich nicht. Die Hügel, das Meer, die Pflanzen und die Menschen, wofür steht das alles, Ehab?"

„Das Leben, nicht wahr?"

„Ja ... Egal, ob es lebendig ist oder nicht, alles besteht aus

Energie. Sei es nun dunkle oder helle Energie, gut oder böse, das Eine kann ohne das Andere nicht überleben. Ich habe dich gebeten, dir einen Zauberwürfel vorzustellen, das hast du getan. Jetzt stelle dir eine Waage vor, die zu einer Seite kippt. Unglücklicherweise hat sich die Dunkelheit erhoben und diese Waage in meiner Abwesenheit vom Fuzidon aus dem Gleichgewicht gebracht. Der Verbleib hier auf der Insel in dieser Welt hat mich daran gehindert, die Energien des Amokaras und seines Erzfeindes, des Sarakoma, auszugleichen. Ich fürchte, wenn uns das nicht gelingt, die Energien der Beiden bald auszugleichen, wird sich die Finsternis an dem Licht rächen. Es wird eine zerstörerische Schwingung der dunklen Energie geben. Wenn das passiert, dann werden sie die Frequenzen umkehren und die Uhr der Zeit wird zurückgedreht, bis die Dunkelheit das jungfräuliche Licht im Kern erreicht. Dort wird die Finsternis jenes jungfräuliche Licht verletzen, um ihre eigenen dunklen Welten auf der anderen Seite der Waage zu erschaffen", sagte Donahkhamoun.

Als Ehab Donahkhamouns Worte überdachte, dauerte es nicht lange, bis er die Ungeheuerlichkeit seiner Aufgabe erkannte. „Es geht nicht darum, eine Welt zu retten, oder?", fragte Ehab.

„Nein, das ist es nicht. Die Folgen eines Scheiterns sind unvorstellbar."

Ehab blickte nach vorne und fuhr schweigend weiter. Seine Gedanken waren zerstreut. Die Last, die er zu tragen hat, ist viel größer, als man ihm zu glauben gemacht hat, und alles scheint davon abzuhängen, dass er den Amokaras zurückbringt. Er ließ das Fenster herunter und begann, tief Luft zu holen. Er war genervt und selbst mit der Hilfe seines Gorda drehte sich sein Magen um. Er hatte keine andere Wahl – er musste es tun! Er war nicht bereit zu sterben, nicht jetzt, da er ein gutes Leben auf den Bahamas hatte, zu dem er zurückkehren konnte. Während sie durch die Stadt tuckerten, zuckte Ehab nervös in seinem Sitz, als er sich am Ende einer Schlange an einer Kreuzung einreihte. Er stellte seinen Seitenspiegel ein und bemerkte die Lambrets, die mit ihren Motorrollern am Restaurant auf der anderen Straßenseite vorfuhren. Er überprüfte sein Telefon auf Anrufe, nicht weil er musste, sondern um sich abzulenken. Keine Anrufe. Keine Nachrichten. Er fuhr ein Stück nach vorne, bremste und winkte eine Familie heran, die versuchte, die Straße zu überqueren. Der Junge leckte sein Eis, während er die Hand seines Vaters hielt. Die Schwester, mit mürrischem Gesicht, folgte hinterher. Die Mutter winkte, um sich zu bedanken. Donahkhamoun lächelte das Mädchen an und sie hüpfte schnell auf den Bürgersteig. Seltsamerweise drehte sie sich um und sah den Ägypter an, dann lächelte sie mit einem flüchtigen Winken zurück.

„Was sollte das denn?", fragte Ehab.

„Du meinst das kleine Mädchen?"

„Ja …"

„Wenn wir unseren Job machen, wird sie Bürgermeisterin ihrer Stadt werden, wenn sie älter ist, und viele gute Dinge tun."

„Woher willst du das wissen?"

„Du hast doch einen Gorda, oder?"

„Ja …"

„Du bist nicht der Einzige."

Ehabs Verstand ging in tausend Richtungen und spann ein Netz aus Überlegungen, als er von der Kreuzung auf die Küstenstraße in Richtung seines Hauses abbog. Er hatte Fragen und begann, sie auf Donahkhamoun abzufeuern. „Also Dunkelheit und Licht sind dasselbe wie Gott?"

„Das ist eine sehr kontroverse Frage, Ehab."

„Das mag sein, aber du musst mehr darüber wissen. Und wenn ich es mir recht überlege, weiß ich nicht einmal, was du wirklich bist …"

„Nun, ich bin nicht *er*, das steht fest", lächelte Donahkhamoun.

„Du hast meine Frage immer noch nicht beantwortet."

„Im Prinzip, nun ja … ich würde behaupten, sie wären es."

„Was meinst du mit *im Prinzip*? Entweder sie sind es oder sie sind es nicht."

Donahkhamoun wusste, dass es einfacher gewesen wäre, ja zu sagen und es dabei zu belassen, aber er konnte es nicht. Da waren noch andere mit Ohren im Wagen. Ein Gorda, Seelen und Humanoiden – und sie alle hörten genau zu. Licht und Dunkelheit waren Quellen der Energie. Sie hatten keine Namen, sie waren die Schöpfer, und ihre Gegenwart umgab jeden und alles. Und so erzählte Donahkhamoun die Wahrheit darüber, woher der Name Gott kam.

„Gott … oder vielmehr *das Wort* Gott stammt aus der Zeit der Höhlenmenschen, Ehab."

„Höhlenmenschen?", äußerte Ehab.

„Ja. Ein bestimmter Mann lebte auf dem Gipfel eines kleinen Berges in einer Höhle, die so geräumig wie eine Kathedrale war. An der Außenseite verlief ein Gratpfad ringsum, von dem aus er das Land unter ihm wie ein Vogel überblicken konnte. In der Höhle befand sich ein kleines Reservoir, das als Fluss den Berghang hinunterlief und die darunter liegende Siedlung mit Wasser versorgte. Er war ein großer und starker Mann, ein Krieger, der aus eigener Hand wilde Tiere töten konnte. Er besaß die größte Behausung des Landes, gefüllt mit Tierfleisch, wovon die einfachen Siedler, die am Fuße des Berges lebten, hätten satt werden können. Sie beneideten ihn um seine Stärke und Tapferkeit. Sie waren schwach und lebten in der

Tyrannei der wilden Tiere, die ihre Häuser heimsuchten. Der Höhlenmensch lebte auf dem Gipfel des Berges in Einsamkeit, weil er als Kind gehänselt wurde. Er konnte nicht einmal einfache Grunzlaute von sich geben, um sich zu verständigen. Gequält verließ der Junge bald die Siedler, kletterte auf den Berg und wurde ein Einsiedler. Als er zu einem Mann heranwuchs, beobachtete er die verzweifelten Dorfbewohner unter ihm. Mit der Zeit verwandelte sich sein Groll in Scham, als er sah, wie die Dorfbewohner und ihre Familien entweder durch den Hieb einer Klaue oder den scharfen Zähnen einer Bestie getötet wurden. Eines Nachts, als die wilden Tiere wieder angriffen, konnte der Höhlenmensch aus Frust nicht anders, als sich auf den Gratpfad zu stellen und aus Leibeskräften zu schreien. Sein Schrei war so stark, dass er bis in den Kern – zum Gleichgewicht von Licht und Dunkelheit – zurückklang. Die Bestien wichen zurück, als der Höhlenmensch wie ein mächtiger Riese lauthals brüllte und zum Himmel blickte, um nach Führung zu flehen. Seine Bitten klangen verworren, weil er sich nicht wie ein Mensch verständigen konnte. Als er geendet hatte, blickte er hinunter, und die Dorfbewohner hatten sich am Fuß des Berges versammelt. Als er am nächsten Morgen erwachte, hatten die Dorfbewohner den Berg erklommen und trugen Geschenke hinauf. Er war überrascht und verwirrt von ihren Gesten. Sie hatten nicht viel zu geben. Aber was sie hatten, gaben sie her. Dann versuchten sie, sich zu verständigen, indem sie anfingen, seine gedämpften Laute zu wiederholen. Er wollte seinen Namen sagen. Die Dorfbewohner riefen Worte wie *gorr* und *goad*, bevor sie sich vor ihm verbeugten und aus Angst vor seiner Kraft zurückwichen. Der Höhlenmensch sah verwirrt zu und wiederholte sich. ‚Gort‘, sagte er. ‚Gort‘, gestikulierte er. In ihrem Missverständnis zeigten sie auf ihn und nannten ihn *Gott*. Von da an half er den Siedlern, die Bestien zu bekämpfen, und unterrichtete sie auf seine Weise. Und jede Nacht, wenn er in seine Höhle zurückkehrte, riefen die Dorfbewohner vom Fuß des Berges aus seinen Namen. ‚Gott', riefen sie, als die Gefahr näher rückte. Und als der Höhlenmensch starb, versiegelten die Menschen die Öffnung seiner Höhle mit all seinen Schätzen, seiner Frau und seinen fünf Kindern. Diese Höhle wurde zu einem Heiligtum, das bis zum heutigen Tag erhalten geblieben ist."

Ehab war sprachlos. Trotz all seinen Reisen und seinem Interesse, die Wurzeln seiner Familie aufzuspüren, hatte er in zehn Minuten mehr über die Menschheit gelernt, als er in zehn Jahren herausgefunden hatte. Aber in einer Welt, in der es eine Vielfalt an religiösen Überzeugungen gab, war das keine Theorie, die man nacherzählen konnte.

„Irgendwie glaube ich, dass diese Geschichte in Anarchie ausarten würde, wenn sie heute erzählt würde", äußerte Ehab.

„Ja, ich glaube, das würde sie", stimmte Donahkhamoun zu und kicherte laut. „Wie auch immer, der Punkt ist, dass das Wort Gott bis heute in vielen Formen existiert. Letztendlich ist es ein Symbol für ein höheres Wesen, eine Gottheit, auf die sich die Menschen im Gebet oder in einer Zeit der Not konzentrieren können. Alle Menschen, egal wo sie sich auf der Welt befinden, wenden sich kollektiv an diese Quelle. Wie die Menschheit wählt, diese Botschaft zu interpretieren, ist etwas anderes."

Die Humanoid-Verschlüsse der Schatulle wirrten unter dem Tuch herum und der Gorda ragte zur Hälfte aus Ehabs Körper heraus. Er hatte interessiert zugehört und zog sich danach schnell zurück.

„Im Laufe der Jahre ist also alles aus dem Zusammenhang gerissen worden, willst du das sagen?", folgerte Ehab.

„Das ist richtig. Es geht um Macht und Gier. Du kennst

die Geschichte, Ehab, darum wirst du wissen, dass es überall, wo sich die Gelegenheit ergibt, Intriganten und Manipulatoren aller Art ans Tageslicht kommen."

„Bis heute hat sich nichts geändert", äußerte Ehab.

„Das ist richtig. Seit dem Tod des Höhlenmenschen, reiste seine Geschichte weit umher. Über die Jahre wurde sie verzerrt und Intriganten begannen aufzutauchen, die seinen Namen benutzten, um sich zu bereichern. Sie errichteten monströse Gebäude und nutzten die Schwachen aus, um Macht zu erlangen. Doch unter ihrem Schafspelz waren sie nichts anderes als reißende Wölfe. Statuen, die den Namen Gott trugen, wurden aus Stein und Gold gebaut, und die Menschen strömten mit Opfergaben herbei. Von diesem Tag an ist die Waage immer weiter aus dem Gleichgewicht gekommen. Gier und Macht begannen die Welt zu beherrschen. Die Tage der Selbstzerstörung begannen und brachten dich und mich in diese Zeit der Krise."

Die Treibstofflampe blinkte auf. Obwohl nur eine kurze Strecke vor ihnen war, wollte Ehab nichts riskieren und hielt an, um zu tanken. Sein Kopf war zum Bersten voll mit Informationen, die er nur schwer verarbeiten konnte und er dachte, es wäre gut, eine kurze Verschnaufpause einzulegen. Während er an der winzigen Tankstelle am Straßenrand tankte, beobachtete er die Boote draußen auf dem Meer und wünschte sich, er wäre dort. Wenigstens würden seine Mädchen, die Russhells, den freien Tag genießen, dachte er und hoffte, dass es nicht ihr letzter war.

„Was für ein Scheiß", murmelte Ehab, als er Donahkhamoun durch die Heckscheibe des Autos anschaute und den Tankdeckel schloss. „Bin gleich zurück." Er griff ins Handschuhfach, nahm sein Portemonnaie und verschwand in dem kleinen Laden.

Im Auto schaute Donahkhamoun aus dem Fenster des Beifahrersitzes. In einem Moment des Innehaltens wurde ihm bewusst, wie sehr er es auf den Bahamas mochte. Es war warm, nett und freundlich. Er hatte Freunde gefunden und lebte ein einfaches, bescheidenes Leben, während er alt wurde. Eine Erfahrung, die er nie gemacht hätte, wenn er den Stein nicht verloren hätte. Seine langjährige Erfahrung, als Mensch zu leben und alt zu werden, hatte ihm geholfen, viel mehr über menschliche Gedanken und Gefühle zu verstehen.

Noch einmal hob Donahkhamoun das Tuch mit den Fingerspitzen von der Schatulle. Die kleinen Kulleraugen der Humanoiden blickten auf und Donahkhamoun berührte die ovale Schatulle. Es fühlte sich warm an, das bedeutete – sie sind bald da. Aus heiterem Himmel überkam ihn ein seltsames Gefühl. Eines, das er noch nie gefühlt hatte – eine Verbindung zu dieser Welt. Er war der Torwächter und so etwas sollte nicht passieren. Er nahm bewusst wahr, wie seine Magie schwächer wurde und bemerkte eine Veränderung in seiner Hautstruktur. Falten kamen langsam wieder auf seiner Haut zum Vorschein.

„Bitte sehr, Moped, einer für dich, einer für mich. Es wird wahrscheinlich dein letzter Schokoriegel für die nächste Weile sein, genieße ihn", sagte Ehab und warf ihn auf Donahkhamouns Schoß. „Ich weiß, dass ich ihn jedenfalls genießen werde."

„Danke."

Der Motor sprang an, die Klimaanlage verströmte kühle Luft, und die beiden Männer machten sich wieder auf den Weg. Fünf Minuten vor dem Ziel ließ sich Donahkhamoun für den Rest der Fahrt nieder und lehnte seinen Kopf zurück. Er biss in den Schokoriegel und grinste, als er sich vorstellte, wie Tina jetzt ruhig anstatt aufgedreht sein würde. Einen Hauch seiner eigenen Energie mit ihrer zu vermischen war ein Risiko, aber es war notwendig, wenn sein Plan gelingen sollte. Es würde ihr helfen, die Dinge zu sehen, wenn es jemals dazu kommen sollte.

Plötzlich schrie Ehab auf, als der Verkehr vor ihm abrupt zum Stillstand kam. Er machte eine Vollbremsung, um nicht auf einen Lieferwagen aufzufahren. „Geht's dir gut?"

„Mir geht es gut, Ehab", antwortete Donahkhamoun und hielt den Türgriff fest umklammert.

„Wie es aussieht, blockiert da vorne ein Lastwagen die Straße. Ich glaube, sein Kühler ist überhitzt."

„Gibt es einen anderen Weg? Ich meine, wenn wir jetzt umdrehen würden?", fragte Donahkhamoun, während er nach der Schatulle sah.

„Nicht wirklich ... oh, warte, der Verkehr bewegt sich wieder." Vorne hatte sich der LKW-Fahrer auf seinen Laster gestellt und begann, den Verkehrsfluss auf eine Spur zu lenken. Ehab folgte dem Lieferwagen vor ihm, kam aber hinter dem LKW zum Stehen, als der Trucker den Gegenverkehr durchließ. Ehab deutete dem LKW-Fahrer seine Anerkennung an. Seltsamerweise starrte der auffällig aussehende Mann ihn an und begann mehrmals zu schnüffeln. „Der Kerl schaut echt komisch aus, nicht wahr?", kommentierte Ehab.

Der Gorda witterte sofort Gefahr und drang aus Ehabs Innerem, was Donahkhamoun überraschte. Instinktiv durchquerte die Gorda die Windschutzscheibe und stürzte sich auf den Mann. Der Trucker fletschte seine verfaulten Zähne, zog eine Waffe und schoss auf die Männer im Auto. Ehab duckte sich und öffnete die Tür, um zu fliehen. Donahkhamoun packte ihn. „Bleib!", forderte er.

Die Kugeln schlugen in den Gorda ein und hörten beim Aufprall sofort auf. In Panik verließen die Schaulustigen ihre Autos und liefen davon.

„Was ist hier los?", brüllte Ehab.

Unerwartet sprang ein geisterhafter Dämon aus dem Inneren des Truckers. Der Gorda griff ihn aggressiv an und packte den

Unhold an der Kehle. Die beiden Geschöpfe kämpften miteinander, so dass der Trucker vom LKW fiel.

„Hol uns hier raus, Ehab! Fahr los!"

„Kannst du nicht etwas tun?"

„Nein, hol uns einfach hier raus! Schnell!", befahl Donahkhamoun.

„Okay, ich hab's, ich hab's!"

Sofort legte Ehab den Rückwärtsgang ein und fuhr auf das Auto hinter ihm auf. Zerstörerisch schob er das Fahrzeug zurück und hinterließ auf dem Asphalt schwarze Reifenspuren. Eingeklemmt zwischen den verlassenen Fahrzeugen vor ihm und einem neben ihm – in welchem der Fahrer saß und das Geschehen mit seinem Handy aufzeichnete, hupte Ehab ihn an. Der Mann erwiderte das Signal und fuhr schnell weg, so dass für Ehab eine Lücke entstand, durch die er entkommen konnte. Doch der Schütze war schon wieder auf den Beinen und lud seine Waffe nach. Unfähig, weiterzukämpfen, kehrte der Gorda zurück und Ehab fuhr eilig davon. Er schlängelte sich durch die verlassenen Fahrzeuge und rammte alle, die ihm im Weg standen.

Der Trucker war verärgert und kletterte zurück auf den LKW. Von einer erhöhten Position aus sah er, wie das Auto davonfuhr, zielte und schoss. Eine Kugel durchschlug den Kofferraum von Ehabs Auto und blieb in der Rücklehne stecken. Ein zweites Geschoss folgte, etwas höher. Die Heckscheibe zersplitterte, und wieder blockierte der Gorda schnell die Schusslinie und verhinderte, dass die Kugel in Ehabs Hinterkopf einschlug. Aber noch war niemand in Sicherheit. Ehab sah den LKW-Fahrer in seinem Rückspiegel, wie er sich ein Auto schnappte. Der Angreifer schoss erneut, kurz bevor Ehab außer Sichtweite geriet. Das verirrte Geschoss bohrte sich in Ehabs Armaturenbrett.

„Was zum Teufel ist hier los?", schrie Ehab, während das Adrenalin durch seine Adern rauschte.

„Ich habe keine Ahnung", flunkerte Donahkhamoun. Es war gerade keine Zeit für Erklärungen.

„Nun, was immer das auch war, sie nehmen die Verfolgung auf. Wir können hier nicht herumhängen, das ist sicher! Das war gruselig da hinten. Danke, Gordy!", sagte Ehab und klopfte ihm dreimal auf die Brust.

Donahkhamoun fühlte sich verletzlich. Warum hatte er die Gefahr nicht gespürt? Vielleicht war dies eine Folge davon, was er mit Tina gemacht hatte. Er hoffte es nicht. Der geisterhafte Dämon passte auf die Beschreibung eines abtrünnigen Gorda, der zu einer dunklen Macht wurde, nachdem er vor langer Zeit wegen Ungehorsamkeit in den Wassergraben geworfen wurde – ein Adrog.

Ehab war still und konzentrierte sich auf die Straße. Für den Rest der Reise kam kein einziger Mucks mehr aus ihm heraus. Aber dank des Gorda waren sie beide am Leben. Und wenn dies ein Vorgeschmack auf das war, was noch kommen sollte, war Ehab dankbar, dass er einen Beschützer hatte. Donahkhamoun war sich mehr denn je sicher, dass dies Daniels Werk war – sicher, dass Daniel eine Herausforderung für Donahkhamoun ausspruch. Daniel wollte mehr als nur Unsterblichkeit. Er wollte die Kontrolle über das gesamte Fuzidon. Er wollte Donahkhamouns Platz und noch mehr. Dies waren schon Daniels Forderungen als Kind gewesen und der Grund, warum er bestraft wurde, als er während der Zeitzykluswende den Prozess der Wiedergeburt gestört hatte.

Aber bei all dem musste Donahkhamoun seinen bösen Rivalen bewundern. Daniel hatte mit praktisch nichts anderem als seinem bösen Geist eine Menge erreicht. Dennoch … es war für die falsche Sache und das würde bei den Schöpfern auf Ablehnung stoßen, glaubte er.

Unter Donahkhamouns Anweisung verließ Ehab schließlich die Hauptstraße an der Abzweigung und bremste in der Nähe der Stelle ab, an der Reds Jeep aus dem Sumpf gezogen worden war. Es war nicht weit von Ehabs Zuhause entfernt, einem Zuhause, von dem er hoffte, dass er es wiedersehen würde. Er schüttelte verwirrt den Kopf.

„Bist du sicher, dass du hierher willst?", fragte Ehab.

„Ja. Fahr so nah ran, wie du kannst. Da drüben …" Schnell löste Donahkhamoun seinen Sicherheitsgurt, eilte aus dem Auto und rannte zum Dickicht.

„Warte!", rief Ehab und knallte die Tür zu.

„Beeil dich, sie können nicht weit hinter uns sein!"

„Wonach suchen wir eigentlich?"

„Da gibt's einen Teich, irgendwo hier in der Nähe … gleich da drüben!" Donahkhamoun zeigte darauf.

„Das ist das Fuzidon? Willst du mich verarschen? Das ist ein verdammter Teich! Haben wir das alles für das hier durchgemacht?" Ehab hielt panisch Ausschau nach den Angreifern.

Donahkhamoun warf das zerfetzte Stofftuch auf den Boden. Die Sonne strahlte auf die perlmuttfarbene Schale und sie glimmerte farbenprächtig. Das goldene Äußere der Humanoiden schimmerte und sie öffnete ihre Klauen und lösten dadurch die Verschlüsse an der ovalen Schatulle. Ihre langen Schwänze folgten und die Schatulle wurde von allen Griffen befreit. Die Seelen begannen in ihrer bizarren Sprache zu sprechen, ihre leisen Gesänge wurden hörbar. Bald begann Ehab sie mit Hilfe seines Gorda zu verstehen und erlag der Verzauberung. Ehab war fasziniert und das, was er für seinen Albtraum hielt, wurde plötzlich verlockend.

„Vor zweiundvierzig Jahren habe ich den Amokaras genau hier verloren, Ehab, wo ich jetzt stehe. Ich habe das alles über uns gebracht."

„Bist du sicher, dass wir am richtigen Ort sind?"

„Das ist das Tor zum Fuzidon, die Magie hat bereits begonnen. Schau dich um!"

Die kugelförmige schützende Hülle hatte sich bereits zehn Meter außerhalb des Teiches gebildet. Von innen funkelte sie, als würde ein elektrischer Strom hindurch fließen. Von außen war sie ein riesiger Tarnmantel, der seine Umgebung reflektierte. Ehab drehte sich um. Und da war er; Moped und Donahkhamoun in einem – der Torwächter, der in der Mitte des Teiches stand, der zu einem spiegelnden Teppich geworden war und sich über die gesamte Fläche erstreckte. Die Schatulle schwebte ungefähr dreißig Zentimeter über dem Boden neben Donahkhamouns Füßen. Die miniaturgroßen Humanoiden sprangen herunter, zwei von der Oberseite der perlmuttfarbenen Schatulle, zwei von der Unterseite. Sie bewegten sich frei auf dem glasartigen Boden, wobei sie eine Schicht ihrer goldenen Haut abwarfen. Die goldenen Fetzen fielen wie Federn in ihr Spiegelbild und glitten sanft hindurch.

„Moudan goa. Sie du man jana!", befahl Donahkhamoun.

Die kleinen Kreaturen blickten zuerst ihren Meister zur Bestätigung an. Donahkhamoun gestikulierte ihnen weiterzumachen, und die Humanoiden tauchten in ihr Abbild ein. Mit fledermausähnlichen Flügeln flogen sie tief in den Spiegel und wurden dabei groß und mächtig. Sie wuchsen zu Fleisch und Schuppen, mit gutmütigen Gesichtern und großen, runden Teddybär-Augen, die sagten: *Sei mein Freund.* Sie waren faszinierend, aber tödlich mit langen, giftigen Zungen und drachenähnlichen Schwänzen. Sie waren die Beschützer des Torwächters und Donahkhamoun wartete ängstlich auf ihre Rückkehr.

„Bleib zurück, Ehab. Sie kommen heraus", warnte er, hob

das nun befreite Oval auf und ging schnell neben Ehab her.

Die Humanoiden kamen heraus, schnell und wütend. Mit lautem Gebrüll stürzten sie mit mächtigen Schlägen herab und umschlossen den Teich, wie vier tänzelnde Pferde – groß, stark und stolz. Aber ihr Gebrüll wurde von einem anderen gehört. Von dem spitznasigem Mann – dem Trucker, der in einem gestohlenen Auto von der Hauptstraße abbog und auf sie zuraste. Als er Ehabs Auto in Sichtweite fand, nahm er sein Gewehr und schoss blindlings in die Richtung des Geräusches. Donahkhamoun lächelte, als sich der spiegelnde Teppich auf die Größe eines Golfballes verwandelte, und die Schüsse harmlos um sie herum hallten. Der Einstieg hatte sich geöffnet und Donahkhamoun atmete erleichtert auf, als er seine Hand ausstreckte und den Teppich für ein späteres Mal in seine Tasche steckte. Nach zweiundvierzig Jahren machte Donahkhamoun seinen ersten Schritt hinunter in das Fuzidon und wandte sich ein letztes Mal an Ehab.

„Denke daran, Ehab, du hast ein einziges Ziel. Bring den Amokaras zu mir und nur zu mir."

„Ich verstehe", erwiderte Ehab und starrte auf den Grund des wasserlosen Teiches.

„Gut, dann ist jetzt die Zeit gekommen, zu gehen."

Ohne zu zögern eilten die Humanoiden in den Tunnel, um das Fuzidon und den Tempel darin zu schützen. Sie verteilten sich gleichmäßig im Tunnel und weckten mit ihren Gebrüllen alles hinter den Wänden auf. Die beiden Männer folgten ihnen und gingen vorsichtig die großen, abgenutzten Felsstufen hinunter – nicht ahnend, was sie dort erwarten würde. Die Zwischenweltler stürmten nach vorne an die Tunnelwände und stießen sich gegenseitig, um einen besseren Blick zu bekommen. Aber dieses Mal war es die Verwunderung über die Rückkehr ihres Meisters und sie starrten wie berauschte Trunkenbolde.

Instinktiv blickte Ehab nach oben und sah, wie der Himmel langsam verschwand. Wie ein Sargdeckel, der sich schließt, kreiste ein Zylinder aus irdischen Wurzeln schnell um den Rand des Teichbeckens, stieg von unten nach oben und versiegelte den Eingang, sodass sich der Teich mit verzaubertem Wasser füllen konnte.

Draußen, nur wenige Augenblicke später, als die Schutzhülle nachließ, erreichte der spitznasige Trucker den Teich. Er stand mit seiner Waffe in der Hand da und schrie frustriert auf. Er war zu spät, und nun musste er sich vor Daniel verantworten. Abwägend, ob er seine Verfolgung fortsetzen sollte, schoss er eine Sekunde später und fiel mit einem Platschen. Die Wurzeln streckten sich aus, nahmen den Mann in ihre Fänge und zogen ihn in die Erdhöhle, wo er mit den anderen verrotten würde. Doch der Adrog hatte sich von dem Leichnam gelöst und kroch aus den verzauberten Gewässern frei. Er bahnte sich seinen Weg zum Dickicht, doch die dunkle Kraft war den Wurzeln nicht gewachsen. Die Wurzeln verlängerten ihre Reichweite, um ihren Preis zu ergattern. Sie zogen den Adrog zurück und brachten ihn dorthin zurück, wo er hingehörte.

25
DAS FUZIDON

Als die Inbetweens Donahkhamoun sahen, welcher den Tunnel betrat und die Schatulle der tausend Seelen in seinen Händen hielt, und von einem Gorda, vier Humanoiden und einem Menschen begleitet war, reihten sie sich hinter den trüben Gelwänden auf, um ihren Torwächter wieder willkommen zu heißen. Seine Anwesenheit verdrängte die Finsternis hinter den Tunnelwänden und machte das Land drumherum sichtbar. Donahkhamoun war überwältigt von dem entsetzlichen Zustand, in dem sich das Fuzidon befand, und dem unerwartet starken Geruch. Wie Ehab hob auch er sich die Hand vor das Gesicht. Angewidert von dem, was er sah, warf er einen Blick auf den Tempel, der auf dem Gipfel des Berges stand. Er sah verfallen aus und gab ihm Anlass, über die Unbesonnenheit seiner Mutter nachzudenken und sich zu fragen, warum sie ihn so vorschnell zum Torwächter gemacht und ihn vor den Gefahren Akhenatons verschont hatte. War es König Akhenaton, der angeblich seinen Vater getötet hatte? Einen Moment lang grübelte Donahkhamoun. Doch nun befand er sich in einer ähnlichen Situation, im Kampf mit Akhenatons Sohn – Daniel – seinem Halbbruder.

Als er das Land betrachtete, sah er, dass anstelle eines klaren Wasserfalls, der von dem Eingang des Tempels hinunter zum Fuße des Berges sanft fließen sollte, das Wasser schmutzig, unheilvoll gefärbt war und sturzartig herabfiel. Auf der Wasseroberfläche schwamm eine Schicht aus schmieriger Schlacke, die das reine Wasser darunter erstickte. Und als das Wasser in die sieben Bäche floss, die das Land bewässerten, wurden Schmutzpartikel wie Eisenspäne in die Luft geschleudert, getragen von einer permanenten, sanften Brise. Im Laufe der Zeit hatte sich der Schmutz aufgetürmt und alles bedeckt, was einst lebendig und üppig war, und es in einen trostlosen Ort verwandelt, der von den Zwischenweltlern bewohnt wurde, deren Wiedergeburt überfällig war.

Unter normalen Umständen war das Fuzidon ein wunderschönes Land, in dem Früchte in Hülle und Fülle wuchsen und Wege mit grünem Gebüsch zu kleinen Katakomben führten – Verstecke, in denen die Zwischenweltler Einsamkeit finden konnten, wenn sie das Bedürfnis danach hatten. Früher war das Fuzidon ein Ort, an dem riesige Wächter frei am Gratpfad des Tempels umherwanderten und hohe Speere mit großen, leicht abgerundeten Spitzen am Ende in der Hand hielten – den „allsehenden Augen", die alles, was sie erblickten an den Kern weitergaben. Heute waren diese Augen blind. Schmutz hatte auf ihnen Katarakte gebildet, die zu einer Kruste verhärtet waren. Während der Abwesenheit des Torwächters war das Fuzidon zu einem Ort geworden, der aussah, als sei er aufgefressen und ausgespuckt worden. Entmutigt von dem, was er sah, war es an der Zeit, wieder Ordnung hinein zu bringen.

„Hältst du das bitte für mich, Ehab?", fragte Donahkhamoun.

Nervös nahm Ehab das perlmuttfarbene Objekt in die Hand. Die Seelen drängten sich in das Glasoval und blickten den Menschen neugierig an. Überrascht von dem Gewicht der Schatulle, richtete Ehab seine Haltung schnell wieder auf. Taluga – der Anführer der vier Humanoiden, stand an seiner Seite und hielt Wache, während Donahkhamoun sein Ritual vollendete. Der Torwächter verschwendete keine Zeit, streckte die Arme aus und ballte die Fäuste. Seine Fingernägel wurden zu spitzen Dolchen – sie stachen hindurch, tauchten auf seinen Handrücken wieder auf und zogen sich prompt wieder zurück. Das Blut des Torwächters floss in Strömen und gerann sofort. Es war kein gewöhnliches Blut. Es war mit einer einzigartigen DNA erfüllt, die aus sieben Vitalitäten bestand, die den Farben eines Regenbogens entsprachen. Ehabs Augen weiteten sich vor Faszination und die ovale Schatulle rumpelte in seinen Händen.

„Ree du man rania", sagte der Torwächter.

Plötzlich glühte der Bündel aus Smaragden auf seinem Ring. Das glasige Oval reagierte und quoll wie ein Ballon auf, während sich im Inneren eine Substanz wie Zuckerwatte drehte und die Seelen in ihren Strudel zog. Die Seelen schrien vor Unbehagen auf, als der rosafarbene Dampf aus den Rissen in der Hülle austrat.

„Was soll ich tun?", schrie Ehab.

Der Dampf breitete sich heftig aus, und die Schatulle zersprang durch die Wucht der Substanz in viele Teile. Ehab wandte sich intuitiv ab in die Hocke, um den vorbeifliegenden Splittern auszuweichen. Sofort brachen die Seelen hervor und flogen durstig zu ihrem Herrn. Wie Bienen um einen Honigtopf schwärmten die Geister aus. Mit einem winzigen Tropfen des Blutes des Torwächters vergrößerten sie sich auf die Größe des Körpers, mit welchem sie sich bald verweben würden – ob Mann, Frau oder Kind, jeder war begierig, wiedergeboren zu werden. Als der Tunnel mit Seelen überfüllt war, erhob sich Ehab vorsichtig wieder auf die Beine.

„Würdest du die Schatulle für mich tragen, Ehab?", fragte Donahkhamoun noch einmal.

Verwirrt runzelte Ehab die Stirn. Taluga gab ihm einen Schubs und deutete auf den Boden hinter ihm. Ehab drehte sich um und stellte erstaunt fest, dass sich das ovale Objekt von selbst umgeformt hatte. Verblüfft darüber, wie robust, makellos und glänzend es war, hob er es vorsichtig vom Boden auf und ging zu Donahkhamoun hinüber.

„Mou danjou. Solamonium dera daminati. Tutes mar giya", befahl Donahkhamoun.

Taluga stieß einen furchterregenden Schrei aus und gab den Seelen das Zeichen zum Vormarsch. Die Zwischenweltler traten zurück und sahen zu. Als die Seelen die Tunnelwände durchquerten, verdampfte die gelartige Substanz, von der nur hängende Reste zurückgelassen wurden. Taluga gab den Humanoiden ein Zeichen. Sofort ergriffen sie die Flucht und wischten die Überreste des Gels auf. Das Fuzidon wurde in seiner gesamten Fülle enthüllt. Donahkhamoun eilte durch die Menge der Zwischenweltler zum Fuß des Wasserfalls. Seine Kräfte waren schwach, und obwohl die Rückstände seines Blutes noch frisch auf seinen Händen klebten, hatte er nur wenige Minuten Zeit, um deren Zauberwirkung einzusetzen, bevor seine Wunden vollständig verheilt waren.

Als er jedoch zum Gratpfad hinaufblickte, hatte Donahkhamoun große Bedenken. Seine Wächter waren immer noch nicht aufgetaucht, um ihn zum Tempel hinaufzubringen. Und auch von seiner Mutter – der Priesterin, oder seiner Halbschwester Charmaine gab es weit und breit keine Spur. Als Ehab an der Seite von Donahkhamoun stand, dämmerte ihm plötzlich, was der Gipfel des Berges war.

„Das ist das Heiligtum, nicht wahr, das in deiner Geschichte?", flüsterte Ehab. „Aber, aber das ist doch unmöglich …"

„Nichts ist unmöglich, Ehab", sprach Donahkhamoun und scannte den Berghang. „Dort oben befinden sich die Formen unserer Spezies, die Gebeine des Höhlenmenschen und seiner …"

Plötzlich hörte Donahkhamoun auf zu sprechen und rief Taluga zu sich. Er hatte undeutliche Formen auf dem Berg entdeckt, die darauf hindeuteten, dass die Wächter in die Felswand eingebettet waren. Donahkhamoun bat Taluga, für ihn einen Blick darauf zu werfen, um zu bestätigen, was er zu sehen glaubte. Doch bevor sie den Flug antrat, kreischte ein anderer Humanoid, der über die Ansammlung der Inbetweens flog, laut auf und warnte Taluga vor rebellischen Zwischenweltlern, die sich mit gewalttätigen Absichten durch die Masse schlichen.

Als die Rebellen Donahkhamoun im Visier hatten, griffen sie den Torwächter an. Taluga stellte sich schnell vor ihren Herrn, um ihn zu schützen. Sie holte mit ihrem schweren, drachenähnlichen Schwanz aus und ließ ihn wie eine Peitsche knallen, um die Angreifer zu Boden zu drücken. Der Humanoid, der von oben die Ansammlung im Blick hatte, stürzte sich in die Menge und verscheuchte die Zwischenweltler, denn er glaubte, wenn eine Gruppe rebellierte, würden es noch viel mehr sein. Der Humanoid machte freien Raum um den Torwächter und kehrte schnell in den Himmel zurück, wo er in niedriger Höhe kreiste und dabei Wut und Autorität ausstrahlte.

Donahkhamoun war beschämt über diesen Ungehorsam. Besorgt über den Ausbruch sah er zu, wie Taluga die Angreifer in den schwarzen Wassergraben schleuderte, der den Berg umgab – das Gefängnis, in dem Ungehorsame prompt von den Wurzeln unter dem Wasser angekettet werden. Die jüngsten Insassen waren der spitznasige Mann und sein Adrog.

Das Gefühl des Torwächters sagte ihm, dass dies Daniels Werk war. Da er sich seiner Verwundbarkeit bewusst war, rief er sofort zwei seiner beschützenden Humanoiden herbei. Sie stürzten sich auf den Boden und fegten den Schmutz auf, so dass Teile des darunter liegenden Vegetation sichtbar wurden. Der Torwächter deutete an, näher zu kommen, und streichelte die Wangen der Humanoiden. Er senkte seine Hände zu ihren Münden und flüsterte leise, dass seine Beschützer sie sauber lecken sollten.

„Das ist alles, was ich noch habe. Geht sorgsam damit um", warnte er und zeigte in die Richtung, in der er die Wächter vermutete. „Geht jetzt, findet sie und gebt ihnen einen Tropfen auf ihre Speerspitzen."

Dann wandte sich der Torwächter den unruhigen Zwischenweltlern zu und gab Zweien, die etwas abseits saßen, ein Zeichen, zu ihm zu kommen. Die Männer bewegten sich vorwärts. Sie waren anders als die anderen. Sie waren Außenseiter, geschützt durch eine schwache Aura, die sie umgab. Sie waren fleischig, aber trugen dennoch die Narben ihres Todes. Sie waren Vater und Sohn – die Mortimers – Marcus und Jack. Taluga knurrte angewidert und entblößte scharfe, verfärbte Zähne, als sie sich näherten. Donahkhamoun griff ein, beruhigte sie und deutete an, sie vorbei zu lassen.

„Hallo Marcus. Hallo Jack", sagte Donahkhamoun. „Leider habe ich jetzt keine Zeit, euch alles zu erklären. Aber wenn ihr wieder leben wollt, bleibt in der Nähe und tut, was ich euch sage."

„Wer bist du?", fragte Jack Donahkhamoun und erkannte Reds Kumpel, den Menschen, der neben ihm stand, unversehrt und lebendig. Die gleiche Frage stellte sich Ehab, der Jack aus dem Club wiedererkannte, als er sich mit Tina an der VIP-Bar unterhielt – den gleichen Mann, den er beinahe mit seinem Abschleppwagen überfahren hätte.

„Ich bin der alte Mann aus der Hotellobby, Jack. Moped,

weißt du noch? Du und ich haben eine Abmachung. Das hier ist Teil dieser Abmachung, und wir werden noch früh genug darüber reden. Aber nicht jetzt! Es ist eine gefährliche Zeit!", sagte Donahkhamoun schroff und wandte sich seinem aktuellen Problem an Taluga.

In der kurzen Zeit, die Jack und Marcus zusammen im Fuzidon verbracht hatten, hatten sie Geschichten ausgetauscht. Jack hatte seinem Vater von seinem Leben mit Daniel erzählt, nachdem dieser in New York erschossen worden war. Er erläuterte einige Details über das DWIB-Unternehmen und Daniels verrückten Plan, eine Armee aufzustellen. Derjenige Plan sollte den US-Präsidenten und dreizehn Tierhäute umfassen – eine Möglichkeit, die nun, da der schützende Tunnel zusammengebrochen war, realisierbar war. Außerdem enthüllte Jack seinen eigenen Plan, den er mit seinem Mitverschwörer ausgeheckt hatte, um die DWIB-Führungskräfte zu töten. Er wollte sie in einem Bunker ausschalten, in dem sich der in einem Blog erwähnte Sarkophag befand. Der selbe Blog, der Marcus an den Ort zurückgebracht hatte, an dem er den Amokaras vor zweiundvierzig Jahren gestohlen hatte – von einem Ägypter, der ihn unwissentlich fallengelassen hatte – Donahkhamoun, der Torwächter, der ihnen gerade neues Leben bot.

Marcus erzählte im Gegenzug von seinen Erlebnissen während der Zeit, die er hier verbracht hatte. Er erwähnte, dass er Charmaine – Daniels Zwillingsschwester – kennengelernt hatte. Jemand, über den Daniel nie ein Wort mit Jack gewechselt hatte. Er erzählte von der Priesterin, ihrer Mutter, die mit ihr im Tempel lebte, und dass beide seit vielen Jahren nicht mehr gesehen worden waren. Marcus erzählte seinem Sohn, dass das Land lebendig war, bis die Flüsse dunkel flossen und der Schmutz die Wächter in die Felswand einschichtete.

Als Jack Donahkhamoun mit Taluga beobachtete, konnte er

nur hoffen, dass der Mann, den ihn gestern in der Hotellobby angesprochen hatte, einen Ausweg aus all dem fand. Mara war in Gefahr, ebenso wie seine Geliebte und ihre gemeinsame Tochter. Und weder seinen Tod, noch diesen Ort, wo er sich gerade befand, hatte Moped ihm in seiner Vision gezeigt. Von Einschusslöchern übersät, aber irgendwie noch bei Bewusstsein, hatte Jack Fragen an Donahkhamoun alias Moped – der noch gestern der alte Mann war, von dem Jack glaubte, dass er ihn betrogen hatte.

Während die Humanoiden nach den Wächtern suchten, ging Marcus Mortimer mit seinem Sohn näher an den Graben.

„Ich habe gerade darüber nachgedacht, was du mir erzählt hast, mein Sohn. Es ergibt irgendwie einen Sinn."

„Was macht Sinn?"

„Du sagtest, Daniel wolle eine Armee aufstellen. Dann glaube ich, dass seine Armee nur aus denen besteht, die unter der Oberfläche dieses dreckigen Grabens herumschwimmen!" Ein paar Sekunden lang starrte Jack auf das dunkle Wasser und fragte sich, was darunter lag!

Plötzlich schrie Donahkhamoun auf: „Fuway mou hagitan!"

Die Aufmerksamkeit der Männer wandte sich um. Der Torwächter forderte sie auf, vom Ufer wegzugehen und zu ihm zu kommen. Gemeinsam beobachteten die Mortimers und Ehab, wie die Humanoiden wiederholt mit Fäusten und Schwänzen auf die Felsen einschlugen. Sie entdeckten die Speerspitzen der Wächter. Als die Trümmer frei fielen, leckten sie die Spitzen sauber und schmierten einen Tropfen des mächtigen Blutes des Torwächters darauf. Die Lebenskraft des Blutes verbreitete sich entlang der Speerspitzen, bohrte sich in den Felsen und machte die darunter begrabenen Wächter ausfindig. Als die Wächter ihre trägen Köpfe bewegten und sich gewaltsam den Weg aus ihrer Gefangenschaft bahnten, stürzten

Steinbrocken in den Graben am Fuße des Berges. Die „allsehenden Augen" begannen zu leuchten, erhellten das Land und übertrugen alles, was sie sahen, in einem Augenblick zurück in den Kern.

Die Versammlung der Zwischenweltler jubelte und tanzte vor Freude. Doch der Freudenausbruch war nur von kurzer Dauer. Merak, eine der sechs Wächter, schrie auf. Sie war immer noch zwischen den Felsbrocken gefangen, während ihre Kameraden in Position –zur Fallkante des Wasserfalls am Eingang des Tempels rannten.

Der Torwächter schlug aufgeregt in seine Hände und ballte erneut die Fäuste. Taluga blickte zu ihrem Meister. Er war seiner Magie beraubt und verbarg seine Hände vor fremden Blicken. Aber Talugas Augen waren scharf und sie landete auf dem Boden. Sie streckte ihre gespaltene Zunge aus und fing den letzten Tropfen Blut auf, der von Donahkhamouns Hand fiel. Schnell flog sie zu Merak, um sie aus der Felswand zu retten. Befreit, rannte Merak ohne einen Moment der Unentschlossenheit zu ihren Kameraden.

Als alle sechs Wächter kniehoch in der Mündung des Wasserfalls standen, tauchten sie die „allsehenden Augen" in das verschmutzte Wasser. Daraufhin stieß sich der Schmutzfilm aus Protest ab und zog sich zusammen. Ein Aufschrei der Entrüstung hallte durch das Land. Wie ein Schwarm mäandrierender Schlangen wurde das Gift zur Öffnung des Heiligtums zurückgesaugt. Das geweihte Wasser erhob sich und der Wasserfall floss wieder sanft, während der Wassergraben dunkel und schmutzig blieb.

„Khera! Outar! Merak!", riefen die weiblichen Wächter. Die männlichen mit ihren langen Ziegenbärten folgten: „Zru! Qualia! Yaqua!"

Daraufhin formte sich das geweihte Wasser zu einer fließenden Treppe, die vom Eingang des Tempels hinunter zum Fuße des Berges führte.

„Schnell, folgt mir!", drängte Donahkhamoun und stieg auf die Treppe.

Ehab lief im Schatten Donahkhamouns, danach folgte der Gorda, und Jack und Marcus bildeten das Schlusslicht. Doch allen unbewusst hatten Andere heimlich auf die Verfolgung von Donahkhamoun gewartet.

Nach einer prompten Entscheidung, sich das Leben zu nehmen, entkamen der spitznasige Mann und sein Adrog aus dem Wassergraben und kletterten über Marcus, welcher als der Letzter in der Gruppe hinauf folgte, als die Treppen hinter ihm eine nach der anderen zu verschwinden begannen. Marcus schrie um Hilfe. Donahkhamoun blickte ungläubig zurück. Das Duo ging weiter, und Jack, der als nächster an der Reihe war, holte mit einem Tritt aus – ein Tritt, der mitten durch sie hindurch ging.

„Nimm meine Hand!", schrie Jack und zog Marcus in Sicherheit, als die Stufen unter den Füßen seines Vaters verschwanden.

Der Gorda trieb den Torwächter und Ehab weiter und stellte sich dann den Angreifern. Er wuchs zu doppelter Größe an und griff die Feinde zum zweiten Mal an diesem Tag an. Taluga flog zur Unterstützung. Doch die Angreifer waren nicht zum Spielen aufgelegt und warfen den Gorda mit einem Hieb zur Seite. Taluga änderte schnell den Kurs und flog nahe an die Oberfläche des Grabens heran. Plötzlich kroch ein Schwarm Adrogs aus dem Schleim hervor. Doch als der Gorda sicher auf Talugas Rücken landete, erhoben sich zur großen Überraschung aller prähistorische Kreaturen – Maghora – über die Adrogs und nahmen den Humanoid in ihre Gewalt. Taluga quiekte vergeblich und der Gorda sprang in die Freiheit. Lebendig gefangen, in den Klauen der Maghora, stürzte der Anführer der Humanoiden in die Tiefe unter den öligen Schleim. Als Donahkhamoun die Maghora sah, war er schockiert. Irgendetwas stimmte ganz und gar nicht!

Zurückgelehnt im Sessel seines Anwesens grinste Daniel selbstgefällig und spürte, was vor sich ging. Jetzt, da sein Halbbruder zum Fuzidon zurückgekehrt war, wurde seine telepathische Gabe immer stärker. Doch sein selbstgefälliges Grinsen verschwand schnell, als er bemerkte, dass Merak von dem Gratpfad gesprungen war, ihren Speer geworfen hatte, mit der Donahkhamouns Angreifer aufgespießt wurden.

Im Vorbeigehen spottete der Gorda über den besiegten spitznasigen Mann und seinen Adrog. Der Gorda bedankte sich bei Merak für ihre Unterstützung und stieg zu den anderen auf, die den Tempel erreichten. Merak stand den Feinden gegenüber, die von ihrem Speer betäubt wurden, und sah Daniels Gesicht, das sich in der Speerspitze spiegelte. Sie war erzürnt und nahm den Speer in die Hand. Meraks Augen waren feurig und sie starrte auf Daniels Spiegelbild, da sie wusste, dass er sie spüren konnte. Mit einem schadenfrohen Gesichtsausdruck grinste sie die Angreifer an und ließ ein grünes Gas aus dem Speer strömen, das die Feinde ins Nichts auflöste. Eine Waffe, die Daniel nicht kannte und die ihm Anlass zur Sorge gab. Wütend schlug er auf seinen Schreibtisch und schrie erneut nach Moi.

Für einen Moment lang blickte Merak zu der Ansammlung unten am Wassergraben. Alle sahen zu, bis auf einen – einen Zwischenweltler, der sich abgewandt hatte und weggegangen war, Daniels Freund aus Kindertagen. Merak nahm sein Verhalten zur Kenntnis und machte sich wieder auf den Weg nach oben.

In Sicherheit, am Eingang des Tempels, wandte sich Ehab an Donahkhamoun. „Waren das dieselben Kreaturen, wie die schwarze Tonfigur in deinem Haus?"

„Geh am besten mit den anderen hinein, Ehab. Vergiss sie."

In Begleitung von Marcus folgte Ehab seinem Gorda in die große Halle im Inneren des Tempels. Jack hingegen wartete noch eine Weile draußen auf dem Gratpfad und nahm sich einen Moment Zeit, um das Land aus der Vogelperspektive zu betrachten. Und während Donahkhamoun mit den Wächtern am Eingang sprach, dachte Jack darüber nach, was sein Vater kurz nach seiner Ankunft zu ihm gesagt hatte.

„Wenn du von einem beliebigen Punkt am Berghang aus in gerader Linie so weit gehst, wie das Auge sehen kann, brauchst du dreizehntausenddreihundertdreiunddreißig Schritte, um eine Grenze zu erreichen. Doppelt so viele, wenn man über den Durchmesser des Landes geht. Und ganz gleich, welchen Weg man einschlägt, man wird an eine Barriere stoßen, die einen daran hindert, noch weiter zu gehen. Als ich diesen Punkt erreichte, schaute ich zum Himmel und bemerkte auf dem Rückweg, dass der Himmel die Form einer Kuppel hatte, deren Mittelpunkt direkt über dem Tempel verlief."

Aus Neugierde war Jacks Vater ebenfalls an der Grenze entlang herumgegangen und hatte seine Schritte gezählt, bis er schließlich seinen Ausgangspunkt erreicht hatte. Als Jack vom Gratpfad aus in den Himmel und in die Ferne blickte, grübelte er auch über die Schlussfolgerung seines Vaters nach: *„Wenn ich den Umfang durch den Durchmesser teile, komme ich auf etwa 3,14. Das Fuzidon stellt eine Formel für die mathematische Konstante 'pi' dar und bildet einen perfekten Kreis, vielleicht auch eine perfekte Kugel ..."*

Als Marcus von Geschichten über einen dunklen Stein hörte, der sich irgendwo im Fuzidon befinden soll, wandte er sich an Charmaine mit seiner Vermutung. Er erklärte ihr, dass es unter der Erde einen Raum geben könnte, der dem Volumen des darüber liegenden entspricht. Charmaines Reaktion war Marcus immer im Gedächtnis geblieben: *„Das wäre doch ein Wunder, oder?"* Seit dem plötzlichen Verschwinden von Charmaine und der Priesterin hatte Marcus keine Gelegenheit mehr, seine Theorie weiter zu diskutieren. Diese Theorie brachte Jack nun dazu, darüber zu spekulieren, was dieser Ort, an dem er im Laufe seines Lebens immer wieder vorbeigekommen war, eigentlich ist.

Als Jack sich wieder dem Tempel zuwandte, hörte er Donahkhamoun im Gespräch mit Merak und Yaqua. „Aber wie konnte es so weit kommen?", fragte Donahkhamoun.

„Darauf haben wir keine Antwort. Vielleicht haben Sie sie, wenn Sie einmal im Roggbiv gewesen sind", erwiderte Merak.

„Kann Taluga gerettet werden?", fragte der Wächterlehrling ungeduldig.

Donahkhamoun schüttelte den Kopf. „Nein, ich fürchte, das kann sie nicht."

„Komm Yaqua, wir haben eine Menge Arbeit vor uns", sagte Merak ernst.

Als sie alle in den Tempel hinein gingen, warf Jack einen letzten Blick auf das Land unter ihm. Da er als Kind ständig zwischen zwei Welten herumwechselte, vermutete Jack, dass er nicht durch Zufall hier war. Und es sein Vater genauso wenig.

26
DAS ROGGBIV

Als sie den Tempel von der Westseite des Berges aus betreten hatten, konnten Donahkhamouns Begleiter ihren eigenen Augen nicht trauen. Im Gegensatz zu der robusten Felsfassade draußen, befand sich im Inneren eine große Halle aus glattem, weiß getünchtem Stein. Alles war makellos, hell und geräumig. Geradeaus entlang der Ostwand befanden sich dreißig, stufenweise aufsteigende, in Stein gehauene Sitzbankreihen, ähnlich wie in einem Amphitheater. Rechts vom Eingang, in Richtung Süden, am Ende des Saals, waren drei riesige Türen mit bizarren Piktogrammen zu sehen. Die Türen führten zu anderen Räumen, die für die Meisten unzugänglich waren. Einer der Räume war die Kammer der Priesterin. Ein zweiter Raum beherbergte ein uraltes Drehkreuz, und ein dritter Raum war der Raum für die perlmuttfarbene Schatulle. Entlang der Westwand befand sich eine Reihe großer, länglicher Löcher, die den Blick auf das Land freigaben. Und außerhalb dieser Fenster befand sich der Gratpfad, der um den ganzen Tempel herumführte und auf dem die Wächter patrouillierten. Aber das Spektakulärste von allem, in der Mitte des Amphitheaters des Tempels, war das Roggbiv – ein Zylinder aus regenbogenfarbenen Säulen, die zum Krater an der Spitze hinauf wogten.

Das Roggbiv war „das Nervenzentrum" für den Balanceakt des Lebens – eine faserartige Zusammensetzung von sieben fließenden Energien, mit einem selbstlernenden Algorithmus, der auf den Tag zurückgeht, an dem das Licht zum ersten Mal das Gleichgewicht der Dunkelheit bedrohte. Es war der heiligste Ort von allen.

Der Torwächter wandte sich an den Gorda und wies ihn an, sich ans Fenster zu setzen und sich kurz um seine Gäste zu kümmern. Die Gruppe entfernte sich und versammelte sich um einen kleinen runden Steintisch am Fenster. Donahkhamoun übergab Qualia die perlmuttfarbene ovale Schatulle. Sofort machte sich Qualia auf den Weg, um das Objekt wieder an seinen Platz zu stellen. Merak jedoch benötigte keine Anweisungen. Sie nahm sofort ihre Position am Eingang des Tempels ein, um den Wasserfluss zu überwachen, während Khera und Outar ihre Posten draußen wieder einnahmen. Merak nickte dem Torwächter zu und zeigte damit an, dass im Land unter ihr alles in Ordnung war. Die drei Humanoiden hatten alles unter Kontrolle.

Donahkhamoun lächelte und schlenderte mit Zru und Yaqua an seiner Seite zum Roggbiv. Auf dem Weg dorthin warf er einen Blick auf seine Begleiter – den von Kugeln durchlöcherten Jack, seinen Vater Marcus, den Playboy Ehab und den Gorda, die sich alle gemeinsam am Tisch unterhielten.

„Der Amokaras wird mit dem Sarakoma auf eine Höhe balancieren … balancieren müssen!", murmelte Donahkhamoun und fühlte sich an das Pier Café erinnert. Doch als er an seine Zeit auf der Erde zurückdachte, spürte er, wie sich negative Gedanken in seinen Kopf schlichen – menschliche Gedanken, die dort nicht sein sollten. Es waren innere Geflüster, die ihn zum Aufgeben verleiteten. Dunkle Energien waren am Werk und witterten die Schwäche des Torwächters. Der Torwächter unterdrückte diese Gedanken und schritt durch die fließenden Energiesäulen hinein in den inneren Kreis des Roggbiv.

Unter seinen Füßen breitete sich ein kühler, magischer Nebel über dem verzauberten Boden aus und verdeckte die Geheimnisse der Sarakoma-Höhle. In der, unter anderem, die Gebeine des Höhlenmenschen und seiner Familie ruhten. Prompt stießen Zru und Yaqua ihre Speerspitzen in den Nebel. Augenblicklich reagierte der Nebel und kroch an den Innenwänden der Energiesäulen hoch. Nahe der Spitze des Kraters breitete sich der zauberhafte Nebel aus und schloss alles was sich darin befand in seinem Inneren ein.

„Meine Mutter", betonte Donahkhamoun.

Innerhalb von Sekunden offenbarte sich ihnen eine Vision von den Gemächern der Priesterin. Donahkhamouns Herz schlug schneller und sein Bauch kribbelte. Da war sie, seine Mutter, die Priesterin, allein in ihren Gemächern und bürstete ihr Haar. Er streckte die Hand aus, als wolle er sie berühren, und fuhr mit seiner Hand durch das Bild. Einen Moment lang hielt sie die Bürste still. Ihre Augen rollten im Spiegelbild, sie bürstete weiter und drehte sich abrupt auf ihrem Hocker, als sie fertig war.

„Sie weiß, dass ich hier bin", sagte Donahkhamoun.

Die Priesterin wandte sich wieder dem Spiegel zu und legte ihre Bürste auf den Frisiertisch. Sie musterte sich eine Weile und nahm dann eine Handvoll Haare in die Hand. Sie fühlte, wie weich es war, fuhr mit ihren Finger wie ein Kamm hindurch und warf lose Strähnen auf den Boden. Danach stand sie auf. Donahkhamoun beobachtete gebannt die schwermütigen Bewegungen seiner Mutter, die zum Fenster auf der gegenüberliegenden Seite des Raumes schlenderte. Dort saß sie auf ihrem gepolsterten Fensterbrett. Ihr Gesicht war friedlich, ein Hauch von Gelassenheit lag darauf. Sie war seine Mutter, die Priesterin, eine mächtige Repräsentantin ihrer Art, und er hatte sie schon sehr lange nicht mehr gesehen.

Die Priesterin saß mit dem Rücken an der Wand und betrachtete das „Sandfeld", das die Konturen der darunter liegenden Grabstätte immer wieder veränderte. Dort waren ihre anderen Söhne begraben, zusammen mit neunhundertachtundneunzig anderen. Sie kniff die Haut auf ihren Handrücken zusammen und sprach. „Bald", sagte sie. „Es wird nicht mehr lange dauern, bis wir alle wieder zusammen sind, das verspreche ich!"

Sofort wandte sich Donahkhamoun ab, um seine Mutter in ihrer Kammer zu besuchen, aber Zru hielt ihn fest. Kopfschüttelnd wies Zru darauf hin, dass dies eine Zeit der Vergangenheit und nicht der Gegenwart sei. Unruhig beobachtete Donahkhamoun sie weiter. Vertieft in die geisterhafte Szenerie sah er, wie die Priesterin über ihre Schulter blickte und sich zu einem Lächeln zwang, als ein Besucher die Gemächer betrat. Donahkhamouns Augen verengten sich. Der Besucher wartete am Fuße der Stufen, die zu einer erhöhten Plattform führten, auf der ein überdimensionaler, mit Kissen ausgepolsterter Sarkophag, dem Fenster zugewandt, stand. Die vornehme Haltung der Besucherin deutete darauf hin, dass es sich um eine Frau handelte, doch ihre Identität wurde durch den weißen, mit grünem Stoff gefütterten und mit grünem Faden verzierten Satinmantel verborgen.

Anmutig nahm die Priesterin die angebotene Hand der Besucherin, und gemeinsam betraten sie die Plattform. Nach einer kurzen Umarmung, bat die Helferin seine Mutter in den Sarkophag und richtete die Kissen so aus, dass die Priesterin zum Fenster blickte. Die Priesterin lächelte liebevoll, und die Besucherin band ihren Satinmantel los und legte ihn über ihre

Mutter.

„Charmaine", rief Donahkhamoun aus.

„Psst, schlaf jetzt, Mutter", flüsterte Charmaine leise. Charmaine küsste ihre Mutter auf die Stirn und stieß ihr einen Dolch in das Herz. Die Priesterin keuchte schwer und klammerte sich an das Gesicht ihrer Tochter. „Es tut mir leid, Mutter", entschuldigte sich Charmaine und stieß das Messer tiefer.

„Was … was ist das, Zru?", fragte Donahkhamoun. Zru schwieg. Erneut deutete er an, dass Donahkhamoun zusehen sollte. Ohne ein Anzeichen von Emotion verließ Charmaine die Plattform und wandte sich dem Spiegel zu. Der Frisiertisch darunter schob sich vor und ein tiefes, kräftiges Schnurren eines Tieres ertönte. Charmaine gab dem Tier ein Zeichen, sich zu nähern. Der Tisch kippte um und ein großer, überdimensionaler Panther schlich sich vorsichtig aus dem Loch in der Wand. Er fauchte vor Unzufriedenheit und zeigte seine Reißzähne.

Das mit Diamanten, Smaragden und Rubinen besetzte Halsband des Panthers spiegelte sich an den zerklüfteten Steinwänden, als der Panther sich von Charmaine abwandte. Der Panther blieb dicht an den Wänden und bewegte sich grazil. Als er auf das Fensterbrett sprang, konnte er die Wärme des Kissens, auf dem die Priesterin gesessen hatte, nicht mehr spüren. Doch der Duft der Priesterin lag noch in der Luft. Der Panther drehte den Kopf, sprang zum Sarkophag und landete mit einem Satz auf dem Rand. Er schlenderte um den Rand herum, blickte auf die Priesterin herab und verarbeitete das Geschehenes. Das Heulen der Raubkatze hallte durch den Tempel, während sie trauerte. Der Panther hob seinen Kopf und starrte Charmaine mit großen, feurig grünen Augen an. Charmaine blickte zurück und rätselte über seine Rolle in dem Ganzen.

„Es ist an der Zeit. Wir können nicht länger warten", befahl Charmaine.

Sofort stieß der Panther ein gewaltiges Knurren aus und sprang vom Rand des Sarges. Charmaine senkte ihre Hand und ließ sie über den Rücken des Panthers gleiten, als dieser von der Plattform herunterkam. Die Katze schnurrte anerkennend und begann schnell, in der geweihten Kammer herumzulaufen. Dabei streifte sie lose Strähnen ihres Fells über die Besitztümer der Priesterin – ihre Kämme, Bürsten, Juwelen, Kleider und Möbel, um sie für einen weiteren Tag zu bewahren. Und als sie fertig war, begann die Katze, mit ihren Pfoten auf den Steinboden zu stampfen, um eine geheime Botschaft an die anderen Räume hinter den Piktogrammtüren zu senden. Charmaine schlenderte auf den Panther zu und begann ihn zu streicheln, um seine Wut zu besänftigen. Als er sich beruhigt hatte, gingen sie Seite an Seite zurück zur Plattform, um die zeremonielle Prozedur abzuschließen.

„Kümmere dich um Mutter", wies Charmaine an und wischte eine grüne Träne aus dem Auge der Katze.

Still und ohne Protest sprang der Panther in den Sarg. Nach einem letzten Blick auf Charmaine legte der Panther seinen Kopf auf den Schoß der Priesterin und schloss die Augen. Sofort begann die Kammer zusammen mit der Priesterin und ihrem Panther zu verwesen. Risse erschienen in den Wänden. Stein bröckelte und Schlamm quoll aus allen Ecken und Winkeln. Schnell zog Charmaine den Mantel zur Seite, so dass sie den Dolch ein wenig herausziehen konnte. Die Priesterin atmete ein und schnappte nach Luft, als Charmaine die Träne des Panthers in zwei Hälften teilte, einen Teil auf das Auge ihrer Mutter und einen Teil auf ihr eigenes schmierte und das Messer sofort wieder an seinen Platz drückte.

„Kannst du mich hören, Mutter?"

„Ja, ja, ich kann. Geh jetzt. Bring die Dinge in Ordnung", antwortete die Priesterin in ihrem verwesenden Zustand. Schnell verließ Charmaine die Gemächer, die sich von einem bewundernswerten Ort der Ruhe in einen Raum verwandelt hatten, der nicht einmal für einen Bettler angemessen war.

„Das ist alles", sagte Zru, als die Vision zu verblassen begann. „Es geschah am Tag, bevor wir in die Gefangenschaft des Felsens gerieten und das Fuzidon zu dem wurde, was es ist."

Wenigstens hatte Donahkhamoun einen Einblick in das, was in seiner Abwesenheit geschehen war. Hatte Charmaine ihre Mutter vor einer Bedrohung beschützt, so wie seine Mutter ihn beschützt hatte? Es war eine rätselhafte, aber logische Vermutung, die er anstellte. Nach Zrus Erinnerung muss es der Tag gewesen sein, an dem Donahkhamoun den Kontakt zu seiner Mutter verloren hatte. Dennoch stellte sich die Frage: Warum?

Im Fuzidon hat sich so viel verändert, seit er das letzte Mal dort war. In seiner Abwesenheit müssen neue Regeln aufgestellt worden sein, vermutete Donahkhamoun. Charmaines Kleiderordnung unter ihrer Robe war modern und sportlich. Kleidung, die nicht hierher gehörte – ein Hinweis darauf, dass sie Zugang zur Außenwelt hatte. Aber wie war das möglich, fragte er sich. Vielleicht hat Charmaine in der Zeit, in der er weg war, an Gunst gewonnen? Das war etwas, das er nie in Betracht gezogen hatte. Vielleicht war Daniel ja doch nicht seine einzige Sorge? Dieser Gedanke war ihm bis zu dieser Sekunde noch nie gekommen.

Doch was auch immer sich zwischen den Geschwistern abspielte, er selbst hatte keine andere Wahl, als sein eigenes Schicksal zu ertragen – ein Schicksal, das ihm von den Schöpfern gegeben wurde, denen er schon bald genug gegenüberstehen würde.

Donahkhamoun hielt an seinem Kurs fest, verließ das Roggbiv und ging auf seine Gäste zu. Er ließ Zru und Yaqua warten, bis er zurückkam.

„Ich nehme an, ihr habt alle Geschichten ausgetauscht?", fragte Donahkhamoun.

„Das haben wir", sagte Ehab. „Ich war überrascht, von Red zu hören. Das hast du mir gegenüber nie erwähnt ..."

Donahkhamoun stieß einen schweren Seufzer aus und wandte sich an den Schuldigen mit der losen Zunge. „Jack, du kannst keine Geheimnisse ausplaudern, wenn du versprochen hast, es nicht zu tun. Das bringt die Dinge durcheinander, das habe ich dir bereits erklärt. Was hast du gesagt?"

„Eigentlich nichts, ich habe nur erwähnt, dass ich Red im Club gesehen habe und dass ich ihn mitgebracht habe. Dann habe ich gemerkt, was ich gesagt hatte und sofort den Mund gehalten."

„Ja, er hat sich nicht gerührt, als ich nach mehr verlangte", fügte Ehab hinzu.

„Ist es das, was passiert ist, Jack?"

„Ja", mischte sich Marcus ein. Der Gorda bestätigte es.

„Wie auch immer, viel wichtiger ist, was zum Teufel mache ich eigentlich hier? Du hast gesagt, wir hätten einen Deal, alter Mann?", fragte Jack sarkastisch.

„Haben wir auch. Ich habe dir ein Versprechen gegeben und ich werde es auch halten."

„Wie?"

Donahkhamoun bat Jack, außer Hörweite zu treten. „Ich werde deine Familie beschützen", flüsterte er. „Ich nehme an, du hast kein Wort über sie verloren, vor allem nicht bei deinem Vater?"

„Nein, habe ich nicht ..."

„Das ist gut ... denn wenn du Joanna oder Hayley erwähnt

hättest, dann wäre der ganze Plan in die Hose gegangen. Daniel würde ihre Verbindung zu dir spüren und damit auch die Verbindung zu deinem Vater. Das würde Marcus in große Gefahr bringen. Ich kenne die Prophezeiung, ich weiß, was uns bevorsteht. Halte dich an den Plan, Jack, und er wird aufgehen!", warnte Donahkhamoun.

„Okay, okay, ich habe verstanden! Ich hoffe nur, du hast recht!"

„Das habe ich. Sobald Ehab und Marcus auf dem Weg sind, sprechen wir über deine Rolle und auch die deiner Familie."

„Du schickst meinen Vater mit Ehab los?", fragte Jack verwirrt. „Ohne mich?"

„Ein Fünkchen von dir, Jack, und Daniel wird wissen, was ich vorhabe. Deiner Familie zuliebe kannst du nicht mit ihnen gehen. Du bist hier, um Ehab und Marcus zur Flucht zu verhelfen, indem du ihnen den Plan vorgibst, mit dem du Daniels Männern entkommen wolltest."

„Aber ..."

„Kein Aber, Jack", versicherte Donahkhamoun und wandte sich an Ehab. „Wie geht es dir, Ehab?"

„Um ehrlich zu sein ... ist alles ziemlich beängstigend, seltsam. Hier zu sein, du weißt schon ..."

Donahkhamoun lächelte. „Ja, ich denke, ich weiß. Das Fuzidon ist nichts, worüber du dir Sorgen machen müsstest. Deine Welt ist viel beängstigender als diese, ob du es glaubst oder nicht. Wie dem auch sei, ich muss mich noch um ein paar Dinge kümmern, bevor ich dich auf deinen Weg schicken kann. Ich schlage vor, dass du währenddessen zu deiner eigenen Sicherheit hier bleibst."

„Wirst du lange brauchen?"

„Ich sollte nicht lange weg sein, aber wenn du irgendwelche Probleme hast, rufe Outar oder Khera. Sie halten Wache draußen auf dem Gratpfad."

„In Ordnung, mache ich. Aber was ist mit …"

„Red? Psst … nicht jetzt. Konzentriere dich auf dich selbst, ich kümmere mich um den Rest." Donahkhamoun wandte sich zum Gehen und blickte zurück. „Und Ehab, warum nimmst du nicht einen Platz am Fenster? Du wirst das Spektakel genießen, das jetzt kommt. Es ist etwas, das eurem Feuerwerk entspricht, würde ich sagen." Damit ging Donahkhamoun davon, Richtung Roggbiv, begleitet von den Mortimers.

Außerhalb der wogenden Energiesäulen sprach Donahkhamoun Jack und Marcus an: „Hier werdet ihr neu zum Leben erweckt."

„Das ich nicht lache … ", murmelte Jack herablassend. „Ich und wieder am Leben? Sieh mich doch an. Ich bin mit Einschusslöchern übersät, dank dir. Davor hast du mich nie gewarnt, stimmt's?"

„Hör auf, Jack", schimpfte Marcus, „hab ein bisschen Vertrauen. Du stehst hier gerade auf heiligem Boden. Vergiss das nicht!" Jack fühlte sich durch die verachtenden Worte seines Vaters ziemlich beschämt und schwieg.

„Bevor wir hineingehen, halte ich es nur für fair, euch bezüglich eurer aktuellen Lage aufzuklären. An dem Tag, Marcus, als du den Amokaras aufgehoben und für dich behalten hattest, veränderte sich der Lauf deines Lebens schlagartig, um dich mit meinem Leben in Einklang zu bringen, damit der Amokaras zu mir zurückkehrt. Das gilt auch für deinen Sohn und alle Anderen, die von dieser einen Tat betroffen waren. An jenem Tag kam ich aus dem Jahr 1348 v. Chr. Meine Existenz und die aller Anderen hier im Fuzidon hatte und hat immer noch ein Ziel – das Gleichgewicht in den äußeren Welten wiederherzustellen. Wir sind hierfür geschaffen worden. Allerdings wurdet ihr durch die Liebe von Mann und Frau geboren, während wir durch verwobene Energie existieren, die aus dem Kern – dem Schöpfer von allem – stammt. Am Tag kreuzten sich helle und dunkle Energien, Farben verschmolzen, Sterne und Planeten entwickelten sich und somit das gesamte Universum weiter. Der Rest ist Geschichte, so wie ihr sie kennt. Was ich damit sagen will, ist, dass die sieben Säulen, die ihr vor euch seht, die Energiebündel sind, welche die Fähigkeiten unsere Schöpfer wiederspiegeln. Sie schenken neues Leben."

Eine Sekunde lang starrten Marcus und Jack den Torwächter ausdruckslos an, dann zu den Säulen und wieder zurück. Ohne ein Wort zu sagen, hörten sie neugierig weiter zu.

„Ihr würdet es für einen Regenbogen halten, wenn ihr es in eurer Welt sehen würdet, wissenschaftlich bewiesen als Reflexion und Brechung von Licht. Aber das ist eine Täuschung. Die Säulen geben verschiedene Frequenzen ab, die für die Menschen nicht wahrnehmbar sind. Signale, die die Bewegung unserer Art in den äußeren Welten steuern. An der Wende jedes Zeitzyklus werden eintausend unserer Untertanen durch die Energiesäulen entlassen und helfen den Menschen, den Weg der Gerechtigkeit zu erreichen. Darüber hinaus gibt es Menschen, denen wir vertrauen und die mit uns zusammenarbeiten – die Zeitwächter. Ihre Identitäten bleiben geheim. Auf die eine oder andere Weise seid ihr beide bereits mit ihnen in Kontakt gekommen."

Je mehr Donahkhamoun redete, desto mehr fragten sich die beiden Mortimers, worauf das Alles hinauslaufen würde.

„Vor mehr als zweitausend Jahren hat sich Alles verändert. Damals, als mein Vater der Torwächter war, sah König Akhenaton, ein Mensch wie ihr, wie mein Vater das Portal zum Fuzidon betrat. Damals gab es keine Schutzhülle, um unsere Ein- und Ausstiege zu verbergen. Mit einer Mönchskutte verkleidet, folgte Akhenaton ihm und fand eine Welt jenseits seiner eigenen, diese Welt – das Fuzidon. Ohne es zu ahnen, schloss sich das Tor hinter Akhenaton. Er versteckte sich, indem er sich mit den Inbetweens vermischte. Er erkannte seine Lage und begann, das Beste daraus zu machen. Im Gespräch mit den Zwischenweltlern hier erfuhr er Geheimnisse – die des Tempels, des Roggbiv und mehr. Er beobachtete die Stärke unserer Humanoiden und Wächter und sog unsere Weisheit in sich auf. Er verbreitete faszinierende Geschichten über ein glorreiches Leben jenseits der Grenzen des Fuzidon und vergiftete den Verstand unserer Art mit der Versuchung einer vorzeitigen Wiedergeburt. Er versprach ein Leben voller Reichtümer auf der Erde, wenn sie ihm folgten. Später, als mein Vater das Fuzidon verließ, schlich sich Akhenaton an den Wächtern vorbei und verfolgte meinen Vater heimlich zurück zu uns, seiner Familie."

„Du hast draußen gelebt?", fragte Jack.

„Ja. Als das Gleichgewicht noch stabil war, durften wir außerhalb der Grenzen des Fuzidon leben, um die menschliche Lebensweise zu erlernen. Die Bedingung war nur, vor einem Zeitzykluswechsel zurückzukehren. Eine dieser Zeiten war während der Herrschaft von König Akhenaton. Doch nach fünfzehn Jahren, die wir in der äußeren Welt verbracht hatten, sorgte Akhenaton für Aufruhr. Er ließ Schreine erbauen, um Macht, Gold und Ressourcen zu erlangen. Er erzählte Geschichten aus dem Jenseits, um andere auf seinen Weg zu locken. Er gab seiner Armee von Soldaten den Befehl, alle zu töten, die den Sonnengott nicht verehrten. Das Gleichgewicht der Menschheit geriet aus den Fugen, und das Böse musste aus der Welt geschafft werden. Wir alle waren gezwungen, umgehend zurückzukehren – sechs Jahre früher als wir erwartet hatten, um hier im Fuzidon unseren Pflichten nachzukommen und uns um die Situation zu kümmern. Doch uns allen unbewusst, hatte Akhenaton uns eine Falle gestellt. Als mein Vater hinter sich das Knistern von Zweigen hörte, winkte er uns weiter und blieb stehen, um zu sehen, ob er verfolgt worden war. Das war ein fataler Augenblick. Er wurde von Akhenatons Männern überwältigt und Akhenaton nahm den Amokaras an sich. In den Gewändern meines Vaters gelang es ihm, den Tempel zu erreichen, indem er die Zwischenweltler mit der Aussicht auf Freiheit und Reichtum manipulierte. Sie richteten im Fuzidon ein Chaos an und lenkten die Humanoiden und Wächter dadurch ab. Als Akhenaton den Tempel erreichte, ergriff Zru ihn. Die Priesterin war zutiefst bestürzt. Akhenaton verkündete, er habe meinen Vater getötet, und sagte, hundert Soldaten warteten darauf, jeden zu töten, der in ihr Land zurückkehrte. So etwas Böses hatte es noch nie gegeben. Wir waren eine friedliche Gemeinschaft. Akhenaton wurde im Tempel eingesperrt, während meine Mutter, die Priesterin, nach einem Weg suchte, den Aufruhr zu beheben. Doch schon bald befreite sich Akhenaton aus seiner Gefangenschaft und machte sich wieder auf die Suche nach dem Stein. In dieser unruhigen Zeit der Schwäche waren die Hoheiten in Gefahr. Meine Mutter brachte mich in das Roggbiv. Die Energiesäulen erstarrten und schlossen uns ein. Im Glauben, vor Akhenatons Gefahren sicher zu sein, wurde ich zum Torwächter vorbereitet."

„Was meinst du mit *vorbereitet?*", fragte Jack. Donahkhamoun ignorierte die Frage und fuhr seiner Geschichte fort.

„Der einzige Ort, an dem die Wächter nie nach Akhenaton suchten, war hier." Donahkhamoun gestikulierte. „Im Inneren des Roggbiv selbst. Akhenaton hatte sich unter dem Nebel versteckt, der den Boden des Roggbiv umhüllt. Er hatte meine Verwandlung miterlebt. Als ich aus den Energiesäulen floh und mich mit den Amokaras und der Schatulle in den Händen auf den Weg machte, stand Akhenaton auf. Er überraschte meine

Mutter und vergewaltigte sie. Eine solche schändliche Tat an einem so geheiligten Ort führte zu seinem sofortigen Tod. Und wie die beiden Angreifer, die unter der Spitze von Meraks Speer zu Asche zerfielen, starb auch Akhenatons Körper. Doch seine menschliche Seele lebte unter dem Boden des Roggbiv weiter. Das tut sie bis zum heutigen Tag. Doch von dem Moment an, als er starb, verfolgte mich Etwas aus der Unterseite auf meinem Weg durch die Sphären der Zeit. Bis ich schließlich die Welt betrat, von der meine Mutter sagte, dass ich sie betreten sollte – eure Welt." Donahkhamoun hielt inne.

„Und da habe ich dich am Teich gesehen", stieß Marcus hervor.

„Ja, das hast du, Marcus, leider."

Als Donahkhamoun Sphären erwähnte, dachte Marcus Mortimer an seine Berechnung von „pi" und an seine Vermutung, dass unter dem Boden eine Unterseite, ein identisches Volumen an Masse, existieren müsste. Wenn das Fuzidon den Zugang zu den Toren der anderen Welten ermöglichte, dann würde dies die Fähigkeit der freien Bewegung des Torwächters erklären. Zugleich würde dies auch die Zeitreisen des Torwächters in Hermanows Blog rechtfertigen – eine Zusammenfassung der Nachricht auf Papyrus, die die Söhne der Priesterin aufgeschrieben hatten. Es war derselbe Blog, der Marcus davon überzeugte, den Amokaras aus dem New Yorker Museum rauszuholen, auf die Bahamas zurückzukehren und selbst mit dem Stein zu experimentieren, so dachte Marcus.

Donahkhamoun fuhr fort: „Akhenaton war nicht daran interessiert, ein kurzes Leben als Mensch zu führen. Er sah eine Möglichkeit, wie seine menschliche Seele unbegrenzt weiterleben konnte. Hierfür musste er direkt im Roggbiv sterben. Schließlich wollte Akhenaton ein Kind, das seine menschliche DNA in sich trägt. Stattdessen bekam er Zwillinge."

„Daniel und Charmaine", sagte Marcus.

„Ja. Nachdem er meine Verwandlung beobachtet hatte, kannte er fast alle unsere Geheimnisse. Akhenaton hatte eine menschliche Leistung vollbracht, die unsere Vorstellungen übertraf. Seine DNA fließt nun durch die Adern seiner Nachkommen, eine Mischung aus menschlichem und geheiligtem Blut, dem meiner Mutter. Sollte Daniel Torwächter werden, wird er unsterblich. Dann kann sich Akhenatons Seele mit der von Daniel verbinden und gemeinsam können sie das Unmögliche vollbringen. Wir haben den Einfallsreichtum unserer eigenen Schöpfung – der Menschheit – wirklich unterschätzt."

Der Torwächter warf einen flüchtigen Blick auf Ehab, der alles beobachtete, was draußen vor sich ging. Bald würde er eine Überraschung erleben, dachte Donahkhamoun. Er deutete dem Gorda an, zu den Wächtern ins Innere des Roggbiv zu gehen und Ehab sich selbst zu überlassen. Der Gorda ging hinüber und Donahkhamoun wandte sich wieder den Mortimers zu.

„Wenn ich nicht so einen Fehler gemacht und den Amokaras fallen gelassen hätte, wärest weder du, Marcus, noch Jack in dieser Lage", sagte er. „Daniel wäre immer noch in dem Tunnel eingesperrt gewesen. Das DWIB-Imperium gäbe es nicht und auch nicht seine Pläne, Adrogs mit Menschen zu vereinen."

„Im Grunde hast du es also verbockt!", scherzte Jack halbernst. „Also, nach all dem was passiert ist, soll alles für uns hier vorbei sein? Hier drin, einfach so?"

„Nein, Jack, nach allem, was ich dir angetan habe, schulde ich dir ein Leben, ein glückliches Leben."

„Glückliches", lachte Jack. Das existierte für Jack nur in Träumen. Er hatte mit Daniel durchgehalten und eine Milliarde Dollar für schlechte Zeiten beiseite gelegt. Und diese schlechten Zeiten sollten morgen beginnen, nachdem er seine Familie in Sicherheit gebracht und Tofi geholfen hätte, ihren Plan zur Ermordung der DWIB-Führungskräfte im Bunker fünfzig Meter unterhalb des De Club auszuführen. Und doch war er hier, ein von Kugeln durchlöcherter Bedürftiger. Die Dinge lagen im Dunkeln, und das passte Jack nicht, nicht nachdem er mit Moped mitgespielt und sich dabei anschießen lassen hatte. Respekt musste man sich seiner Meinung nach verdienen. Bis jetzt war Donahkhamoun, oder wer auch immer er zu sein behauptete – Torwächter oder nicht – in Jacks Augen unten durch. „Also, was sollen wir jetzt tun?", fragte Jack eindringlich.

„Geht rein und findet es heraus. Zru und Yaqua warten schon, um euch ein neues Leben zu schenken."

„Ein neues Leben?", zögerte Jack. „Wie ... bei einem Baby?"

„Nicht ganz, Jack", lachte Donahkhamoun. „Und sobald ich euch ziehen lasse, wirst du den Rest deines Lebens selbst gestalten können, ohne dass Daniel dir im Nacken sitzt. Aber verschwende dieses Leben nicht, Jack. Ein drittes Mal kann ich es dir nicht geben", sagte Donahkhamoun, wohl wissend, dass ein Gorda Jack für den Rest seines Lebens begleiten würde.

Innerhalb von Sekunden, nach dem Betreten des Roggbiv, legte sich der zauberhafte Nebel rasch um die beiden Männer. Als der Nebel immer dichter wurde, begann Jack zu fluchen. Sein Vater hingegen hatte nichts zu befürchten. Er hatte Charmaine und die Priesterin kennengelernt. Sie hatten mit ihm persönlich gesprochen, während sie an einer anderen Lösung zur Wiederherstellung des Gleichgewichts arbeiteten, und Marcus in ihren Kreis aufnahmen, kurz bevor sie verschwanden.

Ohne Vorbehalte gegenüber ihren Kindern klärte die Priesterin Marcus Mortimer auf, dass es einen Konflikt zwischen den Geschwistern gab und jedes Geschwisterteil für sein eigenes Handeln verantwortlich ist. *„Es wird drei Wege geben,* *die du einschlagen kannst"*, hatte sie prophezeit, *„zwei werden zum Tod führen, und einer zum Leben."* Die rätselhaften Worte blieben ihm bis heute im Gedächtnis haften. Da der Posten des Torwächters zur Disposition stand, überlegte Marcus, welchem der Geschwister er folgen sollte – eine Entscheidung, die er treffen würde, sobald er in Freiheit war.

Auf einmal wurden Jack und Marcus der Energiesäulen entlang, hoch zum Krater erhoben, und Jacks Stimme unterging bald im Nebel. Ohne Unterstützung schwebten Vater und Sohn frei in der Luft umher, während unten Donahkhamouns eigene Verwandlung zeitnah beginnen würde – die Verwandlung, der Akhenaton beigewohnt hatte und die das Geheimnis des ewigen Lebens enthüllte.

„Wir sind bereit, Meister", bestätigte Yaqua.

Der Torwächter begab sich in die Mitte des Roggbiv. Die „allsehenden Augen" leuchteten auf und die Wächter stachen ihre Speere in die Regenbogensäulen. Sofort erstarrten die wogenden Säulen und versiegelten die Speere an ihrem Platz. Donahkhamoun wartete auf die Gnade der Schöpfer. Mit dem schweren Bewusstsein, dass er große Schwierigkeiten zu verantworten hatte, vergingen die Sekunden wie Minuten und die Wächter sahen besorgt zu. Nach einer Weile begann sich im Inneren der grünen Energiesäule eine Form zu bilden und Erleichterung war zu spüren. Die grüne Vitalität war die harmonisierende Energie der Sieben und die wichtigste von allen.

Ein zylindrisches Rohr mit dem Durchmesser eines Bleistifts, gefüllt mit neun feineren und biegsameren Röhrchen, zweigte von der grünen Energiesäule ab. Das Rohr bewegte sich auf den Torwächter zu und blieb kurz vor dem Eindringen in seinen Schädel zwischen seinen Augen stehen. Dort spalteten sich an der Spitze vier der neun Röhrchen ab, und bahnten sich ihren Weg um den Kopf des Torwächters, auf der Suche nach einer Stelle, an der sie eindringen konnten. Zwei weitere traten hervor und nahmen ihre Position an seinen Trommelfellen ein. Ein weiteres bewegte sich zögernd in Richtung seines Halses und folgte der Wölbung seines Kinns, bereit eine Art Endoskopie durchzuführen. Die Röhrchen schwankten im Takt der Bewegungen des Torwächters, bis die letzten zwei herauskamen und die Pupillen des Torwächters berührten. Gleichzeitig schossen alle neun nach vorne und durchbohrten seinen Kopf und seine Kehle. Nun begann der Austausch von Daten. Alles, was der Torwächter in den zweiundvierzig Jahren seines Lebens gesehen, getan, gesprochen oder gehört hatte, synchronisierte sich im Bruchteil eines Augenblicks und erreichte die Kernenergien – die Schöpfer. Im Gegenzug wurden ihm die Antworten auf alles gegeben, was er in der Zeit seiner Abwesenheit verpasst hatte. Antworten darauf, warum die Dinge so sind, wie sie sind.

Zur gleichen Zeit, als der Datentransfer stattfand, assistierten die restlichen sechs Energiesäulen des Roggbiv, indem sie eigene Röhre formten, die die Gliedmaßen des Torwächters durchbohrten und schwache Knochen, Knochenmark und Blut ersetzten – das Innere seines Körpers, das er selbst nicht bei seiner Enthüllung vor Tina und Ehab reparieren konnte. Unter seinem Anzug aus menschlicher Haut wurden Muskelfasern geheilt, um wieder stark und rein zu werden, in echter Perfektion. Nach einem zweiundvierzigjährigen Kampf um seine Rückkehr, fühlte sich der Torwächter endlich wieder er selbst.

Nach Donahkhamouns abgeschlossene Verwandlung fuhren die Röhre wieder zurück und lösten einen Funken in den Energiesäulen aus, der einen funkelnden Regenbogen aus der kraterförmigen Öffnung des Tempels schickte und die Mortimers in seinem Strom überflutete. Ehab staunte nicht schlecht, als die Ansammlung der Zwischenweltler am Fuße des Berges jubelte, während schneeballgroße Regentropfen aus dem Regenbogen fielen. An Land angekommen, rollten die Regentropfen umher und verschlangen den Schmutz, wobei sie nährstoffhaltige Substanzen hinterließen, die das Gras grün werden ließen, die Blumen zum Blühen brachten und die Früchte reifen ließen. Und sobald die Regentropfen mit Schmutz gefüllt waren, bündelten sie sich in Wasserläufen und flossen in den Graben, wo sie sich mit Schleim vermischten.

Trotz der prächtigen Rückkehr des Fuzidon hatte die pulsierende Oase noch andere Probleme. Gruppen von rebellischen Zwischenweltlern bewegten sich durch die Ansammlung und warteten ungeduldig auf Daniels Rückkehr – ein Plan, von dem Akhenaton ihnen gesagt hatte, dass er ihn in die Tat umsetzen würde, lange bevor die Zwillinge überhaupt gezeugt wurden.

27
DIE UNTERSEITE

Während das Fuzidon in neuer Blüte erstrahlte, stellte Donahkhamoun, zurück im Roggbiv, die Wächter und den Gorda vor ein Problem.

„Die heiligen Gebeine werden bedroht. Bevor wir die Särge erheben können, müssen wir einen Blick in die Höhle des Sarakoma, unter uns, werfen."

„Aber wir haben keinen Einfluss auf die dunkle Seite. Wenn etwas schief geht, können wir Sie nicht beschützen", betonte Zru.

„Denk dran, Zru, dass nicht der Sarakoma unser Feind ist, sondern die bösen Einflüsse, die ihn umgeben. Wenn die Energiefasern, die durch die heiligen Gebeine fließen, von dem Dreck infiziert sind, der das Fuzidon eingenommen hatte, dann bin ich vielleicht auch schon infiziert", verkündete Donahkhamoun und wandte sich an den Gorda. „Ich werde deine Hilfe brauchen."

„Natürlich", erwiderte der Gorda.

Prompt kniete Donahkhamoun auf den Boden. Der aufgewühlte Nebel bewegte sich zur Seite und enthüllte den Frost, der sich auf der Oberfläche gebildet hatte. Der Frost verdeckte das dicke, klare Eis darunter. Der Torwächter wischte mit seinem Ärmel einen Teil frei und schaute durch das Eis.

„Da bist du ja", flüsterte Donahkhamoun.

Mit einem steifen Blick auf den Stein in den Tiefen, lockte der Torwächter den Sarakoma zu sich. Yaqua war angesichts dieser merkwürdigen Umstände überfordert, wandte sich an seinen Mentor Zru und bat um Rat. Doch Zru wusste keinen Rat; auch für ihn war das eine Premiere. Der Stein der Finsternis erhob sich rasch, blieb instinktiv an der Unterfläche des Bodens stehen und wartete darauf, dass ihm Durchlass gewährt wurde.

Den Sarakoma aus seinem Lebensraum wegzubringen war ein radikaler Schritt, der Donahkhamoun kurz innehalten ließ. Bei seinen Überlegungen beschlichen ihn Zweifel, Gedanken an Daniel, Akhenaton, die Adrogs und Talugas kürzliche Gefangennahme durch die Maghora. Der Datenaustausch mit den Schöpfern hätte alle Fragen aus dem Weg räumen sollen. Doch es gab Lücken, Unstimmigkeiten, und dies war eine davon. Donahkhamoun erhielt den Befehl, den Sarakoma zu erheben, und als der Stein nur einen Hauch von ihm entfernt war, fragte er sich, warum. Vorsichtig brachte er seine Hände zum Glühen und schmolz den Teil des festen Eises bis es die Konsistenz von Glibber hatte, um sicherzustellen, dass nichts anderes von darunter entweichen konnte. Der Sarakoma drückte sich hindurch und der Boden verhärtete sich schnell hinter ihm.

Der Stein, den der Torwächter in dem magnetischen Feld zwischen seinen Händen festhielt, erzeugte eine unruhige Atmosphäre im Roggbiv. Der Gorda begab sich an Zrus Seite, der sich durch das Erscheinen des Steins seltsam angespannt fühlte. Yaqua empfand das Gegenteil. Sein Gesicht strahlte vor Begeisterung. Er war ein furchtloser, wissbegieriger Lehrling, der die klugen Weisheiten der Wächter noch nicht kannte. Er sah staunend zu, ermutigt durch die Zukunft, die vor ihm lag, und hörte aufmerksam zu, wobei er sich jedes Wort und jede Bewegung von Donahkhamoun mit tiefstem Interesse einprägte.

In der Luft, zwischen Donahkhamouns Händen, drehte sich der Sarakoma langsam wie bei einer Vorführung herum. Doch schon bald erkannte der Torwächter einen Makel an dem Stein und entließ ihn aus seiner Gewalt. Der Sarakoma nutzte seine Freiheit und bewegte sich flink auf die hellblauen, indigo und violetten Säulen im Roggbiv zu, als sei er neidisch auf ihre Farbtöne. Zru löste seinen in der Säule eingefassten Speer und folgte der Bewegung des Steins, ohne zu wissen, wozu das gut sein sollte. Yaqua machte es ihm nach. Scharf forderte Donahkhamoun sie auf, aufzuhören. Es sei keine gute Idee, einen Stein von solcher Macht zu verärgern, warnte der Torwächter. Die Wächter ließen ihre Speere langsam sinken.

Unerwartet änderte der Sarakoma seinen Kurs und steuerte auf den Gorda zu. Der Torwächter bewegte sich an die Seite des Gorda, während der Stein sich langsam auf der Stelle drehte und den Gorda durch seine Nähe einschüchterte.

„Seht euch das hier an", sagte Donahkhamoun und zeigte auf die Oberfläche des Steins. „Es ist ein Riss, die kleinste Unvollkommenheit, die aber ausreicht, um die Katastrophe im Fuzidon zu verursachen." Der Gorda drehte den Kopf. „Keine Angst ... aber irgendetwas hat dazu geführt, dass dieser winzige Riss entstanden ist. Deine Aufgabe ist es, die Formen unserer Art genauestens zu untersuchen. Stell sicher, dass die Vitalitäten rein sind. Die Fasern müssen reibungslos und unabhängig in jedes der heiligen Gebeine fließen – von den Knochen des Höhlenmenschen über seine Frau hinweg, bis hin zu ihren fünf Kindern. Wenn es auch nur das geringste Anzeichen einer

Unreinheit gibt, müssen die Formen vernichtet werden."

„Vernichtet?", rief Zru aus.

„Die Fasern der Energiesäulen verlaufen tief in die Dunkelheit. Je tiefer du gehst, desto dünner werden die Fasern. Sie werden dich zu dem Ursprung unserer Art führen. Untersuch mögliche Schäden und Störungen, und ich hoffe, du wirst keine finden! Sonst könnten wir mit unseren Feinden die Seiten tauschen."

„Seiten tauschen?", keuchte Zru.

Die Lage war ernst, ernster als Zru dachte. Wie alle Wächter hatte er geglaubt, dass alles wieder in Ordnung war, nachdem Donahkhamoun sie aus den Felsen befreit hatte und alle in den Tempel zurückgekehrt waren. In dem Wunsch, seine neuen Informationen mit den Wächtern zu teilen, konzentrierte Zru seine Aufmerksamkeit und beobachtete, wie Donahkhamoun den Gorda vorbereitete.

„Werde ich zurückkommen?", fragte der Gorda.

„Ich sehe keinen Grund, warum du das nicht tun solltest. Aber wenn du zurückkehrst, wirst du nicht in der Lage sein, Ehab auf seiner Reise zu begleiten. Er wird allein weitermachen müssen. Sobald du die Flüssigkeit des Sarakoma einnimmst, werden zwei Dinge mit dir geschehen. Dein Geruchssinn wird verschwinden und du wirst unsichtbar für alles, was sich innerhalb der dunklen Unterseite befindet. Vermeide jedoch ruckartige Bewegungen. Die dunklen Geister werden die Veränderung in den Schwingungen bemerken."

„Ich verstehe", bestätigte der Gorda.

„Noch etwas ... wenn du die Unterseite betrittst, wird alles, was du mit deinen Augen siehst, hier in dem Roggbiv projiziert. Versuch, so präzise und so schnell wie möglich vorzugehen. Je länger der Sarakoma außerhalb seines Lebensraumes bleibt, desto anfälliger werden wir für Gefahren."

Donahkhamoun blickte zu dem Stein der Finsternis hinauf, der über den Gorda schwebte. Der Stein setzte eine kleine Menge seines Giftes frei, das sich schnell ausbreitete und den transparenten Gorda mit einer Hülle überzog. Wie ein Betrunkener stürzte der Gorda zu Boden und begann durch den eisigen Boden in die Unterseite zu versinken. Der Gorda blickte transartig zurück auf Donahkhamoun. Ein oder zwei Sekunden vergingen, bevor der Torwächter sich selbst im Hologramm im inneren Kreis des Roggbiv erscheinen sah.

Wie ein Raumfahrer taumelte und drehte sich der Gorda und fiel immer tiefer in den Abgrund. Die ganze Zeit über wurden seine Wahrnehmungen im Hologramm gezeigt. Der Gorda folgte den Fasern der sieben Vitalitäten, die die einzige Lichtquelle in der Dunkelheit waren. Die Wächter schauten nervös zu, in der Erwartung, dass ominöse Geister auftauchen würden – jene, die sie in die Höhle geschickt hatten. Doch als der Gorda tiefer eintauchte, war niemand zu sehen, und der Torwächter, als auch Zru wurden misstrauisch, weil sie spürten, dass etwas nicht stimmte.

Kurze Zeit später blieb der Gorda stehen, weil er nicht mehr weiterkam. Neugierig begab sich Zru an die Seite seines Meisters und bemerkte, dass die Vitalitäten in eine gefrorene Kapsel hineinführten, die die heiligen Gebeine enthielt. Der Gorda begann, die Hülle zu untersuchen und bewegte sich vorsichtig um sie herum. Doch dabei stieg die Feuchte in der Luft schnell an und durchnässte den Gorda in wenigen Augenblicken. Dann kühlte die Luft plötzlich ab und eine frostige Glasur umriss die Gestalt des Gorda. Doch er war nicht der Einzige, auf den sich die Feuchtigkeit legte. Oben im Roggbiv wischten sich die Wächter die Feuchtigkeit von den Armen.

„Was ist los?", fragte Yaqua.

„Ich glaube, das ist ein Fehler, Meister", äußerte Zru verkrampft.

„Es ist nur ein Hirngespinst, eine Illusion, nichts weiter", betonte der Torwächter, der den Ernst der Lage selbst erkannte.

Da die gefrorene Kapsel dem Gorda die Sicht auf die Gebeine versperrte, dachte der Gorda darüber nach, ob er zurückkehren sollte, und sah auf. Doch unerwartete Geräusche lenkten die Aufmerksamkeit des Gorda zurück. Als er dem Klopfen folgte, bewegte er sich auf die gegenüberliegende Seite der Kapsel und erblickte ein männliches Gespenst.

Der Mann hämmerte auf bizarre Weise auf die Kapsel. Ein Eisbrocken brach ab, und der Mann beugte sich vor, um ins Innere zu schauen, wo sich das Eis innerhalb von Sekunden wieder bildete. Der Gorda beobachtete das Gespenst. Kurzerhand ahmte der Gorda das Gespenst nach und klopfte im Takt der Schläge. Fünf Schläge später knackte der Gorda das Eis und ein Stück fiel ab. Der Gorda blickte hinein auf die Gebeine und das Strahlen der sieben Vitalitäten erhellte das Gesicht des Gorda.

Das fettleibige Gespenst, das von oben bis unten unbehaart und mit Schmutz bedeckt war, hörte auf zu klopfen. Intuitiv drehte der Mann seinen Kopf und begann ununterbrochen dem Gorda zuzunicken. Seine Beine berührten sich an den Knien, mit seinen Händen bedeckte er seine Genitalien, und er starrte wie wahnsinnig mit seinen dunklen, unheimlichen Augen.

Plötzlich fuhren Risse durch den Boden des Roggbiv unter dem aufgewühlten Nebel. Die Wächter gerieten in Aufregung. Wieder befahl Donahkhamoun ihnen, still zu sein, und wiederholte, es sei nur eine Illusion, ein Schein der Wirklichkeit, um sie zu testen. Doch der Torwächter war selbst unsicher, als plötzlich die Temperatur weiter sank und seine Füße taub zu werden begannen.

Klammheimlich schob sich ein Schatten, der sich in Breite

und Höhe ausdehnte, hinter den seltsamen nackten Mann und verschlang ihn vollständig. Obwohl der Gorda unsichtbar sein sollte, wurde er entdeckt, und der Schatten raste auf ihn zu. Und als er sich dem Gorda näherte, reflektierte die Größe des Schattens im Hologramm durch die Augen des Gorda und färbte das Roggbiv pechschwarz. Eine unheimliche Präsenz war eingedrungen! Der Schatten öffnete unvorhersehbar wieder seinen Mantel. Die Illusion desselben fettleibigen Mannes erschien im Roggbiv – keine zehn Schritte von Donahkhamoun entfernt stand er mit einem arroganten, wahnsinnigen Lächeln und nickte immer noch im Takt.

„Akhenaton!", platzte Donahkhamoun heraus.

„Was ist das?", betonte Zru, als der verzauberte Nebel zu vereisen begann und die Bewegungen immer langsamer wurden. „Alles fühlt sich so real an!", brüllte Zru.

Inmitten der heimtückischen Dunkelheit knackte der Boden erneut und jagte dem Torwächter einen Schauer über den Rücken. Der Torwächter beherzigte Zrus Warnung und setzte seine Magie ein – seine Hände glühten, und auf einmal sah er, wie Yaqua den Sarakoma aus seinen Händen entweichen ließ.

„Nein, Yaqua!", schrie Donahkhamoun.

Yaqua leckte das Gift des Sarakoma ab, das auf seinen Finger tropfte. Mit einem hämischen Grinsen hörte Akhenaton auf, mit dem Kopf zu nicken. Yaqua fiel auf den Boden. Der Schatten hüllte Yaqua in seinen Mantel und nahm den Wächterlehrling mit sich in die Unterseite. Ein weiteres Mal schmolz Donahkhamoun das Loch in den Boden und stieß den Sarakoma aggressiv durch die glibberige Masse zurück. Doch in seinem Tun sah er, wie der Geist seiner Mutter schnell aus der Tiefe hinauf stieg und den Gorda mit sich zog. Der Torwächter wartete und die Priesterin stieß den Gorda in die Freiheit.

„Das ist nicht dein Werk, mein Sohn. Es ist meins und das

deines Vaters. Er lebt!", sagte sie, als sie sich zu teils durch die klebrige Substanz erhob. „Lass alles stehen und liegen und sende Ehab auf seinen Weg. Bringt den Amokaras zurück! Schnell!"

„Mutter ..." Plötzlich war der Geist der Priesterin verschwunden.

Als Donahkhamoun aufstand, verhärtete sich der Boden wieder, der Nebel wirbelte auf und das Roggbiv nahm seine stille Form wieder auf, als ob nichts geschehen wäre. Und doch war es geschehen, Yaqua war verschwunden! Seit seiner Rückkehr ließen all die seltsamen Ereignisse Donahkhamoun mit Verwirrung zurück und er hinterfragte die wahre Natur seiner Position.

„Wenigstens wissen wir jetzt, dass Ihr Vater nicht wirklich tot ist", sagte Zru und erinnerte sich an die Ereignisse von 1348 v. Chr.

Plötzlich erschien ein Lächeln auf Donahkhamouns Gesicht. *„Es wird nicht mehr lange dauern, bis wir alle wieder zusammen sind, das verspreche ich!"* Er erinnerte sich daran, was seine Mutter in der Vision aus ihrem Gemächern sagte, wie sie auf das Sandfeld geblickt hatte. Donahkhamoun war durch die Nachricht über seinen Vater von Neuem inspiriert und wandte sich an den Wächter.

„Zru, es ist Zeit, die Särge zu erheben. Ich muss mit meinen Brüdern sprechen und herausfinden, wo mein Vater ist."

28
FLUCHTSTRATEGIE

Mit nur wenigen Erinnerungen an das, was gerade geschehen war, landeten Marcus und Jack sanft zurück auf den Boden und verließen mit Zru und Donahkhamoun das Roggbiv. Der Gorda, welcher noch immer unter dem Einfluss des Sarakoma-Giftes stand, folgte dicht hinter ihnen. Ehab erhob sich von seinem Sitz und ging auf sie zu, begierig darauf, ihnen mitzuteilen, was er gesehen hatte. Doch Donahkhamoun war mit den Mortimers noch nicht ganz fertig, er deutete Ehab zurück und schickte den Gorda zu ihm.

Jack fühlte sich durch sein neues Aussehen verjüngt und etwas demütig, und meldete sich zu Wort: „Es war falsch von mir, dir zu misstrauen. Ich dachte, du würdest mich austricksen. Es tut mir leid, dass ich so reagiert habe."

„Jack, ich würde dich nie austricksen wollen. Wie du hier ohne Einschusslöcher und Narben dastehst, hast du keinen Grund dazu, an meinen ehrenhaften Absichten zu zweifeln. Wir sind alle gemeinsam in dieser Sache. Aber denk daran, es ist von großer Bedeutung, dass du meinen Forderungen nachkommst, bis das hier vorbei ist. Dann können du und Marcus euer Leben leben, wie ihr wollt. Ihr seid Teil von uns."

„Also, was soll ich tun?", fragte Jack.

„Ehab und Marcus brauchen eine Strategie, um das Portal sicher zu verlassen. Du sagtest, die letzte Person, die den Stein hatte, war Red."

„Ja, aber darauf würde ich nicht wetten."

„Nach meinen aktuellen Informationen, Jack, ist der Amokaras auf Kurs und steuert auf den Old Times Square zu." Donahkhamoun wandte sich an Marcus. „Der Old Times Square ist Ehabs Bestimmungsort, Marcus."

„Okay", bestätigte Marcus.

„Wie kannst du dir da so sicher sein?", zweifelte Jack.

„Zweifelst du wieder an mir, Jack?", fragte Donahkhamoun mit einem Grinsen. Jack hielt den Mund und entschuldigte sich mit einer Geste.

Marcus schaltete sich ein: „Du kannst dich auf uns verlassen. Wir werden direkt dorthin gehen."

„Du nicht, Marcus. Du wirst weiterfahren und Daniel einen Besuch abstatten."

„Daniel? Und was tun?"

„Hallo sagen. Dein Aussehen allein wird reichen, um ihn zu verblüffen. Der Rest wird sich von selbst regeln."

„Ich verstehe ... und Jack?", fragte Marcus respektvoll.

„Er wird vorerst hier bleiben." Donahkhamoun blickte Jack an. „Ich habe mit deinem Sohn noch etwas anderes zu besprechen." Kurz darauf gab Donahkhamoun Merak ein Zeichen, zu ihnen zu kommen. „Denk daran, Jack, wenn ihr die Strategie besprecht – anders als bei deinen früheren Reisen wird es dieses Mal keine Schutzhülle geben, die ihnen Deckung verschaffen würde, nicht ohne den Amokaras. Wenn Marcus und Ehab das Portal verlassen, sind sie von dem Moment an sichtbar, an dem sie einen Fuß nach draußen setzen. Gib ihnen klare Anweisungen. Sie müssen wissen, womit sie es zu tun haben."

„Ja, okay. Das werde ich", sagte Jack, als Merak ankam und über ihn ragte.

„Merak, Zru wird die Särge heben. Wie ist die Situation dort unten?"

„Unruhig ..."

„Merak, ich möchte, dass du, Khera und Outar genau zuhören, was Jack zu sagen hat. Wenn diese Männer gefasst werden, ist an unsere Zukunft nicht mehr zu denken." Merak nickte zustimmend. „Jack weiß, was Marcus und Ehab da draußen erwartet. Ich gebe euch allen eine kurze Zeit, um euch zu sammeln und dann werde ich den Mechanismus in Gang setzen, um die Menge an Zwischenweltler zu verscheuchen und euch den Weg zum Ausgang freizumachen. Merak, es liegt nun in deiner Hand!"

„Ich verstehe", bestätigte Merak.

Donahkhamoun machte sich abrupt auf den Weg zu den Räumen hinter den Piktogrammtüren und überließ Merak das Zepter. Umgehend begleitete sie die Mortimers zu Ehab, der sich mit seinem Gorda unterhielt, ohne zu wissen, dass der Gorda nicht in der Lage war, ihn bei seiner Reise zu begleiten. Merak bat Khera nach draußen auf den Gratpfad, um Outar zu holen und in die Halle zu kommen. Während sie auf die Ankunft der beiden wartete, riet sie dem Gorda, bei Gelegenheit ohne Ehabs Wissen zu verschwinden. Gleichzeitig sah sie Jack, der sich einen Moment Zeit nahm, um seinen Vater zu umarmen – etwas, das sie schon seit vielen Jahren nicht mehr getan hatten. Merak beobachtete neugierig die Umarmung zwischen Vater und Sohn; derartiges gab es nicht unter ihresgleichen.

Da Jack seinen Vater nicht noch einmal verlieren wollte, verließ er sich nicht ganz auf die Worte des Torwächters und informierte seinen Vater heimlich über ein Safecracker-Gerät, das er unter Daniels Bürotisch platziert hatte – nur für den Fall, dass etwas schief ging. Aufgrund der Umstände seines eigenen Todes hielt er die Überlebenschancen von Red und Marco für gering. „Moi würde sie getötet haben, direkt nachdem sie mich getötet hatte", sagte Jack. „Sie würde den Stein zu Daniel gebracht haben und er würde ihn in seinem Safe eingeschlossen haben, bis er bereit ist, ihn zu benutzen. Das würde heute Abend sein!", verriet Jack.

Die drei versammelten Wächterinnen hörten Jack aufmerksam zu und nahmen jedes Detail seiner Strategie auf, wie man die Söldner draußen am Portal umgehen konnte. Eine umgekehrte Version des Plans, den er für die Flucht mit seiner eigenen Familie entwickelt hatte. Eine, die für ihn derzeit hinfällig, für Marcus und Ehab jedoch realisierbar war. In einer kurzen Zusammenfassung erklärte Jack den Grundriss des Strandes, die Position des Elektrozaunes, der Stealth-Speedboote, des Bootshauses, der Aussichtsposten und die genaue Lage des Portals, und ging dann auf weitere Details ein. „Auf den Sicherheitskameras Nummer zehn, elf und zwölf, die hier direkt auf den Teich gerichtet sind, laufen vorausgezeichnete Überwachungsaufnahmen", wies Jack darauf hin und machte Kreuze auf der skizzierten Karte. „Die Videoschleife gibt euch einen toten Winkel am Ausgang, der sich hier befindet." Jack umkreiste einen Bereich. „Wenn ihr also aus dem Portal tretet, ist die einzige Möglichkeit, auszubrechen – ohne die patrouillierenden Söldner am Ufer zu alarmieren – euch direkt nach dem Ausgang umzudrehen und die kleine Sanddüne direkt hinter euch zu überqueren. Oberhalb der Düne seht ihr den First eines Gebäudes. Es ist das Bootshaus. Dieses hier!" Jack zeichnete. „Auf der rechte Seite des Bootshauses, etwa hier", sagte er markierte eine Stelle auf der Karte, „wurde eine Planke ersetzt. Ihr werdet den Unterschied in der Farbe des Holzes sehen. Geht darauf zu, diese und die direkt danebenliegende Planke lassen sich bewegen. Das ist euer Weg ins Bootshaus. Drinnen befindet sich ein Waffenschrank. In der linken oberen Ecke des Schranks findet ihr einen Ersatzschlüssel an einem Haken. Mit diesem Schlüssel könnt ihr die elektrische Hintertür des Gebäudes öffnen. Oben auf dem Holzrahmen der Tür habe ich einen Schalter angebracht, um den Strom zu deaktivieren. Legt ihn nach rechts um. Nachdem ihr den Schlüssel gedreht habt, habt ihr zehn Sekunden Zeit, das Gebäude zu verlassen, bevor der Alarm wieder ausgelöst wird. Wenn ihr länger braucht", sagte Jack und sah zu ihnen auf, „wird die Hölle ausbrechen. Also macht es beim ersten Mal richtig."

„Also, links der Schlüssel im Waffenschrank, rechts der Schalter an der Tür", wiederholte Ehab.

„Korrekt. Zehn Sekunden!", bekräftigte Jack.

„Es werden Wachen am Bootshaus sein. Vielleicht zwei, maximal drei. Falls sie drinnen sind, müsst ihr sie mit einer Ablenkung nach draußen locken. Werft etwas gegen eines der Boote, die dort auf Anker liegen. Sie werden darauf hereinfallen. Dann habt ihr ein Fenster, um zu entkommen. Aber ich würde euch nicht mehr als dreißig Sekunden Zeit geben. Werdet ihr entdeckt, seid ihr in großer Gefahr, werdet ihr aber erwischt, erschießen sie euch sofort."

„Leck mich, Jack. Was ist das für ein Plan?", beschwerte sich Ehab.

„Glaube mir, Ehab, das ist die beste Chance, die ihr habt." Ehab und Marcus schüttelten mit flüchtigen Blicken den Kopf. „Da ist noch mehr", fuhr Jack fort. „Ihr seid noch nicht außer Gefahr. Wenn ihr durch die Hintertür des Boothauses hinausgeht, betretet ihr eine Straße. Es ist eine Privatstraße, die zum Casino hinaufführt, welches sich zu eurer Rechten befindet. Geht nicht dorthin! Der Zaun, der parallel zum Strand verläuft, ist ebenfalls von Kameras gesäumt. Läuft geradeaus, über den grasbewachsenen Hügel, und halten euch in der Nähe der Tennisplätze auf und weg vom Containerplatz zu eurer Linken. Daniel hat auch dort Männer. Wenn ihr gesehen werdet, werden sie hinter euch her sein. Die Hauptstraße ist hier", wies Jack an und zeichnete erneut, „etwa hundertfünfzig Meter entfernt. Wenn ihr es bis dorthin schafft, könnt ihr euch unter die Fußgänger mischen. Steigt in den Bus Nummer 27. Er fährt regelmäßig alle zwanzig Minuten. Er bringt euch genau dorthin, wo ihr hin müsst – zum Old Times Square. Achtet nur auf die Kameras außerhalb des Zauns, das ist alles. Sie werden euch irgendwann entdecken, also müsst ihr ständig in Bewegung bleiben."

Es war ein dürftiger Plan, aber der Einzige, den Jack hatte. Als er mit seinen Anweisungen fertig war, begleiteten Merak, Khera und Outar die beiden Männer zum Eingang des Tempels. Jack kritzelte schnell etwas auf ein Stück Papier und beeilte sich, Ehab einzuholen, während sich die fließenden Stufen aus dem Wasserfall heraus bildeten.

„Viel Glück", sagte Jack und drückte Ehab einen Zettel in die Hand. „Wenn du es nicht zurückschaffst, ruf diese Nummer an."

„Ehab", drängte Merak und drehte sich um.

„Ich komme", sagte Ehab und steckte den Zettel in seine Tasche.

Donahkhamoun trat hinter den Piktogrammtüren hervor und ging zu dem Fenster rüber, an dem Ehab vorher gesessen hatte. Jack schloss sich ihm an. Der Torwächter winkte Ehab und Marcus flüchtig zu, als sie die fliesenden Stufen betraten. Nach der unangenehmen Erfahrung vom Aufstieg hielten sich Ehab und Marcus diesmal neben den Wächterinnen auf, um jegliche Gefahr, auf dem Weg nach unten, zu vermeiden.

Auf einmal hallte ein industrielles, schleifendes Geräusch

durch das Land. Ein gigantischer Mechanismus wurde in Gang gesetzt und zeichnete sich auf dem „Sandfeld" ab. Tonnenweise Sand ergoss sich in alle Richtungen, als sich der Mechanismus, der dem Innenwerk einer Rolex-Uhr ähnelte, aus dem Boden erhob. Der Sand rann aus den Spindeln und Zahnrädern, deren Zähne aus ineinander greifende Särge bestanden. Die Särge waren unterschiedlich groß und auf verschiedenen Höhen angebracht. Die darin liegenden Leichen der Zwischenweltler, die sich schon seit zweitausend Jahren drehten, tausend Jahre länger als sie hätten sein sollen, erwachten. Zwei von ihnen waren die Brüder von Donahkhamoun. Und sie alle warteten darauf, dass sich ihre Seelen zu ihnen gesellten, sobald sich der Mechanismus auf die Höhe der Gemächer der Priesterin erhob.

Die Menge strömte aufgeregt zur südlichen Seite des Berges, weg vom Fuß des Wasserfalls, und interessierte sich nicht für die beiden Menschen, die gerade aufbrechen wollten. Akhenatons Gefolgsleute jedoch waren interessiert. Sie scharten sich zusammen, als sie Marcus' verjüngte Gestalt neben Ehab gehen sahen. Aus der Ferne wurde ihre Bewegung gesehen, und der Torwächter gab einem Humanoid ein Zeichen. Der Humanoid flog zügig über sie hinweg und stoß mit kreischenden Schreien Warnungen aus, die sie dazu veranlassten, sich zu zerstreuen und in den Katakomben zu verstecken. Als die drei Wächterinnen die zwei Männer zum Ausstieg führten, landete der Humanoid auf den Boden, um Wache zu halten.

Merak gab ihre letzten Anweisungen: „Ehab, erinnerst du dich daran, was Donahkhamoun über das Signal gesagt hat, wenn du bereit bist, zurückzukehren?"

„Ja, ich erinnere mich …"

„Gut, dann hast du ungefähr fünf Stunden Zeit, nicht mehr."

„Daran erinnere ich mich nicht", keuchte Ehab.

„Es wurde nie gesagt, aber mehr Zeit haben wir nicht. Wenn

du jedoch einen Regenbogen am Himmel siehst, bevor du uns das Signal gibst, dann musst du unbedingt sofort zurückkehren, mit oder ohne Amokaras. Wir werden wissen, dass du auf dem Weg bist, und wir werden das Portal von Innen für dich öffnen. Ich weiß, du hast Freunde da draußen, aber du hast nur eine Aufgabe – den Amokaras zu holen. Lass dich nicht ablenken. Das Leben aller anderen in deiner Welt hängt von dir ab!"

„Ja, ich habe verstanden! Danke für die Erinnerung!", seufzte er. Es war eine Bemerkung, auf die Ehab hätten verzichten konnte.

Merak wandte sich an Marcus: „Marcus, sei auf der Hut vor Daniel. Er ist äußerst gefährlich. Ich möchte dich für eine lange Zeit nicht mehr hier sehen … wenn überhaupt." Sie lächelte aufmunternd.

Merak nickte ihren Gleichgesinnten zu. Outar und Khera stießen ihre Speere in die verzauberten Wurzeln des Teichbeckens. Das Wasser floss sofort wieder in die Erde zurück. Und als der Wasserspiegel sank, lösten sich die Wurzeln von oben nach unten und schlüpften zurück in die Verborgenheit, sodass die Felsstufen dem einfallenden Sonnenlicht ausgesetzt werden konnten. Ehab und Marcus blickten hinauf in den klaren blauen Himmel. Bei diesem Anblick schlugen ihre Herzen höher. Ungeachtet der Gefahren, die ihnen drohten, freuten sich die Männer darauf, die Geisterwelt hinter sich zu lassen und eine Welt zu betreten, die sie beide verstanden – die Menschenwelt.

Als Ehab und Marcus die Felsstufen hinaufstiegen, hielt Merak plötzlich ihren Speer in die Höhe und hielt die Männer zurück. Hastig ging sie voran und betrat die Außenwelt. Sie schirmte die Männer mit ihrer Körperfülle ab und winkte sie weiter.

„Merak!", riefen Outar und Khera im Flüsterton. „Was

machst du da?"

„Los, los", drängte Merak die Männer zur Eile, improvisierend, ohne etwas von den Sicherheitskameras zu sagen, die sich auf Roboterarmen drehten.

Ohne sich eines Problems bewusst zu sein, huschten Ehab und Marcus über die Sanddünne, und Merak sah den Kameras zehn, elf und zwölf mit Abscheu entgegen. Plötzlich schrie sie laut und forderte die Aufmerksamkeit der Kameras und der Wachen des Bootshauses. Kurz blickten Ehab und Marcus zurück. Als sie erkannten, dass Merak damit ihre Flucht ermöglichte, gingen sie eilig weiter und stießen die beweglichen Planken zur Seite. Sofort ertönten Schüsse und die Bootshauswachen kamen angerannt.

„Merak, komm zurück!", rief Khera vom Grund des Teiches, als sie den Aufruhr draußen hörte. „Es schließt sich!"

Merak rannte zurück zum Portal und bekam eine Kugel in die Schulter. Weitere Schüsse wurden von Söldnern abgefeuert, die von der Küste hereineilten. Eine Kugel bohrte sich in ihren Oberschenkel, und eine dritte streifte ihren Unterleib. Sekunden, bevor sie die Treppe hinunterstürzte, sah sie noch, wie Ehab und Marcus aus der Hintertür des Bootshauses traten. Binnen kürzester Zeit schlängelten sich die Wurzeln in Position und das verzauberte Wasser füllte sich bis zum Rand des Beckens. Die Söldner erreichten den Teich und umrundeten ihn, nur um zu sehen, wie die Kräuselungen der Wasseroberfläche zum Stillstand kamen.

„Jawohl! Ich liebe es! Ich liebe es!", schrie Daniel laut in seinem Büro. Er hatte das Ganze zusammen mit Moi auf seinen Monitoren live verfolgt. „Es gibt keinen toten Winkel, Jack! Nicht mehr, du verdammter verräterischer Bastard!", schrie er voller Hass.

29
ORIGINS

Die Cousins stiegen aus Jacks Ferrari, den sie gerade in eine Gasse hinter dem neu eröffneten Einkaufszentrum geparkt hatten. Marco rannte schnell zur Verladestelle des Einkaufszentrums und schnappte sich eine Plane von einem in der Nähe geparkten LKW. Zusammen mit Red spannten sie die Plane über das Auto, um es von fremden Blicken zu verbergen.

„So ist es gut Marco. Lass uns gehen", sagte Red.

Die beiden Männer hielten nach Gefahren Ausschau und gingen los. Sie unterhielten sich immer noch über die Schießerei in Jacks Villa und wunderten sich über den Namen auf der Visitenkarte – *Joanna Pradnarski*.

Als Marco und Red die Straße entlang eilten, fuhr ein Polizeiauto mit heulender Sirene vorbei. Hier, ohne Verbündete bei der Polizei, wäre es sinnlos zu sagen, wer sie waren. Sie bogen nach rechts in die schmale Einbahnstraße ein, um außer Sichtweite zu sein.

Vor ihnen sahen sie Kinder, die mit einem Ball spielten, und sie machten sich eilig auf den Weg in ihre Richtung. Am Ende einer fünfzig Meter langen Strecke sind sie zu einem kleinen

Marktplatz gekommen. Die Straße ging nach rechts, umrundete dreiviertel eine Grünfläche und führte dann wieder gerade weg. Der Bürgersteig war gesäumt von einer bunten Mischung aus kleinen Kunstläden, Lebensmittelgeschäften, dem einen oder anderen Restaurant, einem Café und einem Zeitungskiosk. Auf der anderen Seite des Marktplatzes, mit Blick auf den Spielplatz, befand sich eine etwas schiefstehende Telefonzelle neben einer Sitzbank ein. Ein paar alte Leute saßen dort und quatschten, während ein jüngeres Paar, das kein Interesse an andere Leute hatte, auf einer gegenüber liegenden Bank ein Sandwich aß. Red und Marco waren an eine schnelllebige Gesellschaft in einer technologisch fortgeschrittenen Umgebung gewöhnt. Dieser Anblick von Jung und Alt, die sich in der freien Natur vergnügten, erinnerte sie daran, wie schnell sich ihre Welt in nur zwei Jahrzehnten verändert hatte. Es war ein malerischer Ort, der bald abgerissen werden sollte. Eine Reklametafel verkündete, dass bald ein neues Baugebiet entstehen würde, und im Schaufenster des Immobilienbüros hingen Baupläne der zum Verkauf stehenden Eigentumswohnungen.

„Red, hör mal, lass uns da reingehen und uns verstecken, bis wir die Sache im Griff haben, ja?"

„Wo meinst du?"

„Origins", sagte Marco und zeigte, „das Café dort drüben."

Unscheinbar gingen die Männer über die runde Grünfläche hinweg zum Café. Die Glocke läutete über der holzgerahmten Glastür. Die Frau hinter dem winzigen Tresen hob den Kopf und schenkte ihnen ein Lächeln. Ein Einheimischer, der auf den beige- und cremefarbenen Sitzmöbeln saß, schlürfte den Rest seines Milchshakes und bestellte dann einen weiteren. Ein Ehepaar saß mit seinem Enkelkind an dem runden Tisch geradeaus, direkt neben der Theke, an welcher eine Auswahl an Kuchen und Gebäck angeboten wurde.

Red registrierte alles und wandte sich sofort nach rechts, vorbei an dem Fensterplatz neben der Eingangstür, um zu sehen, was sich da befand. Er ging in den Gang und sah einen eher abgelegeneren Tisch am mittleren Fenster. Die Wand am Ende des Ganges war durchgebrochen und führte direkt zum Laden nebenan. Der Laden verkaufte exklusive Geschenke, Fotorahmen, Sammelbären und kuriose Möbelstücke. Mit Blick auf die Grünfläche und den Marktplatz draußen, und der Sonne, die die Schaulustigen blendete, war jener einzelne Tisch im Gang der perfekte Platz zum Sitzen.

„Hallo zusammen, willkommen bei Origins. Was darf ich euch heute bringen?"

Die Kellnerin hatte einen ausländischen Akzent und sah europäisch aus. Ihr Auftreten war angenehm und ihr Lächeln einladend.

„Zwei Kaffee wären gut", sagte Marco lässig. „Cappuccino, wenn's den gibt."

„Natürlich", antwortete die Kellnerin und ging davon.

Nach ein paar Stunden Adrenalinrausch wurden sich Marco und Red bewusst, dass sie sich inmitten einer wirklich außergewöhnlichen Situation befanden.

„Das ist wirklich beschissen", flüsterte Marco und beugte sich über den Tisch.

„Es ist, was es ist. Aber es ist definitiv nicht das, was ich erwartet habe."

„Ich auch nicht."

„Ich hätte dich da nicht mit reinziehen sollen, Cousin", sagte Red und blickte aus dem Fenster.

„Lass gut sein, Red. Es war meine Entscheidung, nicht deine." Red blickte zurück. „Kümmere dich drum, dass wir nicht so enden wie Jack, das ist alles." Red nickte. „Was ich in Jacks Haus gesagt habe, du weißt schon … länger zu bleiben, ich denke, wir sollten das noch einmal überdenken …"

„Hallo", sagte ein Fremder, der mit seiner leeren Tasse auf sie zukam. „Ich habe euch beide hier noch nie gesehen."

„Entschuldige, Darren", sagte Melanie und zwängte sich durch den kleinen Durchgang.

„Oh, tut mir leid, Liebes", sagte Darren und trat zur Seite. „Wie auch immer, genießt eure Drinks und kommt wieder vorbei." Darren ging weiter, und Melanie stellte die Kaffees auf den Tisch.

„Ich fürchte, in diesem Bereich ist der Platz etwas knapp bemessen."

„Passt uns ganz gut", sagte Marco.

„Melanie, richtig?", fragte Red mit einem Blick auf ihr Namensschild.

„Ja, genau."

„Habt ihr hier eine Toilette?"

„Sie ist gleich hinter der Theke. Sue ist dort. Sie wird dir zeigen, wo sie ist. Ich gehe nur kurz nach nebenan. Wenn ihr noch etwas braucht, bin ich gleich wieder da."

Als Melanie weg war, legte Red die Visitenkarte von Joanna Pradnarski auf den Tisch. „Wir sollten dieser Frau einen Besuch abstatten."

„Bist du verrückt?", erwiderte Marco.

„Sie hat uns geholfen zu entkommen. Warum? Denk darüber nach, während ich in den Toiletten nachsehe, ob es hier einen Hinterausgang gibt."

Marco seufzte schwer. „Okay, aber bevor wir das tun, sollten wir uns etwas umsehen, damit wir ein Gefühl dafür bekommen, womit wir es zu tun haben."

Ob Jade nun an diesem Ort war oder nicht, hier zu bleiben war der sichere Tod, dachte Marco. Und er wollte nicht sterben. Obwohl Marco Red überall hin folgen würde, war seine derzeitige Situation anders als alles, was er bisher erlebt hatte. Während Marco an seinem Kaffee nippte, hob er die Karte auf. Der Vorschlag seines Cousins, diese Frau aufzusuchen, war hoch riskant. Die Chancen standen schlecht, und Marco zweifelte darüber, ob er Carmen jemals wiedersehen würde. Sein Herz krampfte sich zusammen, und er wunderte sich, wie Red selbst so viel Schmerz ertragen haben konnte, nachdem ihm Jade genommen worden war.

„Keine Hintertür da drin, Kumpel." Red setzte sich. „So wie es aussieht, ist die Tür dahinter mit Brettern vernagelt", sagte Red und deutete auf die falsche Wand am Ende des Ganges, die mit Sammelteddybären vollgestapelt war. „Wenn überhaupt, dann muss der Hintereingang durch den Laden nebenan führen."

„Hmm. Okay, ich werde gleich mal nachsehen. Du hast doch den Stein in deiner Tasche, oder?", fragte Marco.

„Der weicht nicht von meiner Seite … Ich hoffe nur, er funktioniert noch!"

„Damit bist du nicht allein. Ich denke, wir sollten abwarten, bis sich die Lage abgekühlt hat. Wir haben einen guten Beobachtungsposten. Außerdem können wir einen konkreten Plan entwickeln."

Die Männer stimmten zu und Marco winkte der Kellnerin zu. Sie nickte zustimmend, dass sie kommt, sobald sie die Bestellung eines Kunden aufgenommen hatte. Nachdem sie das Frühstück verpasst hatten, hielt Marco es für das Beste, in der Zwischenzeit einen schnellen Happen zu essen. Später würden sie keine Zeit mehr dazu haben, etwas zu essen, und je weniger Kontakt sie zu anderen Menschen hatten, desto besser. Red spürte die Wärme des Amokaras an seinem Bein und warf schnell einen Blick in seine Tasche. Der Amokaras reagierte auf das Licht. Schnell schloss er die Tasche, da er befürchtete, der

Stein könnte so reagieren wie in seinem Keller zu Hause.

„Was kann ich euch bringen?", begann Melanie.

„Habt ihr warme Sandwiches?", fragte Marco.

„Leider nicht, wir sind kein Bistro. Ich habe selbstgebackenen Apfelkuchen, Torten oder …" Marco verzog das Gesicht. „Nun, ich könnte euch ausnahmsweise einen Toast mit Schinken und Käse machen, wenn ihr möchtet. Wir haben einen Toaster, den wir manchmal für uns selbst benutzen."

„Wenn es keine Umstände macht, wäre das toll."

„Also nur einen Toast für dich … oder für jeden Einen?", fragte sie und nickte mit dem Kopf Richtung Red, der in Gedanken versunken war.

„Zwei", antwortete Marco.

„Dann dauert es etwa zehn Minuten."

Red und Marco spielten eine Weile mit verschiedenen Ideen herum. Sie würden ein Auto brauchen, um sich fortzubewegen, also würden sie Eines stehlen müssen. Der Ferrari war zu auffällig. Um die Wachen zu überwältigen, bräuchten sie verschiedene Waffen, vielleicht ein Scharfschützengewehr, Munition, einen Laserschneider für den Elektrozaun und eine Überwachungsausrüstung. Leider hatten sie keine Ahnung, woher sie diese Dinge nehmen sollten. Zu Hause war das alles mit einem Anruf getan, aber Jenes war weit entfernt.

Sie unterhielten sich über die ungewöhnlichen Betreten-Verboten-Schilder, die am Strand in der Nähe des Portals angebracht waren. Sie wussten, dass die Schilder – die zeigten, dass Unbefugte erschossen werden – nicht nur als Warnung dienten. Sie fragten sich auch, wie sie mit den Söldnern hinter dem Zaun und den Überwachungskameras umgehen sollten, die ständig auf 360-Grad-Achsen rotierten. Sie waren nur zwei Männer mit einer Waffe, dem Amokaras, und einem Laptop. Ohne Jack an ihrer Seite würde es nicht einfach sein, nach

Hause zu kommen.

Je mehr die beiden Cousins über ihre momentane Situation sprachen, desto attraktiver wurde die Visitenkarte. Jene Frau hatte Leute, die mit Moi und ihrer Biker-Gruppe kämpften – das brachte Red und Marco zum Nachdenken. Vielleicht wurde Joanna Pradnarski nicht in Monaco ermordet. Vielleicht hatte Red auf der Yacht jemand anderen erschossen. Es gab eine kleine Unstimmigkeit mit Joanna Pradnarskis Profil, erinnerte sich Red und erzählte Marco davon. Ein Muttermal, das sich laut Profil auf ihrem rechten Arm befand, fehlte. Das war eine Möglichkeit, die durchaus Sinn machte. So oder so, wenn sie Kontakt aufnehmen würden, konnte sie unmöglich wissen, dass Red ihr Auftragskiller war. Sie hatten eine Spur – eine Spur, der sie vorsichtig nachgehen mussten, um einen Verbündeten zu gewinnen. Während die Männer über diesen Gedanken nachdachten, kamen die warmen Toasts, und der Geruch stieg Darren in die Nase, als die Männer den ersten Bissen nahmen.

„Wie ich sehe, hat meine Frau Gefallen an euch beiden gefunden. Sie wird uns in Schwierigkeiten bringen. Wir haben keine Lizenz für warmes Essen. Aber das ist jetzt wohl egal, denn in ein paar Monaten werden wir rausgeschmissen, wenn der Laden abgerissen wird", redete er weiter.

„Wir haben die Reklametafel gesehen", sagte Marco.

„Ich teile schöne Erinnerungen mit diesem Ort. Hier bin ich aufgewachsen. Dort drüben, in dem Wohnblock auf der anderen Seite der Grünfläche. Old Times Square ist eine Art Wahrzeichen, würde ich sagen."

„Es erinnert mich ein bisschen an einen kleinen britischen Ruhepol", sagte Red.

„Komisch, dass du das sagst. Es waren britische Architekten, die den Marktplatz für einen britischen Lord entworfen hatten, dessen Herrenhaus da drüben anstelle des Wohnblockes stand."

„Wirklich?"

„Ja, er ist vor etwa zweihundert Jahren aus seinem Land geflohen. Lord Ashworth, so nannten Sie ihn. Aber jetzt es geht nur um das Geld. Gier, pure Gier, das ist alles."

„Hör auf, Darren", schaltete sich Melanie ein. „Diese Leute sind im Urlaub. Sie wollen nicht mit solchen Dingen belästigt werden. Jetzt geh schon. Husch", sagte Melanie und deutete mit einer Geste an, weiterzugehen.

„Melanie?", sagte Red, als sie sich abwandte.

„Ja?"

„Das sind doch denkmalgeschützte Gebäude, oder?"

„Ja, das stimmt. Aber das scheint keine Rolle mehr zu spielen."

„Wie meinst du das?"

„Die Banker scheinen zu tun, was sie wollen."

„Banker?" Marco wurde hellhörig.

„Die DWIB-Banker, mit denen ist etwas nicht in Ordnung." Melanie schaute über ihre Schulter. „Auf der Reklametafel stehen zwar Eigentumswohnungen", flüsterte sie.

„Und die Gerüchte ... was sagen sie?", fragte Red.

Melanie nahm dies als Einladung, entgegen sich zu setzen. Sie schupste Red an und setzte sich auf die Kante der Sitzbank. Es war ungewöhnlich, dass sie sich Fremden gegenüber so verhielt, aber sie schien begierig darauf zu sein, die Geschichte zu erzählen. Die Kellnerin Sue half dem Stammgast Mr. Bach sich von seinem Platz zu erheben und schaute dabei neugierig herüber. Melanie wartete und sah mit traurigen Augen zu, wie Herr Bach aus dem Café humpelte. Sie lächelte mitfühlend und winkte ihm zu. Er blieb an ihrem Fenster stehen. Er kniff die Augen zusammen, um hineinzusehen, und spähte durch das Glas. Unter dem Tisch zog Red seine Waffe und entsicherte sie. Herr Bach klopfte an das Fenster, musterte die Fremden, dann winkte er Melanie zum Abschied und ging weiter.

„Das ist wirklich traurig", sagte sie und hielt eine Träne zurück. „Bis vor einem halben Jahr war dieser Herr der Bürgermeister unserer Stadt. Er war voller Ehrgeiz und hat viel erreicht. Er war ein guter Mann. Das ist er immer noch. Jetzt ist er ein Patient in dem Krankenhaus, in dem ich früher gearbeitet habe. Er ist fast blind, und nun ja, er ist nicht mehr ganz da, wenn ihr versteht, was ich meine."

„Was ist mit ihm passiert?", fragte Marco neugierig.

„Keiner weiß es. Von einem Tag auf den anderen ist er einfach so aufgewacht. Seine Frau musste um Hilfe rufen."

Es war eine interessante Geschichte, und Red dachte über die vielen Dinge nach, die Jack auf seinem Weg erwähnt hatte. Er steckte seine Pistole in den Hosenbund. In der Hoffnung, dass ihr Gespräch ein paar Hinweise darauf liefern würde, was hier auf der Insel vor sich ging, stellte Red erneut seine Frage: „Was ist an den Gerüchten dran, Melanie?"

„Ah ja ... nun ..." Plötzlich bemerkte Melanie das Spiegelbild ihres Mannes im Fenster. „Ähm, ihr müsst mich entschuldigen. Ich habe noch so viel zu tun", murmelte sie und spürte den durchbohrenden Blick ihres Mannes, als er mit einem Stück Kuchen auf dem Teller zurück in den Laden ging. Auf frischer Tat ertappt, tat sie so, als sei sie überrascht, und begann, das schmutzige Geschirr einzusammeln. „Ich wollte nur sagen, dass ich besser loslaufe, um deine Morgenzeitung zu kaufen."

„Meine Güte, Frau, und du redest davon, dass ich mich verplappere", sagte Darren.

Red schaltete sich ein: „Melanie, bevor du gehst, hast du zufällig einen Stift und Papier, die ich mir ausleihen kann?"

„Nun, du kannst dir den Stift leihen. Das Papier kannst du behalten", lächelte sie und bat Darren, in die Tasche ihrer

Schürze zu greifen.

„Na, dann los. Ab mit dir, Frau", flüsterte Darren. Als sich die Tür öffnete und die Klingel ertönte, machte sich Melanie auf den Weg zum Kiosk und kreuzte dabei den Weg dreier gut gekleideter Teenager, die ins Origins gingen. „Setzt euch, wohin ihr wollt", sagte Darren gezwungenermaßen.

Sue deutete diskret an, dass sie die Gäste übernehmen würde. Sie hatte mehr Geduld mit den Dreien als er. Als Darren sich wieder in den Laden zurückzog, blieb sein Unbehagen nicht unbemerkt. Die Cousins zuckten mit den Schultern; es ging sie nichts an. Einer der Teenager, ein Mädchen mit einem Nasenpiercing und einem rosa Streifen im braunen Haar, saß dort, wo Mr. Bach gesessen hatte. Sie steckte sich Ohrstöpsel rein, lächelte Red freundlich an und hörte ihre Musik und sang leise mit. Ihre blondhaarige Freundin betrachtete mit dem größeren Jungen die Kuchenauslage und setzte sich dann dem ersten Mädchen gegenüber, so dass Red sie nicht sehen konnte. Der Junge schob den Nachbartisch hinzu, wodurch die Sitzordnung gestört wurde, und quetschte einen dritten Stuhl dazu, obwohl größere Tische zur Verfügung standen.

Instinktiv behielt Red die Teenager im Auge, während er seine Aufzeichnungen machte. Aber es waren nette Kinder, gut erzogen und weder an ihm noch an Marco interessiert. Sie waren typische Vierzehnjährige, die sich für Musik begeisterten, die Ohrstöpsel zu verschiedenen Titeln wechselten, laut lachten und Kommentare abgaben. Vielleicht war es das, was Darren nicht mochte und warum er sich in seinem Laden nebenan beschäftigte.

Marco gab ein Gähnen von sich und beschloss, sich die Beine zu vertreten. „Ich glaube, ich sehe mal nach, was es in dem Laden nebenan so gibt, und ob es dort eine Hintertür gibt."

„Gute Idee. Mach du das. Ich bin hier sowieso fast fertig."

Während in der Ferne weiterhin Sirenen lärmten, ging Marco lässig in den Laden. Darren war damit beschäftigt, mit einem Kunden über den Preis eines Dekorationsartikel zu verhandeln, sodass Marco sich in Ruhe umsehen konnte. Als der Kunde den Laden verließ, rief Darren Sue an und fragte, ob die Teenager eine Bedrohung darstellten, dann legte er den Hörer auf, zufrieden mit ihrer Antwort.

„Das ist ein cooles kleines Geschäft, welches du und deine Frau da habt, Darren, ein Café und … das hier", stolperte Marco, unfähig, es einzuordnen.

„Danke, das ist nett, dass du das sagst. Ich höre da einen etwas gemischten Akzent heraus. Woher kommst du, Marco … nicht wahr?"

„Ja, richtig. Deutschland, aber ich lebe jetzt in Spanien."

„Spanien, wirklich, da waren wir vor ein paar Jahren im Urlaub. Wo wohnst du denn?"

„Marbella."

„Ah ja … der Spielplatz für die Reichen und Berühmten."

„Ja, gib mir dein ganzes Geld", scherzte Marco und deutete mit dem Finger auf Darren. „Wenn du das meinst …"

„Das habe ich auch schon gehört", kicherte Darren. „Wir haben eigentlich in der Nähe des Alhambra-Palastes übernachtet, das ist in der anderen Richtung. Aber wir haben einen dreitägigen Ausflug in diese Gegend gemacht. Die erste Nacht haben wir in Gibraltar verbracht, wo die Affen auf den Klippen herumlaufen; am nächsten Tag sind wir nach Ronda zurückgefahren, was ganz nett war, und dann weiter nach Puerto Banus. Das war nicht wirklich der richtige Ort für uns, zu protzig für meine Frau und mich."

Während Darren von seinen Erinnerungen an Spanien erzählte, fiel Marco etwas in der Glasvitrine neben der Kasse ins Auge. Marco lehnte sich über den Tresen und sah es sich genauer an.

„Das war ein Scherz, als du sagtest, gib mir dein ganzes Geld, oder?", fragte Darren.

Marco drehte sich und kicherte. „Natürlich, ich bin nur neugierig wegen der Bilder. Vor allem auf ein Bild. Das Gruppenfoto, auf dem du das Band durchschneidest."

„Das war am Eröffnungstag."

„Ich glaube, ich erkenne ein bekanntes Gesicht. Ist das deine Familie?"

„Einige auf dem Bild sind Brüder und Schwestern. Der Rest sind enge Freunde und Leute aus der Gemeinde, die uns geholfen haben, die Geschäfte für den Eröffnungstag vorzubereiten. Oh, das ist jetzt ... fünfzehn, sechzehn Jahre her, glaube ich. Frag am besten meine Frau."

„Was dagegen, wenn ich mir das mal näher ansehe, Darren?"

„Nein, bedien dich ruhig."

Marco schlüpfte hinter den Tresen. Nach so vielen sinnlosen Abenteuern mit seinem Cousin Red, auf der Suche nach Jade, stand dort in der Vitrine ein Foto eines Gesichtes, das ihm bekannt vorkam.

„Darren, wer ist die Person, die zwischen dir und Melanie steht?"

Plötzlich läutete die Ladenglocke. „Nun, ich denke, das kannst du meine liebe Frau fragen. Da ist sie ja schon."

„Mich was fragen?"

Darren lächelte und nahm seiner Frau die Zeitung aus der Hand. „Er redet über dein Lieblingsthema, meine Liebe. Na los, mein Sohn, nimm das Bild heraus und frag noch einmal", riet Darren und breitete die Zeitung auf dem Tresen aus.

„Meine Güte, geht es dir gut? Du siehst aus, als hättest du ein Gespenst gesehen, was willst du mich fragen?", fragte sie fröhlich.

„Wer ist das, der da neben dir steht?" Marco zeigte ihr das Bild. „Sie erinnert mich an jemanden, den ich vor langer Zeit kannte."

Melanie nahm das Bild in die Hand. „Das ist meine Tochter. Na ja, die Tochter, die ich nie hatte. Wir haben sie sozusagen aus dem Krankenhaus adoptiert, als es ihr besser ging. Ich wurde beauftragt, mich um sie zu kümmern, nachdem sie sich selbst eingeliefert hatte. Ich muss sagen, sie war in einem ziemlich üblen Zustand, als sie ankam." Vorsichtig hielt Melanie inne. „Wie auch immer, das ist nicht wirklich etwas, worüber ich jetzt sprechen möchte."

„Ich wollte nicht unhöflich sein."

„Du sagst, du kennst sie?"

„Sie kommt mir sehr bekannt vor. Ja."

„Wenn man bedenkt, dass sie kein Geld hatte, keine Leute, nichts, geht es ihr jetzt wunderbar. Sie hat ihr Leben umgekrempelt. Sie hat uns sogar diesen Laden gekauft. Wir wollten uns immer einen kleinen Traum wie diesen erfüllen. Sie hat auch den Namen ausgesucht." Melanie betrachtete das Bild und lenkte Marcos Aufmerksamkeit auf den Namen auf dem Schild. „Sie sagte, es sollte *Origins* heißen, um sie daran zu erinnern, woher sie kam." Melanie biss sich auf die Zunge, hielt den Mund und reichte Marco das Bild zurück. Sie wurde nervös und begann zu gehen.

„Ist ihr Name Jade?", fragte Marco mit ehrlicher Stimme.

Melanie blieb stehen und drehte sich um. Ihr Blick genügte Marco, um zu wissen, dass er richtig geraten hatte. Darren nahm seinen Blick von der Zeitung und schaute zu seiner Frau.

„Darren, kann ich mir deine Frau für eine kurze Zeit ausleihen?", fragte Marco aufgeregt.

Misstrauisch nickte Darren zustimmend und blätterte auf

Seite drei der Zeitung. Er ging zum Ende des Tresens und behielt seine Frau im Auge. Nervös führte Marco Melanie in den Gang, in dem die beiden Läden zusammenliefen. Red saß am Fenster und beobachtete das Geschehen draußen, ohne zu wissen, dass sie sich näherten. Marco nahm Melanies Hand in seine, setzte sie schnell an den Tisch und schob sie zum Fenster, um direkt neben Red zu sein. Neugierig drehte sich Red sofort zu ihnen um.

Daraufhin schaltete sich Sue scharf ein. „Ist alles in Ordnung, Melanie?", fragte sie, weil sie das Gefühl hatte, dass ihre Chefin von den beiden Fremden belästigt wurde.

„Ja, danke, es ist alles in Ordnung, Sue." Melanie winkte ab, und Red warf Marco einen schrägen Blick zu.

„Red, Melanie hat dir etwas zu sagen."

„Ach ja?", fragte Melanie verwirrt.

„Doch, das musst du. Red muss das von dir hören, nicht von mir. Bitte, sag meinem Cousin, was du mir gerade gesagt hast. Aber fang mit dem Namen deiner Adoptivtochter an."

„Was soll das alles, Marco?", fragte Red.

Melanie war unruhig. „Vertrau mir, es wird alles gut", versicherte Marco.

„Jade. Sie heißt Jade."

Red rückte nach vorne, als Marco mit dem Finger auf Jade zeigte. Red schnappte sich den Bilderrahmen. Heute machte der Amokaras plötzlich Sinn – seine Frau war hier!

Während Melanie anfing, Red Jades Geschichte zu erzählen, stieg Ehab draußen auf der anderen Seite des Marktplatzes aus dem Bus Nummer 27 und winkte Marcus Mortimer zum Abschied. Im Café, als der Bus am Fenster vorbeifuhr, holte Red einen Fotostreifen aus seiner Hosentasche – mit zwei von den vier Schnappschüssen, die sie damals in der Fotokabine in der Nähe des Kinos gemacht hatten, an jenem Abend, an dem

Jade entführt wurde. Er legte sie auf den Tisch und zeigte sie Melanie.

Melanie zuckte zusammen und schlug sich die Hand vor den Mund. Sie erinnerte sich an ein Gespräch, das sie mit Jade geführt hatte. *"Sei vorbereitet, Melanie"*, hatte Jade sie gewarnt. *"Eines Tages wird mein Mann auftauchen. Wenn er auftaucht, zeig ihm das hier"*, sagte Jade. *"Wenn ich nicht da bin, soll er mich sofort anrufen."* Obwohl sie wusste, dass dies eines Tages geschehen würde, war es ein plötzlicher Schock, auf den Melanie nicht vorbereitet war. Aber sie tat, was ihre Tochter verlangte, griff in ihren Geldbeutel und legte Jades Hälfte der Fotos neben die von Red. Sie ergaben ein Paar.

Gemischte Tränen fielen. „Jade ist deine Frau, nicht wahr?", murmelte Melanie aufgewühlt.

„Ja. Ja, ist sie ..."

„Und du liebst sie?"

„Ja, das tue ich", sagte Red überrascht, als ihm unerwartet Gedanken an Sandy in den Sinn kamen.

„Dann musst du sie anrufen, jetzt sofort! Hier ist die Nummer." Melanie kritzelte sie auf die Serviette und drückte dann Reds Hand. Schluchzend entschuldigte sie sich vom Tisch, unsicher, ob sie das Richtige getan hatte. Es gab noch etwas, das er wissen sollte, aber es stand ihr nicht zu, es ihm zu sagen.

„Ruf sie an, Red. Dann können wir wenigstens von hier verschwinden. Nimm die Telefonzelle draußen. Da bist du alleine", drängte Marco. „Geh schon mal vor, ich richte mich hier ein und komme in ein paar Minuten zu dir nach draußen."

Red verließ das Café. Die Teenager hatten das Drama beobachtet und flüsterten miteinander. Ein paar Sekunden nachdem Red gegangen war, stand einer der Teenager auf und ging ebenfalls. Seine Freundinnen winkten Sue zu, um die Rechnung zu bezahlen. Marco sammelte Reds Kritzeleien ein und ging dann in den Laden, wo Darren seine Frau tröstete. Er legte das Geld auf den Tresen, um abzurechnen, und schenkte dem Paar ein beruhigendes Lächeln.

„Das ist nicht nötig", sagte Darren und reichte das Geld zurück.

Aus dem Nichts fielen Schüsse und Old Times Square verwandelte sich in Chaos. Ein Auto fuhr über den Bordstein und krachte in die Telefonzelle, die dadurch zu Boden stürzte. Bewaffnete Männer in schwarzen T-Shirts und Jeans sprangen heraus. Einer der Männer schoss auf Red mit einer Betäubungspistole, bevor dieser reagieren konnte. Die Anderen packten seine Beine und Arme und schleuderten ihn brutal in den Kofferraum des Wagens. Wie Rebellen feuerten die Angreifer noch einmal Warnschüsse in die Luft, als der Fahrer dem Teenager und seinen Freundinnen einen dicken Umschlag überreichte.

„Fuck, fuck, fuck!", fluchte Marco im Inneren des Ladens.

Fassungslos weiteten sich Marcos Augen, als er beobachtete, wie ein durchgeknallter Mann die Entführer verfolgte, über die Grünfläche raste und sich furchtlos durch die Menschenmenge drängte und schupste.

„Fahr mal langsamer", platzte ein Entführer aus dem Fluchtwagen heraus. „Sehen wir uns den Kerl mal an." Er ließ das Fenster herunter. „Hey, du Arschgesicht!", rief er und ließ vor dem Verfolger einen Kugelhagel in den Boden prasseln. „Was denkt sich dieser Kerl?", stieß er aus, als der Wagen beschleunigte und den Old Times Square verließ.

Mit der Rettung der Welt auf seinen Schultern stand Ehab da, schnappte nach Luft und sah zu, wie die Entführer aus dem Blickfeld verschwanden. Jack hatte gesagt, dass Red in der Gewalt des Amokaras war. *Warte am Old Times Square. Der*

Amokaras wird seinen Weg zu dir finden", hatte Donahkhamoun ihm gesagt. Das tat er auch, und jetzt war er weg, höchstwahrscheinlich auf dem Weg zu Daniel. Marcus Mortimer war außer Reichweite und Ehab wusste nicht mehr weiter. Ehab stützte sich mit den Händen auf den Knien ab und sah, wie sich die Einheimischen neu versammelten. Menschen zeigten mit ihren Fingern in seine Richtung, als ein einbeiniger Mann, der geschubst wurde, sich mühsam aufrichtete. Ob es nun Heldentum oder Dummheit war, die Geschichte würde sich schnell verbreiten, und die Polizei würde ihn sicher gerne verhören wollen, dachte er. Als er sich aufrichtete, rief eine Stimme, die er erkannte, von hinten.

„Ehab, bist du das wirklich?" Ehab drehte sich um. „Heiliger Bimbam, du bist es!", murmelte Marco ungläubig. „Wie zum Teufel kommst du hierher. Ich meine … du bist es doch, oder?"

„Marco! Sie haben Red. Hast du den Amokaras?", keuchte Ehab.

„Hey, beruhig dich, verdammt noch mal, und schrei nicht so laut."

„Okay, aber hast du den Stein?"

„Wir können hier nicht reden." Marco sah sich um. „Folg mir." Die Männer entfernten sich. „Wie zum Teufel bist du hierhergekommen?", flüsterte Marco.

„Lange Geschichte …"

„Meine auch!"

Als sie ins Origins zurückkehrten, schloss Darren den Laden. In den leeren Räumlichkeiten machten Ehab und Marco da weiter, wo sie aufgehört hatten, und erzählten sich in fünf Minuten die Grundlagen dessen, was sie beide wussten, als die Polizeisirenen lauter wurden. Die Einheimischen begannen, in Richtung Café Origins zu gestikulieren, und Melanie ließ die Jalousien herunter. Darren öffnete die Hintertür des Ladens und die beiden Männer traten ins Freie.

„Nehmt diese Straße, Marco", sagte Darren und zeigte, „sie bringt euch zurück zum Einkaufszentrum. Viel Glück."

Während Melanie Jade anrief und ihr mitteilte, was passiert war, sammelte Darren ihre persönlichen Sachen zusammen – es war nicht mehr sicher, hier zu bleiben.

Als die blinkenden Lichter des Polizeiautos den Marktplatz erhellten, schlenderten die drei Teenager zwischen den Beamten hindurch zu dem Mann, der allein auf der Kinderschaukel mitten auf der runden Grünfläche saß.

„Ihr Finderlohn, Herr Bach", sagte der Teenager respektvoll. Herr Bach erhob sich von der Schaukel und schlurfte zurück zum Krankenhaus, wobei er seinen Umschlag mit Bargeld zusammendrückte.

In der Gasse hinter dem Einkaufszentrum zog Marco die Plane vom Auto herunter.

„Steig ein, Ehab. Wir müssen jemanden einen Besuch abstatten", sagte er und legte das Namensschild auf das Armaturenbrett des glänzenden schwarzen Ferrari.

30
DANIELS SÜNDENHÖHLE

Es waren etwa fünfzehn Minuten vergangen, seit Marcus zum Abschied gewinkt hatte, nachdem Ehab am Old Times Square aus dem Bus Nummer 27 ausgestiegen war. Währenddessen hatte Marcus Schüsse gehört und ein schwarzes Auto gesehen, das zwischen dem Bus und einem entgegenkommenden Fahrzeug hindurch raste.

Als Marcus selbst aus dem Bus stieg, sah er sich um, denn er kannte die Gegend gut. Er hatte sich in dieser Welt ein zweites Zuhause aufgebaut und es sich ziemlich gut gehen lassen. Doch er war wieder am Leben, und es war ein seltsames Gefühl, die Straße von der Bushaltestelle zu überqueren, um die drei Meilen bis zu seinem Zuhause zu laufen, das jetzt von Daniel besetzt war. Da es ihm nicht gelang, in seinen etwas zerlumpten Kleidern eine Mitfahrgelegenheit zu finden, hielt Marcus schließlich auf der Hügelkuppe an, um sich auszuruhen, und schaute zurück, um den ungehinderten Blick auf das Meer zu genießen.

„Marcus, bist du das?", sagte eine alte Dame, die in ihrem Garten stand und ihre Blumen goss. „Sieh dich an …"

„Kenne ich …" Er hielt inne. „Ah, Mrs. Jones, wie geht es

Ihnen?", fragte er und ging auf sie zu, als sie die Gießkanne abstellte und an den Zaun trat.

„Oh, mir geht es gut. Aber wir, na ja, wir dachten alle, du bist verstorben."

Er lächelte die alte Frau freundlich an. „Wie geht es Mr. Jones?"

„Ich fürchte, es ist jetzt schon einige Jahre her. Ich bin verwitwet."

„Es tut mir leid, das zu hören." Marcus berührte ihre Hand.

Die alte Dame wurde auf einen Motorradfahrer auf der anderen Straßenseite aufmerksam, der mit seiner Enduro zwischen den Bäumen heranfuhr. Plötzlich bekam Mrs. Jones einen Schreck. „Sei vorsichtig, Marcus ... sei einfach vorsichtig", sagte sie und huschte davon.

„Er in meinem Blickfeld. Ich sehen ihn!", meldete die Bikerin in ihr Walkie-Talkie.

„Bringt ihn direkt zu mir!", sagte Daniel.

Flink fuhr die Motorradfahrerin neben Marcus her. „Steig auf", befahl sie. „Du fahren zu Daniel, richtig?" Sie war Ausländerin mit einem deutlich abgehackten asiatischen Akzent. Einen Moment lang dachte Marcus nach und betrachtete die schlanke Bikerin, die keinen Helm trug und mit einer Pistole bewaffnet auf ihrer Enduro wartete. „Steig auf", wiederholte sie und berührte ihre Waffe.

Marcus fuhr mit. Die Frau funkte den Wachposten. Prompt beeilte sich das Sicherheitspersonal, die Tore zu öffnen. Die Bikerin fuhr zielstrebig hindurch und wirbelte den Kies mit dem Hinterrad auf als sie auf das Haus zusteuerte. Ihre Teamkameradinnen, von denen einige mit bis zu den Hüften heruntergezogenen Lederkombis im Schatten saßen, standen auf, um ihren Beifahrer zu sehen, den Mann, von dem sie gehört hatten. Als sie die Auffahrt hinauffuhren, starrte

Marcus auf das Haus, das er einst so geliebt hatte. Es war zu einer Monstrosität geworden, fünfmal so groß wie das Haus, das er gebaut hatte. Es protzte mit Nebengebäuden, Türmen, Aussichtspunkten und Militärspähern.

„Folgen mir", sagte die Motorradfahrerin und führte Marcus in die Eingangshalle.

Als er das monströse Gebäude betrat, musste Marcus lächeln. Überraschenderweise hatte sich die Eingangshalle kein bisschen verändert. Sie war noch genau so, wie er sie entworfen hatte. Der große Kronleuchter hing in der Mitte des Raumes über den Besuchersitzbereich, und die protzige Rückwand bestand aus einem durchsichtbaren fensterähnlichem Glasstreifen, an welchem das Wasser des Pools hin und her schwappte wie eine Frau vorbeischwamm.

„Da sind wir", sagte die Bikerin.

Als er ein Klingeln hörte, drehte sich Marcus um. „Oh, das ist neu", murmelte er vor sich hin.

In der Lobby war ein gläserner, vom Sicherheitsdienst kontrollierter Aufzug für ausgelesene Gästen installiert worden. Die Türen öffneten sich und die beiden traten ein. Der Aufzug bewegte sich automatisch und in gleichmäßigem Tempo durch die schalldichte hohe Decke nach oben. Aus der Ruhe der Eingangshalle wurde bald der dumpfe Klang von Musik und Gelage hörbar, und Marcus Mortimer starrte angewidert auf das größte Bordell, das er je gesehen hatte – Daniels Sündenhöhle. Marcus schüttelte den Kopf und begann wieder zu murmeln.

„Es ist so, wie Jack gesagt hat ..."

„Entschuldigung?", fragte die Bikerin und drehte ihren Kopf.

„Nichts, ich führe Selbstgespräche", antwortete Marcus, es tat ihm leid, was er seinem Sohn zugemutet hatte.

Es war eine Sündenhöhle, die wie eine große Veranstaltungshalle aufgebaut war. Ein Laufstall, vollgestopft mit unglücklichen Opfern, die von LIX abhängig waren und durch Daniels schmutzige DWIB-Operationen in der zukünftigen Welt um ihr Vermögen gebracht wurden. In der Heimat als vermisst gemeldet, wurden die Opfer hierher gebracht und festgehalten.

In den Bars, auf den Sofas, auf den Tanzflächen und auf mehreren kleinen Bühnen mit Pole-Dancern und ähnlichem floss der Alkohol und die Drogen in Strömen. Täglich wurde eine Dosis LIX verabreicht, um die Jugend der Gefangenen zu bewahren, während Kokain von den schäbigen Ärzten, die auf den Barhockern saßen, kostenlos zur Verfügung gestellt wurde, um die Opfer im Rausch zu halten. Das war ihr Leben, vierundzwanzig Stunden lang jeden Tag, erinnerte er sich, wie sein Sohn Jack es ausgedrückt hatte: *„Sie schlafen in Schlafsälen, ernähren sich aus den Küchen und kehren dann in die Clubszene zurück, in der sie öffentlich vögeln, wo auch immer sie sitzen oder das Bedürfnis verspüren. Ob bekleidet oder nackt, das ist ihre Entscheidung."* Und da waren sie, sah Marcus. Einige, die genau das taten!

„Das ist Wahnsinn", sagte Marcus.

Die Sicherheitsleute hörten zu und lachten über seine Besorgnis. Daniel hatte diese Höhle zu einem bestimmten Zweck gebaut – seine Gefangenen waren Teil seines großen Plans. Als der Aufzug weiter zum Zwischengeschoss hinauffuhr, sah Marcus eine andere Gruppe von Männern und Frauen, die Jack erwähnt hatte – die Aufseher. Sie waren auffälliger und gut gekleidet. Sie hatten das Sagen und kontrollierten dreimal am Tag, ob jeder der Gefangenen in der Höhle erfasst worden war. Er erinnerte sich an die Worte seines Sohnes und schaute zu seiner Rechten. Dort befanden sich die Unglücklichen, die versucht hatten zu fliehen, eingesperrt in den gepolsterten Räumen, die strategisch auf der anderen Seite des Zwischengeschosses angeordnet waren. Es waren nebeneinander liegende Folterkammern mit jeweils einer Glasfront, die den Aufseher erlaubte, die einzelnen Spektakel vor Ort oder live auf dem Bildschirm zu genießen.

Marcus musste würgen, als aus dem Bauch einer Frau ein Organ entnommen und an den Höchstbietenden versteigert wurde. In einem anderen Raum war ein Mann, kaum noch am Leben, dem Bambus durch den Schädel wuchs. Und im Raum daneben zerkratzte eine Frau ihre eigene Haut, weil immer wieder juckendes Pulver auf ihre offenen Wunden gestreut wurde.

Schließlich erreichte der Aufzug die Penthouse-Etage. Marcus atmete erleichtert auf und trat in den großen, offenen Empfangsbereich. Aus versteckten Lautsprechern ertönte leise Entspannungsmusik und pastellfarbene Möbel brachten ein wenig Farbe an die weißen Wände. Die schick gekleidete Sekretärin tippte weiter und ignorierte die beiden, als sie vorbeigingen.

„Was war das da unten?", murmelte Marcus.

„Du zeigen nein Schwäche", flüsterte die Bikerin, als sie sich Daniels Büro näherten. Sie wandte sich der Tür zu, mit dem Rücken zu Marcus und der Sekretärin. „Ist alles schlecht, was ich wissen, sehr schlecht für alle", sagte sie diskret mit Blick nach unten.

„Wer bist du?"

„Freundin, Wantanee. Psst, sprechen mit niemand." Wantanee drückte den Knopf.

Daniel schaute auf seinen Bildschirm an der Wand und drückte auf den elektronischen Buzzer. Die Tür klickte auf. Marcus kam herein und Wantanee ging weg.

„Willkommen zu Hause, Marcus, oder sollte ich sagen, Vater!" Daniel ging zu ihm hinüber. „Was darf es sein?", sagte er mit einer spöttischen Umarmung. „Ich hätte dich nicht erschießen sollen. Obwohl … eigentlich stimmt das nicht ganz. Ich hätte es tun sollen, und ich habe es getan!"

„Warum? Um all das hier zu bauen?"

„Das?" Daniel schüttelte den Kopf. „Du hattest noch nie eine Vision, nicht wahr?"

Marcus studierte ängstlich den Raum. Daniels Büro war dunkel im Gegensatz zu dem Empfangsbereich vor der Tür. Die Fensterläden waren geschlossen und hielten die Mittagssonne ab, bis auf das Licht, das zwischen den Lamellen hindurchschien. Leises Flüstern kam aus dem hinteren Teil des Büros, wo Kampffrauen, die wie Huren aussahen, auf Barockstühlen saßen und dunkle Korsetts trugen. In der Mitte des Raumes standen bewaffnete Männer hinter einem der beiden identischen Chesterfield-Sofas, auf denen ein Mann mit gesenktem Kopf saß. Ein junges, seltsam aussehendes Mädchen saß ruhig auf einem Stuhl rechts von ihnen. Das Mädchen hatte eine Pistole und ein Messer dabei und trug fingerlose Handschuhe, Shorts und eine Weste, als käme sie gerade aus dem Fitnessstudio.

„Als ich auf dich geschossen hatte, Marcus, war es, weil Donahkhamoun das hier holen wollte." Daniel hob den Amokaras von dem Tisch, der die Sofas voneinander trennte. Marcus rückte näher heran. „In jener Nacht in New York wollte er gerade die Straße überqueren, um mit dir zu reden. Ich habe ihm den Weg abgeschnitten. Wenn er vor mir bei dir angekommen wäre, hätte mich das in eine sehr unglückliche Lage gebracht. Das konnte ich nicht zulassen."

Marcus blickte hinab auf den Mann auf der Couch – es war Red, wie er feststellte. Sofort erinnerte sich Marcus an die jüngsten Ereignisse, nachdem er sich von Ehab am Old Times Square getrennt hatte. Die Schüsse, die er aus dieser Richtung gehört hatte, und das Ausweichmanöver des Buses, als der

Wagen voller Gangster vorbei raste. Er erkannte, dass der Fahrer des Wagens hinter Red stand. Anders als sein Sohn Jack angenommen hatte, wurden Red und Marco nicht von Moi getötet – zumindest einer von ihnen nicht. Red war hier und ebenso der Amokaras. Ehab würde jetzt wertvolle Zeit umsonst vergeuden.

Plötzlich packte einer der Gangster Red an den Haaren. Er zog Reds Kopf nach hinten und schüttete einen Krug voll Eiswasser über ihn. Red keuchte, spuckte Wasser aus und sah für einen kurzen Moment Marcus Mortimer vor sich stehen. Der Gangster schleuderte Reds Kopf aggressiv nach vorne. Red sah den Stein in Daniels Händen, hob den Kopf und konzentrierte sich dann wieder auf Daniel, der ihm gegenübersaß.

Marcus begann zu sprechen: „Dein Bruder ..."

„Hör auf, ich will das jetzt nicht hören!", forderte Daniel. „Ich muss mich um meine Angelegenheiten kümmern. Später will ich dann deine Geschichte hören!"

Daniel schnippte mit den Fingern. Das seltsam aussehende Mädchen sprang auf und ging hinüber.

„Hayley, bring ihn nach hinten und mach ihn sauber." Daniel grinste und deutete auf sein Badezimmer. „Dann rufst du unten an und lässt ihm ein paar neue Klamotten bringen. Und wenn du schon dabei bist, verbrenne diese beschissenen Lumpen, die er trägt, bevor ich noch einmal mit ihm rede." Daniel sah Marcus an. „Wir werden noch früh genug über meinen Halbbruder sprechen."

„Komm mit", sagte das Mädchen leise und führte Marcus vorbei an den Wandmonitoren, hinter Daniels Schreibtisch in das Bad.

Den Amokaras fest in seiner Hand haltend, drehte sich Daniel verächtlich zu Red um. „Der gehört mir, du verdammtes Arschloch!"

„Fick dich!", erwiderte Red und bekam von einem der Gangster direkt eine Faust ins Gesicht.

Red bespuckte im Gegenzug den Schläger mit Blut. Sofort packten ihn die beiden Männer und zerrten ihn über die Couch. Mit blutigem Gesicht, geprellten Rippen und gefesselten Armen wurde Red auf die Beine gehoben.

„Jetzt bist du dran, Arschloch!", höhnte Daniel. „Na los … verpiss dich ins Glücksland zu den anderen!"

Gleich nachdem er Red in die Folterkammern geschickt hatte, setzte sich Daniel wieder auf die Couch. Er hielt den Amokaras in den Händen und genoss einen Moment lang seinen Triumph. Während er darüber nachdachte, was die Zukunft bringen würde, starrte er den Stein mit einem Gefühl der Zufriedenheit an.

Daniels Person strahlte Reichtum aus. Sein Aussehen war makellos und stellte einen Mann mit voller Autorität und Selbstbewusstsein dar. Sein Haar war an den Kopfseiten über den Ohren und am Hinterkopf rasiert, und das mittellange Deckhaar war nach hinten gestylt. Er trug Kleidung, die ihm nach jedem Drogengeschäft aus der anderen Welt mitgebracht wurde, um seiner Zeit einen Schritt voraus zu sein. Unter einer lässigen, enganliegenden blauen Sportjacke, trug er ein figurbetontes, bis nach oben hin zugeknöpftes Hemd mit hohem Kragen. Seine Deckschuhe hielten ihn beweglich und jederzeit einsatzbereit, sowie seine dehnbaren Jeans, die ihm im Kampf Bewegungsfreiheit gaben. Um das ganze abzurunden, trug er eine Uhr von Jacques Couture, die ihm den Hauch eines Kenners verlieh. Doch unter seinem makellosen Äußeren war er ein Diktator – so scharf wie ein Rasiermesser, und von Grund aus Böse.

Kurzdrauf ging Daniel hinter den Schreibtisch und öffnete seinen Safe. Er legte den Amokaras hinein und warf noch einmal einen Blick auf die Monitore an der Wand, um zu sehen, wie die Wachen Red in einen der gepolsterten Folterkammer warfen. Er hörte die Dusche in seinem Badezimmer laufen und öffnete die Tür. Hayley blickte zur Tür. Ungestört von Daniels Erscheinen hängte sie ein Handtuch für Marcus an den Ständer und hob seine alten Lumpen vom Boden auf.

Daniel war zuversichtlich, dass Hayley seine Anweisungen ausführen würde, und verließ das Badezimmer. Er ging in den hinteren Teil des Büros, wo seine Kampffrauen auf ihren Barockstühlen saßen und sich selbst berührten. Mit einem teuflischen Blick, der seine Miene verzerrte, blieb er vor ihnen stehen. Sie knieten nieder und lösten seinen Gürtel.

Fröhlich spielten sie, während Daniel sich in seiner Fantasie vorstellte, wie er im Roggbiv den Amokaras durch den Sarakoma ersetzte. Ein Blutrausch steigerte prompt seine Potenz. Seine hurenhaften Kämpfer spürten seine Reaktion und sahen mit Hündchenaugen auf. Daniel gab ihnen eine Pille und sie schluckten sie zusammen mit seinem Sperma. Danach machte er sich prompt davon. Zufrieden, dass Marcus in guten Händen war, sagte er seiner Sekretärin, sie solle ihm Bescheid geben, wenn jemand das Büro verlasse, und dann trat er in den gläsernen Aufzug, um sich auf den Weg in die Sündenhöhle zu machen.

Doch in der Zeit zwischen Daniels Betreten des Badezimmers und dem Verlassen seines Büros, wurde im Badezimmer, wo niemand sie abhören konnte, ein Gespräch geführt – denn Hayley vermutete, dass sie den Mann kannte, dem sie zugewiesen worden war.

„Daniel hat dich Marcus genannt", sagte sie. Marcus warf einen Blick auf Hayley, die sich an das Waschbecken lehnte, während er sich abtrocknete. „Bist du Marcus Mortimer, Jack Mortimers Vater?"

Marcus schaute sie mit einem noch eindringlicheren Gesichtsausdruck an. „Das bin ich. Warum fragst du?"

„Ich bin seine Tochter. Du bist mein Großvater, ich erkenne dich von einem Bild. Aber ich dachte, du wärst tot …" Fertig abgetrocknet, realisierte Marcus dann endlich, was sie gesagt hatte. Doch sogleich fragte er sich, warum sein Sohn sie nie erwähnt hatte. „Zieh das an", sagte sie und reichte ihm einen Bademantel, ängstlich, dass Daniel das Zimmer betreten könnte, „und bitte, sag nichts davon, niemand weiß es! Wenn sie es herausfinden, werde ich erschossen."

„Schau … Jack lebt", flüsterte er. Hayleys Augen leuchteten auf. „Wenn du willst, dass ich dich zu ihm bringe, müssen wir jetzt mit dem Stein in Daniels Safe verschwinden, da bewahrt er ihn doch auf, oder?"

„Woher weißt du das?"

„Mein Sohn hat es mir gesagt, und er sagte auch, dass es eine Vorrichtung unter …"

„Daniels Schreibtisch gibt, mit dem man ihn öffnen kann", mischte sich Hayley ein, „ich weiß, das hat er mir auch gesagt."

Als Hayley hörte, dass Daniel sein Büro verlassen hat, öffnete sie die Badezimmertür, während Marcus im Bademantel auf ihre Anweisungen wartete. Vom hinteren Teil des Raumes wurden misstrauische Blicke der Kampffrauen auf Hayleys Bewegung gerichtet.

„Marcus, beeil dich, zieh dich an", flüsterte sie und steckte ihren Kopf durch die Badezimmertür.

Die Kampffrauen standen auf, als Marcus entgegen Daniels Anweisung in seinem zerlumpten Anzug aus dem Bad kam.

„Scheiße, Hayley!", sagte Marcus und bewegte sich hinter den Schreibtisch, während die Frauen nach vorne marschierten.

„Hört zu!", behauptete Hayley und stellte sich vor die herannahenden Kämpfer. „Ich habe mit Keiner von euch ein

Problem. Bleibt einfach stehen, und ich tue euch nichts", betonte sie und zog ihr Messer.

„Aber du hast ein Problem, wenn du nicht tust, was man dir sagt", erwiderte die Anführerin.

„Beeil dich, Marcus!", drängte Hayley.

Unter dem Schreibtisch klappte der Deckel der Schachtel auf und das Gerät glitt in seine Hand, genau wie Jack es gesagt hatte. Schnell kroch er unter dem Schreibtisch hervor und sah die Frauen, die Hayley umkreisten.

„Hayley?", murmelte er besorgt.

„Kümmere dich nicht um mich!", schrie sie. „ Mach einfach weiter!"

Sofort hielt Marcus das Gerät über den digitalen Bildschirm des Safes. Das Gerät begann mit der Suche nach dem zuletzt eingegebenen Code. Plötzlich sprang Hayley auf Daniels Schreibtisch. Marcus drehte sich um und sah, wie die Frauen Springmesser aus den Riemen ihrer Strümpfe zogen und sich langsam näherten.

„Was machst du da, Großer?", fragte die Anführerin und stürzte sich auf Hayley.

Es war ein fataler Schritt. Ohne zu überlegen, zog Hayley einen Draht aus ihrem Handschuh und machte einen Salto über die Anführerin und schlang den Draht in der Luft um ihre Kehle. Die Kämpferin fiel nach hinten, als Hayley auf ihren eigenen Füßen landete und gab dem Draht einen plötzlichen Ruck. Schockiert wandte Marcus sich ab und zuckte zusammen, als Hayley sich die anderen Frauen vorknöpfte, und das Geräusch brechender Knochen und Stiche zu hören waren. Augenblicke später hörte Marcus das Klicken des sich öffnenden Safes und griff nach dem Stein. Er schaute Hayley an und sah, wie sie sich die Blutspritzer aus dem Gesicht wischte.

„Nimm die Tasche von der Couch, Marcus! Beeil dich und

folge mir!"

Marcus stopfte den Stein in Reds Tasche und rannte in den hinteren Teil des Raumes, wo Hayley die Barockstühle aus dem Weg schob.

„Zieh den Teppich weg!" Marcus gehorchte eilig, und Hayley öffnete die unter dem Teppich verborgene Bodenluke. „Komm!", befahl sie. „Das ist Daniels Geheimtreppe."

„Wohin führt sie?", fragte er und kletterte die Stufen hinunter.

„Dieser Teil führt zu Daniels Sündenhöhle, aber der Boden wurde durchbrochen und es gibt ein Gerüst, um in die Garage zu gelangen."

Als Marcus und Hayley die noch nicht fertiggestellte Treppe hinunterkamen, schaute Red durch ein fünf mal fünf Meter großes Glasfenster aus der Gummizelle. Es war die Arrestzelle, die an die Folterräume angrenzte. Eine Wache klopfte an das Fenster und zeigte auf den Bildschirm, auf welchem die Aufseher die Folterspektakel genossen. Auf dem Bildschirm erkannte Red die Frau, die sich wie wahnsinnig an ihrem Fleisch kratzte, wieder.

„Rona!", sagte er laut. Sofort fügte Red die Punkte zusammen. Es war Devlins Frau, die angeblich nach Europa gegangen war. Doch das war sie nicht, denn sie war hier, und Red erkannte die Verbindung zu Jacks Geschichte und der LIX-Droge, die in der obersten Etage der DWIB-Banken verkauft wurde. In diesem Moment erschien eine Meldung auf dem Bildschirm: *Und weiter geht's mit...* Die Live-Kameras zoomten auf Reds Gesicht. „Das gibt's doch nicht", stieß Red hervor.

Plötzlich öffnete sich die Zellentür. Instinktiv sprang Red auf und trat die Tür zu, brach dem Söldner die Nase und stieß ihn mit dem Zweiten zusammen, welcher dahinter folgte. Der Söldner stolperte rückwärts auf den Boden und der Kampf wurde auf dem großen Bildschirm gezeigt. Die Aufseher sprangen auf und schauten herüber.

„Geht wieder rein!", rief der verrückte Doktor den Söldnern zu und fuchtelte mit seiner Heroinspritze herum.

Red wich von der Tür zurück, um Platz zu schaffen, damit sie eintreten konnten. Die beiden Männer kamen vorsichtig und mit gezogenen Pistolen herein.

„Okay, okay", sagte Red und hob die Hände in Schulterhöhe.

„Hinter den Rücken, hinter den Rücken, sofort!", forderte der vordere Mann und spuckte blutigen Schleim auf den Boden.

Der zweite Söldner hielt seine Pistole auf Red gerichtet. Red drehte sich zur gegenüberliegenden Wand und bewegte sich langsam rückwärts auf die Männer zu, wobei er aus dem Augenwinkel über den großen Bildschirm die Bewegungen der Söldner hinter ihm beobachtete. Der vordere Mann zog einen Kabelbinder aus seiner Tasche. Red wirbelte rasch herum, packte die Hand des Mannes und verdrehte sie so ungeschickt, dass er sich bückte und Red vor dem zweiten Söldner abschirmte, der mit seiner Waffe herumfuchtelte, um einen Schuss abzugeben.

„Waffe runter oder ich erschieße den Wichser sofort!", schrie Red und schnappte sich die Waffe des Angreifers.

Währenddessen schlich sich der Arzt hinein und wartete hinter der Tür. Für wenige Sekunden geschah nichts bevor Red mit einem kräftigen Sidekick nach dem zweiten Söldner schlug, sodass seine Kniescheibe nach hinten wegbrach. Ein weiterer Tritt gegen den Kiefer folgte, der Mann biss sich auf die Zunge und fiel zu Boden. Der Doktor kam näher, doch Red sah ihn und schoss dem Söldner in seinem Griff aus nächster Nähe unter das Kinn. Sogleich richtete er seine Aufmerksamkeit wieder auf den Dok.

Der zweite Mann, der noch immer von Reds Angriff taumelte, drückte ziellos ab und verfehlte. Red erwiderte das Feuer. Er schoss nicht daneben, sondern traf den Angreifer zweimal, bevor er sich dem Dok zuwandte und mit einer Kugel an seinem Kopf vorbei das Ohrläppchen durchschoss. Der Arzt fluchte und sprang wild herum.

„Wie viele sind da draußen?", rief Red und hielt ihm die Waffe an den Kopf.

„Nur … nur ich", stotterte der Arzt und versteckte seine Spritze.

Red schnappte sich eine zweite Waffe und steckte sie in seine Hose. „Raus hier!", befahl Red und benutzte den Dok als Schutzschild.

Doch als sie die Zelle verließen, öffnete sich im Zwischengeschoss der Aufzug, Daniel trat genau ihnen gegenüber heraus und richtete seine Waffe direkt auf Red.

„Worauf zum Teufel wartet ihr noch?", schrie Daniel die Aufseher an. „Schnappt ihn euch!"

Die Aufseher griffen nach ihren Waffen und rannten über Richtung Gummizelle. Zu seiner Verteidigung feuerte Red Schüsse ab, um sie zurückzudrängen. Ungestört von seinem Versuch erwiderten die Aufseher den Kugelhagel, zerschlugen die Glasscheibe und durchlöcherten die Metalltür, hinter der Red in Deckung ging.

„Scheiße!", platzte Red heraus. Als die Kugeln um ihn herumflogen, schossen ihm Gedanken durch den Kopf. So hatte er sich das Ende seines Lebens nicht vorgestellt. Wenn er jetzt starb, würde jeder, den er kannte, über sein Verschwinden verwirrt sein. Und Marco, er war irgendwo da draußen, und bald würde auch er hier drin sein. Red zog schnell den Zettel heraus, auf den Melanie Jades Telefonnummer geschrieben hatte. Der Anblick der sechs Ziffern beflügelte ihn. „Der Weg nach draußen! Wo ist er?", schnaubte er und hielt dem Dok seine

Waffe ins Gesicht.

„An dem Haufen da vorbei", spöttelte der Dok. „Oder da runter." Er zeigte zu der Sündenhöhle hinunter. „Das ist wirklich der einzige Weg nach draußen!"

„Verdammt!" Red sah einen Schatten über das Treppenpodest gleiten und warf einen Blick auf den großen Bildschirm. Er warf den Dok in den hinteren Teil der Zelle. Zügig öffnete er die Tür und ließ sich auf den Rücken fallen. Er schoss vom Boden in beide Richtungen auf den Aufseher, der fast über ihm stand, und verwundete denjenigen, der sich von hinten näherte. Der verwundete Angreifer wich zurück, und Daniel erschoss den Aufseher aus Bosheit, um die anderen zu warnen, nicht dasselbe zu tun.

Red ging eilig in den Raum zurück und drückte die Tür zu. Der Dok war bereits aufgestanden, um ihm die Spritze zu verabreichen. Reflexartig schoss Red auf die Hand des Doks, zerbrach die Spritze und zog dem Psychopaten dabei zwei Finger mit ab.

„Es ist nur ein verdammter Mann! Was zum Teufel ist los mit euch! Bewegt euch!", brüllte Daniel seine Söldner an. Die Männer winkten unten in den Club, um Verstärkung zu holen. Die bewaffneten Türsteher rannten die Treppe hinauf. Im Glauben, dass dies kein Kampf war, den er gewinnen konnte, packte Red den Gürtel des Arztes und zog ihn auf seine Seite.

„Da runter, sagst du?" Red grinste. „Dann geh!"

Red stieß den Dok über das Geländer auf die Gefangenen, eine Etage unter ihm. Zusammen stürzten sie in die Sündenhöhle – sie purzelten durch Vorhänge, Beleuchtung und Dekoration, und landeten mit einem dumpfen Prall auf dem Bartresen. Mit zerbrochenem Glas im Rücken, gebrochenen Rippen und einem blutenden Schädel griff der Dok in seine Tasche, als Red auf ihm lag, erschöpft von dem Sturz. Daniel beobachtete ihn interessiert von oben.

„Wie ich schon sagte, das ist wirklich der einzige Ausweg! Viel Glück", murmelte der Dok und steckte eine kleinere Spritze in Reds Bein, dann starb er.

„Das nenne ich Loyalität!", knurrte Daniel den Anführer seiner Männer an. „Sorg dafür, dass der Wichser eine doppelte Dosis bekommt. Dann will ich dich oben sehen." Daniel betrat den Aufzug.

Inzwischen steckten Hayley und Marcus auf dem Weg von Daniels Büro nach unten in der Klemme. Sie hatten Schüsse gehört und angenommen, dass ihre Tarnung aufgeflogen war. Sie beeilten sich, das untere Ende der Treppe zu erreichen, und verließen das Treppenhaus durch die Hintertür, die in die Sündenhöhle führte. Vorsichtig bewegten sie sich durch den Lagerraum im hinteren Teil der Bar, hinter einem schweren Vorhang. Sie hörten weitere Schüsse und einen gewaltigen Knall, und Hayley zog den Vorhang zur Seite, erleichtert darüber, dass es bei dem Streit nicht um sie ging.

„Lass uns gehen, Marcus", sagte sie und zog sich zurück.

Aber Marcus bewegte sich nicht. „Ich kann nicht. Ich muss diesem Mann helfen. Psst, Red, Red", sagte Marcus leise und versuchte, Reds Aufmerksamkeit auf sich zu ziehen.

„Marcus, hör auf, was machst du da? Du verrätst uns noch." Marcus zeigte auf Red. „Er da, er ist ein Niemand!"

„Für dich vielleicht, aber nicht für mich … bitte."

Hayley brachte Marcus zum Schweigen und bemerkte, wie Daniel im Aufzug in die oberste Etage fuhr. Sobald Daniel in sein Büro zurückkehrte, drohte ihre Flucht zu scheitern. Aber Marcus rührte sich nicht. Der Barkeeper schob Red von dem toten Dok herunter, und Hayley schob Marcus außer Sichtweite.

„Los, Marcus, schnapp ihn dir, sofort!"

„Hey! Was macht ihr …", gab der Barkeeper von sich.

„Es ist alles in Ordnung, Mikey. Er gehört zu mir."

„Hayley, du bist es!" Er lächelte erleichtert. „Was ist denn da oben los?"

„Ach, nur der normale alltags Scheiß. Du weißt ja, wie das ist. Wir kümmern uns von hier aus um ihn", sagte sie, während sie Marcus half, Red auf sie Arme zu nehmen. „Ihr holt den Dok von der Bar und räumt hier alles auf", befahl sie dem Personal und spielte ihre Rolle.

„Bist du dir sicher? Ich meine …", fragte der Barmann zögernd, als er die Aufseher auf dem Weg sah.

„Ich bin mir sicher. Wir haben es im Griff."

Hayley und Marcus schleppten Red in das unfertige Treppenhaus und verrammelten es. Hayley bemerkte die halbvolle Spritze in Reds Bein, zog sie heraus und gab Red eine Ohrfeige, um ihn wach zu halten. Sie schnappte sich den provisorischen Flaschenzug der Arbeiter, ein Flaschenzug, der nur aus drei Brettern, einem Seil und einer Rolle bestand.

„Leg ihn hier drauf, Marcus." Die beiden hievten Red auf die Holzplanken. Aber inmitten ihres waghalsigen Fluchtversuchs konnte Hayley nicht begreifen, warum Marcus diesen Mann retten wollte. Doch es gab keine Zeit für Fragen oder Diskussionen, und so machte sie sich an die Arbeit. Aus der Sündenhöhle zu fliehen, war die eine Sache, aber vor Daniel zu fliehen, war etwas ganz anderes. „Geh, Marcus, klettere das Gerüst hinunter. Wir treffen uns unten. Ich schaffe es von hier aus", sagte Hayley überzeugt.

Marcus, der weniger flink war und unbedingt Ehab finden wollte, kletterte an den kahlen Gerüstrohren hinunter. Hayley packte sich das Seil, das an der Rolle des Flaschenzugs befestigt war. Sie war stark und athletisch, und schlang sich das Seil um die Taille. Sie führte das Seil zwischen ihren Händen hindurch – ihre Handschuhe brannten, als sie Reds schlaffen Körper schnell herunterließ. Sie blickte mehrmals auf, in der Erwartung, dass ein Schwarm Söldner im Treppenhaus auftauchen würde, aber sie taten es nicht, und in weniger als einer halben Minute lag Red auf dem Boden.

In der Manier einer Profiturnerin, überholte Hayley Marcus auf dem Weg nach unten und wies ihn an, Red zu schnappen, während sie das Auto holte. Vorsichtig öffnete sie die Seitentür zur Garage und nahm den ersten Schlüsselsatz, den sie auf dem Regal hängen sah. Er gehörte zu Daniels Mercedes, der direkt vor ihr geparkt war. Sie drückte den Knopf, um das Garagentor zu öffnen. Ohne auch nur eine einzige Sekunde zu verlieren, startete sie den Wagen, während Marcus einen torkelnden Red ins Innere auf den Rücksitz schob. Als das Garagentor fast offen war, sprang Marcus neben Red hinein. Hayley sah, wie die Bikerinnen in der Ferne zu ihnen hinüberschauten. Sie raste davon, wobei sie das Autodach schrammte und dabei die Antenne des Navigationssystems zerbrach.

„Schnallt euch an! Das wird eine höllische Fahrt", rief sie mit pochendem Herzen, während sie in Höchsttempo zum Haupttor raste und mit den Scheinwerfern fuchtelte, als hätte sie es eilig. Als wäre sie Daniel selbst.

31
DAS KOPFGELD

Genau in dem Moment, als Hayley mit Daniels Mercedes aus der Garage fuhr, öffnete Daniel die Tür zu seinem Büro und die Hölle brach aus. Der Safe war offen und seine Kämpferinnen waren tot. Hayley hatte ihn verraten und Marcus war weg. Das Schlimmste war jedoch, der Amokaras war weg!

„Bastarde!", schrie Daniel auf. Seine Sekretärin spähte hinein. Sie keuchte, als sie die Leichen der Frauen sah, die im Büro herumlagen, und das Blut, das aus ihren Wunden sickerte. Sie rannte zurück zu ihrem Schreibtisch und rief Moi an. „Du bist verdammt noch mal tot!", wütete Daniel. Er schnappte sich eine Halbautomatik aus seinem Waffenschrank und schoss gegen die Wände und Fenster. Er war verraten worden. „Hol mir Moi und Vladimir!", schrie er.

„Moi ist bereits unterwegs, Daniel", antwortete seine Sekretärin.

„Und Vladimir?"

„Vladimir ist informiert."

Daniel richtete sich auf und glättete sein Haar zurück. Er war im Kampfmodus, krempelte die Ärmel hoch und starrte auf die offene Luke seines Fluchtweges. Verstärkung von draußen kam in die oberste Etage, nachdem die Fenster herausgeschossen worden waren.

„Draußen bleiben!", rief Daniel und richtete seine Waffe auf die Tür. „Ich übernehme das!"

Der Sicherheitsdienst rief über die Sprechanlage: „Hayley hat den Merc, Daniel."

„Erzähl mir keinen Scheiß", antwortete er sarkastisch.

„Es ist auf den Bildschirmen vier und fünf zu sehen."

Auf den Monitoren liefen die Aufnahmen, die sie hatten. Es gab etwas von der Höhle zu sehen, etwas aus der Garage und etwas von dem Auto, dessen Scheinwerfer aufblitzten, als es davon raste, wobei das verdunkelte Glas ihre Flucht erleichterte.

„Versammelt alle im Innenhof. Verteilt die Schnappschüsse ihrer Gesichter an jeden Einzelnen von uns."

In seinem Wutanfall überschlugen sich die Gedanken. Plötzlich erinnerte sich Daniel an die Regel, den er gehört hatte, als seine Mutter seinen Halbbruder Donahkhamoun zum zukünftigen Torwächter ausbildete. *„Solltest du jemals in eine Situation geraten, in der du gezwungen bist, ohne den Amokaras zum Fuzidon zurückzukehren, darfst du es nicht verlassen, bis ein Auserwählter den Stein für dich geholt hat."* Als er sich an diesen Moment erinnerte, dämmerte es ihm, warum die Wächterin sich im Bootshaus geopfert hatte. Sie beschützte diesen halben Ägypter, der mit Marcus gekommen war. Er war der Auserwählte! Die Sicherheitskräfte spielten das gespeicherte Filmmaterial noch einmal ab, und Daniel bemerkte, dass die Augen der Wächterin Ehab direkt ansahen, als dieser aus dem Bootshaus in Sicherheit flüchtete.

„Alles ausdrucken, was wir von ihm haben!", befahl Daniel.

Durch einen Telefonanruf alarmiert, betrat Vladimir das Büro. „Was zum Teufel ist hier los?", fragte er.

„Sieh dir diese Arschlöcher an, und das hier!" Daniel deutete auf den Bildschirm und den offenen Safe. „Sie haben den Stein. Wir müssen sie verdammt noch mal finden und sie umbringen. Aber der hier …" Er fixierte den Bildschirm auf Ehab. „Den hier brauche ich lebend! Das Portal wird sich nur dann öffnen, wenn der Stein in den Händen dieses Mannes ist. Und wir müssen in seiner unmittelbaren Nähe sein – nur dann können wir rein." Vlad sah verwirrt aus. „Ich erkläre alles auf unserem Weg. Also, wo zum Teufel ist Moi?"

„Na, na, nicht so frech", sagte Moi, als sie begierig den Raum betrat. „Oje, oje. Wie ich sehe, wurde ich nicht zur Party eingeladen."

„Lass uns gehen!", befahl Daniel und stürmte aus seinem Büro.

„Moi, folge ihm einfach, ich sag's dir dann schon", sagte Vladimir und folgte Daniel in den Innenhof.

Vladimir und Moi hatten am meisten zu verlieren. Im Laufe der Jahre hatten sie in der anderen Welt großen Reichtum angehäuft – ein Anzahl von Booten, Häusern, Jets, Autos, Bargeld und Geschäften. Sie hatten alles für ihren Traum geopfert, und dort zu leben, war die Belohnung für ihre Arbeit. Sie hatten hart gearbeitet, um so weit zu kommen. Vladimir stammte aus den verarmten Straßen Kiews und war eine hundertvierzig Kilo schwere ukrainische Tötungsmaschine. Moi war eine temperamentvolle Attentäterin, zur Hälfte japanischer Abstammung und konnte, ohne zu übertreiben, als wahnsinnig bezeichnet werden. Jetzt stand alles auf der Kippe. Heute war der Tag, an dem Daniel die Macht über seinen Halbbruder übernehmen sollte und ihnen beiden die Unsterblichkeit schenken würde, hatte er gesagt. Das war Daniels Versprechen. Und ihre Motivation.

Sie waren Daniels bestbezahlte Söldner, vertrauenswürdig

und unverzichtbar für Daniels äußerst profitable, wenn auch extrem illegale Geschäfte. Doch es stand mehr auf dem Spiel als nur ein wachsendes Imperium. Da war der Deal mit dem Präsidenten, der ihnen einen Platz am Tisch der Mächtigsten sichern würde. Doch nun war ihr riesiges Vermögen in Gefahr, und wenn es ihnen nicht gelang, die Situation wieder in den Griff zu bekommen, würden sie alles verlieren. Jahrelange Arbeit wäre Nichts mehr wert.

Draußen auf dem großen Innenhof wartete Wantanee mit ihren Biker-Girls auf Anweisungen. Auch sie war schnell aufgestiegen und hatte das nur Wenigen gestattete Vertrauen von Moi gewonnen. Insgeheim hasste sie jedoch ihre Chefin und ihren Job. Aber das hier war kein Wunschkonzert, sondern reiner Überlebenskampf. Und während sie rittlings auf ihrer kiesbestaubten Enduro saß, stellte sie die Spiegel ein und wartete auf ihre Ankunft.

Wantanee wurde auf dem Land in Thailand geboren und floh mit dem gestohlenen Motorrad ihres Vaters mit elf Jahren nach Bangkok, weil er sie als Sexsklavin verkaufen wollte. Sie schlug sich auf der Straße durch und kämpfte sich von einem Tag in den nächsten. Solange, bis sie eines Tages einen Job als Motorradkillerin annahm. Sie zeigte sich gut, und bald darauf wurde sie aus ihrem Zimmer entführt, unter Drogen gesetzt und landete hier bei Moi. Mit dem Wahn, in einer Zeitschleife zu leben, verbrachte sie nach ihrer Ankunft drei Monate zur Erholung im Krankenhaus. Doch vor kurzem hatte Wantanee die Wahrheit herausgefunden, als sie vor Origins anhielt und hineinging. *„Du kommst aus einer anderen Welt, nicht wahr?"*, hatte Jade sie angesprochen. *„Ich erinnere mich an dich, als du vor fünfzehn Jahren im Krankenhaus warst."*

Daniel, Vladimir und Moi stießen die Türen auf und gingen hinaus auf die große Terrasse, wo sich Daniels gesamte

Streitmacht versammelt hatte. Wantanee beendete zügig ihren diskreten Anruf mit Jade. Sie schnippte mit ihren Fingern, und Zigarettenstummel wurden auf den Boden geworfen. Vladimirs Männer reichten die Bilder der Zielpersonen herum, und alle Augen waren auf Daniel gerichtet.

„Findet und tötet sie!", wies Daniel an und hielt die Bilder von Hayley, Marcus und Red hoch, „zweihunderttausend pro Kopf. Aber dieser hier …" Daniel hob das Bild von Ehab hoch. „Er ist eine Million wert, lebendig! Ich wiederhole, lebendig! Wenn ihr ihn tötet, töte ich euch, hört ihr mich? Wenn ihr ihn habt, bringt ihn und den Stein zu mir ins Casino. Ich werde dort warten." Alle machten sich sofort in Bewegung.

„Scheiße, das ist das Arschgesicht von vorhin, nicht wahr?", sagte der Gangster, der die Warnschüsse auf Ehab abgefeuert hatte.

„Ja, das ist er. Sag nichts und lass uns zurück zum Old Times Square fahren", antwortete sein Kumpel.

Während Vladimir den Fahrer anwies, Boss' Range Rover bereit zu machen, rasten Vladimirs Männer in ihren aufgemotzten Autos los, um Daniels *Most-Wanted* und seinen Mercedes zu suchen. Wantanee teilte die Bikerinnen schnell auf und befahl vier von ihnen, sich auf zwei Motorräder aufzuteilen, um mit ihr ein Team zu bilden. Während sie sich vorbereiteten, fuhr Wantanee voraus und gab Moi ein Zeichen. Moi kam herüber und Wantanee zeigte ihr Ortungsgerät.

„Schau mal, ich haben Bewegung in Jacks Auto. Haben es jemand abgeholt?"

„Ich bin mir nicht sicher."

„Ich fahren hin und verfolgen. Ich überprüfen es. Auch der Mercedes haben Peilsender?" Moi hob die Augenbrauen. An Mois Gesichtsausdruck erkannte Wantanee ihre Antwort. „Ich verstehen, nein. Okay." Sie stellte sich dumm. Das war die

Antwort, die Wantanee gesucht hatte.

„Ich fahre mit Daniel. Ich werde ihn nach Jacks Ferrari fragen und dir Bescheid geben."

Moi packte Wantanee am Hals und drückte ihr einen Kuss auf die Lippen. Wantanee spuckte aus, als Moi weit genug entfernt war. Ihre Bikerinnen folgten im Tandem. Als sie das Gelände verließen, informierte Moi Daniel über die Bewegung von Jacks Auto. Daniel drehte sich unauffällig zur Seite und rief Joanna Pradnarski.

„Hallo", antwortete Joanna.

„Jacks Auto ist unterwegs. Hast du jemanden geschickt, um es abzuholen?", fragte er scharf.

„Äh, ja, natürlich", stotterte sie, überrumpelt.

„Bist du sicher?" Daniel hatte ein gewisses Zögern in ihrer Stimme erkannt.

„Ich habe den Befehl gegeben ... Ich muss noch einmal nachsehen, ob es schon erledigt ist. Hier sind immer noch so viele Polizisten, die hier herumschnüffeln, dass ich nicht weiß, wer hier ist und wer nicht. Egal, wie viele Leute wir bezahlen, ganz so einfach ist die Sache nicht zu lösen." Daniel brummte.

„Warum? Was ist los?"

„Es ist an der Zeit. Wir können es nicht aufschieben. Wir treffen uns am Teich beim Casino, wir gehen rein."

„Du meinst hinein, hinein? Jetzt, nach all den Jahren?"

„Ja. In circa einer Stunde, schätze ich ..."

„Okay, dann geh schon mal vor und ich treffe dich dort, sobald ich kann."

Obwohl der Tag aus den Fugen geriet, hatte Daniel nichts anderes von Donahkhamoun erwartet. Dies waren Eindringlinge, Hürden, die Donahkhamoun errichtet hatte, um seine Rückkehr zu verhindern. Diese seltsamen Windböen und die dunklen Wolken, die in leichten Regen übergingen, mussten alle mit den Vorgängen im Fuzidon zu tun haben, erkannte Daniel. Inzwischen hätten sich tausend Seelen mit ihren toten Körpern gebunden, wären aus den Särgen auferstanden und in den Tempel hinauf gestiegen, um auf ihre Wiedergeburt zu warten. Und während sie warteten, hätten tausend weitere Zwischenweltler ihren Platz in dem riesigen Mechanismus der sich drehenden Särge eingenommen. Daniel hatte das alles schon einmal gesehen.

Der weiße kugelsichere Range Rover hielt an der Treppe an. Moi zerrte den Fahrer heraus und schlug ihn mit dem Kolben ihrer Waffe, weil er so lange brauchte. Sie schleuderte ihn weg, und er fiel zu Boden und prallte gegen die Frontschutzbügel des Fahrzeugs. Daniel sprang auf den Fahrersitz, Vladimir stieg hinten ein und lud die Waffen, die ihm seine Männer reichten. Moi kletterte über Daniel hinweg auf den Beifahrersitz, denn sie hatte keine Lust, herumzulaufen.

„Alles erledigt", sagte Vladimir und schloss die Tür.

Daniel raste davon, und der verletzte Fahrer versuchte, aus dem Weg zu springen. Stattdessen geriet er unter die Räder und erlitt schlimme Knochenbrüche. Eine Weile wurde er von seinem Hemd mitgeschleift, das sich in einem scharfen Gegenstand verhedderte, bis Moi ihn in ihrem Seitenspiegel sah. Prompt öffnete sie ihre Tür, zog ihr Messer und schnitt ihn los, wobei sie lachte, als sie erneut in den Seitenspiegel schaute. Daniel warf einen Blick zurück auf Vladimir, der die Kalaschnikows lud.

„Alles in Ordnung, Vlad?"

„Eine noch und wir sind fertig."

Als sie aus den Toren fuhren, funkelten Mois Augen teuflisch, während sie ihre Pistole wie einen zwanzig Zentimeter langen Penis massierte. Vladimir und Moi waren Daniels zwei beste Kämpfer, und sie waren losgezogen, um Donahkhamoun zu erledigen. Es war Daniels einzige Chance, sein Geburtsrecht zurückzufordern und der neue Torwächter zu werden. Dann konnte er die Adrogs freilassen, wie er es für richtig hielt. Wenn er ihnen die Freiheit anbietet, werden die Adrogs seine Sklaven sein und seinem Befehl gehorchen. Es war ein großartiger Deal, den Daniel nicht verpassen wollte!

Im Mercedes raste Hayley über die Hügelkuppe und die Böschung hinunter zum Meer. Sie warf einen Blick zurück in den Spiegel und sah, wie Red Marcus' Gesicht berührte.

„Du bist Marcus Mortimer", murmelte Red, dessen Gedanken noch ganz durcheinander waren.

„Das stimmt, das bin ich, und wir verschwinden von hier, Red. Wir hauen ab", ermutigte Marcus.

Tief in ihrem Herzen spürte Hayley das Mitgefühl in Marcus' Stimme – ihr Großvater, ein Mann, von dem sie Geschichten gehört hatte. Aber es war keine Zeit, um in Erinnerungen zu schwelgen. Mit der Hoffnung auf Freiheit fuhr Hayley weiter, wobei ihr die Tränen über das Gesicht liefen, und sie griff in ihre Tasche, um ihre Mutter anzurufen.

„Mutter ..."

„Hayley, geht es dir gut?", antwortete Joanna. „Ich habe gerade die Nachricht gehört. Wo bist du, meine ..."

„Mutter, Mutter ..."

„Ich bin's, Daniel. Was zum Teufel machst du ..."

Erschüttert warf Hayley das Telefon aus dem Fenster. Die Hacker hatten ihren Anruf umgeleitet. Aus Angst, sie könnte ihre Mutter in Gefahr bringen, konzentrierte sie sich darauf, den Old Times Square zu erreichen.

32
FIRST CLASS

Julies iPhone surrte. „Der Flug hat Verspätung, Onkel", sagte Julie, während sie die Nachricht der Lufthansa las.

„Lass dir von deiner Tante Margaret nichts anmerken. Stell einfach deinen Koffer hinten ins Auto, winke, und lass uns dann losfahren. Es war schon schwer genug, mir diese Lügengeschichte überhaupt auszudenken."

„Ich weiß. Ich habe dich gehört."

Dr. Hermanow nahm die Hand seiner Nichte. „Hier, du fährst, Julie", sagte er und gab ihr die Schlüssel.

Es war fünf Uhr morgens; eine Stunde früher, als seine Frau normalerweise aufstehen würde. Und während sie vom Fenster aus zusah, warf Ehemann Gareth ihr einen Kuss zu. Er lächelte und setzte sich schnell auf den Beifahrersitz. Julie drehte sich um und sah zu ihrer Tante auf, welche mit einem fragenden Gesichtsausdruck zurückwinkte. Julie schloss die Fahrertür und Margaret verschränkte die Arme. Mit Neugier tippte sie sich mit den Fingern auf ihre gespitzten Lippen und sah zu, wie der Wagen davonfuhr.

„Wie lange haben wir Verspätung, Julie?", fragte ihr Onkel.

„Vier Stunden."

„Vier Stunden!", rief er aus. „Dann lass uns hoffen, dass die Anschlussflüge auch Verspätung haben, sonst kommen wir erst mit einem Tag in Verzug an."

„Es tut mir leid, Onkel. Es gab keine Lokalflüge vom Düsseldorfer Flughafen. Der einzige verfügbare Flug ging so kurzfristig von Frankfurt aus."

„Du brauchst dich nicht zu entschuldigen, Liebes. Wenn man sich auf ein Abenteuer begibt, tut man einfach das, was getan werden muss."

Während der nächsten zweieinhalb Stunden übernahm Julie die mittlere Fahrspur auf der deutschen Autobahn, während andere Autofahrer mit unbegrenzter Geschwindigkeit unterwegs waren und drängelten, statt einfach fünfzehn Minuten früher loszufahren. Die meiste Zeit plauderte sie, während ihr Onkel immer wieder die Notizen durchging, die er mitgebracht hatte, und sich wieder an Dinge erinnerte, die er längst glaubte vergessen zu haben. Julie hingegen war einfach nur froh, aus der Werbeagentur herauszukommen. Ihr Lächeln war breit, und es war schwer, es zu verbergen. Sie war aufgeregt und glücklich, dass sie ihrem Onkel helfen konnte. Die nächtelange Beschäftigung mit seinen Forschungen und Entdeckungen hatte sich schließlich ausgezahlt. Endlich war sie im Einsatz, und das nur, weil sie die E-Mail von Marco abgefangen hatte, in der auf den Blog ihres Onkels verwiesen wurde. Und damit hatte sie ein goldenes Ticket auf die Bahamas gewonnen. Außerdem war sie bereit, ein Rätsel zu lösen, das den größten Teil des Lebens ihres Onkels beherrscht hatte.

Doch aus irgendeinem Grund, den Julie nicht kannte, hatte der bloße Anblick von Marcos E-Mail ihren Onkel in Aufregung versetzt. So sehr, dass er kurzerhand beschloss, die Flüge auf der Stelle zu buchen. Und da war er wieder und las sie zum fünften Mal, seit sie losgefahren waren. Doch als sie zu ihm hinüberschaute, um ihn nach dem Grund dafür zu fragen, war er schon eingedöst und es glitt es ihm aus der Hand. Julie lachte leise vor sich hin, als der Kopf ihres Onkels locker hin und her nickte, wenn sie beschleunigte oder abbremste, und fragte sich, wie lange es wohl dauern würde, bis ihm die Brille von der Nase fiel. Kurz vor dem Flughafen hielt Julie auf einem Rastplatz in Wiesbaden. Ihr Onkel wachte auf.

„Sind wir schon da?", fragte Dr. Hermanow und richtete sich auf.

„Noch etwa zwanzig Minuten oder so. Ich tanke, und wir treffen uns drinnen."

Mit reichlich Zeit standen die beiden vor der Raststätte, hatten einen Kaffee zum Mitnehmen in der Hand, und atmeten die frische Morgenluft ein. Bald waren sie wieder auf der Straße, und zwanzig Minuten später als vorgesehen fuhren sie auf den Fernparkplatz des Frankfurter Flughafens.

„Hast du die Flugbestätigung dabei, Julie?", fragte Dr. Hermanow und streckte seine Hand aus, als sie das Abflugterminal betraten.

„Ja, hier", antwortete sie und reichte sie ihm.

„Danke, ich gehe nur schnell rüber zum Lufthansa-Schalter, um unseren Anschlussflug zu überprüfen."

„Soll ich mitkommen?"

„Nein, das ist schon in Ordnung. Wir müssen sowieso noch ein paar Stunden warten, und so habe ich etwas zu tun. Warum stöberst du nicht in den Klamottenläden oder nimmst dir ein Buch, welches du während des Fluges lesen kannst? Ich bleibe einfach hier drüben."

Julie ging weg und Dr. Hermanow ging weiter, in der Hoffnung, dass die lange Verspätung keine Zwischenlandung bis zum Morgenflug des nächsten Tages bedeuten würde. Die Mitarbeiterin am Schalter spürte seine Frustration, als Gareth sich die Flugzeiten auf der Abflugtafel ansah und über seine Optionen nachdachte. Er fragte die Angestellte ob es eine Möglichkeit für einen früheren Weiterflug gab.

„Es tut mir wirklich leid", entschuldigte sich die Frau am Schalter und tippte weiter. „Aber wenn Sie wirklich in der Klemme stecken, sehe ich hier in meinem System, dass Air France … gleich da drüben", sagte sie und deutete, „eine sehr gute Verbindung hat."

Gareth blickte zu der Stelle, auf die die Angestellte zeigte. „Air France, sagen Sie?"

„Ja, das wäre allerdings ein neuer Ticketkauf, fürchte ich."

„Ich verstehe. Ich danke Ihnen."

„Kann ich sonst noch etwas für Sie tun?", fragte die Frau höflich.

„In der Tat, ja. Könnten Sie diese Tickets auf die First Class upgraden? Es ist ein Geschenk für meine Nichte."

„Lassen Sie mich mal sehen." Die Angestellte summte vergnügt, während sie die Möglichkeit des Upgrades überprüfte. „Normalerweise nicht, wenn Ihr Flug pünktlich gewesen wäre", sagte sie, als sie versuchte, der Bitte nachzukommen, „mal sehen …" Die Angestellte blickte vom Computer auf. „Ich glaube, das kann ich tun. Möchten Sie, dass ich das Upgrade durchführe?"

„Bitte. Sagen Sie mir nur nicht, was das kostet", scherzte er und überreichte seine Amex-Karte, woraufhin die Mitarbeiterin lächelte.

„Das sind Ihre neuen Bordkarten, Dr. Hermanow. Sie können gerne die Lufthansa First-Class-Lounge benutzen. Wenn Sie wünschen, können Sie sofort dorthin gehen. Die Einrichtungen sind alle kostenlos. Unsere Concierge-Mitarbeiter werden Sie informieren, wenn Ihr Flug zum Einsteigen bereit ist, und Sie direkt zum Gate begleiten, so dass Sie und Ihre Nichte nicht in der Schlange stehen müssen."

„Oh, das ist gut zu wissen."

„Vergessen Sie nicht den Anschlussflug, Air France, gleich da drüben", erinnerte ihm die Angestellte und machte eine Geste mit den Augen.

Julie sah, wie ihr Onkel den Lufthansa-Schalter verließ, und ging aus dem Buchladen, um ihm zu folgen. Ihr Onkel sah sie kommen und deutete an, dass er noch nicht ganz fertig war. Julie deutete *okay* und ging in die Boutique nebenan. Kurze Zeit später erhielt Dr. Hermanow die neuen Anschlussflugtickets und machte sich auf die Suche nach seiner Nichte.

„Hast du dort etwas gesehen, was dir gefällt, Kleine?", fragte ihr Onkel und schlich sich an sie heran, wobei sie zwei knappe Bikinis und einen Rock in der Hand hielt.

„Oh, viel. Alles! Wenn ich mir die Klamotten hier ansehe, wird mir klar, dass ich einen komplett neuen Kleiderschrank brauche."

„Das liegt daran, dass du nicht ausgehst, liebes Mädchen. Das sagen wir dir immer wieder."

„Das weiß ich. Aber für ein Abenteuer brauche ich solche Klamotten doch nicht, oder?", fragte sie und hielt einen Bikini hoch. „Oder doch?", kicherte sie und legte die Kleider zurück auf den Ständer. „Wie auch immer, ich bin hier fertig", sagte Julie und verließ den Laden. „Hast du geschafft, was du wolltest?"

„Ja, das habe ich in der Tat. Abgesehen von dieser Verspätung wird es also nur ein Zwischenstopp sein."

„Du hast die Flüge geändert! Cool! Was sollen wir dann in der Zwischenzeit machen?"

„Komm mit, ich kenne einen netten kleinen Ort, an dem wir uns entspannen und vielleicht schon ein Glas Chardonnay trinken können … oder zwei", schmunzelte ihr Onkel.

„Da es ein Langstreckenflug ist, sollten wir uns eine Flasche teilen", kicherte Julie und hakte sich bei ihrem Onkel unter.

„Bordkarten, bitte", bat der Lufthansa-Concierge.

„Onkel, du hast doch nicht ..." Julie keuchte aufgeregt.

„Doch, habe ich. Es geht nicht nur ums Geschäft, weißt du? Ich wollte ein paar schöne Stunden mit dir verbringen, und das ist ein guter Moment, um genau das zu tun."

In der First-Class-Lounge waren nur wenige Menschen. Julie nahm an, dass es sich hauptsächlich um Geschäftsleute handelte. Sie waren entspannt, anders als die meisten Mr. und Mrs. Important in der Business Class. In einer Ecke der Lounge sah Julie zwei Männer und eine Frau, die sich unterhielten und Unterlagen herumreichten. Geradeaus saß ein älteres Ehepaar, das perfekt zueinander passte und Julie einen guten Morgen wünschte, als sie vorbeiging. Das Paar war gewiss wohlhabend, im Ruhestand und auf dem Weg in den Urlaub. Am Frühstücksbuffet beobachtete Julie diskret, wie sie sich gegenseitig ergänzten und wussten, was der jeweils andere auf dem Teller haben wollte. „Ich nehme das, Liebling. Du nimmst das." Das brachte Julie zum Grinsen und sie konnte sehen, dass die Liebe zwischen ihnen echt war. Sie hatten ein erfülltes Leben, und das sah man ihnen an. Sie erinnerten sie sogar an ihre Tante und ihren Onkel. Und während Dr. Hermanow den Nachrichten lauschte, die leise im Hintergrund liefen, brachte Julie eine Sammlung von verschiedenen Speisen mit sich.

„Bitte sehr, Onkel", sagte sie und stellte ein Tablett auf den Tisch.

„Danke, Liebes."

„Der Wein ist für später, Onkel, nicht für jetzt."

Während der nächsten Stunde saßen sie beim Frühstück und plauderten über alte Erinnerungen an die Zeit, als Julie zum ersten Mal bei ihnen in Düsseldorf zu Gast war. Sie sprachen müßig über die Musikkonzerte, die sie zusammen besucht hatten, und kamen auf Julies Abendschule zu sprechen. Sie sprachen über alles Mögliche, nur nicht über die aktuelle Mission, auf der sie sich befanden. Doch als der Smalltalk zu Ende war, zückte Julie ihr Handy und schickte Marco den neuen Flugplan per SMS.

„Nicht schon wieder!", murmelte Julie.

„Was ist los, Schatz?"

„Jedes Mal, wenn ich Marco eine Nachricht schicke, bekomme ich eine Antwort, in der entweder steht, dass die Zustellung fehlgeschlagen ist oder die Nachricht später gesendet wird."

„Ich bin sicher, er ist nur außerhalb der Funkreichweite. Keine Sorge, sie werden ihn erreichen."

„Aber das ist so nervig. Ach!" Sie legte ihr Handy weg und begann, das Lufthansa-Magazin durchzublättern. „Lass uns jetzt den Wein trinken, ja, Onkel? Ich weiß nicht, wie es dir ging, aber ich habe letzte Nacht nicht viel Schlaf bekommen."

„Bei mir war es genauso."

„Wow, hast du das gesehen?" Julie hielt ihm den Entwurf der First-Class-Kabine vor die Nase. „Das ist kein Sitz, sondern ein Bett!", freute sie sich. „Wenn ich irgendwo hinreise, kann ich nicht einmal meine Arme ausstrecken, geschweige denn meine Beine."

Er lachte. „Ich habe es gesehen, meine Liebe, ich habe es gesehen. Auf diesen Sitzen kann man wie ein Seestern schlafen, wenn man will."

Das ältere Ehepaar, das in der Nähe saß, lachte diskret über Julies Unbekümmertheit und fand ihren Humor erfrischend. Dr. Hermanow quittierte dies mit einem selbstgefälligen Lächeln. Julie schenkte den Wein ein und sah zu, wie ihr Onkel seine Armbanduhr lockerte, während sie so tat, als würde sie lesen. Er nahm einen Schluck Wein und las die Inschrift auf der Rückseite – *Finde Donahkhamoun oder die Welt, die du kennst, wird mit ihm sterben.* Julie legte die Zeitschrift auf den Sitz neben sich.

„Darf ich es mir ansehen?", fragte sie.

„Das ist nichts für dich, Julie."

„Ich habe es schon einmal gesehen", gab sie zu.

„Ach ja?"

„Du duschst nicht immer mit diesem Ding, Onkel."

„Du, aber ich …"

„Du, aber ich … was? Du redest Kauderwelsch. Ich bin nicht dumm, weißt du?" Julie schaute auf die Uhr an der Wand. „Ich glaube, wir haben noch anderthalb Stunden, bis der Flug geht. Wenn ich nicht wäre, würdest du in der Agentur sitzen, und ich würde dir jetzt eine heiße Schokolade servieren." Sie hielt inne. Er saß schweigend da und sah sie an. „Ich bin nicht Tante Margaret, weißt du? Du kannst es mir sagen. Ich stehe voll und ganz hinter dir."

Ein Moment verging, und Dr. Hermanow nahm seine Brille ab. Er legte sie auf den Couchtisch und streckte sich nach seiner Tasche. Er gab seiner Nichte ein Zeichen, sich neben ihn zu setzen und ihre Stimme auf ein Flüstern zu beschränken. Ihr Onkel löste die Schnallen der Tasche und holte ein schmales Kästchen aus der Tasche. Er stellte es auf den Tisch und nahm den Inhalt vorsichtig heraus. Er legte das Tuch auf sein Knie, wickelte es vorsichtig auf und holte ein sehr altes, aber makellos aussehendes Tierfell heraus.

„Was ich dir jetzt sagen werde, habe ich noch niemandem vorher erzählt."

„Was ist es, Onkel?"

„Es ist ein Tierfell, ein äußerst seltenes Exemplar. Als ich es in dem Sarkophag fand, dachte ich zuerst, es sei eine Hülle, die den Papyrus schützt, und so behielt ich es und benutzte es als Tischtuch in meinem Zelt, wenn ich auf Expeditionen ging. Lange Zeit, ja sogar jahrelang, dachte ich mir nichts weiter dabei. Doch eines Tages bemerkte ich, dass sich die Form der Fellhaare verändert hatte. Zuerst dachte ich, ich würde mir etwas einbilden, also habe ich es mit einigen Fotos verglichen, die ich gemacht hatte."

„Was meinst du damit?"

„Zum Beispiel dieser braune Fleck hier, der war ursprünglich hier drüben. Seine Form war schmal und lang. Hier sind die Fotos." Er holte sie aus seiner Tasche und gab sie Julie. „Dieser Fleck mit den weißen Haaren war früher dort drüben."

Julie verglich das Foto mit dem Tierfell. „Ich sehe es. Es sind wie die Flecken eines Dalmatiners."

„Genau."

„Aber … das ergibt doch keinen Sinn."

„In dieser Welt, Julie, machen viele Dinge keinen Sinn. Deshalb sind wir ja auf einem Abenteuer. Wir müssen es herausfinden, nicht wahr?", betonte er und grinste frech, als hätte er die Antwort schon immer gewusst.

„Vielleicht …" Sie stockte für einen Moment.

„Sprich nur weiter, bitte."

„Ach, es ist nichts. Ich habe vergessen, was ich sagen wollte." Aber Julie kannte jemanden, der vielleicht helfen konnte – Aria, ihre beste Freundin.

„Du hast meinen Blog gelesen, nicht wahr?"

„Das habe ich, viele Male."

„Und deine ehrliche Meinung dazu ist?"

„Oh, ich lebe noch nicht lange genug, um ein Urteil zu fällen, Onkel. Ich meine, ich weiß, dass du von ganzem Herzen an all dieses Zeug glaubst, sonst wären wir nicht hier. Aber um ehrlich zu sein, bin ich etwas zurückhaltender, was den Glauben an eine solche Apokalypse angeht. Versteh mich nicht falsch, Onkel. Ich glaube an dich. Aber ich glaube, wenn überhaupt, dann eher an eine neue Umweltkatastrophe, so etwas wie eine Flutwelle oder vielleicht sogar wie die jüngste Katastrophe in Mexiko letzte Woche. Ich glaube nicht, dass die Welt vollkommen untergehen wird."

„Du hast wahrscheinlich recht, Julie." Dr. Hermanow blickte in die ausdrucksvollen Augen seiner Nichte.

„Heute, Onkel, ist die Welt so, wie die Menschheit sie in Laufe ihrer Entwicklung geschaffen hat. Die Mentalität der Menschheit ist eine andere als noch vor Tausenden von Jahren."

Gareth lehnte sich in seinem Stuhl zurück, Julie tat es auch. Sie saßen einen Moment lang schweigend da und sahen sich an, dann nahm Julie ihr Handy in die Hand und begann zu tippen. Sie begann zu schmunzeln und aus dem Schmunzeln wurde ein breites Grinsen.

„Weißt du, was du bist, Onkel?"

„Na los, sag es mir …"

„Du bist ein Metallochse."

„Ein Metallochse? So hat man mich noch nie genannt."

„Das ist dein chinesisches Tierkreiszeichen. Es bedeutet, dass du dich durchsetzt, egal, was dir in die Quere kommt. Du hast eine Stärke, die nur wenige Menschen haben. Das klingt doch ganz gut, würde ich sagen, oder?"

„Das ist wahrscheinlich mein Verhängnis."

„Das beschreibt dich genau, Onkel. Es sagt, dass du dort weitermachst, wo Andere aufgeben. Du hast ein einzigartiges Gespür für Dinge. Du hast eine leuchtende Aura, die das Böse anzieht, das dich ausnutzen will. Naja, das klingt aber gar nicht gut! Wie dem auch sei, bisher hast du dich mit deinen Einschätzungen noch nie geirrt. Um deine Frage zu beantworten, Onkel, ich nehme an, wir werden morgen mehr wissen, nicht wahr?"

„Hm, wahrscheinlich schon", erwiderte er, nicht überzeugt von dem letzten Gedanken seiner Nichte.

„Ich sag dir was, Onkel ... lass uns das einfach genießen. Morgen werden wir sehen, was Marco zu sagen hat und dann sehen wir weiter."

„Das ist eine gute Idee."

„Aber versprich mir, dass du um Mitternacht eine Sache für mich tust ..." Julie hielt inne und legte ihre Hand auf die ihres Onkels.

„Ich habe das Gefühl, dass ich hier in etwas hineingezogen werde", antwortete er neugierig.

„Du wirst nicht mehr auf diese Inschrift schauen und die Uhr für immer ins Meer werfen!"

„Gerne, meine Liebe, gerne."

„Entschuldigen Sie bitte. Es tut mir leid, dass ich störe, aber der Flug ist gelandet und wir werden in zwanzig Minuten für Sie bereit sein", sagte der Lounge-Angestellte.

„Danke", erwiderte Dr. Hermanow.

„Lass uns das Gespräch später fortsetzen, Onkel, ja?", sagte Julie und stand auf.

„Ich glaube, das sollten wir lieber auf unserem Anschlussflug tun, Liebes. Ich fühle mich ziemlich müde und beschwipst, um die Wahrheit zu sagen."

„Jetzt, wo du es erwähnst, fühle ich mich auch ein bisschen schwindlig. Zwei Gläser Wein ... und das vor zwölf Uhr!" Beide kicherten. „Du rufst besser Tante Margaret an, bevor du keine Gelegenheit mehr dazu hast. Geh schon, ich kümmere mich um alles."

Während ihr Onkel sich auf den Weg machte, um zu telefonieren, legte Julie schnell das Tierfell und die Fotos auf die Couch, machte ein Foto zusammen mit dem neuen Flugplan und schickte es an Marco, um ihn auf dem Laufenden zu halten. Während sie darauf wartete, dass ihr Onkel sein Gespräch beendete, packte sie zusammen und begutachtete ihre Schnappschüsse, die sie gerade gemacht hatte. In Gedanken an die Gespräche mit ihrer besten Freundin Aria, die sie letztes Jahr besucht hatte, drückte Julie auf *Teilen* und leitete die Fotos an sie weiter.

„Komm, die Dame wartet am Empfang, um uns abzuholen", winkte Dr. Hermanow. Julie ging hinüber und gab ihm seine Tasche. „Übrigens, Tante Margaret lässt grüßen."

Und während sie der Lufthansa-Mitarbeiterin durch den Check-in zum Flugzeug folgten, rief Julie Aria an. Doch sie konnte sie nicht erreichen und hinterließ ihr eine Voicemail.

„Hi Aria, hier ist Jules, ich bin endlich auf einer Mission mit meinem Onkel. Und weißt du was? Es geht um die Nicht-Menschen, von denen wir gesprochen haben. Wir gehen der Spur nach, von der ich dir erzählt habe. Kannst du Neil bitten, einen Blick auf den Anhang werfen lassen, den ich dir gerade geschickt habe? Oh, und sag ihm, dass sich die Haare verschieben, und alle Bilder von dem gleichen Stück stammen. Mein Onkel hat die Tierhaut in dem Sarkophag gefunden. Vielleicht hat das eine mit dem anderen zu tun? Ups, fast hätte ich vergessen, dir zu sagen, wohin mich die Spur führt. Ich fliege auf die Bahamas, ja, über Atlanta. Ich steige gerade in Frankfurt in den Flieger, also ruf ich zwischen den Flügen wieder an, in zehn Stunden ungefähr. Mach's gut, Aria, und ich bin dir für alles dankbar, was du dir einfallen lässt. Wir hören uns ... bis bald!"

Julie legte auf und stieg hinter ihrem Onkel die Stufen zum Flugzeug hinauf. „Willkommen an Bord, Miss", sagte die Flugbegleiterin und begleitete sie zum Oberdeck.

Für Julie war das Betreten der First-Class-Kabine wie ein Blick in das Prospekt. Es gab genug Platz, um sich frei zu bewegen. Die Flugbegleiterin führte sie zu ihren Sitzen, und Julie war von allem überwältigt. Als sie ihr Handgepäck in das Gepäckfach legte, begann ihr Onkel sie auszufragen.

„Mit wem hast du gesprochen, junge Dame?", fragte Dr. Hermanow.

„Es war eine Freundin von der Universität, Aria."

„Ach, Aria war das. Sie ist ein nettes Mädchen. Arbeitet sie jetzt nicht für die NSA?"

„Du hast es nicht vergessen." Julie überlegte kurz bevor sie weitersprach: „Du weißt ja, dass ich deine Notizen immer herumliegen lasse, wenn du nicht zu Hause bist, Onkel."

„Und ich nehme an, du hast Einige von ihnen mit Aria geteilt." Er lächelte anerkennend.

„Es ist gut, dass ich das getan habe, denn Aria und ich hatten ein sehr interessantes Gespräch über diese Ägypter, die du mir gegenüber erwähnt hast. Tatsächlich hat sie mir erzählt, dass ihr Chef bzw. Freund – Neil, der auch für die NSA arbeitet, eine Abteilung dort leitet, welche sich speziell mit außerirdischen Spezies beschäftigt. Sie ist streng geheim."

„Streng geheim, sagst du? Hmm, ich nehme an, das ist möglich." Er runzelte aufmerksam die Stirn.

„Möglich? Aria sagt die Wahrheit, Onkel."

„Warum hast du das nicht schon früher erwähnt?"

„Ehrlich gesagt, ich weiß es nicht. Ich nehme an, ich habe nie darüber nachgedacht."

„Glaubst du, Aria weiß etwas?"

„Nicht Aria. Aber Neil vielleicht. Fragen kostet nichts, oder?"

„Wenn du meinst …", sagte Dr. Hermanow und kuschelte sich in seinen Sitz.

Begeistert saß Julie still da und erinnerte sich an die Gespräche, die sie mit Aria geführt hatte, als Aria mit loser Zunge über die NSA und das Bettgeflüster ihres Freundes sprach. Neil, ein Geek wie ihr Onkel, war ganz vernarrt in diese unbekannte Spezies. Und in letzter Zeit, als sie miteinander telefonierten, hatte Neils Arbeit endlich internationale Aufmerksamkeit erregt und das Pentagon war involviert. Aber Aria hatte nicht gesagt, warum. Neil durfte es ihr nicht erzählen, das hatte er geschworen. Julie wollte es ihrem Onkel sagen, doch er gähnte und rieb sich die Augen, und da beschloss sie, ihm später davon zu erzählen.

Nach nur wenigen Stunden Schlaf in der letzten Nacht, gefolgt von einer dreistündigen Autofahrt, einer Flugplanänderung und einer weiteren dreistündigen Wartezeit in der Lounge, machten es sich die beiden für den Langstreckenflug nach Atlanta bequem.

33
DIE VOICEMAIL

Fast neun Stunden nach dem Abflug vom Flughafen Frankfurt, lehnte sich Dr. Hermanow zu seiner Nichte hinüber und strich ihr das Haar aus der Stirn. Er küsste seine Finger und legte sie auf ihre Wange. Die Stewardess lächelte über seine Geste, als sie an ihm vorbeiging.

„Julie? Julie?", flüsterte er. Sie regte sich. „Komm schon, Schlafmütze, es ist Zeit, aufzuwachen." Er stupste sie sanft an.

Sie hob ihre Schlafmaske und drehte sich zu ihrem Onkel um, der sich aufgesetzt hatte und ausgeruht aussah. Auf dem Bildschirm seines Bordfernsehers lief der Abspann, während er seine heiße Schokolade zu Ende trank, wie er es in der Werbeagentur tun würde.

„Hey, wie spät ist es?", murmelte sie und nahm ihre Schlafmaske ab.

„Na, dir auch hallo. Es ist ... genau die richtige Zeit zum Aufwachen", schmunzelte er.

„Das überrascht mich. Ich hätte nicht gedacht, dass ich so müde bin." Julie setzte sich auf. „Wenigstens bin ich nicht die Einzige, die noch schläft", murmelte sie und sah den Mann gegenüber an.

„Ja, das sehe ich. Er ist schon abgehoben, bevor es überhaupt losgegangen ist."

„Was hat dich eigentlich so munter gemacht, Onkel?"

„Ich habe darüber nachgedacht, was du zu mir gesagt hast."

„Ach ja ... welcher Teil?"

„Ich war ein ziemlicher Narr, nicht wahr ... ein Idiot, um die Wahrheit zu sagen. Ich habe mein Leben vergeudet, deines, ganz zu schweigen von Tante Margarets. Ich stehe kurz davor, mit einem Megaphon zu rufen – *Donahkhamoun bist du hier irgendwo?* – um nicht völlig zu versagen."

„Was bringt dich dazu?"

„Heute ist das Datum, das auf dem Papyrus angepriesen ist, und sieh dich um. Nichts ist anders. Jeder tut das, was er tun soll, der Himmel ist derselbe, es fallen keine Meteore auf die Erde und es gibt keine Warnungen, die das Gegenteil behaupten. In der Tat, liebes Mädchen, ich befolge deinen Rat. Diese Uhr an meinem Handgelenk wird direkt zum Grund des tiefen blauen Meeres versunken. Also ... lass uns die kommende Woche genießen."

Julie war verblüfft über den plötzlichen Sinneswandel ihres Onkels. „Und was ist mit diesem Marco? Willst du den etwa vergessen?"

„Natürlich nicht, ich werde mich mit ihm treffen, um zu hören, was er zu sagen hat. Aber ich jage keinen Tag länger mehr Geistern hinterher."

Einfach so kündigte ihr Onkel! Genug ist genug, hatte er mit so vielen Worten gesagt. Julie konnte es nicht fassen. Meint er es wirklich ernst, fragte sie sich, oder war es ein schlechtes Gewissen, das ihn plötzlich überkam?

„Aber Onkel, ich kann doch ..."

„Nein, Julie", versicherte er. „Du, mein Mädchen, wirst damit nichts mehr zu tun haben. Es ist, als würde man Narrengold hinterherjagen. Ich hätte aufhören sollen zu suchen, als ich den Schatz gefunden habe. Das war mein größter Tag und ich hätte es danach sein lassen sollen."

„Das klingt nicht nach dir, Onkel."

„Nicht wirklich, oder? Aber ich kann nicht zulassen, dass meine Lieblingsnichte so unzufrieden wird wie ich."

„Deine einzige Nichte, meinst du", lächelte sie.

„Wenn wir nach Hause kommen, gibt es für dich keine Nachforschung mehr. Ich verbrenne meine Arbeit, und du, junge Dame, kannst deine Tante Margaret in der Agentur ersetzen. Du bist im richtigen Alter, um die Zügel in die Hand zu nehmen. Außerdem habe ich das deiner Tante am Telefon versprochen, bevor wir Frankfurt verlassen haben. Sie sagte, es sei an der Zeit, dass wir endlich die Weltreise machen, von der wir immer gesprochen haben. Sie zieht sich zurück, geht in den Vorruhestand, und du wirst zu ihrer Nachfolgerin ernannt. Mit all dem Geld, das du verdienen wirst, bist du dann in der Lage, deine eigenen Abenteuer zu machen!"

„Ich, ich weiß nicht, was ich sagen soll, Onkel", antwortete sie etwas verblüfft.

Sechs Jahre hatte Julie darauf verwendet, mal bei etwas Großem mitzuspielen. Sie und Aria waren junge Frauen und fieberten danach zu erfahren, welche Geheimnisse diese Welt mit sich barg. Es ist nicht so einfach, ihre Neugierde abzuschalten ... einfach so, nur um dann zu entscheiden, ob die Kuh auf der Wiese oder doch besser die Milchkanne das Logo einer Milchtüte zieren sollte. Sie musste erst einmal gut darüber nachdenken. Doch als Geschäftsführerin der Werbeagentur würde sie ein stattliches Einkommen haben – schließlich bezahlte normalerweise niemand für solche Unternehmungen. Letztendlich war es ein Mythos, den ihr Onkel verfolgte. Julie beugte sich vor und küsste ihren Onkel auf die Wange, um ihm für die Gelegenheit zu danken und ihm zu sagen, er solle sich auch bei Tante Margaret bedanken, falls er vor ihr mit ihr telefonieren würde. Sie schob die Decke beiseite und betrachtete die Kabine. Zeitungen und Zeitschriften waren in die Sitztaschen der Passagiere gestopft, die Flugbegleiterin weckte den verschlafenen Mann, und die Stimme des Kapitäns sprach leise über den Lautsprecher.

Julie betrat das Badezimmer und starrte in den Spiegel. „Fuck!", rief sie, schlug gegen das Waschbecken und versuchte, sich damit abzufinden. „Sechs Jahre", sagte sie zu sich selbst. Die Warnung ihrer Tante Margaret klang laut und deutlich in ihrem Kopf: *„Ich erinnere mich, wie ich selbst einst in Gareths Welt verschlungen wurde."* Hatte sie die ganze Zeit recht gehabt? Vielleicht war es an der Zeit, aufzuhören, räumte Julie ein, als sie aus dem Bad trat.

„Kann ich Ihnen etwas bringen, Madam? Wir werden in einer Stunde landen", fragte die Flugbegleiterin.

„Ich denke, ich werde mir vorher noch ein wenig die Beine vertreten, wenn Sie nichts dagegen haben."

„Wie Sie wünschen ... dann werde ich mir erlauben, etwas für Sie vorzubereiten und es neben Ihrem Sitz abzustellen."

„Ja, danke. Das wäre sehr nett."

Dr. Hermanow grinste, als seine Nichte an ihm vorbeiging, dann drehte er sich um und sah aus dem Fenster. Julie ging unterdessen die Treppe hinunter in die untere Etage und weiter in den Stewardess-Bereich. Eine Flugbegleiterin lächelte, und Julie spähte hinter den Trennvorhang und blickte in die Business Class. Jeder Platz war besetzt. Die Köpfe drehten sich mit neidischen Blicken als würden sich fragen, was sie hier zu suchen hatte. Es herrschte ein reges Treiben, ganz anders als die Stille der First Class. Dann schaute sie durch den Spalt des offenen Vorhangs in die Economy Class, in der es etwas lauter zuging. Eine Mutter tröstete ihr weinendes Baby und schaukelte es in ihren Armen, während sie im Gang den Sitzen entlang auf und ab ging. Sie sah Julie und Julie winkte ihr zu. Die Mutter versuchte, zurückzulächeln, war aber offensichtlich gestresst.

In diesem Moment begriff Julie, dass es, egal wie viele Jahre der Mensch auf der Erde lebte, im Großen und Ganzen drei Klassen gab – nichts hatte sich geändert, was die Menschheit betraf. Und wo würde sie in zehn Jahren sein? Würde sie eine Mutter sein, die ihr Baby in der Economy Class hält, oder eine Mutter mit ihrem Baby in der First Class? Vielleicht war es an der Zeit, ihr neues Jobangebot zu überdenken und in die Zukunft zu blicken. Heute jedoch genoss sie das Angebot ihres Onkels. Sie war auf dem Weg in die Karibik und freute sich darauf, Aria von ihren Erlebnissen zu erzählen, wenn sie zurückkam.

„Entschuldigen Sie bitte. Sie sind doch Miss Hermanow, oder?", unterbrach die Flugbegleiterin.

Julie drehte sich um. „Ja, die bin ich."

„Ihr Anschlussflug auf die Bahamas mit Air France wird früher als geplant abfliegen, deshalb haben wir den Transport zum Flugzeug direkt von diesem Flug aus organisiert, sobald wir gelandet sind. Abgesehen von Ihrem Handgepäck wird der Rest Ihres Gepäcks im Laufe des Tages zum Flughafen Nassau geflogen und direkt in Ihr Hotel gebracht."

„Oh, ich verstehe. Na, das ist ja praktisch."

„Ich glaube, sie werden im Ocean Club logieren, nicht wahr?"

„Das ist richtig. Haben Sie meinen Onkel informiert?"

„Ja, das habe ich. Oh, und meine Kollegin hat angerufen und gesagt, dass sie Ihnen oben etwas Warmes zu essen hingestellt hat. Beeilen Sie sich bitte, wir räumen bald ab."

„Danke, ich gehe dann mal besser."

Während Julie ihr Essen verzehrte, suchte ihr Onkel auf seinem iPad nach Dingen, die sie während ihres einwöchigen Aufenthalts auf den Bahamas unternehmen konnten. Damit Julie nicht auf dumme Gedanken kam, begann er vorsichtshalber, seine Nichte mit Bildern des Ocean Club zu beeindrucken. Zum Schluss buchte er ihr eine Spa-Behandlung nach ihrer Ankunft. Dr. Hermanow hatte die feste Absicht, sich mit Marco zu treffen – allein. Nachdenklich tippte er mit dem Finger auf seine Uhr. Ein Lächeln erschien auf seinem Gesicht und er wandte sich ab. Sein Spiegelbild im Fenster leuchtete ihm entgegen. Wegen der außerplanmäßigen Flugänderung fragte er sich, ob er gleich ein paar alte Bekannte treffen würde. Vielleicht Zeitwächter wie er selbst war. Er schwieg und sein Lächeln wurde breiter.

Fünfzehn Minuten später kam das Flugzeug zum Stehen, und die Hermanows waren die Ersten, die aussteigen durften. Während die anderen Passagiere zurückgehalten wurden, lief der Transferfahrer die mobile Treppe hinauf.

„Das sind Dr. Hermanow und seine Nichte Julie", sagte die Stewardess zu dem Fahrer.

Der Fahrer schaute auf sein Klemmbrett. „Perfekt, wenn Sie beide mir dann bitte folgen würden, gehen wir direkt zum Flugzeug. Es ist fast aufgetankt und bereit zum Start."

„Das sieht nach einem großen Flughafen aus. Werden wir es rechtzeitig schaffen?", fragte Dr. Hermanow im Inneren des Wagens.

„Der Kapitän weiß, dass wir auf dem Weg sind. Sie werden es schaffen!"

„Zehn Minuten", wiederholte Julie.

„Ja, Ma'am", antwortete der Fahrer freudig.

Sofort zog Julie das Telefon aus ihrer Tasche. „Mist, noch

nichts von Marco", murmelte sie zu ihrem Onkel. Sie sah die Voicemail von Aria und öffnete sie.

„*Jules, Neil ist tot. Hier geschieht etwas, mit dem man nicht spielen sollte! Aber ich muss dir etwas sagen und ich …*" *Aria hielt inne.* „*Scheiße, ich muss mich beeilen … Ich werde verfolgt. Was auch immer du tust, versuch bitte nicht, mit mir in Kontakt zu treten. Ich werde dich finden, wenn es sicher ist.*"

Die Verbindung brach ab. Erschrocken über Arias Aussage, blickte Julie verlegen zu ihrem Onkel.

„Was ist los, Julie?" Dr. Hermanow blickte finster drein.

„Ähm, ähm, nichts …"

Hastig stöpselte sie ihre Kopfhörer ein und spielte die zweite Aufnahme ab.

„*Jules, hör mir gut zu. Als ich Neil gezeigt habe, was du mir geschickt hast, hat er mich sofort in seinen Arbeitsbereich im Untergeschoss der NSA mitgenommen. Ich war zuvor noch nie dort gewesen, aber da war dieser riesige Raum. Meine Güte, Jules, da waren zwölf Tierhäute verschiedener Art, ähnlich zu deiner, auf speziellen Glasplatten befestigt, alle in einer Uhrformation angeordnet. In der Mitte war eine weitere Glasplatte. Sie war leer. Sie war für ein dreizehntes Fell gedacht, und zwar jenes in deinem Besitz. Neil druckte das Foto auf einen durchsichtigen Kunststoff und überzog es testweise mit einer Art Paste. Er legte es auf die leere Platte und betätigte einen Schalter. Auf einmal tauchten die Chiffren einer fremden Sprache in 3D-Form auf. So etwas habe ich noch nie gesehen, Jules. Neil sagte, es ist eine unbekannte Quelle, die mit den Planeten des Universums verbunden ist und allerlei anderen abgefahrenen Dingen, die ich nicht erklären kann. Die Haut, die dein Onkel hat, ist offenbar das ursprüngliche Stück – das Hauptelement. Jetzt wird's verrückt! Du und ich, wir hatten recht mit einer dem Menschen unbekannten Spezies. Diese Häute geben Signale im ganz hohen Frequenzbereich ab. Neil sagte, dass diese Frequenzen Anweisungen oder Nachrichten an die sind, die unter uns leben. Es ist ihre Sprache. Ihr Ziel ist es, das Gleichgewicht wiederherzustellen. Unter diesen Signalen gibt es auch Vorhersagen, Vorwarnungen vor katastrophalen Ereignissen, die eintreten werden, wenn das Gleichgewicht nicht wiederhergestellt wird.*

Nach Neils Einschätzung hätten Hiroshima, die Zwillingstürme, die Tsunamis und die Eisschmelze allesamt verhindert werden können, wenn der Mensch nicht so einen unstillbaren Appetit auf mehr gehabt hätte! Es ist die Gier, Jules. Reine Gier ist die Quintessenz von Allem. Neil warnte immer wieder alle, die weiter oben in der Hierarchie standen. Seine Berichte wurden immer mit einem Achselzucken abgetan. Und warum? Ignoranz und Sturheit. Die hochrangigen Beamten hatten alle seit Jahren gesehen, was in diesem Raum war, aber sie taten es mit einem Achselzucken ab, weil es nicht ihr Problem war. Der wahre Grund war, dass sie sich keinen Reim darauf machen konnten. Niemand war in der Lage, diesen speziellen Quellcode zu entschlüsseln. Die Entscheidungen der Welt hätten auf den Berechnungen eines Geeks und auf Tierhäuten beruht! Wer in der Führungsetage würde der erste Sündenbock sein wollen, der das auf den Tisch bringt?"

Plötzlich herrschte Stille auf der Aufnahme. Julie hörte Verkehrsgeräusche, Züge und das Durcheinander in einer verkehrsreichen Gegend. Plötzlich hörte sie wieder Aria, die schluchzte, als ob sie weinen würde. Dr. Hermanow wollte sie unterbrechen, als der Fahrer auf ihr Flugzeug zeigte, aber Julie winkte entschlossen mit der Hand, um sie nicht zu unterbrechen.

„Bevor Neil bei der NSA angestellt wurde, war diese Abteilung ein Experiment mit einem geringen Budget. Man ging davon aus, dass diese Häute keine Bedrohung darstellten – ein unbedeutendes Problem, noch weniger als ein Angriff von Marsmenschen aus

dem All. Aber Neil konnte es nicht lassen. Er hatte eine natürliche Begabung für diese Sprache. Er hielt seine Nachforschungen geheim und nahm sie mit nach Hause, wie es dein Onkel tat. Er überprüfte alles dreifach und stellte sicher, dass seine Ergebnisse unwiderlegbar waren. Nachdem sich drei dokumentierte Naturkatastrophen in der Welt bewahrheitet hatten, landete eine Kopie seiner Arbeit auf dem Schreibtisch des Präsidenten im Oval Office. Das war vor einem Monat oder so. Letzte Woche hielt der Präsident ein Treffen mit verschiedenen Staatsoberhäuptern ab. Sie trafen sich heimlich, zwei Tage lang. Jules, sie waren im selben Raum, in dem ich heute war. Neil sagte mir, er habe die Staatsoberhäupter persönlich angesprochen. Die Staatsmänner waren zynisch. Sie waren stinksauer auf den Präsidenten, weil er ihre Zeit verschwendete. Bis der Präsident erklärte, dass sie alle zusammengekommen waren, um die nächste Weltkatastrophe zu erleben. Neil gab die genauen Koordinaten an. Fünf Minuten später hatten sie alle die Hosen voll. Ein zehn Meilen langer Spalt fraß sich durch Mexiko. Das war letzte Woche. Eine Vorhersage, die vor fünf Jahren aus den Tierhäuten entschlüsselt wurde! Das hat ihre Aufmerksamkeit erregt. Die Tierhaut, die du hast, Jules, ist das böse Instrument zur Zerstörung, hat Neil mir gesagt! Stell dir vor, welche Macht so ein Ding in den falschen Händen hätte. Das ist unvorstellbar!"

Plötzlich wurde Arias Stimme leiser, als ob sie sich verstecken würde.

„Es gibt drei Leute, die dieses Zeug deuten können. Einer ist vor fünf Tagen gestorben. Vor drei Stunden ist Neil von einem Dach gesprungen; und zwar nicht aus freien Stücken. Die dritte, die ursprünglich für die NSA gearbeitet hat, ist vor Jahren zu einer Investmentbank gewechselt. Sie ist jetzt eine vermisste Person. Ich bin vielleicht paranoid, aber ich hau hier ab! Verdammt! Da kommt jemand ..."

Der Fahrer öffnete Julie die Tür am Fuß der Flugzeugtreppe.

Gareth sah den verwirrten Gesichtsausdruck seiner Nichte. Sie gab ihm ein Zeichen, dass sie gleich kommt. Julie konnte hören, wie Aria um ihr Leben rannte und versuchte, ihren Anruf zu beenden, um Julie vor etwas zu warnen.

„*Scheiße, sie sind hinter mir her! Jules, wirf dein Handy weg! Du musst es sofort loswerden! Sie erfassen Nachrichten und Anrufe. Du und dein Onkel, ihr schwebt in Lebensgefahr ... Lasst mich in Ruhe, ihr Mistkerle, lasst mich ... Jules ...*"

„Oh mein Gott!", schrie Julie auf.

Einen kurzen Moment lang saß sie wie vom Donner gerührt. Ihr Herz raste und sie war nicht in der Lage, sich zu konzentrieren.

„Julie, komm schon. Wir wollen den Flug nicht verpassen", murmelte ihr Onkel und beugte sich zu ihr auf den Rücksitz hinunter.

„Ja, klar. Ich komme", antwortete sie und riss sich aus ihrem tranceartigen Zustand.

Plötzlich wurde Julie allen gegenüber misstrauisch und griff nach ihrer Handtasche. Da sie vergaß, den Reißverschluss zu schließen, fiel der Inhalt auf den Rücksitz. Hastig raffte sie alles zusammen und stieg dann eilig aus dem Fahrzeug aus. Ihre Hände zitterten und ihre Augen waren voller Angst.

„Bist du sicher, dass es dir gut geht, Julie?", fragte ihr Onkel erneut.

„Ja, das bin ich." Sie kam wieder zu sich und erwartete, dass gleich ein paar Dutzend roter Punkte auf ihrer Brust aufleuchten würden. „Tut mir leid, Onkel. Ich erzähle es dir später. Lass uns einfach ins Flugzeug steigen, wenn es dir nichts ausmacht."

Hastig rannte sie fast bis zum oberen Ende der beweglichen Treppe der Boeing, wobei sie unterwegs den Akku ihres Handys herausnahm. Plötzlich war ihr goldenes Ticket auf die Bahamas zu ihrem schlimmsten Albtraum geworden. Dr.

Hermanow folgte dicht hinter ihr und erkannte die Aufregung seiner Nichte. Aber er sagte nichts und ließ es über sich ergehen. Was auch immer sie beunruhigt hatte, Julie würde es zu gegebener Zeit erzählen. Sofort wurden sie von der Flugbegleiterin in den vorderen Teil des Flugzeugs geführt. Innerhalb weniger Minuten befand sich der Boeing-Jumbo-Jet in der Luft und Julie drückte immer noch fest die Hand ihres Onkels.

„Du packst ganz schön fest zu, Schatz", murmelte er.

„Es tut mir leid, Onkel."

„Was auch immer Aria gesagt hat, und ich nehme an, es war Aria?"

„Ja, es war …"

„Glaub mir, es wird sich alles klären", sagte er ruhig und entlockte der Flugbegleiterin ein Lächeln. „Wenn du mir etwas mitteilen willst, dann sortiere es kurz in deinem Kopf und gib es dann kurz und bündig weiter. Geplapper bringt uns nicht weiter."

Aber wie sollte Julie ihre Last auf ihren Onkel übertragen? Sie hatte sich eingemischt. Sie hatte nicht um Erlaubnis gebeten, die Bilder zu versenden. Ist das der Grund, warum ihr Onkel es nie jemandem erzählt hat, fragte sie sich. Wegen dieser Nachricht wurde Neil getötet und jetzt möglicherweise auch noch ihre beste Freundin. Und dann war da noch Marco. Er hatte die Nachricht auch bekommen. Das war ihre eigene Schuld, und sie hatte Angst, es ihrem Onkel zu sagen. Sie brauchte einen Moment für sich und stand auf, als die Flugbegleiterin herüberkam.

„Hier bitte, Julie ist dein Name, nicht wahr?", sagte sie und reichte ihr eine kleine Flasche Wasser.

„Äh, ja, woher wissen Sie das?"

„Es ist mein Job, das zu wissen."

„Kennen Sie jeden mit Vornamen?", fragte Julie misstrauisch.

„Auf diesem Flug schon."

„Oh, das tut mir leid. Ich wollte nicht unhöflich sein", entschuldigte sich Julie.

„Bitte schön, Dr. Hermanow." Die Flugbegleiterin hielt inne. „Oh, sorry, Gareth", sagte sie und blickte dabei Julie lächelnd an, „für dich gibt es auch eine Flasche Wasser und ein Glas dazu."

„Danke", erwiderte Gareth und starrte auf ihr Dekolleté. „Ich konnte nicht umhin, deine Halskette zu bewundern." Julie drehte sich zu ihm um.

„Ist das alles, was du bewundert hast?" Die Stewardess grinste frech.

Julie riss die Augen auf, überrascht von der Frechheit und der Vertrautheit mit ihrem Onkel. Sie beschloss, sich in den hinteren Teil der leeren First-Class-Kabine zu begeben und einen Blick in die anderen Klassen zu werfen, wo es ungewöhnlich ruhig war.

„Das sieht einzigartig aus", kommentierte Gareth.

„Ist es auch. Es ist ein Einzelstück."

„Darf ich?", fragte er.

„Natürlich darfst du." Die Flugbegleiterin kniete sich neben ihn. Dr. Hermanow legte den Anhänger in seine Hand und betrachtete ihn genauer. „Weißt du von seiner Bedeutung?", erkundigte sie sich.

„Ich muss zugeben, ich bin mir da nicht so sicher."

„Keine Sorge, das wirst du noch."

„Diesmal hast du es ganz gut hingekriegt, nicht wahr? Ich hatte schon fast die Hoffnung aufgegeben."

„Ein wenig, ja. Die Dinge sind im Laufe der Jahre ziemlich kompliziert geworden. Aber es ist alles koordiniert. Und du hast dieses Mal deine Nichte dabei, wie ich sehe."

„Ja. Sie ist mein Schützling. Sie steigt in das

Familienunternehmen ein."

Die beiden standen auf und umarmten sich freundlich.

„Es ist schön, dich wiederzusehen, Gareth."

„Dich auch, meine Liebe, dich auch."

Während die beiden sich unterhielten, wurde Julie immer unruhiger. Die Business Class war leer und die Economy Class auch. Und es gab keine Stewards mehr im Flugzeug. Als sie den hinteren Teil des Flugzeugs erreichte, klopfte ihr Herz. Voller Angst und Ärger über sich selbst konnte sie ihren Onkel nicht auf diese Weise sterben lassen. Sie rannte mit voller Geschwindigkeit den leeren Sitzen entlang zurück und schrie dabei lauthals.

„Sie werden uns umbringen! Onkel!", stieß sie hervor und blieb stehen, als sie in die First Class stürmte.

„Das ist ein Abenteuer, Julie. Ich glaube, das ist es, was du wolltest, nicht wahr?", sagte er ruhig.

Die Flugbegleiterin reichte ihr die Hand. „Mein Name ist Ivana", sagte sie und stellte sich förmlich vor. „Für den Rest der Reise werde ich euch begleiten. Schnallt euch an, das könnte ein ziemlich holpriger Flug werden."

34
MOTORRADGANG

Es fing leicht an zu regnen, als Marco und Ehab von hinter dem Einkaufszentrum, in der Nähe des Old Times Square, auf die offene Straße fuhren.

„Verdammt, das hat mir gerade noch gefehlt!", platzte Marco heraus.

„Du und der Regen", kommentierte Ehab. „Wie auch immer, erkläre mir doch bitte einmal, warum wir zu Jacks Haus fahren?"

„Um sie zu sehen … Joanna Pradnarski", sagte Marco und deutete auf die Visitenkarte in der Mittelkonsole. „Wie ich dir schon im Café gesagt habe, wir brauchen einen Verbündeten. Du hast gesehen, womit wir es zu tun haben. Wenn sie nicht gewesen wäre, wären Red und ich bereits Geschichte."

Ehab erinnerte sich an den Zettel, den Jack ihm gegeben hatte, bevor er den Tempel verließ, und kramte in seiner Tasche. Der Name lautete Joanna, aber die Nummer war eine andere. Ehab schob den Zettel zurück in seine Tasche.

„Wie weit sind wir von dem Haus entfernt, Marco?"

„Ungefähr fünfzehn Minuten, würde ich sagen. Es ist riskant, ich weiß, aber es ist alles, was wir haben …"

„Was riskant ist, ist das Auto eines toten Mannes zu fahren, Ferrari hin oder her, wir müssen ihn loswerden und etwas anderes finden, um uns fortzubewegen."

„Das ist mir klar. Lass uns erst mal ein bisschen näher ranfahren und dann können wir …" Unerwartet kam ihnen ein rasendes Auto entgegen und schnitt die Kurve. „Scheiße!", schrie Marco und wich prompt aus, um einen Frontalzusammenstoß zu vermeiden.

Der entgegenrasende Wagen – ein Mercedes – hatte nicht so viel Glück und katapultierte sich durch die Graserhöhung am Straßenrand in die Luft. Als der Ferrari zum Stehen kam, flog der Mercedes kopfüber und sich vorwärtsdrehend über die Straße und prallte anschließend weiter vorne in einen ausgebrannten Bus, der in einem verlassenen Parkplatz direkt vor der verwilderten Einöde stand. Die Motorhaube wurde zerknittert, der Kühler zischte und der Motor wurde ein Stück zurück gedrückt, wodurch das Getriebe in das Auto geschoben wurde und der Fahrer eingeklemmt war. Das hintere Fenster war zusammen mit einigen anderen zersprungen und gab einen Blick auf die Verletzten frei. Beim Anblick des Wracks, das aufrecht auf der Seite stand, stieg Ehab sofort aus dem Ferrari, um zu helfen.

„Ehab, wir können nicht …", rief Marco, als Ehab los rannte. „Scheiße!" Prompt beschleunigte Marco, um ihn aufzuhalten. „Steig ein!", schrie Marco, lehnte sich über den Innenraum des Wagens und stieß die Beifahrertür auf. „Wir dürfen uns da nicht aufhalten lassen!"

„Sie brauchen unsere Hilfe!"

Plötzlich fiel die Stoßstange des Mercedes herunter. Der Kofferraum sprang auf, und Schusswaffen sowie Bargeld aus einer halbgeöffneten Sporttasche quollen heraus. Das Geräusch von Motorrädern näherte sich von der Straße und die Männer sahen sich um.

„Verdammte Scheiße", platzte Ehab heraus und sprang sofort ins Auto.

Marco fuhr zügig rückwärts und drehte den Wagen um hundertachtzig Grad, aber drei Motorräder rasten den Hang hinunter, zwei davon mit Beifahrern. Oben auf dem Hügelkamm standen zwei BMWs, aus denen Gangster mit Maschinengewehren stiegen.

„Los, Marco! Los!"

Marco raste vorwärts, wurde aber von den Bikern daran gehindert, den Parkplatz zu verlassen. Die Anführerin, Wantanee, winkte ihren Mädchen zu, den Mercedes nach dem Stein zu durchsuchen. Marco fuhr wieder rückwärts, drehte den Wagen und suchte nach einer anderen Möglichkeit zu entkommen. Wantanee blieb stehen und versperrte damit den einzigen Fluchtweg aus dem Parkplatz. In der Hoffnung, die Bikerin zu erschrecken, wendete Marco bald wieder und steuerte auf die Ausfahrt zu. Aber Wantanee machte einen Wheelie und fuhr direkt auf ihn zu.

„Verrückte Schlampe!", schrie Marco und stieg hastig auf die Bremse.

Eine Staubwolke wirbelte auf und umhüllte das Auto, als das Vorderrad der Enduro auf der Motorhaube des Ferraris landete. Wantanee zückte ihre Waffe und ließ das Motorrad sanft rückwärts vom Auto rollen. Sie stieg vom Motorrad ab und ging auf die Männer zu.

„Das ist doch Wahnsinn!", rief Ehab. Er drehte sich in seinem Sitz und beobachtete, wie die anderen Motorradfahrerinnen abstiegen. Auf einmal erblickte er Red, der sich außerhalb des Blickfelds der Bikerinnen am Wrack befand und sich an seine Tasche klammerte. Er kletterte aus dem zerbrochenen Heckfenster und schlüpfte unter eine rostige Blechwanne im

Gestrüpp, die neben einer alten, heruntergekommenen Hütte stand.

„Marco, Red ist hier", flüsterte Ehab, „unter dieser alten Blechwanne." Marco blickte sich um.

Aber auch Wantanee sah Red. „Schnell", sagte sie und richtete ihre Waffe auf den Ferrari. „Du antworten mir, ja oder nein! Kennen du Jade?"

„Äh … ja", stammelte Marco überrascht von der Frage.

„Gut. Wenn du wollen leben, dann nicht bewegen. Diese Leute bringen dich um, wenn du bewegen." Sogleich funkte Wantanee die Männer auf dem Hügelkamm an. „Bleiben dort. Halten die Straße sperren, während wir suchen."

Sofort schaltete sich Moi in das Walkie-Talkie-Gespräch ein: „Hast du den Amokaras, Wantanee?"

„Wir suchen jetzt Mercedes. Ich haben den Mann, dass Daniel sagen nicht töten und ein andere Mann in Jacks Auto."

„Behalte sie dort, beide lebendig!", befahl Daniel. „Wir kommen zu dir."

„Gib mir Schlüssel!", verlangte Wantanee von Marco. „Ich helfen Red. Dann fahren weg, bevor Daniel hier kommen. Ich haben Plan. Ihr bleiben jetzt im Auto, hören zu, bleiben im Auto. Ich will nicht babysitten drei Leute."

Ehab neigte den Kopf, um das Gesicht der Bikerin zu sehen. Wantanee tat ihm gleich – ein kurzer Blick auf den Mann, den Daniel ihnen befohlen hatte, am Leben zu erhalten. Daraufhin bückte sich Wantanee, riss den Peilsender von der Unterseite des Ferraris und ließ ihn auf dem Boden unter dem Auto liegen.

„Fuck, fuck!", schimpfte Marco und schlug wütend auf das Lenkrad, während Wantanee mit schnellen Schritten auf Red zuging. „Was zum Teufel machen wir jetzt?" Ehab fummelte hastig an den Kabeln unter der Lenksäule herum, um den Wagen kurzzuschließen. „Was machst du da?"

„Das ist unser Notfallplan. Hoffen wir, dass sie ihr Wort hält, sonst haben wir ernsthafte Probleme. Behalte die Wichser oben auf dem Bergkamm im Auge, Marco. Wenn sie abziehen, sag mir Bescheid. Ich behalte den Biker-Haufen im Auge."

Als drei von vier Bikerinnen begannen, den Unfallort zu durchsuchen, blieb Wantanee vor der Blechwanne stehen, nah genug, dass Red sie durch die rostigen Gucklöcher sehen konnte. Noch benebelt von dem Heroin, das durch seine Adern floss, bewegte sich Red und blieb mit dem Fuß an der Seite der Blechwanne hängen. Die vierte Bikerin, die Aufpasserin, saß auf ihrer Enduro und interessierte sich nur beiläufig für das Tun ihrer Kolleginnen. Überrascht hörte sie ein Klappern und blickte auf. Wantanee drehte den Kopf, stellte sich auf Reds Versteck und schaute zur Hütte.

„Katze", rief Wantanee und blickte zu der Aufpasserin zurück. „Halten still", flüsterte Wantanee zu Red. „Komm schon, Jade ... wo bist du?", murmelte sie vor sich hin und sah zu, wie ihre Bikermädchen in dem Autowrack nach dem Amokaras suchten.

Wie ein Aasgeier durchwühlte eine von ihnen den Kofferraum und verstaute ein Bündel Bargeld in ihrer Lederkombi. Eine andere Bikerin war auf den Mercedes gesprungen. Als sie in den Wagen blickte, sah sie Hayley, die durch eine Metallstange an ihren Sitz gefesselt und halb bewusstlos war. Die dritte Bikerin war auf den Rücksitz des Wagens geklettert und beugte sich über Marcus, der gegen die Hintertür gequetscht war.

„Lebt sie noch?", fragte die auf dem Autowrack stehende Bikerin und sah auf Hayley hinunter.

„Das wollen wir doch mal hoffen, oder?", sagte Josie, die Bikerin auf dem Rücksitz, und zerrte an der Metallstange.

„Igitt", lallte Hayley.

„Kaum ..." Als Marcus versuchte, aufzustehen, griff er nach

Josies langen Haaren. Daraufhin schlug Josie Marcus hart ins Gesicht. Sein Kopf sprang zurück wie ein Sandsack, und seine Nase blutete stark. „Idiot!" Josie zog noch einmal an der Metallstange und Hayley quiekte vor Schmerz. „Wo ist der Stein, Marcus?"

„Fick dich!"

Die Bikerin griff nach ihrem Schlagring. Diesmal schlug sie ihn hart, so dass seine Lippe aufplatzte und ein Zahn splitterte. Marcus spuckte Josie einen Mund voll Blut ins Gesicht. Wütend schoss Josie Hayley in den Hinterkopf. Marcus kochte vor Hass.

„Wir brauchen den Stein, Josie", sagte ihre Teamkollegin.

Josie wischte sich seinen blutigen Speichel mit der linken Hand ab und schmierte ihn Marcus ins Gesicht, dann drückte sie ihm mit Rechts ihre Waffe an die Wange. „Wo ist der verdammte Stein?" Marcus starrte stumm zurück, schnaufte und keuchte, ohne ein Wort zu sagen. Josie hielt das Bild von Red hoch. „Hat ihn dieser Kerl? Habt ihr ihn irgendwo rausgelassen? Ist es das?"

„Fick dich!"

„Falsche Antwort!" Josie stach ihm mit ihren Messer ins Bein. „Versuch's noch mal!" Die Aufpasserin auf dem Motorrad begann, sich für ihre drei Kolleginnen zu interessieren, die das Auto durchsuchten, und bemerkte, wie ungewöhnlich ruhig Wantanee war. „Letzte Chance, Marcus!", brummte Josie.

Marcus lachte verächtlich. „Es spielt keine Rolle. Nichts von alledem ist wichtig." Er dachte an die Worte der Priesterin zurück. „Ich habe mich für den Tod entschieden! Also fick dich!"

Josie verlor die Geduld. Sie zog das Messer aus Marcus' Bein und stach ihm in die Kehle.

„Hast du ihn?", fragte die Aufpasserin.

„Nein", antwortete Josie und sah zu Wantanee.

„Daniel und Moi auf Weg. Suchen noch einmal, alle. Stein müssen hier sein!", befahl Wantanee und drängte auf Zeit, als ihr Walkie-Talkie knisterte.

„Ein Motorrad nähert sich mit hoher Geschwindigkeit der Südseite", warnte ein Beobachter auf dem Hügel.

„Ich sehen. Ich kümmeren darum", antwortete Wantanee.

Es war Jade, die im Eiltempo mit einer Kawasaki auf den Parkplatz fuhr und auf die Bikerinnen am Autowrack schoss. Instinktiv feuerten sie zurück. Jade sprang von ihrem Motorrad und rollte sich hinter dem Ferrari in Deckung. Diesmal schaltete sich Wantanee in den Schusswechsel ein und schoss zurück. Doch anstatt auf Jade zu schießen, überraschte sie die Aufpasserin, die Bikerin auf dem Mercedes und jenen Aasgeier am Kofferraum des Autos. Josie richtete ihre Pistole auf Wantanee und verkroch sich in den Mercedes, während die Aufpasserin im Dickicht Deckung suchte und aus dem Blickfeld verschwand. Sofort sprangen die Söldner auf dem Hügelkamm in ihre Autos und fuhren der Hangstraße entlang hinunter.

„Tötet diese verdammte Schlampe!" Daniels Anweisungen kamen über das Walkie-Talkie. Verwirrt von Wantanees Handeln, begann Josie aus dem Wagen heraus zu schießen, aber Wantanee kannte keine Gnade und schoss in den Benzintank des Mercedes. Das Auto explodierte, ging in Flammen auf, und Josies Geschreie, wie sie lebendig verbrannte, waren zu hören. Für Wantanee gab es jetzt kein Zurück mehr. Hoffnungsvoll und voller Vertrauen sah sie Jade an, stieß eifrig die Blechwanne um und bot Red ihre Hand an.

Unerwartet rannte Jade mit voller Geschwindigkeit auf Wantanee zu und hob ihre Pistole. „Runter!", schrie sie und feuerte über Wantanees Kopf hinweg auf die Aufpasserin, die sich hinter die verfallene Hütte geschlichen hatte, um sie zu töten. Wieder rannte Ehab zu Hilfe, während die beiden Frauen einen verwirrten Red auf die Beine hoben. Ehab griff in die umgestürzte Blechwanne und schnappte sich die Tasche. Wie ein Feuerwehrmann hievte Ehab seinen Kumpel über die Schulter und rannte zurück zum Auto, während die Frauen zu den Motorrädern liefen.

„Beeil dich, Ehab", schrie Marco und hielt die Beifahrertür auf.

Als er die anderen Angreifer bemerkte, die den Hang hinunterfuhren, quetschte sich Marco neben seinen Cousin und Ehab rannte zur Fahrerseite. Wantanee warf Ehab schnell die Autoschlüssel zu.

„Folgen mir", sagte Wantanee und schoss auf die heraneilenden Angreifer zurück, um Jade zu decken. Einen Moment später startete Jade eine der Enduros und fuhr los, um Wantanee und dem Ferrari zu folgen, die aus dem Parkplatz rasten. Das Alles war jedoch nicht ihr Plan gewesen. Weder Jade noch Wantanee hatten damit gerechnet, dass der Mercedes verunglücken würde. Sie hatten auch nicht mit den Söldnern gerechnet, die sie verfolgten. Tatsächlich war dies die Stelle, an der Wantanees Gang und Vladimirs Männer getrennte Wege gegangen wären, und Wantanee und Jade hätten sich auf dem sieben Meilen entfernten Gestüt getroffen. Da Vladimirs Killer ihnen auf den Fersen waren, mussten sie nun improvisieren.

Währenddessen trat Daniel auf die Bremse, rasend vor Wut über den nächsten Verrat.

„Wantanee! Was zur Hölle passiert gerade?", schrie er verwirrt aus voller Kehle. Eine Weile saß er still da, gekränkt durch sein Unglück. Der Range Rover war im Leerlauf und weder Moi noch Vladimir wagten es zu sprechen. „Es muss das Werk von Donahkhamoun sein." Daniel war sich sicher. Eine Weile später, nachdem er über alles nachgedacht hatte, trat ein eingebildetes Lächeln auf sein Gesicht. „Vergesst das alles. Ich werde dafür sorgen, dass es nur einen Weg gibt, den sie gehen können! Wenn sie Verfolgungsjagd spielen wollen, dann spielen wir eben!"

„Katz und Maus", kommentierte Moi sarkastisch.

„Ja, Moi, Katz und Maus."

Zurück im Ferrari, während die Söldner näher kamen, griff Marco in den Fußraum des Wagens und schnappte sich Reds Tasche. Er konnte den Amokaras darin spüren, und beide Männer grinsten vor Erleichterung.

„Du siehst furchtbar aus, Cousin. Was ist denn mit dir passiert?"

„Ich wurde unter Drogen gesetzt. Ich brauche Wasser, viel davon. Ich habe es nicht wirklich mitbekommen. Ich sah Marcus Mortimer. Ich begreife das nicht. Er und ein Mädchen haben mir geholfen …"

„Sie sind tot, Red", klärte Marco ihn auf.

„Ehab, Mortimer sagte immer wieder, ich solle dir den Stein geben. Warum? Wie kommt es, dass du hier bist?"

„Keine Zeit, das zu erklären, Red", rief Ehab, als Jade auf dem Motorrad vorbeirauschte. „Scheiße, sie haben uns fast eingeholt", fluchte Ehab und schaute in den Rückspiegel.

„Wir hauen hier ab, Red", sagte Marco, „Jade ist hier! Das ist sie, vor uns."

Benommen hob Red den Kopf. „Jade?"

„Ja, die da rechts."

Nach einundzwanzig Jahren war sie wieder da, die Frau, die ihn als Kind verzaubert hatte. Wie sie ohne Helm die kurvenreiche Küstenstraße entlangfuhr, wehte ihr schönes Haar im Wind. Und als er einen Blick auf ihre Reflexion in den Seitenspiegeln des Motorrads erhaschte, als sie vor der Kurve über die Schulter blickte, sah Red, dass es dieselbe Frau war, die er gestern bei seinem frühmorgendlichen Jogging nicht retten konnte – seine Frau!

Als die beiden Frauen auf den Enduros durch die Kurven beschleunigten und die feuchte Straße abtrocknete, beschleunigte Ehab, um den Abstand zwischen ihm und den Autos hinter ihm zu vergrößern. Aber die Fahrer waren gut, zu gut für Ehab, und sie begannen, auf den Ferrari zu schießen. Eine Kugel traf den linken Seitenspiegel, und Ehab zuckte mit dem Lenkrad, als eine weitere Kugel den rechten traf. Mit der Anweisung, den Ägypter nicht zu töten, schossen die Männer durch das Seitenfenster in das Armaturenbrett und verfehlten Marco und Red auf dem Beifahrersitz nur knapp.

Wantanee gab Jade ein Zeichen, weiterzufahren, und ließ sich dann auf der Geraden neben Ehab zurückfallen. Nur knapp verpasste sie es, selbst angeschossen zu werden, und schrie in den Wagen hinein: „Das ist Ferrari, Schnuckelchen! Er hat viel Grip in Kurven. Schneller fahren oder wir tot!"

Plötzlich bog Wantanee abseits in die Hügel ab. Kurzzeitig richteten die Angreifer ihr Ziel auf Wantanee, als sie den Hügel hinaufflog. Äste knackten und Schutt stürzte herab, während die Söldner in den Hang feuerten und Wantanee verfehlten. Während die Angreifer mit Wantanee beschäftigt waren, vergrößerte Ehab den Abstand und fuhr jetzt selbstbewusst in die Schikane Richtung letzte Stück Gerade zu, bevor die Straße an der Klippe scharf in den Tunnel abbog.

Außerhalb der Reichweite der Söldner zückte Wantanee eilig ihr Scharfschützengewehr und kauerte sich auf den Boden. Hastig blickte sie durch das Gewehrobjektiv und sah, wie Jade im Tunnel verschwand, dann drehte sie das Gewehr zurück und folgte das Geschehen auf der Straße, vorbei am Ferrari zum vordersten Wagen der Angreifer, der sich dem Trio wieder näherte.

„Wir werden sie im Tunnel aufhalten, Vlad, bevor sie das Dorf erreichen!", hörte Wantanee über das Walkie-Talkie.

„Bremsen, bremsen", rief Marco nervös, als sich der Ferrari mit hoher Geschwindigkeit dem Klippenrand näherte. Doch Ehab forderte das Schicksal heraus und bremste im letzten Moment. Sein unerwartetes Manöver drängte die beiden Autos hinter ihm sehr nah zusammen. Somit wurde der hintere Wagen der Verfolger gezwungen, auf die Innenspur auszuweichen und den führenden BMW am Abbiegen zu hindern. Wantanee änderte ihr Ziel und schoss auf den Vorderreifen des hinteren Wagens. Der Wagen schlug einen unkontrollierten Haken nach rechts und traf die hintere Stoßstange des führenden Fahrzeugs. Der vordere Wagen der Verfolger kollidierte mit der hinteren Stoßstange des Ferraris und geriet ins Schleudern, als der Ferrari in den Tunnel einfuhr, bevor der vordere Wagen eine Sekunde später hundert Meter tief ins Meer stürzte. Der zweite Wagen drehte sich, um dem gleichen Schicksal zu entgehen, und kam schließlich am Rande der Klippe zum Stehen, mit zwei Rädern über dem Abgrund. Wantanee zielte erneut und eröffnete das Feuer auf die Männer im Auto, als sie versuchten, aus dem Schiebedach zu klettern, und zwang sie zurück ins Auto. Das Auto verlor das Gleichgewicht und Wantanee steckte ihr Scharfschützengewehr ein, als das Auto vor der Klippe kippte. Sofort fuhr Wantanee in aller Eile los, bergab zum Gestüt, wo Jade auf sie wartete.

Während Jade auf der Enduro vor dem Tor der Farm saß, drosselte Ehab die Geschwindigkeit und fuhr in das Farmfeld. Zwei Arbeiter winkten ihm zu, einer vom Sitz seines Traktors aus, der andere vom angehängten Anhänger aus. Beide Männer signalisierten ihm, weiterzufahren und sich auf den holprigen Weg zu den Ställen am anderen Ende des Feldes zu machen, wo ein Stallmädchen wartete.

„Sie ist gleich da!", rief Jade den Arbeitern zu. Der Traktorfahrer ließ den Motor an und sein Kollege begann, Heu vom Anhänger zu harken. „Komm schon, Mädchen", sagte Jade zu sich selbst und trieb Wantanee in ihren Gedanken an. Bald fuhr Wantanee durch das Tor, und Jade folgte zügig.

Rasch fuhr der Traktorfahrer vor und stieß das große weiße Tor zu. Er stellte den Motor ab und versperrte die Ein- und Ausfahrt. Sofort sprang er von seinem Sitz herunter und setzte sich auf den Zaun, um zu rauchen, als ob er gerade eine Pause machen würde. Sein Kollege pfiff nach den Pferden, welche zum Fressen herangaloppierten. Gerade als die Landarbeiter alle Vorbereitungen abgeschlossen haben, kamen aus der entgegengesetzten Richtung Daniels Söldner aus dem Dorf angefahren.

Ein dunkles Auto näherte sich, der Fahrer des Wagens bremste und blieb vor dem Tor stehen. Die anderen Gangster im Auto schimpften über ihren Fahrer und fragten ihn, warum er angehalten hatte. Der Arbeiter saß faul auf dem Zaun, blies unbeirrt Rauchzeichen und gab den Männern im Auto einen Gruß, als wolle er sagen: *„Was gibt's, mein Freund?"* Provoziert von seinen Kollegen, die ihm auf den Rücken klopften, fuhr der Gangster weiter.

Die beiden Landarbeiter atmeten aus und stützten sich mit den Armen auf dem Zaun ab, als sie die Männer im Tunnel verschwinden sahen, bevor sie den Alten oben im Farmhaus anriefen.

„Wie schaut's aus?", fragte der alte Mann.

„Ein Auto ist vorbeigefahren und hätte fast angehalten."

„Wurde irgendetwas gesagt?"

„Nein, kein Wort ..."

„Wie viele waren es?"

„Drei, glaube ich."

Einen Moment lang dachte der alte Mann nach. „Sie werden zurückkommen. Darauf kannst du dich verlassen. Mach einen der Vorderreifen des Traktors platt ... nein, besser noch, zerstich ihn. Wir müssen es so aussehen lassen, als ob du schon eine Weile dort feststeckst, damit sie nicht auf den Gedanken kommen, dass dies ein möglicher Fluchtweg ist. Diese Leute sind nicht dumm. Dann rufst du Big John's für einen Ersatzreifen an, falls sie uns überprüfen. Die dürfen keinen Verdacht schöpfen."

„Das werde ich sofort tun."

„Und noch etwas ... wenn sie zurückkommen und Fragen stellen, stell dich dumm. Sag so etwas wie ... du hast einen Sportwagen vorbeifahren sehen, aber du warst zu sehr mit deinen eigenen Problemen beschäftigt. Das sollte genügen. Und zeig in Richtung des Dorfes. Ich rufe dich an, wenn die Luft rein ist", befahl der alte Mann.

„Verstanden", beendete der Landarbeiter das Gespräch.

Oben im Farmhaus schaute Darren in Richtung der Ställe und war beruhigt, als er sah, dass Jade parallel in den Hof einfuhr, wie Ehab, Marco und Red in das halbumgebaute Scheunenhaus gegenüber den Ställen geführt wurden. Bis jetzt hatte der Plan funktioniert. Der alte Mann, der auf seiner Bank vor der Tür des Farmhauses saß, wies seinen ältesten Enkel Jacob an, seinen Bruder und seine Schwester zu holen und zum Hof hinunter zu laufen, um die Fahrzeuge zum Farmhaus zu bringen.

„Das war knapp, Darren", gab der alte Mann zu und zog seine Gummistiefel an.

„Es tut mir leid, dass ich dich in all das hineingezogen habe."

„Du brauchst dich nicht zu entschuldigen, nicht wenn es um diese Bastarde geht. Ich schulde euch viel mehr als das. Du und deine Familie habt uns aus einer wirklich schwierigen Lage geholfen. Das werde ich nie vergessen. Und dieses Mädchen von dir, nun, wenn sie nicht gewesen wäre, hätte meine Frau …" Der alte Mann unterbrach sich. „Tut mir leid, Darren, ich schweife ab, nicht wahr?"

Darren lächelte. „Das Loch im Garten … ist es schon fertig?"

„Es ist so groß wie ein Swimmingpool", übertrieb der alte Mann, „und die Bulldozer bringen in diesem Moment die letzten Steine. Aber das ist alles egal. Geh zu deinem Mädchen, solange du noch die Gelegenheit dazu hast. Ich werde mich hier um alles kümmern."

„Was glaubst du, wie lange du brauchst, um sie zu vergraben?"

„Ähm, nicht lange. Sobald die Kinder zurück sind, würde ich sagen, etwa zehn Minuten zum Auffüllen und Einebnen. Glaub mir, das wird niemandem auffallen."

Darren schüttelte die Hand des alten Mannes und machte sich auf den Weg, um die hundert Meter zum Hof zu gehen.

„Wir brauchen die Bikes und das Auto, Miss Jade", sagte Jacob, als er keuchend ankam.

„Sie gehören dir, Jacob."

„Könnten wir sie nicht einfach verstecken?", fragte er bescheiden.

„Wenn du Spritztour machen, landen du im Graben!", gab Wantanee zu verstehen, weil sie die Absichten des Teenagers voraussah und nahm ihr Scharfschützengewehr vom Motorrad.

„Hört zu, Leute, das ist eine ernste Angelegenheit", betonte Jade. „Wisst ihr noch, was mit eurer Oma passiert ist?" Die Gesichter der Teenager wurden traurig. „Dann tut, was euer Großvater sagt." Jade hielt inne. „Oh, und macht keine Dummheiten, wenn ihr hinter zum Haus fährt. Nicht die Motoren aufdrehen! Ihr werdet Aufmerksamkeit erregen."

„Miss Jade, bitte beeilen Sie sich", rief das Stallmädchen

ängstlich und hielt die Scheunentür auf. Die Teenager fuhren davon, und das Stallmädchen schloss sofort die Holztür, nahm den Wasserschlauch und begann, die Schmutzspuren im Hof, die die Fahrzeuge hinterlassen hatten, wegzuwaschen.

35
AUF DER FARM

Als Jade und Wantanee das halb-umgebaute Scheunenhaus betraten, hatten sich Ehab, Marco und Red aufgeteilt und spähten aus den Fenstern, um sicherzugehen, dass ihnen niemand gefolgt war. In der Mitte des großen, offenen Raums stand ein Zementmischer, daneben Zementsäcke, Werkzeug und alte Eimer. Weiter östlich waren Ziegelsteine an den Wänden abgeladen worden. Eine neu eingebaute Treppe führte in das Obergeschoss, zu welchem Marco für eine bessere Aussicht hinauf ging. Hinter der Treppe wehte eine leichte Brise, die die frisch gestrichenen Decken durchlüftete.

Red öffnete die Terrassentür. Vor sich sah er ein Waldstück und eine geebnete Fläche, die später einmal ein Garten werden sollte, wobei die gefällten Bäume zur Seite gestapelt waren. Einen Moment lang betrachtete er die Umgebung, bis das Brummen eines Bulldozers die Stille vertrieb. Abgelenkt, blickte Red zum Farmhaus und beobachtete die Reaktionen der Teenager, als der Bulldozer den Ferrari in sein Grab schob. Mit einem Grinsen im Gesicht ging er zurück in das Scheunenhaus und schloss die Terrassentür hinter sich.

Während die Männer wieder zusammengekommen sind, hörten Jade und Wantanee dem Durcheinander auf Wantanees Walkie-Talkie zu.

„Beide Autos sind über die Klippe gefahren. Sieht aus, als gäbe es keine Überlebenden", meldeten sich die Gangster.

„Die sind mir scheißegal!", ließ Daniel ab. *„Wo zum Teufel ist diese verdammte Thai-Schlampe? Das ist alles ihr Tun. Jetzt findet mir diesen Ägypter!"*

„Vielleicht sind sie umgekehrt ... aber sie sind nie an uns vorbeigekommen. Wenigstens haben wir nicht ... "

„Agh!", schrie Daniel und unterbrach sie mitten im Satz. *„Das ist mir alles scheißegal. Spürt sie auf! Tötet die Schlampe und bringt mir den ... "*

„Ende, Jade. Wir offiziell von Kommunikation weg ", kommentierte Wantanee.

„Na ja, immer hin ...", begann Jade ihren Satz, aber wurde von Red abgelenkt, der sich ihr gerade näherte. Ihre beiden Herzen klopften. Doch plötzlich flog die Scheunentür auf, und schleunig richteten Jade und Wantanee ihre Gewehre darauf.

„Ich bin's nur!", schrie Darren.

„Darren ..." Jade ließ ihre Pistole sinken. „Wantanee, kannst du mir eine Minute geben und die Jungs in die Küche bringen?"

„Klar." Wantanee wandte sich den Männern zu und führte sie weg.

Darren umarmte Jade. „Wir haben uns schon Sorgen gemacht, dass du es nicht schaffst." Er ließ sie los, hielt aber ihre Hände fest. „Dieser Mistkerl hat alle Straßen blockiert. Ich hatte Glück, irgendwie hierhergekommen zu sein." Jade blickte flüchtig nach draußen. „Ich war vorsichtig. Keiner ist mir gefolgt", sagte Darren.

„Wir wussten, dass dieser Tag irgendwann kommen würde, Darren."

„Es kommt alles so plötzlich."

„So ist das nun mal. Aber du weißt doch, wie es läuft, oder? Wir sind es schon oft durchgegangen." Darren nickte zustimmend. „Ich fürchte, jetzt wird es ernst."

„Mach dir keine Sorgen um uns, Jade. Wir sind gut organisiert. Melanie war schon am College und die beiden warten auf mich. Es läuft genauso, wie du es geplant hast."

„Gut. Hier, nimm das. Das ist der Schlüssel für das Schließfach."

„Wenn die Straßen wieder frei sind, und das werden sie sehr bald, holst du sie ab. So schnell du kannst."

„Das hört sich so an, als würdest du nicht mitkommen. Ich dachte …"

„Leider haben sich meine Pläne etwas geändert. Ihr werdet das ohne mich machen müssen."

Darren wurde plötzlich unruhig. „Aber was soll ich sagen …"

Jade unterbrach ihn. „Es gibt nichts zu sagen, Darren. Ich habe ihr schon alles erklärt. Sie ist ein kluges Mädchen. Sie wird dafür sorgen, dass ihr sicher ankommt."

„Sie wird dich vermissen …"

„Es ist das Beste, sich über solche Dinge nicht den Kopf zu zerbrechen. Bleib konzentriert. Das Wichtigste ist, euch an einen sicheren Ort zu bringen. Kehrt also unter keinen Umständen in das Haus oder das Café zurück. Hast du das verstanden?"

„Ja."

„Es werden noch einige auftauchen und auf euch warten. Wenn sie euch erwischen, werden sie euch foltern, um an mich heranzukommen." Jades Worte füllten Darrens Augen mit Tränen. „Noch eine Sache, Darren … bitte überprüfe Melanies Tasche noch einmal. Du weißt, wie sentimental sie ist, aber sie darf nichts mitnehmen, egal wie klein es ist. Da sollte nichts sein, was dich mit dem Leben hier oder mit mir in Verbindung bringen könnte. Nicht einmal ein Foto. Würdest du das für mich tun?"

„Ich kümmere mich darum, versprochen", versicherte Darren. „Sie reisen mit leichtem Gepäck, genau wie du gesagt hast. Jede nur einen Rucksack, keine Handtaschen, keine Extras."

„Und du?"

„Du sagtest, ich solle nichts mitnehmen …"

„Ich sehe nur nochmal nach. Dein Rucksack ist im Schließfach. Da ist alles drin, was ihr braucht. Neue Identitäten, Pässe, Bargeld, Kreditkarten, Bankkonten, alles unter eure neuen Namen. Nur Bargeld benutzen. Keine Kreditkarten, bis ihr euer Ziel erreicht habt." Jade nahm Darren die Tüte aus der Hand. „Sind das eure alten Ausweise, Kreditkarten und so weiter?"

„Ja, alles, was wir haben."

Prompt ging Jade zu dem Metalleimer des Handwerkers hinüber und warf die Plastiktüte hinein. Sie spritzte eine brennbare Flüssigkeit darüber, zündete dann ein Streichholz an und setzte den Inhalt in Brand.

„In deinem Rucksack, Darren, befindet sich eine umfangreiche Mappe. Öffne sie auf dem Flug nach Europa und nicht vorher. Befolg die Anweisungen. Wort für Wort. Und benutzt von nun an nur noch die neuen Identitäten."

„Und am Flughafen? Da kennt man uns, Jade."

„Ich habe ein Privatflugzeug arrangiert, das euch auf das Festland bringt. Befolgt einfach die Anweisungen. Von da an wird es ganz einfach sein. Ich werde zu euch stoßen, sobald das hier vorbei ist."

„Na dann … also Europa!", sagte Darren und blickte auf den

Schließfachschlüssel in seiner Hand.

Während Jade Darren die letzten Anweisungen gab, half Marco seinem Cousin in der Küche, sich zu erholen. Wantanee hatte in der Zwischenzeit das Stallmädchen beim Striegeln ihres Pferdes im Hof beobachtet und über den Plan nachgedacht, den sie und Jade ausgeheckt hatten. In der Spiegelung des Glases sah sie Ehab, der sich von hinten näherte, und sie wollte wissen, warum Daniel ihn nicht töten lassen wollte.

„Wantanee, richtig?", fragte Ehab, während sie weiter aus dem Fenster schaute. „Ich möchte dir danken, dass du mir vorhin das Leben gerettet hast. Übrigens, ich bin Ehab."

Wantanee drehte sich um. „Ich noch kein Leben gerettet", antwortete sie zart und bemerkte die Tasche, die über seine Brust geschnallt war. „Ich nur helfen Jade." Neugierig senkte sie ihren Blick. „Du haben besonderen Stein in der Tasche, ja?"

„Habe ich."

„Du leben auch in zukünftigen Welt?", erkundigte sie sich.

„Ja, das tue ich."

„Ich kommen auch von dort. Ich zurückgehen mit dir, okay?"

„Äh ... sicher", stotterte Ehab vor Unsicherheit.

„Du zögern. Du mich nicht mögen?"

„Nein, ich meine, ja verdammt, ich mag dich", sagte Ehab.

Ein Lächeln erschien auf Wantanees Gesicht. „Dann ist das Problem, oder?"

„Nein. Kein Problem", erwiderte Ehab und fragte sich, ob Donahkhamoun mit einer Begleitung einverstanden wäre.

„Gut. Denn Jade sagen, wenn ich ihr helfen, gehen wir zurück zusammen."

„Das hat Jade gesagt?"

Wantanee ignorierte seine Frage. „Kannst du zeigen den Stein? Ich habe nicht aus Nähe sehen."

„Ich eigentlich auch nicht." Ehab begann, die Schnallen zu lockern.

„Nein! Hör auf, Ehab!", brüllte Red. „Tu es nicht!"

„Es ist nur ein Blick, Red."

Red durchquerte den Raum. „Es mag nur ein Blick sein, aber das Ding ist unberechenbar. Vertrau mir, ich habe es am eigenen Leib erfahren. Es hat seinen eigenen Willen, wenn es dem Licht ausgesetzt ist. Im Ernst, Kumpel", betonte Red, „wir sollten warten, bis wir am Ziel sind."

Ehab runzelte die Stirn, aber Reds Worte schienen mit etwas übereinzustimmen, das Donahkhamoun ihm gesagt hatte. *„Gib mir erst dann ein Zeichen, wenn du bereit bist, zurückzukehren."*

Ehab sah Wantanee an. „Tut mir leid, Wantanee, er hat recht. Es ist besser so", entschuldigte er sich und schloss die Schnalle.

„Ist okay, ich kann warten", antwortete sie und legte ihre Hand auf Ehabs Brust. Sie wandte sich Red zu. „Du bist Mann von Jade, richtig?"

„Das ist richtig."

„Ich wissen alles über dich. Jade mir erzählen. Du versuchen gestern, sie zu retten?" Sie hielt inne, aber Red reagierte nicht. Überrascht von ihrer Bemerkung hob Ehab eine Augenbraue und warf Red einen flüchtigen Blick zu. „Sie mir sagen, du kommen her. Zuerst ich nicht glauben, aber hey, hier du bist!" Wantanee begann in der Küche herumzuschlendern und sprach die drei Männer an. „Ihr kommen alle aus anderen Welt, ja?", fragte sie und ging in Marcos Richtung. Marco griff ängstlich nach einem Glas und drehte den Wasserhahn auf. Wantanee stand hinter ihm. „Funktionieren Stein wirklich? Kann jeder hin und zurück bringen?", murmelte sie in sein Ohr.

„Das sollte er besser, er hat uns hierher gebracht", äußerte Marco.

Sie nahm ihm das Glas aus der Hand. „Hmm, in ganze Zeit

hier, ich nie gesehen, nur hören Geschichten. Ich hoffen, es wahr ist!"

„Das ist es", bestätigte Marco.

Wantanee schmunzelte. „Daniel haben spezielle Task Force, die hinter Zaun arbeiten. Wenn man nähert, normalerweise man ist tot. Ihr Glück haben, dass gekommen mit Jack. Aber du, Ehab, ich sehe Bild von dir mit riesigen Frau. Wie das war möglich?" Wantanees Frage brachte eine Stille in den Raum. Red und Marco warfen Ehab einen seltsamen Blick zu, als Wantanee eine riesige Frau erwähnte. „Hinter Zaun ist alles Geheimnis, auch für mir."

Ehab runzelte die Stirn. Seine Integrität wurde in Frage gestellt und er beschloss, dass er genug von Wantanees Pessimismus gehört hatte. „Hör zu Wantanee, ich weiß nicht, warum du dich mir gegenüber so verhältst, aber wir sind hier alle auf der gleichen Seite."

„Tun wir?", erwiderte Wantanee spöttisch.

„Ja, das sind wir", mischte sich Red ein. „Und wenn du vorhast, mit uns zurückzugehen, dann fang lieber an, uns einen Ausweg aus diesem Schlamassel zu suchen und uns zu diesem Portal zu bringen."

„Hör zu, Wantanee", fuhr Ehab fort, „die Uhr tickt. Wenn wir das Portal nicht erreichen, bevor sich der Zeitzyklus wendet, sind wir alle aufgeschmissen ... und damit meine ich für immer", erklärte Ehab.

„Hmm." Wantanee grinste und starrte Ehab streng an. „Und wann diese wenden?"

„Bald", antwortete Ehab und schaute auf die Küchenuhr.

Doch sie blieb skeptisch, was Ehabs Glaubwürdigkeit betraf, und fragte sich, ob der Ägypter sie vielleicht doch anlog. Sie wandte sich an die drei Männer. „Jade und ich Geschichten über andere Welt erzählen und bevor ich entscheiden, mein

Leben in Risiko machen und Daniel verraten, ich machen auf die Suche nach geheimnis Portal. Mitten in der Nacht ich nehmen Boot, um kommen über das Meer. Kurz vor Küste greifen an Speedboote. Ich nur knapp weg." Wantanee wandte sich an Ehab. „Du entkommen mit Mann, was ich abholen und zu Daniel bringen. Er jetzt tot und meine Freundin Hayley auch. Meine Biker ich auch töten. Sie suchen alle nach Stein. Aber ich traue nicht jemandem, den Daniel nicht töten wollen, weil er Stein haben." Auf der Suche nach einer Rechtfertigung zog Wantanee plötzlich ihre Waffe auf Ehab und warf die Ausdrucke, die sie erhalten hatte, auf den Küchentisch. „Warum Daniel wollen alle töten, nur dich nein? Arbeiten du mit Daniel? Sag mir!"

„Whoa", schrie Marco und sprang schützend vor Ehab.

„Wovon redest du?", fragte Red und griff nach den Ausdrucken der Sicherheitskameras auf dem Tisch.

„Beruhige dich, Wantanee, bitte. Er gehört zu uns", winkte Marco ab.

„Dann warum Daniel so sagen?"

„Weil Ehab der Auserwählte ist", murmelte Marco und ließ beherzt ihre Waffe sinken.

„Der Auserwählte?" Wantanee brach in Gelächter aus. „Ja, klar, wie in Film."

Solche Worte aus Marcos Mund klangen lächerlich, aber Marco verstand Wantanees Sichtweise. Er hatte sich genauso gefühlt, als Ehab selbst so eine haarsträubende Behauptung aufgestellt hatte. „Sag es ihr, Ehab. Sag ihr, was du mir gesagt hast."

„Du besser keine Scherze mit mir!"

„Niemand spielt mit dir, Wantanee, am allerwenigsten ich." Ehab näherte sich Wantanee und sie steckte ihre Waffe ein. Red und Marco traten näher und hörten sich an, was Ehab zu sagen hatte. „Es gibt eine uralte Bestimmung, die gilt, wenn sich der Amokaras, der Stein in diesem Beutel", Ehab deutete auf ihn, „zum Zeitpunkt der Zykluswende in den Händen einer anderen Person befindet. Dieser Stein gehört nicht Daniel, Wantanee, er gehört niemandem. Aber er ist einem Torwächter zugeteilt. Diese Person ist Donahkhamoun, Daniels Halbbruder." Wantanee starrte ihn erschrocken an. „Er ist ein Mann des Guten, nicht des Bösen." Ehab nahm die Bilder aus Reds Hand. „Diese Frau ist eine Wächterin. Sie hat Daniels Männer am Bootshaus von mir und Marcus weggelockt. So sind wir entkommen. Sie lebt im Fuzidon, einem Ort zwischen den Welten." Neugierig schauten sich Marco und Red an. „Indem er den Stein für sich behielt, hatte Daniel sein DWIB-Imperium aufgebaut, denn er wusste, dass der Tag kommen würde, an dem Donahkhamoun alt werden und ins Fuzidon zurückkehren würde. Als dies geschah, wurde ich zum Übermittler ernannt – der Auserwählte, um es einmal so auszudrücken – um den Stein zurückzuholen und ihn im Namen Donahkhamouns an das Fuzidon zurückzugeben. Aufgrund der alten Bestimmung, die nicht nur für Daniel, sondern auch für jeden von euch gilt, darf das Portal dieses Mal nur in meiner Anwesenheit betreten werden."

Red schaltete sich ein: „Deshalb wollte Mortimer also, dass du den Stein bekommst."

„Ja, Red." Ehab wandte sich an Wantanee. „Deshalb will Daniel mich lebend. Er fordert Donahkhamoun um seinen Status und seiner Unsterblichkeit heraus."

„Unsterblichkeit", keuchte Wantanee.

„Daniel ist kein reiner Mensch, Wantanee!"

„Ich verstehen nicht."

„Das erwarte ich auch nicht, aber es ist alles wahr. Es ist ein klassisches Märchen von Gut und Böse. Daniels einziges Ziel ist es, der Torwächter des Fuzidon zu werden, um über die Welt zu herrschen. In diesem Moment steht er kurz davor, diese Vorherrschaft zu erlangen. Wie ich bereits sagte, bin ich nur die Person, die auserwählt wurde, den Amokaras zurückzubringen, und ich habe nicht die Absicht, Daniel mitzunehmen."

„Du bist wirklich diese?", konstatierte Wantanee.

„Wenn *diese* der Auserwählte bedeutet, dann bin ich es", schloss Ehab ab.

Ein paar Sekunden lang waren Red, Marco und Wantanee in ihren Gedanken versunken. Die Küchentür flog auf. Jade stürmte in den Raum und Red ergriff ihre Hand.

„Ich wollte nur sehen, ob du echt bist", sagte er mitfühlend. Als Jade seinen Ring bemerkte, drehte sie ihre Hände und zeigte ihren passenden Goldring. „Du trägst deinen auch noch …"

Doch ihre kurze Begegnung brachte nur für wenige Augenblicke Frieden, bevor wieder das Chaos in ihr Leben eintrat. Die Gruppe versammelte sich um den Küchentisch und Jade ergriff das Wort: „Darren hat mich informiert, dass die Insel abgeriegelt worden ist. Leider ist das, was eine einfache Operation werden sollte, gerade sehr kompliziert geworden. Daniels Männer suchen überall nach uns."

„Also, was ist jetzt?", fragte Wantanee.

„Ich habe Dena angerufen. Heute ist sie für die Öffentlichkeit geschlossen. Sie wird uns ein paar Karts leihen. Mit denen können wir die Fußgängerzone auf der anderen Seite des Einkaufszentrums erreichen."

„Das ist gut. Dann wir nicht mehr weit vom Portal."

„Warte mal kurz, Jade. Du sagtest Karts?", mischte sich Marco ein.

„Ja, Dena's ist eine Go-Kart-Bahn. Sie testen die zweimotorigen Red Bull Karts für das morgige Turnier." Die Männer schauten verwirrt. „Sie wird fünf ihrer Karts bei den Boxen aufstellen, die wir uns ausleihen können", klärte Jade auf.

„Wir fahren mit den Karts im offenen Gelände?", fragte Marco.

„Ja. Wir können über ihr Land fahren, ohne entdeckt zu werden. Es sind ein paar Hektar wildbewachsenes Gelände, aber die Karts schaffen das." Jade wandte sich an Wantanee. „Was hältst du davon?"

„Brillant. Ist wie Vogelflug. Das ist schnellste Weg und die Farm bleiben in Sicherheit. Daniels Männer diese nicht erwarten."

„Genau …"

Um anderen ein Bild der Strategie zu machen, schnappte sich Jade einen Permanentmarker aus dem Werkzeugkasten und begann, auf die Rückseite einer Tapetenrolle zu zeichnen, die sie auf der Tischplatte verteilte. „Das sind wir", sagte sie. „Dies ist ein Wald, den wir durchqueren müssen. Am Ende des Waldes gibt es eine Straße. Hier!" Sie kritzelte weiter. „Auf der anderen Seite der Straße ist ein Freizeitpark. Wir müssen durch den Vergnügungspark bis hierher gehen." Sie zeichnete einen Pfeil. „Das ist die Go-Kart-Bahn. Wenn man vom Waldrand aus hinschaut, sieht man die Flaggen wehen. Am Ende der Rennstrecke, hier, fahren wir durch die Lücke zwischen den Reifen, die Dena auf einer Seite aufgestapelt hat. Danach kommt eigentlich nur noch freies Gelände. Somit umfahren wir Daniels Aufpasser."

„Dann wir fahren durch Steinbruch, diese immer geschlossen Wochenenden", stimmte Wantanee ein.

„Ja, wir fahren immer weiter." Für einen Moment verlor Jade den Faden, da das Stallmädchen ihre Aufmerksamkeit erregte. Sie gab Wantanee ein Zeichen, nachzusehen, und fuhr mit dem Plan fort. „Das Land von Dena grenzt an einen Steinbruch. Wir können durch den Steinbruch fahren, um die Fußgängerzone zu erreichen."

„Und wir machen das alles mit Karts, hast du gesagt?", fragte Marco.

„Ist beste Weg, damit Daniels Männer uns nein sehen", sagte Wantanee vom Fenster aus.

„Genau. Im Moment sind Daniels Männer über die ganze Insel verstreut. Wenn wir es schaffen, diesen Punkt schnell zu erreichen, wird Daniel keine Zeit haben, seine Ressourcen zu bündeln, bevor wir ihn angreifen", sagte Jade.

„Je schneller wir sind dort, umso weniger Shooter", fügte Wantanee hinzu.

„Von wie vielen Schützen reden wir, Wantanee?", fragte Red.

Wantanee ging zum Tisch und tauschte den Platz mit Jade. „Bei Containern fünf oder sechs Wachen. Am Portal und am Zaun mehr. Sie heute zehn zu eins in Überzahl. Wenn Daniel alle Männer holen, dreißig zu eins. Wenn wir Portal wollen erreichen, wir mehr Zeug brauchen. Ihr haben alle gesehen, womit wir zu tun haben, ja?" Die Männer bestätigten mit einem Kopfnicken. „Dann ihr verstehen, dass es ist wie Festung, in die man hineinkommen. Also holen wir zuerst Zeug aus Vladimirs Containern. Sechs Männer, das kein Problem."

„Von welcher Art vom Zeug reden wir, Wantanee?", erkundigte sich Red.

„Militärische Ausrüstung, Maschinengewehre, Scharfschützen, Sprengstoff, was immer wir brauchen. Jade sagen, du bist Kampfmaschine wie wir, ja?"

„Du bist was?", fragte Ehab mit einem überraschten Blick.

„Ich kann mit solchen Dingen umgehen", antwortete Red bescheiden.

„Gut." Wantanee wandte sich an Ehab und Marco. „Ihr schießen auch mit Gewehren! Schießen und töten, oder Männer töten euch und spucken dann auf Körper."

„Das kann doch nicht wahr sein. Das kann einfach nicht sein", murmelte Ehab vor sich hin und starrte Wantanee sprachlos an. „Gibt es nicht einen einfacheren Weg?"

„Natürlich gibt es einfachen Weg", schmunzelte Wantanee. „Du sagen Daniel höflich, dich gehen zu lassen. Vielleicht sagen er, okay, verpiss dich, bevor ich mir es überlege. Nein, natürlich geben keinen anderen Weg! Selbst Weg vom Meer ist versperren. Ich weiß, ich haben schon einmal versucht."

Ehab ließ die Experten ihren Fluchtplan ausarbeiten und entfernte sich vom Tisch. Doch je mehr er hörte, desto unbehaglicher fühlte er sich. Es war wohl unmöglich, dass Donahkhamoun all dies vorhersehen konnte, grübelte Ehab. Dies klang nach einem Krieg und nicht nach einer Lösung. Wenn überhaupt, dann würde Daniel alle außer ihm töten. Und das wäre für niemanden eine Lösung, auch nicht für Donahkhamoun selbst. Je mehr Ehab nachdachte, desto mehr drängten sich unterbewusst die Worte des Torwächters in seinen Verstand. Und diese Worte waren laut und deutlich: *„Du bist der Auserwählte. Tu, was du für richtig hältst und nicht, was andere tun."*

Unauffällig öffnete Ehab die Klappe von Reds Tasche und grübelte über seine Entscheidung nach. Er war der Befreier, sagte er sich. Er wusste mehr über die Geisterwelt als sie alle zusammen. In den letzten vierundzwanzig Stunden hatte er gesehen, wie Moped unsterblich wurde. Er hatte gesehen, wie sich goldene Verschlüsse in humanoide Drachen verwandelten. Er hat tausend Seelen aus einer Schatulle befreit und gesehen, wie sich die Tunnelwände auflösten. Er war über die Wasserstufen führend zu dem Tempel gelaufen und hatte gesehen, wie magische Regentropfen das Fuzidon in seine ursprüngliche Pracht verwandelten. Und es gab Wächter – Riesen, mit denen er sich angefreundet hatte, und einen Haufen von bösen

Adrogs – und diejenigen, die vor seinen Augen von Meraks Speer pulverisiert worden waren. Ganz zu schweigen von Jack und Marcus, denen neues Leben geschenkt worden war. Er hatte die Wahrheit über Licht und Dunkelheit gelernt. Wenn er wirklich der Auserwählte war, dann würde auch er, wie der Höhlenmensch, um Hilfe bitten, dachte er. Erfüllt von Selbsterkenntnis hob Ehab den Amokaras aus der Tasche und signalisierte, dass er sich auf den Weg machen würde, genau wie Donahkhamoun ihn darum gebeten hatte. Mit dem Stein in der Hand drehte sich Ehab wieder zu den anderen um und ergriff das Wort.

„Wir haben eine Stunde, nicht mehr", sagte er und verblüffte damit alle außer Jade, die zurücklächelte. Ein Energiestrom floss durch seine Adern, wie damals, als der Gorda ihm vorgestellt worden war, und Ehab erkannte Jade als das, was sie war. Ihre Schwingungen harmonisierten sich. Ohne zu wissen, welche Rolle sie dabei spielte, wusste Ehab, dass Jade mehr war als nur Reds Frau. Sie war etwas Besonderes, verbunden mit dem Roggbiv wie er. Mit einem diskreten, anerkennenden Blick von Ehab wusste Jade, dass er entschlossen war, ihr zu folgen.

Das Stallmädchen signalisierte Jade, dass jemand die Auffahrt zur Farm hinaufkam.

„Zeit zu gehen", sagte Jade und zerriss die Zeichnung. „Wir sind schon zu lange hier. Wir bringen die Farm in Gefahr." Jade verließ schnell die Küche und verbrannte die Beweise in der noch glühenden Tonne.

Währenddessen, zurück im Fuzidon, flackerten die „allsehenden Augen" und die Projektion der Bewegung in dem Scheunenhaus spielte sich im inneren Kreis des Roggbiv ab. Zru lächelte. Ehab war bereit zurückzukehren. Es war an der Zeit, diejenigen vorzubereiten, die aus den tausend Särgen des Mechanismus im „Sandfeld" auferstanden und sich im Tempel versammelten.

Ohne weitere Diskussion schob Red die Terrassentür an der Rückseite des Scheunenhauses auf, und die Gruppe rannte in den Wald. Jade warf einen Blick hinauf zum Farmhaus und sah Darren und den alten Mann bei der Gartenarbeit, als der Bulldozer in den Schuppen fuhr. Die Arbeit war erledigt, und sie lief weiter, zufrieden damit, dass die Familie in Sicherheit war.

36
VERFOLGUNGSJAGD

Nach fünf Minuten Sprint durch den Wald sickerten Regentropfen durch die Bäume. Noch einmal verdunkelte sich der Himmel und der Wind begann zu wehen. Schwere Wolken zogen am Himmel auf, und in der Ferne war Donnergrollen zu hören. Während die Gruppe weiterzog und auf mögliche Gefahren achtete, ging Red zu Ehab hinüber.

„Was hast du vorhin mit dem Stein gemacht, Ehab?"

„Ein Signalruf... hoffe ich. Es gibt so viel, worüber du Nichts weißt, Red. Aber wenn wir es lebend nach Hause schaffen wollen, musst du mir und meinen Entscheidungen vertrauen, vor allem, wenn sie mit dem Stein zu tun haben. Glaube mir."

„Hat das Wetter etwas damit zu tun?", fragte Red und dachte dabei an seine gestrige Joggingrunde.

„Warum fragst du?"

„Kein Grund, nur eine Theorie."

„Hör mal, am besten unterhalten wir uns darüber bei einem Bier, wenn wir zurück sind. Und dann kannst du mir alles über dich erzählen, Mr. Kampfmaschine. Wann zum Teufel ist das eigentlich gewesen?", grinste Ehab. „Jedenfalls bin ich froh, dass es dir gut geht."

„Ich auch."

Kurze Zeit später erreichte die Gruppe endlich den Waldrand. Sie versteckten sich im Gebüsch, blickten auf den Freizeitpark und beobachteten den Verkehr auf der Straße. Die Busse standen still und die Fahrer plauderten in einem Wartehäuschen. Ungeachtet des Wetters war der Betrieb im Erlebnispark in vollem Gange. Alle trugen gelbe Regenmäntel für einen Dollar, die sie an den vielen Kiosken gekauft hatten, und so sah der Park aus wie ein Feld voller Narzissen. Teenager lachten lauthals auf den Fahrgeschäften, während Familien Schlange standen, um Minigolf zu spielen.

„Da wollen wir hin", sagte Jade und deutete auf die wild wehenden Red-Bull-Fahnen an den Masten.

Plötzlich riss die Wolkendecke auf, die Sonne schien und ein prächtiger Regenbogen spannte sich in der Ferne hinter dem Stadion der Rennstrecke auf.

Was sie alle nicht wussten, war, dass Daniel in naher Entfernung ebenfalls den Regenbogen sah und an den Straßenrand fuhr.

„Was grinst du denn so?", fragte Moi.

Daniel zeigte in den Himmel. „Das! Scheiße, der Ägypter ist auf dem Weg zum Portal! Vlad, hör zu", sagte Daniel und drehte sich auf seinem Sitz herum.

„Ja, Boss …"

„Wir haben sie wieder verpasst. Befehle Allen, am Zaun Position zu nehmen!"

„Allen?"

„Ja. Ich will, dass der Zaun vom Casino bis zum Bootshaus bewacht wird, sowohl außen als auch innen. Das wird ihnen ein Denkzettel verpassen."

„Verstanden."

„Aber zuerst verdreifachen wir die Männer am Containerhof. Wie ich Wantanee kenne, wird sie dorthin gehen, um sich Nachschub zu holen. Sie hat keine andere Wahl, wenn sie und die anderen eine Chance haben wollen."

„Ich kümmere mich darum", erwiderte Vladimir und gab den Befehl sofort an seine Männer weiter, während Daniel sich an Moi wandte.

„Ruf die Boote zurück ans Ufer, Moi. Wir werden Unterstützung am Land brauchen. Bei all dem Unglück, das wir hatten, müsst ihr beide dafür sorgen, dass ihr von jetzt an euren Job richtig macht. Nur so verdient ihr jetzt eure Unsterblichkeit." Wütend fuhr Daniel los und murmelte laut vor sich hin. „Das wäre alles nicht passiert, wenn sich mein Bruder nicht eingemischt hätte. Sonst wäre nicht so oft etwas schief gegangen."

„Es ist mir scheißegal, wer sich einmischt. Niemand mischt sich bei mir ein!", platzte Moi kühn heraus und ließ die Patronen in ihren Gewehren klicken.

„Jetzt kommt es auf uns an. Also, lasst uns diese verdammte ägyptische Maus fangen." Daniel kochte.

Während Marco, Ehab und Wantanee nach einem günstigen Moment Ausschau hielten, um aus dem Wald herauszukommen und die Straße zum Freizeitpark zu überqueren, drückte Jade Reds Hand. „Du hast eine Tochter!"

„Was?", platzte Red heraus.

„Eine Tochter … du musst um ihretwillen zurückkehren."

„Wohin zurück? Was meinst du?" Fieberhaft schossen verworrene Gedanken durch Reds Kopf.

„Nach Hause, nach Hause, Red, sie ist dort."

„Jade, die Luft ist rein. Wir müssen rüber", flüsterte Marco.

„Eine Sekunde", sagte Jade.

„Du warst schwanger?", fragte Red.

„Ja. Das wollte ich dir schon damals, an jenem Tag, auf dem Heimweg sagen, bevor ich entführt wurde. Es ist kompliziert, aber …"

Wantanee zog Jade an ihrer Jacke. „Lassen uns gehen, Mädchen."

„Ich komme …" Jade starrte Red an. Schnell küsste sie Reds Wange und verließ den Wald, wobei sie Ehab vor sich herschob, um Wantanee zu folgen. Zwar gab es noch mehr zu erzählen, aber nicht jetzt.

„Was gibt's, Cousin?", fragte Marco.

„Ich habe eine Tochter."

„Du hast was?"

„Jade muss schwanger gewesen sein, als sie entführt worden ist."

„Scheiße, echt jetzt?", sagte Marco und sah ihr Zeichen zum Aufbruch. „Ich will ja nicht unhöflich klingen, aber wir müssen weiter!"

Marco trat aus dem Busch hervor. Red zerrte ihn schnell zurück und gab den anderen ein Zeichen, wieder in Deckung zu gehen, als er sah, wie ein Auto langsam auf sie zukam. „Ihr Wichser", sprach Red. Aber dann beschleunigte das Auto, weil die Gangster die Anweisung von Vladimir erhalten hatte, sofort zum Zaun zu fahren.

Sowohl Red als auch Marco machten sich auf den Weg, um die Straße zu überqueren, nachdem das Auto vorbeigefahren war. Doch dann trat ein Mann weiter vorne vom Bürgersteig und winkte das entgegenkommende Auto heran. Es war Herr Bach aus dem Café. Er zeigte auf Marco und Red, die die Straße überquerten. Sofort machte der Fahrer eine Kehrtwende und fuhr direkt auf sie zu. Aus dem Fenster des Wagens flogen Schüsse, die bei Menschen in der Nähe Panik auslösten.

„Lauf Marco, folge Jade!", befahl Red und querte schnell

hinüber zu Wantanee. Beide schossen auf die Angreifer zurück, die auf den Minigolfplatz fuhren.

„Jade, los! Nimm Ehab mit, ich dich einholen!", schrie Wantanee, als unbeteiligte Passanten ins Kreuzfeuer gerieten.

Doch die Angreifer kümmerten sich nicht um die steigende Zahl der Toten und setzten ihre Verfolgung fort, bis sie schließlich zum Stehen kamen, als die Vorderseite des Wagens in den künstlichen Teich, am dreizehnten Loch der Minigolfanlage, eintauchte. Wantanee warf Red ein Gewehr zu. Taktisch wichen die beiden zurück und sprangen über die Mauer der Go-Kart-Rennstrecke. Gleichzeitig sprangen Ehab, Jade und Marco in die Karts, welche von ihren vorherigen Fahrern auf der Rennstrecke verlassen wurden, und fuhren durch die Lücke zwischen den Reifen, die Dena zur Seite gestapelt hatte, hinaus. Eingekesselt schossen Red und Wantanee auf die vorrückenden Angreifer zurück, doch ihre Munition wurde knapp. Red begann sich hinter der Mauer zu bewegen, um eine neue Position hinter der Leitplanke einzunehmen. Wantanee tat es ihm gleich und schlüpfte auf dem Bauch hinter die auf der Strecke ausgelegten Wände aus aufgestapelten Reifen.

Die Gangster feuerten stoßweise in ihre Richtung und holten vorsichtig auf, ohne zu wissen, dass ihre Ziele die Position gewechselt hatten. Zwischen den Lücken beobachteten Red und Wantanee sie genau und unterdrückten den Drang, das Feuer zu erwidern. Zwei der Angreifer rückten vor. Einer hielt sich zurück und wartete auf den Begleitwagen, um die ankommenden Männer anzuweisen.

Der Hauptangreifer kroch zu der Wand, an der er Red vermutete. Er hob sein automatisches Gewehr, schwenkte es locker über die hüfthohe Mauer und feuerte ein paar Kugeln ab. Sein Kumpel schoss stoßweise, während sein Kollege nachlud, so dass keine überraschende Gegenreaktion erfolgen konnte.

Er zuckte mit den Schultern und der Hauptangreifer sprang über die Mauer. Sofort schoss Red und traf ihn mitten in der Luft ins Bein. Der Angreifer fiel unbeholfen zu Boden. Sein Kumpel schoss auf Red, und Wantanee erwiderte das Feuer mit einem Kopfschuss. Als der Verletzte nach seinem Gewehr griff, rannte Red aus seiner Deckung hervor und brach dem Mann das Genick. Red schnappte sich das automatische Gewehr des Angreifers und schoss auf diejenigen, die aus dem Begleitwagen stiegen, und verletzte einen von ihnen. Nur wenige Augenblicke später rannten Wantanee und Red über die Rennstrecke zu den nächstgelegenen Red Bull Karts und sprangen hinein.

„Schieß, Red! Zerstören andere Karts!", schrie Wantanee, als sie losfuhr. Da die Boxengasse außer Reichweite war, tat Red genau das und sprengte die letzten Red Bull Karts in die Luft, die auf der Rennstrecke zu sehen waren, während er Wantanee folgte und sich einen Weg zur Lücke am Ende der Rennstrecke bahnte.

Als Wantanee aus der Lücke herausfuhr und über das offene Gelände raste, um Jade und die anderen einzuholen, warf Red einen Blick über die Schulter, als er hörte, wie andere Karts losfuhren. Die Angreifer aus dem Begleitfahrzeug verfolgten ihn und fuhren mit zwei doppelt besetzten Touristenkarts hintereinander aus der Boxengasse. Hastig hielt Red an und schob den Reifenstapel schnell in die Lücke, um die Ausfahrt zu blockieren. Die Angreifer schossen erneut. Red sprang eilig in sein Kart und raste davon. Wenig später blickte er zurück und fluchte leise. Er hatte Sekunden gewonnen, nicht Minuten. Die vier Söldner waren nicht mehr weit entfernt. Jade, Marco und Ehab sahen, wie die Bewaffneten Red und Wantanee verfolgten.

„Fahrt weiter, sie werden uns sonst einholen. Wantanee kennt den Weg", drängte Jade.

Wantanee bog nach links ab, während Red weiter über das

Land raste, wobei er auf der feuchten Oberfläche dahinschlitterte und die Kraft des Karts nicht voll ausnutzen konnte. Aber auch die Verfolger hatten Probleme. Sie fuhren auf den langsameren Touristenkarts, was Red einen dringend benötigten Vorsprung verschaffte. Während er Wantanee im Auge behielt, bahnte sich Red seinen Weg über das Feld zum Steinbruch. Der Boden wurde härter, und schnell holte Red die anderen ein.

„Scheiße, Mann, wo kommst du denn her?", platzte Marco überrascht heraus, als Red sich an der Kurve neben ihn schlich.

Zu fünft fuhren sie um die Wette und schlängelten sich zwischen Fels-, Stein-, Granit- und Kieselhügeln hindurch, ohne dass einer von ihnen das Schlusslicht bilden wollte. Es hätte eine lustige Fahrt in einer perfekten Offroad-Umgebung werden können, doch das war es nicht. Aber immerhin hatten sie es durch den Steinbruch geschafft, ohne dass ein Schuss auf sie abgefeuert wurde, und fuhren ohne Probleme auf die asphaltierte Straße hinaus. Sie bogen scharf links ab, fuhren die Einbahnstraße entlang und erreichten in wenigen Minuten das noch im Bau befindliche Gewerbegebiet neben dem Einkaufzentrum. Fußgänger, die zum Einkaufszentrum hinaufgingen, blickten schon von weitem auf die Baustelle, als sich die Gruppe von Karts zusammendrängte.

„Vier Männer folgen uns", rief Red.

„Wir müssen in Bewegung bleiben", betonte Jade.

„Jade!", rief Wantanee.

Jade drehte sich um, und Wantanee nickte mit dem Kopf in Richtung des Einkaufsviertels. Jade nickte zustimmend und Wantanee fuhr direkt zum Hintereingang des Einkaufszentrums. Ohne die Möglichkeit, Wantanees Wahnsinn zu widersprechen, folgten die anderen vier Karts, und die Fußgänger wichen eilig aus dem Weg. Die Türen, die fast so hoch wie zwei Stockwerke waren, öffneten und schlossen sich automatisch, und Wantanee fuhr hinein.

Die Angreifer waren rechtzeitig vor Ort und sahen, wie die Karts der Flüchtenden aus dem Blickfeld verschwanden. Einer schrie: „Sie sind drinnen, los, los!" Die Angreifer kannten das Gebäude gut. Das Einkaufszentrum war nach den Wünschen ihres Boss gebaut worden, und sie fuhren zur Ladezone an der Seite des Einkaufszentrums, um die Gruppe abzulenken.

Im Inneren des Einkaufszentrums hallte das Geräusch der Motoren laut wider und alarmierte die Sicherheitskräfte. Erschrockene Kunden sprangen aus dem Weg, als sie die Karts näherkommen hörten. Einige schauten über das Geländer der darüber liegenden Stockwerke hinunter, während andere Kunden in den Ladeneingängen zurückblieben, weil sie glaubten, es handele sich um einen Werbetrick. Um eine Panik zu vermeiden, reihten sich die Karts hintereinander, bildeten einen Zug und fuhren vorsichtig zum Haupteingang auf der anderen Seite des Einkaufszentrums. Aber es dauerte nicht lange, bevor die Angreifer aus einem Seitengang herausstürmten.

Der Schütze stand auf dem Rahmen des Karts, hielt sich mit einer Hand fest und begann zu schießen. Die Kunden schrien vor Panik und rannten in Deckung, als die Kugeln durch die Luft flogen. Andere rannten unbewusst direkt in die Schusslinie. Prompt beschleunigte Wantanee und der Zug der Red Bull Karts folgte, wobei Red das Schlusslicht bildete. Wie eine Schlange bahnten sie sich durch das Einkaufszentrum, während sich hinter ihnen ein Blutbad ereignete.

Die fünf Red Bulls bogen an dem Springbrunnen zügig nach rechts in den benachbarten Gang ab, eine Sekunde bevor Schüsse den Brunnensockel zerstörten und das darin befindliche Wasser ausströmte. Das führende Go-Kart der Angreifer geriet ins Schleudern und prallte gegen die Kosmetiktheke eines Ladens. Das zweite Kart wich aus und fuhr parallel zu den fünf Zielpersonen durch die Gänge eines Bekleidungsgeschäfts. Die Red Bulls fuhren weiter um die Ecke, und Red hielt sein Kart an, als er die Ausgangstür des Geschäfts sah. Er zielte mit seiner Waffe auf die Trennwand, hinter der die Männer herauskommen würden. Einen Moment später waren sie da. Sobald sie den Laden verlassen hatten und in den Hauptgang rasten, schoss Red durch die Öffnungen der Kart-Karosserie auf die Füße des Fahrers. Der Fahrer verlor die Kontrolle und sein Kollege stürzte in den gegenüberliegenden Glasaufzug. Da er nicht weiterfahren konnte, wurde der Fahrer schnell von Sicherheitsleuten umringt. Außerhalb des Aufzugs ging ein kleiner Junge nach vorne und drückte auf den Aufwärtsknopf, während der Bewaffnete im Aufzug aufstand. Die Türen schlossen sich, und der Junge winkte dem Angreifer harmlos zu, als dieser in den dritten Stock fuhr, ohne zu wissen, was die freundliche Geste des Jungen zu bedeuten hatte.

Nachdem die Angreifer außer Gefecht gesetzt waren, fuhren die fünf Karts bei starkem Regen vom Haupteingang des Einkaufszentrums heraus. Wantanee bog sofort nach rechts ab und steuerte auf den Parkplatz für das Management zu, wobei sie ihren Kopf unter der Schranke hindurchsteckte. Die anderen machten es ihr gleich.

Als sie zum Stehen kam, nahm Wantanee schnell ihr kleines Fernglas aus der am Gürtel befestigten Tasche. Sie wischte die beschlagenen Linsen ab und richtete ihren Blick auf Vladimirs Containerhof.

„Was ist los?", fragte Jade, als sie neben ihr anhielt und dabei eine Nachricht von Joanna Pradnarski auf ihrem Handy überprüfte.

„Verdammt! Das nicht gut, Jade", platzte Wantanee heraus und reichte Red ihr Fernglas, damit er es sich ansehen konnte.

„Von alle Seiten Leute, wir in Unterzahl."

„Dann gehen wir zu Plan B über", rief Jade, nachdem sie ihre SMS gelesen hatte.

„Ich nicht verstanden Jade, was sagen du?"

„Sie sagte Plan B. Wir gehen zu Plan B über!", stellte Ehab über den aufkommenden starken Wind hinweg klar.

„Wir haben nicht Plan B." Wantanee runzelte die Stirn.

„Aber jetzt haben wir einen!", rief Jade und fuhr los.

Was auch immer Jade vorhatte, es war besser, als hier zu bleiben, dachte Wantanee. Ohne zu wissen, was sie vorhatte, schloss sich der Rest der Gruppe in ihrem Wettlauf gegen die Zeit an.

Bereits komplett durchnässt, schafften sie es, bei strömendem Regen, innerhalb weniger Minuten, an der Fußgängerzone vorbeizufahren, eine Wohnsiedlung zu durchqueren und dem Ansturm von Fahrzeugen und Menschen auszuweichen, die dem Unwetter entfliehen wollten. Als sie auf die zweispurige Fahrbahn am Strand entlang fuhren, die direkt zu Daniels Casino führte, waren Bäume entwurzelt, Fahrzeuge umgestürzt und der stürmische Wind blies Meerwasser auf die Straße.

Zur gleichen Zeit, als die fünf Karts die Straße erreichten und mit dem Sturm kämpften, fuhr Daniel seine Privatstraße entlang, die parallel zum Elektrozaun am Strand verlief. Er sah, dass seine Männer nicht in Position waren und mit den Elementen kämpften. Als er in den hinteren Teil des Casinogeländes einfuhr, fuhr er schnell in den Innenhof und parkte zwischen den robusten Säulen, direkt vor den riesigen französischen Türen seines Spielsalons.

„Ich habe es euch doch gesagt, oder?", lachte er hochmütig. „Sieht so aus, als wäre mein Halbbruder wütender auf mich, als ich dachte."

„Ist der Sturm sein Werk?", fragte Moi.

„Oh Moi, wenn er will, kann Donahkhamoun genauso brutal sein wie ich. Glaub mir, er hat das Zeug dazu, das ist Teil seines Wesens. Aber stell dir vor, was ich mit dieser Art von Macht, die er heute zeigt, alles erreichen könnte." Daniel hielt inne. „Wir ... was *wir* erreichen könnten!" Er wandte sich an Vladimir. „Schalt die Kommunikation ab, sie wird uns nur ablenken. Jetzt kommt unsere Zeit. Donahkhamoun wird mich jetzt nicht mehr aufhalten, nicht in der Endrunde unserer Schachpartie! Wir sind auf uns allein gestellt", sagte Daniel, während er in der Kabine seines kugelsicheren Range Rover kühl grinste und auf den Angriff wartete.

Zurück auf der Straße raste Wantanee neben Jade her. „Jade! Jade! Was du machen?", schrie Wantanee und überquerte beide Fahrspuren.

„Es geht um das richtige Timing, Wantanee. Es gibt einen anderen Weg!", schrie Jade.

„Du sicher? Wir fahren in falsche Richtung zu Portal hier."

„Es ist die einzige Chance, die wir haben, hat Joanna mir gesagt."

„Joanna?"

„Ja! Jack hat es ihr gesagt. Es ist riskant, aber ..."

„Was? Ich dich nicht hören!", rief Wantanee, als Jade weiterredete.

„Ich sagte, es ist die einzige Chance, die wir haben!", wiederholte Jade.

„Ich immer noch nicht hören, was du ..."

Plötzlich beschleunigte Jade und Wantanee fuhr hinter ihr her. Zu Wantanees Überraschung wurde sie von Ehab überholt, der sich hinter Jade einreihte. Plötzlich bogen Jade und Ehab in die Einfahrt des Casinos ein, wo Parkdienste eilig Autos der Gäste in die Tiefgarage fuhren. Wantanee bremste heftig an der unerwartet scharfen Kurve. Red und Marco wichen zur Seite aus, um einen Zusammenstoß zu vermeiden. Seite an Seite sahen die drei, wie Jade, gefolgt von Ehab, mit voller Geschwindigkeit auf den Eingang des Casinos zusteuerten.

„Weg da!", schrie Jade und krachte durch die Eingangstür, wobei die Gäste mit Glasscherben überschüttet wurden. Sie bremste, um den Leuten im Inneren auszuweichen, und brachte das Kart seitlich zum Stehen. Ehab stürmte herein, direkt auf sie zu. Jade raste los und Ehab folgte ihr. Die beiden Karts rasten den Korridor entlang, vorbei an der Garderobe und in den riesigen Spielsaal des Casinos. Aber es war nicht das, was sie erwartet hatten, als sie ankamen. Anstatt eines vollen Hauses war der Raum leer, es gab keine Spielgäste. „Irgendetwas stimmt nicht, Ehab", sagte Jade.

Gerade als Red und die anderen eintrafen, fielen Metallvorhänge von der Decke herab, verdeckten drei der vier Wände des Spielsaals und ließen nur noch einen Ausweg – die riesigen französischen Türen hinter dem erhöhtem Spielbereich, welche zum Innenhof und gleichzeitig zum Strand führten. Sie saßen in der Falle, und die Angst vor dem Scheitern machte sich bemerkbar.

Daniel, Moi und Vladimir saßen im Range Rover, geparkt im Innenhof, und grinsten über die überraschten Gesichter ihrer Gefangenen. Prompt schaltete Daniel die Fernlichter ein, drehte den Motor laut auf und brach durch die Türe in den Spielsaal. Die Go-Karts teilten sich auf und gingen in Deckung. Die Autotüren öffneten sich. Vladimir stieg links aus, während Moi rechts ausstieg. Um nicht erschossen zu werden, blieb Daniel im Inneren des Wagens und verfolgte das Spektakel seiner treusten Untergebenen.

Da ihr Schicksal in der anderen Welt auf dem Spiel stand, hielten sich Moi und Vladimir nicht zurück. Die beiden Killer fingen an, Kugeln durch den Raum zu feuern. Spielchips fielen wie Regentropfen, Karten flatterten wie Schneeflocken, und die beiden Killer ließen keine Sekunde ungenutzt, zerstörten den Raum, vermieden aber die Bar, in der sie den Ägypter vermuteten.

Vladimir deutete Moi an, die Schießerei einzustellen. „Es ist uns egal, ob ihr lebt oder sterbt. Gibt uns einfach den Ägypter", befahl Vladimir.

Der Raum wurde still, und Daniel fuhr vorwärts und stieß den Roulettetisch von der Bodenerhöhung herunter. Ein anderer Tisch darunter zerbrach; die Spielchips verschütteten und die Roulettetischplatte fiel aus ihrem Rahmen. Erneut versuchte Daniel, seinen Gegner einzuschüchtern, indem er angriffslustig den Motor aufdrehte. Ehab machte Anstalten, sich von der Theke zu erheben, aber Red gab ihm ein Zeichen, sich nicht zu bewegen. Vladimir hob seine Waffe und schoss auf den Sockel des gewaltigen Kronleuchters, der über Wantanee und Jade hing, bis er nachgab. Der gewaltige Kronleuchter stürzte zu Boden und krachte auf die Karts, aus denen Jade und Wantanee sich im letzten Moment befreien konnten. Als Moi einen Blick auf die Frauen erhaschte, die zwischen den Tischen herumliefen, schoss sie erneut und lachte, als sie in Deckung gingen.

Auf der anderen Seite des Raumes saß Marco versteckt hinter einer Trennwand. Er hielt das Lenkrad des Karts fest umklammert, und seine Hände schwitzten stark. „Das ist verdammt verrückt, einfach verrückt", fluchte er vor sich hin und wartete auf eine Aufforderung, sich zu bewegen.

Red überprüfte das Magazin seiner Waffe. Er gab Wantanee und Jade zu verstehen, ihre Magazine zu überprüfen. Zusammen hatten sie insgesamt elf Kugeln, kaum genug, um es mit einer Person aufzunehmen. Und zu allem Überfluss kamen drei Söldner, über die Trümmer steigend, von dem Innenhof herein. Wantanee zuckte zusammen und erkannte die Männer von den Stealth-Speedbooten, die sie verfolgt hatten, als sie versucht hatte, vom Meer aus zum Portal zu gelangen. Plötzlich und unerwartet stand Jade auf und hob ihre Hände in die Luft. Moi richtete ihre halbautomatische Schusswaffe auf Jade.

„Werft eure Waffen weg, oder ich töte sie auf der Stelle!", brüllte Moi.

Verwirrt warf Wantanee einen Blick über ihre Schulter und zerrte an Jades Kleidung. „Jade, kommen runter", flüsterte sie.

„Ihr habt drei Sekunden Zeit, ich mache keine Scherze!", schrie Moi. „Eins!"

Wantanee nahm das Ziel ins Visier und peilte Moi an. „Sie jetzt im Visier."

„Nicht schießen, Wantanee", sagte Jade.

Auch Red hatte Moi in seiner Schusslinie. „Red, nein, das macht alles nur noch schlimmer. Gib mir deine Waffe, ich kann sie retten", sagte Ehab. Red zögerte. „Ich habe dich gebeten, mir zu vertrauen. Jetzt ist es an der Zeit!"

„Zwei!"

„Jade weiß, was sie tut, und ich weiß es auch. Jetzt gib mir die Waffe!" Ehab hob seinen Arm und Moi stoppte. „Red!", drängte Ehab. Red gab nach und Ehab stand auf.

„Was soll der Scheiß?", flüsterte Marco zu Red.

„Ich bin es, den ihr wollt, nicht sie", schrie Ehab.

„Die Waffen, werft sie weg!", forderte Moi.

„Das meinst du?" Ehab zeigte seine Waffe und hielt sie sich dann an die Kehle und drohte, sich das Hirn wegzupusten.

„Hey, whoa, beruhige dich", sagte Daniel und trat ins Freie. „Wir können hier alle gewinnen", sagte er diplomatisch und versuchte, das aufkommende Dilemma zu entschärfen.

Die Söldner im hinteren Teil des Raums hoben ihre Waffen und Laserpunkte erschienen auf Ehab und Jade.

„Sag deinen Männern, sie sollen sich zurückziehen. Du

weißt, was auf dem Spiel steht, und ich weiß es auch", forderte Ehab.

„Und der Gorda, hat der vor, dich zu retten, was?", fragte Daniel.

Moi mischte sich auf ihre bedrohliche Art ein: „Kleiner Gorda, kleiner Gorda, komm raus, komm raus, wo immer du auch bist …"

Ehab zuckte leicht zusammen, doch es zeigte seine Unsicherheit darüber, ob der Gorda wirklich hier war. Daniel fiel diese Kleinigkeit auf. Er ließ es über sich ergehen und blickte zu seinen Männern.

„Lasst uns allein, ich will ihn lebend! Und sagt den Anderen, sie sollen draußen warten. Der hier gehört mir", befahl er. Die Söldner verließen den Spielsaal und Daniel ging vor sein Fahrzeug. Moi und Vladimir traten schützend auf ihn zu. „Du bist also derjenige, um den sich die ganze Aufregung dreht", sagte Daniel und sah Ehab an.

„Du Sau! Du hast mein Kind gestohlen!", brüllte Jade und erregte damit die Aufmerksamkeit Aller im Raum. Red bewegte und drehte sich, um Jade mit großen Augen anzustarren. „Du hast mich vergewaltigt und mich dem Tod überlassen!"

„Du bist die Mutter, wie ich sehe … das Ebenbild von …" Daniel hielt inne. „Mara war bis vor kurzem ein gut gehütetes Geheimnis. Ich schätze, Jack hat es vermasselt, was? Ich werde sie sowieso bald sehen", spottete Daniel, der uninteressiert von den Worten der Mutter war, und blickte Ehab an.

„Du hast keine Ahnung, oder?", sagte Jade, und ein Lächeln trat auf ihr Gesicht. Verwirrt blickte Daniel zurück. „Mara ist genau da, wo ich sie haben will!", beteuerte Jade.

„Mara … Jacks Mara ist meine Tochter?", murmelte Red, etwas verwirrt.

„Es ist so weit, Ehab!", rief Jade.

Plötzlich brach stürmischer Wind und Gezeitenwasser durch die Türöffnung ein. Die Welle schwappte über den erhöhten Spielbereich nach vorne und prallte gegen den Range Rover. Die Wucht der Welle schob das Fahrzeug nach vorne und ließ es halb von der Plattform kippen. Daniel und Moi griffen ruckartig nach der Stoßstange des Wagens, um nicht in die Strömung gezogen zu werden, und verloren ihre Rivalen aus den Augen. Ein lautes Krachen ertönte. Ein Stealth-boot prallte gegen den Türrahmen, angetrieben vom steigenden Wasser. Ein zweites Boot folgte, spießte das erste auf und zerschmetterte es in zwei Teile. Überall flogen Teile herum und der Propeller des Bootes brach ab und rotierte nach vorne. Moi und Daniel ließen sich zu Boden fallen, um nicht geköpft zu werden, aber Vladimir hatte seine Chance verpasst. Moi schrie ungläubig auf und schwor sich, sie alle zu töten, auch wenn es das Letzte wäre, was sie tun würde. Eifriger als je zuvor, den Ägypter zu fangen, erhob sie sich, aber rutschte gleich auf dem Ölteppich der Bootsmotoren aus.

Ehab und Red nutzten die Gunst der Stunde, um zu entkommen, und stürzten sich auf die lose Roulettetischplatte, die sie einholten, als sich die Flut zurückzog. Jade schoss passiv auf das Auto und stellte sicher, dass Daniel und Moi in Schach gehalten wurden. Wantanee tat das Gleiche und gab Marco ein Zeichen, sie abzuholen, während Red und Ehab die Spieltischplatte an ihren Platz schoben und somit eine Rampe über die Plattformstufen schufen. Aus Angst vor einer Kugel kletterte Daniel ins Innere des Wagens. Wütend packte er das Walkie-Talkie und wies seine Männer draußen an, seine Feinde innerhalb des Casinos anzugreifen. Jedoch erfuhr Daniel durch die Meldung, dass neunzig Prozent seiner Männer entweder verletzt, an einem Stromschlag gestorben oder ins Meer gespült worden war. Er war stinksauer und befahl den Unversehrten ins Casino zu kommen.

Doch als Daniel sah, dass Wantanee zusammen mit Marco in einem Kart auf die Rampe zusteuerte, fuhr er wütend rückwärts und überließ Moi, egoistisch wie er war, ihrem Schicksal. Aber auch Jade fuhr auf die Rampe zu, und zwar mit dem zweiten Go-Kart, dem Einzigen noch brauchbaren. Impulsiv öffnete Daniel seine Autotür und begann, mit Begeisterung Kugeln zu verschießen. Red und Ehab gingen in Deckung, als die anderen drei Ausbrecher das Casino verließen.

Als die Söldner vom Strand heranfuhren, wich Marco nach rechts aus, und Wantanee sprang vom Kart, rollte hinter eine der Leichen und blockte damit den Kugelhagel für sie ab. Sie schnappte sich eine verirrte Waffe und schoss hinter dem toten Körper zurück. Ihre Schüsse verfehlten nicht, und die Männer fielen wie Dominosteine zu Boden. Gleichzeitig schnappte sich Jade eine zweite Waffe und betrat erneut das Gebäude. Als sie Ehab und Red zur Flucht verhalf, schoss sie Moi eine Kugel in die Schulter, woraufhin Daniel schnell Moi ins Auto zerrte.

„Du glücklich Schlampe", bemerkte Wantanee, als sie Jade ablöste und Daniel mit Moi in die Falle lockte.

„Töte sie! Töte sie!", schrie Daniel Moi an, als der Range Rover feststeckte.

„Wie zum Teufel soll ich das machen, wenn sie uns beide im Visier hat?"

Mit einem geplatzten Reifen und etwas anderem, das den Rückwärtsgang blockierte, wussten Daniel und Moi, dass es sinnlos war, sich zu bewegen, während Wantanee das Ziel anvisierte.

„Jade, jetzt was?", schrie Wantanee.

„Hier! Diese Holzbretter auf dem Strand, die von der Flut freigelegt wurden", sagte Jade und zeigte, „sie führen zum Portal." Jade wandte sich an Ehab. „Du musst gehen, nimm mein Kart!"

„Nein. Wenn ich vor euch dort bin, wird sich das Portal schließen. Ich kann die Strecke laufen. Ihr nehmt die Go-Karts. Los!", antwortete Ehab und rannte voraus.

Es gab keine andere Wahl, als ihm zu folgen. Wantanee leerte das Magazin und sprang auf Marcos Kart, während Red gemeinsam mit Jade losfuhr. Die beiden Karts rasten auf dem freigelegten Lattensteg davon und überholten dabei Ehab.

Zurück im Casino war es für Daniel noch nicht vorbei. Wantanees letzte Schüsse waren ein klassisches, verräterisches Zeichen – sie waren weg. Daniel stieg aus dem Auto und hob den Holzklotz aus dem Weg, der das Fahrzeug an der Weiterfahrt hinderte. Er fuhr auf den drei Rädern rückwärts aus dem Casino und nahm die Verfolgung auf, wobei er seine Nebelscheinwerfer einschaltete, als der Sandsturm stärker wurde.

Mit voll aufgedrehten Scheibenwischern, in einem wahren Wettlauf gegen die Zeit und mit dem aufgewirbelten Sand, der seine Sicht einschränkte, machte sich seine Unerbittlichkeit bezahlt. Dort vorne, in den Schatten des Strudels, hatte er den Ägypter im Visier.

Daniel drehte seinen Kopf und wies Moi erneut an. „Schieß dem Arschloch ins Bein! Töte ihn nur nicht. Wir werden ihn hintenreinschleudern!"

Mit dem Gedanken an Vladimirs unglücklichen Tod und an ihre Zukunft leuchteten Mois Augen vor Entschlossenheit. Sie öffnete das Fenster und schoss, wobei sie dem Sand Zutritt verschaffte. Durch die Schüsse gewarnt, warf Ehab einen Blick zurück und sah den Geländewagen immer näher kommen. Zru und Merak rannten aus der Öffnung und wurden von den Go-Karts überrascht, die am Teichrand anhielten. Der Gesichtsausdruck der Wächter wandelte sich bald in Angst.

„Beeilt euch, geht hinein!", rief Zru und trieb alle vorwärts. Als Daniel Ehab fast erreicht hatte, rannte Zru zu Daniels Auto und zog Ehab in Sicherheit. Hartnäckig fuhr Daniel weiter. Er knallte in die Go-Karts, schob sie zur Seite und stürzte die Treppe hinunter in das Fuzidon. Während die Fremden von Qualia und Outar sicher zum Ausgang ihrer Welt eskortiert wurden, kam der Range Rover zum Stehen. Daniel war zurück! Und ungeachtet seiner bitteren Absichten hatte er sich das Recht verdient, Donahkhamoun um den Posten des Torwächters an der Wende des Zeitzyklus herauszufordern.

Doch während er in seinem Auto saß und seinen Halbbruder beobachtete, wie er den Amokaras von Ehab entgegennahm, bemerkte Daniel etwas Anderes in seinem Rückspiegel.

„Dieses Arschloch", brüllte Daniel. „Es ist der verdammte Jack, und er verpisst sich gerade durch den Ausgang." Moi drehte sich auf ihrem Sitz und sah den Mann, den sie noch vor paar Stunden getötet hat. „Und die andere Schlampe ist auch dabei, Maras Mutter!", stieß Daniel hervor und richtete seinen Blick schnell wieder auf Donahkhamoun und Ehab.

„Geh jetzt, Ehab, geh nach Hause und schließe dich den Anderen an", sagte Donahkhamoun. „Aber warne alle davor, sich einzumischen oder jemandem etwas davon zu erzählen. Tu das für mich, und ich versichere dir, dass alles so werden wird, wie es werden soll."

„Das werde ich. Aber … Daniel ist hier."

„Mach dir keine Sorgen, egal wie es im Moment aussieht. Du hast Alles richtig gemacht. Geh, Qualia und Outar warten auf dich. Ich muss mich allein um Daniel kümmern." Donahkhamoun hielt inne. „Noch eine letzte Sache, Ehab. Sag Red, dass Jade bald bei ihm sein wird."

„Sie ist nicht mit ihm gegangen?"

Donahkhamoun lächelte. „Schnell jetzt, ich habe zu tun."

Ohne ein weiteres Wort rannte Ehab los, froh, den Wahnsinn hinter sich zu lassen, und eifrig bemüht, Tina mitzuteilen, dass alles in Ordnung war.

Daniel schaute Ehab mit stechenden Augen hinterher und stieg aus, verärgert über sein eigenes Unglück. Aber all das spielte keine Rolle mehr. Im Moment interessierte sich Daniel für die zukünftige Welt, in der die DWIB florierte. Dort befand sich das Geld. Außerhalb des Fahrzeugs nahm er sich einen Moment Zeit, um das Fuzidon genauer zu beobachten. Das letzte Mal, als er dort frei herumlief, war er ein Junge gewesen, bevor er für seinen Ungehorsam bestraft und in den verwunschenen Tunnel eingesperrt wurde. Diesmal war er ein Mann, der größere und kühnere Ziele verfolgte und bereit, das Fuzidon ungehindert zu erkunden.

Da die Öffnungen zu beiden Welten geschlossen waren, versammelte sich eine Gruppe unruhiger Inbetweens um Daniels Fahrzeug, während Humanoiden und Wächter die beiden Geschwister beobachteten, die im Begriff waren, sich gegenseitig zu begrüßen. Aber einer der Versammelten öffnete die Autotür und kletterte hinein. Moi wurde unruhig. Sie drückte auf den Knopf der Zentralverriegelung, um zu vermeiden, dass andere dasselbe tun, und drehte sich um, als der Eindringling Vladimirs Platz auf dem Rücksitz einnahm.

Inzwischen hatte sich außerhalb des Portals, der Sturm wieder gelegt, und Jade entdeckte ein Auto, das sich dem Bootshaus näherte. „Jack, da ist Joanna", sagte Jade, als der Bentley vor dem Zaun anhielt.

„Wir haben eine Menge zu tun, um sicherzustellen, dass Daniel nie wieder hierher zurückkehrt", murmelte Jack, als die beiden weitergingen.

Mit einer anderen Einstellung, neu gefundener Energie und einem ihm unbekannten Gorda hielt Jack es für an der Zeit, die Dinge in Ordnung zu bringen. Mit den Anweisungen, die er von Donahkhamoun erhalten hatte, war er bereit, Daniels Organisation von oben bis unten zu zerlegen und die Korruption, die sie umgab, zu beseitigen. Und genau mit Daniels Sündenhöhle würde er anfangen.

Mit Tränen in den Augen wartete Joanna neben dem Bentley und wollte Jack für den Moment die schlechten Nachrichten über Hayley und Marcus verschweigen. Sie sah Jade an. „Wo können wir dich hinbringen, Jade?", fragte Joana.

„Zum Flughafen, aber wir müssen uns beeilen, wenn ich das Flugzeug noch erwischen will, bevor es abhebt", antwortete Jade und hoffte, ihre Tochter, Darren und Melanie zu erreichen, bevor sie sich auf den langen Weg nach Österreich machen würden.

37
SCHOCKIERENDE NACHRICHTEN

Außerhalb des Teiches in der gegenwärtigen Welt waren Red, Marco und Wantanee schockiert, nachdem Ehab den Einstieg verließ. Jade war nicht mit dabei! Verzweifelt rannte Red die Treppe hinunter, doch das Teichbecken begann sich zu verwandeln und die Wurzeln setzten sich in Bewegung. Outar und Qualia kreuzten ihre Speere und versperrten Red den Weg hinein.

„Red!", rief Ehab und rannte hinter ihm her. „Sie kommt, Red, sie kommt… nur nicht jetzt! Komm schon, verschwinde!", schrie Ehab, wie das Wasser eindrang. Als das Portal geschlossen und der Teich wieder gefüllt war, meldete sich Ehab zu Wort: „Jade wird bald bei dir sein."

„Woher weißt du das?"

„Ich weiß nicht, wie und wann das alles passiert, aber Donahkhamoun hat mich gebeten, dir diese Nachricht zu überbringen. Vertrau mir, Red, wenn er es sagt, wird es so sein. Du hast mir schon einmal vertraut, also tu es noch einmal."

Reds Herz war zerrissen und Marco fühlte den Schmerz seines Cousins. Wantanee wusste, warum Jade zurückgeblieben war. Sie hatte Jade jedoch versprochen, nichts zu sagen.

„Es tun mir leid, Red", sagte Wantanee sanft.

„Wir haben es mit Magie zu tun, Cousin", schmunzelte Marco und legte seinen Arm um Reds Schulter, um ihn zu trösten. „Du hast Ehab gehört ... Donahkhamoun hat gesagt, dass sich alles klären wird. Er steht zu seinem Wort. Lass uns abwarten, ja?", sagte Marco mitfühlend und hoffte, dass er recht hatte.

Nachdem Ehab allen angeboten hatte, sie mitzunehmen, führte er sie zu seinem Auto. Doch als sie kurze Zeit später aus dem Gebüsch traten, trauten Red und Marco ihren Augen kaum.

„Was zum Teufel ist mit deinem Auto passiert, Ehab?", platzte Marco heraus.

„Auf dem Weg hierher hatte ich einen kleinen Unfall, aber wir können später darüber reden", antwortete er und sagte nichts über seine Eskapade mit dem spitznasigen Mann und dem Adrog. Ehab holte ein Tuch aus dem Handschuhfach und begann, die Glasscherben von den Vordersitzen zusammen zu sammeln, und wies Red an, ein Kartonstreifen aus dem Kofferraum zu holen, um den Rücksitz abzudecken. Wantanee kicherte amüsiert, als sie sich neben Marco auf den Karton setzte. Red saß auf dem Beifahrersitz und steckte seinen Finger in ein Einschussloch im Armaturenbrett.

„Das war ja ein toller Unfall, in den du verwickelt warst", flüsterte Red zu Ehab.

„Du hast ja keine Ahnung. Wie auch immer, das liegt alles hinter uns. Und um die Wahrheit zu sagen, wenn es dir nichts ausmacht, habe ich im Moment keine Lust, darüber zu reden."

„Ich auch nicht. Ich bin immer noch verblüfft, warum Jade nicht gekommen ist. Ich dachte, sie wäre direkt hinter uns."

„Da kann ich dir nicht helfen, Red. Ich habe dir gesagt, was Donahkhamoun gesagt hatte." Ehab zuckte mit den Schultern.

„Am besten, du denkst nicht weiter darüber nach."

Auf der kurzen Fahrt zu Reds Haus wurde kaum mehr über den Vorfall gesprochen. Wantanee starrte nachdenklich aus dem Fenster. Endlich war sie den Klauen von Daniel und Moi entkommen, aber was sollte sie hier tun? Sie hatte Nichts und ihr Talent – Menschen zu töten – war hier nicht wirklich gefragt.

Ein paar Minuten später kamen sie vor Reds Strandhaus an. Wantanee wurde hellwach, als sie ihr Lieblingsauto unter dem Vordach geparkt sah.

„Ist dein Auto, Red?"

„Gefällt es dir?"

„Natürlich! Wem nicht gefallen? Es ist Shelby Cobra ..."

Red bat alle ins Haus. Marco und Ehab gingen voraus, begierig darauf, sich aus ihren klebrigen Klamotten zu befreien. Und während Marco für Ehab etwas Lockeres und Schlabberiges zum Anziehen suchte, stand Red draußen unter dem Vordach und beobachtete Wantanee, wie sie die Cobra bestaunte, die ihr so gut gefiel. Kurze Zeit später betraten dann auch Red und Wantanee das Haus.

„Schön hier", sagte Wantanee auf den ersten Blick.

„Danke, das hör ich gern", antwortete Red bescheiden und schloss die Haustür hinter ihr. „Dann mach es dir gemütlich. Ich bringe dir ein paar trockene Sachen." Red musterte sie. „Ja, die sollten dir passen. Ich bin in einer Minute zurück."

Wantanee bewegte sich durch den Raum und schaute auf das Meer hinaus, während Red sich schnell umzog und etwas zum Anziehen für Wantanee heraussuchte.

„Gefällt dir die Aussicht, hm?", fragte Red und reichte ihr ein kleines Bündel mit Sandys Kleidung.

„Nur Strand, können jemand nicht mögen?", antwortete sie und nahm die Kleidung. „Danke dafür. Du Problem, wenn ich duschen und mir sauber machen?"

„Natürlich nicht. Nimm das Bad oben links", wies Red sie an. „Du kannst deine Lederkombi auf dem Badezimmerboden liegen lassen. Ich werde sie in der Stadt für dich reinigen lassen."

„Danke." Wantanee lächelte und schlenderte davon.

Während Wantanee die Treppe hinauftanzte, ging Red in sein Büro, und Ehab kam in Jogginghose aus der Waschküche. Er saß am Küchentresen und plauderte mit Marco, während dieser eine Kanne Kaffee kochte. Als Marco den Kühlschrank öffnete und ein paar Joghurts herausnahm, bemerkte er, dass sein Cousin das Foto von Jade in der Hand hielt. Er nickte Ehab, zu Red hinüberzusehen.

„Es ist schwer für dich, was?", sagte Ehab.

„Verwirrend, würde ich sagen."

„Habe ich richtig gehört, als Jade Daniel anschrie und sagte, er habe ihr Kind gestohlen?"

„Ja, unser Kind ..."

„Euer Kind?" Ehab war verwirrt.

„Anscheinend ... aber ich hatte nie die Gelegenheit, mit ihr darüber zu sprechen. Ich nehme an, du weißt genauso viel wie ich." Red schwieg für eine Weile. „Aber wenn es die Nachricht war, die sie mir an unserem Hochzeitstag sagen wollte, bevor sie entführt wurde, dann nehme ich an, dass unsere Tochter bald einundzwanzig wird."

„Daniel sagte, er würde sie *bald sehen*. Mara, hat er sie genannt. Weißt du, wo sie sein könnte?", erkundigte sich Ehab.

„Vielleicht ... ich bin mir nicht sicher." Red legte das Foto weg. „Wir sollten es dabei belassen, Ehab." Red hielt inne und behielt die Geheimnisse, die Jack ihm über Mara erzählt hatte, für sich. Gemeinsam gingen sie zurück in die Küche. „Wer ist Donahkhamoun eigentlich, oder eher was ist er?", fragte Red, als sie sich auf die Küchenhocker setzten.

„Donahkhamoun ist unser Freund, Red ... er ist Moped!", erklärte Ehab.

„Das ist doch Unsinn!"

„Genau so hat Marco auch reagiert! Und doch, so absurd es auch klingt, es ist wahr. Wenn man bedenkt, was du selbst durchgemacht hast, sollte es dir nicht allzu schwer fallen, das zu glauben. Ich war in seinem Haus mit dabei, wie Moped sich von dem alten Mann, der er war, in den verwandelte, der er wirklich ist." Ehab atmete aus. „Ohne Scheiß, Kumpel. So hat er mich da reingezogen. Er ist es wirklich."

„Du hast gesehen, wie er sich verwandelt hat?"

„Habe ich. Moped ist der Torwächter und seine Aufgabe ist es, das Gleichgewicht zwischen Gut und Böse zu bewahren. Es ist nicht so einfach für mich, das zu erklären, aber wenn du mir vertraust, wirst du es mit der Zeit selbst verstehen." Red saß verblüfft da, als Ehab fortfuhr: „Ich habe im Fuzidon unergründliche Magie erlebt, Red. Ich bin nicht nur durch den Tunnel gegangen wie du und Marco. Moped hat mich tief ins Innere des Landes gebracht. Ich habe schreckliche Dinge gesehen, Dinge, aus denen Albträume gemacht sind. Und ich habe auch wunderbare Dinge gesehen, Dinge, aus denen Träume gemacht sind. Wenn du das glauben kannst, dann kannst du auch glauben, dass er auf die eine oder andere Weise einen Weg finden wird, sein Versprechen an dich – bezüglich Jade – zu halten. Donahkhamoun oder Moped oder wie du ihn nennen willst wird sein Wort halten. Das wird er!"

Verwundert rieb sich Red am Kinn. „Das wird sich wohl erst mit der Zeit zeigen. Ich hoffe nur, dass es nicht wieder zwanzig Jahre sein werden."

Marco reichte den Männern ihren Kaffee und Ehab beschloss, dass es an der Zeit war, Donahkhamouns Worte der Warnung zu wiederholen.

„Da ist noch etwas anderes", sagte Ehab und erregte damit die Aufmerksamkeit der Cousins. „Da wir nun alle involviert sind, hat Moped mich gewarnt, dass wir, bis der Zeitzyklus vorüber ist, nicht über das, was wir gesehen oder auch durch unsere Erfahrungen gelernt haben, reden sollten. Wir sollten uns auch nicht in Dinge einmischen, auf die wir keinen Einfluss haben. Wenn wir nämlich genau das tun würden, könnte es das Endergebnis verändern. Das gilt nicht nur für uns drei, sondern auch für Wantanee."

„Aber ich dachte, es wäre alles vorbei, nachdem du ihm den Amokaras gebracht hast", sagte Marco.

„Das wäre es auch gewesen, wenn ich vorangegangen wäre und euch alle zurückgelassen hätte. Das Portal hätte sich geschlossen und ihr alle, zusammen mit Daniel, wäret in der anderen Welt geblieben." Einen Moment lang schwiegen Marco und Red und begriffen im Anschluss, was Ehab für sie getan hatte. „Aber ich habe euch nicht zurückgelassen und so ist Daniel auch hineingekommen."

„Wie?", fragte Marco.

„Er hat es geschafft, aus dem Casino zu entkommen und ist mit Vollgas in das Portal hinter mir gefahren. Wenn Zru nicht gewesen wäre, wäre ich das neue Emblem auf seiner Motorhaube geworden."

„Also bekommt Daniel vielleicht doch noch, was er verlangt?", fragte Red.

„Ich bin nur ein Übermittler, Red. Ich habe diese Antworten nicht. Aber was ich weiß, ist, wenn wir nicht wieder auf den richtigen Weg zurückkehren und unser Leben so weiterführen, wie wir es gewohnt sind, und die Sache nicht auf sich beruhen lassen, dann mischen wir uns bereits mit dem, was wir jetzt tun, ein – mit dem Nachdenken, dem Reden, dem Versuch, eine Lösung zu finden. Unser Reden und Bewegen verursacht nur noch mehr Störungen im Fuzidon, um die sich Donahkhamoun kümmern muss, was seine Aufgabe erschwert. Wir sollten diese Gespräche verschieben, bis der Zeitzyklus hinter uns liegt."

„Erinnere mich daran, Ehab, wann ist das gleich wieder?", mischte sich Red ein.

„Eigentlich bin ich mir nicht sicher. Ich schätze morgen oder übermorgen. Aber was ich mit Sicherheit weiß, ist, dass alle unsere Entscheidungen und Handlungen bis dahin in den Tempel übertragen und verarbeitet werden und dadurch unser Schicksal für die nächsten einundzwanzig Jahre bestimmen."

„Es gibt einen Tempel?"

Ehab schüttelte den Kopf. „Bei allem Respekt, Marco, hast du gehört, was ich gerade gesagt habe? Diese Diskussionen könnten das Schicksal von Jade beeinflussen, zu Red zurückzukehren. So einfach ist es. Warte, bis alles vorbei ist, und dann können wir vierundzwanzig Stunden am Tag und jeden Tag darüber reden, wenn du willst", beendete Ehab und hatte das Gefühl, als wäre sein Gorda zurückgekehrt und ihn wieder auf seinem Weg vorangetrieben hatte.

„Du hast recht, Ehab", stimmte Marco zu. „Wenigstens hatten wir einen Tagespass. Um die Wahrheit zu sagen, ich habe jegliches Interesse an dieser Sache verloren, und es ist mir völlig egal, ob ich jemals wieder von diesem Ort sprechen werde. Gott allein weiß, was du da drin durchgemacht hast."

„Ich bin sicher, er weiß es", kicherte Ehab.

Laut Donahkhamoun, so erinnerte sich Ehab, würden seine Kumpel sich morgen nicht mehr an ihre Erlebnisse erinnern. Es würde alles verschwimmen und ein ganz normaler Tag in ihrem Leben gewesen sein. Marco würde mit einem leeren Fleck in seinem Gedächtnis aufwachen und es auf den Alkoholmissbrauch in De Club schieben. Red würde wie immer morgens joggen gehen, und um drei Uhr nachmittags würden sie sich alle zusammen in Jean Paul's Pier Café treffen. Das war das Ergebnis, das Donahkhamoun vorausgesagt hatte, und Ehab wollte diesen natürlichen Verlauf durch Nichts und Niemanden stören.

„Was sollen wir also heute Abend machen, Red?", fragte Marco beiläufig.

„Gute Frage." Red sah zu Ehab. „Hast du irgendwelche Vorschläge, Ehab?"

„Nun, wir waren noch nie diejenigen, die sich Sorgen machen, also lass uns das tun, was wir immer tun."

„De Club?", sagte Marco enthusiastisch.

„Ja, warum nicht?", erwiderte Ehab und entschuldigte sich, um Tina anzurufen.

Er teilte Tina mit, dass der Stein wieder in Mopeds Händen sei und ihre Teilnahme nicht mehr nötig war. Tina war überglücklich, als sie die Nachricht hörte. Red hingegen war es nicht. Er fand Ehabs Ratschläge zu leichtfertig und oberflächlich, um sie zu befolgen. Red wusste Bescheid. Seine Gedanken waren wie Brei, ein Strudel von Überlegungen, den er nicht abstellen konnte. Er hatte Gespräche mit Jack geführt und wusste, dass Mara mit einem Mikrochip unterwegs war, der die DWIB enttarnte. Der Präsident war involviert. Und Marco zufolge war Dr. Hermanow ebenfalls auf dem Weg auf die Bahamas. Und dann waren da noch Justin und Sandy, an die man denken musste. Nachdem er sich entschlossen hatte, ein sorgenfreies Leben mit Sandy zu beginnen, kam Jade ins Spiel, und das Wie, Wann, Was und Ob war ein großes Rätsel. Aber alles hing irgendwie miteinander zusammen. Und so war Red nicht wirklich eifrig darauf, im Gegensatz zu Ehab und Marco, heute Abend in den Club zu gehen.

„Jungs, Tina hat mich gebeten, euch beide zu grüßen. Sie

sagte auch, dass Sandy und Tofi versucht haben, dich zu erreichen, Red."

„Neben einigen anderen", sagte Red und scrollte durch seine verpassten Anrufe und Nachrichten.

„Ich habe ihr gesagt, dass du heute nicht gut drauf warst." Die Männer schmunzelten über seinen Scharfsinn. „Ich habe gesagt, du rufst sie an, wenn es dir besser geht, und sie soll die Nachricht an die anderen weitergeben, damit du etwas Freiraum hast."

„Das passt schon, danke", sagte Red.

„Vielleicht ist es eine gute Idee, Sandy eine kurze SMS zu schreiben. Du weißt ja, wie sie ist. Wenn sie denkt, dass du krank bist, ist sie im Nu hier."

„Ich denke, das sollte ich tatsächlich tun. Ich bin im Moment nicht in der Verfassung, jemandem gegenüberzutreten, nicht einmal Sandy."

Als sich die Dinge wieder normalisiert hatten, verließ Wantanee das Bad. Sie blickte über das Geländer des Mezzanins und beobachtete die Männer unten. Da Marco seinen Rucksack in Origins gelassen hatte, fragte er seinen Cousin, ob er das iPad benutzen und sich ein Ersatztelefon leihen könne, um seine Nachrichten herunterzuladen.

„Büro, untere linke Schublade", antwortete Red.

Auf ihrem Weg nach unten begann Wantanee eine Melodie zu summen, während Marco hinter die Bürotrennwand ging. Als er den Hörer abnahm, um Carmen anzurufen, erblickte Marco Wantanee und erwiderte ihr Lächeln. Sie fühlte sich mit ihren neuen Freunden in der Umgebung des Strandhauses wohl. Ehab sah Wantanee an und hob seine Kaffeetasse in die Luft. Wantanee nickte Ehab zu und ging hinüber zum Sofa. Ehab gesellte sich zu ihr, damit Red eine Nachricht an Sandy schickte konnte.

Als Red auf *Senden* drückte, schaute er zu den beiden hinüber, die sich im Smalltalk unterhielten. Er grinste, als er sich daran erinnerte, wie er und Sandy am Tag zuvor an derselben Stelle Omelett und Haferbrei gegessen hatten. Ehab bot Wantanee einen Keks an. Sie griff zu und lehnte sich zurück, um durch die Fernsehkanäle zu schalten, wobei sie die Lautstärke niedrig hielt, während sie sich unterhielten. Wantanee in Sandys Kleidern zu sehen, brachte Reds Erinnerungen an den gestrigen Abend in De Club zurück, als er in einem Gespräch versuchte, seine Gefühle für Sandy auszudrücken. Es sollte bald ein Neuanfang für Red sein und der Beginn eines neuen Lebens, dem Sandy einen Sinn geben würde. Doch die Möglichkeit eines solchen Schrittes wurde vorerst auf Eis gelegt. Red hatte Jade gesehen, lebendig und gesund, und da war noch dieses mysteriöses Kind. Was einfach hätte sein sollen, wurde plötzlich vermasselt. Wieder einmal war Red in ein schwieriges Dilemma geraten.

Unerwartet blinkte Reds Handy auf dem Tresen neben ihm auf. *Unbekannter Anrufer* – sagte das Display. Er hob es an sein Ohr, weil er dachte, es könnte Mara sein. Aber der Anrufer legte auf. Er stellte sein Handy auf „Vibrieren" und steckte es in seine Tasche. Vielleicht würde der Anrufer erneut klingeln. Als Red die leeren Hundenäpfe in der Ecke bemerkte, erhob er sich vom Hocker, öffnete das Dosenfutter und schüttete es in die Näpfe. Diese vermeintlich kleine Tat holte ihn in die Realität zurück. Vielleicht hatte Ehab recht, dachte er beiläufig, einfach weitermachen wie bisher? Als er das offene Wohnzimmer durchquerte, sah er, wie Ehab einen Blick über die Rückseite des Sofas zu ihm warf. Red zwinkerte, Ehab grinste, zeigte mit dem Finger auf Wantanee und deutete ihm mit einer diskreten Geste, dass er sie mochte. Red hob eine Augenbraue. Er hatte diesen Gesichtsausdruck seines Kumpels schon oft gesehen –

jedes Wochenende in Tofis Club.

Draußen auf der Terrasse pfiff Red nach den beiden Streunern. Bills und Bens Ohren spitzten sich und sie rannten den Strand entlang. Die Hunde fletschten mit den Zähnen und warteten auf ein Zeichen von Red. Er nickte und die Hunde fraßen. Red wandte sich zum Meer hin ab und blickte auf die untergehende Sonne, die zu gleichen Zeit an einem andern Ort wieder aufging. „Hmm, wir sehen uns morgen", murmelte er und war froh, dass er Daniels Folterkammer überlebt hatte und heil nach Hause gekommen war. Das Meer war ruhig, die Wellen plätscherten sanft, und er dachte an seine morgendliche Joggingrunde. Morgen würde er in die entgegengesetzte Richtung laufen, schmunzelte er, fest entschlossen, alle Hilferufe zu ignorieren.

Zur gleichen Zeit, als Red draußen stand, war Marco im Haus mit Multitasking beschäftigt, während er sich mit Carmen unterhielt. Und wie er nebenbei an die heutigen Geschehnisse zurückdachte, riet er Carmen, das Penthouse in Puerto Banus zu verkaufen.

„Wir ziehen aufs Land und gründen unser eigenes Weingut, sobald ich zurück bin", hatte er gesagt. Sie fragte, was ihn dazu bewogen habe. „Nichts", antwortete er. „Es ist einfach an der Zeit, dass ich erwachsen werde." Es war eine Notlüge und sie durfte die Wahrheit unter keinen Umständen erfahren. Er würde die heutige Erfahrung mit ins Grab nehmen, um das Glück seiner Frau nicht zu stören. Carmen freute sich über die Nachricht und reichte das Telefon an ihre Mutter, ihre Brüder, ihre Schwester und ihren Vater weiter, die sich alle über Marcos Entscheidung freuten und ihm anboten, ihn in die Kunst des Weinanbaus einzuweisen. Doch während sich das Glück in der Familie in Spanien ausbreitete, verwandelte sich Marcos eigenes Glück in tiefste Verzweiflung. Julies und Arias entschlüsselte Sprachnachrichten, Texte und Bilder erschienen auf dem Bildschirm und verunsicherten Marco so sehr, dass er sein Telefonat abbrach.

„Es tut mir leid, Carmen, es ist etwas dazwischen gekommen. Ich muss auflegen."

„Ich verstehe, Marco. Ich bereite alles für deine Rückreise vor. Grüß Red von mir."

„Mach ich. Bye, Babe." Marco legte auf.

Trotz der Warnung Donahkhamouns, die Ehab an sie weitergegeben hatte, las Marco die Dokumente gründlich durch, bevor er sie für Red ausdruckte. Die Sache war zu groß, um sie einfach links liegen zu lassen.

Zurück auf dem Sofa schaltete Ehab den Fernsehkanal um, um den Rest des Basketballspiels zu verfolgen. Wantanee entschuldigte sich und ging nach draußen zu Red. Als Red hörte, wie die Tür aufglitt, warf er einen Blick über seine Schulter.

„Es wunderschön hier, ja?", äußerte Wantanee und schloss die Tür hinter sich.

„Ja, das ist es wirklich. Ich hoffe, ich werde es noch mehr genießen wie bisher. Aber du weißt ja, wie schwer das in unserem Beruf ist."

„Ich wissen, ja", sagte sie und schlenderte auf ihn zu.

„Danke, dass du meine Leben gerettet hast."

„Genau, wie du meine geretten haben."

„Dann sind wir wohl gleichauf. Vielleicht wären wir ja ein gutes Team?" Wantanee erwiderte ein Lächeln, während sie sich am Geländer festhielt und sich die salzige Meeresbrise ins Gesicht wehen ließ. Red rückte dicht an sie heran. „Wir sind jetzt eine Familie. Das hast du verstanden, Wantanee." Er legte seine Hand auf ihre Schulter und sie schaute ihn an. „Das andere Leben, das du geführt hast, liegt nun hinter dir. Hier und jetzt fängst du neu an. Hier bist du vor Gefahren sicher und niemandem Rechenschaft schuldig. Du bist frei, verstehst du? Frei von allem. Vergiss das nicht, hörst du mich?", sagte er und schaute ihr bedeutungsvoll in die Augen.

„Das ... das viel nett von dir ist ..." Ein Kloß stieg Wantanee in die Kehle. Sie war sich nicht sicher, wie sie auf ein solches Mitgefühl reagieren sollte, vor allem, wenn es von einer relativ fremden Person kam. Sie drehte sich weg, um gegen ihre Tränen anzukämpfen. Es fiel ihr schwer zu sprechen, und Gefühle, die sie sonst nur selten empfand, kamen zum Ausdruck. Sie ließ ein paar Augenblicke verstreichen, bevor sie sich Red zuwandte und das Thema wechselte, sodass es wieder um ihn ging. „Es tun mir leid, dass Jade nicht mit dir gekommen, Red. Aber ich dir helfen, Mara zu finden. Ich weiß, wie sie aussehen."

„Wirklich?"

„Ja", antwortete sie und verzichtete darauf, Red zu sagen, dass er Vater von Zwillingen war, wie sie es Jade versprochen hatte. *„Es wird ihn quälen. Es ist besser, wenn er es nicht weiß",* hatte Jade gesagt. „Ich sehen sie oft im Haus. Ich sprechen auch mit sie. Sie ist nette Mädchen. Daniel sauer, wie er wissen, dass Jack hierher Mara bringen. Es traurig, weil Jack nicht holen können seine eigene Tochter."

„Jack hat eine Tochter? Ich nahm an, dass es jemanden gibt, aber er sprach immer von seiner Familie als geliebte Menschen. Er hat nicht wirklich gesagt, wer."

„Ja, es war Geheimnis. Aber sie tot jetzt. Jack müssen Mara erst holen, wegen Daniel. Daniel wollen Mara für Böses. Ich weiß nicht, was. Bei Daniel nie wissen." Reds Augen verengten sich, aber Wantanee fuhr fort: „Hayley sein Maras beste Freundin."

„Hayley?" Red schnappte nach Luft.

„Ja, Hayley. Sie und Marcus Mortimer dich geretten vor Daniel. Sie Mercedes gefahren, mit dem geflohen euch. Davor versuchen ich, Jack warnen, dass Moi haben Auftrag, dass ihn soll töten. Wie ich durch Tor zu seine Haus gefahren, waren ich spät. Dann ich sehen dich und Marco in Jacks Ferrari. Du mir knapp überfahren, wie du aus Tor gefahren."

„Das warst du auf dem Motorrad in der Einfahrt?"

„Ja." Wantanee trat an den Strand. „Dort ich kennen du noch nicht, ich glauben, Jack haben dir Auto geliehen."

Red gesellte sich unten an der Treppe zu ihr. „Wantanee …"

„Ja." Sie drehte sich um.

„War Joanna Pradnarski in Jacks Haus?", fragte Red.

„Ja, sie Mutter von Hayley. Geheim, aber Jack richtige Vater. Keiner wissen das, auch Daniel nicht wissen. Joannas Mann leben hier in Monaco. Er Kontrolle auf Geschäfte von Monaco Bank für sie."

„Meinst du damit die Developer World Investment Bank?", fragte Red.

„Genau das. Joanna CEO ist. Schwester von Joanna auch ganz oben Verwaltung und rechte Hand. Diese wohnen auch in Monaco und arbeiten mit Joannas Mann zusammen. Schwester Kontrolle, niemand zu spät zahlen. Bevor dieses, Joannas Schwester Rekruterin. Sie mir in andere Welt bringen. Ich will nach Monaco, wenn ich haben Geld. Ich Rache. Ich töten sie!"

„Ist sie ein Zwilling?"

„Nein, sie aber aussehen wie Zwilling. Sie geboren mit Abstand ein Jahr. Die Leute sie immer wieder verwechseln. Aber ich kennen Unterschied." Wantanee hielt einen Moment inne. Sie schaute Red neugierig an. „Warum fragen du das, kennen du sie?" Wantanee runzelte die Stirn.

„Nein, das tue ich nicht, obwohl ich ein wenig Zeit in Monaco verbracht habe. Als ich Joannas Gesicht sah, kam es mir bekannt vor, das ist alles. Ich dachte, ich hätte ihr Gesicht von den Roulettetischen her wiedererkannt, Monaco ist ein kleiner Ort", bluffte Red.

„Vielleicht ja, oder vielleicht nein und du gesehen Schwester. Joanna ruhig. Sie keine Aufmerksamkeit mögen. Ihr Schwester das Gegenteil", verriet Wantanee und ging ein Stück in Richtung Meer.

Und da war sie, die Wahrheit aus dem Mund einer Fremden. Plötzlich ergab alles einen Sinn. Red hatte, vor einer guten Woche in Monaco, Joannas Ehemann und die ihr ähnlich sehende Schwester erschossen, nachdem er das fehlende Muttermal auf Joannas Profil auf einen Schreibfehler zurückgeführt hatte.

Während er über die andere Welt nachdachte, glaubte Red, dass er für Jacks Tod verantwortlich war, weil er den Stein aufbewahrte und dafür sorgte, dass Jack zu spät nach Hause kam. Aber das brachte ihn zum Nachdenken. Was wäre passiert, wenn er den Stein nicht gefunden hätte? Ehab wäre Moped in das Fuzidon gefolgt und hätte es verlassen, um den Amokaras aus der anderen Welt für Donahkhamoun zurückzuholen. Doch der Stein wäre nicht da und Ehab säße fest, eingesperrt wie Jade, Wantanee und Daniel selbst. Aber Jack wäre, wie geplant, mit dem Stein, Joanna und Hayley entkommen. Wenn das der Fall war, dann – als Red darüber nachdachte, wie Jacks Leben weitergehen würde, kam ihm plötzlich ein neuer Gedanke.

„Oh, dieser hinterhältige Mistkerl", flüsterte Red laut, als der Groschen fiel. „Hatte Jack vor, mit Joanna die DWIB zu übernehmen?"

„Du etwas sagen, Red?", fragte Wantanee und blickte zurück.

„Ich denke nur laut", antwortete Red. „Ignoriere mich."

Er schwieg und dachte einen Moment lang nach. Wenn die Behörden glaubten, dass die Pradnarskis tot waren, musste Jack einfach verkünden, dass Daniel ebenfalls tot war. Die

DWIB würde ihnen gehören. Außerdem würde die Tötung der DWIB-Führungskräfte das böse Blut beseitigen. Und mit dem Stein in ihrem Besitz bräuchten sie Daniel nie wieder zu fürchten. Sie wären von der Angst befreit, und mit Joanna unter einem Decknamen könnten sie alle zusammen als Familie leben – stinkreich! Das war ein mögliches Motiv für Jack und Joanna, spekulierte Red.

In Anbetracht von Ehabs Warnung dachte Red an die Folgen von Jacks Schicksal, die direkt mit dem Seinigen verwoben war. Dennoch war es für Red ein Segen, den Stein gefunden zu haben. Er brachte ihn zu seiner Frau. Und das war gerade das wichtigste. In diesem Moment der Ruhe bellten plötzlich die Hunde, ließen ihre Spielbälle vor Wantanees Füße fallen und unterbrachen die Stille.

„Sieht aus, als hättest du ein paar neue Freunde gefunden", sagte Red. „Na los, wirf die Bälle ins Wasser, sonst halten sie dich die ganze Nacht dort fest."

„Okay", gluckste Wantanee und kicherte dabei. Sie drehte sich zu Red um und ging zurück zu den Stufen. „Red, wenn Jack erschossen, wieso ich sehen, wie er Fuzidon verlassen?", fragte sie.

„Du hast ihn gesehen?"

„Ja, lebendig. Ich mir umdrehen, nachdem ich hören Daniel reinfahren, und ich gesehen wie Jack weg …"

„Nun, diese Unterhaltung macht einen ernsten Eindruck", unterbrach Ehab, der vom Deck aus zu ihnen hinunterblickte, während die Hunde zu ihm hinaufliefen und ihm die nassen Bälle vor die Füße legten.

„Ich Red sagen, du mir neue Kleider kaufen", antwortete Wantanee scharf und drückte Reds Hand.

„Deshalb bin ich hier. Wir sollten uns beeilen, bevor die Läden schließen", sagte Ehab. Er warf die Bälle, und die Hunde flitzten davon.

„Vielleicht ich finden etwas für diese Club, von dem du sprechen, Ehab."

„Du hast also vor, Wantanee heute Abend dorthin mitzunehmen, ja?", erwiderte Red und ging mit Wantanee auf das Haus zu. „Mensch, Ehab, du verlierst wirklich keine Zeit, um in Fahrt zu kommen, oder?"

„Ist nicht gut, Red?"

„Im Gegenteil, es ist sehr gut. Es kommt darauf an, was danach passiert, ob es gut ist oder nicht", kicherte Red, was Wantanee erröten ließ.

„Hör nicht auf seine Sprüche, Wantanee", sagte Ehab und schob die Terrassentür auf.

„Sorg dafür, dass er dich den Mädchen vorstellt, sonst nimmt er dich den ganzen Abend für sich in Beschlag. Ich glaube, du könntest gerade jetzt ein paar Freunde gebrauchen."

„Verstehen, das machen ich."

„Bevor du gehst, Wantanee, mach dir keine Sorgen um die Unterkunft, mein Haus gehört dir, bis wir alles geklärt haben."

„Danke, Red, aber Ehab mir schon anbieten."

„Ich habe genug Platz, Kumpel. Außerdem hast du mit Marco und so schon genug um die Ohren. Das ist das Mindeste, was ich tun kann."

„Das weiß ich zu schätzen", sagte Red und griff nach Wantanees Hand. „Siehst du das Haus mit der Terrassenbeleuchtung ein Stück den Strand hinauf?"

„Ja."

„Dort wirst du sein. Ich gehe jeden Morgen gegen sechs Uhr eine halbe Stunde joggen. Wenn du mitkommen willst, ruf mich an, ich mache dir danach Frühstück, und wir können da weitermachen, wo wir aufgehört haben." Red zwinkerte ihr diskret zu.

„Okay, ich dir anrufen."

Drinnen im Haus war Marco damit beschäftigt, im Büro alles Nötige auszudrucken. Ehab klopfte an die Glastrennwand, um zu sagen, dass er gehen wollte. Marco bestätigte dies reflexartig und wandte sich schnell wieder seiner Arbeit zu. Red begleitete die beiden zur Haustür und lehnte Ehabs Einladung ab, sich ihnen später anzuschließen. Heute Abend will er einfach nur zu Hause bleiben. Red tauschte mit Ehab die Autoschlüssel und deutete an, dass Wantanee vielleicht fahren wollte. Ehab grinste und reichte ihr die Cobra Schlüssel.

Marco hörte plötzlich, wie die beiden Autos draußen aufbrummen und schnappte sich eilig seinen Stapel Papiere. In dem Glauben, Red würde irgendwohin fahren, rannte er zur Haustür und war erleichtert, als er sah, dass Red nur Ehabs Auto aus dem Weg fuhr, damit Wantanee rückwärts aus dem Carport fahren konnte.

Marco öffnete die Fahrertür, nachdem Red das Auto vor der Hecke am Ende der Einfahrt geparkt hatte. Wantanee und Ehab waren bereits davon. „Das musst du dir ansehen, Red!", rief er hastig.

„Was ist denn in dich gefahren?"

„Das hier!", antwortete Marco und wedelte mit den Papieren vor seiner Nase herum.

Die beiden Männer eilten zurück ins Haus. Marco begann zu erklären, aber sein Nuscheln war unverständlich und Red begann es selbst zu lesen. Plötzlich wurde Marcos Aufmerksamkeit von der Tickerzeile erregt, die den Sportkanal auf dem Fernsehbildschirm überquerte, und er hörte auf zu sprechen. *Nachrichten: Drei Menschen wurden heute Morgen bei einer Autoexplosion in der Orange Grove Road tot aufgefunden. Passanten wurden bei der Explosion verletzt.*

„Heilige Scheiße!" Marcos Ausbruch ließ Red aufblicken.

Sofort drehte Marco die Lautstärke auf und schaltete auf den lokalen Nachrichtensender um, wo kurzzeitig ein Bild von Frank, Justin und einem jungen Mädchen zu sehen war, bevor das Bild zurück ins Studio ging und der Nachrichtensprecher den Bericht wechselte. *„Das Chaos auf der Insel New Providence geht weiter. Auf diesem Handyvideo ist zu sehen, wie die Menschen verzweifelt um ihr Leben rennen und vor den Schüssen des mutmaßlichen Zufallsschützen fliehen. Der Schütze hatte eine Straßensperre auf der Küstenstraße von Nassau nach Paradise Island errichtet."*

„Was zum Teufel ist hier los?", platzte Red heraus. Das Bild sprang zurück zum Nachrichtensprecher. *„Glücklicherweise wurde niemand verletzt. Allerdings wird der Schütze immer noch auf freiem Fuß vermutet. Dies war einer von drei Vorfällen in den letzten zwei Tagen. Die Ermittlungen sind im Gange. Die Polizei schließt nicht aus, dass alle drei Vorfälle miteinander in Verbindung stehen könnten. Und jetzt ist es Zeit für das Wetter."*

„Das ist Ehabs Auto, Red!"

Red drückte auf *Stumm*. Nachdem er die halbe Dutzend verpasster Anrufe von Evelyn ignoriert hatte, nahm Red sein Handy und rief zurück. Marco schnappte sich in der Zwischenzeit das iPad und begann, im Internet nach Filmmaterial zu suchen.

„Red, wo bist du gewesen?", schimpfte Evelyn.

„Es tut mir leid, Evelyn. Ich habe erst jetzt die Nachrichten gesehen. Geht es dir gut?"

„Natürlich geht es mir nicht gut." Ihre Stimme zitterte. Sie war gereizt, verärgert und nervös.

„Was ist passiert?", fragte Red, am Boden zerstört von der Tragödie.

„Ich weiß es nicht. Die Polizei hat mir nichts gesagt. Es war eine Autobombe, Red. Eine Autobombe! Das ist alles, was ich weiß. Es war ein schrecklicher Anblick. Ich kriege es nicht aus dem Kopf. Die Polizei hat mich den ganzen Tag über Justin und Frank befragt. Das FBI ist vom Festland hier."

„Was hast du ihnen gesagt?", fragte Red und schaltete auf Lautsprecher um, sodass Marco mithören konnte.

„Was meinst du damit, was ich ihnen gesagt habe? Ich habe ihnen natürlich die Wahrheit gesagt."

„Und die wäre?"

„Dass du den Jungen zu mir geschickt hast, weil du ihn in den frühen Morgenstunden auf der Straße gefunden hast. So stand es in deinem Zettel an mich. Das habe ich der Polizei gesagt. Ich habe gesagt, dass Justin auf der Türschwelle eingeschlafen ist, als er bei mir zu Hause ankam, und dass ich ihn sofort ins Bett gebracht habe. Es ist wahr, Red, ich habe …", murmelte sie verzweifelt.

„Ich glaube dir, Evelyn. Ich bin sicher, sie glauben dir auch. Du hast nichts falsch gemacht. Wirklich, Nichts von alledem ist deine Schuld."

„Doch, das habe ich, Red. Ich habe etwas falsch gemacht. Ich hätte nicht auf dich oder Frank hören sollen – Gott segne ihn, und diese beiden lieben Kleinen. Ich hätte sofort die Behörden anrufen sollen. Wenn ich das getan hätte, wären sie heute alle noch am Leben."

„Evelyn, atme tief durch und versuche, dich zu konzentrieren." Red versuchte, sie zu beruhigen. „Was hast du noch gesagt?"

„Nun, eigentlich nichts, ich meine, ich habe gesagt, dass ich das Kind am nächsten Morgen beim Jugendamt melden wollte, aber dann ist Frank aufgetaucht und er dachte, na ja, wir beide dachten, es wäre schön, mit dem Jungen einkaufen zu gehen, während ich ein wenig Nachforschungen anstellte. Ich habe der Polizei gesagt, dass wir gerade zusammen gefrühstückt haben und, na ja, und … es ist einfach furchtbar, Red, ich fühle mich so schlecht. Es ist alles meine Schuld!"

„Evelyn, bitte hör mir zu. Es bringt nichts, dir die Schuld zu geben. Ich habe gehört, was sie in den Nachrichten gesagt haben. Aber was hat die Polizei zu dir gesagt?"

„Sie haben mir gesagt, dass das kleine Mädchen Lizzie, das den Nachbarsjungen zur Spielgruppe bringt, die Bombe ausgelöst hat." Evelyn begann zu schluchzen.

„Das kleine Mädchen aus den Nachrichten?", fragte Red.

„Ja. Frank hat sie mitgenommen und … ich kann immer noch nicht glauben, dass sie so etwas tun würde. Sie hat eine Bombe gezündet, Red, eine Bombe!"

„Evelyn, hör auf, dich selbst zu verurteilen. Das bringt nichts. Niemand konnte ahnen, dass das passieren würde. Hör zu, ich werde mich weiter erkundigen und der Sache auf den Grund gehen. In der Zwischenzeit musst du dich zusammenreißen, okay?"

„Das werde ich, Red, das werde ich. Ich werde mich zusammenreißen." Evelyn putzte sich die Nase. Red und Marco sahen sich an. „Hat das irgendetwas mit dem Mord in Ray's Garage zu tun?", fragte sie gerade heraus.

„Ich weiß es nicht. Warum fragst du?"

„Es stand in der Morgenzeitung und … nun, Frank wich meinen Fragen aus, als ich ihn fragte, ob Justin involviert sei. Ich habe gesehen, wie er versucht hat, die Zeitung vor mir zu verstecken, indem er sein Getränk darauf verschüttete und so weiter. Denkst du, Frank wusste etwas?"

„Das könnte ich mir nicht vorstellen, Evelyn. Vielleicht macht sich dein Verstand selbständig. Ich rufe dich morgen an, hoffentlich mit ein paar Antworten, in Ordnung?"

„Okay, Red. Okay …" Als sie auflegen wollte, fiel ihr plötzlich etwas ein. „Red, Red!", rief sie.

„Ja, ich bin noch da, Evelyn."

„Ein paar andere Leute waren an der Tür, Red. Sie sind vor nicht einmal fünf Minuten gegangen", sagte Evelyn und ging zum Fenster. „Warte …" Sie löschte das Licht im Wohnzimmer. „Tatsächlich sind sie noch hier, hängen draußen herum und sitzen im Auto, während wir sprechen."

„Leute? Polizei, Detektive, meinst du?"

„Sie sagten, sie wären es, aber ich bezweifle es sehr."

„Warum?"

„Ich habe mein ganzes Leben lang mit Polizisten und Kriminellen zu tun gehabt. Ich erkenne Polizisten, wenn ich sie sehe. Außerdem haben sie mich ignoriert, als ich ihre Ausweise sehen wollte. Sie machten mich etwas nervös, muss ich sagen. Sie trugen Anzüge, aber … sie waren sehr ungehobelt. Einer von ihnen war übergewichtig und die andere war eine Frau. Sie hielt sich zurück, blieb im Gang. Sie hörte zu, kam aber nicht herein. Sie wollten etwas über deine Verbindung zu Justin wissen. Ich sagte, ich hätte der Polizei alles gesagt, was ich wüsste, und sie sollten diesem Bericht folgen. Aber sie waren hartnäckig und wollten sich selbst vergewissern, falls die Einheimischen etwas übersehen haben. Oh, warte …" Evelyn hielt inne.

„Was ist los?"

„Ähm, nichts, sie fahren weg. Das Seltsame ist nur, dass sie gefragt haben, wo du wohnst. Da wusste ich, dass etwas faul war. Ich habe es ihnen nicht gesagt, aber ihr zynisches Lächeln sagte mir, dass sie es schon wussten. Ich glaube, sie wollten mich testen." Red verstummte. „Red, hallo, bist du noch da?"

„Hör mir zu, Evelyn. Tu mir einen großen Gefallen. Geh und bleib ein paar Tage bei einer Freundin. Oder noch besser, geh in das Hotel, das wir in so einer Lage benutzen. Ich werde dich dort morgen kontaktieren."

„Bin ich in Gefahr, Red?"

„Nein, aber wenn wieder jemand versucht, mit dir Kontakt

aufzunehmen, egal, wer es ist, sagst du mir Bescheid. Es ist nur eine Vorsichtsmaßnahme, bis ich mehr herausgefunden habe. Marco ist hier bei mir, um zu helfen. Wir werden der Sache auf den Grund gehen. Das verspreche ich dir", versicherte Red.

„Können wir uns nicht heute Abend treffen?"

Marco blickte Red an und schüttelte den Kopf. „Das ist leider nicht möglich, Evelyn. Vertrau mir. Pack deine Tasche, steig ins Auto und schick mir eine SMS, sobald du sicher im Zimmer bist."

„In Ordnung, das werde ich tun. Ich schicke dir eine Nachricht, wenn ich da bin." Evelyn legte auf.

Marco schaltete sich sofort ein. „Ich habe noch mehr Filmmaterial auf YouTube gefunden", sagte er und stellte das iPad auf den Couchtisch. „Das ist Ehab und der Schütze." Marco drückte auf *Pause*. „Aber schau mal, was auf dem Schoß seines Beifahrers passiert." Er drückte auf *Play*. „Da, siehst du das? Das muss diese magische Schatulle sein, von der Ehab mir erzählt hat. Die, mit den tausend Seelen." Marco zoomte auf die Hand des Beifahrers, die das ovale Objekt mit einem Tuch abdeckte. „Erkennst du diesen Ring, Cousin?" Red sah genauer hin. „Sieh dir dieses Muster aus Smaragden an. Es ist derselbe Ring, den wir beim Juwelier gesehen haben, als wir damals Moped überrumpelten, weißt du noch?"

„Also ist es ..." Red sah seinen Cousin an.

„Als Ehab mir in Origins von Mopeds Verwandlung erzählte, konnte ich es kaum glauben. Aber dieser Ring bestätigt irgendwie, was er gesagt hat. Donahkhamoun muss Moped sein!", sagte Marco aufgeregt. „Ehab sagte, dass der Ring die Schatulle aktiviert hat; womit die Seelen befreit wurden, die Tunnelwände durchqueren, und dadurch die gelartige Substanz verdampfte. Und logisch gedacht muss das der Grund sein, wieso die Gel-Barriere weg war, als wir zurück nach Hause gingen."

„Ihr zwei müsst viel über diese Dinge gesprochen haben."

„Nicht wirklich, aber genug, um sagen zu können wer das ist." Marco hob die Papiere in die Luft. „Und genug, um zu wissen, dass wir das hier nicht ignorieren können."

„Was schlägst du also vor?", fragte Red.

„Ich schlage vor, dass du das hier liest, Cousin! Ob es dir gefällt oder nicht, wir sind darin verwickelt. Ohne Scheiß, diese Info wird dich fertig machen!"

38
ÜBERRASCHUNG

Red setzte sich unsicher auf die Couch, um Julies und Arias ausgedruckte Nachrichten zu lesen. Marco kreiste unruhig um ihn herum und wartete ungeduldig auf seine Reaktion. Red blickte auf.

„Marco, um Himmels willen, hörst du bitte auf, mir über die Schulter zu glotzen? Das ist unangenehm. Willst du, dass ich das lese oder nicht?"

„Tut mir leid Red, ich lass dich in Ruhe. Aber ich will nur etwas sagen, bevor ich es wieder vergesse." Red drehte sich zu ihm. „Ich glaube nicht, dass der LKW-Fahrer auf dem Video ein willkürlicher Schütze war. Du hast doch die Löcher in Ehabs Auto gesehen. Die stammen nicht von irgendwelchen Kugeln. Dieser Mann war dort, um Ehab und Moped daran zu hindern, den Teich zu erreichen. Deshalb ist Ehabs Auto auch so zugerichtet. Wenn der Typ noch auf freiem Fuß ist, schlägt er vielleicht ein drittes Mal zu."

„Du glaubst also, er war auch für Frank verantwortlich?"

„Ich würde es nicht ausschließen, so viel ist sicher. Er könnte einer derjenigen sein, die mit den Ausdrucken in deiner Hand zu tun haben."

Marco zog sich zurück und ließ seinen Cousin in Ruhe lesen. Red stand auf und schlenderte durch den Raum. Als er den Ausdruck von Arias Nachricht las, überkam seinen gesamten Körper ein Gefühl der Erschütterung. Frank hatte ihm erzählt, dass der Präsident in etwas verwickelt war, und jetzt wusste Red, was das war. Am Ende des Textes verstand Red, warum Marco so ungeduldig war. Doch wie ernst sollte er die Warnung Donahkhamouns nehmen? Sich das Geschehene ungeschehen zu denken? Red fragte sich, wie sich das auf das Versprechen von Jades Rückkehr auswirken würde, wenn er sich einmischte.

„Und?", fragte Marco, als er den Raum wieder betrat.

„Hast du mit Ehab darüber gesprochen, Marco?"

„Nein, ich habe es gesehen, als er und Wantanee weg waren."

„Das passiert gerade jetzt, Marco, jetzt während wir hier sprechen! Nicht wahr?"

„Ja, es ist eine Verschwörung und wir stecken mittendrin!"

„Dieser Hermanow und seine Nichte, mit diesem Tierfell, das das Ensemble vervollständigt, hast du schon mit einem von ihnen gesprochen?"

„Noch nicht, aber sie werden inzwischen auf halbem Weg hierher sein. Und ich glaube, wenn sie in Nassau landen, werden die Männer des Präsidenten oder Daniels Männer sie dort in Empfang nehmen."

„Ja, wenn nicht sogar dieses Arschloch selbst."

„Wer ... Daniel?"

„Glaubst du, man kann so einen Mann aufhalten? Er hatte einen Weg aus dem Fuzidon heraus, lange bevor er es geschafft hat, hinein zu kommen. Dieser Bastard wird kommen, egal was passiert!", rief Red aus. „Ich habe in seine verdammten Augen gesehen, Marco. Seine Iriden sind schwarz, tiefste Höhlen der Dunkelheit. Ist das natürlich? Wir haben uns in eine Fehde zwischen zwei Geschwister eingemischt, die beide nicht von dieser Welt sind." Red machte eine Pause. „Aber was du nicht weißt und ich schon, ist, dass Daniel eine Abmachung mit dem Präsidenten hat. Und dem Inhalt dieser Nachrichten nach zu urteilen, scheint der Präsident einen Tötungsauftrag erteilt zu haben, um alle Spuren zu beseitigen, die mit diesem dreizehnten Fell in Verbindung stehen."

„Woher weißt du das?"

„Jack hat es mir in der Nacht, in der du angekommen bist, erzählt. Ob der Präsident nun glaubt, dass er damit der Allgemeinheit etwas Gutes tut oder nicht, ist egal. Es geht ihm nur um drei Dinge: Macht, Gier und eine Yacht, die in Monaco vor Anker liegt und in deren Rumpf eine halbe Milliarde Euro versteckt ist – *The Temptress*. Wir haben keine andere Wahl, Marco, als Hermanow und das, was er bei sich trägt, zu schützen. Andernfalls deutet alles auf … auf ein globales Desaster hin."

„Du glaubst also, dass er wirklich kommt, also Daniel, meine ich?"

„Ja, und ich wette, er kommt nicht allein. Er wird andere mitbringen, und ich vermute, dass die auch nicht von der freundlichen Art sein werden."

„Und was ist mit der Warnung von Donahkhamoun?"

„Ich glaube nicht, dass wir eine Wahl haben, Marco. Du musst einen Weg finden, das Flugzeug, in dem Hermanow sitzt, umzuleiten." Red wurde betrübt, als er sich mit der neuen Realität abfinden musste. „Jade wird nicht wieder kommen, Marco, ich bezweifle, dass ich sie jemals wiedersehen werde. Das gilt auch für Donahkhamoun."

Marco schwieg und trat zurück, um Red einen Moment Zeit zu geben. Und in diesem Moment erinnerte sich Red an den Tag, an dem sie am Strand geheiratet hatten, an den Tag, an dem er Jade über die Schwelle ihres Apartments in Manhattan trug, das noch ihren Namen auf der Eigentumsurkunde trug, und an den Abend, an dem sie ihm gesagt hätte, dass sie ein Kind von ihm erwartet. Worte, die er bis heute nie gehört hatte. Er seufzte schwer, um endlich mit sich ins Reine zu kommen. „Leb wohl, Jade, pass auf dich auf. Ich werde Mara finden." Red setzte sich ein Versprechen und wandte sich an seinen Cousin.

„Wenn Daniel vorhat, dieses Ensemble von Tierfellen oder was auch immer das sein soll, als Waffe zu benutzen, um die Welt zu beherrschen, müssen wir unsere Schritte gut durchdenken, Marco. Gründlich! Wir dürfen keine voreiligen Entscheidungen treffen, wenn wir eine Chance auf Erfolg haben wollen." Red wurde nachdenklich und ging in die Küche. Er öffnete zwei Flaschen Bier aus dem Kühlschrank, reichte Marco eine und fuhr fort. „Egal, wie wir uns entscheiden, wir sollten ein Protokoll führen, damit wir die Auswirkungen unserer Handlungen verfolgen können. Wir wollen nicht in eine ähnliche Situation geraten wie die, die wir gerade überlebt haben. Wir begeben uns sozusagen auf unbekanntes Terrain. Wenn es wirklich falsch ist, sich einzumischen, und Donahkhamoun zufällig doch recht hat, dann …" Red hörte auf zu reden und holte Pizzen aus dem Gefrierschrank.

„Essen wir etwas?", fragte Marco überrascht.

„Während wir eine Strategie ausarbeiten … ja, warum nicht? Ich weiß nicht, wie es dir geht, Cousin, aber ich bin am Verhungern. Wann, sagtest du, wird Hermanow ankommen?"

„In etwa vier bis fünf Stunden."

„Gut, das gibt uns etwas Zeit zum Durchatmen."

Die Zeit verging und die Cousins heckten einen Plan aus. Marco würde in den Keller gehen und Reds Computer benutzen, der noch mit dem Zentralrechner des FBI verbunden war. Er würde undurchdringliche Firewalls bauen, um sicherzustellen, dass sie von den Hackern, die Hermanow und seine Nichte aufspürten, nicht gesehen werden konnten. Danach würde er mit dem Kapitän des Fluges Kontakt aufnehmen und die Maschine heimlich zu einem anderen Ziel umleiten. In der Zwischenzeit würde er auch das Pentagon und das Weiße Haus infiltrieren, um herauszufinden, was dort vor sich geht, wobei Hermanow und seine Nichte oberste Priorität hatten. Nachdem die Strategie festgelegt war, vereinbarten beide Männer, sich wieder zu treffen, sobald Marco seine Aufgaben erledigt hatte. Während sie ihre kalt gewordene Pizza aufaßen, überlegte sich Red ein Ablenkungsmanöver für den Flughafen.

„Du sagtest, du hättest die Nummer dieses Taxifahrers?"

„Rasta, ja!"

„Schick ihn zum Flughafen mit einem Schild, so als würde er die Hermanows abholen. Und er soll dich anrufen, wenn sich ihm jemand nähert. So bleiben wir auf dem Laufenden, was dort vor sich geht."

„Gute Idee, ich kümmere mich darum."

Sofort rief Marco den örtlichen Taxifahrer Rasta, und heuerte ihn für einen vereinbarten Tarif für die Nacht an. Doch als Marco sein Telefonat beendet hatte und Red gerade den Tisch abräumen wollte, begannen draußen die Hunde zu bellen. Alarmiert wurde Red auf Evelyns Warnung aufmerksam. Die Leute suchten nach ihm, hatte sie gesagt, Detektive, nicht die Polizei.

„Erwartest du Besuch?", fragte Marco.

Red schüttelte den Kopf und griff nach seiner Waffe. Die Hunde hörten plötzlich auf zu bellen. Er schaltete die Außenbeleuchtung aus und schlüpfte durch die Schiebetür hinaus. Schleichend bewegte er sich das Deck entlang, wobei er die knarrende Stelle auf der Treppe vermied, als er hinunter zum Strand ging. Marco bewegte sich unterdessen durch den

Wohnraum zur Eingangstür, hielt ein Hackbeil in der Hand und schaltete die Hauptbeleuchtung aus, sodass nur noch das Licht des Fernsehers im Raum reflektiert wurde.

„Red!", rief Sandy, während sie Bill und Ben streichelte.

„Mein Gott, Sandy", zuckte Red. „Was schleichst du denn hier herum?" Sandy stand auf und die Hunde rannten zu dem verlassenen Boot.

„Tina hat mir eine SMS geschickt, sie sagte, du fühlst dich nicht wohl. Ich dachte, ich komme mal vorbei und sehe, wie es dir geht, bevor ich meine Spätschicht antrete." Sandy bemerkte, wie Red seine Hand hinter seinen Rücken schob. „Ist das eine Waffe, die du da in deine Hose gesteckt hast?", fragte sie.

„Ich habe Geräusche gehört."

„Bist du in irgendwelchen Schwierigkeiten?" Sie ging zu ihm hinüber.

„Natürlich nicht, es ist ziemlich abgelegen, hier draußen zu leben, weißt du?"

„Ich nehme an, daran muss ich mich gewöhnen." Sandy zwang sich dazu, denn sie wusste jetzt, dass ihre Chancen, dass das jemals passieren würde, ziemlich gering waren.

Red zog Sandy zu sich und umarmte sie. Er drückte sie fester und länger als sonst, und zum ersten Mal überhaupt sah Sandy Verwirrung in Reds Gesicht. Sie fragte sich, ob Red die Neuigkeiten über Jade bereits herausgefunden hatte. Sie gingen hinein und Marco schaltete das Licht im Haus an. Er legte das Hackbeil weg und begrüßte Sandy mit einem Wangenkuss, wobei er sich insgeheim wünschte, es wäre Carmen. Marco versuchte die Unterlagen und Notizen, auf die sie gekritzelt hatten, unauffällig einzusammeln und stellte eine Weinflasche und einige Gläser auf den Tisch.

„Danke Marco, aber nein, ich muss später arbeiten. Ich bleibe nur ein bisschen sitzen, wenn es euch nichts ausmacht."

Sandy setzte sich und sah Red an. „Was ist eigentlich mit dir los, du scheinst nicht sehr krank zu sein?", fragte sie und musterte Red aus einem neuen Blickwinkel. Sie wusste von seinem Doppelleben Bescheid. Red schwankte, sagte, es sei eine Migräne – er ging in die Küche und nahm eine Tablette, um es glaubwürdig zu machen. Sandy beobachtete Marco, der Red mit einem nervösen Blick anstarrte, als dieser vom Tisch aufstand. Marco verhielt sich untypisch und ihr gegenüber ungewöhnlich ruhig. Sie fragte sich, ob Marco über das geheime Leben seines Cousins Bescheid wusste oder ob auch er eine Rolle spielte. „Oh!", murmelte Sandy, als etwas unter ihrem Fuß am Tisch raschelte. Sie warf einen Blick auf den Boden und bückte sich. „Hmm", brummte sie, „ich glaube, du hast etwas fallen lassen, Marco." Sie reichte ihm das Papier und ließ ihren Blick über die Notizen schweifen.

„Danke, ich habe mich schon gefragt, wo das geblieben ist", sagte Marco, und seine Augen verrieten seine Frustration darüber, dass er mit etwas weitermachen wollte, als Red zum Tisch zurückkehrte. Da Marco nicht in Reds geheimen Keller gelangen konnte, während Sandy im Raum war, entschuldigte er sich – nahm das iPad und begann, nach Flugplänen zu suchen – und überließ Red und Sandy das Feld.

Trotzdem war Sandy scharfsinnig und spürte die Spannung in der Luft. Auf dem Papier, das sie in die Hand nahm, waren ihr Dinge aufgefallen. Der Name Daniel und der Präsident waren gelb hervorgehoben worden. Und das Bild eines Strichmännchens und eines Flugzeugs, das eingekreist war, erregte ihre Aufmerksamkeit. Es waren auch Namen unterstrichen, aber sie kam nicht dazu, sie zu lesen, bevor Marco ihr das Papier wegnahm.

In dem Glauben, dass sie über etwas gestolpert war, das mit einer Mission zu tun hatte, schwieg sie. Für Fragen war noch Zeit, wenn sie mit Red ein Einzelgespräch hatte, um alles zu klären. Sie lehnte sich über den Tisch und berührte Reds Hand. Doch Reds Augen waren von Nervosität erfüllt. In der Unbehaglichkeit des Augenblicks wünschte sich Sandy, Reds Stirn wäre ein Bildschirm, auf dem man sehen könnte, was er dachte.

Sandy war frustriert. Es brannten ihr einige Fragen auf der Zunge über Reds Rolle beim Schutz von Francesca DuPont, jetzt Tina, ihrer engen Freundin, welche einen Mafiaboss geheiratet und getötet hatte. Instinktiv spürte Red, dass sich Sandy ihm gegenüber distanziert verhielt. Aber Sandy stand vor einem anderen Problem, das ihr Urteilsvermögen verwirrte und ihr das Herz schwer machte. Heute Abend fand in De Club ein Wiedersehen statt, das Tofi für Red arrangiert hatte. In der peinlichen Stille zwischen ihnen begannen Tränen über Sandys Gesicht zu rinnen.

„Was ist los, Sandy?", tröstete Red sie, beugte sich zu ihr und tupfte ihr mit einer Stoffserviette die Augen ab.

„Mir geht's gut. Danke ...", antwortete sie und nahm die Serviette. Marco wurde hellhörig. „Ich gehe dann mal", murmelte Sandy und stand vom Tisch auf. „Ich schaue nur noch kurz ins Bad."

„Ja, natürlich", sagte Red und hielt die Frage zurück, was sie zu Tränen gerührt hatte.

Trotz seines Doppellebens war Sandy immer noch in Red verliebt. Zumindest hatte die Wahrheit ihre Gefühle noch weiter verstärkt. Sie empfand Mitleid für Red. Sein Leben war eine Achterbahnfahrt gewesen, und er hatte seine eigenen Lasten gut getragen. Aber die gegenwärtigen Umstände waren verheerend für Sandy; sie konnte ihn nicht darauf ansprechen. Sie würde ihn verlassen und weiterziehen müssen. Als sie die Treppe hinaufging, schaute Sandy auf die Nachricht, die von

Tina geschickt worden war – *Red fühlt sich nicht wohl, er ist heute Abend ziemlich krank. Ein bisschen angeschlagen*, hatte Ehab gesagt. Aus Egoismus beschloss Sandy, Red nichts von Jades Ankunft im Club heute Abend zu erzählen. Wenn ihn jemand überreden sollte, dorthin zu gehen, dann sollte es Tofi sein, nicht sie, dachte Sandy, während sie ins Bad ging.

Nachdem Sandy oben außer Sichtweite war, eilten Marco und Red ins Büro. Red legte seine Hand auf das Sicherheitstouchpad, und das Bücherregal schob sich zur Seite. Die Geheimtür öffnete sich zu seinem Kellerversteck. Stroboskoplicht flackerte, und Marco ging eilig die Metalltreppe hinunter in den Keller, der mit Waffen und technischer Ausrüstung gefüllt war – Regierungseigentum, das in den kommenden achtundvierzig Stunden zurückverlangt werden wird. Doch in der nächsten Stunde würde Marco noch einmal alles aus dem Zeug herausholen!

„Sei vorsichtig, Marco", rief Red zurück. „Das sind gerissene Leute. Bring uns nicht in Schwierigkeiten."

„Das werde ich nicht."

„Und behalte die Überwachungskameras im Auge, während du da unten bist, keine Überraschungen heute Abend, klar!", betonte Red. Marco nickte zustimmend, und das Bücherregal schob sich wieder an seinen Platz.

Sandy kam einen Moment später zurück und fragte Red nach der weiblichen Lederkombi, die auf dem Badezimmerboden lag. Red setzte sich zu Sandy und erklärte ihr, dass sie Wantanee, Ehabs neuem Hausgast, gehörten, und erklärte ihr auch, warum Ehabs Auto in einem solchen Zustand auf seiner Einfahrt geparkt war. Aber Sandy hatte Ehabs Auto bei ihrer Ankunft nicht gesehen. Sie hatte an der Seite des Hauses geparkt. Neugierig ging sie hin, um einen Blick darauf zu werfen, und Red begleitete sie zur Haustür, während sie darüber plauderte, dass sie die Nachrichten über die Schießerei im Fernsehen zusammen mit einem Bericht über den Autobombenanschlag gesehen hatte. Als sie Ehabs Auto durch das Erkerfenster sah, blieb sie stehen und schlang ihre Arme um Red. Sie küsste ihn.

„Hey, da bist du ja wieder, was ist los, Babe?", fragte Red sie. „Was ist los?"

Sandy schluchzte. „Nichts, mir geht's gut, ich liebe dich, das ist alles."

„Ich weiß, dass du das tust, Sandy", sagte Red und küsste sie. Er lehnte sich zurück und lächelte sie an. „Und ich …"

Gerade wollte er denselben Gedanken erwidern, als sie plötzlich durch ein unerwartetes Klopfen an der Tür unterbrochen wurden. Ohne dass sie es wussten, hatte jemand von draußen zugeschaut und beschlossen, dass es ein guter Zeitpunkt war, sich zu zeigen. Aufmerksam geworden durch den Besucher auf den Überwachungsmonitoren, machte sich Marco fast in die Hose.

„Heilige Scheiße!", murmelte Marco und hielt sich die Hand vor den Mund, wie Red die Haustür öffnete.

„Jade?", stammelte Red.

Sandy wurde rot und begann sofort zu zittern. Das war sie also, dachte Sandy, die Frau, mit der Tofi sich diskret in seinem Büro traf. Tofi muss die Verabredung verschoben haben, als er erfuhr, dass es Red nicht gut ging, und ihr dann Reds Adresse gegeben haben, vermutete Sandy. Jade trat ein und warf Sandy einen Blick zu. Anders als in De Club war Jades Präsenz diesmal nicht so überwältigend. Ihr Glanz war abgemildert. Ihr Outfit war leger und ihr Make-up einfach, aber perfekt. Im Gegensatz zu der Frau, die Sandy und Tina gestern gesehen hatten, sah sie umgänglich aus. Ihr Haar trug sie offen und dazu Jeans, eine Bluse mit hohem Kragen und ein hellblaues Leinenjackett. Ihr Gesichtsausdruck war jedoch herablassend –

zumindest für Sandy.

„Wie kommst du denn hierher? Ich meine, das ist ja eine Überraschung", fragte Red.

Jade umarmte Red mit einem Kuss auf die Lippen. „Lass uns das später machen, ja? Ich habe eine lange Reise hinter mir", sagte sie, als Red versuchte, Sandy vorzustellen.

„Das ist …"

„Sandy", unterbrach Jade und verwunderte Red.

Im Keller wurde Marco aufgeregt. Jade war wieder da! Er hatte schon öfter Konfrontationen erlebt, wenn Ehefrauen unerwartet auftauchten. Aber das hier war anders, es ging um seinen Cousin. Marco fühlte sich gut unterhalten und drehte die Lautsprecher auf, um zuzuhören, während er einen alten Code überarbeitete, den er früher benutzt hatte, um die Firewall noch schneller aufbauen zu können.

„Wir haben uns indirekt kennengelernt", begann Jade.

„Haben wir?", erwiderte Sandy.

„Du bist die Bardame in De Club, stimmt's?"

„Ich arbeite dort, ja. Ich bin die …"

Red schaltete sich ein: „Wann ist das alles passiert, Sandy? Was zum Teufel ist hier los?"

„Es tut mir leid. Ich, ich konnte es dir nicht sagen, ich …"

„Gib dem armen Mädchen nicht die Schuld, Red. Sie hat eine Vertraulichkeitserklärung bei Tofi unterschrieben, stimmt's?"

„Welche Erklärung?", fragte Red verwirrt und wandte sich an Jade. „Woher kennst du Sandy oder Tofi überhaupt? Ich habe dich erst vor ein paar Stunden verlassen."

Reds Wortwahl kam falsch rüber, und schon bald war es kein nettes Kennenlernen mehr. Sandy fühlte sich, als wäre sie die ganze Zeit über von Red und seiner Frau hinters Licht geführt worden, und konnte nicht mehr klar denken. Dann meldete sie sich zu Wort, wütend und ungläubig über das, was sie gehört hatte.

„Du hast sie erst vor ein paar Stunden verlassen? Du warst also den ganzen Tag mit ihr zusammen, nicht wahr? Oder sogar die ganze Nacht? Du hast den Club gestern Abend in aller Eile verlassen, nicht wahr?" Sandy explodierte und ließ ihrem Frust freien Lauf. Jade trat zur Seite, als Sandy Red von Angesicht zu Angesicht gegenüberstand. „Du machst mich krank. Deshalb hast du dich mir gegenüber so verschlossen. Die Ledersachen oben gehören ihr, nicht wahr? Nicht der schicken Begleitung von Ehab. Und das, obwohl ich dir mein Herz ausgeschüttet habe!", rief Sandy aus und ging weg. Red berührte Sandy. „Nimm deine Hände von mir!", schrie Sandy. „Ich kann nicht glauben, dass du mir das angetan hast."

„Scheiße!" Red rannte hinter ihr her. „So ist es nicht", sagte Red, in der Hoffnung, sie zu beruhigen, bevor sie losfuhr.

„Nein, so ist das natürlich nie!", sagte sie und riss die Tür auf.

„Es gibt Dinge, von denen du Nichts weißt, Sandy."

Sie trat auf die Einfahrt hinaus und drehte sich zu Red um. Mit einem schweren Seufzer sah sie ihm in die verwirrten Augen. „Es *gab* Dinge, die ich nicht über dich wusste, Red. Aber jetzt nicht mehr. Ich weiß alles über dich! Du hast deinen Job gut gemacht, deinen Job mit mir! Das ist es wahrscheinlich, was dein Vertrag von dir verlangt." Red runzelte die Stirn über Sandys Bemerkung. „Ich glaube, ich habe dich in den letzten sieben Jahren falsch eingeschätzt." Sandy richtete ihren Blick wieder auf Jade. Red blickte hinter sich. „Es tut mir wirklich leid, dass du das mit ansehen musstest. Glaube mir, das ist kein Vorwurf an dich." Sandy verschluckte sich. Ohne ein weiteres Wort zu sagen, rannte sie zu ihrem Auto. Sie brach in Tränen aus und fuhr davon, angewidert von ihrem eigenen Verhalten.

Jade legte ihre Hand in die von Red und brachte ihn zurück

ins Haus. „Mach dir keine Sorgen. Sie wird schon wieder. Lass sie darüber schlafen. Wir werden ihr morgen alles erklären." Jade schloss die Eingangstür. „Also, wo waren wir? Ach ja, wir wollten gerade von Fatso's nach Hause gehen ... wenn ich mich nicht irre, ist das morgen auf den Tag genau einundzwanzig Jahre her."

Und schon war Jade wieder in Reds Leben. Red hatte sich geirrt, und Marco auch. Sie waren Ehab gegenüber misstrauisch gewesen, als er sagte, Donahkhamoun würde die Dinge schon regeln. Durch Jades Auftauchen beruhigte sich die Situation und sie konnten sich wieder ihrer provisorischen Strategie zur Vermeidung eines globalen Desasters widmen. Sie mussten nur Hermanows Flugzeug umleiten – Teil Eins ihres ansonsten nicht minder verrückten Plans, dachte Red.

Marco schaltete die Kameras im Haus aus, um seinem Cousin etwas Privatsphäre zu geben, und machte sich wieder an die Arbeit.

39
TOFIS BÜRO

Tofi hielt in seinem weißen Rolls Royce, Baujahr 1956, vor der Tür des De Club und fühlte sich leicht überfordert. In der Hitze des Gefechts hatte er heute in die Kamera der Drohne den Mittelfinger gezeigt. Es war eine verfrühte Reaktion. Ob er es bedauerte? Eindeutig. Er konnte nur hoffen, dass der sizilianische Mafiaboss gerade nicht zugesehen hatte.

Tofi betrat das Foyer, eilte zum Engpasskorridor und fuhr mit den Fingern an der rechten Wand entlang. Dahinter verbarg sich der Aufzugsschacht, der direkt in den Bunker führte. Er war in den frühen Morgenstunden, als Alles noch ruhig war, dort gewesen und hatte das Dynamit an der Unterseite des Tisches im Konferenzbereich befestigt. Heute Abend wollte er zusammen mit Jack das gesamte Haus säubern. Aber es war schon spät und Tofi hatte den ganzen Tag nichts mehr von Jack gehört. Das beunruhigte ihn. Tina hatte jedoch eine Nachricht von Ehab weitergeleitet, dass es Red nicht gut ging und er sich melden würde, wenn es ihm besser ging. Es war eine Information von Dritten, aber zumindest tröstete es ihn, dass Jack zurück sein musste, nachdem er ihm gestern Abend gesagt hatte, dass er Red mitnehmen würde.

Auf dem Weg in die Kuppel gingen die Russhells vorbei und grüßten Tofi, als er stehen blieb und zur Bühne hinüberblickte. Er sah Tina, die sich mit Jenny und der Band unterhielt. Wahrscheinlich sagte sie ihnen, dass Jenny im zweiten Akt einen Gastauftritt haben würde. Dem hatte Tofi früher an diesem Tag zugestimmt. Er blickte zu den DWIB-Führungskräften, die mit den Edel-Nutten Platz nahmen, die er widerwillig für sie arrangiert hatte. Die Prostituierten widersprachen den Grundsätzen seines Clubs, und die Zusammenkunft der Führungskräfte störte den ansonsten perfekt geregelten Geschäftsbetrieb. Tofi sann auf Rache. Da Daniel ohne den Amokaras-Stein in der anderen Welt gefangen war, würden er und Jack heute Abend die Dinge ändern. Die DWIB-Führungskräfte konnten im unterirdischen Bunker verrotten, bis jemand in ferner Zukunft das Land ausgrub, um ein neues Gebäude zu bauen. Und was den Amokaras betrifft, so würden Tofi mit Jack und seiner Familie eine Bootsfahrt unternehmen, und gemeinsam würden sie den Stein in die tiefsten Gewässer des Meeres werfen. Das war der Plan. Nur noch wenige Stunden ist dieses Ende entfernt, dachte sich Tofi.

Auf dem Weg zur Wendeltreppe winkte Tofi den Bardamen hinter der VIP-Bar zu und gab seinen Türstehern ein Zeichen, die DWIB-ler zu beruhigen, die für Aufregung sorgten, als die Band zu spielen begann. Auf halbem Weg die Treppe hinauf suchte er Sandy im Publikum und fragte mit einer Geste die Bardamen, wo sie sei. Sie zuckten mit den Schultern und bedienten weiter die Gäste. Tofi überlegte einen Moment, aber er wollte unbedingt Jacks Stimme hören und rief erneut an, zum zehnten Mal infolge. Diesmal ging jemand dran.

„Jack, Gott sei Dank, du bist wieder da. Wo bist du?" Die Leitung war still. „Jack, kannst du mich hören?" In der

Annahme, es handele sich um eine Verbindungsstörung, legte Tofi auf und rief erneut an. Wieder hob wer ab. „Jack?"
„Ich bin's, Ralph."
„Oh, Ralph. Ist Jack bei dir?"
„Nein, er hat sein Handy im Auto gelassen."
„Hat er überhaupt mit dir Kontakt aufgenommen?"
„Nein, ich habe keinen Pieps mehr gehört, seit wir zwei ..." Ralph hielt inne, da er wusste, dass die Anrufe von den Hackern aufgezeichnet wurden. „Na ja, seit gestern Abend, als wir zu Abend gegessen haben."
„Hmmm, wenn du ihn siehst, dann bitte ihn, sich zu melden, ja?"
„Ich bin sicher, dass er bei dem Treffen dabei sein wird, Tofi."
„Okay ..." Tofi legte auf.

Vielleicht war Jack direkt zum Flughafen gefahren, um Mara abzuholen. Jack vertraute niemandem, wenn es um Mara ging, nicht einmal Ralph. Sie hatte genaue Anweisungen erhalten. Und wenn Jack nicht zurückkommen würde, dann wusste sie genau, was zu tun war. Trotzdem hätte Jack wenigstens Tofi von einem Münztelefon oder einem Burner anrufen und ihn über den Stand der Dinge informieren können. Zu wissen, dass Red zu Hause war, war ein gewisser Trost, aber selbst Red antwortete nicht auf seine Anrufe. Tofi war sich langsam nicht mehr sicher, was ihre erfolgreiche Rückkehr betraf, und murmelte vor sich hin, als er die Treppe hinauf ging, und Tina mit vollem Einsatz ein Lied anstimmte. Er wollte seinen Safe leeren, den Club verlassen und sich außer Reichweite begeben. Tofi eilte den Flur entlang und beschloss, Jack noch eine Stunde Zeit zu geben, bevor er selbst etwas in Bewegung setzen würde. In seiner Eile bemerkte er jedoch nicht die Gangster unter den Gästen, die gerade die Lounge im ersten Stock verließen, um sich Tinas Auftritt anzuschauen.

Er schloss seine Bürotür auf und drehte sich um, um das Licht einzuschalten. Da stürmten prompt die Schlägertypen herein, stießen Tofi auf den Boden und schalteten das Licht wieder aus. Die Tür wurde hinter sich verschlossen, und zwei der fünf Schläger zerrten Tofi aggressiv durch den Raum zu seinem Safe, während zwei andere ein schwarzes Laken herbeiholten und es flink mit Klebeband an der Glaswand befestigten, um ihren Angriff zu verbergen.

„Öffne den Safe!", forderte einer, als das Licht wieder eingeschaltet wurde. Zitternd starrte Tofi zurück. Seine Hand wurde auf den Schreibtisch geknallt und bekam sofort einen Schlag mit dem Hammer zu spüren. Tofis Schrei wurde gedämpft und seine Augen weiteten sich vor Angst. Der Schläger hob den Hammer und gab seinem Kollegen das Zeichen, Tofi aufzuheben. Der Mann packte Tofi am Hals und drückte ihn mit dem Gesicht hart gegen die Wand neben dem Safe. „Der Schlüssel zum Bunker ... Öffne den Safe!", wiederholte er ein zweites Mal.

Tofi weigerte sich, und der Hammer wurde hart auf seine Kniescheibe geschlagen. Tofi schrie bitterlich auf und sackte zu Boden. Seine Augen tränten. Der vierte Mann half mit, Tofi aufzurichten und sein Körpergewicht zu stützen. Ob dieser Hinterhalt seiner „Fuck-off"-Geste in die Kamera der Drohne geschuldet war oder nicht, das wusste er nicht. Aber Tofi war bewusst, dass er sich in einer extremen Zwickmühle befand. Vielleicht hatten sie das Dynamit gefunden, dachte er. Aber das sollten sie nicht, der Schlüssel zum Bunker lag in seinem Safe. Ein Bewaffneter stand gegenüber, hob die Hand, um den nächsten Hammerschlag zu stoppen, der das andere Knie zerschlagen sollte. Der Hammer wurde gesenkt und der Anführer kam näher.

„Du bist eine sture kleine Fotze, nicht wahr?", murmelte er

bissig. „Ich frage nicht zweimal, also frage ich dich einmal ganz höflich. Den Code", flüsterte er und hob die Brauen.

Tofi setzte seinen Widerstand fort und starrte dem Anführer in die Augen, obwohl er schwer atmete und unerträgliche Schmerzen hatte. Die Gangster kicherten über Tofis hartnäckiges Fluchen, welches er geradeso aus dem Mundknebel presste. Der Anführer gab seinem Gehilfen ein Zeichen. Der Typ mit dem Hammer ließ den Hammer fallen, ging eilig durch den Raum und öffnete die Bürotür. Tofi blinzelte nachdenkend. Eine vorbeigehende Angestellte wurde höflich gebeten, hereinzukommen. In dem Glauben, dass es die Bitte ihres Chefs war, kam sie ihr nach. Sofort wurde die Tür zugeschlagen, und die Frau wurde geknebelt und in Richtung des Bewaffneten gedrängt.

Sich heftig windend, flehte Tofi darum, die unschuldige Arbeiterin freizulassen. Es handelte sich um eine Frau aus dem Ort, die kürzlich geheiratet hatte – eine Hochzeit, der Tofi beigewohnt hatte. Schockiert und ängstlich starrte sie ihren Chef an und weinte. Der Bewaffnete brachte kühl seinen Schalldämpfer an und setzte ihr die Waffe an die Schläfe. Er grinste Tofi an und schoss ohne mit der Wimper zu zucken, während er Tofis Reaktion beobachtete. Die Frau sackte zu Boden, und der Hammermann schleppte die Leiche in das Badezimmer. Er hob die Leiche aufrecht und warf sie hinein. Wie eine Stoffpuppe schlug der Kopf der Leiche auf das Waschbecken und ihre Beine knickten beim Sturz ungeschickt ein, sodass sie aus der Badezimmertür ragten. Die ganze Zeit über blieb der Anführer ruhig, hielt seine Waffe geladen und seine Augen auf Tofi gerichtet. Es war zu verstehen, dass es ein Spiel war, welches die ganze Nacht so weiter gehen konnte.

„Oh, Scheiße!" Der Killer drehte seinen Kopf. „Ich glaube, sie ist schwanger", sagte der Hammermann, da er den Bauch der Leiche unter ihrem schlaffen Kleid bemerkte, als es sich beim Fallen hob.

„Du blöder Idiot", sagte der Anführer und warf ihm seine Pistole zu.

Der Hammermann fing sie auf, drehte sich um und feuerte dreimal in den Bauch der Frau. Er warf die Pistole zurück, flitzte durch den Raum und griff erneut nach dem Türgriff, wobei er einen Blick auf Tofi warf, der hastig den Kopf schüttelte.

„Guter Junge", sagte der Anführer. Als der Safe geöffnet war, wurde Tofi zu Boden geschleudert. Der Bewaffnete grinste und steckte den Schlüssel zum Bunker in seine Tasche. Gut gelaunt warf er seinen Männern die ordentlich gestapelten Bargeldstapel zu. „Hier, Hurengeld", sagte er spielerisch und beugte sich dann zu Tofi hinunter. „Du wolltest uns also alle umbringen?", murmelte er. Tofi griff nach seinem baumelnden Handgelenk, flehte und schmierte dabei Blut auf die Hemdmanschette des Anführers. „Scheiße!", schimpfte der Anführer und zog sich zurück. „Schlitzt ihn auf. Lässt ihn bluten wie einen Verräter."

Zur gleichen Zeit, als Tofi gefoltert wurde, belästigten die DWIB-Bonzen, unten in der Kuppel, immer noch die Menge mit ihrer ungezügelten Unverschämtheit. Nachdem Tina ihr zweites Lied beendet hatte, ging sie zu Sammy, dem Schlagzeuger, hinüber und fragte ihn, ob er Sandy gesehen habe. Er hatte sie nicht gesehen und die Band auch nicht. Sie drehte sich um und begann ihren dritten Song des Abends. Sie schlenderte zum Ende des Laufstegs und sprach das Publikum an, um dessen Aufmerksamkeit auf sich zu lenken.

Tinas Aufmerksamkeit wurde jedoch auf die Glaswand gelenkt, als das Laken kurz aufflackerte und sie einen Blick auf das Treiben in Tofis Büro erhaschte, bevor das Tuch wieder zurückgeklebt wurde. Es war ein Blick auf den Kampf, der ihr augenblicklich eine Gänsehaut bescherte und für einen Moment ihre Atmung aussetze. Ihr Herz raste. Sie glaubte, dass sie entdeckt worden war und dass man Tofi verprügelte, um an sie heranzukommen. Ihre Gedanken waren verworren. Vielleicht hatte Kumar sie erkannt, es seinem Boss erzählt und auch ihre Freunde beschatten lassen, um ein Druckmittel zu haben, überlegte sie. Antonio hatte siebenundachtzig Millionen Schulden angehäuft, die zurückgezahlt werden mussten, und jemand musste dafür geradestehen. Tina schaute ins Publikum und ging zurück zur Hauptbühne, erschüttert über die Abwesenheit von Sandy, Red, Ehab und Marco. Vielleicht hatte der Mafiaboss fälschlicherweise angenommen, dass sie alle unter einer Decke steckten. Als sie die Hauptbühne erreichte, spielten sich in ihrem Kopf endlose Szenarien ab.

„Scheiße", murmelte sie und hielt das Mikrofon weg. Tina gab Jenny, die im Publikum Getränke servierte, ein Zeichen, zu ihr auf die Bühne zu kommen. Im Angesicht der drohenden Gefahren bedauerte sie, dass sie nicht sofort geflohen war, als sie Kumar auf dem Parkplatz gesehen hatte. Zufall hin oder her, es war jetzt zu riskant, zu bleiben. Ihre Tarnung war aufgeflogen. Wenn nicht jetzt, dann aber bald. Es war unvermeidlich. „Jenny, du kennst doch die Sets, oder?", fragte Tina, während das Publikum applaudierte.

„Natürlich kenne ich sie."

„Dann stell das Tablett ab und übernimm sofort. Das ist deine Chance zu glänzen. Mach alles zu deiner Sache. Ich muss los." Tina wandte sich an die Band. „Leute, Jenny ist für den Rest des Abends dran. Improvisiert!" Ohne Weiteres verließ Tina die Bühne. Verwirrt spielte die Band ein Instrumentalstück, während Jenny sich hinter der Bühne vorbereitete.

Tina bewegte sich zügig durch die Menge und zitterte angesichts der vielen Rätsel, die ihr Schicksal herausforderten. Sie griff nach dem Geländer und stieg die Treppe zum Büro hinauf. Ihr Portemonnaie mit ihrem Ausweis, ihren Kreditkarten und den Autoschlüsseln befand sich in ihrer Tasche in der Umkleidekabine am Ende des Flurs hinter dem Büro. Als sie sich dem oberen Ende der Treppe näherte, zitterte ihr gesamter Körper. Sie fühlte sich in einem Déjà-vu, wie damals, als sie Antonio gegenübergestanden hatte, nachdem sie ihr Abhörgerät enthüllt hatte. Aber ihr schlimmster Albtraum wurde wahr, und Tina stellte sich ihren Ängsten. Die Männer, die aus Tofis Büro kamen, lachten. Einer von ihnen steckte eine Waffe ein, ein anderer wischte sich Blut aus dem Gesicht. Erschrocken wandte sich Tina nach links und dann sofort nach rechts, wobei sie versehentlich die erste Tür zu den Herrentoiletten nahm und nicht die zweite Tür zu den Damentoiletten. „Scheiße!", fluchte sie.

Tina hörte, wie sich die Männer näherten, und öffnete die Tür der Besenkammer. Sie schloss sie hinter sich ab, drehte einen Eimer um und stellte sich darauf. Eine Sekunde später hielt sie den Atem an, als die Männer hereinstürmten, die Türen der Kabinen überprüften und an der Türklinke der Besenkammer rüttelten. Der Schatten eines Mannes glitt über die Fliesen, als er unter der Tür nachsah. Wagemutig spähte Tina durch das Schlüsselloch und sah, wie der Bewaffnete seine Jacke auszog, um die Ärmel hochzukrempeln und das Blut an seiner Hemdmanschette zu verbergen. Tina zuckte zusammen. Sie hatte ihn schon einmal gesehen. Es war der Mann, der damals Kumar aus Antonios Arbeitszimmer in ihrem gemeinsamen Haus gefolgt war – der Mann, der Kumars Hand in einer Plastiktüte trug, nachdem sie ihm abgeschnitten worden war. Ihre Vermutung war richtig.

Die Besenkammer war warm, klein und stickig, und der Schweiß rann Tina von der Stirn. Sie hatte keine siebenundachtzig Millionen Dollar. Und dem Gerede der beiden nach zu urteilen, hatten sie Tofi zu Brei geschlagen. Mein Gott, sie hatte ihren Chef in Gefahr gebracht und hatte möglicherweise auch Andere in diese Sache mithineingezogen.

„Er hat durchgehalten, das muss man ihm lassen", kicherte der Anführer und zog seine Jacke an. „Kommt, lasst uns ein paar Muschis krallen!"

Noch eine kurze Weile wartete Tina unruhig. Sie umklammerte ihre Schuhe fest in der Hand, bereit, sie als Waffe zu benutzen, und trat aus der Besenkammer heraus. Mit einem Seufzer der Erleichterung zog sie sie wieder an und eilte den leeren Flur entlang, bevor sie vorsichtig an Tofis Bürotür klopfte.

„Tofi, Tofi, bist du in Ordnung?" Sie versuchte es mit der Türklinke. „Tofi, kannst du mich reinlassen?" Doch außer einem leisen Stöhnen war keine Antwort zu hören.

Aus Angst, die Männer könnten zurückkommen, rannte Tina in den Umkleideraum hinter der Tür mit der Aufschrift – *Nur für Personal*. Sie schnappte sich den Generalschlüssel aus dem Schrank und hörte, wie Jenny auf der Bühne den ersten der vier verbleibenden Songs des Sets begann. Sie rechnete sich aus, wie viel Zeit sie noch hatte, bevor der Flur wieder mit umherwandernden Gästen belegt wurde, und rannte zurück zu Tofi, solange die Luft noch rein war.

„Oh mein Gott! Tofi!", platzte sie heraus und eilte ihm zu Hilfe.

Dort auf dem Boden lag Tofi regungslos. Er war kaum noch am Leben, die Knochen waren gebrochen, und aus seinen Wunden sickerte Blut. Seine Augen flackerten leblos und Tina kniete sich neben ihn. Sie blickte zum Badezimmer und sah die Frau in der offenen Tür, tot von mehreren Schüssen.

„Ich hole Hilfe, halt durch."

„Nein …", krächzte Tofi. Er streckte einen Finger aus und berührte ihr Bein.

„Tofi, bitte, du brauchst Hilfe."

„Ich sterbe", quetschte er heraus. Er zeigte auf seinen Schreibtisch. „Die ... die Halskette ..."

„Die Halskette?"

Beinahe erstickend drehte er den Kopf zur Seite, und das Blut, das in seiner Kehle gurgelte, sprudelte heraus. Tina griff nach einem Taschentuch und wischte ihm den Sabber aus dem Gesicht. Tofi zeigte wieder zum Schreibtisch.

„Bitte", stammelte er, „in meinem Schreibtisch ..."

Tina drehte den Kopf. „In deinem Schreibtisch?"

„Ja."

„Okay, okay, Tofi." Zügig räumte Tina den Inhalt der Schubladen auf den Tisch. Mitarbeiterverträge, ein paar Geschäftsunterlagen, Tofis Pistole und die Schlüssel zu seinem Rolls. „Ich kann nicht finden, was ..." Plötzlich bemerkte Tina, dass es in der rechten Schublade einen doppelten Boden gab. Sie schnappte sich den Brieföffner und begann, an den Rändern herumzustochern, um ihn aufzudrucken. Und da war sie – eine Halskette, gewickelt um eine große Papierklemme, die an ihrer CIA-Akte befestigt war. Sie löste die Halskette von der Klemme, ihre Augen weiteten sich und sie las erschrocken den Namen *Redmond Attlee* auf der verbrauchten braunen Hülle. Sie sagte nichts, ging in die Hocke und legte das Dossier neben sich auf den Boden. „Bitte sehr, Tofi", sagte sie und legte die Kette in Tofis Hand. Rasch tröstete sie ihn und hob seinen Kopf in ihren Schoß, als er wieder zu stottern begann. Er blickte mit trüben Augen auf und sank in den Schlaf, als Tina eine Bewegung im Flur hörte.

„Tofi, Tofi, hörst du mich?", flüsterte sie, trotz der Gefahr, die ihr bewusst war.

Er riss seine Augen auf. „Zieh es an. Es ist deine. Es war schon immer deine ...", murmelte Tofi und reichte ihr die blutbeschmutzte Halskette zurück. Tina gehorchte und hängte sie sich um den Hals. „Das ist gut. Moped hat sie mir gegeben ... für dich."

„Moped? Ich weiß nicht, was du meinst", schniefte Tina, als Tofi sich verabschiedete.

„Geh. Finde Red. Geh jetzt, er ... ich ..."

„Tofi! Tofi!"

Ihre Tränen fielen auf sein Gesicht und er machte seinen letzten Atemzug. Überfordert legte Tina seinen Kopf auf den Boden, schnappte sich Tofis Pistole vom Schreibtisch und lief zur Tür. Sie hörte, dass Jenny bereits mit der letzten Nummer des ersten Sets begonnen hatte. Wohl wissend, dass die Mörder draußen sein könnten, löste sie langsam die Sicherung und blickte ein letztes Mal zu Tofi zurück.

„Scheiße!", fluchte sie und bemerkte ihre blutigen Schuhspuren auf dem Boden. Sie zog ihre Schuhe aus, schaute durch den Spalt der offenen Tür und wartete, bis eine Frau im Flur ihren Lippenstift aufgetragen hatte und die gegenüberliegende Lounge betrat. Tina nutzte die Gelegenheit des leeren Flurs zum Personalraum zurückzulaufen.

Im Umkleideraum war Tina immer noch aufgeregt und öffnete mit zittrigen Händen ihren Spind. Sie schnappte sich schnell die Plastiktragetasche mit ihren Turnschuhen darin und kippte sie auf den Boden. Sie zog sich bis auf die Unterwäsche aus, stopfte ihre schmutzigen Kleider und Schuhe hinein, verknotete die Tüte und schob sie, mit ihrem Kapuzenpulli abdeckend, nach hinten in den Spind. Sie blickte sich um und glaubte, jemanden hereinkommen zu hören.

„Hallo?", rief sie.

Sie bewegte sich mit der Waffe in der Hand durch die Gänge des Umkleideraums, merkte aber, dass sie sich geirrt hatte. Sie stopfte die Waffe in ihre Handtasche im Spind und rannte zum Waschraum. Sie begann, ohne zu zögern, sich das Blut von Händen und Knien zu schrubben, ließ die Kette, die um ihren Hals baumelte, unter dem heißen Wasserhahn laufen und wusch sich anschließend das Gesicht mit kaltem Wasser, damit ihre Sinne wieder wach wurden.

"Tina?", sagte die Köchin und warf einen Blick in den Waschraum, als sie vorbeiging.

„Oh, du hast mir einen Schrecken eingejagt", sagte Tina und griff nach dem Handtuch.

„Nicht absichtlich, das versichere ich dir", kicherte die Köchin und öffnete ihren Spind, der zehn Schränke weiter von Tinas war. „Wenn du hier drin bist, wer ist dann da draußen?", begann sie zu plappern.

Tina begann sich eilig ihre sportliche Freizeitkleidung anzuziehen, die sie tagsüber bei den Proben trug. „Es ist Jenny. Ich habe einen freien Abend", sagte sie und griff nach der Baseballkappe, um ihr Gesicht auf dem Weg nach draußen zu verbergen.

„Du hast eine Vertretung?"

„Ja, habe ich."

„Schön für dich."

Um ein Gespräch zu vermeiden, stand Tina auf, schnappte sich ihre Handtasche, schloss den Spind und brach dabei bewusst den Schlüssel. „Ich muss los", sagte Tina.

Die Köchin drehte sich zu ihr um, aber Tina war schon weg. „Hm", kicherte die Köchin und beendete ihren Satz, „dann eine gute Nacht."

Während der Pause strömten die Gäste die Wendeltreppe hinauf und hinunter. Sofort ging Tina zu den Fenstern zu ihrer Linken und schaute auf den Mitarbeiterparkplatz hinaus.

„So ein Mist", murmelte sie.

Da sie fast immer eine der Letzten war, die den Club nach

Schluss verließ, wurde ihr Auto wegen der Überfüllung des Parkplatzes eingeklemmt. Sie drehte sich um, um weiterzugehen, und ging sofort in die Hocke, um ihre Schnürsenkel neu zu binden, als sie sah, wie der Bewaffnete Tofis Bürotür abschloss und sich in ihre Richtung drehte, wobei er die CIA-Akte in der Hand hielt, die sie vergessen hatte. Misstrauisch bewegte er sich auf sie zu und fragte sich, warum eine Frau an einem Abend wie diesem so legere Kleidung trug.

„Haben Sie ein Problem, Lady?", fragte der Bewaffnete.

Tina hielt ihren Kopf gesenkt. „Nein, ich binde mir nur die Schnürsenkel", antwortete sie mit einem Akzent und einer ungeschliffenen Stimme und tat so, als würde sie Kaugummi kauen.

„Ja?"

„Ja, ich habe sie mir von meiner Freundin geliehen. Sie ist größer als ich", murmelte Tina und band den zweiten Schnürsenkel zu, als die Füße des Bewaffneten in ihre Sichtweite kamen.

„Sie haben Ihre Schicht beendet, nehme ich an?", erkundigte er sich.

„Jep, geteilt. Bin morgen wieder da", antwortete sie keck.

„Ist das ihre Freundin, die jetzt kommt?"

Tina drehte ihren Kopf. „Ja, das ist sie", sagte sie und schob sich an ihm vorbei, während seine Aufmerksamkeit auf die Köchin gelenkt wurde.

Als sie den Flur entlanglief, spürte sie, wie die Augen des Bewaffneten in ihrem Hinterkopf brannten. Hastig eilte sie die Treppe hinunter und versuchte, sich nicht umzudrehen. Aber bei dem Gedanken an ein Messer, das ihr in den Rücken gestochen werden könnte, drehte sie sich trotzdem um und war erleichtert, dass sie nicht verfolgt wurde.

Eilig ging sie weiter, nur um einen Moment später mit

Erstaunen stehen zu bleiben, weil sie sah wie sich mehrere Gespenster inmitten der DWIB-Gäste bewegten. Zuerst schaute sie weg, weil sie glaubte, ihre Augen würden ihr einen Streich spielen. Aber das taten sie nicht. Jenny entdeckte sie auf der Treppe und rief ihr zu, klopfte auf den Sitz neben ihr und schlug Tina vor, sich zu ihnen zu setzen. Tina bejahte, gab aber zu verstehen, dass sie gehen würde. Sie blickte die Geister an, und die Worte ihrer Eltern begannen einen Sinn zu ergeben. *„Eines Tages wirst du es verstehen, Francesca. Du bist für Größeres bestimmt"*, wiederholten ihre Eltern jedes Mal, bevor sie in den Gebetsraum gesperrt wurde.

Die Halskette, versteckt unter ihrem Oberteil, muss von Bedeutung sein, dachte sie sich. Tofi hatte gesagt, es sei ihre – ein Geschenk von Moped. Schnell nahm sie sie von sich und legte sie auf die Stufe zwischen ihren Füßen. Plötzlich waren die geisterhaften Gestalten verschwunden. Sie legte die Kette wieder an und versteckte sie unter ihrem Oberteil. In diesem Moment wurde Tina bewusst, dass ihre Eltern nicht so waren, wie sie in den Polizeiberichten dargestellt wurden. Sie waren Christen, die gezwungen waren, sich den unheilvollen Begierden böser Geister hinzugeben, so wie die, die sie gerade ansah. Sie hatten sie aus Liebe beschützt und sie nicht aus Bosheit eingesperrt, wie sie immer dachte.

„Vergebt mir, Mutter und Vater", sagte sie und hoffte, dass ihre Worte der Reue sie erreichen würden.

Gehorsam gegenüber Tofis letztem Wunsch stürmte Tina aus dem Club. Sie rannte durch die Eingangstür auf den Hauptparkplatz und ging auf den Valet-Parken-Mitarbeiter zu, der für die Schlüssel verantwortlich war.

„Sag mir bitte nicht, dass du dein Auto brauchst", schnaufte er mit gesenktem Kopf.

„Das tue ich nicht. Gib mir Tofis Ersatzschlüssel für den

Rolls."

„Das muss ich erst mit ihm abklären."

„Nein, musst du nicht", antwortete Tina und griff in den Kasten, „ich habe sie schon."

„Du kannst doch nicht ..."

„Ich kann. Es ist alles geklärt. Er geht heute Abend nicht aus, also störe ihn nicht. Ich habe es eilig, und du hast mir den Weg versperrt, also wenn du deinen Job behalten willst, mach den Weg für mich frei. Ich fahre jetzt", diktierte Tina scharf.

Tina sprang in den Rolls und warf ihre Tasche auf den Beifahrersitz. Mit der Lichthupe fuhr sie durch den überfüllten Parkplatz, um den Personal zu signalisieren, dass sie es eilig hatte. Der Pförtner hielt die ankommenden Fahrzeuge zurück und winkte Tina weiter, während eine blaue Cobra geführt von Wantanee auf den Einlass wartete. Vom Beifahrersitz aus deutete Ehab Tina zu, aber Tina warf ihm nur einen finsteren Blick zu, als sie den Parkplatz verließ. Ehab hatte sie angerufen und ihr bestätigt, dass alles in Ordnung war, aber für sie war es nicht in Ordnung, und sie war jedem gegenüber misstrauisch geworden, auch Ehab. Hatte er sie belogen? Sie hatte Geister gesehen, Tofi war ermordet worden, und es war ein Kopfgeld auf sie ausgesetzt – ein Kopfgeld, das hoch genug war, um jemandem nicht nur ein gesamtes Leben zu finanzieren sondern ein gemütliches und luxuriöses Leben.

„Wer diese Frau?", fragte Wantanee.

„Das ist Tina, die Sängerin, von der ich dir erzählt habe."

„Sehr nett, ich sehen."

„Normalerweise ist sie das." Ehab drückte die Kurzwahltaste seines Handys. *„Sie haben Tina erreicht. Hinterlassen Sie eine Nachricht",* kam es heraus. Er fragte sich, warum sie so eilig in Tofis Auto wegfuhr.

Wantanee fuhr weiter und Ehab navigierte sie auf Tofis

Stellplatz, als ein kleiner Regenschauer einsetzte. Als sie das Foyer des De Club betraten, ging Ehab zur Lobby-Bar und stellte Wantanee Dave vor. Sie setzten sich, Dave schenkte ihnen einen Drink ein und erzählte Ehab, dass Jenny heute Abend auf der Bühne steht. Aber Ehab war mit seinen Gedanken ganz woanders. Tinas verärgerter Gesichtsausdruck und ihr unerwarteter Aufbruch gingen ihm nicht mehr aus dem Kopf. Er entschuldigte sich kurz und ging weg, während Wantanee die Atmosphäre genoss und Dave kennenlernte, der mit ihr zwischen den Bestellungen der Gäste plauderte. Ehab versuchte erneut, Tina anzurufen. Wieder erreichte er nur ihren Anrufbeantworter. Er ließ es vorerst dabei und beschloss, Tofi zu fragen, was sie denn so aufregte, nachdem er Wantanee in die Kuppel gebracht hatte, wo in fünf Minuten das zweite Set der Show beginnen sollte.

40
EIN BLITZSCHLAG

Mit hoher Geschwindigkeit fuhr Tina stadtauswärts und an Mo's Muncher vorbei. Ihre Gedanken waren durcheinander und sie wünschte sich, der Regen könnte ihre Vergangenheit wegspülen. Als sie bemerkte, dass ihr Handy in den letzten Minuten zweimal vibriert hatte, griff sie in ihre Tasche. Zwei verpasste Anrufe von Ehab. Sie zögerte und verurteilte ihr unausstehliches Verhalten gegenüber ihrem Freund. Aber sie war oft von Menschen enttäuscht worden, denen sie vertraut hatte.

Voll mit Angst fuhr sie weiter und dachte an Tofi, den Killer und die Geister. Vielleicht ging es hier wirklich um Moped? Die Geister im Club ähnelten jenen Seelenräubern im Mopeds Haus, von welchen er sie mit seinen mystischen Fähigkeiten beschützt hatte. Er hatte ihr gesagt, sie sei sein *Notfallplan* bei Schwierigkeiten.

„Scheiße!", schrie sie auf. „Ist es das, was er gemeint hatte?" Sie schnappte sich ihr Handy. „Ruf mich an, Ehab. Ruf mich einfach an", sprach sie drauf und legte auf.

Tina kramte in ihrer Handtasche und legte Tofis Pistole griffbereit oben auf die Tasche, während sie darüber nachdachte, warum Reds Name zusammen mit ihrem auf der CIA-Akte stand. Aus Sorge, verfolgt zu werden, warf sie alle zehn Sekunden einen Blick in den Rückspiegel.

Zehn Minuten später wurde ihr Aufmerksamkeit auf ein kurz vor ihr geparktes Fahrzeug mit Warnblinkern gelenkt. Sie legte eine Hand auf die Pistole, hielt den Wagen an und schaltete die Scheinwerfer auf Fernlicht um. Als die Scheibenwischer hin und her schwirrten, sah Tina Sandy, die mit dem Kopf in den Händen vergraben auf einem Felsen saß und völlig durchnässt war. Sie drückte auf die Hupe. Sandy schaute auf und Tina fuhr zu ihr. In dem Glauben, dass es Tofi war, der sich näherte, wischte sich Sandy das Gesicht ab und versuchte, für ihren Chef anständig auszusehen – aber es war Tina, die aus dem Fahrzeug stieg.

„Tina?"

„Was machst du denn hier, Sandy? Hast du wieder eine Panne?" Sandy ging zur Beifahrertür des Rolls und dabei aus dem Scheinwerferlicht.

„Nein, nein, habe ich nicht. Es ist nichts, ich … ich bin in Ordnung", schluchzte Sandy. „Hör zu, wenn Tofi dich geschickt hat, um mich zu holen, dann sag ihm, dass ich heute Abend nicht arbeiten kann, ich fühle mich nicht gut."

„Tofi ist tot, Sandy", sagte Tina schroff.

„Was! Was meinst du mit tot? Wie? Wann?" Sandy vergaß plötzlich ihre eigenen Probleme.

„Ich habe keine Zeit für Erklärungen. Wo ist Red?"

„Er, er ist zu Hause, ich habe ihn gerade verlassen, warum?"

„Wer ist bei ihm?"

„Marco und …" Sandy hielt inne und bemerkte die Pistole auf Tinas Tasche.

„Und wer? Wer ist noch da, Sandy?"

Sandy wurde nervös. Sie hatte die Akte über Francesca

DuPont alias Tina gelesen. Unsicher, was sie von der Waffe halten sollte, wich Sandy zurück und spielte mit ihren Augen Pingpong zwischen Tina und Tofis blutverschmierter Waffe.

„Was? Nein, sei nicht dumm, Sandy. Ich war es nicht, der Tofi getötet hat! Ich habe seine Waffe zu meinem eigenen Schutz genommen." Sandy blieb stehen. „Wie viele andere sind noch im Haus?", drängte Tina.

„Das kann ich nicht sagen. Ich meine, ich würde es gerne, aber … Tofi ist tot?"

„Sandy, hör mir zu! Geh nicht in den Club, hast du das verstanden? Geh nicht zur Arbeit! Die bringen Leute um. Es ist nicht sicher dort." Sandy rannte zu Tina.

„Wer ist es, Tina? Wer tötet Menschen?"

„Steig ins Auto." Tina schob die Tasche auf ihren Schoß. Sandy setzte sich hinein. „Es sind die Banker, Sandy. Sie sind nicht das, was sie zu sein scheinen. Sie haben Tofi ermordet."

„Haben sie? Ist Red in Gefahr?"

„Das weiß ich wirklich nicht. Ich befolge nur Tofis Anweisungen."

„Du hast gesagt, er sei tot!"

„Ist er auch. Er war kaum noch am Leben, als ich ihn fand. Er hat mir das hier gegeben." Tina hob die Halskette hoch. „Und er sagte mir, ich solle Red finden." Sandy berührte die Halskette. „Das war das Letzte, was er zu mir gesagt hat. Ich weiß nicht, warum er das gesagt hat, aber das ist es, was ich tue."

„Ich … na ja", stotterte Sandy. „Sind sie in etwas verwickelt, ich meine, Red, Marco und Tofi?"

„Wie kommst du darauf?"

„Ich weiß nicht. Mein Bauchgefühl. Die Frau, von der du glaubtest, dass Tofi eine Affäre hat … das ist Reds Frau."

„Seine Frau?"

„Ja, sie ist im Haus, Marco auch."

„Du meinst Jade?"

„Ja, Jade!"

„Ist das der Grund, warum du so aufgebracht bist?"

„Ja …"

Tina hatte jetzt keine Zeit dafür, eine Schulter zum Ausheulen zu sein. „Los, Sandy. Steig aus dem Auto aus. Es ist nicht sicher, in meiner Nähe zu sein!", befahl Tina abrupt.

Sandy gehorchte und warf einen Blick durch die offene Tür zurück. „Und jetzt …"

„Sei vorsichtig. Lass mich wissen, wo du bist, und ich rufe dich an!"

Tina raste davon und ließ die Beifahrertür zufallen. Fassungslos stand Sandy mitten auf der Straße und sah zu, wie der Rolls aus ihrer Sichtweite verschwand. Es dauerte nicht lange, bis ein Donnergrollen und ein Blitzschlag sie aus ihrer Benommenheit rissen.

„Scheiß drauf!", platzte Sandy heraus, rannte zu ihrem Auto und nahm die Verfolgung auf – entschlossen darauf, die Wahrheit herauszufinden!

41
DIE KUPPEL

Nachdem Tina aus dem Parkplatz gefahren war, hatte sich die Lage in De Club zugespitzt. Bevor Ehab und Wantanee ihre Drinks zu Ende trinken konnten, rannte eine kleine Gruppe von Gästen schreiend aus dem Engpasskorridor zum Ausgang. Ehab schaute Wantanee über die Schulter und sah, wie die Gäste sich hektisch hin und her schubsten, um den Parkplatz zu erreichen. Bald fühlten sich auch die Gäste im Chill-out-Bereich der Lobby in Gefahr und schlossen sich dem Gedränge an, wobei Tische und Getränke umgeschmissen worden sind.

„Was zum Teufel ist das?", murmelte Dave und blickte auf die Sicherheitsmonitore hinter der Bar.

Kirsten, die Bar-Praktikantin, ließ den Cocktailshaker aus der Hand fallen, als sie die live Video-Übertragung aus der Kuppel auf den hängenden Fernsehbildschirmen hinter Ehab sah. Ohne eine Erklärung abzugeben, rannte sie hinter die Bar und verließ den Club durch die Hintertür der Küche, die zum Personalparkplatz führte.

Plötzlich schlossen sich die Brandschutztüren und trennten die Lobby vom Engpasskorridor. Die Gäste rannten hysterisch aus der Lobby.

„Sind Moi und Daniel!", rief Wantanee aus.

„Leck mich am Arsch! Sie sind hier!", stammelte Ehab.

Die Ankunft von Moi und Daniel gab der Situation einen Touch von Surrealität. Da standen sie, vor dem achtteiligen Schlagzeug mitten auf der Hauptbühne. Jetzt war ihre Zeit in De Club zu glänzen.

Die DWIB-Führungskräfte und ihre Leibwächter umstellten schnell die Kuppel und nahmen die Gäste als Geiseln. Sie waren allesamt Daniels Anhänger – Männer und Frauen, die in seiner Organisation bis nach ganz oben aufgestiegen waren. Einst waren sie obdachlose Straßenkinder, die seine Organisation im Laufe der Jahre in diese Welt rekrutiert hatte. Vom Materialismus getrieben, hatten sie seine Wünsche buchstabengetreu umgesetzt und Daniel ein unantastbares, Billiarden Dollar schweres Unternehmen aufgebaut. Heute sollten die Früchte dieses Unternehmens noch größer werden.

Daniel schlenderte zwischen den Geiseln den Laufsteg entlang, ohne sich seinen Anhängern vorstellen zu müssen, von denen er die meisten noch nie getroffen hatte. Aber sie hatten die Geschichten gehört, als sie aufwuchsen, und waren für ihre Loyalität gut belohnt worden. Der Respekt vor Daniel war sofort da.

„Lauf, Dave, los! Verschwinde, solange du noch kannst!", rief Ehab.

Dave rannte zum Hinterausgang und folgte Kirstens Beispiel. Ehab schnappte sich die Schlüssel der Cobra von der Theke und rannte mit Wantanee durch die Lobby. Wantanee packte ihn an der Hose und zog ihn zurück, als sie sah, dass draußen Männer ihre Waffen erhoben. Schüsse wurden abgefeuert. Die Fenster zerbrachen, die Angreifer betraten den Lobbybereich und nahmen die Verfolgung auf. Die beiden sprangen über den

Tresen, als die Männer auf sie zielten. Schnapsflaschen explodierten über ihnen Köpfen. Wantanee und Ehab krochen zwischen den Scherben auf dem Boden entlang und erreichten den Lagerraum.

„Da drüben!", zeigte Wantanee.

Ihre scharfen Augen sahen eine Tür hinter dem hohen, freistehenden Weinregal. Sie drückte Ehab nach vorne und schrie, dass da drüben der einzige Ausweg sei. Ehab kam in einem Flur heraus. Er sah eine Betontreppe für das Service Personal, die nach oben führte. Rechts von ihm war eine Tür mit integriertem Bullauge und einem *Exit* Schild, welche in die Küche ging. Doch als Wantanee den Flur betrat, sah sie durch das Bullauge, wie Dave von anderen Angreifern nach draußen gezerrt wurde, und auch sie wurde von ihnen entdeckt.

„Versperren die Tür, Ehab!", schrie sie und rannte zurück in den Lagerraum.

Intuitiv schlug Ehab mit einem Tritt eine Latte von einer zerbrochenen Holzpalette los und verkeilte sie prompt unter der Küchentür. Die Angreifer warfen Dave zur Seite und nahmen die Verfolgung auf. Sie zerschossen das Bullauge in der metallenen Küchentür. Im Lagerraum stieß Wantanee das freistehende Weinregal um. Dreihundert Flaschen prasselten auf die Angreifer ein, die aus der Lobby-Bar kamen und gerade schießen wollten. Da es keinen anderen Ausweg als den nach oben gab, sprintete Ehab die Stufen paarweise nach oben. Wantanee kehrte zurück in den Flur.

„Ehab!", rief sie.

„Ich bin hier oben!"

Wantanee folgte ihm die Treppen hinauf. Die Angreifer brachen aus der Küche. Sie wich den Kugeln aus, die um sie herum abprallten und stürmte durch die Servicetür direkt in die Lounge im ersten Stock, wo sie ihre Entscheidung sofort bereute.

„Sieh mal an, wen wir hier haben", sagte Tofis Killer zum Klang der geladenen Pistolen seiner Männer.

„Wantanee!", rief Mara, die erschrocken war, sie zu sehen.

„Mara?" Wantanee drehte unglaubwürdig ihren Kopf herum.

Der Gangster neben Mara drückte ihr Bein, und Mara senkte den Kopf und sprach kein Wort mehr.

Die Angreifer, die über die Treppe gefolgt waren, stürmten in die Lounge, zwangen Wantanee und Ehab sofort auf den Boden und fesselten ihre Handgelenke mit Kabelbindern. Gleich danach zogen sie die Gefangenen wieder auf die Beine. Mit Knebeln zum Schweigen gebracht, sahen sie sich Tofis Killer gegenüber. Aus Ehabs Augen blitzte Hass, doch Wantanees waren leer. Als Ehab und Wantanee aus der Lounge geführt wurden, gab der Bewaffnete seinen Männern ein Zeichen zu warten. Er ging hinüber zu Tofis Büro, entriegelte die Tür und schwang sie auf.

„Ein Kumpel von dir, was?", spottete der Bewaffnete. „Der ist jetzt aber im Arsch. Genauso wie du es gleich sein wirst!"

Ehab zappelte, um sich zu befreien, verwirrt von Donahkhamouns Worten, als er ihm den Amokaras reichte. *„Ich versichere dir, dass alles so werden wird, wie es werden soll"*, hatte er gesagt. Rasch wurden die beiden Gefangenen zum Geländer am oberen Ende der Wendeltreppe geführt. Wantanee ließ sich nicht aus der Ruhe bringen und akzeptierte die Tatsache, dass sie gefangen waren. Sie blieb konzentriert und suchte nach einem Ausweg, während Ehab versuchte, sich einen Reim aus dem Ganzen zu machen. Da sie sich in ihrer Umgebung nicht auskannte, schaute sie zur Bühne hinunter. Daniels teuflisches Grinsen wurde durch die erfreuliche Überraschung, die ihm seine Männer brachten, noch breiter.

„Sieh an, sieh an, sieh an", sagte Daniel verächtlich. „Du

wolltest mich also flach legen, was, Wantanee? Das wäre mit geöffneten Beinen einfacher gewesen!", scherzte er. „Und du", gluckste er höhnisch, „Herr Auserwählter, Ehab, nicht wahr?" Er lachte wieder. „Sieh dich um. Das ist alles wegen dir", verkündete er und drehte sich mit ausgestreckten Armen auf der Stelle. „Das ist das Ergebnis deines Handelns oder sollte ich sagen ... deiner Schwäche. Ich muss allerdings zugeben, dass du mich fast erwischt hättest", kicherte er. „Aber das hast du nicht. Deine Gefühle sind dir in die Quere gekommen." Daniel grinste, als er zum Ende des Laufstegs ging. „Um wen zu retten, sie? Wantanee! Du bist ihr neuer Fickfreund! Du wirst nicht einmal die Chance bekommen, sie zu ficken, es sei denn, du willst es hier und jetzt auf der Bühne tun und uns alle unterhalten", brüllte er streitlustig. „Der Punkt ist, dass du Zeit verschwendet hast, ein paar Sekunden um genau zu sein, um die anderen zu retten. Ein Gorda hätte eine solche Abweichung von einem Befehl niemals zugelassen, es sei denn ..." Daniel unterbrach seine Vermutung. Er verengte die Augen bei einem Gedanken, der ihm in den Sinn kam, und fuhr fort. „Wie auch immer, ich danke dir dafür", fügte er sarkastisch hinzu. „Dein Heldenmut hat mir die Eintrittskarte ins Fuzidon geschenkt. Hättest du deine Freunde zurückgelassen, wäre ich jetzt nicht hier. Ich wäre ein alter Mann geworden, hätte alle meine Kräfte aufgebraucht und wäre wie ein Mensch gestorben, wie ich es für meinen Bruder vorgesehen hatte. Und das wäre das letzte von mir gewesen. Aber ich bin hier, und du hast keine Ahnung, was du damit ausgelöst hast", sagte Daniel. „Bringt ihn zu mir und bringt Wantanee zu Moi", befahl Daniel.

Daniels Monolog traf einen Nerv bei Ehab. Und als er zu Daniel gebracht wurde, erinnerte er sich an Meraks Warnung: *„Ich weiß, du hast Freunde da draußen, aber du hast nur eine Aufgabe – den Amokaras zu holen. Lass dich nicht ablenken."*

Im Nachhinein betrachtet, hätte er auf sie hören sollen. Das Publikum begann zu plaudern. Doch Daniel tolerierte keine Ungehorsamkeit und warf einen Blick auf einen seiner Männer. Jener schlenderte zwischen den Geiseln umher und richtete wahllos fünf Menschen hin, was eine Hysterie auslöste. Mit der Androhung weiterer Hinrichtungen, verstummte die Menge.

Ehab wurde von zwei von Daniels Männern die drei Stufen am Laufstegsende hinaufbegleitet. Einen Moment lang starrte Daniel den Mann an, der ihm so viele Probleme bereitet hatte. Mit einem lauten Räuspern führte er Schleim in den Mund und blickte zum Glasdach der Kuppel. Eine Sekunde lang sah er dem Regen zu, der auf das Dach niederprasselte, dann spuckte er ziellos ins Publikum. Die Geiseln stöhnten über sein abstoßendes, ungehobeltes Verhalten und hatten Mitleid mit der Frau, die getroffen wurde. Dann drehte er sich wieder zu Ehab um. Auge in Auge standen sie sich gegenüber.

„Hmm, du bist also der, der von meiner Mutter auserwählt wurde", sagte er aus nächster Nähe. „Aber ich frage mich ... bist du wirklich allein?", fragte Daniel während er Ehab umkreiste. „Oder ist der Gorda meiner Mutter in deinem Körper, um dich zu retten? Wir werden sehen."

Daniel drehte Ehab den Rücken zu und wandte sich Moi zu, die in der Mitte der Hauptbühne stand und Wantanee an ihrer Seite hatte. Sechs Söldner umringten Wantanee in einiger Entfernung und richteten ihre Gewehre direkt auf sie. Moi rückte näher und flüsterte ihr Etwas ins Ohr, während sie Wantanees Knebel entfernte und die Kabelbinder durchschnitt, mit denen ihre Hände gefesselt waren.

„Töte Daniel!", befahl Moi und reichte Wantanee ein Magazin und eine leere Waffe.

Ohne einen Moment zu zögern, lud Wantanee die Waffe, zielte und schoss. Ihre Treffsicherheit war so präzise wie immer.

Zu ihrem Entsetzen gingen die Kugeln jedoch direkt durch Daniel hindurch und durchbohrten nur seine Kleidung. Die beiden Wachen, die Ehabs Arme festhielten, ließen los, als Ehab, von den Kugeln durchbohrt, rückwärts auf die Treppe fiel. Wantanee erkannte, was geschehen war, und schoss mit den beiden verbliebenen Kugeln auf die Wachen. Die Russhells schrien um ihren Chef, aber sie verstummte sofort, als sie sahen, dass Schusswaffen auf sie gerichtet waren. Daniel ließ sie gewähren und wandte sich an das gequälte Publikum.

„Und wenn jemand pissen muss, dann muss er sich anpissen!"

Mit seinen selbstheilenden Fasern und den Spuren von Einschusslöchern in seiner Kleidung zeigte Daniel allen, dass er unbesiegbar war. Seine Männer jubelten begeistert, und für einen kurzen Moment spürte Daniel die Lebenskraft seines Vaters. Außerhalb der Schutzhülle der heiligen Gebeine wartete Akhenaton, bis die Uhr zwölf schlug. Um Mitternacht sollte sich die Eiskapsel auflösen. Die Adrogs würden von der Unterseite durch den verzauberten Boden aufsteigen und die Energie der sieben Säulen des Roggbiv in sich aufnehmen. Und sobald sie diese Welt betreten würden, würde sich der Regenbogen am Mitternachtshimmel tiefschwarz färben. Und morgen, wenn der Mond die Sonne überquert, um den Zeitzyklus zu vollenden, wird er dort bleiben und die Sonne überschatten, bis die Uhr der Zeit sich zurückdrehen und der evolutionäre Prozess sich umkehren würde. Morgen würde der Beginn einer neuen Ära sein, der Anfang vom Ende – sinnierte Daniel insgeheim.

Daniel blickte von der Bühne hinunter zu dem Mann, den seine Mutter ausgewählt hatte, um ihn zu überlisten. Der Auserwählte lag leblos auf der Treppe, in seinem Blut. Daniel beugte sich über Ehabs Leiche, mit der leisen Erwartung, dass sich der Gorda offenbaren würde. Er öffnete das Augenlid des

Leichnams und riss einen Augapfel aus der Fassung.

„Gerissen, sehr gerissen, Mutter", murmelte Daniel und starrte in die leere Augenhöhle. „Dann vielleicht ein anderes Mal", höhnte er. Er stand auf, blickte zu den Russhells und warf ihnen den Augapfel zu. „Ein Souvenir!", lachte er.

Er fühlte allerdings ein leichtes Unbehagen und fragte sich, wo seine Mutter den Gorda versteckt hatte. Daniel nahm das Gewehr der Wache in die Hand und zielte auf Wantanee. Da es viel zu tun gab, war die Zeit knapp. *Peng! Peng!* Daniel schoss und Wantanee fiel. Die Hinrichtung fand vor den Augen des Präsidenten statt, der mit einem Hubschrauber gerade über das gläserne Kuppeldach flog.

In einer vom Präsidenten selbst vorbereiteten und organisierten Geheimoperation landete der Hubschrauber am Strand und Navy SEALs kamen in Schlauchbooten ans Land. Bewaffnete Truppen in Militärfahrzeugen strömten auf den Parkplatz, ohne Rücksicht auf die Autos, die ihnen im Weg standen. Innerhalb weniger Minuten war De Club umstellt und die Umgebung wurde gesichert. Sofort wurde der Funkverkehr für Medien, Polizei und Außenstehende blockiert. Daniel wies seine Männer an, die Leichen zu entfernen, und sprang dann von der Bühne, um seinen neuen Geschäftspartner zu begrüßen. Die Geiseln schöpften Hoffnung, und die Lautstärke des Geplauders nahm rasch zu. Doch ebenso schnell verzweifelten sie wieder, als der Präsident Daniels Hand schüttelte.

Der ehrgeizige Präsident hatte sich von Daniel, der anderen Welt und der Kraft, die hinter dem Ensemble der Tierfelle steckt, inspirieren lassen. Es war seine Zeit gekommen, um bedeutender zu werden als Thomas Jefferson und Benjamin Franklin. Daniel überzeugte ihn von einem Deal, denn es wäre es an der Zeit, die Unabhängigkeitserklärung neu zu verfassen – ein Akt, der zuvor von dreizehn amerikanischen Kolonien im siebten Monat des Jahres 1776 beschlossen worden war. Eine Erklärung, die der Präsident persönlich auf den neuesten Stand bringen wollte. Eine Welt, ein Präsident – ER! Er hatte in den letzten Monaten alles getan, was man von ihm verlangt hatte. Im Vertrauen auf seine Partnerschaft mit Daniel freute er sich darauf, die Früchte seiner Arbeit zu ernten – *The Temptress*, die mit Bargeld beladene Superyacht, die im Hafen von Monaco vor Anker lag.

„Was ist hier passiert, Daniel?", fragte der Präsident, als er die Einschusslöcher in Daniels Kleidung bemerkte.

„Radikale", sagte Daniel abrupt. Ohne ein weiteres Wort zu sagen, wechselte er das Thema. „Was ist mit dem letzten Fell? Haben wir es schon?"

„Fast ..."

„Das ist alles, was ich ständig höre! *Fast* ist so, als ob man sich in die Hose scheißt, aber wenn man nachsieht, ist es doch nur das Restwasser von einer Arschreinigung!", spottete Daniel. „Wo ist es jetzt?"

Der Präsident war leicht verblüfft über Daniels unausstehliche Haltung. Es stand viel auf dem Spiel, und das Gespräch war unverblümt, aber diese Seite von Daniel hatte er noch nie gesehen.

„Es ist auf dem Weg. Ein außerplanmäßiges Flugzeug kam uns dazwischen, aber wir haben es geortet. Während wir hier reden, begleiten Kampfjets dieses Flugzeug zum Flughafen Nassau."

„Bist du sicher, dass sie es sind?"

„Ja, das sind sie. Wir haben Sichtkontakt", bestätigte der Präsident.

Daniel grunzte vergnügt. „Und du hast Männer am Flughafen?"

„Sie sind in Position. Zehn meiner besten Männer sind

bewaffnet und bereit, bei der Landung an Bord zu gehen. Es ist alles unter Kontrolle."

„Zehn Männer, sagst du?" Daniel verzog das Gesicht.

„Ja, zehn der besten."

Daniel wandte sich an Tofis Killer. „Nimm dreißig Männer mit und besorg mir die Tierhaut", befahl Daniel. Der Präsident beäugte Daniels abschätzige Haltung mit einem finsteren Blick.

„Erledigt!", antwortete Tofis Mörder und bot Daniel den Schlüssel zum Bunker.

„Gib ihn mir", mischte sich Moi ein.

„Wie lange dauert es, bis sie landen?", fragte Daniel.

Der Präsident sah auf die Uhr. „Fünfundvierzig Minuten, mehr oder weniger."

„Gut, dann sag deinen Männern, sich nicht einzumischen, und halte dich zurück. Ab jetzt übernehme ich."

Der Präsident, der am Rande des Geschehens stand, hatte das Gefühl, links liegen gelassen zu werden. Er schlenderte zu den Geiseln hinüber, unsicher, was Daniel vorhatte. Daniel gab den Leibwächtern des Präsidenten mit einer diskreten Kopfbewegung zu verstehen, bei ihm zu bleiben. Es waren seine Männer – Insider, die vom Stabschef angeheuert worden waren, der ebenfalls Daniels Mann war.

„Haben Sie keine Angst", flüsterte der Präsident. Die Geiseln blickten ihn mitleidig an und flehten leise mit besorgten Augen. „Es ist nur für kurze Zeit, und Sie werden alle wieder freigelassen", sagte er beiläufig.

Obwohl sein Handeln gegen die Proklamation verstieß – dem Weltfrieden zu dienen und ihn zu schützen – waren diese grob geschätzt zwölfhundert Geiseln, im Vergleich zu den Opfern der vergangenen Kriege wenig. Was der Präsident jedoch nicht wusste, war der wahre Grund für die Geiselnahme – sie würden als Ersatz für diejenigen dienen, die Daniel in seiner Sündenhöhle verlassen hatte. Da er noch nicht in der Lage war, in jene Welt zurückzukehren, hatte Daniel vor, die Gäste des De Club als menschliche Gefäße für die Adrogs zu benutzen.

Der Präsident ging weiter und folgte der Blutspur zu den Leichen, die in einer Ecke des Raumes lagen. Er sah eine ältere Frau, ein junges Paar, einen grauhaarigen Mann und eine mollige Dame, die so gefährlich aussah wie ein Donut in einem Regal. Ein Stück weiter lagen zwei weitere Leichen, die von Wantanee und Ehab. Unruhig begann der Präsident zu überlegen, was eigentlich los war, und ging vorsichtig zu Daniel. Er hatte in seinem Leben schon viele Radikale gesehen, aber diese Bande passte nicht annähernd in das ihm bekannte Schema.

Daniel rief in die Lounge im ersten Stock hinauf und verlangte, Mara nach unten zu bringen. Moi trommelte in der Zwischenzeit Daniels männliche und weibliche Anhänger zusammen, zog sie von ihren Posten weg und befahl ihnen, sich im Engpasskorridor zu versammeln.

„Ich bin mir nicht sicher, was hier vor sich geht, Daniel", sagte der Präsident.

„Mach dir keine Sorgen. Wir halten uns an den Plan, mehr nicht." Daniel grinste. „Ich glaube, du wirst den nächsten Teil sehr aufschlussreich finden."

Sofort legte Daniel seine Hand auf eine der vielen Fensterscheibe. Augenblicklich beschlug die Scheibe. Der Präsident wich zurück, verwirrt von dieser Magie. Der Frost breitete sich schnell aus und wanderte bis zum Dach. Daniel nahm seine Hand weg und hinterließ einen deutlichen Handabdruck auf dem Glas, während sich der Frost weiter ausbreitete und die gesamte Kuppel bedeckte. In Panik schrien die Geiseln auf. Der Frost verdichtete sich zu dreißig Zentimeter dickem Eis und hinterließ denselben Geruch in der Luft, der in der Höhle des Sarakoma herrschte – ein Geruch, dem die Adrogs folgen würden. Und dort, wo keine Wände waren, fiel das Eis in Platten herab und fror die Flüchtende mit ein.

„Daniel, das ist …"

„Wir haben einen Pakt geschlossen. Es gibt kein Wenn und kein Aber. Du bist das Gesicht der Welt, und ich kontrolliere die Welt. Das ist der Deal!"

Geblendet von seiner zukünftigen Macht, erkannte der Präsident den wahren Kern hinter der Abmachung. Magie! Damit konnte er nicht mithalten! Als er den Ernst der Lage begriff, war er nicht mehr als ein Handlanger, ein Assistent von Daniel geworden. Ja, er würde die Geschichte verändern, aber nicht als der Präsident, der den Weltfrieden brachte. In den Geschichtsbüchern der Zeit würde er als der Präsident bekannt werden, der die Büchse der Pandora öffnete und die weltweite Tyrannei entfesselte. Vom Teufel höchstpersönlich verzaubert, fühlte sich der Präsident übel – noch mehr, nachdem Daniel ihn mit einem satirischen Grinsen anstarrte. Die Gedanken des Präsidenten waren nicht seine eigenen. Er konnte Daniels Stimme in seinem Kopf widerhallen hören. Und alles begann mit einer Abmachung per Handschlag.

Als Daniel als Letzter den Engpasskorridor betrat, schloss sich die Eiswand hinter ihm und isolierte die Geiseln in der Kuppel. Moi steckte den Schlüssel in ein geheimes Schloss hinter einer Wandverkleidung, und ein Teil der Korridorwand hob sich und gab einen metallenen Plattformlift frei. Moi und Daniel stiegen in Begleitung des Präsidenten und Mara ein. Daniels Anhänger warteten gespannt, und Daniel wandte sich an sie.

„Ihr habt alle gut daran getan, mich so weit zu bringen. Ihr habt alle gesehen, dass Kugeln mir nichts anhaben können", schmunzelte Daniel und die Gruppe von Anhängern kicherte leise. „Für die Loyalität, die ihr mir entgegengebracht habt, werdet ihr heute Nacht eure eigene Belohnung erhalten. Um Mitternacht wird ein seltsames Gefühl jeden einzelnen von euch überwältigen. Es ist das Gefühl von Maghora, einem mächtigen dunklen Geist aus einer uralten Ära. Er wird zusammen mit den Adrogs kommen. Die Adrogs werden die Geiseln als ihre menschlichen Gefäße nehmen, und die Maghora wird mit euch verschmelzen. Ihr werdet dann die Anführer der Adrogs werden. Mit dieser Verflechtung kommt die Macht. Ich rate euch, die Verschmelzung zu akzeptieren. Wenn ihr euch widersetzt, wird die Maghora euch auseinanderreißen", äußerte Daniel und nahm die Reaktionen seiner Anhänger zur Kenntnis. „Reichtum und Macht waren mein Versprechen an euch als Kinder, und das ist auch jetzt mein Versprechen an euch. Sobald ich das dreizehnte Fell aktiviert habe, werden eure Stärke und euer Intellekt auf ein Niveau ansteigen, das die Menschheit nicht begreifen kann. Dann werden wir gemeinsam den frevelhaften Schwachsinn, der diesen Planeten zusammenhält, ändern und ihn unter unsere Herrschaft stellen."

Moi drehte den Schlüssel ein weiteres Mal, diesmal im Inneren des Aufzugs. Als die Plattform in den darunter liegenden Bunker hinabfuhr, schloss sich die Wand wieder, und die Anwesenden im Engpasskorridor wurden mit gemischten Gefühlen zurückgelassen. Das einzige Gesprächsthema war die Maghora – ein uralter Geist, der ihnen bis zu dieser Sekunde nie erwähnt worden war. Und nicht alle waren mit diesem Aspekt einverstanden.

42
DIE BOEING

Kurz nachdem die Boeing vom Flughafen Atlanta abgehoben hatte, schaffte es Julie langsam das Drama um ihre Freundin zu verarbeiten. Nach einem langen Gespräch mit Ivana und ihrem Onkel verlief der Rest des Fluges nach Nassau wie geplant.

Mit der Zeit wurde Dr. Hermanow immer gelassener und das Brummen des Flugzeugs verschwand langsam. Doch als der Kapitän den Landeanflug auf den Flughafen von Nassau vorbereitete, wurde er durch das Klingeln des Anschnallzeichens geweckt. Er rieb sich die Augen, warf einen Blick auf Julie, die immer noch schlief, und schob sein Fensterrollo hoch. Er wünschte sich, er hätte sich vor einem Jahr die Augen lasern lassen und griff nach seiner Brille.

„Julie", sagte er und schüttelte seine Nichte, „beeil dich, geh und hol Ivana!"

„Was ist los, Onkel?", regte sie sich.

„Sieh es dir an."

Julie beugte sich vor. „Sind das die, für die ich sie halte?"

„Das sind sie, beeil dich jetzt!"

Julie schlug die Decke beiseite und rannte zum Cockpit.

Einen Moment später kam Ivana mit Julie zurück und setzte sich neben Gareth, während Julie aus dem Fenster auf die gegenüberliegende Seite der Kabine schaute.

„Sie sind hier, genau wie du gesagt hast."

„Sie sind uns schon eine Weile auf den Fersen, Gareth. Ich bin mit den Vorbereitungen fast fertig. Was ist mit Julie? Weiß sie schon, was passieren wird?"

„Noch nicht", antwortete Gareth.

„Dann ist es gut, dass du wach bist, um es ihr zu sagen. Es sei denn, du möchtest, dass ich es ihr erkläre."

„Danke, aber ich denke, das ist eine Aufgabe, die ich selbst erledigen muss."

„Dann denk daran, dass wir nicht mehr viel Zeit haben. Du bist ein bisschen spät dran. Wir haben neue Koordinaten und es sollte nicht mehr allzu lange dauern, bis wir unser Ziel erreichen." Ivana hielt inne. „Gareth, bist du sicher, dass du das willst?" Gareth blickte zu Julie. „Wenn wir das tun, gibt es kein Zurück mehr. Das ist dir doch klar, oder?"

„Wir wissen beide, was uns erwartet, Ivana. Ich kann Julie das nicht durchmachen lassen. Ich habe mein Leben gelebt, mehr als einmal. Unter diesen Umständen werde ich das Risiko eingehen. Ich denke, je weniger Julie davon erfährt, desto besser. Aber ich stehe immer noch zu meiner Entscheidung. Ich möchte, dass Julie mich ablöst. Sie hat sich in fast all' meine Arbeiten eingearbeitet. Den Rest wird sie herausfinden, nachdem ich ihr die Anweisungen gegeben habe."

„Dann lasse ich euch zwei für ein paar Minuten allein. Mehr Zeit habt ihr nicht."

„Für was haben wir nicht mehr Zeit?", unterbrach Julie.

„Um dich in das Familienunternehmen aufzunehmen, Julie", sagte ihr Onkel.

„Ach, das?" Julie erwiderte ein Lächeln von Ivana, als sie aufstand, weil sie glaubte, es ginge um die Geschäfte ihrer Tante Margaret.

„Bin bald zurück", sagte Ivana und ließ sie allein.

„Onkel, was ist hier wirklich los? Du kannst doch jetzt nicht von der Werbeagentur sprechen", flehte Julie.

„Du hast recht, Julie, und das tue ich nicht. Wir sitzen in der Klemme, aber das ist nichts, was wir nicht schon einmal erlebt haben."

„Das ist schon mal passiert?"

„Ich bin ein Abenteurer, Julie. Ein Entdecker, weißt du noch? Und egal, wie oft ich versucht habe, dich von meinen Unternehmungen fernzuhalten, bist du immer hartnäckig gewesen, stimmt's?", sagte ihr Onkel, stand von seinem Platz auf und hielt für ein oder zwei Sekunden inne, während er die dreizehnte Tierhaut, das Hauptelement, in seine Hose stopfte.

„Onkel, was machst du da?"

„Es ist zur sicheren Aufbewahrung."

„Ja, okay, aber ..."

„Was auch immer zwischen jetzt und unserer Landung passiert, Julie, am Wichtigsten ist, dass du dir die genaue Stelle merkst, an der dieses Flugzeug hält."

„Was ist los, Onkel? Was hat Ivana zu dir gesagt, das dich so ungeduldig macht?"

„Julie, hör mir gut zu. Wir haben nicht viel Zeit für Erklärungen, also muss ich mich kurz fassen." Julie begann besorgt zu schauen. „Du sagst, dass du meine Arbeit gelesen hast."

„Das habe ich. Jeden Bericht. Oftmals."

„Nicht alles. Es gibt ein Buch, ein verschlüsseltes Buch. Das eines Zeitwächters, Julie, das ist es nämlich, was ich bin." Julie öffnete den Mund, um zu sprechen, aber ihr Onkel unterbrach sie mit einer kleinen Geste. „Hör einfach zu!", befahl ihr Onkel.

„Wenn mir etwas zustoßen sollte, was nicht der Fall sein wird, wird dir deine Tante Margaret dieses Buch zusammen mit ein paar anderen Dingen geben. Zur Sicherheit werden sie im Haus weggeschlossen und nicht in der Wohnung aufbewahrt. Sie sind uralt und irgendwie magisch. Falls wir, aus irgendeinem Grund, getrennte Wege gehen müssen, mach dir keine Sorgen. Geh zurück zu Tante Margaret. Sie war immer mein Fels in der Brandung. Sie kennt sich aus. Sie hat es sich nur nie anmerken lassen. Sie wird sehen, wer du geworden bist, wenn sie dir in die Augen sieht. Wenn du das Buch hast, beginne wieder mit deinen Hausaufgaben und entschlüssele diese Codierungen. Die Punkte werden sich zusammenfügen und du wirst den Sinn dieses Augenblicks verstehen."

„Onkel, du machst mir Angst."

„Ich mache mir auch ein bisschen Angst. Du wolltest doch ein Abenteuer, Julie. Heute hat sich dein Wunsch erfüllt."

Julie war unruhig. „Aber ich verstehe nicht ..."

„Das wirst du ... alles zu seiner Zeit." Gareth nahm ihre Hand in seine. „Also, vertraust du mir?"

„Das ist eine dumme Frage. Du weißt, dass ich es tue. Ich vertraue dir mit meinem Leben."

„Das ist eine gute Antwort. Denn genau das ist es, was du jetzt tun musst, Julie." Ihr Onkel hielt inne und sah an sie vorbei. Julie warf einen Blick über die Schulter und sah Ivana, die mit drei Spritzen in der Hand auf sie zukam. „Du musst Ivana dein Leben anvertrauen, so wie du es mir anvertraust." Die Augen ihres Onkels leuchteten vor Freude auf. Er lächelte seine Nichte an, denn er wusste, was vor ihr lag.

„Aber ..."

„Du wirst das abenteuerlichste, furchterregendste, aber auch unglaublichste Leben vor dir haben", sagte er und strich mit seiner Hand über ihre Wange.

„Onkel ...", murmelte Julie mit einem Ausdruck der Unsicherheit.

„Komm Julie", sagte Ivana. „Setz dich aufrecht auf deinen Platz und kremple deinen Ärmel hoch."

„Das ist mein Geschenk für dich", sagte ihr Onkel mit sanfter Stimme. „Wir wollen doch nicht, dass du so endest wie Aria oder Neil, oder?"

Nervös starrte Julie auf die grüne Flüssigkeit in der Spritze. Nachdem sie ihrem Onkel gesagt hatte, dass sie ihm ihr Leben anvertraute, hielt sie es für das Beste, nicht zu fragen und schwieg. Während ihr Onkel sie mit seinem Lächeln tröstete, schlug Julies Herz schneller, als Ivana sich auf den Boden kniete und ihren Arm ergriff. Julie drehte ihr Gesicht zur Seite, als sie den Stich einer Nadel spürte, und sah den Kapitän, welcher ein paar Sitze weiter saß. Ivana spritzte die Flüssigkeit in Julies Vene.

Ihr Onkel beugte sich vor. „So, jetzt wird alles gut", sagte er und streichelte ihre Stirn, während sie einschlief.

„Sind wir bereit, Ivana?", fragte der Kapitän.

„Ja", antwortete sie, reichte ihm eine Spritze und behielt die letzte für sich.

„Dann ... es war mir ein Vergnügen, Gareth", sagte der Kapitän und schüttelte seine Hand.

„Das Vergnügen war ganz meinerseits. Kümmert euch gut um sie."

„Das werden wir", antwortete Ivana und setzte sich auf den Platz neben seiner Nichte.

Ivana und der Kapitän injizierten sich selbst, während das Flugzeug mit dem Autopiloten einen vorgegebenen Kurs einschlug. Dr. Hermanow überprüfte den Puls seiner Nichte. Ihr Herzschlag verlangsamte sich, und das würde er auch weiterhin tun, bis er schließlich aufhörte. Er gab Julie einen

Abschiedskuss.

Als alle zur Ruhe kamen, eilte Dr. Hermanow zum hinteren Teil des Flugzeugs und schnallte sich fest an. Die Sauerstoffmasken fielen über allen Sitzen herunter dank Vorsorgeprogrammierung des Kapitäns. Er schnallte sich die Maske auf das Gesicht und befolgte die Anweisungen auf der Notfallkarte. Er riskierte sein Leben und seinen Tod und murmelte ein Gebet, in dem er versprach, dass er, wenn er überlebte, nicht mit seinem Geld knausern würde und seine Frau sich auf der Königsallee alles kaufen könnte, was auch immer sie wollte.

Die Kampfjetpiloten, die den Boeing-Jumbojet nach Nassau eskortierten, waren über ihre Beobachtungen verwundert und meldeten dem Militärpersonal am Boden die seltsamen Bewegungen per Videoaufnahmen. Verdutzt verfolgten die Piloten nervös weiter, wie die Boeing vom Kurs abkam und auf bergiges Gelände zusteuerte.

43
DER BUNKER

Nach einer kurzen Fahrt hinunter in den unterirdischen Bunker, in welchem ein Tresorraum einen von Daniels Männern vor vielen Jahren beschlagnahmten Sarkophag beinhaltete, stieg Daniel aus dem Aufzug und betrat den Konferenzraum. Es folgten ihm Mara und der Präsident.

„Macht es euch bequem. Ihr werdet noch eine Weile hier bleiben", sprach Daniel sie an.

Moi trat als Letzte heraus und betrachtete aufmerksam den länglichen, mit einem Teppich ausgelegten Bunker; mit Plüschmöbeln, die den glatten Stahlwänden eine zarte Weiche verliehen. Vor ihr befand sich ein Besprechungstisch mit dreizehn Sitzplätzen. Dieselbe Anzahl an Plätzen wie die Anzahl der Tierhäute im Ensemble. Der Tisch war für eine Besprechung vorbereitet worden, mit Stiften, Blöcken und Wassergläsern, alles in Gold veredelt. Aufgestellt in kompletter Symmetrie mit allen Sitzplätzen. Moi drückte die Wahltaste an einem der beiden Konferenztelefone, die an den gegenüberliegenden Tischenden platziert wurden. Die Leitung war tot. Daniel grinste sie an.

Eine Reihe von zehn Monitoren war bündig in die Wand

eingelassen und zeigte eine Live-Übertragung der aktuellen Aktivitäten inner- und außerhalb des Hotels, des Clubs und des Spas, welche jetzt, mit Ausnahme der Kuppel, von Menschen geräumt war. In der Kuppel waren die Geiseln hysterisch, verbrannten Möbel, versuchten, die sinkende Temperatur zu erhöhen und sich einen Weg nach draußen zu graben. Im Engpasskorridor waren sich Daniels Anhänger uneinig. Einige versuchten die Brandschutztüre aus Metall, die zur Lobby führte, aufzubrechen, während andere geduldig auf die Ankunft der Maghora warteten.

„Jetzt werden wir sehen, wer sich einen Platz am Tisch verdient", lachte Daniel. „Moi, komm mit mir."

Moi folgte Daniel und warf Mara einen Blick zu, welche zum hinteren Teil des Raumes schlenderte.

„Und was passiert jetzt? Mit Mara, meine ich. Und eigentlich auch mit mir", fragte Moi und blieb an der Tür des Tresorraums stehen, außerhalb der Sichtweite von Mara und dem Präsidenten.

„Nichts, na ja, nicht vor Mitternacht", sagte Daniel süffisant und hielt die Hand nach dem Schlüssel aus.

„Was heißt das?"

„Genau wie die Maghora, die sich mit unseren Leuten verflechten wird, gibt es eine Seele, die zu mir kommen wird – die meines Vaters. Nachdem seine Verwandlung abgeschlossen ist, wird er einen Körper brauchen.

„Mara", sagte Moi, „warum sie? Ich hätte doch jede von Hundert anderen dafür besorgen können?"

Daniel blickte finster drein und drehte den Schlüssel in der Tresortür. „Sie ist anders!"

„Und ich? Du hast mir Unsterblichkeit versprochen."

Daniel stieß die Tür auf und Moi erblickte den Sarkophag im Inneren des Raumes.

„Bleib lieber zurück. Du willst nicht in der Nähe sein, wenn das passiert", warnte Daniel.

„Du hast meine Frage nicht beantwortet, Daniel."

„Du Moi, du wirst mir Kinder gebären." Daniel ging hinein und schloss die Tresortür hinter sich.

Ohne eine Chance zu reagieren, war Moi wütend über Daniels absurde Ankündigung. Sie hatte ihm ihr Leben anvertraut, in der Annahme, dass sobald sie es durch das Fuzidon geschafft hatten, sie sich zurücklehnen konnte, um die Beute ihres gewaltigen Reichtums in dieser Welt genießen. Sie war Niemandes Eigentum und keine, die sich einfach so einem solchen Plan beugen würde. Prompt, ohne einen Moment zu zögern, stürmte Moi durch den Konferenzraum. Sie ergriff Maras Hand und zerrte sie zum Speiseaufzug, im Glauben, dass er in die Küche hinauf führt.

„Steig ein!", befahl sie. „Charmaine wartet auf dich."

„Wer?" Mara schaute verwirrt.

„Ich rette dich, und jetzt geh rein, verdammt!", wiederholte Moi. Mara tat eilig, was ihr gesagt wurde, als der Präsident auf sie zukam.

„Was macht ihr da?", fragte er neugierig.

„Siehst du das ..." sagte Moi und deutete auf die Monitore, im Bewusstsein, dass Daniel die Handlungen des Präsidenten spüren konnte.

Der Präsident drehte sich zu den Monitoren. Moi holte schnell das Messer aus der Tasche und stach dem Präsidenten in den Nacken, direkt unter den Schädel. Sie zerrte ihr Messer einmal nach oben und dann nach unten, und der Präsident sackte in die Knie, sein Kopf baumelte mit Blick zum Boden. Moi quetschte sich eilig neben Mara in den Speiseaufzug.

„Vertraue niemandem, Mara, hörst du! Niemandem!", sagte Moi und drückte den Aufwärtsknopf.

„Auch nicht Charmaine?", fragte Mara.

„Sobald du sie triffst, kannst du das selbst entscheiden."

Zusammengepresst im Speiseaufzug erinnerte sich Moi an Charmaines unerwartete Erscheinung, als Daniel damit beschäftigt war, Donahkhamoun im Fuzidon zu begrüßen. Im Inneren des Range Rover hatte sie sich umgedreht und dem Eindringling, der sich auf den Rücksitz hingesetzt hatte, das Gesicht zugewandt. „*Er wird dir Unsterblichkeit schenken*", hatte sie gesagt und ließ ihre Bettlerhaube fallen. „*Aber nur, um hier im Fuzidon zu leben, während Daniel sein Leben in den äußeren Welten leben wird, frei von Belastungen, um zu tun, was ihm gefällt. Du wirst am Ende nichts weiter sein als ein Knecht für die Ewigkeit, ein Sklave seiner Sache. Das ist das wahre Ausmaß des Versprechens meines Bruders an dich*", hatte Charmaine gesagt und ihre wahre Identität offenbart. Nach diesen Worten schlossen die beiden einen Pakt. In Erwartung ihres Schicksals und des Schreckens, den sie selbst verursacht hatte, wurde Moi von Minute zu Minute unruhiger.

Der Speiseaufzug hielt am oberen Ende an und die Luke öffnete zu einer kahlen Wand. Verärgert über Daniels Ideologie und mit dem Wissen, dass ihr Pakt mit Daniels Schwester bald auslaufen würde, hämmerte Moi mit dem Kolben ihrer Pistole gegen die Gipswand und schaute durch das Guckloch.

„Tritt zu, Mara!", rief sie.

Bald stiegen die beiden zur Küche hinaus, die zum Personalparkplatz führte. Wachsam verließen die beiden Frauen das Gebäude, hielten sich bedeckt und schlichen zwischen den Fahrzeugen hindurch, während sich die Soldaten, verwirrt von den Eiswänden, versammelten und Strategien ausheckten. Moi kletterte über die Mauer am anderen Ende des Parkplatzes und lief ein Stück weiter, um das erstbeste Fahrzeug zu stehlen, das sie sah und in dem die Schlüssel steckten – Andys

Polizeimotorrad.

„Spring auf!", schrie Moi, als sie den brüllenden Polizisten erblickte, der auf sie zulief. „Shit! Das wird knapp, Mara", sagte Moi und startete das Polizeimotorrad. „Also halt dich gut fest!"

„Hey, halt!", schrie Andy und feuerte Warnschüsse in die Luft ab, während Moi davonfuhr.

Im Tresorraum, der ähnlich groß wie der Konferenzraum war, betrachtete Daniel den deckellosen Sarg aus dem Jahre 1348 v. Chr. Ein plötzliches Hochgefühl überwältigte ihn. Er besaß eine börsennotierte Bankgesellschaft. Er war ein Immobilienmagnat, Hotelier und besaß eine Flotte von Yachten. Er besaß Luxusautohäuser, eigene Juweliere und handelte mit dem Militär auf allen Kontinenten. Er hatte Hunderte von Politikern in der Tasche und es war ihm gelungen, das Weiße Haus zu infiltrieren und den Präsidenten selbst so zu manipulieren, dass er eine wichtige Rolle in seinem ausgeklügelten Plan spielte. Und die ganze Zeit über blieb er in dieser Welt anonym. Mit dem Präsidenten als Frontmann, dem fast vollständigen Ensemble der Tierhäute, einer zehntausendköpfigen Arbeiterliste und der Formel zur Produktion seiner LIX-Droge, war dies der Beginn seines neuen Abenteuers. Daniel, der gerade sein Alleinsein genoss, streckte seine Hand aus und spielte ein Rollenspiel.

„Deal or no deal!", sprach er zu sich selbst und brach in hysterisches Gelächter aus. Er war ein Genie, der beste Dealmaker, den die Welt je gesehen hat!

Als er den Sarkophag betrat, kam ihm ein flüchtiger Gedanke in den Sinn. Er hatte sich einen Platz in der Hierarchie verdient. Der morgige Tag sollte seine Krönung werden. Mit einem teuflischen Grinsen im Gesicht ließ er sich in dem Sarkophag nieder und begann, mit der Hand über die glatte Oberfläche der Innenverkleidung zu streichen. Seine Berührung löste eine

Reaktion aus, und die Buchstaben begannen, Worte zu bilden, die die Innenverkleidung des Sarkophags verbrannten.

Unklar über die Bedeutung murmelte er die unbekannte Worte: „Moudan etri sabala, briu de kinta myja …" Und er hielt inne, als er einen Namen erscheinen sah. „Donahkhamoun?"

Die magische Substanz, die ihn als Jungen innerhalb des Tunnels gefangen gehalten hatte, zog sich schnell von den Rändern über den offenen Sarg und bildete eine klebrige Barriere. In seinem Zorn sprang Daniel auf und zerrte an dem Gel, das ihn in dem Sarkophag einsperrte und ihm seine Kraft beraubte.

„Du Bastard!", schrie er wütend und schlug in einen Wutanfall wie ein zweijähriger Junge um sich.

Aber bald darauf beruhigte sich Daniel wieder. Im Besitz eines Geheimnisses, von dem Niemand wusste, akzeptierte Daniel seine Straflektion. Obwohl er in diese Falle gelockt worden war, würde Daniel kurz nach Mitternacht von seinem Komplizen befreit werden – da war er sich sicher!

44
DIE HARTE WAHRHEIT

Mit Gedanken an Tofis Mord; an Geistern, die sie in De Club gesehen hatte und an das Gespräch mit einer weinenden Sandy am Straßenrand, fand sich Tina in einer angespannten Situation wieder. Als sie sich Reds Haus näherte, beschloss sie, lieber nicht direkt vor seiner Haustür anzuhalten und folgte an der Abzweigung vorbei weiter der Hauptstraße, um von dort aus zu Red Haus hinunterzugehen.

Rechts von ihr, in kurzer Entfernung zum Haus, bemerkte sie ein Auto, das in einer Lücke zwischen einigen Bäumen geparkt war. Die Auspuffgase stiegen in die Luft und die Scheiben waren vom Zigarettenrauch darin beschlagen. Aber der Ort war als „Liebesnest" bekannt, und sie schenkte dem Auto keine weitere Beachtung. Sie bremste auf Schrittgeschwindigkeit herab und schaute noch einmal in die Rückspiegel. Aber die Nacht war still, und hinter ihr war nichts zu sehen, außer der Reflexion der Straßenlaterne auf dem nassen Asphalt. Tina fuhr den Bordstein hinauf auf das nasse Gras und parkte den Rolls. Für den Fall, dass sich die Dinge zum Schlechten wenden würden, ließ sie den Autoschlüssel im Zündschloss stecken und versteckte ihre Tasche unter dem Beifahrersitz, um schnell verschwinden zu können.

Sie trat nach draußen und ging hinunter zu den zehn Meter entfernten Büschen, wobei sie auf das leuchtende Haus zusteuerte. Doch in ihrer Eile rutschte sie auf dem grasbewachsenen Abhang aus und ließ dabei Tofis Waffe fallen. Die Hunde spitzten die Ohren, als sie das Knacken von Zweigen und das Rascheln von Büschen hörten, und rannten auf den Hügel zu, um nach Eindringlingen Ausschau zu halten. „Wuff, wuff", brummten die Hunde und flitzten durch das Gebüsch.

„Scheiße", fluchte Tina und kratzte den Schlamm von ihrer Hose. „Was zum Teufel mache ich hier?", murmelte sie. Prompt klopfte Tina auf ihre Oberschenkel und rief damit die Hunde zu sich. „Brave Jungs", sagte sie. Als sie ihre Stimme erkannten, hörten die Hunde auf zu bellen und Tina ging zurück, um die Waffe zu suchen. Ben schloss sich ihrer Suche an, weil er dachte, es sei alles nur ein Spiel. „Pssst, seid still!", sagte sie und beschloss, die Hunde im Auto einzusperren. „Los, steigt ein!"

Kurz danach fand Tina die Waffe und machte sich dann vorsichtig auf den Weg den Abhang hinunter. Sie suchte Schutz unter den überhängenden Ästen und hockte sich hin, um das Treiben in Reds Haus zu beobachten, das beleuchtet war wie ein Goldfischglas. Sie sah Ehabs Auto, das am Erkerfenster vor der Hecke am Ende der Einfahrt geparkt war, völlig zerbeult. Nun verstand Tina, warum Ehab mit einer Cobra in De Club ankam.

„Hmm, da bist du ja", murmelte Tina, als Jade aus der Musiknische heraustrat und in Sicht kam. Sie war es, dieselbe Frau, die auch Tofi in seinem Büro fertig gemacht hatte. Neugierig beobachtete sie, wie Jade zum Essbereich hinüberging und sich mit Red unterhielt, der vor dem Fenster stand und ihr etwas vorlas. Sie beugte sich über den Tisch und nahm die ungeöffnete Weinflasche und den Korkenzieher, die zwischen Pizzaresten, halbleeren Gläsern und Bierflaschen herumstanden. Sie sagte etwas, das Red zum Lächeln brachte, und ging dann quer durch den Raum, wobei sie in ein verspieltes Lächeln verfiel, als sie Red den Wein reichte. Sie dimmte das Licht und schaltete den Fernseher auf *Stumm*. Sie ließ ihre Jacke von den Schultern gleiten, legte sie über die Rückenlehne der Couch und begleitete Red vor den Ambiente-Kamin.

So sehr Tina auch in Panik gewesen war, um Red zu erreichen, fühlte sie sich gerade wie eine Idiotin, die ihren Kumpel ausspioniert. Sie begann, Tofis Anweisungen in Frage zu stellen. Zögernd beschloss sie, noch ein paar Minuten zu warten, mehr aus Neugierde als aus Notwendigkeit.

„Tanz mit mir, Red. So wie früher", bat Jade. Sie öffnete die obersten Knöpfe ihrer Bluse und lockte Red zu sich. „Ich möchte nur deine Hände auf meinem Körper spüren, das ist alles."

Red erinnerte sich an das letzte Mal, als sie zusammen getanzt hatten. Es war in ihrer Wohnung in Manhattan, an dem Abend, an dem sie sich für das Abendessen zur Feier ihres Hochzeitstages fertig gemacht hatten. Die Nacht, in der sich ihr Leben für immer veränderte.

„Ich habe etwas, das dir gehört", sagte Red und dachte an ihre Halskette.

Sie lächelte anzüglich und zog ihn zu sich heran. „Halt mich einfach", flüsterte sie in sein Ohr und legte ihren Kopf auf seine Schulter.

Red gehorchte. Der Moment war tröstlich, doch das Timing war es nicht. In seinem Kopf ging zu viel vor sich, als dass er sich hätte entspannen können. Er fühlte sich schuldig, weil Marco im Keller intensiv am Arbeiten war. Doch Marco war ein IT-ler und Red würde eher ein Hindernis als eine Hilfe sein. Sie hatten ausgemacht, wieder zusammenzukommen, nachdem Marco Hermanows Flug umgeleitet und sich in das Weiße Haus gehackt hatte. Und so gab Red Jades Charme nach. Außerdem würde sein Cousin im Handumdrehen aufstehen und ihm Bescheid geben, wenn es etwas Dringendes gäbe.

Aber für Red fühlte sich ihre Umarmung seltsam an. Wenn er in Jades Augen sah, waren sie nicht so warm und einladend wie vorher in dem Scheunenhaus, als sie sich an den Händen hielten und sich gegenseitig ihre Trauringe zeigten. Heute Abend wirkten Jades Augen distanziert und stumpf. Aber sie war hier, in seinen Armen, wie Donahkhamoun es versprochen hatte. Vielleicht war es die Plötzlichkeit ihres Erscheinens und seine gemischten Gefühle für Sandy, die ihn verwirrten. Er blickte zu ihrer Hand, wo er den Diamanten erblickte, an der Stelle des goldenen Ringes, den er ihr angelegt hatte. Nicht sicher, was er sagen sollte, fragte er nach ihrer Tochter.

„Was ist mit Mara, Jade?", fragte Red.

„Mara? Sie ist in Prag. Wir holen sie morgen ab."

„Und Jack ..."

„Psst, Red, bitte ... versuch, den Moment nicht zu verderben. Halte mich noch eine Weile, dann können wir über alles reden, was du willst", murmelte Jade und zog Red zurück in ihre Arme.

Aus dem Busch heraus hatte Tina genug gesehen, um zu erkennen, dass es ein großer Fehler war, hier zu sein. Wollte sie das Wiedersehen ihres besten Freundes mit seiner lang verschollenen Frau stören, nur um zu sagen, dass sie Geister gesehen hatte? Das wäre doch grausam und dumm. Und was das Überbringen der Nachricht bezüglich Tofi anging, so war dies weder der richtige Zeitpunkt noch der richtige Ort. Das war Sache für die Polizei. Red würde es früh genug herausfinden, wie alle anderen auch. Tina glaubte, dass genau wie Sandy von

Emotionen geleitet war, auch sie selbst vom Wunsch eines sterbenden Mannes in den Strudel gezogen worden war, obwohl sie sich eigentlich auf ihr eigenes Problem hätte konzentrieren sollen – die Mafia! Ihr früheres Leben hatte sie wieder eingeholt. Red wird morgen noch da sein, aber sie vielleicht nicht!

Aus Angst, dass jemand in ihrer Wohnung sein könnte, wenn sie nach Hause ging, beschloss Tina, die Turteltäubchen allein zu lassen und Ehab um Hilfe zu bitten. Wenn Moped Tofi die Halskette gegeben hatte, um sie ihr zu schenken, dann musste es in seinem Haus, vielleicht in seinen Büchern, Hinweise darauf geben, was es war. Ehab würde verstehen, womit sie es zu tun hatte. Er hatte die Magie auch gesehen. Sie würde ihn bitten, mit ihr in Mopeds Haus einzubrechen und ihr zu helfen, es herauszufinden. Dann könnte sie noch fragen, was bei seiner Mission mit Donahkhamoun passiert ist. Vielleicht würde das etwas Licht in ihr Dilemma bringen, dachte sie. Am nächsten Morgen, wenn das Reisebüro in der Stadt öffnete, würde sie bar bezahlen und das erste Kreuzfahrtschiff von der Insel nehmen, um den Mafiosi zu entfliehen, die ihr auf der Spur waren. Tina beschloss, dass dies ein realistischerer Ansatz war, verließ ihr Versteck und rief Ehab an.

In der Zwischenzeit hatte Marco im Keller einen alten Code umgeschrieben, die IP-Adresse verschlüsselt und die Sicherheits-Firewalls des Pentagon und des Weißen Hauses geknackt. Nachdem er sich Zugang zu streng geheimen Dateien verschafft und sich in den Militärfunk eingeklinkt hatte, erfuhr er zu seinem Entsetzen, dass sich der Präsident auf der Insel, in De Club, aufhielt, und dass der Club abgeriegelt war. Nachdem er bereits zehn Seiten Notizen gekritzelt hatte, bereitete ihm eine Sache Kopfzerbrechen. Er hatte erfahren, dass Dr. Hermanow und Julie sich an Bord eines Flugzeugs befanden, das von Kampfjets eskortiert wurde und um Mitternacht in Nassau ankommen sollte, und nicht um drei Uhr morgens, wie Julie auf ihrer Reiseroute angegeben hatte.

Der Versuch, den Kapitän der Boeing zu erreichen, war erfolglos geblieben. Was eigentlich die einfachste Aufgabe sein sollte, erwies sich als unmöglich. Nach erschöpfenden Bemühungen rief Marco Ivana mit der Bitte um Hilfe, an. Aber auch sie war nicht zu erreichen. Dann rief er Sarah an, die Flugadministratorin der Zentrale.

„Sie hat drei Tage frei, Marco. Wir haben sie in Atlanta abgesetzt", erklärte ihm Sarah.

Es war, gelinde gesagt, ein Zufall, dass der außerplanmäßige Zwischenstopp dort stattfand, dachte Marco. Da niemand im Büro für Marcos absurde Wünsche empfänglich war, ohne nicht zuerst das Protokoll durchzugehen, fand sich Marco mit der Tatsache ab, dass er Ivana eine E-Mail und eine SMS schicken musste. *Ivana, ruf mich zurück. Es geht um Leben und Tod. Ich brauche Hilfe!* Als die neue Ankunftszeit immer näher rückte, rief Marco Rasta an, um Dr. Hermanow und seine Nichte früher als geplant am Flughafen abzuholen. In der Zwischenzeit wartete Marco am Telefon, setzte seine Arbeit fort und druckte alle relevanten Informationen aus, um sie später mit Red zu besprechen. Und zum x-ten Mal versuchte er, die Route der Boeing umzuleiten.

Draußen im Gebüsch hatte Tina ebenso Probleme, eine Verbindung zu Ehab herzustellen. *„Wir können Sie leider nicht verbinden. Bitte versuchen Sie es später noch einmal."* Sie versuchte erneut, ihn über das Telefon der Bardame in der VIP-Bar, über Dave in der Lobby-Bar und über die Russhells auf ihren Handys zu erreichen. Jedes Mal erhielt sie die gleiche Antwort. Da sie nicht wusste, dass alle Kommunikationskanäle innerhalb und außerhalb des Clubs abgeschnitten waren, beschloss sie, allein weiterzumachen. Doch als sie sich ins Freie begab, sah Tina zwei Männer in Anzügen, die mit Pistolen unter ihren Jacken die Straße überquerten. Eilig ging sie in Deckung und beobachtete die Männer, die aus Richtung des „Liebesnests" kamen. Ihr stockte der Atem und ihr Magen kribbelte, als würden Schmetterlinge darin aufsteigen. Sie schaltete ihr Handy auf lautlos, versteckte sich wieder und beobachtete die Männer aus der Ferne. Der dünnere der beiden inhalierte seine Zigarette, während der dickere Mann mit dem aufgeblähten Bierbauch und dem geplatzten Hemdknopf sich über die Verschmutzung seiner Schuhe beschwerte, während er zur Beifahrertür des Rolls ging.

„Du weißt, wem das Auto gehört, oder?", sprach der dünnere Mann.

„Ja, das weiß ich, aber warum ist es hier? Ich dachte, man hätte sich um ihn gekümmert", sagte der dicke Mann und spähte in das Beifahrerfenster. Die Hunde sprangen bellend von den Sitzen, und der Mann zuckte zurück und schlug instinktiv gegen die Scheibe. „Brrr, ihr kleinen Scheißer!" Er nahm sein Handy und rief Tofis Killer an, der mit seiner Crew am Flughafen wartete. „Hey, ich bin's."

„Was gibt's, Motherfucker?" Der Killer lachte.

„Wir warten immer noch. Ich habe eine Frage an dich. Hast du Tofi getötet oder nicht?"

„Warum fragst du?"

„Ich stehe bei seinem Auto in der Nähe des Hauses von dem Typen."

„Er ist tot, das kann ich dir versichern ..." Er hielt inne. „Sein Auto, sagst du?"

„Ja, der weiße Rolls, der immer vor dem Haupteingang parkt."

„Ja, das ist seiner." Tofis Mörder hielt wieder inne. Die Mappe, die blutigen Schuhabdrücke und die Frau, die sich die

Schnürsenkel zubindet, schossen ihm durch den Kopf. „Oh, diese verdammte Schlampe!"

„Wer?"

„Die Frau, die das Straßenkind hatte …", riet er.

„Aus Orange Grove, denkst du, sie ist es?"

„Ja."

„Nee … sie ist doch ein Nichts, harmlos wie eine Fliege. Die Cops waren den ganzen Tag an ihr dran und wir kommen gerade von dort. Sie stellt für niemanden eine Bedrohung dar."

„Wenn sie es nicht ist, dann ist es diese verdammte Schlampe, die mich im Club ausgetrickst hatte." Der Gangster fluchte. „Und wenn sie diejenige ist, die das Auto genommen hat, dann wette ich, dass sie diejenige ist, die in dieser CIA-Akte steht."

„CIA-Akte?", wiederholte der Mann.

„Shit!", flüsterte Tina.

„Attlee ist ein Auftragskiller. Geht besser runter und klärt die Sache. Daniel ist im Club und wir haben keine Zeit mehr, um herumzualbern", sagte Tofis Killer.

Schnell gingen die Männer den glitschigen Abhang hinunter, wobei sie sich an Ästen festhielten, um sich den Weg durch das Gebüsch zu bahnen. Verstohlen verfolgte Tina die Bewegungen der Männer mit ihrer Waffe, aber sie traute sich nicht, die Waffe zu entsichern, aus Angst, gehört zu werden. Der Mann erwähnte eine CIA-Akte mit ihrem und Reds Namen darin. Als sie Red und Jade ansah, die sich immer noch umarmten, fragte sie sich, ob Red in denselben Komplott verwickelt war wie sie und sich ebenfalls versteckt hielt.

Als die Männer auf die Einfahrt traten, wurden sie durch das Geräusch eines Fahrzeugs alarmiert, das sich von der unbeleuchteten Schotterstraße näherte. Sie eilten über die Einfahrt, gingen hinter dem verlassenen Motorboot in Deckung und richteten ihre Waffen auf die näher kommenden Lichter in der

Ferne. Tina nutzte die Gunst der Stunde und rannte zu Reds Haustür. „Red, lass mich rein! Lass mich rein!", schrie sie wiederholt und hämmerte heftig gegen die Tür, als sie verschlossen war.

Zur selben Zeit als Tina schrie, verschwanden die Autolichter und die Männer eröffneten das Feuer auf sie. Unerwartet schoss Tina zur Verteidigung zurück und traf den dünneren Mann. Der Mann stolperte und seine Waffe löste sich, als er zu Boden ging, wodurch er sich selbst in den Bauch schoss. Der dicke Mann ging schnell an der Hausecke in Deckung, unfähig, seinem verblutenden Kameraden zu helfen.

Tina rannte zum Erkerfenster, um Hilfe zu holen, und war fassungslos. Sie musste mit ansehen, wie Jade ein Messer aus Reds Rücken zog und ansetzte, um erneut zuzustechen. Tina hob ihre Waffe, aber die Kugel des dicken Mannes streifte ihr Bein, und sie war gezwungen, vor Ehabs Auto in Deckung zu gehen. Der dicke Gangster kam näher und hielt Tina mit sporadischen Schüssen vor der Hecke am Ende der Einfahrt in Schach. Tina registrierte seine Bewegungen und schaute zu Red, der sich gegen Jades aggressive Angriffe wehrte. Sie war stark und schnell und griff nach Reds Schusswaffe, die auf dem Beistelltisch lag.

Tina zielte, um zu schießen, aber Red sprang über die Couch und blockierte ihre Schusslinie, woraufhin sie die Waffe zurückzog und sah, wie Reds Wucht ihn und Jade auf den Küchentisch schleuderte und alles zu Boden warf, was darauf stand. Tina blickte zurück zu ihrem Angreifer, der sich ihr näherte. Sie zielte erneut auf Jade, um einen sauberen Schuss abzugeben, während Red mit ihr auf dem Boden kämpfte. Mit einem Auge verfolgte Tina ihren Angreifer, und hielt ihre Waffe fest, als Red Jade über seine Schulter warf. *Peng! Peng!* Zwei Schüsse wurden abgefeuert. Aber der dicke Mann schoss einen

Tick früher, wodurch Tina aufschreckte und ihre Kugel vom Kurs abkam und durch das Erkerfenster flog, um dann durch die Terrassentür wieder auszutreten. Beide Glasscheiben zersplitterten innerhalb einer Sekunde.

„Scheiße", fluchte Tina.

Der dicke Mann nutzte die Situation und bewegte sich weiter vorwärts. Tina wechselte heimlich ihre Position von der Vorderseite des Autos zur Seite. Vorsichtig, um nicht entdeckt zu werden, veränderte sie den Winkel des Seitenspiegels des Autos. Zur gleichen Zeit, als Tina ihren Angreifer ausmachen konnte, sah sie im Spiegelbild Red, der gerade dabei war, chirurgisch aufgeschlitzt zu werden, bevor Red gerade noch Jades Handgelenk verdrehte und sie zu Boden fallen ließ; nur um einen Moment später umgeworfen und in einen Würgegriff genommen zu werden.

„Töte sie!", schrie Jade den dicken Mann draußen an.

„Jade, hör auf!", schrie Red.

„Ich bin nicht deine verdammte Jade. Ich bin Brianna!", brüllte sie. „Alle meine Pläne wurden in New York vermasselt, als Jade in die Limousine gezogen wurde. Und jetzt … wo ist dein Cousin, diese Fotze? Er ist der Nächste!" Sie grinste und rammte sofort das Messer in Reds Schulter. Im Gegenzug rammte Red eine Glasscherbe in Briannas Seite. Sie blickte ihn gleichgültig an. „Töte sie! Sie wird sich sonst aus dem Staub machen", schrie Brianna den dicken Mann erneut an, während sie sich streckte, um Reds Pistole zu greifen.

Der dicke Mann trat vor und gab ein paar ziellose Schüsse dem Auto ab. Tina überlistete ihren Angreifer, rannte aus ihrem Versteck hinter dem Wagen, stürzte nach vorne und stieß ihn in die Hecke. Wutentbrannt sprang sie durch das Erkerfenster und rannte durch das Haus, wobei sie schrie, als sie sah, wie Brianna Reds Waffe auf sein Gesicht richtete. Tina feuerte und schoss alle Kugeln ihrer Pistole auf Brianna ab. Wieder auf den Beinen, schlug der dicke Mann zurück und feuerte auf Tina, als er das Haus betrat. Tina ging in Deckung. Doch zur Überraschung des Angreifers nahm Red Brianna die Waffe ab und erschoss den dicken Mann.

Einen Moment später, als Red hinter sich mehrere Schritte auf zerbrochenem Glas wahrnahm, stieß er Briannas Leiche von sich und sprang mit der Waffe in seiner Hand taktisch klug auf die Beine.

„Du!", schrie Red.

„Leider, ja."

„Ehab sagte, es sei vorbei! Was soll das alles?", wütete er.

„Da könnten noch andere sein, Red. Ich habe vorhin Scheinwerfer gesehen", stieß Tina hervor.

„Glaube mir, Tina. Niemand sonst folgt uns."

Red holte ein neues Magazin und eine zweite Waffe aus seiner Schublade. „Ehab hat gesagt, du bist Moped. Und, bist du es?", platzte Red heraus und bemerkte Donahkhamouns Ring.

„Er ist Moped! Glaube mir, Red, ich weiß es. Ich habe gesehen, wie er sich verwandelt hat", betonte Tina.

„Und?", fragte Red und lud seine Schusswaffen, darauf bedacht, die Sicherheitskontrollen draußen durchzuführen.

„Es ist eine lange Geschichte, und ..."

Red fauchte: „Hast du sie geschickt, um mich zu töten? Hast du das gemeint, als du sagtest, dass Jade bald bei mir sein wird?"

„Sie ist nicht Jade, Red. Jade ist immer noch ..."

Marco platzte in den Raum. „Der Club ist vereist und der Präsident ist ..." Marco zog sein Headset zum Hals herunter. „Verdammte Scheiße! Was zum Teufel?" Erschüttert von dem, was er sah, bereute er sofort, die Sicherheitskameras ausgeschaltet zu haben, um Red etwas Privatsphäre zu geben.

„Die Dinge haben sich geändert, Marco. Daniel ist hier", verkündete Donahkhamoun.

„Fang, Marco", sagte Red und warf Marco eine Schusswaffe zu. „Sieh vorne nach. Ich gehe Richtung Strand. Wir treffen uns in der Mitte."

„Und wozu genau?"

„Um jeden Wichser abzuknallen, der sich bewegt. Los!"

„Red, du verlierst Blut", rief Tina.

Red ignorierte ihre Bemerkung und schaltete jegliche Außenbeleuchtung an. Während die Männer das Gelände sicherten, nutzte Donahkhamoun die Gelegenheit, mit Tina alleine zu sprechen.

„Du hast die Halskette, wie ich sehe."

„Das habe ich, aber Tofi …"

„Ich weiß alles über Tofi, Tina."

„Ach ja?"

„Du siehst Dinge, nicht wahr?"

„Ja, das tue ich."

„Das ist gut."

„Gut? Es erschreckt mich zu Tode."

„Diese geisterhaften Gestalten sind nicht das, worüber du dir Sorgen machen musst. Du kannst sie sehen, weil du eine besondere Gabe besitzt. Die Erscheinungen sind verlorene Seelen, die ich nicht mitnehmen konnte, als ich mit Ehab zum Fuzidon zurückkehrte."

„Oh, ich verstehe."

„Diejenigen, um die man sich sorgen muss, sind die Seelenräuber, jene, die deine Seele in meinem Haus angreifen wollten, als du am Strand ohnmächtig geworden bist. Erinnerst du dich?"

„Ja, ich erinnere mich. Du hast sie aufgehalten."

„Sie werden sich dir nicht mehr nähern, weil ich dir ein Teil meiner Kraft gegeben habe. Du bist in Sicherheit. Aber sie könnten hierher kommen und zuschauen oder sogar versuchen, in die Schatulle zu gelangen."

„Und das?", fragte Tina und deutete auf die Halskette. „Was ist das?"

„In deinem Fall sendet diese Kette Signale aus, die die Seelen anziehen. Sie werden noch in Scharen hier ankommen. Sie hätten bei der letzten Zeitzykluswende mit mir in meine Welt zurückkehren sollen, aber in der Schatulle war kein Platz mehr für sie. Ob du es glaubst oder nicht, sie haben sich schon seit vielen Jahren unter euch auf der Insel versammelt und auf diesen Tag gewartet."

„Oh mein Gott …"

„Das hört sich alles komisch an, oder? Nichtsdestotrotz …" Donahkhamoun hielt inne und legte das Oval auf den Beistelltisch. „Ich muss sie mit mir nehmen, damit jede Seele sich mit ihrem menschlichen Gegenstück vereinigen kann. Wache über die Schatulle der tausend Seelen, bis wir bereit sind, zu gehen."

„Ich, ich weiß nicht, ob ich das kann, ich werde von Leuten gejagt."

„Mafia-Leute meinst du?" Tina schnappte nach Luft. „Ich weiß alles über sie. Vertrau mir, Tina, vergiss sie und lass uns eine Sache nach der anderen erledigen."

„Aber …"

„Kein Aber! Beobachte die Erscheinungen und gib mir Bescheid, falls Seelenräuber auftauchen. Ansonsten sieh mir einfach zu. Beobachte und lerne. Du könntest mir in der Zukunft helfen. Die Schatulle wird die ganze Arbeit für dich erledigen."

„Okay", stimmte Tina zu und nickte mit dem Kopf.

Donahkhamouns Ring glühte und die Humanoid-

Verschlüsse begannen sich zu bewegen. Sofort blickten die miniaturgroßen Kreaturen auf und Donahkhamoun gestikulierte, dass Tina sie berühren werde, sodass sich die drei Humanoiden an ihre Person gewöhnen konnten. Sie kreischten, als sie die neue Gehilfin akzeptierten, und lockerten ihren Griff um das Oval. Ihre Schwänze lösten sich, und die Schatulle atmete – sie bekam einen spürbaren Puls, der synchron mit Tinas Halskette pochte.

„Draußen ist alles sauber", sagte Marco und lief los, um den Erste-Hilfe-Kasten für Reds Stichwunden zu holen. Red ging zu Tina hinüber und sah neugierig, wie sich die Schatulle bewegte. Donahkhamoun hob einen umgekippten Stuhl hoch und forderte ihn auf, sich zu setzen.

„Ich verdanke dir mein Leben, Tina. Woher wusstest du das?", fragte Red.

„Du bist am Leben, das ist die Hauptsache", antwortete Tina und vermied jedes Gespräch über Tofi.

„Halt still, Red. Das wird weh tun", sagte Donahkhamoun.

Unter Zeitdruck legte Donahkhamoun seine Hände auf Reds Stichwunden, am Rücken und an der Schulter. Red schrie auf, als die Haut begann, sich zusammenzuziehen und eine lange Narbe hinterließ. Als Marco zurückkam, betrachtete er Reds verheilte Wunden, warf den Erste-Hilfe-Kasten beiseite und begann, seine Bedenken über das, was er im Keller herausgefunden hatte, auszusprechen, in der Hoffnung, dass es auch für dieses Problem eine magische Lösung gab. Aber die Informationen waren für Donahkhamoun ein alter Hut, und er unterbrach Marcos verzweifelte Rede abrupt.

„Marco, diese Geschehnisse sind mit einer Kette von Ereignissen verbunden, deren Verzweigungen bereits im Jahr 1348 v. Chr. begannen, wenn nicht noch früher. Wir kümmern uns gerade darum. Ich versichere dir, dass Ivana weiß, was zu tun ist", erklärte Donahkhamoun.

„Ivana?" Marco runzelte die Stirn.

„Das wird dir vielleicht später einleuchten, aber jetzt noch nicht. Trotzdem musst du mir glauben, wenn ich sage, dass ihr alle drei, neben Anderen, in eine Fehde zwischen gegensätzlichen Einflüssen – Licht und Dunkelheit, den Energien des Lebens selbst – verwickelt seid. Sie sind die Schöpfer von allem, was ihr seht, hört, berührt und fühlt. Aber das ist ein Thema für ein anderes Mal. Was im Moment wichtig ist, ist, dass wir Ihnen alle Rechenschaft schuldig sind. Sie lenken unser Schicksal. Nicht nur hier, oder in der Welt, die du und Red besuchen durftet, sondern auch in vielen anderen Welten."

„Ihr wart in einer anderen Welt?", mischte sich Tina ein, die glaubte, sich verhört zu haben.

Um keine Diskussion zu provozieren, schwiegen die Cousins. Sie hatten schon Einiges von Ehab gehört, aber diese Information kam direkt von Donahkhamoun selbst und sie verfolgten alles, was er zu sagen hatte.

„Läuft das Auto von Ehab?", fragte Donahkhamoun.

„Vorhin ging es noch", antwortete Red.

„Marco, gehst du bitte noch einmal nachsehen, ob das Auto fahrbereit ist, während ich mit Red allein spreche?"

„Klar."

„Und sag mir Bescheid, wenn es zwanzig Minuten vor Mitternacht ist. Viel länger können wir hier nicht bleiben."

„Wir fahren weg? Wohin denn? Zum Flughafen?"

„Nein, Marco, zum Portal. Wenn ich bis Mitternacht nicht zurück bin, werden der Amokaras, der Stein des Lichts, und der Sarakoma, der Stein der Finsternis, die Vorherrschaft und ihren Platz tauschen. Wenn ich nicht zurückkehre, wird der Mond, sobald er morgen die Bahn der Sonne kreuzt, stehen bleiben und kein Licht mehr auf die Welt lassen. Ich nehme an, du kannst dir das Ausmaß dieses Ereignisses vorstellen."

„Das Ende der Welt …", sagte Marco.

„Entweder das oder die Menschen werden Daniel ausgeliefert sein."

„Willst du damit sagen, dass du mit all der Magie und den Mitteln, die dir zur Verfügung stehen, einen Mann wie Daniel nicht aufhalten kannst?", brüllte Marco.

„Marco, die Uhr tickt. Kümmere dich um das Auto, sonst verpassen wir die Chance, so etwas überhaupt in Erwägung zu ziehen!", betonte Donahkhamoun.

„Ja, das werde ich", antwortete Marco zittrig und spürte die Deutlichkeit in Donahkhamouns Stimme.

Neugierig auf das, was Donahkhamoun von Red wollte, warf er seinem Cousin einen Blick zu. Als er sich auf den Weg nach draußen zum Auto machte, gingen ihm wirre Gedanken an zu Hause durch den Kopf. Er rief Carmen an, um ihr die schrecklichen Neuigkeiten mitzuteilen, aber er schaltete das Handy abrupt aus. Was sollte er sagen? Was konnte er überhaupt sagen? Marco versuchte, das Geflecht, in dem er gefangen war, zu begreifen, und setzte sich nervös in Ehabs schrottreifes Auto. Er ließ die Tür offen und starrte einen Moment lang ausdruckslos durch die Windschutzscheibe, wobei er über den Weinberg und seine und Carmens imaginären Kinder phantasierte – ein Junge und ein Mädchen, die in den übrig gebliebenen Weintrauben plantschten, während er und seine Frau ihrer Familie am Gartentisch Käse und Kekse servierten. Die prallende Sonne tauchte hinter den Horizont des Feldes, und Marco wurde stolz, seinen Gästen den ersten Wein aus eigener Herstellung einschenken zu können. Ja, es war eine Phantasie, und das Leben sah für ein oder zwei Sekunden glorreich aus, bis der Regen durch die offene Tür hereindrang und ihn in die Realität zurückholte.

Während Marco mit seinen Gefühlen kämpfte, lauschte Tina im Haus dem Gespräch zwischen Red und Donahkhamoun. Im Gegensatz zu Marco war sie nicht beunruhigt, sondern amüsiert über die Ankunft der Seelen, die zum Oval gezogen wurden. Jene, die vom Strand heraufkamen, jene, die aus dem Gebüsch kamen, und jene, die hindurch durch Marco kamen, der im Auto saß und mit sich selbst sprach. Sie alle wurden in die Schatulle gesogen, sobald sie nahe genug waren.

„In New York, Red, in der Nacht, als Jade entführt wurde, war ich dort", fuhr Donahkhamoun fort.

„Du warst da?"

„Ja, Jade hat mich am Straßenrand gegenüber dem Restaurant Fatso's gesehen. Sie hat dich drinnen allein gelassen, um Luft zu schnappen, weil sie aufgeregt war."

„Ich erinnere mich."

„Sie war im Zwiespalt, Red, zwischen dir und mir. An diesem Morgen hatte ich mich mit zwei Leuten getroffen, Jade und Marcus Mortimer. Nicht zusammen, sondern für zwei verschiedenen Angelegenheiten. Marcus Mortimer war der Mann, der den Stein gefunden hatte. Anstatt ihn mir zurückzugeben, als er sah, wie ich ihn fallen ließ, hob er ihn auf und behielt ihn für sich. Mein Missgeschick verursachte eine Reihe von Ereignissen, die uns in die jetzige Lage brachten. Als ich mich damals an Marcus Mortimer in New York wandte, überzeugte ich ihn von seinem Fehler. Ich zeigte ihm eine Vision, und er begriff sofort die Tragweite seines Handelns. Daraufhin erklärte er sich bereit, mir den Amokaras zurückzugeben. Abgesehen davon habe ich Jade auch die Wahrheit über ihr eigenes Wesen offenbart. Wer sie war, woher sie kam, warum ihre Eltern in ihrem Haus in Malibu getötet wurden und warum sie zum Schutz in deine Welt gebracht wurde."

„Sie wurde nicht hier geboren?" Red war äußerst erstaunt.

„Als sie an deiner Schule ankam, hast du dich mit ihr angefreundet. Von dem Moment an, als ihr euch gesehen habt, habt ihr eine Kerze für das Leben angezündet." Red runzelte die Stirn. „Das ist eine Metapher, Red. Ihr wurdet unzertrennlich. Eure Freundschaft erblühte und später wurde daraus Liebe. Gefühle und Liebe sind Eigenschaften, die unsere Art nicht besitzt. Eure Ehe wurde nicht ohne Grund verboten. Also, nach unseren Gesetzen hätte diese Verbindung zwischen unserer Art und der Menschheit niemals möglich sein dürfen. Und doch ist sie geschehen."

„Was willst du mit all dem sagen?"

„Meine Art arbeitet, um das Gleichgewicht aufrechtzuerhalten. Wir weichen selten vom Kurs ab. Was du als magisch ansiehst, sind nur die Mechanismen für unsere Arbeit, die Werkzeuge, die uns gegeben sind, um zu handeln. Wir sind an Zeitzyklen gebunden und müssen daher regelmäßig, zu jeder Wende, zum Fuzidon zurückkehren, um die Zwischenweltler zu unterstützen, sie wieder zum Leben zu erwecken, und unser Wissen mit den Schöpfern zu teilen. Wenn Jade und du jedoch in unserem Tempel zusammengebracht werden würdet, hätten wir durch die Kombination eurer DNA die Möglichkeit, eine Spezies zu erschaffen, die fortgeschrittener sein würde als jede andere zuvor. Im Laufe der Zeit könnten wir Dunkelheit zurückdrängen und Einigung erzwingen."

Red schwieg, und Tina wandte den Kopf verblüfft zur Seite, erstaunt darüber, was sie gerade gehört hatte.

„Wie ich sehe, trägst du immer noch deinen Trauring", kommentierte Donahkhamoun.

„Das tue ich."

Unauffällig öffnete Brianna ihre Augenlider leicht. Sie blickte quer durch den Raum auf Reds Hand. Als sie seinen Trauring bemerkte, schaute sie auf ihren Diamantring hinunter und begriff, dass sie ein kleines Detail übersehen hatte, das bei Red eine gewisse Distanziertheit hervorgerufen hatte. Brianna nahm ihren Fehler zur Kenntnis, schloss wieder die Augen und hörte weiter zu. Alles verlief nach ihrem Plan. Denn sie hatte nur so getan, als würde sie Red töten, um die Ankunft von Donahkhamoun zu seiner Rettung sicherzustellen. Sie war durch und durch hinterlistig und Allen zehn Schritte voraus.

„Du und Jade, ihr würdet der Ursprung dieses neuen Lebens sein. Jade ist eine von uns, Red, eine Nicht-Menschliche", erklärte Donahkhamoun. „Jener Tag in New York, vor einundzwanzig Jahren, war der Vortag einer Zeitzykluswende. Nachdem Jade an jenem Morgen mit mir gesprochen hatte, willigte sie ein, zum Fuzidon zurückzukehren, unter der Bedingung, dass sie dir zuerst die Wahrheit offenbaren würde. Ich stimmte zu. Aber es gab noch etwas anderes, was sie dir sagen musste, etwas, das du selbst erst kürzlich erfahren hast."

„Ein Kind", sagte Red.

Donahkhamoun strahlte. „Ja. Jade hätte dir alles auf eurem Heimweg erklärt. Ich sollte euch nach Hause folgen. Dort, in eurer Wohnung in Manhattan, hätte man dich vor eine Entscheidung gestellt. Entweder du begleitest Jade auf ihrer Rückreise zum Fuzidon oder du nimmst Abschied und beginnst ein neues Leben ohne sie. Fatso's war unser Treffpunkt."

„Warum hast du mir das alles nicht vorher gesagt?", schimpfte Red.

„Da ich den Amokaras nicht hatte, und wegen der Art und Weise, wie die dunklen Mächte wirken, war ich gezwungen, bis jetzt zu schweigen. Siehst du ... damals, als Daniel Marcus Mortimer erschossen und den Stein für sich erlangt hatte, erkannte er zunächst nicht, dass seine Männer Jade mit Brianna verwechselt hatten. Aber in der Limousine merkte er es. Und gegen ihren Protest nahm er Jade trotzdem mit, aus reiner Bosheit. Es war eine Reise von New York zu den Bahamas; durch den Tunnel in die andere Welt. Auf dem Heimweg vergewaltigte er Jade und warf sie anschließend aus dem Auto. Er schoss zweimal auf sie und ließ sie zum Sterben am Straßenrand liegen, ohne zu wissen, wer sie wirklich war. Meine Mutter hat es in einer Vision gesehen und mich gewarnt, aber es passierte so schnell, dass ich zu spät kam, um Jade zu helfen. Wegen Daniels bösartiger Tat befahl meine Mutter die Wurzeln, Daniel zu ergreifen, falls er noch einmal versuchen sollte, den Tunnel zu betreten. Und so nahm Jack die Geschäfte in die eigene Hand, um das Imperium weiter auszubauen, bis Daniel einen Ausweg gefunden hatte. Während der Amokaras in Daniels Besitz blieb, wurde ich alt." Donahkhamoun bemerkte, wie die Wut in Red hochkochte und fuhr schnell fort: „Jedenfalls hat Jade überlebt."

„Sie wurde von Melanie gepflegt und bekam von Darren und ihr ein Zuhause", sagte Red.

„Du hast sie kennengelernt?"

„Das habe ich."

„Einige Zeit später brachte Jade das Kind zur Welt. Daniel hörte davon. Im Glauben, ein Kind gezeugt zu haben, machte er einen Deal mit dem Arzt, zahlte ihm Bestechungsgeld, und das Kind wurde ihm gebracht."

„Mara", murmelte Red. Sofort kam ihm Jades Ausbruch in Daniels Casino während ihrer Flucht in den Sinn. *„Du Sau! Du hast mein Kind gestohlen",* hatte sie geschrien. „Dieses verwickste Arschloch …" Red griff nach einer Vase und warf sie quer durch den Raum. Er griff nach einem anderen Gegenstand und hielt inne, als er sah, wie Donahkhamoun ein Ultraschallbild in seiner Hand ausstreckte. Red sah genauer auf das Bild. „Es gibt zwei?"

„Ja. Der korrupte Arzt hatte Jade gesagt, dass eines gestorben ist. Sie hat das andere Kind aufgezogen. Das ist der Grund, warum sie nicht mit dir gekommen ist. Mara hat eine Schwester. Jade hatte nie die Gelegenheit, es dir zu geben. Jetzt hast du es. Es sind Zwillinge, Red."

„Zwillinge", sagte Red, als Tina nach Luft schnappte.

„Ja, dies hat unsere Ansichten über Alles verändert. Jades und deine Chromosomen haben eine einzigartige Formel, die innerhalb der sieben Energiesäulen des Roggbiv gespeichert und verwendet werden könnte. Red, zum Wohle beide unsere Arten müssen wir dich, Jade und deine Töchter zusammenbringen."

„Ist das ein Spiel für dich?", stotterte Red. „Erst Ehab, dann ich; offensichtlich hast du auch etwas mit Tina gemacht!", drückte er seine Gedanken über diese Unsinnigkeiten offen aus.

„Wenn es ein Spiel wäre, Red, dann bleibt die Tatsache, dass Daniel daran beteiligt ist. Du hast seine Bösartigkeit miterlebt, aber du kennst nur einen kleinen Teil seiner Fähigkeiten. Daniel ist bestimmt, die Welt ins Unglück zu stürzen. Das ist das wahre Ausmaß seiner Berufung. Meine Mutter, die Priesterin, und mein Vater haben große Opfer gebracht, um Jade, dich, deine Töchter und alle anderen zu beschützen, die in diese Bemühungen um die Wiederherstellung des Gleichgewichts verwickelt sind. Wenn die Entscheidung jedoch zugunsten von Daniel als Torwächter ausfällt, und wir keine andere Möglichkeit zum Überleben finden, dann wird meine Art innerhalb eines Jahres aussterben, und die Menschheit ebenso. Ein Zusammenschluss von euch zwei und euren Nachkommen würde unser Überleben sichern, falls dies geschehen sollte. Dann können wir alle leben, um an einem anderen Tag zu kämpfen. Deshalb möchte ich, dass du mit mir kommst. Ich brauche deine Hilfe!", sagte Donahkhamoun.

„Meine Hilfe? Du brauchst meine Hilfe?"

Einen Moment lang sahen sich die beiden in die Augen. „Sieh dir deine Wunden an, Red. Was für ein Fortschritt. Auch deine Kinder können solche Dinge tun. Jade auch. Sie wissen nur nicht, wie. Sie haben außerhalb des Fuzidon gelebt und müssen hierher gebracht werden. Würde man Vollblutmenschen solche Macht geben, würde sie missbraucht werden. Daniel steckt mit dem Präsidenten unter einer Decke, sie haben sich in dieser Sache zusammengetan. Die absolute Macht zu erlangen ist der Grund dafür, dass sie die dreizehnte Tierhaut wollen, die Wichtigste des Ensembles. Sie jagen sie, Red, und sie werden alles daran setzen, sie zu bekommen. Sollte die dreizehnte Haut jemals wirklich zum Vorschein kommen, dann wird eine Schwingung durch das gesamte Universum hindurch rauschen und das Leben auf allen Planeten assimilieren. Genau wie die Erde waren alle Planeten in unserem Sonnensystem einst aktiv. Die dreizehn Tierhäute sind keine gewöhnlichen Fellstücke, Red. Sie sind kodiert und repräsentieren den Samen des Lebens, der einst auf jedem dieser Planeten existierte. Sollte Daniel Torwächter werden und die Kontrolle über das Fuzidon bekommen, würden diese Planeten ihm zur Verfügung stehen. Du kannst dir vorstellen, was das bedeuten würde."

„Und er weiß das, Alles, richtig?"

„Jetzt, nachdem er seine Unsterblichkeit beansprucht hat, weiß er Alles." Donahkhamoun verstummte für einen Moment. „Red, ich glaube, du besitzt die Fähigkeiten, um ihn aufzuhalten."

„Ich?", schrie Red überfordert. „Ich bin ein Mensch!"

„Das muss nicht so bleiben."

Red war von Donahkhamouns Worten eingenommen und das Gleiche galt für Tina.

„Es ist Zwanzig vor Mitternacht", betonte Marco eindringlich, als er mit summenden Alarm ins Haus rannte.

„Red, vielleicht solltest du dir einmal Tinas Halskette ansehen, während ich mich kurz bereit mache. Es könnte vielleicht eine Erinnerung auslösen." Donahkhamoun ging auf Tina zu, als Marco zu Red hinüberging und begann ihn darüber auszufragen, was ihm gerade erzählt wurde. „Wie geht es dir, Tina?"

„Ich habe noch keinen Seelenräuber gesehen, wenn du das meinst."

„Das ist gut, sehr gut. Dann werden wir gleich aufbrechen."

„Sie kommen immer noch", flüsterte Tina.

„Wir können nicht mehr länger warten. Wir nehmen die mit, die wir bereits haben."

Der Bündel aus Smaragden auf Donahkhamouns Ring glühte und die Humanoiden verschlossen die Schatulle der tausend Seelen. Dann ging Donahkhamoun zur Brianna hinüber, um ihre Leiche zu inspizieren; Red und Marco gingen währenddessen zu Tina hinüber. Red fragte nach ihrer Halskette und sie hob sie sogleich unter ihrem Oberteil hervor. Sofort eilte Red in sein Büro.

„Ist das nicht cool, Marco? Diese ganzen Dinge …", sagte Tina und betastete die Schatulle mit ihren Fingern.

„Verarscht du mich? Wie kannst du so gelassen sein. Ich bin am Durchdrehen! Was ist mit Red los?"

„Ich glaube Moped hat ihn gefragt, ob er ihn begleiten wird. Ich weiß es nicht genau … ich habe nicht alles verstanden, was er gesagt hat."

„Er zieht es doch nicht ernsthaft in Erwägung, oder?"

„Im Gegensatz zu dir weiß ich nicht einmal, *wohin* er überhaupt gehen soll …"

„Und wenn er sich irrt? Du weißt schon, über die Welt und das alles?", sagte Marco gereizt, während sie beide Donahkhamoun dabei beobachteten, wie er Briannas Leiche untersuchte.

„Und wenn er sich nicht irrt?", erwiderte Tina. „Zieh das

an, ich werde dir etwas zeigen. Du wirst gleich ein paar Geister sehen, also flipp nicht aus."

Als Donahkhamoun über Brianna stand, betrachtete er die beiden. Er lächelte, als Marco mit den Schultern zuckte und erklärte, er habe nichts gesehen, und gab Tina die Kette zurück. Dann wandte sich Donahkhamoun Brianna zu und gab ihr einen kräftigen Tritt mit dem Fuß. Sie war Jade sehr ähnlich, überlegte er. Um sicher zu gehen, hockte er sich neben sie und berührte ihre Haut. Dann hob er ihren blutverschmierten Dolch vom Boden auf und schnitt einen Schlitz in ihren Arm. Er steckte zwei Finger hinein und untersuchte das Gewebe ihres Wesens. Aber es war fleischiges Gewebe, aus dem menschliches Blut floss. Er stand verwirrt auf, blieb aber immer noch misstrauisch.

„Tina, nimm die Schatulle mit und geh mit Marco zum Auto. Ich werde Red holen. Beeilt euch jetzt!" Donahkhamoun eilte ins Büro. „Red, wir müssen los!" Red drehte sich um. Jades Aktenkoffer lag offen auf dem Schreibtisch. In der einen Hand hielt er das Ultraschallbild, in der anderen ihre Halskette. „Alles geschieht aus einem bestimmten Grund, Red. Ob du es glaubst oder nicht, ich war ehrlich zu dir und habe dir gesagt, was mein unmittelbares Ziel ist."

„Ich weiß noch, was du zu mir gesagt hast", antwortete Red und erinnerte sich an den Moment, als Jade ihn gefragt hatte: *„Was meinst du, an oder aus?"* Er hatte geantwortet: *„Aus, nur dieses eine Mal."* Es war die Zündung des Chaos und das einzige Mal, dass sie ihren Glücksbringer – ihre Halskette – nicht trug. War er wirklich daran schuld?

„Red, wir müssen weg von hier! Es ist Fünfzehn vor Mitternacht. Wir haben keine Zeit mehr!"

Red steckte die beiden Gegenstände in seine Tasche. Sie ließen alles stehen und liegen und rannten zum Auto, wobei sie über die Leiche des dicken Mannes im Flur stiegen. Marco und Tina stießen die Autotüren auf. Red sprang auf den Fahrersitz, und Donahkhamoun setzte sich neben Tina auf den mit einem Kartonstreifen ausgelegtem Rücksitz. Red verschwendete keine Zeit und raste davon, vorbei an dem anderen toten, dünnen Gangster, den Tina erschossen hatte.

45
UM MITTERNACHT

Wie Brianna das Geräusch des wegfahrenden Autos von Ehab hörte, stand sie auf. Mit der Fähigkeit, ihre Wunden aus eigener Kraft zu heilen, hatte sie alle überlistet. Von den Schöpfern erschaffen, war Brianna das erste aller Wesen und sogleich der eigentliche Ursprung der Lebenskraft des Fuzidon. Sie war eine gleichstarke Mischung aus hellen und dunklen Energien und sollte die „Bildhauerin" sein, für Alle die noch kommen werden. Sie benutzte die Energiesäulen des Roggbiv als Werkzeuge und arbeitete allein in dem inneren Kreis des Roggbiv. Indem sie genau dort Fäden von unterschiedlicher Farbe und Dichte aus den sieben Säulen heraussuchte und zusammenfügte, schuf sie die ersten Seelen, die in die äußeren Welten geschickt wurden. Ihre Aufgabe war es, sich mit den Menschen zu vereinen, um das Gleichgewicht aufrechtzuerhalten. Aber mit den Jahren wurde es Brianna langweilig. Mit einer Vorliebe für die dunkle Seite, begann sie die Energiemischungen zu manipulieren und verursachte Chaos. Diesen Kreaturen gab sie den Namen Maghora. Die Schöpfer griffen zügig ein und trennten das Fuzidon in zwei Hälften. Wobei sie sowohl Brianna als auch die Maghora in die Unterseite verbannten – zur dunklen Höhle des Sarakoma.

In den unzähligen Jahren danach hatten sich die Dinge im oberen Teil des Fuzidon weiterentwickelt. In dieser Zeit wurden Gordas, Humanoiden, Wächter und andere Wesen geschaffen. Und mit der Zufügung menschlicher Gefäße wurden eine Priesterin und ein Torwächter kreiert und ernannt, um für Ordnung zu sorgen. Schließlich wurde das Gleichgewicht in den Außenwelten wiederhergestellt.

Doch der Frieden war nur von kurzer Dauer. Dissidenten, sowohl Gordas als auch Inbetweens, sorgten erneut für Aufruhr und deshalb wurden sie von den Humanoiden in den Graben geworfen, als sie in das Fuzidon zurückkehrten. Durch magische Wurzeln gefesselt, wurden sie in den Tiefen der Sarakoma-Höhle eingesperrt und sollten nie wieder auferstehen. Dort suchte Brianna nach einer Gelegenheit, um alle Widerspenstigen in ihre persönliche Armee von Adrogs zu verwandeln. Auf unmoralische Weise plante Brianna ihre Flucht und beschädigte den Stein der Finsternis, um an seine mächtigen Kräfte zu gelangen.

Mit dem Wissen aller möglichen Zauber und geleitet von der Kraft des Sarakoma, schaffte es Brianna, den eisigen Boden zu durchbrechen und wieder in ihr gewohntes Umfeld hinein zu kommen – das Roggbiv. Erstaunt über die Weiterentwicklung des Tempels und des Landes herum, schwor sie sich, einmal die Herrschaft darüber zu gewinnen. Heimlich entkam sie, beschattete Donahkhamouns Vater, den damaligen Torwächter, im Jahr 1369 v. Chr. und verließ das Fuzidon.

Beeindruckt von der Existenz der menschlichen Welt, verwandelte Brianna ihre geschnallte Gestalt und nahm den Körper einer attraktiven Frau an. Dieser Körper sollte König Akhenaton, den Mann, den sie in ihrer Prophezeiung sah, in ihre Falle locken. Geführt von den dunklen Energien, schloss sie mit ihm einen Deal per Handschlag ab. Briannas starkes Blut befiel den König, und der Handschlag wurde zur Kernessenz für alle weiteren tödlichen Geschäfte Briannas. Sie fuhr mit ihrer Vision fort und befahl den Untergebenen von König Akhenaton, einen Aufruhr in die Wege zu leiten, damit die Priesterin keine andere Wahl gehabt hatte, als einen neuen, erfahrungslosen Torwächter – nämlich Donahkhamoun, zum Untertauchen zu befehlen, um den Amokaras zu schützen. Die Priesterin tat genau das, was Brianna vorausgesagt hatte. Sogleich folgte Brianna Donahkhamoun heimlich auf seiner Reise durch die Sphären der Zeit, weit bis in die Zukunft. Und als er schließlich auf den Bahamas, die gegenwärtige Welt betrat, war Brianna zur Stelle, um weitere Unruhen zu stiften und sicherzustellen, dass Donahkhamoun den Stein verlor. Es war genau derselbe Moment in der Zeitlinie der Geisterwelt, als König Akhenaton den Schoß der Priesterin beschmutzte – vor zweitausend Jahren – oder zweiundvierzig Jahren laut Menschenjahren.

In der Gewissheit, dass die Nachkommen der Priesterin auch Briannas einzigartige DNA in sich trugen, die durch das Blut des Königs floss, war sich Brianna der misslichen Lage von Daniel bewusst. Es war ein guter Schachzug gewesen, Daniel insgeheim als ihren Verbündeten zu pflegen, seit er ein kleiner Junge war. Er hatte Briannas Erwartungen übertroffen und sie war sehr stolz auf ihn und auf das, was aus ihm bis jetzt geworden war. Daniel hatte seine Unsterblichkeit eingefordert, und bald würde er die Kontrolle über die äußeren Welten haben, und sie würde die Geisterwelten als die dunkle Königin beherrschen. Als jene Herrscherin, die sie immer sein wollte.

Als sich ihr Plan dem Höhepunkt näherte, vergrößerte Briannas Geist ihre groteske, gekrümmte Gestalt und wandte sich an die restlichen Seelen, die sich, wegen der Schatulle, in

Reds Haus versammelt hatten. „Folgt meinem Geruch", sagte sie und stoß einen tödlichen Atemzug aus. „Morgen werdet ihr wieder leben."

Mit dem Schlüssel zum Tresorraum in der Tasche und zusätzlichen Ressourcen in ihrem und Daniels Arsenal, verließ Brianna das Haus. Sie bahnte sich einen Weg durch das Gebüsch zu Tofis Rolls, der immer noch oberhalb des Hauses geparkt war. Als sie die Autotür öffnete, erschraken die Hunde vor ihr und sprangen auf den Rücksitz. Brianna setzte sich in den Wagen, drehte den Zündschlüssel und fuhr weg, die Küstenstraße entlang. Ein breites Grinsen zeichnete sich auf ihrem Gesicht ab.

Red, Tina und Marco waren währenddessen in voller Verwirrung in Ehabs Auto, als Wind und Regen durch die zerbrochenen Scheiben zischten.

„Nur noch zehn Minuten", erklärte Marco, während Red eilig weiterfuhr und dabei Schlaglöchern auswich.

„Das wird knapp", grunzte Red und warf einen flüchtigen Blick auf seinen Cousin.

„Ist es auch", stimmte Marco zu, „vor allem, wenn wir ein Stück laufen müssen."

„Meinst du, wir schaffen es?"

„Ich weiß es nicht, Red. Ich weiß gar nichts mehr. Ich weiß nicht einmal, warum ich jetzt in diesem Auto sitze."

Tina sah Donahkhamoun besorgt an.

„Drück drauf, Red!", befahl Donahkhamoun. „Nimm den Trampelpfad da vorne!"

„Er ist nicht breit genug."

„Dann mach ihn breit genug!", brüllte Tina.

Sekunden bevor die Gelegenheit vertan war, lenkte Red in das unbebaute Land ein. Die Mitfahrer krallten sich an den Türlehnen fest, während Red rücksichtslos fuhr, um sich inmitten der wildbewachsenen Gebüsche einen Weg zu bahnen.

Mit minimaler Sicht und voll aufgedrehten Scheibenwischern fuhr Red hektisch weiter, um es so schnell wie möglich ans Ziel zu schaffen. Die Zweige scherten von Bäumen und Sträuchern und stapelten sich im Inneren des Wagens. Angstschreie ertönten, als faustgroße Steinbrocken aufgewirbelt wurden und kontinuierlich auf den Unterboden des Wagens schlugen, was das Drama jedes einzelne Mal verstärkte. Aber es dauerte nicht lange, bis die Abkürzung ihren Tribut vom Auto forderte. Der Auspuff riss ab und die gewaltige Grasnarbe des Unterholzes brachte den Wagen zum Stehen.

Alle auf einmal öffneten die Autotüren und sprangen zu den hallenden Geräuschen von Donner und Blitz heraus, die ein wenig Licht in die Dunkelheit brachten.

„Das ist Sandys Auto da drüben, Red!", rief Marco und bemerkte, dass es gegen einen Baum geknallt war.

Sofort rannten die beiden Cousins ihr zur Hilfe. Donahkhamoun hinderte Tina daran, ihnen zu folgen.

„Glaub mir, Tina, Sandy wird es gut gehen. Schau hierher." Er legte seine Hände auf ihre Schultern und drehte Tina zur Dunst, die ein mystisches Leuchten verströmte. „Erinnerst du dich an die Skizzen, die du dir mit Ehab in meinem Haus angesehen hast, als wir zusammen Tee getrunken haben?"

„Ja, ich erinnere mich, aber …"

„Siehst du, wer ins Blickfeld gerät?"

„Ach du meine Güte, die Bilder, sie waren echt …"

„Das Männchen ist Zru, das Weibchen Merak."

„Dann ist alles, was du gesagt hast … wahr …"

„Ja. Es tut mir wirklich leid, dass du in deiner Kindheit durch die Hölle gehen musstest. Trotzdem hat es dich zu mir geführt. Wenn du mir mit deinem Leben vertraust, dann komm mit mir." Sprachlos blickte Tina zurück zu Red und

Marco, die Sandy aus dem Auto hoben, und dann wieder zu Donahkhamoun. „Hier gibt es nicht viel für dich, nicht wahr, Francesca?" Donahkhamoun lächelte charmant. „Aber es gibt sicherlich ein neues Leben, das vor dir liegt. Eines mit uns, und eines, das …"

„Sie ist bewusstlos", unterbrach Red, der Sandy in seine Arme nahm und auch Tinas Aufmerksamkeit auf sich zog. „Ihr Puls ist niedrig und sie ist schwer verletzt."

„Oh, Sandy, was hast du dir nur dabei gedacht?", murmelte Tina und berührte Sandys Gesicht.

„Nimm sie mit. Ich kann hier nichts mehr für sie tun", entgegnete ihm Donahkhamoun.

Als sich alle in Richtung des wasserlosen Teiches bewegten, blieb Marco voller Unsicherheit zurück und fühlte sich genötigt, Carmen anzurufen. Er drückte auf die Kurzwahltaste. Doch wie sollte er Carmen sagen, dass die Welt in Gefahr war, und dass er sie vielleicht nie wieder sehen würde? In den Momenten, in denen sich die Verbindung aufbaute, füllten aufgeregte Gedanken Marcos Kopf, als er das Geschehen vor ihm beobachtete. Outar, eine der Wächterinnen, hatte Red von Sandy befreit und brachte sie gerade Richtung Portal. Sein Cousin, Tina und Donahkhamoun waren tiefsinnig im Gespräch verwickelt. Und zwei Wächter standen kerzengerade, inmitten einer grünen Dunst. Jene breitete sich von den undefinierbaren Schriftzeichen auf den Felsstufen, die zum Fuzidon führten, aus. Es war ein surrealer Wahnsinn, aber die Realität, und Marco neigte dazu, sich dieser zu stellen.

„Hola, Baby", grüßte Carmen glücklich.

Plötzlich wurde Marco aus seiner Starre gerissen. Prompt drückte er auf die Aufnahmetaste, um ihre Stimme zu archivieren, um sich daran zu erinnern.

„Wie geht's, Carmen?", sagte er zart.

„Bueno ... Und dir? Ist was?"

„Ich wollte nur den Klang deiner Stimme hören."

„Das ist schön ..." Eine ungemütliche Stille füllte die Luft.

„Ich, ich muss jetzt gehen", sagte er und fühlte sich unfähig, ihr die Wahrheit zu erklären.

„Okay, verstehe schon, Schatz. Dann lass ich dich mal lieber gehen ... Ich liebe dich, Marco."

„Und ich dich erst ..."

Marco eilte zu seinem Cousin und versuchte dabei, seine Besorgnis zu verbergen.

„Sie kommen in unsere Richtung", sagte Merak und blickte zum Himmel.

„Wer kommt denn da?", mischte sich Marco ein.

„Kommt Sandy durch?", fragte Tina Donahkhamoun und ignorierte Marcos Frage.

„Das wird sie. Sie ist jetzt in guten Händen."

„Wirklich?", platzte Marco heraus. „Und wir? Was wird aus uns? Gehen wir einfach getrennte Wege und warten bis es besser wird?"

„Ich nehme an, für dich sieht alles gerade nur düster aus, Marco", sagte Donahkhamoun.

„Da hast du verdammt nochmal recht!"

„Marco, hör auf zu zanken. Hör einfach, was er zu sagen hat!", zischte ihm Tina entgegen. „Wenn du nicht telefoniert hättest, würdest du die Situation nämlich auch besser verstehen."

„Welche Situation?"

Donahkhamoun schaltete sich ein: „In dein Leben, Marco, habe ich vor langer Zeit eingegriffen, genau wie in das von Tina und Red. Ich habe es von dem Leben abgelenkt, das du eigentlich hättest leben sollen, um mir zu helfen, eine Vorhersage meiner Mutter zu erfüllen. Im Grunde habe ich es mir geliehen."

„Geliehen?"

„Sei nicht so besorgt wie gerade, Marco. Deine Fähigkeiten können dazu beitragen, dass wunderbare Planeten wie dieser nicht durch böse Absichten zerstört werden. Wenn du dich entscheidest, mir zu folgen, so wie Red und Tina es getan haben, dann werde ich dir dein Leben zurückgeben. Wann auch immer diese Zeit kommt, in der du das Riesenrad, in welches ich dich gesteckt habe, stoppen willst – sei es auch schon morgen oder in einer Woche oder erst zehn Leben später – an jenem Tag werde ich dir das Leben, das du hättest haben sollen, zurückgeben. Und wenn Carmen und der Weinberg dazu bestimmt sind, dann werden sie es auch sein. Es ist eine Verhandlung, Marco, aber sie erfordert eine zügige Antwort auf eine Frage, bevor du uns hinein folgen kannst."

„Und die wäre?"

„Bist du bereit zu sterben, um wieder zu leben?"

Ein, zwei Sekunden lang war Marco fassungslos. Merak und Zru wechselten ihre Positionen und standen sich am Rande des Teichbeckens gegenüber. Marco sah seinen Cousin und Tina ratsuchend an. „Red?"

„Es tut mir leid, Cousin. Das ist eine Entscheidung, die du ganz allein treffen musst. Du kennst meine Gründe."

„Für mich ist es das Wagnis wert. Weil wenn ich bleibe, bin ich sowieso tot", sagte Tina.

„Und was ist mit Sandy? Sie kann diese Entscheidung nicht selbst treffen."

„Vielleicht sitzt Sandy schon im Riesenrad, Marco", deutete Donahkhamoun an.

Plötzlich rollte ein tiefes Donnergrollen über den Himmel und drei Flugzeuge glitten aus den Wolken. Prompt berührten Merak und Zru die „allsehenden Augen" und die Speerspitzen schickten einen Strom ausgleichender Energie in den Himmel. Als die Boeing im Sturzflug auf sie zukam, forderte

Donahkhamoun sie auf, nicht zu rennen. Nervös blieben alle an Ort und Stelle und beobachteten, wie die Kampfjets, die die Boeing eskortierten, ihren Einsatz zügig abbrachen, um dem bergigen Gelände vor ihnen auszuweichen. Der Jumbo-Jet behielt seinen Kurs bei. Im Tiefflug flog er plötzlich auf sie zu und durchquerte den grünen Energiestrahl, der von den Speerspitzen ausging.

Instinktiv verfolgten Red, Marco und Tina gespannt die Flugbahn des Flugzeugs, das die Wipfel der Palmen hinter ihnen rasierte. Zu spät um noch auszuweichen, krachte die Boeing in der Ferne frontal in die Felswand und explodierte auf Knopfdruck. Das Beben erschütterte die Umgebung. Die Vögel, die in den Sträuchern nisteten, flogen aus und schwärmten in das Fuzidon, um sich auf dem Felsvorsprung des Tempels auszuruhen. Zur gleichen Zeit der Explosion und ohne, dass es Red, Tina und Marco mitbekommen hatten, waren Andere auf der Bildfläche erschienen. Die Drei drehten sich um und Red zog seine Waffe.

„Moi", sagte Red und richtete seine Waffe auf sie.

„Was zum Teufel macht sie hier?", sagte Marco laut, wie Moi und zwei Andere sich näherten.

„Hallo, Bruder", begrüßte Charmaine Donahkhamoun.

„Du kommst genau richtig", sagte er.

„Dank meiner neuen Rekrutin, Moi, sind wir das."

Charmaine gab Moi ein Zeichen, stehen zu bleiben, und ging zusammen mit Mara zu Red hinüber. Sie wollte sich Jades Mann genauer ansehen. Im Hintergrund schenkte Moi den Cousins ein verschmitztes Grinsen. Die Erinnerung an Mois Spiel „Fee-fi-foe-fum" in Jacks Haus beschäftigte ihre Gedanken. Red steckte die Waffe zurück.

„Mara, dieser Mann hier ist dein Vater", sagte Charmaine.

„Hallo", sagte Mara leise. Ihr Blick war voller Neugier.

„Hallo", sagte Red. Sofort griff er in seine Tasche. „Du hast die Augen deiner Mutter."

„Wirklich?"

„Nimm die hier. Sie gehört deiner Mutter." Red drückte Mara Jades Halskette in die Hand.

„Dann sollten wir sie ihr zurückgeben, meinst du nicht?"

„Wenn sich die Gelegenheit ergibt, ja, ich glaube, das sollten wir."

„Ihr werdet euch wiedersehen, Red", bestätigte Charmaine.

Ohne ein weiteres Wort wandten sich Charmaine und Mara zum Gehen. Moi schloss sich ihnen an. Gemeinsam folgten sie Zru die Felsstufen hinunter und betraten das Fuzidon.

„Sie ist meine Tochter", sagte Red und sah ihnen nach.

„Eine von ihnen, ja", fügte Donahkhamoun hinzu. „Ich fürchte, es ist an der Zeit. Wir müssen gehen", betonte er und wandte sich Marco zu. „Entscheide dich, Marco, aber entscheide dich schnell."

„Red, Tina, ihr geht wirklich?"

Red umarmte seinen Cousin. „Folge deinem Bauchgefühl, Marco. Bis jetzt hat es dich noch nie im Stich gelassen."

Ohne zu wissen, was sie noch alles erwarten würde, gab Tina Marco einen Wangenkuss und schenkte ihm ein mitfühlendes Lächeln. Sie sagte nichts.

Allein gelassen, um sich zu entscheiden, trat Marco ein paar Schritte zurück und blicke zu dem brennenden Flugzeug. Sein Handy vibrierte – eine Nachricht. Er glaubte, es sei Carmen, und öffnete sie. *Wir sehen uns im nächsten Leben ...* SMS von Ivana, die bereits vor zwei Minuten abgeschickt wurde. Das war der Anstoß, den er brauchte.

Doch ohne dass es Marco bemerkt hat, hatte das Wasser den Einstieg zum Fuzidon wieder verschwinden lassen. Merak war auch nicht mehr zu sehen. In seiner Verzweiflung, um zu den anderen drinnen zu gelangen, tauchte Marco hinein in den sich füllenden Teich. Unter Wasser und ohne übrigen Atem, zwängte Marco seinen Arm zwischen die Wurzeln durch zur anderen Seite. Merak sah ihn und griff sofort nach Marcos Hand. Zur gleichen Zeit spürte Marco, wie etwas sein Bein traf. Mit aufgerissenen Augen schaute er zurück. Es war Tina, die gerade an die Oberfläche schwamm. Merak benutzte ihren Speer als Hebel, riss die Wurzeln auseinander und zerrte Marco durch den schmalen Spalt hinein, den sie offen hielt. Sie ließ ihren Speer los, die Wurzeln schnappten zusammen und verriegelten das Portal. Der Teich war nun wieder ein Teich.

Zurück am Rande des Teiches stand Tina still da, überwältigt von ihrem ersten Eindruck von dem, was sie im Fuzidon sah. Ihre spontane Entscheidung, nach Hause zurückzukehren, hatte sie jetzt verwirrt zurückgelassen. Mehr noch, in ihrer Eile hatte sie die Schatulle mitgenommen. Es war ein Fehler gewesen, und sie fragte sich, welche Folgen ihr deshalb bevorstehen könnten.

Im Fuzidon, Donahkhamoun stellte Tinas Abwesenheit fest und führte den Rest seines Gefolges zum Fuß des Wasserfalls. Die Zeitzykluswende näherte sich immer mehr und mehr, und es gab Arbeit zu erledigen.

Charmaine ging zur Seite. „Wir haben es geschafft, Mutter", flüsterte Charmaine, wobei sie die Magie der Träne des Panthers benutzte, um mit der Priesterin zu sprechen, deren Seele immer noch tief in der Höhle des Sarakoma die Gebeine beschützte. „Lass die Widerspenstigen frei, alle, bis auf Akhenaton. Er bleibt! Ich bin auf dem Weg zum Tempel, um dich zurückzubringen", sagte Charmaine zum Schluss. Ihre Priorität war es, den Dolch aus dem verwesenen Körper ihrer Mutter zu entfernen – dem menschlichem Gefäß, welches von ihrem Panther in ihren Gemächern bewacht wurde.

Als sich die fließende Treppe des Wasserfalls vom Tempel zum Land hinunter aus formte, spürte Marco ein sanftes Klopfen auf seiner Schulter. „Hallo, Marco", sagte Ivana's Gorda, begleitet von den Seelen von Julie und dem Kapitän.

Zurück an der Absturzstelle der Boeing, kurz nachdem sich das Tor zum Fuzidon schloss, taumelte Dr. Hermanow aus den brennenden Trümmern. Er fühlte sich zerschlagen und geprellt, aber kaum verwundet, und war fassungslos, dass er es lebendig überstanden hatte. Im Schein der Flammen, die seine Silhouette umrissen, kletterte er über ein paar Felsen zur Straße, wo weitere Trümmer des Flugzeugs den Weg versperrt hatten. Er ruhte sich aus, um zu verschnaufen, und war froh, als er ein Fahrzeug sah, das langsam vor ihm zum Stehen kam. Der Fahrer stieg aus und ging zum vorderen Teil des Wagens.

„Dr. Gareth Hermanow, nehme ich an?", fragte der Fahrer.

„Das ist richtig." Er stand auf.

„Haben Sie das, was mir gehört?"

Misstrauen umhüllte die Frau und Gareths Augen weiteten sich vor Angst.

„Ich bin mir nicht sicher, was Sie gerade meinen?"

„Wir spielen immer noch Spielchen, nicht wahr? Lass mich dein Gedächtnis auffrischen. Ich habe zwölf andere."

„Du bist es!"

„Tja Gareth, Körperwechsel ... aber das hättest du dir jetzt wirklich schon denken können", sagte Brianna und hob ihre Waffe. „Also ... wenn es dir nichts ausmacht, gib mir die dreizehnte Tierhaut!"

„*Sie* ist weg. *Sie* ist in den Feuern verbrannt."

„Lügner!"

Peng! Peng! Dr. Hermanow stolperte und fiel rückwärts über die Felsen hinab. Brianna machte einen Schritt nach vorne. Sie schoss erneut. Mit einem zynischen Gesichtsausdruck hielt sie inne, kehrte dann zum Auto zurück und öffnete die Beifahrertür des Rolls. Die Hunde sprangen heraus. Zitternd und gehorsam sahen sie zu ihr auf.

„Holt *sie* mir, los!"

DAS ENDE

DANKSAGUNG

Mein Dankeschön geht an:

Miroslava Svrckova. Die kritisch prüfende Redakteurin, die die wichtige Dinge ernst nimmt und humorvoll auf das Unrichtige aufmerksam macht. Es gibt niemanden, mit dem ich lieber auf dieser Reise gewesen wäre. Danke dir.

Eleonora Aurora Badinelli. Übersetzerin und „Musketierin". Was mit einer zufälligen Begegnung begann, hat sich in eine riesige Aufgabe entwickelt. Deine Loyalität und deine Arbeitsmoral werden dich noch weit bringen im Leben. Danke dir.

Felix Rehrl. Danke für deine Zeit und dein Bemühen in den Semesterferien. Ich wünsche dir eine erfolgreiche Zukunft.

Colin. Für deine Unterstützung während der gesamten Zeit. Ein besonderes Dankeschön an dich, Bro!

Cameron. Mein technischer Support. Danke dir, mein Sohn, für dein Verständnis in all den vergangenen Jahren.

Familienangehörige. Für die Beantwortung meiner Flut an Fragen bei Tag sowie bei Nacht. Danke euch Allen!

Thomas und Marina Kern. Gute Menschen mit gutem Karma findet man selten. Danke.

Jürgen Schlosser mit Familie. Danke für euer kontinuierliches Feedback.

Tony Miller. Es hat eine Weile gedauert. Danke für alles.

Schließlich an die Kaffeehäuser. Ein großes Dankeschön an alle für die Herzlichkeit, Gastfreundschaft und das Verständnis, das ihr während der langen Stunden, die ich an euren Tischen gearbeitet habe, gezeigt habt.

Simon, Daniela und Team @ KAVA coffee roasters: Traunstein, Chieming, Rosenheim und Salzburg. | Fitim, Franziska und Team @ Lindl Cafe, Restaurant & Bar, Traunstein. | Katrin mit Familie @ Das Kaffeehaus, Grassau. | Die Ladies @ Bäckerei Schuhbeck, Siegsdorf.